HANS-WALTER VOIGT

Tillmann und Theres

Roman

Für
meine Familie,
meinen Lektor Wolfgang Wenz
mit großem Dank für seine Unterstützung
und alle meine Freunde

HANS-WALTER VOIGT

Tillmann und Theres

Roman

WORMS
VERLAG

Impressum

Hans-Walter Voigt
Tillmann und Theres

Satz und Herstellung
Schäfer & Bonk, Worms

Umschlaggestaltung
Britta Bode, Malte Carstensen

ISBN 978-3-944380-88-9

1. Auflage September 2018

Kultur und Veranstaltungs GmbH Worms
Von-Steuben-Straße 5 · 67549 Worms
www.worms-verlag.de

Bibliografische Information der Deutschen Nationalbibliothek
Die Deutsche Nationalbibliothek verzeichnet diese Publikation in der Deutschen Nationalbibliografie; detaillierte bibliografische Daten sind im Internet unter http://dnb.dnb.de abrufbar.

Die Freiheit des Wortes ist Grundlage einer freien, demokratischen Gesellschaft und Voraussetzung für jedes künstlerische und publizistische Schaffen.

Am Anfang gehören alle Gedanken der Liebe.
Später gehört dann alle Liebe den Gedanken.

ALBERT EINSTEIN

KAPITEL 1

Der Anfang vom Ende

Es gefällt mir. Man liegt ruhig hier. Nichts rührt sich. So eine herrliche Stille. Nichts sehen, nichts hören und doch da sein. Keine Schmerzen, kein Körpergefühl. Ich gleite dahin durch die Zeit.

Du schwebst auf Wolken unter mir ... ich sehe dich! Dein Körper wird größer, immer größer ... kommt näher, nein ich falle ... falle auf dich ... deine Arme ... du hast sie wie Flügel ausgebreitet ... wie schön du bist! Ich falle so leicht, so sanft, noch zarter wie eine Feder, und du nimmst mich auf, du nimmst mich auf.

Das Überwachungsgerät leuchtete rot auf, und sein Licht glühte wie die Glut einer Zigarette in der Nacht. Es war schon früh am Nachmittag, aber das Licht war heute nicht imstande, einen schönen Herbsttag mit allen seinen Farben hervorzubringen, und in dem Raum der Intensivstation war es schon so düster, dass dieses Rot an den Apparaturen ungewollt in den Mittelpunkt rückte. Dieses kleine Leuchtsignal, und dieses aufdringliche Piepsen! Aber es war gut so, es diente zur Überwachung des Patienten. Nach wenigen Sekunden ging schon die Tür auf, und ein Arzt kam mit einer Schwester; sie sahen nach. Die Flasche mit der Kochsalzlösung, die dem Patienten über eine Kanüle zugeführt wurde, war leer und musste gegen eine neue ausgewechselt werden. Der Arzt sah noch einmal auf den Monitor: Die Pulsfrequenz war 70, der Blutdruck immer noch 170/65. Ein wenig zu hoch, dachte er. Die Körpertemperatur stimmte. Mit 32,2 Grad Celsius entsprach sie bewusst den herabgesetzten Werten. Durch den Anschluss an eine Herz-Lungen-Maschine wurde eine künstliche Hypothermie, eine Kühlung des Blutes, erzeugt. Der Arzt sah nochmals auf die Pulsfrequenz und gab durch einen Fingerzeig der Schwester zu verstehen, dass die Werte von Puls und Blutdruck etwas zu hoch lägen. Sie nickte und öffnete noch ein klein wenig die kleine Kanüle. Beide schauten sie noch kurz auf die Geräte, dann wieder zum Kranken, der noch immer in tiefem Koma lag. Der Arzt stand noch eine Weile da und dachte nach. Er senkte den Kopf, strich sich mit seiner Hand über das Kinn und verließ mit der Schwester den Raum.

Wir liegen da ... ich sehe uns beide ... da, wo keine Zeit mehr ist. Ich spüre dich neben mir, es ist so herrlich ... ... dein großes zufriedenes Lächeln. Deine Haare ... sie hängen mir ins Gesicht ..., und deine Zunge ... sie streicht mir zart über die müden Lider. Mit meinem Finger streichst du mir deinen Speichel über meine Lippen, und ich sehne mich ... berührt zu werden, sehne mich ... nach deiner Zärtlichkeit.

Meine Zunge liebkost deine Lotosblüte, und wie erhaben kreist über uns ... der Vogel der Nacht.

Du liegst vor mir ... und zitterst vor Freude! Tau fällt von der Blüte, ... und meine Zungenspitze tastet ... sanft zärtlich die kleinen Tropfen ab.

...

Deine Blütenblätter, Theres ... sie öffnen sich ... ich küsse sie, und dein Körper bäumt sich, lässt mich verschmelzen mit deiner Schönheit ... vereint gleiten wir dahin ... in weiten Höhen zwischen riesigen Bäumen ... Siegelbäume aus einer anderen Zeit!

Sie werden immer größer und mächtiger ... und du ... du wirst immer kleiner ... kleiner und kleiner ... das kann doch nicht sein, Theres! Nein, nein ... jetzt verschwindest du ganz!

Du bist weg, Theres ... ich bin so allein!

Am Abend dann die Kontrolle. Mit dem Verbandswechsel will man noch warten.

Draußen hat es zu regnen begonnen.

Da, was ist das? Wie auf einmal die Bäume zerbersten ... wie sich die Rinden lösen, sie fliegen durch die Luft, wie kleine Boote ...! Dieses Krachen vom Spalten der Stämme ... die Blitze vom Himmel ... sie fahren nieder, der Donner dröhnt ... Was ist das? Oh ... wie ich schwebe ... ganz allein ... du bist nicht mehr da ... wo bist du, Theres?

...

Dieses Prasseln gegen die Scheiben! Der Regen wird stärker ... ich sehe nichts mehr ... gehe vom Gas runter ... es schüttet durch das Waldgeäst hindurch ... der Regen stürzt hernieder! Mein Wagen ... er schiebt sich nur langsam durch diese Wassermassen ... ich spüre, wie die Fluten hinter mir her rollen. Da! Sie erfassen mein Auto, mich! Dein Gesicht Theres ... ich sehe es! Es ist ein Gesicht des Abschieds vor ein paar Stunden ... deine Augen, in denen die Angst liegt. ... Wie konnt ich nur lachen, du ahntest, was kam ...! Dein Mund öffnet sich.

...

Der Mond scheint durch das Geäst der hohen Kiefern. Die Straße ist trocken, die Nacht ist so lau. ... Ich atme ganz tief ... und meine Lider ... werden so schwer. Ich reiße die Augen auf ... gebe Gas ... und seh mich in meinem Auto ... seh dein Gesicht beim Abschied ... dein Gesicht, Theres! Ich fahre immer schneller über die Waldlandstraße. Deine Augen starren mich an ... doch sie sind anders als sonst ...! Was ist mit dir, Theres? ... es sind nicht deine blauen Augen ... Nein! Ich schreie! Diese Augen glühen ... rot ... das bist du nicht, Theres ... die Augen, nein ... es ist ein Reh! Ich reiße das Steuer herum ... ein kurzes Krachen, laut berstend in die Nacht ... der Mond ist blau.

Es regnete fast die ganze Nacht. Die Blätter fielen immer mehr von den Bäumen.

Es war die Zeit der Ungewissheit, die alles verborgen hielt, die Angst und Zweifel schürte, weil sie doch alles, was unklar war, noch offen ließ.

Wo sind die Bäume, die Pflanzen? Das Gras, die Weiden? Wo sind die Tiere? Und wo bist du, wo bist du, Mensch?

Ich fliege durch die Leere ... es ist so kalt ... ich suche dich ... Theres!

Schweben ist gelöst sein von allem. Nur nicht von sich selbst.

KAPITEL 2

Januartage

Es war noch Winter, aber gestern Nachmittag hatte es erst zum ersten Mal richtig geschneit, anfangs nur mäßig, doch in der Nacht legte sich der Schnee wie ein weißes Tuch über die Städte und die Flussebene des Oberrheingrabens. Eigentlich fiel in den letzten Jahren wenig Schnee in dieser Gegend. Meist waren es nur ein paar Flocken, die aufgrund des milden Winterklimas sofort wieder tauten, wenn sie auf die Erde kamen, tauten und sich in Matsch verwandelten, der einem oft lästig an den Schuhsohlen klebte. 2010 allerdings war schon einmal so ein Winter, in dem der Schnee liegen blieb. Damals konnten die Kinder endlich einmal wieder zu ihren Winterfreuden kommen, und es war möglich, auf den Baggerseen spazieren zu gehen. Ob der Schnee sich in diesem Februar so lange halten und nicht an einem Tag schon wieder wegschmelzen würde, wusste keiner, und die Wettervorhersagen waren gerade für diese Gegend sehr vage und ungenau.

In den frühen Morgenstunden hatte es anscheinend schon aufgehört zu schneien, denn als Tillmann gegen vier Uhr nach Hause kam, fielen keine Flocken mehr.

Als er an diesem Morgen erst gegen zehn erwachte, war es sehr hell draußen. Es wollte ihm nicht in den Sinn, dass er den Wecker überhört hatte. Er sah vom Fenster seines Schlafzimmers aus nach draußen über den Park der Insel in Richtung Rhein. Weil alles von Schnee bedeckt war, das Tageslicht darin reflektierte und seine Augen bei zu hellem Licht empfindlich reagierten, kam ihm das sehr hell vor, und er kniff die Augen zusammen. Ein Dunstschleier hing noch am Himmel, aber an einer Stelle brach die Sonne schon durch, und das kam so plötzlich und schnell, dass er die linke Hand über seine Stirn halten musste. Zumindest ging das solange, bis seine Augen sich auf die Helligkeit eingestellt hatten und er sie fast wieder normal öffnen konnte.

Draußen war es richtig kalt. Das Thermometer, das an der Außenseite seines Fensters angebracht war, zeigte fünf Grad unter

Null. Hier, in der Ebene, war man keine niedrigen Temperaturen gewohnt. Tillmann sah sogar die Kälte und fror.

Langsam gefiel ihm auch die Kühle. Er brauchte das, denn sein Schädel brummte noch von der vergangenen Nacht, in der er sich viel zu lange in Kneipen des Mannheimer Jungbuschviertels die Ohren volldröhnen ließ. In der Bar, wo er zuletzt war, war es dann ruhig und so schön, dass er nicht mehr loskam. Er dachte auf einmal wieder daran. Linda hieß sie, die junge Frau, die so lange bei ihm saß. Die mit dem weinrot-schwarzen Burlesque-Kleid und der Netzstrumpfhose. Er klappte beide Flügel seines Schlafzimmerfensters auf, rollte sich noch einmal auf seinem Bett in die Steppdecke und atmete mit langsamen aber tiefen Zügen die kalte Winterluft ein, die von draußen hereinströmte. Ja, die war es. Er blieb, bis man ihm den Weg zum Ausgang wies. Mit beiden Händen griff er sich mit an die Schläfen. Sein Kopf schmerzte noch immer. Er musste abschalten und brauchte die Ruhe. Er war dabei, die Nacht wieder vergessen zu machen.

Er schloss die Augen und genoss die Leere. *Es ist so still. So winterlich still.* Er stellte sich vor, er würde fliegen. Einfach so dahin. *In der Höhe ruht die Stille.*

Seine Gedanken flogen inmitten der Kälte dahin, und er stellte sich vor, es wäre Sommer. Er durchquerte zu den verschiedensten Tageszeiten die Parkanlagen, blieb immer wieder vor blühenden Beeten stehen, um die Macht dieses farbigen Feuerwerks in tausenden Variationen zu erleben. Dann sah er sich auf einem Felsvorsprung des Donnersberges stehen und über die Nordpfälzer Berge und Hügel schauen. Dabei hörte er den Ruf eines Falken. Manchmal lag er auch in Wiesen zwischen Gräsern und wartete auf Käfer und Ameisen. Da war es so feucht und warm, aber das hohe Gras kühlte. Zwischen den wogenden Ährenfeldern stand er, wenn die Zeit reif war und der Abschied des Sommers schon an den Horizonten dämmerte. Es waren die Stunden, sich in der Frische des Wassers noch einmal auszutoben und von den Wellen tragen zu lassen ohne Ziel. Er flog durch die Sommer über den Zeiten. Er hörte das Laub der Blätter über sich in den Bäumen der Biergärten und ließ das Eis auf den Händen seiner Kinder zerschmelzen. Er lag da gedankenverloren.

Dann plötzlich aus der Ferne der Glockenschlag der Turmuhr. Er durchbrach auf einmal seine Sommerträume im kalten Schweigen. Tillmann zählte jeden Schlag und summte bei dessen Verklingen mit. Nach dem zehnten war wieder Stille.

Langsam stand er auf. Weil es im Wohnzimmer noch kalt war, stellte er die Heizung an. Auf dem Weg zum Bad sah er beim Vorbeigehen im Garderobenspiegel, wie zerzaust seine Haare waren. Er blieb kurz stehen, schaute gelangweilt hinein, und fuhr mit beiden Händen gleichgültig, fast schon ein wenig überdrüssig durch das Haar.

Unter der Dusche drehte er langsam das Wasser an, zuerst den Hebel für das heiße Wasser, das vor allem im Winter fast eine halbe Minute brauchte, bis es die Wärme erreichte, die ihm angenehm war, und wenn es ihm dann zu heiß wurde, konnte er immer noch ein wenig zurückdrehen. Er stimmte es ab nach seinem Gefühl. Das Wasser rauschte und verteilte sich in prasselnden Strahlen. In den Haaren sammelte es sich immer wieder und lief von dort und den Schultern über den ganzen Körper.

Ach, wie schön! Ich liebe die tausenden Tropfen, nein es sind mehr, viel mehr, und sie werden von ihrem Fluss, zu dem sie sich dann vereinigen, getragen zu ihrer eignen Unendlichkeit.

Die Haare auf seiner Brust und im Schambereich wollten die Wassertropfen nicht preisgeben, ließen sie glitzern, bis diese dann durch die nächsten verdrängt wurden und irgendwann, als er die Dusche abgedreht hatte, alle ihre Adhäsionskraft verloren und seinen Körper verließen – Tropfen für Tropfen. Sie rannen herunter über seinen Korpus entlang den Beinen bis zu seinen Füßen, von wo aus sie sich dann in Richtung Ausfluss verteilten, oder sie rieselten von seinem Schamhaar aus bis zu dem Ende seines Gliedes, wo sie tropfenweise den Weg in die Tiefe fanden.

Tillmann blieb noch eine Weile in der Duschkabine stehen, gleichsam, als ob er warten wollte, bis alle Tropfen den Weg nach unten gefunden hatten. Er besah sich von oben nach unten. Er war groß und schlank, nur in Bauchhöhe hatte er ein klein wenig mehr, als er sich wünschte. Doch damit konnte er leben.

Unvermutet dachte er an Sonja, von der er nun schon drei Jahre geschieden war. In den ersten Jahren ihrer Ehe gingen sie beide meist gemeinsam unter die Dusche, man wusch sich gegenseitig, dann miteinander zur selben Zeit, zuerst ganz langsam, dann immer schneller, und irgendwann, da lag man sich in der Duschkabine sitzend in den Armen, die ineinander zerflossen, und das Wasser rauschte und rauschte weiter. Er sah Sonja noch immer vor sich, wie sie sich kurz darauf mit den Armen vor zur Kachelwand beugte, ihre sonnengebräunten Hände über das matte Olivgrün der Kacheln spreizte, die Beine ein wenig auseinander schob und sich von ihm, nachdem das Wasser wieder abgedrcht war, abtrocknen ließ. Wie lange ist das schon her? Tillmann stand mit seinem nackten Körper im Bad und rechnete. Zehn Jahre bestimmt. Oder mehr. Er war jetzt Ende fünfzig.

Er wollte sich im Spiegel betrachten, aber der Spiegel ließ es nicht zu. Er war beschlagen von vielen Wassertröpfchen. Die ersten rannen runter wie kleine Tränen, die von der Zeit vergessen wurden. Mit seinen beiden Händen ertastete er wie ein Blinder sein Gesicht. Von der hohen Stirn, die er hatte, über seine schwarzen Augenbrauen, vorbei an den Augenhöhlen, über die Backenknochen, seinen Mund mit dem Schnurrbarthaaren bis hinunter zum Kinn, wo er auf einmal spürte, dass er sich wohl bald wieder werde rasieren müssen. Er strich sich mit beiden Händen noch einmal über die ein wenig nach oben gezwirbelten Schnurrbarthaare, die er zwischen Daumen und Zeigefinger hindurchgleiten ließ. Sonja hatte das manchmal getan, bevor sie ihn küsste. Er dachte kurz daran, aber so schnell wie er daran dachte, so flugs verwarf er Gedanken auch wieder, ließ alles liegen und verließ das Bad.

Draußen war es wieder trüb und düster geworden. Die Sonne war mit einem Mal hinter dem Dunst verschwunden. Ein Nebel zog auf, der immer dichter wurde. Eine fast lähmende Stille lag über dem Ort. Alles war mit Schnee bedeckt. Er schaute vom Fenster seines Bungalows auf dieser Parkinsel über den Park mit den hohen eingeschneiten Bäumen bis zum Rhein und nach Mannheim. Der Schnee war ein Teil der Stille, und es schien ihm, als würde dieser jeden feinen und zarten Laut der Landschaft in sich aufsaugen. Da durchbrach für Sekunden das Schreien der Krähen dieses Schweigen und machte das Ganze unheimlich. Sie hockten auf den Platanen und unter den Bäumen, und ihr schwarzes Gefieder hob durch die

Schneelandschaft noch kontrastreicher und immenser von dieser ab. Tillmann konnte es gut sehen, wenn er von seiner Wohnung aus hinaus schaute, er sah, wie sich die weißen Zweige der Bäume fast flehend zum Himmel streckten. Dieser Anblick bedrückte ihn immer. Früher war ihm dieser Zustand in den Wintermonaten nicht so bewusst geworden. Doch seit er von Sonja geschieden war und hier allein lebte, seit dieser Zeit fraß sich dieses Bild immer mehr in seinen Kopf, spielte mit seinen Gedanken, machte ihm Angst. Immer wenn er die Krähen auf ihren Plätzen erblickte, kam in ihm das Gefühl auf, als warteten sie auf eine Antwort. Dieses wartende Schweigen war es, was ihm mehr und mehr zusetzte, was ihn oft für Minuten innerlich lähmte und für Momente erstarren ließ.

Er setzte sich an den Tisch und vergrub den Kopf in den Armen und Händen. Am schlimmsten war es, wenn sich die Vögel untereinander stritten. Dann ging ein Gekreische los, als wollten sie sich gegenseitig zerfleischen. Er wagte nicht daran zu denken. Manchmal wurde es so schlimm, dass er die Bedeutung jenes Sprichwortes, nach dem eine Krähe der anderen kein Auge aushackt, infrage stellte.

Der Kaffee in seiner Tasse war schon kalt geworden. Er trank ihn in einem Zug aus.

Tillmann besuchte oft, meist spät abends im Internet ein *Poesieforum*, das er erst seit wenigen Wochen kannte und in dem Autorinnen und Autoren ihre Texte präsentieren oder sich gegenseitige Kritiken und Ratschläge geben und Erfahrungen miteinander austauschen konnten. Er selbst las meist nur, weil er andere Menschen mit neuen Ideen kennenlernen wollte. Manchmal schrieb er auch einen kleinen Kommentar; doch das war nicht die Regel.

Dabei lernte er in dem Chat neue Menschen kennen, mit denen er sich schriftlich unterhielt. Gerade diese schriftliche Unterhaltung, bei der man genau überlegte, was man schrieb, behagte ihm sehr. Denn da musste es schnell gehen, und wenn der Text des anderen schon auf dem Bildschirm erschien, musste man seinen begonnenen Satz vielleicht schon wieder verändern, um die gerade erhaltene Nachricht in seinen neuen Text mit einzubeziehen.

Tillmann wusste auf Anhieb nichts, was er in einem solchen Forum von sich hätte präsentieren können. Er dachte nach. Natürlich, das Reden-Schreiben zu bestimmten Anlässen kannte er, aber eigene Texte ohne jeglichen Anlass? *Vielleicht sogar das*, dachte er, aber dann waren es meist nur Gedanken, die er so zu Papier brachte, um sie nicht zu vergessen. Früher schrieb er sie in Heften nieder und seit einigen Jahren gab er alles in den Computer ein. Er tat das für sich, die Öffentlichkeit erfuhr davon nichts, nur Sonja wusste es. Vielleicht auch die Kinder Sara und Johannes, die längst aus dem Haus waren. Selten kam es vor, dass er das, was er geschrieben hatte, noch einmal las. Wozu schrieb er es dann? Vielleicht für die Nachwelt als letzte Relikte dessen, was einmal war, als bleibende Worte desjenigen, der nicht mehr ist. Er schrieb es nieder und stellte das Heft zurück ins Regal oder speicherte den Text in der Dokumentendatei ab. Er wollte also nie etwas publizieren, doch die Texte der anderen interessierten ihn. Besonders seit er im Ruhestand war.

Auch war er früher mit den vielen Aufsätzen, Erörterungen und Interpretationen seiner Schüler zur Genüge versorgt, und es machte ihm immer Spaß, diese zu lesen. Jeder neue Text war für ihn ein Schaffen, gleichgültig, wer es geschrieben hatte. Er war etwas Individuelles und sah auch zu jeder anderen Zeit wieder anders aus. Natürlich nahm er auch Korrekturen vor. Doch die waren meist nicht mit Mahnungen oder Drohungen verbunden, sondern mit dem Ziel, das Geschriebene des Schülers nachzusehen, Fehler zu korrigieren, den logischen Ablauf seines Verständnisses zu verfeinern, gegebenenfalls auch die Ausdrucksweise um zumindest ein Weniges anzuheben. Außerdem sollte es vor allem jeden in der Klasse dazu animieren, am Stoff des Unterrichtes mit regem Interesse teilzunehmen. Er tat es gerne, und wenn seine Schüler sich verbesserten, war es auch für ihn selbst ein Lob. Seit er nun pensioniert war, fehlte ihm in dieser Hinsicht etwas, das immer größer wurde, etwas, das ihn früher erfüllte; es war wie weggeblasen, und manchmal erschien es ihm, als stünde er vor einem großen Loch, in dem sich eine Leere auftat, die von Tag zu Tag, von Monat zu Monat größer wurde. Die letzten Tage an seiner Schule kamen ihm wieder in den Sinn.

Meine Verabschiedung war letzten Sommer kurz vor den großen Ferien, und immer wieder musste ich schon an diese Feierlichkeit zurückdenken! Meine Schüler hatten mir noch zum Dank für meine Jahre als Lehrer ein Theaterstück aufgeführt, das Lars Carstensen verfasst hatte, der ja zu meinen Lieblingsschülern gehörte, der im letzten Jahr das Abitur machte und ebenfalls wie ich fast zur selben Zeit die Schule verließ.

In dem Schulhof hatten sie schon, wie man mir später sagte, am Wochenende zuvor eine Holzbühne aufgebaut, am Montagabend war noch einmal die Generalprobe, zu der ihnen der Hausmeister extra das Tor zum Schulhof öffnete und sie auf den Hof ließ. Die Abschiedsfeier sollte am Dienstag sein, am Mittwoch darauf begannen die Ferien.

Ach ja, diese Aufführung! Meine Schüler aus der Oberstufe hatten mir eine Überraschung versprochen, die ihnen wirklich gelungen war: Ein Theaterstück mit Aufführung für ihren Lehrer Tillmann Lenz!

Der Bühnenaufbau sei sehr einfach gewesen, erzählte mir Lars später, weil die Bühne fast leer war und für die Augen des Zuschauers nichts sonderlich Ergötzliches bot. Das war auch ganz in meinem Sinne und sollte meine Gedanken in theatralischer, vielleicht sogar schon ein wenig in philosophischer Hinsicht verkörpern, weil ich diese Darstellungsform liebte. Dass unser Leben auf einer großen Bühne spielt, auf der jeder von uns seinen Part zu spielen hatte! Davon hatten schon Generationen vor mir geredet.

Eigentlich war es ein abgedroschenes Thema. Doch Tillmann hatte immer wieder als Pädagoge und kleiner Philosoph, dessen Rolle man ihm durchaus zuschreiben kann, den Gedanken vermittelt, stets mit wenigem optimal auszukommen. Das fing bei der Lebensweise an, dem Essen, den Kleidungsstücken, der Einrichtung und anderen Gebrauchsgegenständen des Alltags, die wir als Menschen manchmal in mehrfacherweise besitzen, ohne sie überhaupt ein einziges Mal benutzt zu haben.

Da saß er nun, der Lehrer, der keiner mehr war, und dachte noch einmal über alles nach.

Das Stück von Lars Carstensen war erst vor einem halben Jahr entstanden und trug den Titel *Kubus*. Ganz einfach deshalb, weil der Bühnenaufbau nur aus sechs großen Würfeln besteht, die austauschbar und für jeden Zweck zu gebrauchen sind. Sinn der Sache war die Verwandlung des Bühnenbildes und damit auch die Veränderung der Handlung mit wenigen Objekten. Jedes Objekt war nichts statisch fest Terminiertes, sondern konnte, wenn es entstanden war oder sogar schon beim Entstehen, wieder in ein anderes Objekt verwandelt oder auch nur Teil eines anderen werden. *Alles ist auswechselbar, wenn man es funktional sieht.* Tillmann Lenz hatte das nicht immer wieder vor seinen Klassen plausibel zu machen. Das Subjektive, das Emotionale behielt er sich bei diesen Überlegungen außen vor, um nicht ungewollt die Individualität des Lebendigen, wie er es nannte, preiszugeben. Also musste man auch auf der Bühne mit wenigen Mitteln auskommen, und wenn die Sitzgelegenheiten nicht mehr ausreichten, blieb den Darstellern des Stückes wohl keine andere Wahl als mit anderen Möglichkeiten vorlieb zu nehmen.

Für den Fall, dass es regnen sollte, hatte man ein Dach über die Bühne gebaut. Doch es war sehr sonnig, fast schon heiß, als das Theater nach der Zeugnisvergabe am späten Morgen begann.

Tillmann hatte vor allem den Anfang der Aufführung noch deutlich vor Augen. Wie ein Film, der nach Wiederholung trachtet, lief er vor seinen Augen noch einmal ab:

Die Sonne schien aus leicht schrägem Winkel auf die Objekte und ließ kleine Schatten entstehen, die dadurch für den Betrachter ein überaus voluminöses Bild boten. Sonst sah man nichts. Ein kleiner Holzquader, der gerade mal die Größe einer Kinderhand umfasste, flog plötzlich von hinten auf die Bühne und schlug auf, dass die Zuschauer schon ein wenig erschraken, weil sie gerade damit nicht gerechnet hatten und es für den bösen Scherz eines Störers hielten; denn die gab es an jeder Schule. Als dann die ersten Darsteller auf die Bühne traten und auf den Vorfall eingingen, wurde den meisten klar, dass dies zum Inhalt gehörte.

Es spielten Schülerinnen und Schüler, die Tillmann in den letzten beiden Jahren in seinen Fächern Deutsch, Kunsterziehung und Religionswissenschaft unterrichtete.

In diesem Stück ging es um die Darstellung von Tillmanns Lebensauffassung.

Jetzt, über ein Jahr später, saß er da und ließ das alles noch einmal in seiner Erinnerung Revue passieren. Er saß da und dachte wieder an jene Abschiedsfeier, nach der sein Leben ein anderes wurde und ihm den Weg zu neuen Horizonten öffnete.

Der Tag war verhalten und nichtssagend. Am Abend las er die neuen Mails, von denen er die meisten in den Papierkorb wegklickte. Sein

Blick fiel erneut auf das *Poesieforum*, das ihn irgendwie von Art und Thematik her ansprach.

Er erinnerte sich an eine Studentin. Wie von selbst musste er an die Worte denken, die er vor einer Woche in dem Poesieforum gelesen hatte:

»Jeder Tag vergeht, und mit jedem Tag auch ein Stück von Dir, von mir, von uns allen. Die Zeit macht nicht für uns halt, aber sie zeigt uns den Weg. Manchmal ist man zum Warten verurteilt.«

Diese Studentin hatte sie vor Kurzem in das Forum gesetzt. *Wie hieß sie eigentlich?* Er überlegte. Theresa?

Er schaltete seinen Computer ein, ging im Internet auf jenen Poesiekanal und scrollte mit der Maus. Vier Namen fand er, die ähnlich lauteten: Theresia, von der es zwei an der Zahl gab, einmal Theresa und einmal Theres. Er überlegte kurz, aber die Antwort kam ihm gleich in den Sinn.

»Theres«, flüsterte er selbstredend vor sich hin, »sie heißt Theres!« Er war sich sicher und klickte. Es dauerte eine Weile. Er wartete gespannt.

Da war sie! Er betrachtete ihr öffentliches Profil, und er las:

Über Theres

Interessen	*Das Leben lieben*
Beruf	*Studentin*
Geschlecht	*weiblich*

Es ist, *was es ist, sagt die Liebe.*
Erich Fried

Mehr war nicht in ihrem Profil zu lesen. Sie war erst seit Anfang dieses Jahres Mitglied des Forums. Wenigstens hatte sie ihren Vornamen angegeben. andere geben völlig fiktive Namen, wie *Naseweis*, *Blumenwiese*, *Hassdenteufel* oder *Pi-Mal-Auge* an, wobei der Fantasie nach oben keine Grenzen gesetzt sind, und manchmal versucht das eine Forumsmitglied das andere mit ausgefallenen Erfindungen von Namen zu übertrumpfen. Nur alles, was gewaltverherrlichend oder sexistisch war, musste außen vor bleiben. Wenn jemand das tat, wurde er sofort von dem Administrator gesperrt. Tillmann scrollte mit der Maus weiter und klickte den Bereich *Themen* an. Theres hatte erst fünf Texte eingegeben, drei Gedichte und zwei Prosatexte. Der letzte Beitrag stand schon am Tag zuvor im Forum. Er las ihn noch einmal. Am besten gefiel ihm die erste Strophe, die ihn mit ihren Worten und Bildern, ohne dass er sich dessen sofort bewusst war, vereinnahmte:

In der Nacht schneit es,
und der Schnee legt sich
wie eine samtseidene Maske
über die Stadt.

Er sah nach draußen. Es hatte aufgehört zu schneien und die Gegend strahlte in ihrem Weiß.

Schritte knirschen
leise klagend.
Man kann sie hören:
jeden einzelnen.

Er schloss die Augen und sah schwarze Stiefelschritte, wie sie im Wechselschritt langsam nach vorn abrollend den neuen Schnee zu Boden traten. Er hörte das Knirschen ganz laut.

Er verinnerlichte die Verse von Theres. Er sah, wie sie es in den folgenden Strophen beschrieben hatte, die silbernen Eiszapfen an den Dachrinnen und Simsen, den kleinen Fluss, der wie erstarrt im Schlaf lag, und er spürte die frostige Luft, obwohl es draußen nach dem Stand seines Thermometers schon wieder ein halbes Grad über Null war, er fühlte sie dennoch, diese klirrende Kälte. Dann schloss er die Augen, und er sah wie sich die Luft in dieser Kälte zusammenzog, der Nachthimmel tat sich vor ihm auf in einer kristallenen Klarheit, und er sah, wie die Sterne vom Himmel fielen.

Es verschlug ihm für eine Weile die Sprache. Er war beeindruckt, mehr als das, er wollte ihr schreiben, und er tat es.

10. I.

Hallo Theres,

die Verse deines Gedichtes faszinieren mich so, obwohl ich mir längst wärmere und hellere Tage herbeisehne. Die Bilder sind so aussagekräftig, dass ich sie immer wieder lese und wie einen Film an mir Revue passieren lasse. Was für ein schönes Gefühl! Es ist mir, als ginge ich durch die Straßen, ich gleite mit meinen Gedanken förmlich hinein in die Welt deiner Verse, und es verschlägt mir die Sprache.

Ich freue mich, dass ich deine Worte lesen konnte, und danke dir.

Tillmann

Die Kontrolllampe, die grün leuchtet, wenn ein Mitglied im Forum ist, war bei Theres noch immer dunkel.

Tillmann war schon seit dem letzten Herbst in diesem Forum. Denn als die Tage kürzer und kühler wurden, war dies ein zwar nicht gemäßer, doch schon akzeptabler Ersatz für die Sommerabende im nahe gelegenen Park oder in Biergärten. Als er noch im Schuldienst war, korrigierte er am Abend noch Klassenarbeiten und Tests oder bereitete sich auf den Unterricht des kommenden Tages vor. Seitdem er im Ruhestand ist, hat sich alles schlagartig geändert, und ein Mensch, der die letzten Stunden des Tages vor dem Fernseher fristet, war er bestimmt nicht.

Mitglieder des Forums, die ihre eignen Texte eingaben oder sich mit ihren Kommentaren und Beurteilungen zu Wort meldeten, trafen sich meist erst abends, einfach deshalb, weil sehr viele von ihnen noch beruflich tätig waren. Er selbst gehörte zu den Ausnahmen, die ausreichend Zeit hatten und zuweilen schon nachmittags, manchmal sogar auch morgens im Poesieforum vorbeischauten.

Er kam mit einer frischen Tasse Kaffee von der Küche und sah, dass bei Theres die Anwesenheitslampe grün war. Weil es draußen sehr trübe war, konnte man das Grün in seiner kräftigen Ausstrahlung leuchten sehen.

Er war auf der Poetry-Seite von Theres. Er sah wieder das Gedicht, das er noch vor wenigen Augenblicken gelesen und kommentiert hatte: *Eisige Nacht*. Und während er es noch einmal in aller Ruhe durchlas, um anschließend seinen folgenden Kommentar dazu mit seinen Augen schnell zu überfliegen, sah er, dass Theres schon auf seine Worte geantwortet hatte.

Donnerstag, 10. Januar

Hi, Tillmann! Ich danke dir sehr für deinen tollen Kommentar, für deine ausgewählten Worte zu meinen Versen. Deine Worte haben mir so gut gefallen, dass ich sie mir noch einmal mehrmals laut vorgelesen habe, um ihren Klang, ihren wohlfeilen Klang noch einmal laut nachzuerleben. Es ist mir gelungen. »Jugendliche Schwärmerei«, wirst du denken, aber dem ist nicht so. Das liegt tiefer.

Tillmann stutzte und blickte kurz auf. *Was meint sie mit tiefer*, dachte er sich. Er kam nicht darauf und las weiter.

Ich bin noch nicht so lange hier im Forum, doch ich freue mich sehr darüber, mich mit anderen in Kritiken und Ratschlägen austauschen zu können. Dieses Literaturforum ist eine Form Gleichgesinnte zu finden – eine Form, die es früher leider nicht gab. Ich freue mich sehr, dass du meine Texte entdeckt hast. Ich werde noch mehr schreiben.

Herzliche Grüße,
Theres

Er hob seinen Kopf und sah über den Bildschirm hinaus durch das Fenster in den leeren Tag. Es schneite wieder dicke Flocken, die durch den Wind die Fensterrahmen verklebten. Doch die Außentemperatur und die Zimmerwärme der Scheiben ließen sie alsbald schmelzen und in kleinen Rinnsalen auf die Bordkante rinnen.

Wer ist diese Theres? Eine junge Studentin, die noch das Leben vor sich hat, die sich tagtäglich in Illusionen wiegt und mit ihren jugendlichen Träumen auf die Reise geht?

Er kannte das von früher von sich selbst. Man sitzt da und fühlt etwas Schönes, man greift es auf, nimmt es tief in sich und spinnt es mit seinen Gedanken fort. Er dachte zurück an verträumte Momente aus Studienzeiten, als er in einem Buch lesend auf der Wiese saß und auf einmal mit seinen Augen dem Text des Buches entglitt und verträumt den Flügelschlägen eines Schmetterlings folgte, der soeben noch auf dem Lavendelstrauch saß. Ein leichter Wind vermischte den Duft der Lavendelblüten mit seinen Gedanken und trug ihn weg von dort, wo er gerade war. Das Buch *Die Leiden des jungen Werthers*, in dem er zur Vorbereitung für das Seminar gelesen hatte, fiel ihm aus der Hand in das schon hohe Gras der Wiese. Er erschrak, hob es auf und pustete die kleinen Samen weg, die zwischen einige Seiten geraten waren.

Er dachte noch immer an früher und hatte Theres für eine kurze Weile vergessen.

KAPITEL 3

Gespräche und Verse

Alfred Lichtenberg hob seinen Bierkrug und sah zu Tillmann. Er war ein ehemaliger Kollege und Freund Tillmanns, der aus Kaiserslautern stammte und mit ihm seine Lehrerausbildung am gleichen Gymnasium hier abgeschlossen hatte. Im Gegensatz zu Tillmann, der bald nach seiner Heirat mit Sonja schon als junger Studienrat nach Ludwigshafen wechselte, blieb Alfred bis zum Schluss an derselben Schule. Beide gingen fast zeitgleich in Ruhestand.

Alfred sah Tillmann an, lächelte und griff zum Krug.

»Na, Tillmann, dann mal auf die alten Tage von damals, die nun doch schon eine ganze Weile vorüber sind. Die darf man nicht vergessen!«

»Nein, Alfred, das sollte man nicht!«

Auch er hob seinen Krug, und sie stießen beide an.

»Auf die Freundschaft, Alfred!«

»Auf *unsere* Freundschaft!«

Tillmann hielt den Krug noch bedächtig in seiner Hand, da hatte Lichtenberg auch schon zum Trunk angesetzt, und der erste Schluck floss ihm bereits die Kehle hinunter. Dann pausierte er für wenige Sekunden, atmete genießerisch tief ein und aus und setzte zum zweiten Schluck an. Feiner weißer Schaum hatte sich wie eine Schneedecke über seine dicken und breitflächigen Schnurrbarthaare gelegt, die schon schwarzgrau meliert waren. Lichtenberg hatte nur noch wenige Haare, vor allem im Schläfenbereich, der Rest der Schädeldecke war blank poliert und hatte einen beigefarbenen Schimmer.

Alfred hatte sein Bier schon zur Hälfte getrunken und sah Tillmann an.

»Dein Durst ist aber groß«, meinte der, und Alfred nickte verlegen schmunzelnd und wollte dies keineswegs leugnen.

Alfred hatte es sich auf der Eckbank bequem gemacht, die zu einer Nische in dem hinteren Winkel des »Goldenen Engel« gehörte. Hier saß er oft, weil er es nicht gerade liebte, inmitten einer Gaststätte Platz zu nehmen. Hier konnte man sich mit Freunden in angenehmer Runde unterhalten oder einfach nur die Zeitung lesen.

Er streckte die Beine von sich, und man sah, dass sein Bauch schon beträchtliche Weiten und Rundungen angenommen hatte.

Sie saßen da und erzählten sich von dem, was so geschehen war, seit sie sich vor gut einem Jahr zuletzt gesehen hatten. Alfred berichtete von seinem Urlaub im letzten Sommer auf den Malediven. Er erzählte von weißen Stränden, Abenden unter Palmen, von Krebsen, Fischen und Walen; und als er Letztere in seinem sprudelnden Erzählfluss plötzlich mit den Haien vertauschte, hielt er, überrascht und ein wenig entsetzt über sich selbst, sofort ein, schaute auf. Er sah mit einem eindringlich fragenden, fast schon entsetzten Blick direkt in die Augen Tillmanns, so als wolle er seinem früheren Kollegen und Freund vorhalten, warum er seinen Lapsus nicht schon längst bemerkt habe.

Alfred war ein Mensch, der es ohnehin verstand, mit einer gewissen Spannung, mit Charme und mit Reiz zu erzählen und den Zuhörer in seinen Bann zu ziehen. Tillmann hörte ihm auch immer gern zu, und beim Erzählen und Zuhören blieb manchmal die Zeit stehen.

Die Tür der Gaststätte ging auf, und eine junge Frau trat ein. In der linken Hand trug sie einige Bücher, die mit einem alten Ledergürtel zusammengebunden waren. Sie war noch jung und erschien wie eine Studentin. Sie zog ihren Mantel aus, legte ihn über einen Stuhl und setzte sich. Tillmann fiel ihr brünettfarbenes Haar auf, das über die Schultern bis zum Stuhlrücken glitt. Es gefiel ihm, und Alfred anscheinend auch. Sie sahen sich spitzbübisch an und lächelten. Die junge Frau hatte bemerkt, dass die beiden Herren plötzlich schwiegen. Der Wirt kam und fragte sie nach ihrem Wunsch. »Cola light, bitte!« Noch während sie bestellte, sah sie einen kurzen Moment zu Tillmann. Sie gefiel ihm. *Vielleicht sah so Theres aus. So oder ähnlich.* Er dachte an Theres. Die begann sich mehr und mehr in seinem Gedächtnis niederzulassen. Einfach so. Ganz langsam, still und leise. Er sah sie vor sich. Er stellte sie sich vor. Er sah zu der jungen Frau, die in einem Buch las und sich Notizen machte. So könnte Theres wirklich aussehen. Seine Gedanken malten ihm viele Bilder. Er verspürte plötzlich eine Sehnsucht nach Wärme, und er merkte gar nicht, dass sein Freund Alfred Lichtenberg schon längst wieder mit dem Reden begonnen hatte und sich dem Erzählfluss seiner Worte hingab.

»Was macht deine Malerei?«, fragte Tillmann plötzlich. »Nach deinen Jahren als Kunsterziehungslehrer hast du dafür bestimmt wieder *mehr* Zeit!«

»Die Malerei? Gute Frage! – Öl und Acryl habe ich erst mal beiseitegelegt. An zwei angefangenen Radierungen werde ich vielleicht demnächst wieder arbeiten. Manchmal frage ich mich aber, für wen ich das überhaupt mache. Zunächst für mich selbst, das ist klar. Aber für wen noch? Für Irmentraud, die du ja auch noch kanntest, ist vor über dreißig Jahren verstorben – – –«

»Ja, ich erinnere mich – ach, was war das für ein schmerzvoller Abschied!« –

»– – – und Kinder habe ich keine. Für wen also die Bilder aufheben?« Er zuckte mit den Achseln und sah Tillmann fragend an.

»Für wen, ja für wen?«, hakte dieser nach, »für wen soll ich meine Sachen aufheben?«

»Na, für die Nachwelt eben, Alfred.«

»Die *Nachwelt* – wer ist die *Nachwelt*, mein Freund? Die, welche noch bleiben samt denen, die nach mir kommen?«

Lichtenberg zog die Augenbrauen zusammen, und man konnte sehen, wie sich tiefe Falten in seiner Stirn abzeichneten.

»Ja, wer ist das? Wer ist das Tillmann, wer!«

Tillmann überlegte.

»Jeder kann das sein.«

»Nein, keiner ist es!«, warf Lichtenberg ein. Er schaute auf einmal sehr ernst drein, und die anfangs noch so frohe Erzählmiene war verschwunden.

»Irgendjemand, lieber Alfred, wird deine Werke sehen, kennenlernen, und manche wird es geben, denen werden deine Werke gefallen, sie werden sie lieben. Sie werden sie irgendwann einmal käuflich erworben haben und sie täglich an ihrer Zimmerwand sehen und erleben können.«

Lichtenberg lachte laut auf, dass der Kellner, der mit dem Rücken zu ihnen stand, erschrak und sich mit entgeistertem Gesichtsausdruck zu ihrem Tisch, an dem sie saßen, umdrehte.

»Was redest du da, Tillmann, du gutgläubiger Optimist!«

Lichtenberg wurde hörbar lauter, zauste mit beiden Händen wirr durch seinen Vollbart, der längst schon wieder hätte geschnitten werden müssen.

»Nichts werden sie! Sie werden, wenn sie es bis in die Galerien überhaupt schaffen, dort in den Mappen liegen und den Weg in das Vergessen-Werden finden. Der Lichtenberg wird verstauben, verrotten! Warum sollte es mir auch besser als den meisten anderen ergehen! Oder siehst du das anders?«

»Ja, Alfred, doch schon! Ich sehe es weitgefächerter. Natürlich kannst du nicht vorhersehen, was mit deinen Bildern geschieht. Das hat aber nichts mit dir zu tun. Das können wir mit allen Dingen und Begebenheiten nicht. Keiner kann das. Auch ein Picasso konnte das nicht. Schau mal, es ist doch so: *Von den Milliarden auf dieser Erde wird es Menschen geben, die eine Werke sehen und mögen, ja sogar lieben. Und wenn es nur einer ist, mein Freund – einer ist schon genug!«*

Tillmann hielt ein und sah seinen Freund still an. Der schwieg und blickte über den Tisch. Sein Glas war leer.

»Ich weiß nicht.« Er überlegte. Seine Hände umschlossen sein Glas, das leer vor ihm stand.

»Ja, in gewisser Weise hast du Recht. Wozu wären wir denn überhaupt hier? Ich verstehe, was du meinst. ›Nach Heraklit‹, so sagte unser Lateinlehrer, *›ist und bleibt der Mensch ein Teil des Ganzen, des Alls, des Urstoffs, der Urkraft.‹* «

Er nickte nachdenklich, so als ob er erwarten würde, dass Tillmann ihm sein Verständnis durch ein kurzes Schulterklopfen bestätigte.

Tillmann tat es.

Samstagmorgen. Tillmann hatte diese Nacht bei Alfred in Kaiserslautern übernachtet und saß vom Morgen an noch in einem Café nahe der Stiftskirche im Zentrum der Stadt.

Gestern hatte er noch von Theres erfahren, dass sie an der Johannes-Gutenberg-Universität in Mainz Germanistik und Kunstgeschichte studiert und mittlerweile im fünften Semester ist.

»Das Studium ist etwas Herrliches«, hatte sie ihm kürzlich noch in seine *Persönlichen Nachrichten* im Poesieforum geschrieben, »es ist aber auch mit einiger Arbeit verbunden. Man kommt an die Universität und ist irgendwie frei auf einer Insel des Wissens. Der Geist kann sich austoben von den Vorlesungen und Seminaren über die Lesesäle der Bibliotheken bis in die Aulen, von den Vorhöfen der Institute mit den Rasenflächen, wo viele Gartenstühle stehen bis in die Straßen der Mainzer Altstadt, wo man sich abends manchmal mit Freunden trifft.«

Ja, sie hat Recht, dachte er. Aber mit ihr noch einmal tauschen, jetzt nach dreißig Jahren? Warum nicht! Verträumte Gedanken blickten zurück. Er überlegte. Ach nein, lieber nicht! Nicht das Ganze noch einmal, vor allem das, was danach kam. Die vielen Jahre. Am schönsten sind die in der Erinnerung, da kann man sich heraussuchen, welche man möchte.

Er genoss im Café am Markt die Morgenstunden. Es war noch relativ kalt, nur wenige Grad über Null, für den Märzanfang ganz normal. Er blickte durchs Fenster. Der Himmel lag in einer klaren Kobaltbläue über der Stadt und strahlte eine unbeschreibliche Ruhe auf ihn aus. Er saß da, spielte mit seinem Strohhalm im Milchschaum, hob sein Glas an und trank. Dann sah er wieder zum Himmel, wo jetzt eine kleine Wolke, die von Westen kam, unmerklich, sacht und fast wie im Schlummer vorbeizog.

Auf den beiden Platanen des Marktplatzes, die mit ihren kahlen Ästen zum Himmel ragten, saßen Krähen. Er schaute genauer durch den oberen Teil des großen Fensters am Eingang und sah auf einmal, dass es doch wieder mehr waren, als er zunächst dachte. Sie verharrten reglos auf den Ästen.

Alles nur Tarnung, dachte Tillmann, *wieder so ein Trick der Natur. Warum sitzen sie da, ist es ein Schlafen oder ein Wachen?*

Was der jugendliche Skateboardfahrer schon so früh auf dem Markt wollte, wusste er nicht. Plötzlich war er da, mitten auf dem Markt. Er fuhr einfach zwischen den frisch aufgebauten Ständen hin und her, drehte elegante Schleifen und sprang plötzlich mit angezogenen Beinen von dem Brett in die Höhe, traf beim Fallen mit seinen Füßen auf dessen konkav geformte Spitze, die dadurch mehrmals im Kreise wirbelnd nach oben flog, unter seiner rechten Achsel landete. Ehe die Marktschreier das Ganze wahrgenommen hatten und gerade im Begriff waren, sich über den Störenfried aufzuregen, war dieser schon längst wieder in der Nebengasse verschwunden. Tillmann schmunzelte. Es gefiel ihm.

Plötzlich das Schreien der ersten Krähe, dem in Sekundenschnelle das zweite und dritte folgte. Das Gekrächze hallte laut über den Markt. Er erschrak. Ein blauer VW-Bus fuhr auf der Straße vorbei.

Tillmann packte seinen Tablet-PC aus und las die Nachrichten von Google:

Dividende allein bringt es nicht. Medien riskanter als Anleihen.

Er klickte den Liveticker an. *Streik der Bahn in Sicht.* Danach die aktuellen Sportnachrichten, Wirtschaft, Lokalgeschehen. Er überflog das Ganze.

Dann las er das Fernsehprogramm für den Abend, das ihn eigentlich gar nicht interessierte. Doch seine Finger brauchten etwas zum Spielen. Vor zehn Jahren fürchtete er noch, dass die Softwaretechnologie immer mehr Raum von uns Menschen einfordert und sie die zwischenmenschliche Interaktion, wie zum Beispiel das persönliche Gespräch, an den Rand dessen drängen würde, was noch ist. Doch mittlerweile war er selbst schon einer von denen, die mit im Sog jenes modernen Fortschrittes standen, obwohl er es natürlich immer wieder selbstredend leugnete, um sein Gewissen zu beruhigen und sein Vorgehen damit zu entschuldigen. Er wusste, was er tat, doch er tat es trotzdem. Dass der digitale Austausch die persönliche Begegnung nicht ersetzen kann, wusste er. Doch kann gerade dieser das alltägliche Leben von heute nicht angenehmer machen? Er hatte in der letzten Zeit schon oft über diese Frage nachgedacht. Schon, aber mit Vorbehalten.

Tillmann fühlte sich vor allem seit seiner Pensionierung als freier Mensch, der an keine dienstlichen Obliegenheiten und Pflichten mehr gebunden war. So machte er täglich seinen Morgenspaziergang, was andere in seinem Alter meist nur dann taten, wenn sie von Natur aus sportlich aktiv waren oder wenn sie von ihrem Haushund in die Pflicht genommen wurden. Mindestens einmal in der Woche kam meistens dann noch eine ganztägige Wanderung hinzu. Oft ging er über die Wiesen und durch die Auen der Rheinebene oder er fuhr mit dem Nahverkehrszug an bestimmte Zielorte der Weinstraße, von wo aus er dann seine Wanderung machte. Allein war er dabei meist am liebsten, weil er dann kleine Momente anhalten konnte, wie es ihm beliebte, um die ganze Herrlichkeit der Natur auf sich einströmen zu lassen. Vor zwanzig Jahren fehlte ihm bei Familienwanderungen dazu die Zeit, und wenn er es einmal tat, blieb er natürlich sofort auf der Wegstrecke zurück, und die Kinder fragten plötzlich, wo denn der Vater bleibe. Manchmal rief er auch Leo, seinen besten Freund aus der Schulzeit, an, um ihn zu fragen, ob er Lust habe, am nächsten Tag mit auf eine kleine Wanderung zu gehen. Man sah sich bei Weitem nicht mehr so regelmäßig wie einst, aber die enge Freundschaft zwischen beiden war es, welche diese über die Jahre erhielt, und wenn man eine gemeinsame Wanderung unternahm, dann war jedem von beiden auf einmal so, als wären sie noch einmal in den Tagen von einst. Die Zeit blieb plötzlich stehen.

Leo ging gern mit ihm, wenn er Zeit hatte. Da er selbst Buchhändler war und noch immer seinen beruflichen Pflichten mit Liebe nachging, musste er auch hin und wieder an Samstagen im Geschäft sein, und so konnte man eine solche Wanderung nur an Sonn- oder Feiertagen machen. Leos Kinder waren schon lange aus dem Haus, und seine Frau hatte auch nichts dagegen, wenn sich die beiden Freunde trafen. Vor Jahren waren manchmal auch die Frauen dabei, doch seit sich Tillmann von Sonja getrennt hatte, wollte Leos Frau die beiden Männer nicht alleine bei ihren Tagesausflügen begleiten.

Ach ja, Leo! Wie gut, dass es den gibt! Tillmann saß fast reglos an seinem Tisch im Café und dachte an viele Stunden, die er mit ihm erlebt hatte.

Im Raum hier war es voller geworden. Immer wenn sich die Tür öffnete drang das Marktgeschrei von draußen in das Café.

Sein Tablet-PC war auf Ruhemodus gegangen und dunkel. Er wollte die Kellnerin zum Zahlen rufen, als er am oberen Rand las: *Sie haben eine Nachricht erhalten.* Es war eine Nachricht aus dem Poesieforum. *Theres!* An nichts anderes dachte er, wenn er das Forum sah. Und es war Theres. Sie hatte ihm eine Privatnachricht geschrieben:

Freitag, 15. Februar

Hi, Tillmann,

wo steckst du gerade? Ich sitze hier im Sessel und träume. Ich träume manchmal so in den Tag, nicht nur in der Poesie. Das hat sein Gutes und sein Schlechtes. Selbst wenn ich der ärmste Mensch der Welt wäre, an Empfindungen würde es mir niemals mangeln.

Er schmunzelte, als er das las. Die Zeilen hatten für ihn etwas Gutes. Er begann auf einmal, ohne lange zu überlegen zu schreiben, und es entwickelte sich, fast schon wie in einem Chat ein regelrechter Dialog.

15. II.

Hallo Theres!

Ich mag deinen Stil, überhaupt deine ganze Art: unbeschwert und frei, offen und ehrlich, was soll ich da noch mehr sagen?

Er machte zwei Smileys, ein lächelndes und ein lachendes, und er überlegte kurz, bevor er weiterschrieb:

Es ist ein Bauchgefühl, und ich glaube, ich liege mit diesem Bauchgefühl gar nicht so falsch. Deine Gedichte finde ich durch die Bank sehr gut. Du hast einen ganz eigenen Stil, der schwer einzuordnen ist, aber genau das macht das Ganze ja so interessant. Deine Gedichte stehen einfach für sich. Verstehst du, für sich!

Wann schreibst du eigentlich?

Tillmann lehnte sich zurück und sah zum Fenster hinaus. Das Markttreiben war in vollem Gange. Wenn Leute eintraten oder wieder das Café verließen strömte ein kalter Luftstrom in den warmen Raum.

Da! Theres hatte wieder geschrieben; er sah die Meldung der neuen Nachricht.

Freitag, 15. Februar

Hi Tillmann,
ich danke dir vielmals, aber so viel Lob und anerkennende Worte haben meine Texte doch gar nicht verdient!

Wann schreibe ich meine Gedichte? Dann, wenn ich etwas Zeit habe und plötzlich neue Gedanken in mich eindringen und mich beflügeln. Wenn ich solche Ideen am Morgen habe, dann steht in diesen Stunden die Sonne für mich schon am höchsten in meinem Herzen, und ich habe am Mittag schon Sonnenuntergang. Mein Lieber, was soll man da machen? Noch ein Gedicht schreiben, dass die Sonne wieder aufsteigt oder – sich einfach nur freuen, freuen und jeden Augenblick in seinen vollsten Zügen genießen.

Ich freue mich so sehr über deine lieben Worte.

Übrigens: Meine Verse werden jetzt zunehmend metrisch, wobei ich öfters mal daran verzweifele. Vor allem, weil mir eine Freundin vorgeschlagen hatte, frei zu schreiben. Lernt man die ganzen Regeln er Metrik, um sie nicht anzuwenden? So ist das Leben wohl. Hier wurde mir sofort klar, dass man auch Talent haben und das Handwerk lernen sollte. –

Schreibst du eigentlich auch Texte, Lyrik oder Prosa?

Tillmann erschrak. Mit dieser Frage hatte er jetzt nicht gerechnet. Er überlegte, obwohl es nicht viel zu überlegen gab.

Nein, Theres, eigentlich nicht. Nur Vorträge und Reden, kleine Ansprachen, weißt du. Und natürlich meine Kommentare hier im Forum.

Prompt kam ihre Antwort!

Die kenne ich ja schon etwas, Tillmann, aber eigene Ideen und Kreationen – gar nichts? Versuch's doch mal.

Es entstand auf einmal ein regelrechter Dialog, und jeder von beiden hatte den Eindruck, der andere sei nicht weit weg, sitze im Nebenraum oder gar am selben Platz in der Nähe. Ein Satz griff schnell auf den nächsten über, und während dieser sich auf dem Bildschirm breitmachte, waren die neuen Worte des anderen schon im Entstehen.

Ich weiß nicht, Theres. Eigentlich lese ich lieber die Verse der anderen, als eigenes Geschreibsel in den Raum zu stellen.

Er wartete einige Sekunden, und schon flogen ihre Worte auf den Bildschirm!

Geschreibsel, Geschreibsel, was ich da höre, mein Lieber! Hast du mir nicht vor Kurzem geschrieben, du seist Deutschlehrer? Korrigieren die nur? Probieren, nichts als probieren! Auch deine Worte sind Botschaften.

Tillmann stockte. Er wusste nicht, was er sagen sollte. Er schwieg.

Botschaften, dachte er, ja Botschaften. *Alles besteht aus Botschaften. In allen möglichen Variationen. Sie durchkreuzen den Raum.*

Er wollte zahlen. Er gab diese Botschaft mit einem Handzeichen an die Bedienung weiter. Die verstand es sofort und kam.

Am späten Abend, als er längst wieder zuhause war, hatte Theres, als sie im Poesieforum war, noch einmal Kontakt mit ihm aufgenommen.

Freitag, 15. Februar

Hi, Tillmann, bist du noch wach? Ich bin von diesem Samstag und dem mehrstündigen Kurs so müde, dass meine Augen schon halb schlummernd über die Tasten fliegen.

Heute war es bei uns hier in der Gegend ein wolkenverhangener Tag. Ich versuchte mir, unseren Dialog bildlich vorzustellen. Mehrmals. Irgendwann gelang es mir, und ich habe es in Worten, oder sagen wir besser in Versen festgehalten:

Am Bildschirm zwischen den Zeilen –
Vor und hinter dem Wort:

Dein stetes ruhiges Verweilen,
dann bist du wieder fort.

Du, da in der Ferne,
hinter den Horizonten dort ...
... und irgendwo über dem Rhein
fliegen die Wolken fort.

Heute habe ich sie geschrieben.

Tillmann war sprachlos, als er das las. Hatte sie ihn mit ihren Worten in ihren Text miteinbezogen. Er konnte es sich nicht vorstellen, und hinterfragen wollte er es nicht, um bei einer negativen Antwort sein schönes Bild nicht sofort zu zerstören. Wie kam sie darauf, dachte er. Er schrieb ihr zurück.

15. 11.

Ich bin begeistert von diesen Versen. Wie machst du das? Ich muss gestehen, ich habe die Wolken noch keines Blickes gewürdigt! Ich war in deinen Texten versunken. Dank deiner Verse fällt mir auf, wie unachtsam ich heute war und das ich etwas ganz wesentliches versäumt habe. Aber die Wolken waren zweifellos auch bei mir hier und haben am Nachmittag den ganzen Himmel verdeckt. Nur eine kurze Weile hatte sich die Sonne eingemischt. Aber wie im November war es nicht mehr, und die Tage sind schon länger geworden. Wir können uns hoffentlich bald auf den Frühling freuen. Am meisten aber freut mich dein Gedicht.

Im Geiste sah er das wohlwollende Schmunzeln, das über ihre Lippen ging. Er versuchte sich ein Bild zu machen.

Freitag, 15. Februar

Mein Lieber, ich freue mich und danke dir sehr. Ich sitze hier im Bademantel, meine Zehen, die ich soeben frisch lackiert habe, sind kalt, obwohl die Heizung noch läuft. Ich sehne mich im Augenblick nach so viel Wärme. Während ich meine Worte an dich mir von der Nachtseele schreibe, bist du vielleicht schon in tiefen Träumen versunken, und die fliegen mit den Wolken dahin ...

Ich wünsche dir eine angenehme Nacht.

Tillmann sah sie auf einmal da sitzen mit einem weißen Bademantel über dem Körper, der auf der rechten Hälfte zur Seite fiel. Er sah den Schenkel, ihre Haut, und spürte die Wärme, die von ihr ausströmte. Die Erregung in ihm stieg an.

Er stand plötzlich auf, warf sich auf die Couch und vergrub sich in der Decke, die darauf lag. Er wusste, dass sie nicht da war.

KAPITEL 4

Im Museum

»Ein Motiv ist immer etwas, was aus dem Bild in die echte Welt deutet.«

Tillmann machte eine kleine Pause und schaute mit den sieben Personen, die an seiner Einführung in die Moderne Kunst hier im Ludwigshafener Hack-Museum teilnahmen, auf das Gemälde, welches vor ihnen hing.

»Wenn Sie dieses Bild von Kirchner betrachten, das Sie hier sehen, dann können Sie erkennen: Das soll ein Wald sein.«

Ein staunendes, doch teilweise mit einem zweifelnden Unterton vermischtes Raunen ging durch die Gruppe. Tillmann schmunzelte, hob die Augenbrauen, seine Stirnfalten vertieften sich, aber nur so dezent, dass sein ganzes Wesen noch immer die Ausstrahlung von sich gab, die er schon zu Schulzeiten hatte, als er vor der Klasse stand.

»Der einzige Fehler«, so fuhr er fort, »den der Expressionist hier gemacht hat, ist der: Die Stämme sind blau und rosa und nicht, wie es sich gehört, graubraun.«

Er hob die Hand und zeigte auf das Werk.

»Auf der einen Seite haben wir hier das erkennbare Motiv, den Wald, auf der anderen Seite aber die falschen Farben. Denn im Expressionismus, wie in diesem Fall bei Kirchner, beginnt sich die Farbe vom Motiv zu *emanzipieren*!«

Er hüstelte leicht, vielleicht aus Verlegenheit, vielleicht war ihm aber auch die Luft im Raum etwas zu trocken, oder es waren immer noch die Relikte einer starken Erkältung, die er sich vor einigen Wochen zugezogen hatte. Hier in Ludwigshafen, wo Tillmann ja lebte, hielt sich der Frost zwar in Grenzen, meistens an der Null-Grad-Marke, doch die nasskalten Tage wollten einfach kein Ende nehmen.

Ein alter Herr mit den wenigen, aber dafür doch etwas längeren buschigen weißen Haaren, die ihm noch geblieben waren, ging an einem Stock leicht gebückt drei kleine Schritte auf das Bild zu und besah es noch einmal aus der Nähe. Dann nahm er auf der langen

Besucherbank Platz. Man konnte deutlich erkennen, wie er sich das Gesehene durch den Kopf gehen ließ, still hinterfragte.

»Erstaunlich, schon damals in den Zwanzigerjahren setzte auch bei den Farben eine Emanzipation ein«, bemerkte eine ältere Dame und lächelte.

Eine andere, jüngere, etwa um die dreißig, deren schwarzes Haar einen sehr guten Kontrast zu ihrer saloppen beigefarbenen Tunika abgab und ihrem ganzen Körper ein sehr attraktives Aussehen verlieh, strahlte mit ihren blauen Augen und sah Tillmann lächelnd, vielleicht sogar ein wenig herausfordernd an. Er versuchte zu erraten, was sie sagen wollte. Er sah ihr direkt in die Augen. Sie sah zurück. Sie schwieg. Nur ein leises Lächeln, es blieb. Plötzlich überfiel ihn der Gedanke an Theres. *Nein, Theres ist jünger,* dachte er, so um die zwanzig oder höchstens so einige Jährchen älter, sie steht ja inmitten ihres Studiums! Mit seiner Hand strich er ein wenig verunsichert über seine rechte Schläfe. Er wusste, dass die Haare grau waren. Deshalb hatte er sie beim letzten Friseurbesuch möglichst kurz schneiden lassen, doch jetzt waren sie wieder nachgewachsen. Er fühlte es deutlich. Er betastete oft seinen Kopf, manchmal auch Teile seines Körpers. Letzteres meist dann, wenn er sich abtrocknete oder kurz vor dem Einschlafen im Bett. Dann ließ er die Hand wieder ab und blickte zu den Besuchern.

»Die Farbe musste sich also vom Motiv emanzipieren«, so fuhr er fort und streifte mit einem, so man könnte sagen, fast schon geschulten Rundblick jeden Einzelnen der Gruppe.

»Die Farbe Blau musste Jahrhunderte immer nur für einen Zweck herhalten: blauer Himmel, blaues Wasser, blaue Augen.«

Er hielt kurz inne und sah, wie sich seine Blicke mit ihren kreuzten. Das kobaltfarbene Blau der Dreißigerin drang wie ein zartes Leuchten in ihn. Sie lächelte nicht mehr. Sie schaute nur zu ihm. Um ihn zu sehen? Oder einfach nur deshalb, um ihm konzentriert zuzuhören? Bestimmt war es Letzteres. Er ordnete wieder seine Gedanken, konzentrierte sich und wollte schon sehr ernst werden, um zum Thema seiner Führung zurückzufinden, da glitt auf einmal ein Lächeln über ihre Lippen. Schöner als das der Mona Lisa! Er nickte unbemerkt seiner inneren Stimme zu. Klarer und viel schöner! – *Welche Augen hat wohl Theres?*, dachte er plötzlich. Er wusste es nicht.

»Ja, der Himmel, das Wasser, die Augen waren bis zu dieser Zeit Repräsentanten der Bläue. Ich könnte Ihnen viele davon aufzählen. Doch ich möchte jetzt –«

»Die Blumen«, unterbrach ihn eine Zuhörerin, »sie darf man nicht vergessen! Gerade die blauen Blumen – – –«

»Die Blaue Blume ist doch das Symbol für die Liebe«, rief eine Stimme. Es war die Dreißigjährige!

Man hörte, wie ihre Worte bestimmt und ausdrucksvoll in den Raum glitten. Es wurde still, und ein Schweigen lag über der kleinen Gruppe. Tillmann schien es, als vibriere die Stille in sich. Er sah kurz zu dieser Frau hin und erwiderte ihr Lächeln.

»Das stimmt«, sagte er, »sie ist das Symbol für die Liebe. Doch ich möchte jetzt den Gedanken von vorhin weiterführen. Bei Ernst Ludwig Kirchner aber wird das Graubraun der Natur durch ein Blau ausgetauscht.«

Er hielt ein und sah konzentriert und eindringlich auf die gesamte Zuhörerschaft.

»Das Blau, das wir hier sehen«, sagte er mit bestimmendem Ton und zeigte nochmals direkt auf die Bäume im Bild, »dieses Blau ist nicht mehr versklavt für irgendeinen Gegenstand!«

Das Partizip »versklavt« erhöhte die Aufmerksamkeit, vielleicht schreckte es sogar die Teilnehmer dieser Runde auf, aber gerade das wollte er ja, er wollte die Aufmerksamkeit auf das Bild verstärken, vielleicht auch die auf sich selbst.

Es tat ihm noch immer gut, wenn er anderen etwas sagen, etwas erklären konnte; und wenn diese ihm zuhörten, das verstanden, was er meinte und diese Gedanken letztendlich mitnahmen. Eine Zufriedenheit machte sich dann bei ihm breit – mit sich selbst, dem Augenblick und vielleicht auch mit der Welt im Kleinen. Es war ihm, als wenn das Kind in ihm lachte, wenn der Turm aus Holzklötzen gebaut war!

»Kirchner benutzt die Farbe als Wirkstoff.«

Eine kleine Denkpause trat ein, die zum Nachdenken aufzufordern schien.

»Und was macht Kirchner mit der Farbe?«

Er warf die Frage fordernd in den Raum. Die beiden Aufsichtsdamen fühlten sich nicht angesprochen und starrten wie Big Brother auf die kleine Schar. Sie taten nur ihre Pflicht, und sie hatten alles unter ihrer Kontrolle, alles fest im Griff.

»Was macht er?« Tillmann wiederholte die Frage und verstärkte seinen Ausdruck in Mimik und Artikulation dabei. »Was macht der Künstler? Kann mir das jemand von Ihnen hier sagen?«

Zwei Frauen flüsterten sich leise zu. Der ältere Herr mit dem Stock saß noch immer auf den Besuchersitzen und schaute fragend vor sich. Da hob die Schwarzhaarige ihren Kopf noch ein wenig mehr an, blickte auf, sah zu Tillmann, als ob sie etwas sagen wollte. Der wiederum sah sie an und nickte erwartend, was so viel wie eine Aufforderung bedeutete, sie solle es doch endlich sagen, wenn sie etwas sagen wolle. Ihre Lippen wölbten sich noch unschlüssig leicht nach oben, und im nächsten Moment rieb sie ihre schlanken zartgliedrigen Hände verlegen, vielleicht sogar unsicher gegeneinander.

»Ja«, erwiderte sie, »der Künstler benutzt hier die Farbe als Wirkstoff.«

»Genau!« Tillmann nickte begeistert, denn wie froh war er bei solchen kleinen Führungen, wenn sich die eine oder andere Hand hob, die Schüchternheit überwand und mit einem Wort oder sogar einigen kurzen Sätzen Antwort gab.

Ja, er nickte begeistert, und er zeigte fast schon die Tendenz, sein begeistertes Zunicken in eine dezente Verneigung übergehen zu lassen, gebot dieser inneren Euphorie aber im letzten Moment noch Einhalt. Freude und Empathie auf der einen Seite und seine Beherrschung nach außen waren schon immer Elemente, die sich in seinem Leben gegenüberstanden. Sein Vater hatte ihm diese angeblich preußische Tugend anerzogen, er hatte sich zuerst mit allen Mitteln dagegen gewehrt, doch diese dann im Lauf der Jahre zumindest groben Stücken angenommen.

»Ja, Sie haben es erkannt! Es ist so: Die Farbe ist der Wirkstoff des Künstlers!«

Die junge Frau lächelte zufrieden und sah zu ihm. Er registrierte alles, ließ sich aber nicht von seinem Gedankengang abbringen.

»Was also macht Kirchner?« Er sah auf die Gruppe. »Er befreit die Farbe, indem er sie an die falsche Stelle setzt!«

Dann drehte er sich um. Sie sahen zufrieden zu ihm und schwiegen.

»So, und jetzt folgen Sie mir bitte!«

Er ging zum nächsten Raum, seine Schar folgte ihm, ebenso das Aufsichtspersonal – aber ganz dezent. Auch der Mann auf der Bank stand wieder auf.

»Jetzt betrachten wir uns dieses Bild. Es ist von Wassily Kandinsky.«

Die Dreißigjährige sah wieder mit erwartungsvollem Blick zu Tillmann. Licht fiel von den Deckenfenstern in den Raum. Die spiegelnde Oberfläche des Parkettbodens glänzte mit einem Mal so, wie er es bisher bei seinen Führungen in diesem Museum noch nicht erlebt hatte, und ließ für ihn dadurch die Wände optisch ein wenig zurücktreten.

Das hellbeige Kleid der jungen Frau sammelte das Licht, das von oben kam, und dieses spiegelte umso mehr ihren sportlichen Körper mit der mehrlagigen Tunika. Die starke Dominanz der spiegelnden Parkettoberfläche ließ den Körper in den Vordergrund treten. Diese Frau verstand es, ungewollt Blicke zu zentrieren und zog den Blick Tillmanns noch mehr an, als er anfänglich dachte. Er spielte mit seinen Gedanken, verwob sie lautlos miteinander und ließ seiner Fantasie freien Lauf. Es geschah immer dann etwas, wenn sie sich ein wenig drehte. Drehte sie sich mit dem ganzen Körper etwas nach rechts, entstand eine Drehung, die eigentlich nicht der Rede wert gewesen wäre, sie noch einmal zu erwähnen. Doch Tillmann sah es nun schon zum zweiten Mal, wie der leichte Stoff der Tunika sich der Drehung ihrer Trägerin anpasste, er flog im Kreise mit, und man sah, wie sich eine Falte auf die nächste legte, während die übernächste erst im Entstehen war.

Diese Frau richtete noch immer gespannt ihren Blick auf ihn, und er dachte an einen Auftritt von Marianne Faithfull und ihren Song *The Ballad of Lucy Jordan*.

Dann sammelte er sich wieder. Alle blickten gespannt zu ihm hinüber und erwarteten seine Antwort.

»Ich frage Sie alle: Was sehen Sie hier auf dem Bild Kandinskys?«

Seine Frage schoss merklich und bestimmt aus ihm heraus. Er hatte die sinnlichen Entgleisungen seiner Gedanken wieder beiseite geschoben, und nur durch diese Bestimmtheit hatte er seine Gefühle unter Kontrolle.

»Ich sehe nur Formen«, rief die erste der Zuhörerinnen. »Ja, aber auch die Farben«, fügte eine ältere Dame ergänzend hinzu. »Zuerst müssen wir aber die Linien nennen«, ergänzte der Herr in dem abgetragenen Anzug. »Und was ist mit den Punkten?«, fragte der Herr mit dem Stock, der mittlerweile auf einer neuen Sitzgelegenheit Platz genommen hatte. Seine Stimme klang leise, gebrechlich, hatte aber noch immer einen bestimmenden Charakter. Er war der älteste in der Gruppe; das sah man ganz deutlich. Er hatte die Hände über den Knauf seines aufgerichteten Stockes gelegt und sah gespannt in den Raum.

»So ist es!«, rief Tillmann. »Bringen wir es auf den Punkt und beginnen mit diesem! Bei Kandinsky gibt es keinen Verweis auf die Welt als solche. Der Bildraum selbst ist die Welt des Bildes, und in diesem Bildraum haben wir eine Verteilung von Punkt, Linie, Fläche, Form und Farbe. Kandinsky verteilt das so, dass dies auf dem Blatt oder der Leinwand eine Komposition ergibt. Er sagte sich: Ich mache Kompositionen einfach nur aus Punkt, Linie, Fläche, Form und Farbe.«

Er pausierte für Sekunden und blickte konzentriert zu seinen Zuhörern, um dadurch deren Konzentration noch zu erhöhen.

»Seit diesem Zeitpunkt gibt es in der Modernen Malerei in der Kunst ein Universum von unendlichen Möglichkeiten. *Man muss sich an nichts mehr halten.*«

Seine letzten Worte, die er soeben gesagt hatte, ließen einen angenehm faszinierenden Beigeschmack hinter sich. Vielleicht beeindruckten sie ihn noch mehr als die Gäste. Denn sie faszinierten ihn und schreckten ihn zugleich auf. Sich an nichts mehr halten müssen! Das hatte er eben gesagt. Die Kunst Kandinskys musste gegenstandslos sein, um die alten Traditionen zu verlassen. Auch Tillmann wollte die alten Traditionen seines Lebens verlassen. Aber war dieses Leben gegenstandslos?

»Was macht Kandinsky, wenn er vor der weißen Leinwand steht?«

»Er malt«, entgegnete ihm jemand.

»Er malt?! – Nein! Er lässt erst mal den Pinsel fallen! Er sagt: Wir müssen nachdenken, Wir müssen uns fragen: Was ist ein Bild an und für sich?«

Der Mann im abgetragenen Anzug schaute ihn kritisch und mit fragendem Blick an.

Tillmann holte tief Luft.

»Wenn Sie oder Sie oder Sie« – er zeigte auf jeden einzelnen Teilnehmer seiner Führung – »vielleicht heute Abend noch ein Bild malen, dann müssen Sie den Punkt, die Linie, die Fläche, die Farbe und die Form in irgendeiner Weise auf die Leinwand bringen. Das ist der Clou!«

Er lachte. Seine Worte kamen an. Die Zuhörer nickten sichtlich zufrieden.

»Alle Bilder dieser Welt, die gemalt wurden und gemalt werden, funktionieren nach diesen fünf Kriterien.«

Dass Kandinsky eine glaubhafte Begründung für die Verbundenheit der Farben auf der Leinwand in der Musik fand, erklärte er seinem kleinen Kreis später noch.

Draußen hatte sich die Dämmerung schon längst über die Stadt gelegt. Durch die Fenster am Deckengewölbe sah man vereinzelt Sterne. Man konnte sie zählen. Das Licht in den Ausstellungsräumlichkeiten machte einen schummrigen Charakter. Es hatte den Glanz des Tages verloren. Die Tunika der Dreißigjährigen und ihre grazilen Beine spiegelten sich nicht mehr auf dem Parkett; die Dunkelheit hatte dem Licht den Auftrag entzogen. Doch ihre Augen schauten ihn noch immer an und stachen zart auf ihn ein. Sein Blick wanderte noch einmal über ihren Körper, von dem Mittelscheitel mit den schwarzen fallenden Locken, über ihre Augen, die sich ständig formenden Lippen, über den Körper mit der Tunika, die sich kontinuierlich dessen rhythmischen Bewegungen anpasste, bis zu den Beinen in den dunkelbraunen Stiefeln, die eng und ruhig nebeneinander standen.

Der Songtext von Marianne Faithfull fiel ihm wieder ein:

At the age of thirty-seven,
she realized she'd never
ride through Paris
in a sports car with the
warm wind in the hair …

Sie war im Alter von 37 Jahren,
als ihr klar wurde,

dass sie niemals durch Paris fahren würde
in einem Sportwagen
mit dem warmen Wind in den Haaren ...

Er schloss für Sekunden die Augen, und er spürte, obwohl kein Luftzug durch den Ausstellungsraum ging, die Wärme eines Windes um seinen Hals. Wohlig drehte er seinen Kopf im Kreise und öffnete wieder die Augen, und die Dreißigjährige sah ihn vor dem Ende der Führung, vor dem Abschied noch einmal eindringlich an.

As she lay there 'neath the covers,
dreaming of a thousand lovers
'til the world turned to orange
And the room went spinnin' round

Da saß sie unter ihrer Decke und träumte
von den tausenden Lovern, die sie nie haben würde,
träumte, bis sich die Welt rot einfärbte
und ihr Zimmer sich zu drehen begann.

Man applaudierte, verabschiedete sich, ging nach draußen, und das Dunkel des Abends ließ all das zu Ende gehen, was noch offen war.

Eigentlich wollte er noch seinen Freund Leo treffen, doch der hatte schon vor einem Tag das geplante Treffen wegen einer starken Erkältung abgesagt.

Zuhause schaute er noch einmal in das Poesieforum. Gestern erst hatte er ein Gedicht von Theres gelesen, das ihm besonders gefiel. Er las es noch einmal, und jetzt gefiel es ihm noch besser.

Unter dem Meer
Unter dem Meer liegt der Hafen
mit Rhythmen und Klängen bei Nacht,
wo die Verwehten schlafen,
von Sphären und Mythen bedacht.

Wenn das Wasser der Meere
sich mit den Tropfen des Regens vereint,
liegt über den Wellen die Schwere,
in Freude und Abschied beweint.

Die Himmel spiegeln sich und strahlen
in einzigartiger Brillanz
ein Meer von leuchtenden Opalen,
Unendlichkeit und Fulminanz.

Die Sterne fallen hernieder
durch Nacht und Meer,
und alle sieht man wieder,
so wie bisher.

Seine Reaktion ließ nicht lange auf sich warten, und es entstand ein kurzer Chat in dem Privat-Kanal des Forums.

14. III.

Hallo Theres,

ich mag Deinen Stil, überhaupt Deine ganze Art: unbeschwert und frei, offen und ehrlich – was soll ich da noch mehr sagen? Es ist ein Bauchgefühl, und ich glaube, ich liege mit diesem Gefühl gar nicht mal falsch.

Donnerstag, 14. März

Ui, mein Lieber,
da fühle ich mich ja geschmeichelt, besonders was dein Urteil über meine unbeschwerte Art angeht. Ich denke, ich bin ein ziemlicher Träumer und Romantiker, nicht nur in der Poesie, hat sein Gutes und sein Schlechtes. Da bin ich zwar arm, aber reich an Empfindungen!

Theres,

deine Gedichte sind Botschaften.

Tillmann sah durch das Fenster zum Nachthimmel. *Vielleicht sind die Lichter der Sterne auch Botschaften*, dachte er. Er spürte, wie die Müdigkeit auf einmal von unten nach oben im Körper hochzog. Er gähnte und schaute auf seine Armbanduhr. Es war schon fast Mitternacht. Theres war geschmeichelt von seinen Worten, das wusste er. Doch er meinte es wirklich so. Er hatte Recht.

Theres war von seinen Worten sehr angetan und spürte auf einmal seine Nähe. Sie schloss die Augen und sah, wie er unter Bäumen lief, wie sein Laufen immer schneller wurde und wie er auf einmal seine Arme ausbreitete und ihr immer näher kam.

Dann der Mitteilungston einer neuen Nachricht. Sie schreckte hoch und öffnete wieder die Augen. Er hatte ihr noch einmal geschrieben:

> Sei mir nicht böse, aber ich bin vom Tag und von der Führung im Museum sehr müde, und meine Augen fliegen schon halb schlummernd über die Tasten. Ich hoffe, du verstehst mich. Dir wünsche ich eine angenehme Nacht und viele süße Träume ...
>
> Tillmann

Sie zögerte nicht lange und haute kurz und schnell in die Tasten.

> Aber klar doch!
> Das verstehe ich. So etwas strengt an. – Bis bald!
>
> Theres

KAPITEL 5

Erste Vorstellungen vom anderen

Dienstag, 2. April

Ich lese die Schrift von dir aus dem Äther, Tillmann, da ... Buchstabe reiht sich an Buchstabe, Wort an Wort, und ehe ich sie vernommen habe, bist du schon wieder fort.

Er stutzte und antwortete ihr:

2. IV.

Woher willst du das wissen, Theres? Ich sitze immer noch hier und warte auf dich!

Nach kurzer Zeit:

Das freut mich, Tillmann!

War es das Ragout fin vom Mittag, das Tillmann noch immer im Magen lag? Irgendetwas bedrückte ihn. Ein kurzes *Ciao, ciao!* Dann brach er den Dialog ab.

Sie hatte Verständnis.

Es war Mittag, ihren Croissant mit der Tasse Cappuccino hatte sie schon vor einer halben Stunde zu sich genommen und beides mit Ruhe und Genuss verzehrt. Sie saß in der Cafeteria der Philosophischen Fakultät der Uni Mainz an einem kleinen, runden, freien Tisch und hatte ihren Laptop aufgeklappt. *Was er wohl hat? Das wird schon werden*, dachte sie und schaute durch die große Fensterwand der Cafeteria hinaus. Die Bänke waren leer. Obwohl es schon wärmer geworden war und die ersten Tulpentriebe den Osterglocken in der Nachbarschaft Gesellschaft leisteten, war es immer noch sehr frisch draußen. Die Plätze in der Cafeteria hatten sich schon wieder ein wenig geleert. Eine Hilfskraft vom Tresen neben der Kaffeebar lief mit einer kleinen Abfalltonne herum und sammelte liegen gebliebene Flugblätter, Infozeitschriften, leere, weiße Kunststofftassen und anderen Krimskrams auf, der den Weg noch nicht in den Abfalleimer gefunden hatte.

Die erste Aprilwoche war angebrochen, die Sonne schien endlich wieder so richtig, und der Himmel war herrlich blau. Theres wäre noch geblieben und hätte noch so gerne durch das weite Fenster in den Frühling geschaut, der derzeit irgendwo in der Ferne lag und den man nur ein wenig sehen konnte. Aber man konnte ihn spüren und in seiner Fülle schon jetzt im Voraus erahnen. Sie sah die blühenden Apfelhaine schon vor sich, die Pfirsichbäume und die Reben. Eine Freude machte sich in ihr breit, und sie stellte sich vor, unter den Bäumen zu liegen und den Duft dieser Blüten langsam in sich hineinzuziehen. Überall roch es in ihren Sinnen nach Frühling, und vor lauter derartigen Gedanken hätte sie fast die *Werther*-Vorlesung versäumt. Um vierzehn Uhr c. t. sollte die Vorlesung beginnen, und es blieb ihr noch genug Zeit, noch einen Sitzplatz im Hörsaal P I zu bekommen.

Tillmann hatte sich inzwischen längst auf der Couch im hingelegt, und die über zwei Stunden Ruhe taten ihm gut.

Wahrscheinlich hätte er noch länger geschlafen, wenn nicht das Klingeln an der Haustür ihn geweckt hätte. Er schaute etwas verwirrt zur Uhr auf seinem Schreibtisch. Wer könnte das so spät am Nachmittag noch sein, der Briefträger war schon längst da gewesen, auch der Paketdienst hatte schon seine Runde in diesem Viertel gedreht, und Besuch erwartete er keinen mehr. Er ging nach vorne, und durch das dicke grobe Glas konnte er die Konturen einer Person erkennen, die vor der Tür stand und wartete. Er überlegte nicht lange und öffnete. Marie! Fast hätte er es sich schon gedacht, aber nur fast. Tillmann war ein Mensch, der sich nicht sofort festlegte und andere Möglichkeiten nicht ausschloss. Da stand sie nun und strahlte ihn an.

»Hi, Herr Lenz!«

»Hallo, Marie! Was führt dich zu mir?«

Er presste die Lippen ein wenig verlegen zusammen und sah sie fragend an.

Marie fuhr verlegen mit der linken Hand über ihre Stirn und schob ihr schulterlanges Haar, das ein Scheitel in der Mitte teilte und an seinem Ende zu einem Zopf zusammengebunden war, beiseite und blickte Tillmann direkt in die Augen.

Der hakte noch einmal nach, weil er schon im Stillen ahnen konnte, was kommen könnte: »Klappt in der Schule alles?«

»Im Großen und Ganzen schon, aber in Deutsch habe ich noch ein paar Fragen.«

»Wo hängt es, Marie?«

»Bei dem Interpretieren von Gedichten.«

Tillmann sah sie ein wenig erstaunt an.

»Die Gedichtinterpretation bereitet dir Schwierigkeiten?«

»Was heißt hier Schwierigkeiten! Eigentlich lese ich Gedichte schon immer sehr gerne, auch in meiner Freizeit. Es gibt sogar Tage, da schnappe ich mir mein kleines Gedichtbändchen von der Mascha Kaléko und lese darin. Das macht mir Spaß, aber ...«

»Komm, tritt erst mal ein. Lass uns ins Wohnzimmer gehen, dort auf die Chaiselongue.«

Er lächelte und wies ihr den Weg. Marie trat ein, putzte ihre Schuhe ab, bückte sich leicht nach vorne, und im Nu hatte sie ihre flachen, türkisfarbenen Ballerina-Schlupfschuhe ausgezogen und stellte sie gleich neben den Eingang auf die dunkelbraunen Kacheln in der Diele.

»Du hättest die Schuhe ruhig anbehalten können. Bei Schneematsch ist das etwas anderes.«

»Das ist bei mir gang und gäbe, daheim mache ich das auch. Das haben mir meine Eltern schon als Kind beigebracht.«

»Ah ja! Komm!«

Marie huschte mit ihren schlanken, fast schon hageren Beinen wie eine Gazelle ins Wohnzimmer und nahm auf dem Chaiselongue Platz. Ihre bordeauxfarben-hellgraue Yogakleidung schmiegte sich dabei dicht an ihren Körper, und eine gewisse Anmut war nicht zu übersehen.

Tillmann stand da und überlegte kurz, wo er sich hinsetzen sollte. Er setzte sich auf das Chaiselongue neben sie.

Sie saß da und sah ihn still an. Ihre Mimik spann ihm in diesem Augenblick Rätsel auf, die er nicht lösen konnte. Ihre Augen sahen ihn an, er spürte, wie ihre Blicke redeten und redeten, doch er verstand ihre Sprache nicht. Ihr rotblondes Haar hatte schon eine gewisse Ausstrahlung, die ihm immer wieder ins Auge fiel und zusammen mit den Sommersprossen auf ihrer Nase einen gewissen Reiz auf ihn ausübte, den er nicht leugnen konnte.

Die Wanduhr schlug. Es war genau siebzehn Uhr.

»Darf ich dir etwas zu trinken anbieten? Einen Kaffee? Tee? Oder Mineralwasser?«

»Ja, einen Schluck Mineralwasser.«

»Gerne!«

Tillmann ging zur Küche, holte zwei Gläser aus dem Schrank, stellte sie auf den Glastisch vor der Chaiselongue und schenkte ein. Marie nickte. Sie hoben die Gläser und stießen an. Tillmann schlürfte ein wenig, dabei war das Getränk kalt.

»Ich tue das nur, um das Prickeln der Kohlensäure an den Lippen zu spüren«, warf er verlegen entschuldigend in den Raum, »eigentlich macht man das nicht ...« Man hörte auf einmal wieder die Stimme des Lehrers, der er seit gut einem Jahr nicht mehr war.

»Ist doch klar«, erwiderte Marie und stellte ihr Glas auf den Tisch.

Die Nachmittagssonne stand schon im Westen, tränkte mit ihren Strahlen die blühenden Forsythiensträucher hinter dem Haus und in den Nachbargärten, fiel in warmen Tönen durch das Fenster und vereinigte sich mit ihren rötlichen Haaren zu einem milden bronzefarbenen Farbton.

»Das Lesen von Gedichten macht dir eigentlich Spaß, sagtest du zu mir. Schön. Wo liegt dann das Problem?«

»Es ist die Vorgehensweise bei der Interpretation!«

»Das Interpretieren also! Das lässt sich lösen. – Wie lange hast du noch Zeit bis zum Abitur?«

»Etwa ein Jahr.«

»Das kriegen wir doch hin, Marie!«

Sie lächelte und nickte.

»Was, würdest du sagen, ist ein Gedicht?«

Marie überlegte nicht lange: »Ein Text.«

»Jaaa. Das stimmt. Es ist aber mehr.«

Tillmann schaute sie erwartend an.

»Ein Text, der sich reimt.«

»Mitunter, Marie, aber nicht immer.«

Marie überlegte.

»Es wird etwas erzählt.«

»Wie bei der Erzählung und bei dem Roman?«

Tillmann schaute sie eindringlich an. Er war wieder in seinem Element wie noch vor einem Jahr als Lehrer.

»Nein, es ist kürzer. Nur wenige Worte, und viele Worte wirken wie Bilder.«

»Genau! Bilder! Du sagst es! Man nennt dies Metaphern, und jede Metapher hat eine Bedeutung!«

Er war ganz spontan von seinem Platz aufgestanden, hatte sich vor sie gestellt und gestikulierte mit seinen Händen zu dem, was er sagte.

»*Unsere Gedanken schaffen Worte*, und wir spielen mit ihnen, auch im Alltag, und oft merken wir es gar nicht. Der Dichter tut das natürlich bewusst. Er sucht sich die Worte wohlüberlegt aus, die zu seinen Gedanken passen und mit denen er etwas Bestimmtes ausdrücken will.«

Eine kleine Falte zog sich über Maries Augenbrauen zusammen. Sie überlegte, und er sah sie erwartend an.

»Ist es ein Spiel mit den Worten?«

»Ja, es ist ein Spiel! Das Gedicht ist ein Spiel mit Worten, und diese Worte, was tragen diese Worte, was teilen sie uns mit?«

»Informationen.«

»Auch, aber nicht nur. Gefühle, Marie, Gefühle!«

Marie nickte. Wie schön hatte er doch dieses Wort ausgesprochen! Leise und zart, aber doch eindringlich. In einer solchen Weise hatte sie es noch nie gehört. Wie schön dieses *»ü«* klang! Sie würde es am liebsten noch einmal hören.

»Es sind also mehr als Informationen?« Sie wartete mit einer verborgenen Vorfreude, die sie sich nicht anmerken ließ, auf dieses Wort. Es kam.

»Ja, es sind die Gefühle!«

Ein kleines Glücksgefühl stieg in ihr auf. Diese eindringliche Zartheit seiner Worte war ein Erlebnis. Sie beneidete schon die Schüler, die ihn als Lehrer hatten.

»Das Gedicht ist ein Gefühl, das zusammen mit der Idee die ausgewählten Worte einer Form zuordnet.«

»Das Reimschema und die Metrik?«

»Ja, Marie!«

»Das hat der Lehrer letzte Woche mit uns im Unterricht durchgenommen.«

»Dann brauche ich das dir nicht mehr näher zu erklären?«

»Doch, es wäre besser, Herr Lenz ...«

Marie hatte inzwischen ihre Beine auf das Sofa hochgezogen und saß in einer Art Schneidersitz in der rechten Ecke zwischen der dicken Polsterlehne und der Rückenwand des Sofas. Ihre beiden zierlichen Hände umklammerten das rechte Knie und ließen darauf die Daumen in gleichmäßigem Rhythmus kleine Kreise drehen.

»Das Gedicht«, so fuhr Tillmann fort, »ist eine Idee, die erzählt wird. Im Gedicht spielt der Erzähler, den man auch das ›Lyrische Ich‹ nennt, mit gezielt ausgewählten Worten, unter denen auch die Metaphern sind. Er spielt mit Gefühlen, und ordnet sie einer bewusst ausgewählten Form zu.«

Tillmann hatte sich wieder auf die Couch gesetzt und konnte sehen, von welch fein-linearer Struktur ihre hellgraue Strumpfhose durchzogen war. Er schaute die junge Frau wieder an, und an seinem Gesichtsausdruck konnte man ablesen, dass jetzt eine bestimmte Frage kommen würde. Und sie kam.

»So, Marie, etwas fehlt uns noch!«

Sie schaute etwas überrascht auf. »Inwiefern?«, hakte sie nach.

»Im Hinblick auf das Gedicht.«

»Ach so!« Sie überlegte und kam nicht darauf.

»Ganz einfach«, sagte er, »es ist das Rätsel. Das Gedicht als Rätsel.«

Tillmann stand auf, ging zum Bücherregal hinter dem Schreibtisch, zog *Das große Gedichtbuch* von Conrady heraus, schlug das Buch auf und las ihr vor:

»Schläft ein Lied in allen Dingen,
die da träumen fort und fort,
und die Welt hebt an zu singen,
triffst du nur das Zauberwort.

Kennst du diese Verse?«

»Habe ich schon mal gehört. Ich glaube, die sind ...« Sie überlegte und streifte sich mit dem rechten Zeige-und Mittelfinger langsam über ihre Unterlippe.

»Sind die von Eichendorff?«

»Ja! Und das Rätsel, das Geheimnis in diesem Gedicht, was ist das?«

»Das Zauberwort, Herr Lenz!« Ihre Antwort kam schnell, und auf einmal kam es ihr vor, als würde sie in der Klasse sitzen und ihr Deutschlehrer stünde vor ihr.

»Die Welt fängt an zu singen, wenn du das Zauberwort triffst. Kennen wir das Zauberwort?«

Marie überlegte. Sie lächelte verlegen und schwieg. Stattdessen fuhr sie mit ihrem rechten Zeigefinger langsam über ihr Knie und zeichnete teilweise die lineare Struktur ihrer Strumpfhose nach.

»Das Geheimnis ist das Zauberwort, sagtest du vorhin. Und was ist das Zauberwort?«

Ihren Augen sahen ihn still an und trugen eine eigne Sprache. Jetzt spürte er dass seine innere Unruhe, die schon vorhin in ihm aufkam, stärker wurde. Sie zuckte mit den Achseln.

»Mit dem Zauberwort ist die Sprache gemeint. Sie besitzt eine große Macht, sie ist ein Teil des Universums.«

»Sie lässt also die Welt durch schöne Worte singen? Das meint doch der Autor?«

Tillmann nickte.

»Genau so ist es!«

»Irgendwie hat das Gedicht etwas Magisches an sich. Ich empfinde es so.

»Das ist magisch«, erwiderte er. – »So, ich denke für heute reicht es!«

Marie streckte ihre beiden Arme aus zur Entspannung. Es schien ihm, als wolle sie nach ihm greifen, ihn an sich heranziehen und umarmen. Doch sie warf ihm nur einen freundlichen Blick zu und sagte so leise und zart wie er: »Danke!«

Er nickte.

»Das nächste Mal entschlüsseln wir ein neues Geheimnis!«

Sie sah ihn mit großen und erwartungsvollen Augen an.

»Welches?«

»Das Gedicht suchen wir uns dann noch aus.«

»Ja«, flüsterte sie leise, aber doch laut genug, dass er es noch verstand, »das suchen wir uns noch aus.«

Als sie das Haus verließ, hätte sie fast vergessen, am Eingang ihre Schuhe wieder anzuziehen. Sie standen an der Fensterglaswand auf der linken Seite neben dem Haupteingang zwischen dem Zitrus- und dem Orangenbäumchen. Das letzte Licht des Tages hatte sich über ihre Ballerina-Schlupfschuhe gelegt, es ließ das Türkisgrün noch einmal leuchten, und wenn man von der Diele aus zur Türfront schaute, so hatte es den Anschein, als würden die beiden Zitruspflanzen und türkisfarbenen Schuhe von Marie eine Einheit bilden, es wirkte wie ein Stillleben, wo alle Elemente untrennbar zusammengehören. Bilder von Edgar Degas tauchten plötzlich vor Tillmann auf, Ballettszenen von Degas, dann die *Sitzende Tänzerin, ihr Schnurband schnürend*, die *Tänzerinnen in Grün* und das Bild *Nach dem Bade*. Tillmann wusste, dass Letzteres nichts mehr mit Ballettschuhen zu tun hatte, doch die Anmut der Schuhe hatte ihren ursprünglichen, bescheidenen Reiz schon fast bis ins Exzessive gesteigert, die kleinen Schuhe hatten auf einmal für ihn etwas Abgöttisches, der kleine, einfache Glaskristall auf jedem der Schuhe offenbarte ihm plötzlich ein luminös-brillantes Glitzern, und er spürte auf einmal seine innere Leidenschaft. Er schloss die Augen für Sekunden und drehte sich um. Als er die Augen wieder öffnete, stand Marie mit einem stillen Lächeln vor ihm und streckte ihm die Hand zum Abschied entgegen. Eigentlich war es nicht zum Abschied, sondern zum Wiedersehen, denn er wusste, sie würde wiederkommen. Er sah zu ihr hin und schrieb ihre Blicke wie Worte in sein Gedächtnis. Nur konnte er die noch nicht lesen. Oder er wollte es nicht.

Zwischen den beiden Zitruspflanzen lagen schon wieder die Schatten des Abends, und draußen dämmerte es schon.

Gegen zwanzig Uhr hatte Theres geschrieben.

Dienstag, 2. April

Ach, Tillmann,
wie schnell doch so ein Tag vergeht! Heute Morgen war ich noch in der Universitätsbibliothek, um aus der Fernleihe Bücher über Ludwig Tieck zu bestellen, später in der Fachbibliothek, nachmittags dann Hillebrands Vorlesungen über *Werther* und über *Die Außergewöhnlichkeit von Gottfried Benns Ausdrucksweise in seiner expressionistischen Lyrik*, und schon ist der Tag vorbei. Wie schnell manchmal die Zeit vergeht!

Hörst du, manchmal wünsche ich mir, die Zeit bliebe kurz stehen, nur für Momente. So wie bei Werther und Lotte. Über die Aufhebung der Zeit hat Professor Sternlieb heute in seiner Vorlesung gesprochen. Mein Gott, war das interessant! Da kommt man ins Träumen ... Und einmal bin ich sogar in die Rolle der Lotte geschlüpft. Wenn man das kann, bleibt die Zeit für einen wirklich stehen ...!

Mein Lieber, ich wünsche mir, dass die Zeit stehen bleibt, irgendwann, ganz lange, nicht nur bei mir, vielleicht auch bei dir ... ---
Jetzt muss ich fort. Habe in der Altstadt eine Verabredung mit einer Kommilitonin im »Augustinerkeller«. Eine sehr gemütliche Gaststätte, wo sich die Studenten öfters treffen.

Ciao, ciao!
Theres

Die Zeit anhalten? Tillmann hielt inne und dachte nach. *Warum nicht! Es muss nicht einmal zum richtigen Zeitpunkt und am richtigen Ort sein, sondern nur zur rechten Gelegenheit, im passenden Augenblick.*

Theres war derzeit nicht auf dem Privatkanal dieses Poesieforums, doch er wollte ihr noch schreiben. Er schrieb an ihre Mail-Adresse.

2. IV.

Hallo Theres,
du hast sicher einen schönen Tag gehabt, auch wenn alles so schnell vorbei war. Doch dein Leben liegt noch vor dir. Als Student lebte ich

den Augenblick oder dachte an die Zukunft. Vieles von der damaligen Zukunft ist nun Vergangenheit geworden, doch ich sehe immer noch in die Zukunft. Vielleicht bist du ein Teil meiner Zukunft. Wir kennen uns zwar nur über die Domäne eines Internetforums, diesen Poesie-Kanal, noch gar nicht mal so lange, aber ich spüre es, Theres! Da ist mehr! Mehr als nur Worte, die einfach so in den Äther geworfen werden.

Ich bin kein Student mehr, aber die Gefühle in uns Menschen sind doch oft noch so wie in der Jugend, auch die Bedürfnisse nach Zärtlichkeit und mehr.

Ich fühle Dich, und mein Körper fühlt Dich.

Ich kann Deine Nähe nur fühlen, Deine Worte in Erlebnisse umwandeln. Ich kann mir Dich vorstellen, ja vorstellen, wie Du aussiehst, Dein Körper, Deine Augen, Dein Mund, Deine Hände, Deine Beine ... Ich weiß es nicht, aber ich stelle es mir vor. Ein schönes Gefühl!
Du bist noch jung, Theres, aber irgendwann wirst du es merken: Die Liebe geht in die Jahre und wird vom Alltag überrollt. Es bleiben die Mitmenschlichkeit, das Miteinander und die Sehnsucht nach Zärtlichkeit. Das Letztere spüre ich, wenn ich an dich denke.

Ich stelle mir gerade vor: Du sitzt hier rechts neben mir, unsere Knie berühren uns. Deine Lippen verbergen ein Schmunzeln. Ganz langsam fährt deine Hand streichelnd über mein rechtes Bein. Oh, ich merke, wie mir das Blut in den Kopf steigt, in allen Körperteilen zirkuliert es, und mein Herzschlag wird schneller. Jetzt fliegen meine Gedanken wild durch die Gegend: Du sitzt frontal zu mir auf meinem Schoß, die Beine weggestreckt wie ein lieb-freches Mädchen, du wirfst mir Luftküsse zu, du umarmst mich. Ich vergrabe meinen Kopf zwischen deiner Schulter und dem Brustansatz und fahre mit meinen beiden Händen sanft von deinen Achselhöhlen über deine Taille bis zur Hüfte, und meine Hände graben sich zart in dein kühles Gesäß. Ich schließe die Augen ...
Was hast du doch für eine Kraft aus der Ferne –

Sei zärtlich umarmt.
Tillmann

KAPITEL 6

Der Vater: Traum und Wirklichkeit

An den meisten Sonntagen kam Tillmann schon gegen fünfzehn Uhr zu seinem Vater in die Seniorenresidenz von Kirchheimbolanden. Doch heute geriet er durch einen Verkehrsunfall, der sich bei der Autobahnausfahrt ereignet hatte, in einen Stau, sodass sich seine Ankunft um eine halbe Stunde verzögerte.

Er sah, wie der Vater sich freute, als er ankam, und ihm schon im Foyer grüßend mit seinem Stock entgegenwinkte. Er fragte gar nicht lange nach, weshalb es bei Tillmann heute später geworden sei, sondern stand gleich auf und begrüßte den Sohn.

»Na, wie geht's, mein Junge?«

»Danke, ich kann nicht klagen, aber sage mir lieber, wie es dir geht!«

»Weißt du was, lass uns einfach etwas spazieren gehen, dann können wir uns unterhalten. Draußen ist ja so herrliches Wetter, und man weiß nie, wie lange das noch hält.«

Seine dunkelgraue Lodenjacke, die er bereits angezogen hatte, musste er nur noch zuknöpfen.

Sie gingen beide durch den Schlosspark direkt gegenüber. Der Vater ging langsam und bedacht, so als ob jeder Schritt wohlüberlegt sei, und Tillmann passte sich der Gehweise schnell an.

»Seit Mutter tot ist, gehe ich wieder öfters spazieren, vor allem, wenn es so schön ist wie jetzt da draußen. Die ersten Tage nach ihrem Tod vergangenen Herbst bin ich öfters durch die Allee gegangen und habe jeden Atemzug an frischer Luft genossen. Es tat mir gut, gerade in den Tagen und Wochen nach ihrem Tod, ich konnte mich zwar noch nicht so recht entspannen, aber doch schon meine Gedanken ein wenig ordnen.«

»Pass auf, hier, die kleine Stufe!« Tillmann hielt seinen linken Unterarm fest und stützte ihn.

»Ach ja, danke. Gut, dass du es mir sagst. Ich hätte es jetzt übersehen. Eigentlich ist das gar keine richtige Stufe.«

»Ja, diesen Betonrest könnten sie auch bald mal entfernen und das Ganze mit Pflastersteinen begradigen!«

Der Vater blieb stehen, holte tief Luft, sah den Sohn an und schmunzelte etwas misstrauisch. »Im Frühjahr wollte man das machen, sagte man uns Anfang des Jahres. Das hat schon längst angefangen! Mal sehen, was daraus wird.«

Er selbst hatte früher in beruflicher Hinsicht als Bauingenieur viel Erfahrung mit derartigen Aufträgen und wusste allzu gut, dass diese auch nicht immer eingehalten wurden.

Sie gingen durch die Kastanienallee. Die Nachmittagssonne, die schon schräg am Himmel stand, fiel durch das Geäst der Bäume, und es entstanden verzerrte Schatten auf dem Weg, deren Deutung für die Fantasie Tillmanns vielseitig war. Der Vater blieb stehen und sah zu den Baumkronen.

»So langsam erwacht die Natur.« Er hob seinen rechten Arm ein wenig an und zeigte nach oben zu den ersten geöffneten Knospen. Dabei machte er einen Bogenansatz und schaute noch einmal zu den nach oben auslaufenden Ästen der Bäume.

»Bald steht alles in Blüte. Das wird über Nacht kommen und ganz schnell gehen.«

Tillmann schwieg. Er spürte, dass sein Vater noch mehr sagen wollte. Er folgte seinem Blick und sah, wie eine kleine Wolke einsam auf dem Blau des Himmels trieb.

»Erneuert der Frühling nicht unser Denken?«

Der Vater sah den Sohn ruhig, aber eindringlich an, gerade so, als erwarte er eine Antwort. Tillmann zögerte.

»Gewiss, er erneuert unser Denken, doch ist es nur der Frühling, der das tut? Hängt unser Denken von der Jahreszeit ab?«

Tillmanns Antwort kam wie aus vorgelegter Schablone, und er merkte nicht, dass er eigentlich auch gegen sich selbst redete, weil gerade *er* es ist, der die Natur des Frühlings und des Sommers genießt, dann aber, wenn die Tage wieder kürzer und kälter werden, so leicht in Melancholie und in sich gekehrte Trauer verfällt. Ist nicht *er* es, der es kaum erwarten kann, bis er sich auf die Wiese legen kann – inmitten blühender Gräser und den zirpender Grillen?

Tillmann sah sofort seinen Fehler ein und hakte nach.

»Der Frühling gibt uns natürlich die Gelegenheit, wieder aufzuleben, und es ist die Zeit der Wandlung in unserem Denken.«

Da nickte sein Vater zufrieden und freute sich, dass der Sohn seinen Gedanken folgte.

»Der Frühling gibt uns eine neue Chance, den Acker zu bepflanzen, der noch leer ist. Jeder von uns Menschen besitzt in seinen Gedanken und Vorstellungen einen solchen Acker, wo er neue Ideen säen und heranziehen kann, bis sie Früchte tragen, die Zeit der Ernte kommt und man diese Früchte auch an andere weitergeben kann.«

Er schaute noch einmal hoch zum Geäst der Bäume.

»Der Frühling birgt eine Zauberformel.«

Tillmann horcht neugierig auf. *Eine Zauberformel? Welche Zauberformel?* Gespannt sah er seinen Vater an.

»Die Zauberformel lautet: *Laufen, lernen, lieben und lachen!*«

»Und das Lesen?«, wollte Tillmann wissen.

»Das Lesen ist schon im Lernen enthalten. Es kann eine Voraussetzung für das Lernen sein.«

Tillmann verstand ihn.

»Erst diese Zauberformel mit diesen vier Verben gibt uns die Zufriedenheit.«

Er zeigte auf den Baum, der vor ihnen stand.

»Wenn an diesem Baum bald neue Blätter wachsen, ist es eine Aufforderung der Natur, unser Tun und Handeln immer wieder neu zu überdenken, uns vielleicht auch einmal zumindest ein wenig zu ändern, um neue Perspektiven zu erfassen und zu begreifen.«

Tillmann stimmte ihm mit einem leichten Kopfnicken zu.

Sie hatten schon längst den Schlosspark verlassen und waren auf dem Feldweg zwischen den Wiesen und kahlen Äckern. Das Ganze erstreckte sich über einen Kilometer, dann kam der Wald.

Tillmann versuchte die Worte des Vaters auf sich zu übertragen. Neues Land will bepflanzt werden. Er dachte an Theres. Dem Vater hatte er nichts von ihr erzählt. Der wusste nur von der Scheidung mit Sonja. »Das ist deine Entscheidung, du musst wissen, was du tust«, hatte er damals gesagt, bevor er sich von ihr trennte.

Tillmann war froh, dass dies alles vorbei war. Er sah auf das unbepflanzte Land. Es lag vor ihm und erstreckte sich immer weiter in die Ferne. Er sah gar nicht mehr den Wald. Nur das weite Land. Die Äcker waren schon frisch gepflügt. Es bot sich seinem Blick. Es war für ihn Hoffnung und Aufforderung zugleich.

»Ja. Du hast Recht. Man muss immer wieder alles neu überdenken, und das, was ist hinterfragen.«

»Manchmal winkt im Frühling die Liebe. Wenn sie dir winkt, dann folge ihr. Den Mut muss man haben. Ich habe deine Mutter kurz vor Kriegsende kennengelernt. Die Gefangenschaft trennte uns fast drei Jahre. Sie hat gewartet auf mich. Ihre Briefe nach Ägypten kamen meist ein Vierteljahr später an, und die von mir bei ihr ebenfalls. Jeder von uns beiden lebte seine Zeit voraus, und wenn der Brief des oder der anderen einen erreichte, dann hat jeder von uns durch das Lesen der Zeilen die Erlebnisse des anderen noch einmal nacherlebt.«

Der Vater hielt ein und holte tief Luft. Die Tränen standen ihm in den Augen.

»Jetzt ist sie gegangen und wartet schon wieder auf mich. An einem anderen Ort. Wie lange sie dieses Mal warten muss, weiß ich nicht. Doch ich werde ihr wieder folgen.«

Er hielt kurz inne und sah zum Horizont, gerade so, als ob er etwas suchen oder gar erwarten würde.

»Alles ist ein Kommen und Gehen, und wir müssen warten bis es kommt. Auch der Tod.«

»Sollen wir umkehren, Vater? Ich glaube das wird sonst zu viel für dich, wir sind schon sehr viel gelaufen.«

»Ja, ich glaube auch. Es wird auch schon Abend.«

Tillmann hakte seinen Vater unter dem Arm ein, und sie gingen beide zurück zum Altersheim.

Auf der Heimfahrt passierte er noch einmal die drei Hochhäuser, die er schon zigmal gesehen hatte. Immer wieder fuhr er einfach vorbei und dachte sich nichts. Heute war es anders.

Wie viele Menschen da leben! Leben einfach so nebeneinander und kennen sich vielleicht nicht einmal. Zehn Jahre stehen schon diese Hochhäuser. Wie viele sind mittlerweile gegangen und wer ist gekommen? Wann werden die gehen, und wie viele werden noch kommen? Das Leben wartet auf sie. Draußen, vor ihrer Tür, draußen in der Welt. Wartet es auch auf mich? Oder warte ich auf das Leben? Ich darf nicht zu lange warten. Irgendwann ist man zu alt fürs Leben.

Er hatte die Hochhäuser längst passiert und fuhr in den Abend. Der breitete sich ganz langsam vor ihm aus über die Häuser des Vorortes, wo er lebte. Im Hintergrund stieg der Rauch des Chemieriesen in den Himmel und die Lichtfarben des Abends vermischten sich mit dem blauen Dunst der Schwaden, die zum Himmel stiegen. Am liebsten würde er jetzt zum Pinsel greifen und ein Bild malen.

Natürlich auch ein Bild von Theres. Der Gedanke fiel ihm sofort ein. Aber wie sollte er ein Bild von ihr malen, wenn er nicht wusste, wie sie aussieht! Wie sie aussah, machte Theres der Öffentlichkeit im Internet zum Geheimnis, auch ihm! Er solle doch versuchen, sich vorzustellen, wie sie aussieht. Er solle sich mit dem zufrieden geben, was er sich vorstellen könne. Er stellte sich immer wieder die verschiedensten Bilder vor und lachte. Kaum hatte er ein Bild von ihr gefunden, was seiner Vorstellung entsprach, verwarf er es auch wieder. Einmal würde der Tag kommen, an dem sie sich treffen wollten, einmal würde es soweit sein! Doch der Zeitpunkt dieses Tages stand noch nicht fest.

Tillmann fuhr am Abend noch einmal den Computer hoch. Theres hatte ihm eine Mail geschickt.

Sonntag, 7. April

Hi Tillmann,
meine Träume waren eher Wachträume in einer sehr schwarzen Nacht ... aber nun sitze ich hier, mir ist bis an die Zehen kalt, aber deine Zeilen und meine Gedanken an dich haben diese Nacht schnell vertrieben.

Ich habe sogar einige Verse geschrieben. Für dich.

Deine Arme greifen
in die leere Nacht.
Grüße aus der Ferne:
leise zugedacht.

Und die Küsse dehnen
jeden Augenblick der Zeit.

Deine Träume sind mein Sehnen –
wunschlos, glücklos, weit.

Selbst die Worte schüren
Uns die Lust, die Glut.
Die Sentenzen rühren
göttlich, absolut.

Dionysisches Verlangen
auf das eine Mal:
Glühend fließt die Lava
gleich dem Wein ins Tal ...

Lieben Gruß,
Theres

Tillmann war jetzt zum ersten Mal innerlich wie aufgewühlt, als er diese Worte las. Das hatte sie für ihn geschrieben? Er konnte es nicht glauben. *Was ist das für eine Frau?*, dachte er. Er ließ die Läden herunter und setzte sich, las ihre Mail mehrmals. Dann schrieb er zurück:

7. IV.

Deine Worte erregen mich, und ich sehe dich vor mir:

Du bist eine Lotusblüte! Sie hat ihre äußeren Blütenblätter schon geöffnet, und ihre inneren sind schon benetzt mit dem ersten Tau. Wie fein der auf diesen zarten Blüten liegt ... ich zittere ... meine Zungenspitze tastet behutsam die kleinen Tropfen ab und nimmt sie tief in sich auf ...

Die inneren Blütenblätter sind aufgegangen und zeigen mir die Schönheit pur...mit deinem rechten Mittelfinger öffnest Du die Blüten noch weiter...und lässt mich mit dieser Schönheit verschmelzen. Ich küsse die Blüte, spürst Du es?

Grüße in die Nacht, in die Unendlichkeit ...
Tillmann

Es war die Nacht der Möwen, der immer wiederkehrenden Möwen. Er lag auf seinem Bett und wälzte sich auf dem Laken. Sein linker Arm hing über der Bettkante, und seine Fingerkuppen berührten den Fußboden. Er schlief und träumte.

Die Möwen! Sie kamen! Am Horizont konnte er sie schon dicht über den Wellen des Meeres sehen, dem Wasser so nah, als hätten sie Hunger und warteten auf ihre Beute, ihren großen Fang, um endlich zuzuschlagen. Obwohl sie noch weit weg waren, konnte man ihre Gier fühlen, und Tillmann erschrak, als sie plötzlich aufstiegen und näher kamen. Eine leichte Brise wehte von Westen und bog den Strandhafer so weit, dass dieser schon fast den Horizont des Meeres berührte und für Sekunden nicht mehr mit seinen stacheligen Spitzen in den Himmel ragte. Die Pflanze gab dem Sand Halt gegen den Wind und die Launen des Wetters.

Wie im Angriff kamen die Möwen auf einmal näher, erst eine, dann drei, sieben, immer mehr – er konnte sie nicht mehr zählen. Es ging so schnell, und er verbarg seinen Kopf auf der Höhe der Wurzel des Strandhafers, drückte die Stirn in die Düne, und er spürte, wie die Sandkörner und die gerade zerbrochenen feinen Muscheln am Haaransatz seiner Stirn knisterten. Er schrie, grub seinen Kopf noch tiefer in den Sand ein, und da hörte er auch schon das mehrfache kurze Rauschen: Es waren die Kuppen des Möwengefieders, die wie eine starke Windböe seinen Kopf streiften. Dann wurde es wieder still.

Er drehte seinen Kopf aus der Kissenmulde, die genässt war vom Schweiß seiner Stirn.

Die Möwen waren alle weg, verschwunden. Er sah das Meer, nichts als das Meer und den Horizont, die Wellen, die unrhythmisch auf und ab gingen, ihr zunächst langsames, doch dann immer stärker werdendes Ansteigen, bis sie sich brachen und der Schaum ihrer Kronen seine Augen bedeckte. Er sah nichts mehr, gar nichts, er schwamm einfach mit, ließ sich tragen bis in unbeschreibliche Höhen, dann stürzte er wieder in das Wellental.

Da! Sie kamen wieder, flogen dicht über ihm, als wäre er *die* große Beute. Ihre Flügel wurden immer größer, nahmen die Gestalt von Tragflächen an; dann sah er die Unterseite des Rumpfes, die denen der Eindecker-Jagdflugzeuge von der US Navy aus dem Zweiten Weltkrieg glich. Sein Vater hatte ihm von solchen Angriffen erzählt. Sie kamen so schnell wie die Möwen, nur noch lauter durch das Geräusch der Motoren.

Sein Arm hing noch immer zum Boden. Er war ganz kalt, und man konnte die Kälte an den Spitzen der Finger sehen.

Das Meer war ruhig und ließ ihn treiben. Er ließ sich tragen und vertraute den Wellen. Als er die Augen öffnete, spürte er, wie das Salz des Wassers auf seinen Augen brannte. Er lag auf dem Rücken und spürte es deutlich, dass das Meer ihn wie auf Händen trug. Die Sterne am Himmel waren verschwunden, nur der Mond war noch zu sehen. Die Nacht war, ohne dass er es gemerkt hatte, dem Morgen gewichen. Er sah das Licht des werdenden Tages und schmale Silberstreifen am Horizont. Dann war da noch ein Licht, das zu einem Leuchtfeuer wurde, das immer wieder in bestimmten Abständen kurz erglühte und wieder erlosch. Es waren die Lichter eines Leuchtturmes. Er sah ihn in der Ferne, dann kam er immer näher und war gezeichnet von einer unbeschreiblichen Bläue, die ihn an das Motiv auf Vaters Teetasse erinnerte, dieser *Leuchtturm zur See*. Es war einer der *Bremer Becher*, die er so liebte und den er ihm zum letzten Nikolaustag geschenkt hatte. Und dieser Leuchtturm im Traum sah genauso aus! Obwohl das Meer um ihn herum wieder zur Ruhe gekommen war, beobachtete er, wie die Wellen meterhoch gegen die Mauerwand peitschten. Die Wassermassen wälzen sich bis hoch zum ersten Geländer, und die Gischt verteilte ihren Schaum auf dem alten Gemäuer. Er traute plötzlich seinen Augen nicht mehr, riss sie noch weiter auf. Da sah er auf halber Höhe des Leuchtturmes seinen Vater in der Tür stehen mit der rechten Hand auf seinen Stock gestützt. Er erkannte ihn sofort, sah sein friedliches Lächeln, dem die Wellen und Gischt keinen Abbruch taten. Tillmann konnte es nicht fassen, er wollte schreien, ganz laut, doch da hob sein Vater plötzlich die linke Hand und winkte ihm zu, als wolle er ihn beruhigen. Dann rückte er mehr und mehr in die Ferne. Es war wie ein Abschied, mitten im Meer.

Als Tillmann nach dem Traum erwachte, war er immer noch unsicher und grub sich in sein Kopfkissen ein als suche er das Wurzelbett des Strandhafers, um sich zu halten. Das Kissen war nass befleckt.

8. VI.

Theres,

so schrieb er ihr am Morgen,

was hast du mir gestern Abend noch so Schönes geschrieben, ich habe mich eingegraben in dich, es war so herrlich, und dann in der Nacht dieser Traum von angreifenden Möwen zwischen den peitschenden Wellen und meinem Vater mit abschiedswinkender Hand einsam auf einem Leuchtturm inmitten der See.

Montag, 8. April

Ach weißt du, Tillmann,
irgendetwas hat dich in der letzten Zeit sehr mitgenommen, und der Traum hat es wieder ausgespuckt. Ich denke, das kommt bestimmt wieder in geordnete Bahnen. Ich hab es eilig, muss zum Seminar!

Mach's gut!
Theres

Tillmann starrte auf den Bildschirm, so als würde er ihr nachschauen.

KAPITEL 7

Mariana und Marie

Theres und Mariana saßen bei dem Springbrunnen mit verschiedenen Wasserspielen im Park vor der Christuskirche in Mainz. Sie hatten sich schon am Morgen nach der Vorlesung verabredet. Das Wetter war schön, die Tage wurden wärmer, und beide hatten das Bedürfnis, sich irgendwo unter Bäumen zu treffen. Theres liebte Bäume über alles, und wenn sie unter Bäumen war, verspürte sie ein Gefühl der Ruhe und Geborgenheit in sich. Es würde nicht mehr lange dauern, bis die jungen Blätter zum Vorschein kamen.

Mariana war das eher gleichgültig. In Argentinien, wo sie herkam, war es jetzt Herbst. Sie kam aus San Carlos de Bariloche, einer argentinischen Großstadt, studierte in Buenos Aires Germanistik und Philosophie und war vorübergehend als Austauschstudentin in Deutschland. Vor einiger Zeit hatte sie Theres im vierten Semester kennengelernt, als die sie vor einer Vorlesung im großen Hörsaal P I um einen Stift und ein Blatt Papier bat. Mariana konnte ihr beides zur Verfügung stellen und freute sich selbst, dass sie ihrer Kommilitonin helfen konnte. Eine Woche später sah man sich wieder bei dieser Vorlesung, man lernte sich näher kennen, und aus der zufälligen Bekanntschaft entwickelte sich bald eine Freundschaft.

Beide saßen sie auf einer Bank. Theres schien sichtlich entspannt, hatte die Arme nach beiden Seiten ausgestreckt, ihren Kopf leicht nach hinten gebeugt und den Blick himmelwärts. »Die Wolken ziehen heute schnell vorbei, dabei ist der Wind doch gar nicht so stark!«

»Das hat damit nichts zu tun«, erwiderte Mariana, »dort oben geht manchmal ein stärkerer Luftzug als hier unten bei uns.«

Sie saß da, die Arme angewinkelt auf den Knien und stützte ihren Kopf mit den Händen ab. Auf den ersten Blick machte sie vielleicht einen gelangweilten Eindruck, doch das war keineswegs so. Sie dachte nur nach, und beim Nachdenken zog sie mit dem abgeknickten Zweig einer Forsythie, den jemand nach Lust und Laune abgebrochen und wieder auf den Weg geworfen hatte, irgendwelche

Formen in den Raum. Ihr schwarzes, schulterlanges Haar war geöffnet, fiel nach vorne und glänzte in der Sonne.

»Ich kenne das aus meiner Heimat Argentinien, wenn der Wind aufkommt und die Wolken über die Stadt treiben. Nur können das dort auch die Aschewolken der tödlichen chilenischen Vulkane sein, die zu uns nach Norden getrieben werden. Ich habe das schon erlebt zu Hause!«

Theres hörte ihr aufmerksam zu. Sie hatte zwar schon von den Vulkanen aus dieser Gegend gehört, doch von der Größe und Ausdehnung dieser Aschewolke wusste sie nichts.

»An was denkst du gerade, Mariana?«

Theres zog ihre Augenbrauen hoch und sah neugierig zu ihr rüber.

»An die Asche. An diese riesige Wolke, die sich damals beim Ausbruch des Puyehue in Chile über weite Landstrecken legte. Das war vor fast zwei Jahren. Noch heute befallen mich die Gedanken an jene Tagen, wenn ich am Himmel größere Wolken sehe, die in ihrer Formbildung schon leicht zum Kegel tendieren. Deshalb schaue ich seit dieser Zeit nicht mehr so gerne zum Himmel. Nur bei klarem Wetter.«

»Wieso, Mariana?«

Theres war doch sehr überrascht von dem, was sie da hörte. An diese Tage des Vulkanausbruchs im Juni 2011 konnte auch sie sich von den Nachrichten her gut erinnern. In den ersten Tagen berichteten alle Fernsehsender fast stündlich von diesen Vulkanausbrüchen. Aber es war eben für sie ein Naturschauspiel, das sie damals als Außenstehende mit Distanz besah, aber nicht wusste, was direkt vor Ort, in den Familien und hinter den Kulissen sich abspielte. Mariana wusste es. Sie war zu dieser Zeit gerade für ein paar Tage bei ihrer Familie in San Carlos de Bariloche, etwa hundert Kilometer östlich des chilenischen Vulkans Calbuco, als dieses Vulkanasche-Chaos sich überall hin ausbreitete.

»Wieso, war das so schlimm, dass du heute aus diesem Grund den Blick zu den Wolken meidest?«

Mariana schwieg. Sie gab den Anschein, als wollte sie reden und konnte es nicht. Ihr Blick war wie versteinert.

»Was ist, Mariana?«

»Es war schlimm, sehr schlimm sogar, Theres. Mein Bruder José ...!«

»Wieso, was ist mit ihm?«

»Ich weiß es nicht. Wir wissen es bis heute nicht. Es war Anfang Juni, am Tag nach seinem dreizehnten Geburtstag. Er war der Jüngste von uns vier Geschwistern, ich bin die Älteste. Zu seinem Geburtstag bekam er ein neues Fahrrad geschenkt, auf das er sich so sehr freute. Zuerst fuhr er begeistert damit in der näheren Umgebung herum, und zwei Tage später machte er mit seinem Freund eine Tagestour. Es war der Tag, als der Puyehue ausbrach, und bei uns war gerade Winter. In die höheren Lagen der Anden wollten die beiden nicht, es war kalt, sie wollten im Tal bleiben und am Lago Nahuel Huapí entlangfahren. Wir vertrauten ihnen. Irgendwann sahen wir am Himmel die riesige Aschewolke. Wie ein Kegel, der auf der Spitze stand, stieg sie auf. Ich habe das Bild noch vor Augen. Es beeindruckte und flößte Furcht ein. Tags darauf wurde der Notstand in Argentinien für die betroffenen Regionen ausgerufen.«

Sie machte eine Pause, und es schien, als würden ihr die Worte im Mund erstarren.

Sie atmete langsam und tief ein.

»José habe ich nie wiedergesehen. Noch am selben Abend gab der Vater bei der örtlichen Polizei eine Vermisstenmeldung auf. Zwei Tage später hat man die Fahrräder unter einem zehn Zentimeter hohen Aschebelag im Abstand von etwa hundert Metern voneinander entfernt unbeschädigt am Rand eines Weges gefunden. Von José und Felipe fehlt bis heute jede Spur. Was mit ihnen geschehen ist, weiß keiner; ob sie noch leben, auch nicht. Sie sind bis heute als vermisst gemeldet. Für meine Eltern, für meine beiden Schwestern und für mich war das ein Drama und ist es noch immer. Nur manchmal arbeitet in unseren Gedanken das Verdrängen, das Vergessen. Er war der einzige Junge in unserer Familie, Vaters *querido*, sein Liebling.«

Sie machte eine kurze Pause.

»Das ist es, Theres, weshalb ich diese großen Wolken nicht mehr sehen will. Sie tragen vielleicht gar nicht die direkte Schuld an seinem Verschwinden, aber vielleicht sind sie ein Teil dessen, was an jenem Tag mit den beiden Jungen geschah. Weshalb, Theres, weshalb? Ist dies das Schicksal? War es von Gott gewollt?

Theres hatte schon vor einer Weile den Arm um sie gelegt und tröstete sie, indem sie mit der Hand einfühlsam über ihre Schulter strich. Sie saßen auf der Bank still nebeneinander.

»Ich glaube nicht an den *Zufall*, Mariana. Alles hat seine Bestimmung oder, wie Aristoteles es nannte, seinen zureichenden Grund – auch dass wir beide hier sitzen, dass wir uns kennenlernten, auch das ist kein Zufall.«

»*Coincidencia, coincidencia!* Zufall!«

Mariana hatte ihre Hände vor dem Gesicht und flüsterte diese Worte in sie hinein. Sie weinte ganz leise. Ihre Freundin hatte den Kopf zu ihr geneigt und streichelte sie.

»Vielleicht kann Zufall aber auch eine Chance sein, wenn man dem Leben mit Aufmerksamkeit begegnet, Mariana.«

»Es ist alles offen, Theres, vielleicht leben sie noch, vielleicht klingelt es in ein paar Jahren, und José steht wieder vor der Tür und hält eine junge Frau in seinen Armen, begrüßt uns glücklich lachend, so als sei nichts gewesen.«

Ihre Stimme bebte ganz leicht, und man hörte auf einmal, wie das anfängliche leise Weinen in ein zunächst zaghaftes, aber dann immer sicherer werdendes Lachen überging.

Theres dachte nach und nickte.

»Vielleicht, Mariana, vielleicht. Keiner weiß es.«

Sie sah zum Himmel.

»Jetzt ist die Wolke verschwunden!«

Mariana blickte noch ein wenig ungläubig zögernd nach oben.

»Ja, der Himmel ist überall blau, wie schön!«

Mariana wirkte auf einmal ganz entspannt, so als hätte sie sich ein trauriges Kapitel von der Seele geredet und das Buch wenigstens fürs Erste geschlossen.

»Komm, Mariana, auf, jetzt gehen wir noch etwas in die Altstadt, essen noch einen Happen und genießen den Rest des Tages, bevor wir uns morgen wieder Kierkegaard und Camus zuwenden.«

Sie standen auf. Es war schon später Nachmittag, und alles war windstill. Das Dröhnen des Berufsverkehrs auf der Kaiserstraße, welche um die Christuskirche führte, drang bis zu den beiden

Frauen herüber. Doch sie hörten es nicht. Sie waren in ihren Gesprächen und Gedanken ganz woanders.

Marie kam, wie schon beim ersten Mal, sehr unerwartet. Tillmann hatte nach dem Mittagessen im Vorgarten am Eingang noch etwas gehackt und die Erde von welkem Laub und erstem Unkraut gesäubert. Er hatte sich vorhin seiner Arbeitskleidung entledigt, um jetzt, nach der Dusche, wieder seine Tageskleidung anzuziehen, als es an der Haustür klingelte. Einmal. Wenn der Paketdienst am Nachmittag noch ein Päckchen brachte, klingelte es zweimal kurz hintereinander. Vielleicht der Gasmann oder der Schornsteinfeger, vielleicht auch ein Junge aus der Nachbarschaft, dem beim Spiel der Ball über den Zaun geflogen war. Er wusste es nicht. Er hätte mit jedem gerechnet, nur nicht mit Marie.

»Ich komme«, rief er laut, »ich komme sofort!« Er sprang in seine Hosen, zog sie sich gerade bis zur Taille hoch und öffnete die Tür. Da stand er, ein ganz klein wenig noch außer Atem, barfüßig mit geöffneten Hosen und dem Unterhemd, das zur Hälfte noch über seine blauschwarzen Jeans hing. Sein Körper duftete nach Frische, man roch den herb-zarten Duft der Seife, und seine Haare auf den Armen waren vom Abtrocknen durch das Badetuch noch immer ein wenig elektrostatisch aufgerichtet, dass es jedem sofort ins Auge fiel. Nur er sah es nicht.

Aber Marie sah es. Sie stand da und sah ihn für Augenblicke wie gebannt an. Ihr Mund war leicht geöffnet, Tillmann sah ihre großen Augen und die sprachlosen Lippen. Sehr überrascht, vielleicht sogar leicht erschrocken von diesem Anblick, trat sie aus Verlegenheit einen kleinen Schritt zurück, blieb aber dann stehen und sah wieder zu ihrem früheren Lehrer.

»Ach du, Marie«, rief er ihr sehr überrascht zu, »entschuldige bitte ...!«

Sichtlich nervös suchte er mit der rechten Hand nach dem Schiebekörper seines Hosenreißverschlusses, doch die Griffplatte war zwischen dem Einsteckteil des Reißverschlusses und dem Stoff der Hose stecken geblieben, und Tillmann kämpfte erbittert mit beiden Händen, bis er dieses lästige Ding in den Griff bekam. Dann zog er den Schiebekörper erleichtert nach oben bis zum Stoppteil hoch und schloss den oberen Knopf.

»Entschuldige, Marie, es tut mir leid, dass ich dir in diesem Zustand die Türe öffne. Aber ich war vorhin unter der Dusche, weil ich etwas im Vorgarten gearbeitet hatte, und da läutete es, als ich im Begriff war mich anzuziehen.«

»Das macht doch nichts.« Sie stand da, lächelte und sah ihn noch immer mit großen Augen an.

Sie machte an diesem Tag einen noch schmaleren Eindruck als sonst. Die Leggings trug sie wie immer, heute mattgrün. Doch das abgetragene, fast schon heruntergekommene und in seiner ursprünglichen Schwärze vollends verblasste ärmellose T-Shirt ließ ihren schmalen, fast schon mager wirkenden Rumpf noch mehr in den Vordergrund treten. Im Schulterbereich konnte man ohne näheren Blick schon deutlich sehen, wo sich der kugelige Kopf des Oberarmknochens in die flache Gelenkpfanne am Schulterblatt einfügte. Diese beiden großen dreieckigen und flachen Knochen traten schon unter dem Stoff unverkennbar hervor. Wie zwei kurze leuchtende Pfade zogen sich die türkisgrünen Träger ihres Büstenhalters an beiden Seiten von hinten über die schmale Schulter und verschwanden kurz darauf auch schon wieder unter dem Stoff des Shirts.

Marie wirkte noch blasser als sonst, nur der obere Rand ihrer Ohren war von einem feinen angeröteten Rand umsäumt. Tillmann sah es, und zeigte mit seiner Hand auf die oberen Ränder ihrer Ohren.

»Marie, was ist mit dir? Deine Ohren sind ja so rot!« Seine Blicke ertasteten ihr Gesicht. *Wie schön doch diese Sommersprossen vom Nasenrücken aus sich über das ganze Gesicht verteilen. Es sieht aus wie bei den Sternen am Himmel, und ihr rotes Haar gleicht dem Bild einer schlafenden Sonne.*

»Meine Ohren? Wirklich?«

Sie fasste sich an die Ohren, kniff ihre Augen ein wenig fragend zusammen.

»Ja, stimmt. Sie haben Recht. Aber nur ein wenig.«

Sie glaubte es selbst nicht oder wollte es nicht glauben. Sie standen noch eine Weile in der Türangel und sahen sich an. Keiner sagte etwas, und es schien sogar, als genossen sie dieses Schweigen, diese Kraft der Stille.

Tillmann wusste, weshalb sie gekommen war, nur hatte er zum derzeitigen Zeitpunkt noch nicht mit ihrem Besuch gerechnet. Vor noch nicht ganz einer Woche hatte er auf ihren Wunsch damit begonnen, die Wege bei der Interpretation eines Gedichtes zu erklären, und heute wollte sie, dass er den begonnenen Unterricht mit ihr fortsetzt. Tillmann war zwar überrascht, aber hatte ganz und gar nichts dagegen. Seit dem ersten Mal fühlte er sich wieder in seiner Rolle als Lehrer bestätigt und war froh, ja fast schon glücklich, dass man ihn noch brauchte.

Sie nahmen auch dieses Mal wieder auf der alten Couch Platz. Sie streckte ihre Beine zum Fußboden hin aus. Er nahm neben ihr Platz. Von da aus konnte er besser auf den Text schauen, den sie besprachen.

»Sollen wir da weitermachen, wo wir das letzte Mal aufgehört haben?«

»Ja, Herr Lenz.« Ihre Stimme klang leise und unsicher.

»Du kannst ruhig *du* zu mir sagen. Was meinst du? Ich biete es dir an.«

Ein Lächeln lag auf einmal auf ihrem Gesicht, und sie nahm seinen Vorschlag gern an.

»Danke, Tillmann!«, erwiderte sie.

»Kennst du schon meinen Vornamen?«

»Wie du siehst, warum auch nicht!«

Er lachte kurz auf, doch sein Lachen klang unsicher und verlegen. Er überspielte es, indem er das Buch aufschlug, in dem das Gedicht stand, das sie nun besprechen wollten. Lichtstrahlen fielen durch das Fenster, umströmten ihr rötliches Haar, flossen vom Hinterkopf aus über ihren schmalen, nackten Hals, um sich dann in dem verblassten Dunkel ihres Shirts zu verlieren.

Dieser endlose Augenblick, wie einzigartig, bleibt die Zeit stehen? Tillmann schaute von ihr weg zum Fenster hinaus. Seine Gedanken zerflossen, verloren sich auf der Straße. Marie sah ihn auf einmal erwartend an. Was in dieser Erwartung steckte, wusste er nicht. Er wusste nur: Sie hatte ihren Vater verloren und suchte Halt. Er wollte ihr diesen Halt geben. Den Vater konnte er ihr nicht ersetzen.

»Welches Gedicht besprechen wir heute?«

»Dieses, Marie.«

Sie schaute fast verträumt auf das Buch, das aufgeschlagen vor ihnen lag.

»Es ist ein modernes Gedicht. Lies es dir durch, wenn du möchtest, mehrmals.«

Marie saß da und las. Tillmann saß daneben und las mit, obwohl er das Gedicht schon auswendig kannte. Es ging um das Ende des Sommers. Es war ein Gedicht von Abschied und Tod, von Einsamkeit und der Suche nach Geborgenheit, von der Suche nach Gott.

Sie besprachen es lange und hinterfragten es. Für Marie war es mehr als eine Interpretation. Es war für sie eine Selbstbespiegelung ihrer Person, der Versuch, den Sinn unseres Daseins zu durchleuchten und vielleicht auch ein wenig im Ansatz zu verstehen.

Es war auch eine Frage nach Gott.

»Wer ist Gott, Tillmann? Gibt es ihn?«

Das war eine unglaubliche Frage, die die Menschen immer wieder stellten, aber mit der er hier und jetzt nicht gerechnet hatte.

»Du warst doch Religionslehrer.«

Der letzte Satz von ihr Klang wie eine Forderung nach Beantwortung.

»Ja«, sagte er, aber das Ja kam langsam aus ihm heraus, so als wagte es in diesen Augenblicken den Weg nach draußen nicht.

»Marie, ich unterrichtete Religion, vor allem über das Christentum, aber ich erziehe nicht zum Glauben. Das kann die Kirche tun.«

Marie überlegte.

»Wer ist Gott, wo ist er – existiert er überhaupt? Ist es ein Super-Wesen?«

»Nenne Gott, wie du willst. Für mich ist Gott die Energie, aus der alles entstand.«

»Gab es diese Energie schon vor dem Urknall?«

»Ja. Aus dem absoluten Nichts kann nicht plötzlich etwas entstehen; es muss eine Ursache haben. Für alles muss es eine letzte Ursache geben. Nennen wir es Gott.«

»Ich sehe ihn nicht, habe ihn noch niemals gesehen. Wo ist er?«

Man sah Tillmann an, dass diese Fragen Maries ihm zu eindringlich waren und ihn schon leicht nervten.

»Was fragst du das alles mich, heute und hier? Haben dir das andere noch nicht erzählt? Deine Eltern, der Pfarrer oder der Religionslehrer?«

»Die taten das auch schon. Doch irgendwann hörten die auf, und sie meinten, ich solle ihn suchen.«

»Und? – Hast du es getan?«

»Ich suche ihn immer. Aber wo ist er?«

Tillmann setzte sich auf der Couch ein wenig zurück, hob die Arme an und legte seine beiden Hände übereinander an seinem Hinterkopf an. Er holte tief Luft.

»Gott ist in uns und allem, was es gibt, Marie.«

»Warum mischt er sich nicht in die Gewalt und die Ungerechtigkeiten unter den Menschen ein?«

»Er hat uns den freien Willen gegeben und überlässt uns die Entscheidung.«

»Er kümmert sich also nicht mehr um uns?«

»Vielleicht kann man es so nennen. Er überträgt dem Menschen die Freiheit der Verantwortung. Wenn du einmal von zu Hause weggehst und dein eigenes Leben beginnst, kümmert sich deine Mutter auch nicht mehr um dich, so wie sie es jetzt tut und ...«

»Das tut sie jetzt schon nicht mehr. Seit mein Vater tot ist, bin ich ganz allein ...«

Sie schaute Tillmann traurig an.

»Mutter muss arbeiten. Sie hat weniger Zeit.«

»Sie hat gar keine Zeit! Und wenn sie da ist, sitzt sie vor der Glotze!«

Ärger und Frustration lagen auf Maries Gesichtszügen.

»Aber sie braucht doch auch Entspannung für sich selbst, Stunden, in denen sie vom Alltag abschalten kann.«

Marie schüttelte ein wenig hilflos verzagt den Kopf.

»Ach, Tillmann, wie gut, dass es dich gibt!«

Er sah sie mit großen Augen an. Er war überrascht und schwieg. Über dem ganzen Raum lag auf einmal ein Schweigen. Sie empfand es angenehm, und dieses Gefühl lag in ihrem Blick. Tillmann dagegen verspürte eine Spannung in sich, und man sah, wie er eine Hand zusammenzog und den Daumen über den Zeigefinger kreisen ließ. Er atmete unruhig.

Irgendwann fragte sie: »Warum leben wir eigentlich, Tillmann?«

Sie sah ihn kritisch, vielleicht sogar ein wenig hilflos an. Sie hatte sich diese Frage schon oft gestellt und bis jetzt noch keine Antwort gefunden.

Tillmann überlegte.

»Leben wir, um zu sterben oder sterben wir, um dann erst zu leben?«

Tillmann war auch durch diese Frage von ihr ein wenig verwirrt; er hatte mit dieser nun wirklich nicht mehr gerechnet.

»Nein, weder noch!«, warf er plötzlich in den Raum und sah sie erschrocken an.

»Wir leben ..., wir leben, um ...«

»Um was? Sag mir, warum! Warum lebe ich? Warum?«

Sie legte ihren Kopf an seine Schulter. Vielleicht wollte sie keine Antwort mehr hören, weil sie auf einmal die Antwort fühlte. Sie hatte den Anschein, als fließe diese mit einer großen Wärme in ihren Körper. Sie fühlte sich geborgen und hatte das wieder, was ihr der Vater immer gab. Wie schön dieser Augenblick war. Tillmann hatte fast unbewusst den Arm um sie gelegt.

»Wir leben, um zu lieben, Marie.«

Seine Hand hielt schützend sanft ihren Rücken und die Finger seiner rechten Hand glitten in ihre Taille, und er spürte schon den Ansatz ihrer Beckenknochen.

»Ja«, sagte sie, und sie legte ihren Kopf noch enger an seinen Brustkorb.

Sie saßen da und schwiegen. Aber ein Knistern lag in der Luft. Jeder von beiden spürte es, und während Tillmann es zu unterdrücken versuchte, nahm sie es dankbar auf, riss die letzten inneren Mauern, die sich ihr noch in den Weg stellten nieder und ließ ihre Gefühle gleiten. Sie presste ganz sanft die rechte Seite ihrer oberen Stirn noch tiefer gegen seinen Körper, und die Wärme seiner Achselhöhle legte sich auf ihre Augenbraue. Es war alles so still, nur dieses Knistern, das man eigentlich nur fühlte, es lag in der Luft und ließ den Augenblick zur Ewigkeit werden. Sie lag ganz ruhig, und sie spürte, wie der Herzschlag Tillmanns stärker wurde. Sie freute sich.

Sie hatte es geschafft! Sie legte ihre Hand auf sein Knie und kraulte mit ihren Fingern darauf. Sie dachte zurück an Kindertage, als sie im Sommer am Strand im warmen Sand spielte. Es war fast wie damals. Sie hatte die Augen geschlossen. Tillmanns Atem wurde stärker. Wie gebannt schaute er nach oben. Sie fuhr mit ihrer Hand an seinem Oberschenkel hoch, als plötzlich ihr Handy piepte. Beide erschraken. Dann lachten sie laut auf. Sie zog ihr Handy aus der Hose und schaute darauf.

»Nur eine Nachricht. Von wenig Bedeutung. Aber wie wär's mit einem Selfie von uns beiden?«

Ihr liebfrecher Blick, noch immer etwas hingebungsvoll verträumt, schaute ihn verspielt an.

»Soll ich uns mal aus dieser Perspektive knipsen? Oder aus dieser, dieser, dieser?«

Sie stand plötzlich auf und drehte sich im Kreis.

»Vielleicht auch aus dieser ...!?«

Sie setzte sich wieder eng neben ihn, hielt das Mobilphon mit der linken Hand in die Höhe und legte den anderen um Tillmanns Becken. *Klick-klick-klick.* Sie schaute die Selfies an und lachte.

»Und noch ein paar!«

Klick-klick-klick-klick-klick. Sie drückte ihre Stirn sanft gegen seine. Der Apparat fiel auf das Sofa.

»Ach, Marie, hör auf!« Verwirrt sah er sie an. »Jetzt wirst du ja kindisch!«

»Kindisch? – Wer von uns ist kindisch? Du oder ich? Ich oder die Welt? – – – Wir sind es alle!«

Sie blickte zum Reißverschluss seiner Hose und lachte.

»Die Hose steht dir gut.« Noch einmal schaute sie näher hin. »Es steht dir alles!« Sie lachte. »Die Jugend geht wohl nie verloren!«

Ein süffisantes Lächeln glitt über seine Lippen, aus dem man ersehen konnte, dass er diese Worte von ihr eigentlich gern entgegennahm. Von einer Schülerin! Gern und dankbar.

KAPITEL 8

Mails und Briefe – Vorstellung und Wirklichkeit

Für den Samstagabend hatte sich Tillmann mit seinem Freund Leo in der *Bischoff-Stube* von Kaiserslautern verabredet. Dort ist es zwar immer am schönsten, wenn man im Biergarten sitzen kann, aber an regnerischen Tagen oder im Winter ist die traditionelle Wirtsstube ein angenehmer Ort, um sich mit Freunden oder Bekannten zu treffen. Oft kam Tillmann allein, in der Mittagszeit oder abends, der Wirt schaute ihn dann nur kurz an. Denn das Essen war durch und durch hausgemacht.

Karl war Metzger und verstand sein Fach. Eigentlich hatte er Abitur gemacht und wollte Musik und Philosophie studieren, aber seine Eltern, die eine Metzgerei hatten, waren dagegen und drängten ihn seine ohnehin verpasste Lehre nun endlich nachzuholen. Träumen – und dabei dachten sie an das Studium – könne er an Sonntagen immer noch. Jetzt müsse erst mal gearbeitet werden. Zwei Jahre später hatte er seinen Gesellenbrief in der Tasche, half seinen Eltern bei den Schlachtungen und im Verkauf mit, und als der Vater dann fünf Jahre später plötzlich und ohne besonderen Grund starb, verflog auch seine letzte Hoffnung, doch noch in fortgeschrittenem Alter seine einst so erstrebten Fächer zu studieren.

Karl brachte ihm die Karte. Tillmann bestellte einen großen Radler. Mit der Bestellung des Essens wartete er noch, bis Leo kam. Er sah durch das Fenster neben der Eingangstüre. Es wurde schon langsam dunkel, doch er hatte das Gefühl, dass man schon ein ganz klein wenig merken konnte, wie die Tage länger wurden. Es war noch frisch draußen, aber die nächste Woche sollte es erheblich wärmer werden, hieß es in den Vorhersagen. Er freute sich wie ein Kind. Das war schon immer so: Wenn der Frühling ins Land zog, die Tage heller und wärmer wurden, stiegen seine Glücksgefühle. Am schönsten war das immer am Anfang, so die ersten drei Wochen, und wenn man sich daran gewöhnt hatte, wurde es zur Alltäglichkeit. Er sah durch das Fenster in den Biergarten. Die alte Platane trug noch keine Blätter, aber sie stand schon kurz vor der Blüte. Tillmann hob das Glas, dachte an nichts als an den Frühling, schloss die Augen und nahm einen ersten kräftigen Schluck zu sich.

Als er die Augen wieder langsam öffnete, stand Leo vor ihm und sah ihn lächelnd an. Er freute sich und streckte ihm die Hand entgegen.

»Ach Leo, das freut mich, nimm Platz!«

Leo zog seinen Anorak aus, legte ihn neben sich auf die Bank und setzte sich. Er setzte sich und rieb sich die Hände, und man merkte sichtlich, wie er sich freute.

»Das erste schöne Wochenende, und ab Montag soll es noch wärmer werden! Das ist doch ein Grund zur Freude, Tillmann!«

»Das ist es!«

Sie hoben die Gläser.

»Wie geht es dir, Leo?«

»Wie es mir geht? Eigentlich gut. Ich unterrichte, wie du ja schon weißt, noch immer Unter- und Oberstufe, leite Orchester und Chor des Gymnasiums, und wenn die Schule einen geeigneten Nachfolger für mich hat, werde ich meinen Hut nehmen. Das kann aber noch etwas dauern.«

»So lange auch nicht mehr, du bist ja schon zweiundsechzig, und außerdem dirigierst du den Kirchenchor und hast seit einem Jahr die Leitung des Konservatoriums.«

»Das ist klein und erfordert keine so große Arbeit«, warf Leo ein.

»Sicher, Leo, aber Arbeit sammelt sich überall an und muss erledigt werden. Sieh zu, dass du irgendwann die Kurve kriegst!«

Leo lachte. »Sicher, das werde ich, mache dir da keine Sorgen! – Was machen eigentlich deine Kurven?«

Ein süffisantes Lächeln glitt über seine Lippen, und Tillmann sah ihn fragend an.

»Tu doch nicht so, als wüsstest du nicht, was ich meine!«

Der erstaunte Blick verließ Tillmann nicht und gab seiner Miene sogar noch einen etwas verwirrten Ausdruck. Der Freund presste die Lippen aufeinander, sah ihn eindringlich an und schüttelte den Kopf.

»Ich meine Theres, wen denn sonst! Oder gibt es noch eine andere?«

»Nein, nein, Leo! Ach so, du meinst Theres!«

Er machte den Eindruck, als habe er vorhin auf der Leitung gestanden. Vielleicht war es auch so.

»Ja, Theres«, antwortete er und strich mit seiner Hand über die schwarzgrauen Bartstoppeln seines Kinns.

»Hast du sie schon getroffen?«

Leos Stimme war von Neugier gepackt, und er wollte endlich eine Antwort von Tillmann.

»Nein, natürlich noch nicht, aber im Sommer wollen wir ein Treffen vereinbaren.«

»Im Sommer! Wie lange willst du noch warten? Du hast sie doch noch nie gesehen, nicht einmal auf dem Foto. Kein Bild von ihr, keine Stimme, nur das Wort!«

»Aber ihre Worte wiegen, glaube es mir, Leo, du bist dir gar nicht bewusst, was Worte mir bedeuten!«

Er machte eine kurze Pause und überlegte.

»Weißt du, in früheren Zeiten, da schrieb man sich Briefe, und es dauerte lange, bis die mit der Kutsche des Postboten den Empfänger erreichten, man wartete gespannt und schrieb zurück, und so ging das hin und her – Wochen, Monate, manchmal sogar Jahre, bis man sich zu einem Treffen verabredete. Man hütete die empfangenen Briefe, las sie immer wieder und erlebte dabei jedes Wort. Das war doch so, Leo?«

»Sag mal, Tillmann, in welcher Zeit lebst du eigentlich? Das wovon du mir hier erzählst, war vor etwa zweihundert Jahren! Das ist doch vorbei, das war doch eine ganz andere Zeit.«

Tillmann stocherte mit seiner Gabel in dem letzten Lachsstückchen herum, als wolle er da die Antwort suchen. Leo sah ihn still an. Er ließ ihm Zeit und wollte nicht drängen; denn er wusste dass die Antwort nicht leicht für ihn war.

Das Ehepaar vom Nachbartisch zahlte, und die Bedienstete räumte die Gedecke ab. Draußen war es dunkel. Nur das Licht der Laterne leuchtete durch das honiggelbe Fenster mit den Wirtshausmotiven in der Mitte der Scheibe herein. Wenn die Türe auf- oder zuging, fiel der blauweiße Schein der alten Laterne auf die Stufen am Eingang.

»Ich weiß, was du meinst, Leo, und ich verstehe dich auch. Klar, die heutige Zeit ist nicht die von damals. Aber was die Menschen damals mit Briefen konnten, können wir doch heute per Mail. Damals schrieben sie, die Menschen, und sie begeisterten oder enttäuschten ihre Adressaten mit ihren Worten. Ist das heute anders? Sind wir so sehr andere Menschen, dass wir einander nicht mehr schreiben können?«

»Du weißt genauso wie ich, dass wir in einer schnelllebigen Zeit leben, die noch viel schneller ist, als die, in die wir hineingeboren wurden. Die Zeit hat uns schon längst eingeholt, wir müssen mit, sonst werden wir von ihr überrollt!«

»Wann hast du den letzten Brief geschrieben? Das ist doch schon ein Weilchen her, oder?«

Leo nickte.

»Ja, darin gebe ich dir Recht, dafür schicke ich Mails und Fotos. Wir leben heute in einer schnelllebigen Zeit, einer *real-time*, oder einer, wie man es im Deutschen nennt, *Echtzeit*.«

»Moment! Gerade du als Musiklehrer bist doch ein Mensch, der sich Zeit für die Muse nehmen muss, um die Schönheit der Klänge zu erleben. Ist es nicht genauso beim Leseerlebnis der Sprache, beim Klang der Worte, beim Hallen der Vokale und dem leisen Anklopfen der Konsonanten?«

»Aber sicher doch! Wir müssen beides! Realität im Alltag und die Muse laufen parallel nebeneinander. Sie bedingen sogar einander!«

»Das meinte ich doch!«

»Nein, bei deinen Vorstellungen überwiegt das Gefühl, die Muse, und dabei nimmst du das Alltägliche schon fast nicht mehr wahr!«

Tillmann dachte nach und nickte noch ein wenig zögernd.

»Weißt du, mein Freund, du kannst dieser Theres so viele Mails schreiben, wie du willst, aber du musst auf dem Boden bleiben und dich nicht, von der Realität enthoben, in einen Elfenbeinturm verkriechen.«

Tillmann verstand, was er sagte.

»Im Sommer werden wir uns sehen, im Sommer, wenn das Semester beendet ist.«

»Sie studiert noch?«

»Ja, im sechsten Semester.«

»Germanistik, Kunstgeschichte und Anglistik, sagtest du. Da hat sie ja noch einiges vor sich.«

Leo trank den Rest aus seinem Glas und überlegte.

»Ist die nicht zu jung für dich?«

»Aber Leo, was würdest du an meiner Stelle tun?«

»Hör mit mir auf, Tillmann, ich habe schon zwei Ehen hinter mir, Gott sei Dank ohne Kinder, und ich bin froh, dass ich jetzt meine Ruhe habe. – Bist du schon von Sonja geschieden?«

»Ja.«

»Na also! – Was machen Sara und Johannes?«

»Denen geht es gut. Sara hat seit einem Jahr eine Stelle als Journalistin in Hamburg und Johannes studiert noch in Karlsruhe Maschinenbau; er steht kurz vor dem Abschluss.«

»Das freut mich, Tillmann! Grüße sie von mir!«

Sie hoben die Gläser noch einmal und stießen an. Das Essen hatte geschmeckt, auch wenn sie den letzten Rest aufgrund ihres langen und intensiven Dialogs kalt zu sich nehmen mussten. Aber das tat nichts zur Sache. Karl freute sich, dass seine Küche bei ihnen ankam und es beiden geschmeckt hatte. Er spendierte ihnen zum Abschluss noch einen Espresso – »auf Kosten des Hauses«, wie er sagte.

Kurz vor dem Abschied sah Leo draußen auf dem Trottoir Tillmann noch einmal eindringlich an.

»Wenn du Neuigkeiten hast, teile es mir bitte mit! Ich bin gespannt, wie es weitergeht mit euch beiden. Am meisten freue ich mich auf den Tag, an dem ich die Kleine einmal sehe! – Ist sie überhaupt klein?« Er lachte laut auf. »Na ja, lass dich überraschen! Aber jung ist sie! Na also! Und denke daran: Bleib auf dem Boden. Muse und Realität ergänzen sich!«

Er gab seinem Freund einen festen Handschlag und Tillmann drückte zu. Sie umarmten sich kurz und klopften sich auf die Schulter – so wie in alten Zeiten.

Tillmanns Stimmung und sein ganzes inneres Wesen waren noch nie so gelöst wie an diesem Morgen. Es war ein herrlicher Tag, einer der letzten im April, aber es war schon so warm, dass man von sommerlichen Temperaturen sprechen konnte.

Als Tillmann gegen zehn Uhr den Luisenpark betrat, kam ihm, im Gegensatz zu den Nachmittagen und Wochenenden, eine Stille entgegen, die ihn ergriff. Er nahm sie wahr, und man sah ihm an, dass er sie genoss. Er blieb stehen und blickte auf die uralten Bäume. Dann setzte er sich in das kühle Gras. Ein Rauschen ging durch das Blattwerk der alten Kastanie, unter der Tillmann saß. Er träumte im Wachen. Suchend schaute er auf und wusste auf einmal für einen Moment nicht, wo er war. Langsam kamen die Gedanken wieder, sie schlichen sich ein.

Der Himmel ist wie ein Dach, er liegt wie eine blaue Glocke über mir, und die Bäume, die so weit zum Himmel ragen, sind meine Wächter. Sie stehen da, über Jahrzehnte, einige sogar schon Jahrhunderte, sie werden immer größer und älter, und sie rühren sich nicht von der Stelle. Sie schauen mich an. Sie sehen alles, und in jedem Zweig, in jedem Blatt stecken tausende Empfindungen. Der Baum ist wie ein Mensch, der sich nicht vom Platz rührt, der aber alles fühlt. Er ist wie mein Körper, nur schweigt er. Aber schweigt er immer? Manchmal hat es den Anschein, als würden die Bäume reden. Ich hatte das schon gespürt, als ich kürzlich mit der Staffelei im Wald war. Ach, wie schön! Es waren keine Worte, es war ein Rascheln, ein biegendes Tönen, ein Knacken, ein eindringliches Atmen, ein Seufzen mit einem Nachhall als Echo des Waldes. Das ist doch mehr als das, was wir wissen.

Als ich vorhin hier lag, fühlte ich, wie es ist, wenn die Erde atmet. Ich atmete mit ihr.

Wie die Bäume schimmern in dem Weiß ihrer Blüten, und an einigen ist schon das erste Grün. Nichts ist so beständig wie die Natur; selbst wenn sie der Mensch zerstört, ist sie stärker als er. Wir Menschen werden irgendwann einmal alle verschwunden sein, es wird uns nicht mehr geben, die Natur wird uns überleben, und die Bäume werden mit einem sanften Lächeln auf unsere Gräber schauen.

»Das ist, was von dir bleibt, Mensch«, werden die Bäume sagen, »war das alles? Wie oft hast du uns zerstört? Wir haben es euch verziehen, indem wir weiterleben und auf eure Wiederkehr warten, wenn es überhaupt noch eine gibt. Was wart ihr für intelligente Wesen in eurem Denken; aber in eurem Handeln wart ihr so dumm. Ihr habt wohl vieles verstanden, aber eingesehen – eingesehen habt ihr nichts! Gar nichts! Nur was von euch kam, stimmte, es musste ja auch stimmen, und ihr wart der Mittelpunkt der Welt. Wie töricht! Aber so ist es, es ist vorbei, und wir sind traurig, dass es so kam. Ob wir euch vergessen, wissen wir nicht.«

So denken die Bäume, ich fühle jeden Gedanken.

Er stand auf, nahm seine Tasche und ging weiter. Da fielen ihm plötzlich, ohne dass er überlegt hatte, die Verse Fontanes ein:

> Rings Sonnenschein auf Wies und Wegen,
> die Wipfel stumm, kein Lüftchen wach,
> und doch, es klingt, als ström ein Regen
> leis tönend auf das Blätterdach.

Das Strömen und Plätschern war auf einmal nicht zu überhören. Er kam zu der Holzbrücke am Weiher, wo die Gondolettas fuhren. An diesem Morgen waren sie alle leer, es war ein einsames Gleiten, und Tillmann war auf einmal geneigt zu denken, es gäbe keine Menschen mehr. In der Ferne des Weihers, der sich in seiner Länge fast drei Kilometer erstreckte, lag die Vogelinsel mit ihrem Gehege von Flamingos und Kormoranen. Die Mittagssonne schien Tillmann so grell in die Augen, dass er nur in Schwarz das Relief der winzigen Insel sah; sie lag für ihn wie verzaubert im Wasser.

Tillmann verspürte auf einmal voll das Bedürfnis, allein in einem solchen Boot zu sitzen und in dem Gefühl über das Wasser zu gleiten, als sei er als Mensch allein inmitten der Natur. Am Pflanzenschauhaus holte er sich eine Karte und stieg zu. Es ging schneller als vor zwei Jahren in Venedig, als der Gondoliere ihm ungeschickt beim Zusteigen in die Gondel half. Es musste damals alles so schnell gehen, man zog ihn regelrecht in das Gefährt, und er erinnerte sich noch, wie acht bleiche Gesichter ihn anstarrten, als käme er von einer anderen Welt. Hier war nun keiner außer dem Mann an der Kasse, der die Fahrt der Gondeln einfach kurz stoppte und ihm den Weg in die Gondel wies. Da saß er nun ganz allein und glitt so langsam über das Wasser, dass er es fast gar nicht spürte, vorbei an Weiden, Schilfgewächsen und Bambuspflanzen, er fühlte immer mehr, wie der Sog dieser Pflanzenwelt ihn anzog, ihn mit hineinzog. Die Zweige und Blätter streiften beim Dahingleiten öfters seinen Kopf und die Schulter, er hatte das Gefühl, als würden sie ihn empfangen; ihm war, als würden sich ihm gar viele Hände zustrecken und ihn als Gast begrüßen. Ein leichter Windhauch strich über seine Stirn, es war ein unbeschreiblich schönes Gefühl wie in einem Traum, hier auf dem Wasser inmitten der Pflanzen und eine Urwaldatmosphäre erfasste ihn. Er hatte die Menschen da draußen in der Stadt vergessen. Er schaute überall hin und spürte auf einmal, wie die Natur ihn aufnahm. Es war ihm, als ob er sich auflöste und die Atome seines Körpers mit denen der Natur hier draußen verschmelzen würden.

Ach wie göttlich, dieses Gefühl! Die Natur ist einfach da. Sie denkt nicht, sondern sie ist nur der Inbegriff der Harmonie selbst. Das ist das Göttliche, diese Harmonie! Und ich – was bin ich? Bin ich nicht auch ein kleiner, ein winzig kleiner Teil dieser Harmonie? Gehöre ich nicht zu ihr?

Er sah zu den Korbweiden, die vor ihm standen, ganz langsam auf ihn zukamen und welche die Gondoletta in den nächsten Augenblicken passieren würde. Sie waren schon älter, das erkannte er an den Stämmen, sie waren nicht allzu lang, schon dick und die Borke war rissig. Die Blütezeit war längst vorüber, und ihre Zweige, die wie die Stacheln eines Igels vom oberen Ende des Stammes aus aufwärts strebten, standen schon im vollen Grün ihrer Blätter, und die waren mit den neuen Trieben so schwer, dass alle schon vornüber hingen, was wiederum Tillmann einen menschlichen Eindruck vermittelte, eine Personifizierung dessen, was seine Gedanken trug. Sie standen nahe am Ufer und ragten über das Boot. Er sah zu ihnen, er sah in sie hinein und nahm alles in sich auf. Er spürte wieder dieses Strömen in seinem Innern, das er nicht definieren konnte, aber es war ein unbeschreiblich schönes Gefühl. Er schaute nach oben und sah, wie die Zweige vorüber glitten, wie die schlanken Blätter mit ihren Spitzen seine Stirn und seine Brauen berührten. Er schloss wieder die Augen und erlebte, wie die Weiden, die schon vorbei waren, ihm nochmals begegneten. Gleich einer Glocke lag die Harmonie über ihm und der Landschaft. Jetzt hinterfragte er nicht mehr, ob er zu ihr gehöre. Er wusste es: Auch er war ein Teil von ihr, und sie zog ihn in ihre Magie.

Die Natur gibt mir die Freiheit in meinem Fühlen. Es ist wie beim Malen; man dreht den Pinsel in der angesetzten Farbe, verdünnt und mischt, bevor man ihn in diesem Gefühl von Freiheit und Befreiung über die weiße Fläche zieht und der Leere neues Leben gibt, von einem selbst geschaffen.

Die Gondoletta pendelte dahin. Sie ließ sich von den kleinen Wellen wiegen, die durch die anderen Gondeln entstanden, die in umgekehrter Richtung denselben Lauf passierten. Manchmal kräuselte das Wasser, wenn Geästteile eines Baumes sich am Ufer verfangen hatten, dann bauschte es um das abgebrochene Holz, es plätscherte gegen das vom Wasser geglättete Holzstück, das an seiner Oberfläche schon von Moos und Algen überzogen war. Die verspätete Morgensonne schien durch die Zweige der Bäume und Sträucher, und er sah, wie das Licht rieselte, seine Strahlen tanzten sanft auf den Blättern der Weiden, immer wieder wechselte es sich in unregelmäßigen Abständen mit dem Schatten ab. Es war ein schöner Tanz, fast wie im Reigen, und Tillmann genoss ihn, er zog im Reigen mit. Der Tanz wiederholte sich. Er spürte, wie die Natur und er sich immer näherkamen. Sie berührten sich, er fühlte sie, sein Atem wurde ganz langsam, und manches Mal, da schien es, als würde er stehen bleiben, aber er atmete weiter, er flog mit dem Reigen, den ihm der Morgen bot. Eine Melodie machte sich in seinen Gedanken breit und begleitete ihn; es waren die Variationen *Souvenir de Paganini* von Frédéric Chopin. Das Boot glitt wie im Traum über das Wasser.

Da zog ein Geräusch auf dem Wasser, das ihn zunächst störte, seine Aufmerksamkeit auf sich. Ein Koi in strahlend schönen Farben war an die Oberfläche gekommen, schnappte mit rund geöffnetem Mäulchen nach Luft und schwamm weiter seine Bahn.

Langsam schloss Tillmann die Augen. Er sah die Bläue des Himmels. Als er seinen Kopf etwas senkte, da erkannte er sie.

Theres! Sie lag über dem Sitz vor dem Bug der Gondel, ganz nackt, hatte den Kopf nach hinten geneigt, ließ ihre Arme entspannt über den Bootsrand baumeln und zog die Beine langsam hoch, bis sie angewinkelt und verführerisch in einer Stellung standen, die Tillmann erregte. Er sah, die junge Frau, wie sie mit dem Gesäß und dem ganzen Körper nach vorne rutschte, ihm immer näher kam und ihre Hüfte nach oben dehnte. Er beugte sich über sie, sie zog ihn in sich hinein, und er versank in ihr …

Die Gondel streifte langsam vorbei an den Bambusgewächsen entlang des Schilfes. Da lag er bäuchlings mit Kopf und Torso über den Sitz gebeugt, und er spürte die leichten Wogen von der Unterwasserseite her. Als er sich wenig später langsam umdrehte und auf dem Sitz wieder Platz nahm, sah er auf einmal den Ort vor sich, wo er eingestiegen war. Ein Pärchen stand da und wartete, bis er aus dem Boot war.

Tillmann ging auf die Brücke und schaute über das Wasser. Von hier aus sah er noch einmal auf den Teich und die Boote. Im Wasser direkt unter ihm vergnügten sich die Karpfen. Die Gondoletta-Boote mit ihren gelben Planen passierten in gleichen Abständen das Wasser. Die meisten waren noch immer leer. Ein Storch flog über den Park und ließ sich auf dem Walnussbaum nieder, wo er bereits erwartet wurde.

Hier in der Natur ist der einzige Ort, wo man die Ruhe findet und vom Alltag abschalten kann. Auch wenn dieser Park von Menschenhand entstanden ist und von Menschen gepflegt wird, so ist er doch schon eine Öffnung zur Natur.

Er hatte sich unter einem Baum auf zwei Metallstühlen breitgemacht seine Beine hochgelegt und machte sich einige Notizen in die Tagebuchdatei seines Laptops:

30. IV.

Ich suche den Weg von der Zivilisation weg zur Natur, um das Leben in seiner Wahrheit zu erfahren. Das, was wir Menschen bieten, ist alles nur Lug und Trug, mit dem wir die heutige Gesellschaft und Umwelt zunichte machen.

Was sollte ich machen ohne die Natur? Auch mir, wie vielen anderen vor meiner Zeit, zeigt sie den Weg zu einer Innerlichkeit und Harmonie, die unserer schnelllebigen Zeit fehlt. Sie hat uns Menschen geboren, und wir werden wieder zurückkehren zu ihr. Sie ist eine Einheit im ständigen Wandel. Sie wird bleiben, auch wenn der Mensch einmal seine Kultur, all das, was er geschaffen hat, vernichtet.

Tillmann sah über die Wiesenhügel mit den schönen stattlich herausragenden Bäumen zum Horizont. Die Wolken waren in kleinen Häufchen verteilt, und er beobachtete sie; er wollte sie lesen, ihre Formen und Metamorphosen deuten, und er glaubte in seinem tiefsten Inneren sie zu verstehen.

Ich habe kleine Wolken am Himmel gesehen, die Natur hat sie mir geschickt, ich kann ihre Worte lesen; es sind Zauberworte, die ich jetzt nicht niederschreibe, weil sie mein Geheimnis sind.

Der Himmel bläute immer mehr in seinen azurfarbenen Tönen; es dauerte nicht lange, und da war keine Wolke mehr weit und breit zu sehen.

Noch bevor es Abend wurde, war Tillmann zu Hause. Er klickte im Internet das Forum an und entdeckte dies:

Dienstag, 30. April

Ich bin immer wieder so glücklich darüber, dass ich dich hier kennenlernen durfte!

Vielleicht gibt es die berühmte Stecknadel im Heuhaufen auch im »echten« Leben.

Das waren die ersten Worte, die Tillmann sah, als er die Privatnachricht von Theres im Forum öffnete. Er las weiter.

Die Vögel zwitscherten heute Morgen so aufgeregt da draußen vor meinem Fenster, wer weiß, warum. Bald wird die Linde blühen und ihren wunderbar süßen Duft verströmen, ich rieche es jetzt schon! Tillmann, die Zeit liebt uns.

Theres

Tillmann schmunzelte. Die Worte von ihr taten ihm gut, und seine Gefühle fanden sich wieder in Worten, die ihm flugs von den Fingern über die Tastatur sprangen.

30. IV.

Ich kann Deine Nähe nur fühlen, Theres, kann sogar deine Worte in Erlebnisse umwandeln. Ich kann mir Dich vorstellen. Vorstellen, wie Du und Dein Körper aussehen, Deine Augen, Dein Mund, Deine Hände, Deine Beine ... Theres, ich sehe dich vor mir. Wie soll ich meine Gedanken ordnen?

Er stand auf und holte sich die angebrochene Rotweinflasche von vor zwei Tagen und goss sich ein Glas ein. Da sah er, dass Theres wieder im Forum war. Meist geschah dies bei ihr erst in den fortgeschrittenen Abendstunden oder erst am nächsten Morgen, bevor sie zur Uni ging; doch heute war sie früher.

Dienstag, 30. April

Hi, Tillmann,
ich weiß eigentlich schon wieder nicht, was ich schreiben soll. Du löst immer in mir eine Lawine von Gedanken und Gefühlen aus, die sich nicht so einfach in eine Struktur bringen lassen. Aber das ist ja genau der Grund, weshalb ich Gedichte schreibe. Ich schreibe, um dieses innere Chaos zu ordnen und in eine Form zu bringen, die mich dann selbst überrascht, und ich sehe: mein Eigenleben spricht etwas ganz anderes zu mir, als ich eigentlich ausdrücken wollte. Ist das nicht auch so, wenn du malst?

Tillmann hielt kurz inne und überlegte. *Ja, sie hat Recht*, dachte er. *Pinsel und Farbe führen einen oft wo ganz anders hin, als der Geist es eigentlich wollte.*

Wir beide, Tillmann, führen einen schriftlichen Dialog, wo die Worte nicht einfach so dahergeredet werden wie im mündlichen Gespräch, sondern wo jedes von ihnen wohlüberlegt ist und viel mehr wiegt als schnell Dahergeredetes. Wenn du dann auch noch deine Gedanken und Gefühle einbringst, dann ist das ein Erleben, das in dieser Art etwas Neues für mich ist, etwas Faszinierendes, ein Zauber, fast schon ein Geheimnis, das ich auf dieselbe Weise mir zugänglich machen muss.

Sie hielt inne. Tillmann saß da und wartete.

Im Augenblick bin ich noch deine »Brieffreundin«, doch ich fühle mich dir auf eine eigenartige Weise nahe. Liegt das an deinen Worten? Ja, natürlich, an was denn auch sonst. Was hast du mir schon alles geschrieben! Wir stellen uns das alles aus der Ferne vor und malen uns die Bilder selbst. Denn keiner von uns hat den anderen oder die andere gesehen. Ich weiß nur, dass du vor Kurzem pensioniert wurdest und getrennt von deiner Frau lebst, und du weißt von mir nur, dass ich an der Uni in Mainz studiere. Unsere Worte sind es, die die Fantasien von uns beiden anregen und beflügeln. Wir suchen Nähe und Zärtlichkeit. Unsere Sehnsucht treibt uns.

Deine Gefühle kann ich spüren, du weißt gar nicht, wie sehr! Ich, diese fremde Frau, fühlt auf einmal das, was dir fehlt. Dein Leben ist momentan ein langer ruhiger Fluss, und wie sehr sehnst du dich nach den Stromschnellen!

Tillmann erschrak. Er dachte an die Fahrt mit der Gondoletta am Morgen, wie das Wasser sich um das abgebrochene Holz kräuselte, er erinnerte sich an seine Vorstellung von Theres, wie sie nackt über dem Sitz am Bug der Gondel lag und ihm immer näher kam. »Wie sehr sehnst du dich nach Stromschnellen!« – Woher wusste sie das? Er spürte noch einmal ihren Körper.

Und weil du nicht zweimal in denselben Fluss steigst, sehnst du dich nach den neuen Stromschnellen.

Sie machte eine Pause. Tillmann saß wie versteinert vor dem Bildschirm, trank sein Rotweinglas aus und goss sich den Rest, der noch in der Flasche war, nach. Das Bild war auf einmal weg; er bewegte die Maus, und dann kam es wieder. Theres' Worte strömten wieder auf ihn ein, und er las sie erregt und in stiller Genugtuung. Er sah Theres vor sich und dachte an das Gemälde von Renoir *Nackte Frau in der Sonne*. Sie wusste von all dem nichts. Sie lebte nur in seinen Gedanken und in ihren Worten auf dem Monitor. Er sah wieder hin. Sie hatte ihm geschrieben, aber sie wusste nicht, wie es ihm in diesen Sekunden innerlich erging.

Was ist die Liebe eigentlich? Wissen wir das? Sie wurde in der Menschheitsgeschichte schon so oft umschrieben, und es gab schon so viele Antworten darauf. Jeder deutet und erlebt sie anders. Für mich ist sie wie eine Blüte, die ihren Duft verströmt, ganz ohne Absicht und für jeden, der bereit ist, diesen Duft in sich aufzunehmen.

Tillmann hatte Glas und Flasche bereits ausgetrunken und ließ seine Hände jetzt über die Tastatur gleiten.

30. IV.

Hallo Theres,
du fragst, was die Liebe ist, während ich meine Gefühle für dich hier in Schach halten muss. Ha, ha, ha! Kannst du dir das vorstellen?! Versuche es!

Du siehst die Liebe zu Recht als eine ihren Duft verströmende Blüte. Aber Liebe ist nicht Verliebtheit. Weißt du, du bist gerade erst beim Studium, hast du schon richtige Liebe erfahren? Hast du es, oder waren es nur verliebte Momente, ein kleiner Rausch nach einer durchzechten Nacht, verträumte Tage, von denen man durch die Rückbesinnung daran immer wieder so gerne zehrt.

Zuerst ist es die Neugierde, dann folgen Zärtlichkeit und Leidenschaft. Aber was ist die Leidenschaft? Ist sie nicht nur ein Zeitbegleiter der Liebe, die auch dann weiterlebt, wenn die kleinste Berührung zum großen Erlebnis wird?

Ich selbst habe schon einige Jahrzehnte hinter mir und trage die Erfahrung mit mir. Ich habe erfahren, wie die Liebe in die Jahre ging und vom Alltag überrollt wurde. Leider. Doch mein Wunsch nach Zärtlichkeit ruht immer in mir, eine stille Sehnsucht. Immer bleiben die Mitmenschlichkeit, das Miteinander und die Sehnsucht nach Zärtlichkeit. Das Letztere spüre ich, wenn ich an dich denke.

Tillmann hielt ein. Er wusste nicht, was er weiter schreiben sollte, er wollte sich nicht verheddern; seine Finger waren kalt, und er bog sie immer wieder leicht zur Innenfläche der Hand, um sie für Sekunden ein wenig zu erwärmen.

Hi Tillmann,
ich kann mir vieles vorstellen, was in diesen Sekunden, wie du schreibst, deine Gefühle erregt - und zwar sehr gut, und ich stelle es mir auch gerne vor – das sollst du ruhig wissen!

Du schreibst, die Liebe gehe in die Jahre. Nichts geht in die Jahre! Wir alle werden älter, aber die Liebe als solche doch nicht! Sie zeigt sich immer wieder in tausenden Varianten. Ohne die Liebe und die Zärtlichkeit kann man nicht leben, weißt du, und ein Dahinvegetieren ist kein richtiges Leben mehr. Sie ist notwendig für unser sinnliches und geistiges Überleben, ohne das wären wir nur halbe Menschen. Die Liebe ist ein Kind der Freiheit und entzieht sich unserem Verstand, man kann sie nicht besitzen und man kann sie auch nicht zwingen.

Wenn sie kommt, ist sie da.

Wie schön ist es, warme Haut zu spüren, wie sinnlich, wenn Lippen die Lippen des anderen berühren! Ich sehne mich danach. Ich spüre dich jetzt schon ... tief in mir – sei zärtlich umarmt!

Tillmann war ergriffen von ihren Worten. Wie konnte ihn nur eine junge Frau, die er noch nicht einmal gesehen hatte, so in seinen Bann ziehen? Er wusste: Von ihnen beiden waren es die Worte und die Vorstellung des Beschriebenen, was sie beide in den Bann zog.

Solche Kraft hast du, meine Liebe, aus der Ferne. Mein Glas ist schon leer, hast du im Stillen mitgetrunken?

Ich sehe schon wieder den Lotus vor mir in seiner zarten und feinen Pracht – er öffnet sich ganz langsam ... lass mich versinken ... in dir ...

In tiefer Umarmung
Tillmann

Schlaf süß und freue dich auf den Frühling, Till!

Theres

Tillmann ging wenig später zu Bett.

In der Nacht schlief er nicht gut. Der Dialog mit Theres ließ ihm auch im Schlaf keine Ruhe.

Im Traum spürte er, wie sich im Morgenlicht ein Tau über seinen nackten Körper ausbreitete, und er wusste, dass sie das war. Ihr filigraner Leib verschmolz mit seinem im diesigen Morgen, als die Sonne noch zu keusch war, sich am Himmel zu zeigen.

Die Nacht, in der er fast nicht geschlafen hatte, fiel ihm wie Schuppen von den Augen, als der Lärm der Müllabfuhr von der Straße in sein Zimmer drang.

KAPITEL 9

Maimarkt in K.

Ein Böller krachte, hunderte Luftballons stiegen in vielen Farben auf in die Lüfte: viele blaue, rote, und noch mehr weiße, wobei die Letzteren zusammen schon so aussahen, als würden sie eine Wolke bilden; sie klebten fast schon aneinander, als fiele ihnen der Abschied schwer. Dann öffneten sie sich wie eine Blüte, immer weiter stieben sie auseinander, und am Ende folgten noch gelbe und grüne, sodass es mit viel Fantasie schon es Anschein hatte, als wären das ganze riesige Blumen, die zum Himmel steigen, und die Letzten bildeten nach den Blüten gleichsam den Stil und das Blattwerk der Pflanzen. Die Schar von Menschen, die dieses kleine Ereignis mit ansah, klatschte begeistert, Kinderhände, für die das schon ein kleiner Abschied war, winkten vielleicht schon etwas wehmütig den Luftballons nach, einige bliesen in ihre Spielzeugtrompeten, und alle starrten so lange in die Höhe, bis fast nichts mehr von den Ballons zu sehen war. Nur noch ein kleiner Punkt war es, und auch der schien sich für den Betrachter in der Unendlichkeit zu verlieren.

Der alljährliche Maimarkt in Kaiserslautern war für Tillmann ein Ereignis, das er schon aus Kindertagen kannte, das ihm aber im Lauf der Jahre und Jahrzehnte immer mehr abhandengekommen war und nur noch in seiner Erinnerung existierte. Auch die Zeit, als er mit seiner Frau und den Kindern an diesem Ort war, lag lange zurück.

In den letzten Tagen war es einfach eine Reklame, die ihn darauf aufmerksam machte und ihn auf die Idee brachte, hierherzufahren. Warum auch nicht? Er hatte ja Zeit, er hatte keine Termine, war ungebunden und wieder alleinstehend, und warum sollte er da nicht einmal wieder zu einem Jahrmarkt gehen, wo er früher so gern war?

Es war ein herrlich einladendes Wetter an diesem Mittag, und um zwölf Uhr waren es schon sechsundzwanzig Grad Celsius. Da stand er am Eingang des Festgeländes – es war ein großes, offenes Tor, das mit rankenden Blütengirlanden geschmückt war. Die Pflanzen erschienen auf den ersten Blick alles Echte zu sein, und erst bei näherem, mehrmaligem Hinsehen und Betasten erkannte man, dass dem nicht so war. Tillmann wusste das. Er sah den Fanfarenzug langsam näherkommen, er stand in einem Spalier von vielen Menschen, die sich schoben und drückten, manchmal sogar anrempelten, wenn sie sich nach vorne drängten, um eine bessere Perspektive für ihr Foto zu ergattern, oder um kleine Kinder zurückzuholen, die sich von den Händen der Eltern weggerissen hatten. Es war ein dauerndes Hin und Her in dieser Menschenansammlung: Tillmann war froh, als der Zug mit Pauken und Trompeten an ihm vorüber war. Die Masse der Zuschauer lockerte sich dann auf und verteilte sich, indem sie hinter dem Zug herlief oder an dem einen oder anderen Stand etwas zum Naschen kaufte. Der Eisstand des Italieners verlockte bei diesen Temperaturen am meisten. Auch Tillmann konnte nicht widerstehen und holte sich in einer Eiswaffel drei Kugeln. Er genoss es sichtlich. Durch die Strahlen der Sonne sah man sein braungrau meliertes, gekräuseltes Haar noch genauer. Er schaute über den Jahrmarkt. Auf dem Riesenrad würde man noch mehr sehen können, alles überblicken. Dieses stand auf der zweiten Hälfte des Jahrmarktes und war das Wahrzeichen. Es zog die Blicke auf sich, auch von denen, die nicht zu dem Fest kamen, den Autos, die vorbeifuhren, und sogar schon von der Autobahnabfahrt aus konnte man es sehen. Früher hatte er es immer gesehen, wenn er als Kind gerade an einem Kerwesonntag mit der Familie von einem Besuch auswärts zurückkam und der Vater wieder in seiner Heimatstadt einfuhr. Er liebte Kaiserslautern noch immer, auch wenn sich mittlerweile vieles verändert hatte. Die Einwohnerzahl hatte sich um einiges vergrößert, aber die Stadt war nicht in ihrer Weite und ihrem Umfang gewachsen. Es fiel ihm jedenfalls nicht auf. Auch der Jahrmarkt hatte, außer an einigen markanten Punkten, wie dem Riesenrad, der Achterbahn den beiden Karussellen, der Ponyreitbahn, den Autoskootern, und der Geisterbahn ein anderes Gesicht bekommen. Dabei fiel ihm der »Rotor« als Erstes auf, wo die Menschen in offenen Kabinen stehen und durch die schnelle Drehung wie Fliegen an der Wand kleben. Der »Rotor« lief langsam an, wurde immer schneller, die Menschen schrien und quietschten, es wurde immer lauter, fast schon wie das Crescendo in einer Orchesterdarbietung bei einer Zwölftonmusik; dann die abrupte Stille mit leisem Hecheln, erlöstem Schnaufen oder Stöhnen. Tillmann überlegte; von dieser

Warte aus gesehen war es für ihn akzeptabel. Aber nur von dieser, und wer sah es schon so! Bestimmt nicht die anderen, und schon gar nicht die, die darauf standen. Die Achterbahn hatte ihre Größe erweitert und war zu einem »Adventure Looping Coaster«-Cobra geworden mit einer Kulisse und Geräuschen wie im Dschungel. Der »Amazonas« bot ihm ein ähnliches Bild: Es war ein großes Gebäude mit mehreren Etagen und Dschungelpflanzen aus Kunststoff, durch das man gehen konnte. Im Innern des Gebäudes, so hieß es, seien echte Kormorane, Echsen und Krokodile. Tillmann beeindruckte das wenig; es schreckte ihn eher ab. Die Gerüche von Bratwürsten und gebrannten Mandeln am Süßwarenstand waren ihm vertrauter.

Die Menschen zogen an ihm vorbei. Pärchen blieben plötzlich stehen, hielten sich ihr neues Mobilphon vor das Gesicht, schnitten Grimassen und machten Selfies. Dann zog man weiter wie junge Wölfe, die vom Rudel abgekommen waren und sich nun wieder einfanden. Gleich Lemmingen trieb die Masse Mensch dahin, und es wurden von Stunde zu Stunde mehr, die den Jahrmarkt füllten. Das musikalische Gedröhne, die lautlich übersteuerten und dadurch verzerrten Sätze der Ansager und das Schreien der Menschen bei den Vergnügungsanlagen vermischten sich mit den brodelnden und rauchenden Festgerüchen zu einer seltsamen Substanz, die Tillmann zwar aus Kindertagen in abgeschwächter Form kannte, die ihm aber im Lauf der Jahre immer mehr missfiel und ihm an diesem Tag fast schon zuwider war. Er wusste das nicht, er ahnte es keineswegs, und er wollte es zunächst auch nicht wahrhaben. War er vielleicht schlecht gelaunt, weil ihm das Ganze zu dieser Stunde nicht passte? Er war sich nicht im Klaren darüber. Aber obwohl das alles, was er bisher gesehen hatte, nichts besonders Neues und Interessantes bot, war dieser Jahrmarkt mit seinen vielen kleinen Einzelheiten etwas, das schnell die Langeweile vertrieb und die Zeit schnell verstreichen ließ. Es war schon zur späteren Nachmittagsstunde, und er dachte bereits an die Rückkehr zum Parkplatz.

Doch da sah er ziemlich am Rand des Festplatzes ein zirkusähnliches Rundzelt, das durch sein dunkles Blau mit den Silberborten, die den Eingang und den Rand des Daches zierten, ihm plötzlich ins Auge fiel. Es standen nur wenige Leute am Eingang, die schon den Eintritt bezahlt hatten und vor dem noch verschlossenen Eingang warteten, bis die Darbietung zu Ende war und man ihnen Einlass gewährte. Tillmann ging hin und besah sich das Ganze nun aus der Nähe.

Über dem Eingang erstreckte sich in geschwungenem Bogen und mit großen silberfarbenen Lettern der Name des Veranstaltungsortes:

Cabaret der Stillen Wünsche

Das Portal war umrahmt von zwei Bildern – links eine Scherenschnittgrafik von einer leicht bekleideten jungen Dame, welche das rechte Bein spitz angewinkelt auf einen Stuhl gestellt hatte und mit ihrem Kopf nach links schaute, sodass ihr Kinn gerade die Spitze ihrer Schulter berührte. Der schwarze Badeanzug mit den schwarzen Strümpfen, Strumpfbändern und schwarzen Stöckelschuhen stand im Kontrast zu ihrer weißen Haut. Diese war so hell, dass es der weiße Hintergrund nicht mehr zuließ, den letzten Teil des Armes und die Hand zu erkennen. Man konnte nur ahnen, dass ihre linke Hand auf ihrem linken Knie ruhte. Die schwarze Melone, die diese Frauengestalt auf dem Kopf trug, erinnerte Tillmann an Liza Minelli, die er 1987 schon einmal in der Carnegie Hall von New York erlebt hatte. Wie lange war das her! Er erinnerte sich noch sehr genau an jenen Abend, als er zum ersten Mal Liza live erlebte. Ob es sich noch einmal ergeben würde, wusste er nicht. Er sah immer noch zu der grafischen Darstellung dieser Frau, die in Überlebensgröße mit einem auffordernden Blick den Betrachter in ihren Bann zog. Am rechten Rand des Portals stand in gleicher Größe das Bild einer leicht bekleideten jungen Frau, die sich nach vorne beugte und den einen Arm auf die Rückenlehne eines Stuhles stützte. Den Zeigefinger ihrer Hand, die mit einem weißen Stoffhandschuh bedeckt war, hatte sie gleichsam als Signal der Stille oder des Schweigens, über ihre roten Lippen gelegt, und ihre Augen, fein versehen mit einem hellen Blau auf ihren Wimpern, waren weit geöffnet und lagen wie zwei kleine Inseln in der Blässe ihres Gesichtes. Dieses Weiß war so eindringlich, dass sie mit dem des Handschuhs gleichkam und sogar noch einen Kontrast zu dem Blond ihres halblangen und auf der linken Kopfseite gescheitelten Haares bildete. Er überlegte, was das wohl sein mochte. Eine Revue? Er hörte näher hin und suchte nach musikalischen Klängen, die man eigentlich hier hören müsste, weil dieses Cabaret nicht mehr im direkten Bereich des Kirmeslärms lag. Er hörte nichts. So schalldicht kann das doch auch nicht sein, dachte er und wartete. Eine alte Dame saß in ein wenig abgetragener schwarzer Seidenbluse in einem kleinen Raum vor dem Rundzelt und langweilte sich. Daneben war auf einem Plakat zu lesen:

30 Minuten

Cabaret

für nur 9,99 Euro!

Treten Sie ein
und genießen Sie
unsere Show!

Essen und Getränke bitte draußen lassen.
Frei ab 16 Jahren.

Anfangs war es Tillmann etwas zu teuer. Dann überlegte er es sich noch einmal: Warum nicht? So viel ist das auch nicht. Er ging zur Kasse, zog den Geldbeutel aus seiner Hosentasche und zahlte. »Getränke können sie drinnen erwerben«, sagte die Kassenfrau. Er nickte und stellte sich zu der Gruppe von etwa fünfzehn Menschen, die sich schon vor dem Eingang eingefunden hatten und warteten. Da erklang auf einmal Musik, die sich nach dem infernalen Galopp aus der Oper *Orpheus in der Unterwelt* von Jacques Offenbach anhörte. Tillmann lauschte den Klängen, und als dann das Tor zum Rundzelt aufging, wusste er, dass er Recht hatte. Am Ausgang sah er bereits die ersten Gäste, die aus dem Zelt kamen. Eine Schar von sechs jungen Frauen tanzte noch immer, und man sah bis zum Ausklang der Melodie, wie ihnen die Röcke mit den Rüschen in die Luft flogen. Dann verebbte die Melodie und die Damen verschwanden hinter dem Vorhang.

Tillmann betrat den Raum und nahm auf der mittleren Höhe der Ränge Platz. Er hörte, wie der Veranstalter vor dem Zelt Reklame machte und in den Abend schrie. Es dämmerte schon. Die Menschen kamen auf einmal wie von einem Sog angezogen, immer mehr füllten den Raum, und nach zehn Minuten waren fast alle Plätze besetzt; die neue Show konnte beginnen. Der Vorhang war noch geschlossen. Tillmann war gespannt.

Er sah nach vorn zur Bühne, einem halbrunden großen Podest, das etwa ein Drittel der Zeltfläche ausmachte. Eine leere weiße Parkbank stand da inmitten der Fläche, daneben eine alte Straßenlaterne. Zwei Gehilfen waren in leicht gebückter Stellung, liefen aber flink wie Ameisen über die Bühne. Dann schloss sich auf einmal der Vorhang, und man sah, wie sich von links und von rechts die beiden Hälften dieses großen und schweren bordeauxfarbenen Vorganges langsam aufeinander zu bewegten und in der Mitte dann zum Stillstand kamen. Die letzten Gäste ließ man noch schnell herein. Es wurde ruhig im großen Zelt, und wer vielleicht doch noch das eine oder das andere dem Nachbarn zu sagen hatte, gebot seinem Plaudern selbst endlich Einhalt. Voller Erwartung sahen die Menschen zur Bühne. Hinter dem Vorhang waren noch einige Schritte und ein kurzes Verschieben von Gegenständen zu hören, das man auch noch in den obersten Sitzreihen vernahm. Dann ging plötzlich überall das Licht aus. Es war fast stockdunkel, und nur an den Rängen der Zuschauer war am unteren Außenrand im Abstand von zwei Reihen eine Notbeleuchtung eingeschaltet. Tillmann saß ruhig und voller Erwartung an seinem Platz, und seine vor einigen Minuten noch so mannigfaltige Fantasie erstarb in der Stille. Ein Schweigen lag über den vielen Menschen, die alle gespannt auf die Vorführung warteten. Das Schweigen war wie eine Kälte. Tillmann spürte es, wie sie sich von seinem Hals über die Arme, den Rücken bis zu seinen Füßen ausbreitete; nur sein Kopf war gut durchblutet, fast heiß. Er legte seine kalten Finger auf seine beiden Backen und auf die Stirn, um wenigstens einen kleinen Ausgleich zu erreichen.

Plötzlich durchbrach ein Knacken die Stille. Er schreckte leicht auf. Dann folgte ein weiteres Knacken, was ihm zunächst undefinierbar erschien. Doch als dann noch einige solcher Geräusche in unregelmäßigen Abständen hintereinander folgten, wusste er, dass sie aus den beiden großen Lautsprechern kamen, welche man an beiden Seiten der Bühne aufgebaut hatte. Es klang wie bei einer alten Schallplatte, wenn man sie gerade aufgelegt hatte. Erinnerungen an Kindertage wurden kurz wach.

Dann hörte man ganz leise Trommelschläge, sie klangen wie aus der Ferne, weit weg und aus einer anderen Zeit. Er hörte aufmerksam hin. Die Trommelschläge waren auf einmal deutlicher zu hören, so als ob sie nähergekommen wären, sie vermehrten sich auf das Doppelte und Mehrfache, es klang fast wie ein Brausen, und die Steigerung schien kein Ende zu nehmen. Da kam auf einmal das Glockenspiel eines Harmoniums hinzu, die Klänge von Querflöten und Klarinetten, und er erkannte die Melodie des *Boleros* von Maurice Ravel. Im Schein eines Lichtkegels war auf einmal der grazile Körper einer jungen Frau zu sehen, die zur Musik tanzte. Langsam glitt das Licht ihr vom Kopf aus in einem sanft milchigen Ton zart über die Schultern. Die Melodie steigerte sich im wachsenden Crescendo, und der Kegel kreiste tänzerisch zum Takt der Musik, als Trompete, Saxofon und Klarinette hinzukamen. Wie eine Schlange drehte die fast nackte Tänzerin ihren Körper um die eigene Achse. Es wurde immer lauter. Ihre beiden Arme weit ausgebreitet, beugte sie sich langsam nach vorne, und dieser Augenblick faszinierte Tillmann über alle Maßen. Wie eine Schlange drehte sich die Tänzerin dann um die eigene Achse, schlug ein dreifaches Rad, lief weiter zu einem Trampolin, das auf der rechten Seite der Bühne stand, sprang darauf mehrfach in die Höhe und ließ einen doppelten Salto folgen. Die Musik von Ravel steigerte sich ins Unermessliche, wenige Sekunden vor Ende dieser Darbietung erhoben sich schon viele Zuschauer begeistert von ihren Plätzen und schwangen ihre Arme winkend in die Luft, und ein großer Applaus folgte, als die Musik mit schrillen Akkorden ihr Ende fand. Die junge Frau verneigte sich vor dem Publikum, und in ihrer Mimik und ihren Gesten lagen Stolz und Demut zugleich. Dankende Zurufe und Ovationen erreichten sie aus der Menge, und ehe man sich versah, stand auch schon der Direktor dieses kleinen Unternehmens auf der Bühne, ergriff beide Hände der Tänzerin und hielt sie dankend in die Höhe. Er trat mit ihr nach vorne bis an die Grenze des Podiums, sah mit seiner hünenhaften und Respekt einflößenden Gestalt mit eindringlichem Blick zum Publikum und wartete. In seinem schwarz gewellten Haar glänzte die Pomade, und mehrere Siegelringe zierten seine bräunlichen kräftigen Hände. Man verstand seinen Blick, und es dauerte nur wenige Sekunden, da war alles still und wartete.

»Verehrtes Publikum, ich danke Ihnen ganz herzlich und möchte Ihnen nach dieser Darbietung noch unsere Tänzerin vorstellen, die Sie soeben erleben durften: Es ist Malena aus Buenos Aires, die derzeit in Deutschland weilt und mich und meine Crew auf den Veranstaltungsreisen begleitet.«

Er schien noch etwas sagen zu wollen, als das Publikum ihm mit Applaus für die junge Argentinierin ins Wort fiel. Der Mittvierziger im Smoking stand sprachlos da, genoss aber auch zugleich die Ovationen für seine Tänzerin. Malena ließ alles auf sich einströmen, war ganz ruhig, und schien zu spüren, wie sich vor allem der Augenschein der Männer bei ihrem Anblick badete. Sie wusste, dass ihr Aussehen und Wesen eine starke Ausstrahlung hatte: ihr schlanker mittelgroßer Körper mit dem südländischen, leicht bräunlichen Teint, ihr dunkelbraunes, halblanges Haar, das hinten zusammengebunden war und eine angenehm komplementäre Ergänzung zu ihrem ganzen Körper bildete. Tillmann war begeistert von ihrer Erscheinung. Erst jetzt sah er, dass der Rock Teil ihres Ballettkleides war und an den Brüsten der dunkle Teint ihrer Haut durch die dünnen, weißen Körbchen hindurchschimmerte. Während die Menge immer noch klatschte, sog er die Augenblicke wie ein großes Erlebnis in sich hinein. Doch es dauerte nicht lange, da verneigte sich die Tänzerin noch einmal und verschwand hinter der Bühne.

Als Tillmann kurz vor Ende des Tanzes sich, schon dem Gähnen nah, reckte, entdeckte er auf einmal in der zweiten Reihe links vor sich seinen Freund Alfred. Er winkte ihm zu und gab ihm ein Zeichen.

»Hi, Tillmann! Du auch hier, was für ein Zufall!« Er streckte ihm die Hand hin und klopfte ihm auf die Schulter.

»Gibt es *Zufälle*, Alfred?« Alfred lachte und dachte an frühere Gespräche über *Schicksal* und *Zufall*. »Jetzt fängst du schon wieder mit deinen Kausalitäten an! – Ha, ha! Wenn hier keine Ursache erkennbar ist, gebe ich dir Recht. Aber ist diese hübsche Malena, die wir soeben sahen, kein Grund von uns beiden, an dieser Vorstellung teilzunehmen?«

Er sah Tillmann an und wartete. Ein Moment des Schweigens lag zwischen ihnen.

»Aber eine Überraschung ist es trotzdem, mein Freund!«

Tillmann nickte. Sie gingen nach draußen. Es dämmerte.

»Hast du heute noch was vor?« Alfred schaute zu ihm rüber.

»Das zwar nicht, doch ich bin schon ziemlich müde. Aber wie wär's mit morgen? Ein Morgenspaziergang hier in der Natur! Ich übernachte in einem Hotel.«

»Du hättest auch bei mir übernachten können! – Aber einverstanden – Wann sollen wir uns treffen?«

»Am besten zum Frühstück im Café am alten Brunnen.«

»Morgen um neun!«

»Abgemacht!«

»Abgemacht!«

Sie gingen zu ihren Autos auf dem Parkplatz in der Nähe des Jahrmarktes.

Es war dunkel geworden und ein klarer Sternenhimmel lag über der Stadt, die noch immer seine Stadt war. Er war zwar nicht mehr ein Teil von ihr, aber sie noch immer ein Stück von ihm.

Tillmann fuhr zum »Altstadthotel« in der Steinstraße.

Der Nachtportier stand schon im Empfang, grüßte ihn wohlwollend und schaute ihn fragend an. Tillmann verstand.

»Zimmer einundzwanzig.« Der Portier drehte sich um, hob den Zimmerschlüssel vom Haken und gab ihm diesen. »Ich wünsche dem Herrn eine angenehme Nacht!« Tillmann nickte, brummelte etwas vor sich hin, was man nicht verstehen konnte, was aber von der Kürze des Wortes nichts weiter als ein »Danke« bedeuten konnte.

Er ging die alten Treppen hoch, die mit Teppich ausgelegt waren. Der Handlauf und das ganze Geländer waren noch sehr alt, doch man sah, dass alles wohl immer sehr pfleglich behandelt wurde. Das Hotel hatte außer einigen Renovierungen und Reparaturen keine wesentlichen Veränderungen erfahren und hatte einen besonderen Flair, der das Vergangene wie ein Geheimnis in sich barg. Die Schlüssel hingen schon seit über hundert Jahren an dreißig Haken des alten Schlüsselbrettes, das wohl noch aus der Kaiserzeit stammte. Neben dem Treppenaufgang befand sich ein Paternosterfahrstuhl, den man in den Dreißigerjahren des vergangenen Jahrhunderts eingebaut hatte und der in den Wiederaufbaujahren nach dem Zweiten Weltkrieg gleich wieder in Betrieb genommen wurde. Tillmann zog aber die Treppe vor. Er liebte den weichen Schritt auf dem Teppichflaum, und er kam sich vor wie ein Kater, der seinen Platz für die Nacht suchte. Ob viele Zimmer belegt waren, wusste er nicht; jedenfalls war es sehr ruhig. Er öffnete die Tür der Nummer einundzwanzig und trat ein. Das Licht fiel von den Laternen durch die Vorhänge der beiden Fenster in den Raum und versah die angeleuchteten Partien allesamt mit einem mattblauen Timbre. Er empfand es als so schön, dass er zunächst gar nicht den Lichtschalter anmachte, sondern sich auf einen Stuhl des kleinen Tisches setzte und diesen Eindruck genoss. Draußen lag die Nacht, und die Lichter der Straße erschienen ihm wie ein Bühnenbild, das er genießen wollte.

Er ließ das Zimmerlicht noch immer aus, und er stellte sich auf einmal vor, wie das wohl sein mochte, wenn sich später das kalte Licht seines Laptopschirms mit dem bläulichen Schimmer der Straße vermischen würde. Er ging zum Fenster, öffnete es und schob die schon leicht vergilbte Gardine nach außen vor die Scheibe. Es liefen noch immer Menschen in der Altstadtstraße. Ein Frauenlachen drang hoch bis zu seinem Zimmer, und es klang wie aus dem Mund einer frisch Verliebten. Er schaute wieder vom Fenster weg in Richtung des Spiegels, und er sah, wie sein Kopf scherenschnittartig darin abhob: Die Dunkelheit übermalte das Alter mit feinen Schatten.

Eine kurze Laptop-Notiz folgte:

2. V.

Wir leben bis an das Ende unserer Tage, können die Zeit nicht aufhalten, wir müssen mit ihr gehen und jede Stunde auskosten und erleben. Was sollen wir sonst machen? Zurückgehen können wir nicht; wir können uns nur erinnern. Aber was ist die Erinnerung? Nichts weiter als ein Wachküssen dessen, was nicht mehr ist, vielleicht auch des Todes. Was war, ist vorbei; aber wie oft leben wir in den Tag, ohne ihn zu er-leben, weil wir Schritt halten wollen mit dem Tempo, das die Zeit von uns abverlangt. Wir handeln ohne zu wissen, was wir getan haben, weshalb und wofür.

Tillmann strich mit seinem Mittelfinger über die Barthaare, so als wolle er die Jahre zählen, die ihm noch bleiben. Er dachte an das Jahrmarkttreiben.

Der Alltag ist doch nur ein Rummel. Aber ist es das Leben auch?

Er überlegte und fand keine Antwort.

Die einzige Konstante des Lebens ist seine Begrenztheit.

Dieser Gedanke schreckte ihn auf, und er dachte wieder an Theres. Sie zog ihn durch ihre Abwesenheit an. Ohne lange zu überlegen, nahm er an dem kleinen Schreibtisch Platz, öffnete sein Laptop. Das kalte Licht des Bildschirms vermischte sich mit der Laternenbläue von der Straße.

Er schrieb Theres noch ein paar Zeilen:

2. V.

Hallo Theres,
wie schön ist es, Dir mal im Dunklen zu schreiben, wenn das Licht der alten Straßenlaternen in mein Hotelzimmer fällt! An diesem Wochenende bin ich in Kaiserslautern, wo ich heute die Eröffnung des Maimarktes besuchte. Ein wunderbares Wetter hatten wir hier, und die Nacht ist immer noch lau.

Aber die Menschen, Theres, diese Menschen, die mir heute bei diesem Jahrmarktstreiben begegneten, sie kamen mir so gedankenlos vor, so ziellos. Sie waren eingebunden im Sog der Masse, wurden gezogen und zogen mit. Wie bei den Lemmingen, dachte ich, als ich das Treiben sah, und achtzig Jahre sind nun vergangen, seit die Massen ergeben mit den Rednern brüllten und die Arme noch oben streckten! Das ist bestimmt kein Vergleich mit heute, aber das Mitläufertum, das Voranschieben mit der Masse ist dasselbe geblieben.

Was braucht der Normalbürger von heute, Theres? Der braucht seine Arbeit, weil damit automatisch der Verdienst gekoppelt ist, er braucht seine Ruhe und sein Vergnügen. Er stellt oft keine Ansprüche mehr an sich selbst. Die Ausbildung, seine Weiterentwicklung und die Verwirklichung seiner Fähigkeiten und vielleicht die verborgenen Veranlagungen bleiben außen vor. Dabei meine ich, dass jeder, aber auch jeder Mensch über besondere Fähigkeiten verfügt, die ihm von Natur aus angeboren sind, die aber von seiner Familie und seinem näheren sozialen Umfeld bis hin zur Schule nicht gefördert und ausgebaut werden. Auch die moderne Arbeitswelt unserer Zeit behindert noch immer die Entfaltung der Fähigkeiten eines Angestellten. Die Zeiten haben sich in dieser Hinsicht gar nicht geändert, sie sind nur moderner geworden. Wir sind noch immer die Marionetten von einst, die an den Fäden hängen und von den Machthabern der Wirtschaft gelenkt werden.

Ein leichter Wind wehte gegen den Vorhang. Tillmann sah auf und überlegte. Sollte er ihr das alles schreiben? Ob es sie überhaupt interessierte? Aber er wollte es. Er versuchte sich kurz zu fassen; denn er spürte schon sehr die Müdigkeit in sich.

Die Bürger von heute suchen ihre Freiheit an den Stränden. Aber ist das eine Freiheit, oder ist das nur eine von vielen Schablonen, in die sie hineingepresst werden? Es ist keine Freiheit, und jedes Erlebnis wird von den Darbietern vorempfunden und vorgelebt. Erleben und Einfühlen auf Abruf. Genuss, Freude und Rausch übermalen die Eintönigkeit der Arbeit, bei welcher der Mensch nichts weiter als ein Objekt ist. Er ist sich seiner Freiheit und seiner inneren Werte nicht bewusst. Wir sind ein winziger Teil unserer Zivilisation, die sich als Gesellschaft aus der Natur entwickelt hat, aber seit der Industrialisierung jeden Bezug zu ihr verloren hat.

Ich sehne mich nach der Natur, die mich von allem befreit, was die Gesellschaft mir auferlegt und die mich von vielen unliebsamen Gedanken befreit. Ist dieser Wunsch eine Utopie, Theres?

Der Sommer steht vor der Tür, und wir können uns freuen!

Bis bald!

Tillmann war müde, und in dieser Müdigkeit hatte er nicht einmal einen Gruß, geschweige denn seinen Vornamen den Zeilen beigefügt, sondern er klickte einfach mit der Maus, und schon war die Mail abgeschickt.

Er sah auf die Uhr und erschrak. Mitternacht war längst vorbei, und draußen war alles sehr still. Kein Lachen, kein Grölen, keine Schritte. Nur den Schlag der Glocke von der alten Stiftskirche hörte er, als er schon im Bett lag; ein wohliger Klang legte sich über die Altstadt und war für ihn wie ein Schlaflied der Nacht.

KAPITEL 10

In K. und Immer unterwegs

Es kam doch anders, als man vereinbart hatte. Am Sonntagmorgen im Mai hatte Tillmann, als er gegen sieben Uhr erwachte und mit dem Blick nach draußen schon das schöne Wetter sah, plötzlich die Idee, sich mit seinem Freund am Blechhammerweiher, einem alten Stausee direkt bei Kaiserslautern, zu treffen, dort gemeinsam zu frühstücken und die Natur zu genießen. Er rief ihn gleich an. Alfred war einverstanden. »Eine gute Idee«, meinte er noch, und sie verabredeten sich für halb zehn Uhr.

Es gab gerade noch Frühstück, als sie kamen, und auf dem Büfett lag noch eine reichhaltige Palette von Leckereien jeglicher Art. Alfred war schon einige Minuten früher gekommen und hatte an einem der schönen Tische direkt vor dem Haus, von dem aus man einen herrlichen Blick über den Weiher hatte, Platz genommen. Die Morgensonne schimmerte angenehm durch das frische Blattwerk der drei Lindenbäume und ließ ihre Strahlen tanzen. Alfred saß da, hatte den Kopf nach oben gerichtet, von wo sie kamen. Ab und zu schloss er die Augen und spürte, wie die Wärme des Lichtes seine Lider, die Stirn und sein ganzes Gesicht umhüllte. Weil es nicht heiß war, empfand er es wie ein angenehmes Wellenbad, das seinen Kopf übergoss. Er war so in diesem Gefühl versunken, dass er gar nicht die leicht knirschenden Schritte seines Freundes auf den Kieselsteinen hörte und erst seiner gewahr wurde, als dieser vor ihm stand und ihn mit einem kurzen Klopfen den Tagträumen zurückholte. Alfred erschrak, versuchte dies aber, wie er es schon immer tat, gekonnt zu unterdrücken und ließ sofort auf das Begrüßungslachen einen Aha-Ruf folgen. Tillmann streckte ihm schon den Arm hin, als er gerade aufstehen wollte.

»Bleib sitzen, Alfred, es geht auch so!« Sie schüttelten sich die Hand und klopften sich gegenseitig auf die Schulter.

»Mein Gott, Tillmann, wie die Zeit vergeht! Als wir uns letztes Mal trafen, war es noch Februar; nun ist es schon Frühling und die Natur geht schon voll auf den Sommer zu! Hier bei uns in Kaiserslautern waren es gestern schon siebenundzwanzig Grad, auf wieviel Grad Celsius zeigt das Thermometer dann erst bei euch in der Rheinebene! Schau mal die Bäume, das Gras und das Schilf am Weiher – wie alles grünt und blüht! Da könnte ich schon fast wieder zum Pinsel greifen!«

»Warum tust du es nicht?«

Alfred überlegte. »Warum, ja, warum? Ich weiß es selbst nicht. Vielleicht, oder sogar bestimmt, aus Trägheit. Vielleicht auch wegen der Frage nach dem Sinn des Ganzen; darüber hatten wir uns ja schon bei unserem letzten Treffen unterhalten.«

Tillmann nickte und hörte ihm zu.

»Wie schnell lässt man sich gehen und wird dann ungewollt zum passiven Betrachter, der nur sieht, wie die Zeit dahineilt, wie die Jahre aus den Händen gleiten.«

»Ja, ich weiß, Alfred, bei mir ist es ähnlich. Sind deine beiden Radierungen schon fertig?«

»Nein, die liegen noch in meiner Werkstatt.« Er drehte den Kopf verlegen ganz leicht zur Seite und schwieg. Tillmann zuckte mit den Achseln und sah ihn mit einem ebenso verlegenen oder sogar leicht selbstspöttischen Schmunzeln an.

»Ich sagte es ja schon: Wie wir uns ähneln!«

»Wir waren, von der Referendarzeit einmal abgesehen, zwar Lehrer an verschiedenen Schulen, Tillmann, sind aber vom gleichen Fach. Vielleicht liegt es *daran*. Kunst erfordert nun einmal Zeit und Muse. Kann es sein, dass gerade die Kunst es ist, die uns dem Alltag entzieht und uns in eine gewisse Zeitlosigkeit lenkt, dass man die Koordination und Vorausplanung dessen, was noch vor einem liegen und einen erwarten könnte, auf das Abstellgleis stellt oder sogar verdrängt?«

»Du hast Recht, und das wäre der reine Selbstbetrug.«

Sie standen beide von den Gartentischen auf und gingen zu dem Büfett, um sich ihr Frühstück zusammenzustellen. Das Wichtigste war dabei für Tillmann der Kaffee.

»Weißt du, Alfred«, so führte Tillmann seinen vorhin aufgegriffenen Gedanken beim Hinausgehen zu ihrem Platz weiter, »wir sind oft die größten Heuchler gegenüber uns selbst. Wir malen uns das vor, wie es sein könnte, aber nicht, wie es ist. Wenn ich ein Porträt von mir skizzenhaft anfertige und es mir hinterher anschaue, dann weiß ich, dass es nicht ganz der Wahrheit entspricht, sondern eine Verschönerung, vielleicht auch eine Verschlechterung, also eine subjektive Korrektur dessen ist, wie es der Spiegel wiedergibt.«

»Du weißt aber, dass man in der Kunst nichts objektiv wiedergeben kann. Warum sollte man auch, dann wäre es keine Kunst! Das, was der Spiegel uns zeigt, ist nicht das, was wir wahrnehmen. Sind wir dann wirklich Heuchler?«

»Im Hinblick auf unsere Wahrnehmung stimme ich dir zu. Ich meine aber etwas anderes. Mir geht es in diesen Gedanken nicht um die Wahrnehmung, sondern um das Verständnis dessen, was *Zeit zu leben* überhaupt ist. Schenkt uns das Leben die Zeit, die es schon vor uns gab, oder schenkt uns die Zeit das Leben?«

»Beides, Tillmann! Das Leben tritt vom Tag der Geburt an in den Fluss der Zeit, und dieser Zeitenfluss zieht uns mit hinein in seine Strömung, trägt uns über die Jahre, solange, bis wir wieder stranden, wenn unsere Zeit abgelaufen ist. Dieses Hineinziehen in den Sog des Flusses ist ein Geschenk und eine Aufforderung zugleich. Ein Geben und Nehmen. Das Geschenk ist das Leben, und das Nehmen ist die Aufforderung zum Leben.«

Eine Entenschar schwamm auf dem Wasser, in dem sich die Morgenbläue des Himmels mit ein paar kleinen Wolken spiegelte. Der Woog war von Wald umsäumt, und ein niedriger, höchstens ein halber Meter hoher Flachbretterzaun grenzte die Vorderfront des Gewässers vom Ufer ab. Dahinter standen im Blickfeld die schon etwas ältere Rosskastanie und drei Lindenbäume jüngeren Datums.

»Es ist komisch, Alfred, schon seit Kindertagen bin ich fasziniert von Bäumen, die für mich etwas Mystisches bergen, und manche sind für mich sogar Freunde, die mir gerade in Zeiten seelischer Not schon immer Beistand boten.

Er sah schon die ganze Zeit zu diesen Bäumen.

»Ich weiß, dass unser Leben ein Geschenk ist, Alfred. Schau auf diese Bäume, den Wald, auf das Wasser, das auf die Erde fällt und mit zum Leben beiträgt.«

Alfred lächelte, trank den Rest, der noch in seiner Tasse war, aus, wischte sich mit der Serviette über den Mund, und sah seinen Freund kritisch an.

»Lieber Tillmann, du weißt: *Die Buchen sollst du suchen, doch den Eichen soll man weichen.*«

Er zwinkerte mit dem rechten Auge und lächelte. »Lass uns doch einen Spaziergang oder eine kleine Wanderung machen! Hier vorbei an dem ersten Woog durch das Tal bis zu dem zweiten und dann wieder zurück hierher – ist das ein Vorschlag?«

Tillmann nickte und winkte die Kellnerin herbei; sie zahlten und standen auf.

Es war schon ziemlich warm geworden, aber immer noch angenehm, und auf dem Waldweg entlang des Wooges spürte man noch unter den weiten Zweigen der Bäume ein wenig die Frische des Morgens.

Sie promenierten gemächlich, sprachen zunächst nichts, sondern es schien, als sammelten sie Eindrücke. Der Weg war breit, und die schwere Erde war mit Schottersteinen vermischt, damit die Waldfahrzeuge hier fahren konnten. Buchen und andere Laubbäume flanierten beide Seiten wie eine von der Natur geschaffene Promenade. An lichten Stellen hatten sich auf einigen Eichenstämmen und Baumstümpfen verschiedene Moose breitgemacht, die im unteren Bereich des Waldes einen lebenden Kontrast zu dem mattbraunen Laub bildeten. Nach noch nicht einmal einem Kilometer war dieser kleine Stausee schon zu Ende; es folgte ein kleiner Bach, der später in einen zweiten, um einiges größeren Woog münden würde. Tillmann und Alfred waren noch nicht so weit, aber sie wollten diesen Weg gehen. Bald wurde das kleine Tal ein wenig breiter, und man sah deutlich, wie mit der zunehmenden Grasfläche ein neuer Lebensraum begann. Es war eine Aue, deren Dynamik man an dem vom Hochwasser zusammengetriebenen Holz und Reisig am Ufer erkennen konnte, aber verglichen mit den Altrheinarmen wollte Tillmann dieser kleinen Aue keine große Bedeutung zumessen. *Doch es ist schön, dieses auch im Kleinen zu sehen und in sich aufzunehmen*, dachte er.

Die Farne hatten sie schon längst hinter sich gelassen, da meinte er, dass er diese Pflanzen liebe. Wie wunderbar sei doch die Knospenentfaltung, dieses langsame Aufrollen der Rispen, das er irgendwann einmal in direkter Anwesenheit erleben möchte. In filmischen Zusammenschnitten hatte er es schon bei wissenschaftlichen Sendungen im Fernsehen gesehen, aber direkt dabei sein, es an Ort und Stelle miterleben, sein Leben wenigstens einmal entschleunigen, die Zeit vergessen, über ihr stehen und die Entfaltungskraft des Lebens direkt miterleben – wie schön wäre das, diese Verlangsamung der Zeit. Alfred hörte interessiert zu und nickte.

»Auf diese Idee bin ich so direkt noch gar nicht gekommen, vielleicht haben meine Gedanken Ähnliches mal am Rande gestreift. Aber du hast Recht, du hast wirklich Recht!«

Er blieb stehen und sah Tillmann lange und eindringlich an, voller Neugier, gerade so, als wolle er noch mehr von ihm darüber hören. Dieser nickte, vielleicht als Dank für die Aufmerksamkeit seines Freundes, vielleicht aber auch nur als Selbstbestätigung seiner soeben dahingeworfenen Gedanken in die Natur des Tales, vielleicht um in dessen Wildnis gewisse Lebensgeister zu wecken, die still im Verborgenen schlummerten. Dass es eine kleine Wildnis war, wussten beide; denn diese ganze Region stand unter Naturschutz.

»Alfred, schau dir das an!«

Tillmann zeigte mit der Hand auf im Wege liegende Trümmer. Es waren die Reste der Hinweisschilder, die den eiligen Fußgänger aufmerksam machen wollten auf die Schönheit dieser Stelle. Rowdys hatten sie zerstört.

Eine Prachtlibelle mit dem samt schillernden, dunklen Blaugrün ihrer Flügel flog an ihnen vorbei und setzte sich auf die weißen Blüten des Flutenden Wasserhahnenfußes, die durch ihr Leuchten im Mittagslicht dem Ganzen ein besonderes Timbre verliehen.

Sie waren beeindruckt von dem Schauspiel, das ihnen die Natur im Kleinen bot.

Sie setzten sich auf einen kleinen Sandsteinfelsen, der vom Rand des Weges aus in die Aue ragte und genossen die Mittagsluft. Tillmann nahm kleine Steine, die er gerade neben sich fand, und warf sie in die Wiese. Alfred pulte einen Kaugummistreifen aus seiner Hosentasche, schob ihn in den Mund und ließ seine am Felsvorsprung herunterhängenden Beine baumeln.

»Es ist schön, hier zu sitzen.«

Er schien sehr entspannt und sah Tillmann an.

»Ja, das ist es.«

Tillmann hielt mit dem Steinewerfen ein. Es waren auch ganz kleine Steine dabei, fast wie grobe Sandkörner. Vor dem Werfen sah er die sich lange an. Er zählte die winzigen Steine, die in seiner Handmulde lagen. Es waren elf.

»Alfred, sieh mal hier: Das waren einmal Felsen oder Berge!«

Es wurde sichtlich wärmer und es war an der Zeit, das dunkelblaue Stirnband vom Kopf zu streifen; er legte es neben sich und blickte zum gegenüberliegenden Waldrand.

»Es ist so still.« Für Tillmann war es fast schon ein betretenes Schweigen.

»Die Vögel singen nur in der Frühe und am Abend«, erwiderte Alfred.

Tillmann besah sich das über seinen Kopf hinausragende Blattwerk der Bäume und fuhr mit seiner Hand durch sein gekräuseltes Haar.

»Ich spüre die Freiheit.« Er sah seinen Freund an, der ihn verstand.

»Ja, ich fühle sie, gerade in diesen Augenblicken ...«

Er holte aus der Tasche seine alte Blues-Mundharmonika, die er schon als Student bei sich trug, und spielte ganz leise und zunächst vielleicht etwas unsicher und zaghaft. Dann blies er etwas kräftiger in das Instrument, und Alfred erkannte die Melodie; sie war aus dem Song *Me and Bobby McGee*: *»Freedom's just another word for nothing left to lose ...«*.

Tillmann hatte nichts mehr zu verlieren, er fühlte sich frei. Alfred summte mit zu den Klängen der Blues-Harp. Irgendwann ließ Tillmann die Töne ausklingen.

»Das ist Freiheit, Alfred. Die Musik entspringt diesem kleinen Instrument und zieht weiter, immer weiter ....«

Es war ein warmer Spätsommertag, als der Großvater mit mir zu den Äckern und auf die Obstwiese ging, die außerhalb des Dörfchens Gerbach lagen. Ich hatte die ersten großen Schulferien, die bis in den September gingen, und ich war die zweite Hälfte davon bei den Großeltern zu Besuch. Da standen wir auf der Obstwiese bei dem Bornacker unter den Bäumen, die schon alt waren, aber noch sehr viele Früchte trugen. Sie waren schon gereift, und ich roch diesen unbeschreiblichen Duft der Goldparmäne, den ich ein Leben lang nicht mehr aus meinem Gedächtnis verlieren würde, diesen Duft an jenem Nachmittag, als der Großvater mich nach anfänglichem Zögern dann doch auf diesen fünf Meter hohen Baum klettern ließ. Ich saß auf der ersten Astgabel oberhalb des Stammes und sah über die Wiese. Ich sah die Margeriten vereinzelt in kleinen Gruppen zwischen den weinroten Kleeblüten, welche von Hummeln und Bienen umschwirrt wurden, den Bärenklau und die Scharfgabe, und wenn ich hoch bis zum Ende der Wiese schaute, dann sah es aus wie ein Hag, den zum benachbarten Acker hin Schlehensträucher umgrenzten. Ich hatte noch nie so hoch gesessen, denn ich war damals noch ein Kind von nicht einmal sieben Jahren, und ich wusste, dass die Mutter das niemals zugelassen hatte, was mir der Großvater hier erlaubte. Ganz stolz, so hoch zu sitzen, genoss ich die Höhe, den Blick in die Landschaft und die warmen Mittagsstrahlen der Sonne, die sich mit dem harten Blau des Himmels vermischten und dem Ganzen einen wohlig-idyllischen Eindruck gaben. Der Großvater sah nach den Früchten der anderen Bäume und ließ mich gewähren. Und als ich durch das Geäst des Baumes schaute, hatte ich auf einmal das Gefühl, ich sei ein Vogel mit der Freiheit, durch die Lüfte zu fliegen, immer höher und ohne Grenzen. Der Duft der Goldparmänen strömte zu mir herüber, und ich sog ihn tief in mich ein. Ich träumte. Es waren Wunschträume zwischen den Blättern inmitten der Freiheit. Ich ahnte damals noch nicht, dass ich diesen Tag niemals vergessen würde.

Damals hatte Tillmann die Freiheit zum ersten Mal erfahren. Es war aus der Sicht eines Kindes, aber es war die Freiheit. Manchmal spürte er sie jetzt wieder, viel mehr als in den letzten Jahren.

Alfred zerknickte einen morschen Zweig, den er neben sich fand, mehrmals. Das Knacken durchbrach das Schweigen und vermischte sich mit leisen und manchmal sogar sehnsuchtsvollen Klängen von Wiese und Wald. Sie saßen eine ganze Weile und schwiegen.

»In der Stille liegt Gott«, sagte er plötzlich.

Tillmann blickte verwundert auf.

»Willst du jetzt beten?«

Das hatte Lichtenberg ein wenig gekränkt, aber er fasste sich schnell wieder.

»Nein, Tillmann, ich dachte ja nur.«

»Ach so! –« Er dachte nach. »Wenn es ihn gibt, dann ist er überall, nicht nur in der Stille.«

»Aber in der Stille kann ich ihn am besten erfahren.«

»Ich verstehe, was du meinst. Aber du kannst ihn überall erfahren, auch im Lärm und im donnernden Getöse. Ich denke an die beiden

Weltkriege, von denen mir der Großvater erzählte. Da war ihm Gott nahe. Er erwähnte es einmal nur kurz. Er sprach nicht gern darüber.«

Ein Spatz hüpfte über die Wiese und zog Würmer aus der Erde.

»Ich mag auch die Stille«, fuhr er fort, »sie erweitert mein Bewusstsein und lässt mich vielleicht das begreifen, was mir im Alltag zu begreifen verwehrt ist.«

»Ist das kein Weg zu Gott?«

»Vielleicht. Ich weiß es nicht; mir ist er noch nicht begegnet. Dir etwa?«

Tillmann sah seinen Freund fragend an.

»Er ist immer da, nur nehmen wir ihn nicht wahr. *Die Stille macht uns zu dieser Wahrnehmung den Weg frei.*«

»Vielleicht, Alfred. Ich habe diesen Weg noch nicht gefunden.«

Sein Freund nickte. »Sollen wir weitergehen, Tillmann?«

»Ja, gehen wir.«

Sie standen auf. Sie redeten jetzt mehr miteinander als am Anfang: über die Politik, das Weltgeschehen und die Zukunft der Gesellschaft. Das Bürgertum von heute ließ Tillmann keine Ruhe. Er hatte es gestern im Jahrmarktstreiben erlebt.

Ist das überhaupt ein Bürgertum? Diese Massen, Massen von Menschen, und wenn sie pausieren schieben sie sich die Würste und Schenkel in die Münder, ich höre noch das Fett spritzen.

»Was wollen die Menschen von heute in unserer Gesellschaft, Alfred? Aufstehen, arbeiten, sich vergnügen und schlafen?«

»Ja, was sonst?«

Tillmann hielt ein und überlegte.

»Ja, ja – was sonst. Viele Menschen leben einzig nach ihrem Glück und sehen nur zu, dass es ihnen gut geht. Die anderen Menschen kümmern sie nicht.«

»Du weißt nicht, was diese Menschen tun, Tillmann. Du siehst sie nur auf der Straße, in öffentlichen Gebäuden und auf Veranstaltungen – und gerade, als du noch Lehrer warst, auch in der Schule. Das Leben unterliegt andauernden Veränderungen. Warum sollen diese Menschen nicht das machen, was ihnen gefällt? Jede Stunde soll man erleben.«

»Dann ist das Leben ein Spiel der Freude?«

Tillmann warf die Frage provozierend in den Raum.

»Nein, es ist ein Wechsel von Freude und Leid. Vor allem aber ist es ein Geschenk und zugleich eine Aufgabe.«

»Das weiß ich, Alfred. Jeder von uns ist ein Teil vom Ganzen, und deshalb müssen wir für das Ganze auch unseren Teil beitragen; wenn wir das tun, helfen wir auch uns selbst. Die Fähigkeit, die einem das Leben bei der Geburt mit auf den Weg gibt, müssen wir ausleben und nutzen.«

Alfred hob den rechten Zeigefinger und sah seinen Freund eindringlich an, um noch einen Gedanken hinzuzufügen.

»Aber jeder Mensch muss selbst den Sinn seines Lebens finden, selbst erkennen, was er in seinem Leben braucht und was er den anderen geben kann und will. So hat jedes Leben seinen eignen Sinn.«

Tillmann überlegte.

»Wenn du so willst, ja! Jeder Mensch sollte aber ein klein wenig dazu beitragen, an der Besserung zum Guten hin zu arbeiten. Schon die Zeugung eines Kindes ist ein solcher Beitrag.«

Alfred blickte ihn erstaunt an.

»Dann tue *ich* das nicht, mein Lieber?!«

»Das war doch nur ein Beispiel.«

Tillmann presste verlegen die Lippen aufeinander und schüttelte leicht den Kopf.

»Jeder versteht doch unter ›gut‹ etwas anderes; alles ist relativ. Und wenn es das Schlechte nicht gäbe, würden wir das Gute nicht erkennen.«

»Das ist aber eine alte Weisheit, die man schon in der Schulzeit lernt«, warf Alfred ein.

»Ist sie wohl, aber sie gilt immer. Sinn des Lebens ist es, zunächst einmal etwas zu erleben – vom Guten und vom Schlechten. Den höheren Sinn, den muss man selbst bestimmen.«

Tillmann blieb stehen und schaute über den Weg. Ein leichter Wind kam auf.

»Aber die Gesellschaft von heute ist nicht die, wie ich sie mir vorstelle.«

»Das ist ein anderer Punkt, Tillmann. Aber ich verstehe jetzt, was du meinst.«

Sie gingen auf dem Parkplatz einige Meter an ihren Autos vorbei und merkten es nicht, so vertieft war man in den Gedanken.

Weil Tillmann die Vernissage in der Galerie seines ehemaligen Schülers Christian Wohlgemuth nicht versäumen wollte, war der Abschied von Alfred schnell, aber herzlich. Ihre anfänglich kollegiale Freundschaft hatte sich erst Anfang der Achtzigerjahre entwickelt, aber sie wurde im Lauf der Zeiten immer tiefer, und Tillmann konnte sie sich nicht mehr wegdenken, auch wenn man sich manchmal fast ein Jahr nicht sah. Sie hatte für beide einen bleibenden Wert, und wenn einer von beiden einmal Probleme hatte oder einfach schon längere Zeit der Schuh irgendwo drückte, dann telefonierte man mit dem anderen und holte sich Rat. Bei solchen Telefonaten kam Alfred manchmal bis in die Neunzigerjahre hinein öfters auf Irmgard zu sprechen, indem er irgendwelche aktuellen Begebenheiten mit alten Erinnerungen an sie verknüpfte. Er hatte sie sehr geliebt, er liebte sie immer noch, und wenn er zur Barockflöte griff, wussten alle, die ihn sehr gut kannten, dass ihn ein Moment der Sehnsucht nach dem Gewesenen überkommen hatte. Die Musik war für ihn eine Zuflucht, die ihm in inneren Nöten half.

Tillmann umarmte ihn.

»Vergiss deine Radierungen nicht! Sie warten bestimmt auf dich und ihre Vollendung!«

Lichtenberg lachte. »Im Herbst, Tillmann, im Herbst! Im Sommer bin ich draußen, meist außer Haus, auf und weg! Im Winter zeige ich sie dir.«

»Versprochen?«

»Versprochen!«

Er wollte gerade gehen und hatte sich schon halb umgedreht, als Tillmann ihn plötzlich fragte:

»Willst du nicht doch mit zur Vernissage?! Fotos und Siebdrucke von einem Künstler zu dem Thema *Immer unterwegs.*«

Alfred erschrak. Das Thema der Ausstellung! Gerade hatten sie darüber gesprochen!

Im Sommer bin ich draußen, meist außer Haus, auf und weg!

Diese Worte hatte er eben gesagt. Er wusste nicht, was er tun sollte. Eigentlich war er müde. Er überlegte. Der Titel der Ausstellung reizte ihn schon. Tillmann sah ihn mit weit geöffneten Augen an, in denen mehr als die pure Erwartung lag; er glaubte daran, war fest davon überzeugt, dass sein Freund zusagen würde. Der nickte.

Tillmann hatte in seiner Annahme Recht! Er kam mit. Als Künstler und vor allem wegen des Themas fiel es ihm schwer, diesen Vorschlag abzulehnen.

»Wir müssen uns beeilen, die Vernissage beginnt um siebzehn Uhr!« Tillmann zeigte auf seine Armbanduhr. Es war schon zehn vor! Sie stiegen in ihre Autos und fuhren zurück in die Stadt zur Galerie Wohlgemuth.

Sie kamen wenige Minuten zu spät; die Vernissage hatte gerade begonnen, doch sie waren nicht die Letzten, welche den offenen Eingang zu den beiden Ausstellungsräumen betraten. Der Weg führte über einen kleinen Innenhof, der in seiner Bauweise und Ausstattung noch am meisten an die Patrizier erinnerte, die dieses Anwesen, das von den Erben der Stadt überschrieben wurde, einmal bewohnten. Mehrere Räume waren an zwei Galeristen vermietet; einer davon war Tillmanns früherer Schüler Christian Wohlgemuth.

Eine warme Nachmittagsluft vermischte sich mit dem Duft des weißen Flieders in der Mitte des Innenhofes, der noch in voller Blüte stand, und zog von da wie ein feiner Strom in das Innere der Räume. Der erste Raum, in dem Galerist gerade seine Eröffnungsrede hielt, war von Menschen gefüllt, und jeder Nachkömmling musste nun damit vorliebnehmen, im Hof vor dem Eingang zu warten; weil der Raum nicht so groß war, konnte man die Worte auch über einen kleinen Lautsprecher hier im Hof hören. Tillmann tat es gut, mal wieder etwas aus dem Mund dessen zu vernehmen, den er vor längerer Zeit als Schüler schon immer sehr geschätzt hatte und für den er heute noch im Stillen dankbar ist, dass dieser den Weg der Kunst auch nach dem Abitur nicht verlassen hat. Die Rede war bald zu Ende. Er hörte noch klar die letzten Worte des Galeristen:

»Meine Damen und Herren, verehrte Gäste, liebe Freunde! Wie die Wellen des Wasser sind wir Menschen *immer unterwegs* – selbst im Schlafen, wenn wir träumen. Wir sind *immer unterwegs*, weil wir es wollen oder weil wir es müssen. Es ist eine Unruhe, vielleicht eine *stille Unruhe* in uns, die uns treibt. Wir sind Getriebene unserer Zeit, die uns zu Getriebenen von uns selbst macht. Der Künstler Herwig Dietrich hat etliche Momente dieses *Immer-unterwegs*-Seins malerisch und fotografisch, teilweise auch mittels verschiedener

Mischtechniken von beidem, festgehalten. Hier haben wir alle die Gelegenheit, seine Werke zu betrachten, in uns aufzunehmen und vielleicht auch in demselben Strom für Momente mitzuschwimmen. Lassen Sie uns alle unsere Gläser erheben --- auf Sie und Ihre Kunst, Herr Dietrich!«

Er wandte seinen Kopf noch einmal direkt dem Künstler zu, verneigte ihn ein klein wenig und stieß mit ihm an. Die Gäste klatschten, erhoben ebenfalls ihre Gläser und tranken dem Künstler und dem Galeristen zu.

Tillmann und Alfred wurde das Getränk, weil sie im Innenhof vor dem Eingang standen, von einer jungen Frau auf einem Messingtablett serviert. Einige Damen, die in der Nähe standen, griffen auch zu und schauten die beiden dabei mit einem neckischen Lachen an. Sie waren Tillmann, schon als er das Haus betrat, sofort ins Auge gefallen; sie standen zuerst gleich im Raum hinter dem Eingang, so als wären sie ausgewählte Objekte, die der Künstler präsentierte. Eine dieser Damen führte ihr Sektglas langsam zum Mund, sog den Duft des Getränkes verträumt in sich hinein, wölbte ihre beiden Lippen langsam und augenfällig nach vorne, drehte dieselben noch einmal im Kreise, bevor sie die Lippen mit dem Rand des Glases endlich berührte und trank. Sie schloss dabei langsam ihre Augen oder tat zumindest so, als ob; vielleicht oder sogar bestimmt hatte sie ihre Augen noch ein klein wenig geöffnet, um sich keine Mimik und Gestik der Herren entgehen zu lassen. Das kam bei Tillmann an, er schaute hinüber zu ihr. Alfred hatte die Perspektive im Blick seines Freundes vernommen und grinste unverhüllt in sich hinein.

Die Gäste wurden nach der Eröffnungsrede freudig empfangen, und Christian Wohlgemuth begrüßte jeden ganz herzlich mit Handschlag. Als er dann vor Tillmann Lenz, seinem früheren Lehrer, stand und dieser ihm mit einem versteckten Schmunzeln tief in die Augen schaute, durchfuhr ihn ein mehrfaches Prickeln, so unbeschreiblich schön, dass ihn das alles so berauschte, faszinierte und ihn wahrhaftig in eine kurze Sprachlosigkeit versetzte. Er rang nach Worten, aber sie waren auf einmal wie weggefegt. Da stand der Lehrer, den er über zehn Jahre nicht mehr gesehen hatte. Christian Wohlgemuth spürte, welche Gefühle von Begeisterung und Respekt in seinem Inneren wühlten und nach außen drängten.

Tillmann überkamen andere Gefühle. Es waren Gefühle der Erinnerung, bei denen plötzlich Farben auftauchten und sich mit anderen, so als würden diese auf sie warten, vermischten. Zuerst leuchteten sie grell, dann lösten sie sich mit dem Wasser ein wenig, verdünnten sich bis in feinste Nuancen, vermischten sich wieder mit stärkeren Tönen, die sich dann mit anderen Farben vereinigten. Er sah Wohlgemuths Aquarelle vor sich, er sah sie in seinen Gedanken endlich wieder, seine Mischtechniken, seine ersten Radierungen und Aquatintaversuche. Dann seine Pastellzeichnungen, und er stellte sich förmlich vor, wie das grobe Ingrespapier die Farbtöne der Pastellkreide ganz langsam aber eindringlich in sich aufnahm. Dann sah er den Wohlgemuth vor sich, wie dieser ihm einmal nebenbei nach dem Unterricht einige seine Werke, von denen er damals schon begeistert war, zeigte und ihn um Rat fragte. Er sah ihn noch einmal im Klassenzimmer vor sich, wie er an Tafel stand und sein einzigartiges Referat hielt: *Die Worpsweder Birken. Über Leben und Werk der Paula Modersohn-Becker.*

Christian Wohlgemuth sah seinen einstigen Lehrer mit großen Augen an. Mit seinem Kommen hatte er nicht gerechnet. Überwältigt hob er langsam die Hand und reichte sie Tillmann. Er folgte damit einer stillen Aufforderung, die er an dessen Blicken ablas. Tillmann nahm ihn zur Begrüßung in die Arme. Sie schwiegen, und dachten in dieser kurzen Weile, die Zeit hätte sie eingeholt.

»Mir ist so, als hätten wir uns vor einigen Wochen erst gesehen.«

Tillmann strahlte zufrieden.

»Mir geht es ähnlich, Herr Lenz.«

»Komm, Christian, hör auf mit ›Herr Lenz‹, ich bin Tillmann! Handschlag!«

Christian freute sich. Sie gaben sich die Hand und griffen zu ihren Gläsern. Sie standen da und konnten es gar nicht fassen. Von draußen zog fast schon der Frühsommer herein.

Die Deckenlampen warfen ein weiches Licht an die schattigen Orte des Raumes. Für Tillmann war die Zeit mal wieder gekommen, inmitten von Bildern zu stehen, die aus der Vorstellung eines Künstlers hervorgingen, wie er das Leben anderer oder vielleicht auch sein eigenes sah. Dies nun mit seinem ehemaligen Schüler Christian zu erleben, war für ihn ein Ereignis mit besonderer Note.

Aufgrund der vielen Besucher konnten sie aber nicht allzu viel miteinander reden. Man freute sich vor allem, freute sich über das Wiedersehen nach so vielen Jahren und beschränkte sich hinsichtlich der Fakten auf das Wesentliche. Dass Tillmann mittlerweile alleinstehend war und nur noch zu seinen beiden Kindern den Kontakt pflegte, wusste Christian natürlich nicht, was ihn allerdings auch nicht sehr berührte. Dass er nicht mehr im Schuldienst war, überraschte ihn sehr, ja es brachte ihn sogar noch etwas in Verwirrung, weil er den, der nun da vor ihm stand, bisher sich nur als Lehrer vorstellen konnte.

»Was machen Sie jetzt so?«, fragte er etwas unsicher, und er merkte zu spät, dass er gerade wegen dieser Unsicherheit die neue Abmachung ungewollt gebrochen hatte. Als Tillmann kritisch zu ihm rüber sah, war er schon dabei, sich selbst zu korrigieren: »Ich meine: Was machst *du* jetzt so, *Tillmann?*« Dabei gab er dem Du einen betonten Stellenwert, was Tillmann wiederum lächelnd entgegennahm.

»Was ich mache? Du fragst, was ich so mache?«

Er strich sich mit Daumen und Zeigefinger mehrmals über die beiden Nasenflügel, schaute auf die Blüten des bis zu vier Meter hohen Fliederbaumes und sah zu Christian rüber. Ich versuche kleine Partien des Daseins näher und intensiver zu betrachten und zu erleben, um vieles dann klarer in mich aufzunehmen.«

Christian sah ihn mit einem fragenden Blick an. Tillmanns Gedanken schweiften kurz ab.

Wo ist eigentlich Alfred?

Tillmann war durch diesen plötzlichen Gedanken für einen Moment kurz abgelenkt, blickte besorgt um sich, aber da sah er ihn auch schon mit seinem bereits leeren Sektglas vor einem Bild stehen und mit einer Frau mittleren Alters darüber reden. Alfred stand am anderen Ende des ersten Raumes, zeigte auf eine Stelle des Bildes und schien der Dame, die neben ihm stand und fast ganz in Weiß war, etwas zu erklären; die lauschte gespannt seinen kurzen Worten und nickte ihm überzeugt zu. Ein komisches Gefühl von Eifersucht kam in ihm auf, was er aber vor sich selbst schnellstens wieder verwarf. Er sah, wie die beiden lachten.

Tillmann fasste sich wieder. Christian sah ihn verwundert an. »Stimmt etwas nicht?«

»Nein, nein, mir kam eben nur ein Gedanke in den Sinn. Aber nichts von Belang.«

Er überlegte. »Ach ja! Um noch einmal an das anzuknüpfen, was ich gerade sagte: Wir müssen lernen, irgendwelche bisher geglaubten Nebensächlichkeiten des Lebens so zu betrachten, als stünden wir vor einem großen Gemälde.«

Christian horchte auf.

»Dachtest du schon immer so?« Er sah ihn gespannt und erwartungsvoll an.

»Ja, ein wenig. Zumindest fiel mir es früher schon auf, als ich noch Fotoabzüge und Ausschnittvergrößerungen machte. Manchmal wollte ich ein Bild schon beiseite legen, erkannte dann aber bei starker Vergrößerung, welche Geheimnisse es in sich barg. Genauso ist es doch im Leben. Man geht an vielem vorbei, ohne wenigstens einen kleinen Teil dessen von dem wahrzunehmen, was uns die große Welt im Kleinen bietet.«

»*... wie vor einem großen Gemälde ...*« Christian überlegte und meinte:

»Vielleicht ist unser Leben ein großes Gemälde –!«

»Mit andauernden Veränderungen«, ergänzte sein ehemaliger Lehrer.

»Natürlich!« Christian Wohlgemuth musste sich jetzt wieder um den Künstler und die anderen Gäste kümmern. »Bis nachher!«

Tillmann nickte. Man merkte, dass seit dem Beginn dieser Vernissage schon fast eine Stunde vergangen war. Immer mehr ausgetrunkene Gläser sammelten sich auf dem dafür gedachten Abstelltisch, und in einigen sah man noch die Reste von Sekt und Orangensaft. An drei Gläsern entdeckte er noch Abdrücke von einem Lippenstift in rubinroter Farbe. Er dachte an die Dame, die vorhin ostentativ ihr Glas erhoben hatte. Sie und die kleine Gruppe waren weg. Er besah sich die abgestellten Gläser noch einmal genauer. Er stand vor ihnen wie vor einer Skulptur oder einem Stillleben und dachte noch einmal an seine eigenen Worte, die er gerade zu Christian gesagt hatte.

Dann widmete er seine Blicke nun endlich den Bildern des Künstlers. Es waren vorwiegend Siebdrucke mit transitiven Motiven, in denen der Künstler die Bewegung hervorhob und den Titel seiner Ausstellung »*Immer* unterwegs« zum Ausdruck brachte. Die Bilder sahen so aus, als seien sie während des Gehens, des Radfahrens oder während der Autofahrt entstanden. Die kleineren Bilder sahen auf den ersten Blick aus wie verwackelte Fotos eines Laien, doch bei den größeren, wie den Bildern der Jogger, der Radsportler oder der spielenden Kinder, erkannte man gleich, dass dies Absicht des Künstlers war. Die optischen Effekte, welche durch einen der Fotografie beigefügten transparenten Kunststoff erzeugt werden, waren ihm schon geläufig. Sie verliehen dem Bild eine räumliche Wirkung, aber zugleich auch Bewegungseffekte, bei denen dem Auge die Möglichkeit gegeben wird, eine Abfolge von Bildern nacheinander wahrzunehmen. Tillmann stand vor dem Bild, das die Radfahrer der Tour de France kurz vor dem Ziel zeigte. Er bewegte seinen Kopf leicht nach links oder nach rechts und sah, wie sich die Bewegung plötzlich aus dem Bild entwickelte. Obwohl er es schon längst kannte, faszinierte es ihn, gerade weil durch diesen optischen Effekt noch mehr Bewegung in das Bild kam.

Auf den Siebdrucken waren nur laufende, gehende oder stehende Menschen dargestellt. Bei den Joggern sah man es deutlich: Durch mehrfache Darstellung der Beine von dunkler Druckfarbe bis in fein helle Bereiche desselben Farbtons ließ sich klar die Motorik erkennen, die Bewegung in das Bild brachte. Tillmann sah genauer hin. Auch bei den Beinen und sogar bei dem Kopf konnte er eine Bewegung erblicken; da sie aber in diesen Körperbereichen weniger zum Vorschein kam wie bei den Beinen, war es für den Künstler noch schwieriger, die wenigen kaum erkennbaren Unterschiede akribisch genau festzuhalten.

Hier ist die Zeit im Raum, dachte er, *das Erlebnis mehrerer Augenblicke aus einer Perspektive. Wie viele Augenblicke ließen sich dann aus einer Perspektive darstellen?*

Er überlegte und kam bis zur Unendlichkeit – aber nur theoretisch; dass dies praktisch für den Künstler begrenzt ist, wusste er. Doch er fand es interessant, darüber nachzudenken.

Am interessantesten wurde es für ihn bei dem relativ großen Siebdruck, wo wartende Menschen dargestellt waren. Sie standen alle da und bewegten sich fast nicht. Viele hielten ihr Mobilphon in den Händen, gaben Nachrichten ein oder spielten damit herum; man konnte die geringe Motorik aber an den Fingern ablesen. Bei einem älteren Mann mit Hut konnte Tillmann sofort erkennen, dass dieser auf seine Uhr geschaut hatte: Der linke Arm war mehrfach dargestellt, ebenso die Beine ziemlich oft, aber nur in einem sehr kleinen Bewegungsfeld. Tillmann betrachtete sich diesen Part der Szene aus der Nähe und sah, wie fein dieser Zeitmoment auf dem Druck wiedergegeben war. *Ein unruhiger Mensch, der es wohl sehr eilig hatte.* Dieser Gedanke fuhr ihm in den Sinn, *was konnte es anders sein!*

Irgendwann beeindruckten ihn nicht nur die künstlerisch einfachen Darstellungen mit höchstens drei Farben aber einer großen Differenzierung in der farblichen Intensität, sondern es war vor allem der geistige Gedanke, der diese Werke prägte.

Immer unterwegs – das Thema der Ausstellung trat näher an ihn heran, und als er noch eine ganze Weile vor diesem Bild stand und immer mehr über die Bewegung der Menschen nachdachte, hatte er fast schon das Gefühl, er wäre unter diesen Menschen, er wäre einer von ihnen, und es bewegte ihn so sehr, dass er gar nicht merkte, als Alfred neben ihm stand. Erst als dieser ihn anredete, schaute Tillmann fast schon ein wenig erschrocken auf.

»Das Bild gefällt mir sehr gut. Wie es mir scheint, geht es dir ähnlich.«

Tillmann sah zu zu seinem Freund hin und nickte.

»Ja, ich finde es sehr beeindruckend.«

Sie sahen lange auf das Bild: Alfred, um sich in diese Sphäre zu begeben, und Tillmann, um wieder einzusteigen.

Die Menschen schweigen. Nur die Geräusche der Mobiltelefone sind zu hören, vereinzelt auch das Knirschen des Sandes unter den Schuhsohlen des ungeduldigen Mannes der nicht mehr lange warten möchte.

Tillmann und Alfred sahen jeden Laut. Auch das Husten von Menschen sahen sie, nicht auf dem Bild, es entsprang ihrer Fantasie. Denn es war Herbst, die Menschen waren schon warm angezogen, und auf dem Boden konnte man das herabgefallene Laub sehen.

Es ist nasskalt. Vereinzelt fallen schon erste Tropfen. Da vorne hat jemand schon den Schirm aufgespannt.

Einen Tropfen hatte Tillmann auch schon abbekommen. Er griff zur Stirn, um ihn abzuwischen. Er fühlte das kalte Nass. Als er wieder seine Hand nach unten nahm, war sie aber trocken. Ein leichter, warmer Luftzug war vom geöffneten Ausgang zum Hof her zu spüren. Erstaunt blickte er nach draußen. Er roch den Flieder. Christian und der Künstler standen an der Pforte und verabschiedeten sich von den ersten Gästen. Christian sah ihn und winkte ihm zu. Er lächelte.

Alfred war derweil schon beim nächsten Bild. Hier regnete es in Strömen, die Menschen standen eng beieinander in Schirmen da und froren. Er konnte das Frieren erkennen, konnte die Kälte sehen; doch er fror nicht mit. Im Raum war es viel zu warm, und seine Fantasie war nun ausgeschöpft, um diesen Zustand zu erreichen.

Die Vernissage ging langsam dem Ende entgegen. Die meisten hatten schon das Gebäude verlassen. Nur wenige verharrten noch vor den Werken. Christian sah schon auf seine Armbanduhr. Der Künstler Herwig Dietrich lächelte. Er machte einen zufriedenen Eindruck. Er hatte mit etlichen Besuchern geredet, die ihn angesprochen hatten, um über seine Kunst Näheres zu erfahren. Tillmann und Alfred behielten sich dieses Gespräch bis zum Schluss vor, um sich anderen Gästen gegenüber nicht vorzudrängen. Sie unterhielten sich bereits mit ihm, bevor Christian zu ihnen kam. Am Ende war es eine Runde im Stehen zu viert, ein kurzes Parlieren zwischen Tür und Angel, zwischen dem Gesehenen und dem noch nicht ganz Verarbeiteten, zwischen dem Stehen und dem Gehen, zwischen der Ruhe und der Bewegung, zwischen dem, was war, und dem, was noch kommt.

Letzteres wollte Christian im Hinblick auf seinen ehemaligen Lehrer näher wissen, und diese Frage stand vor dem Abschied aus reiner Neugier noch im Raum.

»Du meinst damit sicher mein eigenes künstlerisches Schaffen?« Der Galerist nickte. Alfred schmunzelte ein wenig – er kannte das Thema. Tillmann warf einen scheuen Blick zu ihm, der schon in der Tür stand, rüber; dann schaute er wieder zu Christian. Er zögerte noch ein wenig, als wüsste er nicht, was er sagen sollte, und es schien, als wollte er dieser Frage ausweichen.

»Ja, Christian, ich bin immer noch künstlerisch tätig: von Skizzen über Pastelle und Ölbilder bis hin zu den Radierungen und Aquatinta. Dabei mangelt es mir nicht an Zeit. Nein, ich habe ein anderes Problem, das seit fast einem Jahr immer stärker in mir und meinen Gedanken hervorkommt und mir hoffentlich nicht irgendwann zum Verhängnis wird.«

Christian schaute ihn erstaunt an.

»Und was ist das, wenn ich fragen darf?«

»Meine sinnlichen Wahrnehmungen und Gefühle werden immer nuancierter und vielfältiger, und es sind so viele, dass es mir unmöglich erscheint, sie alle mit meinen künstlerischen oder verbalen Mitteln in ein Bild, eine Skulptur, geschweige denn in ein literarisches Produkt umzusetzen. Letzteres ist zwar nicht mein Metier, aber für die vielen Empfindungen meiner Wahrnehmung und meines Innenlebens finde ich auch redend nicht genügend Worte, um das alles so zu umschreiben, wie ich es mir vorstelle.«

Christian überlegte. »Dann musst du neue Worte schaffen – warum nicht? Und die Farben kannst du so oft mischen, wie du willst.«

»Ich besitze nicht mehr die Fähigkeit, diesen Gefühlsreichtum zu bändigen und in eine Form zu bringen; denn ich erliege der Fülle und dem Ausmaß der Erscheinungen, die sich mir bieten. Meine Sprache versagt ohnehin, das von mir Gefühlte wiederzugeben. Deshalb frage ich mich immer wieder: Macht die Unfähigkeit, die Gefühle in Sprache zu fassen, die Einmaligkeit, vielleicht sogar die Göttlichkeit der Gefühle aus?«

Er machte eine kurze Pause und holte noch einmal kurz Luft.

»Ja, die Gefühle, diese Gefühle! Es sind so viele, und ich kann sie nicht alle auf ein Blatt oder auf eine Leinwand bannen!«

Die junge Frau, die eine Angestellte der Galerie Wohlgemuth war und die ihrem Chef bei Vernissagen immer hilfreich zur Seite stand, spielte schon ein wenig ungehalten mit dem Schlüsselbund. Man verstand es, und Christian reagierte mit einem kurzen Kopfnicken als Zeichen der Bestätigung.

»Vielleicht können wir uns in nicht allzu langer Zeit noch einmal treffen und darüber reden, oder sollen wir noch in ein Lokal gehen?«

Die Ablehnung dieses Vorschlages kam von Tillmann und Alfred fast zur gleichen Zeit: Sie waren beide müde und wollten nach Hause.

»Ein anderes Mal, Christian, ein anderes Mal!« Tillmann schaute zu Alfred, der seine Antwort bestätigte. »Aber vielleicht bald! Behalten wir es mal im Auge!«

Es folgte ein kurzer und herzlicher Abschied, auch von dem Künstler Herwig Dietrich, dessen Werke Tillmann noch einmal lobend hervorhob.

Was ihn und Christian freute, war vor allem das Wiedersehen nach so langer Zeit. Vielleicht war es der Beginn einer Freundschaft.

KAPITEL 11

Über das Warten auf Worte, die Sehnsucht und die Liebe

Über eine Woche hatten Tillmann und Theres nun nicht mehr miteinander korrespondiert, als er eines Morgens kurz vor dem Frühstück beim Öffnen seiner Mails eine Nachricht von ihr entdeckte. Weil sie derzeit keine Texte in das Forum stellte, besuchte sie dieses auch kaum noch. Sie schrieb Tillmann lieber hin und wieder eine Mail. Als er an diesem Morgen sah, dass es nicht nur ein Gruß, ein *Wie-geht-es-dir* oder nur ein paar dahergeredete Worte waren, druckte er die Zeilen gleich aus und nahm sie mit auf den Terrassentisch, wo er sich schon für sein Frühstück gedeckt hatte. Es war ein sonniger Maimorgen, dessen Frische und Milde sich mit dem Duft seines Cappuccinos vermischten und dieser Stunde eine besondere Atmosphäre verliehen. Die drei Pfingstrosenstöcke blühten schon in ihrer vollen Pracht. Das Weiß des einen überstrahlte das Weinrot der beiden anderen durch ihren weich-samtenen, aber dafür umso eindringlicheren Schimmer. Tillmann hob seine Tasse und genoss den ersten Schluck. Der Schaum knisterte noch frisch gebrüht und das Zirpen der Grillen von der Obstwiese des Nachbarn übertönte schon fast diese feinen, kaum hörbaren Laute. Das Wiesengras dort war schon hoch, und es tat Tillmann leid, wenn es schon bald der Sense weichen musste. Er liebte das hohe Gras, die Wiesen mit den verschiedenartigen Gräsern und Blumen, die für die Insekten willkommene Wirtspflanzen waren. Das schönste Gefühl für ihn aber war es, inmitten der Wiese zu liegen und dabei zu empfinden, wie die Gräser seinen Körper berührten – dieses Brummen und Summen, dieses Zirpen und Sirren, das Scharren und das Rascheln der Insekten, das er wie ein vielfältiges Konzert empfand. Er las die Zeilen, die Theres ihm schon gestern gesendet hatte:

Montag, 13. Mai

Hi, Tillmann,
wie geht es dir? Schon über eine Woche haben wir nichts mehr voneinander gehört.

Die Vorlesungen und das Seminar über den Naturalismus sind nun auch vorbei; es wird immer interessanter, und das dicke Reclambüchlein, das Professor Meyer dazu geschrieben hat, ist eine angenehme Begleitung.

Ich habe oft an dich gedacht. Es sind immer wieder ähnliche Gedanken, die mir dabei durch den Kopf gehen:

Wer bist du, Tillmann? Ich stelle mir deine Facetten vor und male mir immer wieder im Geist Bilder von dir. Wie würde ich dich sehen, wenn du vor mir stündest, was sähe ich in deinen Augen, wie ist dein Lächeln, und wie klingt deine Stimme, die ich bisher nur in Buchstaben und Worten kennengelernt habe? Wie ist dein Gang, wie ist dein ganzes Wesen, wie ist dein Leben? Was sind deine Wünsche, und was ist dein Sehnen? Was liegt schon hinter dir, und was wird noch kommen? Es sind so viele Fragen, die auf mich eindringen, tagtäglich.

Der Lärm eines Flugzeuges durchbrach kurz die Stille. Er schaute auf und sah, wie es sich immer weiter entfernte und zwei parallel weiße Dunststreifen das Einzige waren, was man noch sehen konnte, und die würden sich auch bald verlieren. Er las weiter.

Ich sitze jetzt hier im Botanischen Garten auf dem Universitätsgelände, habe mein Laptop, das ich mir am Samstag endlich gekauft habe, auf dem Schoß und schreibe dir diese Zeilen. Ich schreibe einem Menschen, den ich nur aus seinen Worten kenne, und von dem ich mir ein eigenes Bild mache. Wir könnten uns ja auch Fotos von uns gegenseitig zuschicken, doch vielleicht ist es gut so, dass wir das nicht tun und auf den Tag warten, wenn wir uns zum ersten Mal begegnen. *Gerade in dem Verborgenen, in dem Geheimnis liegt der Reiz. Es zwingt uns, unsere Fäden selbst zu spinnen und der Fantasie keine Grenzen zu setzen.* Das Warten erzeugt unweigerlich eine Spannung, und in der Spannung liegt der Reiz. Du denkst doch genauso, oder?

Tillmann überlegte nicht lange, sondern der Gedanke, dass sie Recht hatte, kam ihm sofort. *Ja, warum nicht den anderen durch das Wort und die Vorstellung so langsam entstehen lassen, so peu à peu. Es ist doch wie bei der Entstehung eines Bildes: Am Anfang ist das Blatt oder die Leinwand noch unbemalt weiß; doch mit der Zeit fügen sich immer mehr Elemente in Struktur und Farbe hinzu, was den Künstler als Betrachter zu ständig neuen Vorstellungen verleitet, bevor er am Ende zu dem Bild kommt, wie er es sich vorstellt.*

Er merkte auf einmal, wie er praktisch-philosophische Überlegungen seines Schaffens auf eine Ebene mit der zwischenmenschlichen Beziehung stellte. Doch er ließ sofort von diesem Gedanken ab und stimmte Theres zu: Auch für ihn lag in der Spannung der Reiz. Er bestrich sich ein Croissant, das er noch von gestern übrig hatte mit Marmelade, schob es in drei Bissen langsam in sich hinein und las gemächlich kauend weiter.

Ich möchte so vieles schreiben, weiß aber dann, wenn es so weit ist, gar nicht so recht, was ich schreiben soll. Denn du bist es, der immer eine Lawine von Gedanken und Gefühlen in mir auslöst, die sich nicht so leicht in eine Struktur bringen lassen, die für dich, sogar für mich selbst, lesbar und verständlich ist. Manchmal ist in mir ein Chaos, das ich erst ordnen muss. Deshalb, eigentlich nur deshalb schreibe ich in meiner Freizeit Gedichte. Mit ihnen versuche ich meinem Leben in eine Form zu geben, die mich dann oft wieder selbst überrascht. Das Gedicht entwickelt während seiner Schaffung eine Art Eigenleben und spricht etwas ganz anderes zu mir, als ich eigentlich sagen wollte. Zwischen ihm und mir entsteht ein Dialog. Und wenn du deine Gedanken dann noch dazu einbringst, so entsteht für mich ein Erleben, wie es mir noch niemals begegnet ist, etwas Einzigartiges und Faszinierendes, für das mir die Worte fehlen. Kann man alle Momente und alle Gefühle immer in Worte fassen?

Tillmann wurde hellhörig. *Wie sich ihre Überlegungen doch treffen! Sie hat das gleiche Problem bei den Worten und dem Schreiben wie ich beim Malen. Ihre Fantasie geht mit ihr durch und lässt sich nicht völlig in Worte fassen!* Er staunte.

Unser Dialog ist etwas Neues, das der heutigen Zeit nicht mehr gerecht wird. Heutzutage wird alles sofort erschlossen und beim Namen genannt. Das Leben besteht nur noch aus Fakten und kennt keine Geheimnisse mehr.

Er überlegte. *Gab es für Theres in der Zeit ihres Lebens überhaupt schon Geheimnisse? Eine Studentin!!* Der Gedanke überraschte ihn so, dass er, als er weiterlesen wollte, zunächst die Zeile suchen musste, wo er stehen geblieben war. Er fand die Stelle wieder und wiederholte noch einmal den vorangegangen Satz, ehe er weiterlas:

Das Leben besteht nur noch aus Fakten und kennt keine Geheimnisse mehr.

Recht hatte sie jedenfalls!

Die Worte, die mir in meinen Gefühlen fehlen, sind noch ungeschriebene, und ich weiß nicht, ob ich sie finde. Ich muss versuchen sie zu erfinden, um sie dann mir und auch dir zugänglich zu machen. ---

Wohin gehört die Liebe? Sie hat tausende Farben, und man muss sie immer wieder neu erfinden. Die Liebe ist etwas Fließendes ohne Anfang und ohne Ende. Manchmal ist sie plötzlich und unerwartet da, es ist wie ein elektrischer Schlag, dir wird auf einmal bewusst, dass dein Herz schneller schlägt, was sonst nicht der Fall ist.

Die Liebe ist nicht Verliebtheit. Sie ist viel mehr. Das Verliebt-sein zu beweisen, ist der Anfang der Liebe. Die Jahre, die kommen, können es beweisen, wenn sie die Liebe nicht zur Gewohnheit werden lassen.

Ich spüre einige Funken in mir, die zur Glut werden können.

Es ist kurz vor acht. Gleich schließen sie den Botanischen Garten. Ach, Tillmann, die Zeit fliegt dahin.

Verträumt in deinen Armen,
Theres

Tillmann legte den Brief zur Seite, hob den Frühstücksteller hoch und pustete die Krümel des Croissants, die daneben lagen, mit einem kräftigen Stoß vom Tisch. Er saß da, noch eine ganze Weile, und er dachte über die Worte von Theres nach.

Ihre Worte lagen da und schwiegen. Keines rührte sich. Nur Vorstellungen kamen auf einmal in ihm auf.

Er sah sie auf einer Bank im Botanischen Garten, den er von seiner Studienzeit her noch gut kannte. Er sah, wie die Nacht immer näher kam, wie sie langsam dem Abend das letzte Licht entzog und die junge Frau auf der Bank mit einem schwarzen Schleier verhüllte. Er erschrak auf einmal, machte sich Sorgen, stand auf, ging nach drinnen. *Theres ist bestimmt schon längst wieder in einer Vorlesung und hat keine Zeit, über Derartiges nachzudenken.* Er schüttelte über sich selbst den Kopf.

Doch er konnte nicht länger warten und schrieb ihr zurück.

13. V.

Hallo Theres,

ich hoffe, du hattest noch den Weg durch das offene Tor des Uni-Geländes nach draußen gefunden und nicht die ganze Nacht im Botanischen Garten verbracht; ich habe mir schon ein wenig Gedanken gemacht. Deine Worte von gestern habe ich heute Morgen gelesen.

Ich bin noch immer dabei, deine Fäden zu entspinnen. Das Warten auf deine Worte erzeugt in mir Spannung, die Freude macht und erinnert mich an die Zeit, als wir früher als Kinder Zuhause vom Beginn der Adventszeit an mit Sehnsucht und Hoffnung auf den Tag der Bescherung warteten. Damals habe ich zum ersten Mal das Warten gelernt.

Unsere Bescherung liegt noch vor uns, wann wird sie so weit sein? Du hast mir geschrieben, ich würde eine Lawine von Gefühlen in dir auslösen, und ich sage dir, dass deine Gefühle die Steine für mich sind, mit denen ich mir in meiner Vorstellung das Bild und Wesen von dir errichte. Stück für Stück, und ich freue mich auf jeden Stein, der hinzukommt. Vielleicht fehlen einige Steine, weil du bei denen keine Worte für deine Gefühle hast. Lasse sie leer, wir werden sie irgendwann gemeinsam mit einer neuen Sprache, mit unserer Sprache füllen. Womöglich werden es Worte sein, die nur wir verstehen. Ich kenne dieses Problem bei meiner Malerei, wenn mich so viele Farben wie Fontänen eines großen Brunnens überströmen, dass ich meine mannigfache augenfällige, meine bildhafte Vorstellung von ihnen nicht mehr mit Pinsel oder Stift auf das Gemälde übertragen und ihr eine künstlerische Form geben kann. Unsere Steine werden bauen, meine bei dir und deine in meiner Vorstellung. Wie jedes Gebäude aussehen wird, ist jetzt noch ein Geheimnis. Unser Geheimnis in einer phantasielosen Zeit und Gesellschaft.

Tillmann sah auf und dachte nach. Er begann schon wieder an dem Bild von Theres zu malen, das Gebäude zu bauen, und immer wieder wechselte er Steine aus. Plötzlich kam ihm ein neuer Gedanke in den Sinn, und er schrieb weiter:

Die Liebe ist ein Geheimnis, vielleicht das letzte, was den Menschen bis in den Tod begleitet, manchmal oder oft auch das einzige, was ihm noch bleibt, weil sie zu uns gehört, weil sie ein Teil unserer Welt ist. Wie sie auf die Welt kam, weiß ich nicht. Ich glaube, sie war einfach da. Und wer ihr Strömen in sich aufnimmt, wird sie erfahren.

Ach Theres, du bist für mich ein Erlebnis, geistig und körperlich, das über der Zeit liegt.

Vor kurzem hatte ich ein Gedicht von dir gelesen, hatte es in mich aufgenommen, und schon am darauffolgenden Morgen fühlte ich dich, als ich in meinem Bett erwachte. Ich spürte ich Dich neben mir, es war so herrlich, Dein großes und zufriedenes Lächeln, und Deine Haare hingen mir ins Gesicht. Links und rechts von meinem Kopf hattest Du deine Hände abgestützt und Deine Zunge strich mir zart über die noch müden Lider. Mit Deinem zarten Finger hast du mit deinem Speichel meine Lippen benetzt, die noch trocken von der Nacht waren.

Auch ich spüre die Funken in mir, Theres!

Wohin gehört die Liebe? Das habe ich mich schon oft gefragt. Ich glaube, sie hat keinen bestimmten Ort und Besitzer, zu dem sie gehört, sie gehört uns allen. Vielleicht sind wir ein Teil von ihr. Wir beide, was meinst du Theres?

Aus der Ferne ganz nah,
Tillmann

Am Samstag vor Pfingsten kam Henry. Tillmann goss gerade den jungen Pfirsichbaum, den er vor Kurzem gepflanzt hatte, als er hinter sich auf einmal Schritte hörte. Leicht erschrocken drehte er sich um, und da stand auch schon sein Bruder, der wegen des neunzigsten Geburtstages ihres Vaters am kommenden Sonntag extra aus New York nach Deutschland gekommen war.

»Die Hoftür war offen, und da ging ich gleich hinein!«

Tillmann lachte.

Henry, der erst Anfang fünfzig war, sah ihn mit einem frischen Lächeln an und reichte ihm die Hand.

»Wo ist Liza? Ist sie nicht mitgekommen?«

Liza war Henrys Lebensgefährtin und zehn Jahre jünger als dieser.

»Es ist so, Tillmann: Mitte nächster Woche bekommt Liza die Gallensteine entfernt. Das ist zwar drei Tage nach der Feier; doch sie ist wegen dieser Operation sehr aufgeregt und nicht dazu aufgelegt, kurz vorher noch eine Feier über dem großen Teich zu besuchen. Wenn sie operiert wird, bin ich ja auch wieder in New York und damit in ihrer Nähe. Ich hoffe, du verstehst das, Bruderherz.«

»Aber sicher, Henry, obwohl ich mich sehr auf sie gefreut hätte und Vater bestimmt auch.«

»Ja, glaube ich dir.« Er schaute Tillmann ein wenig verlegen an.

»Na ja, hoffen wir, dass Liza alles gut übersteht!«

»Sicher, im Grund ist das für die Ärzte reine Routine!«

»Aber schön, dass du hier bist! Übrigens: ich dachte, die Ankunft wäre erst morgen, das stimmt doch, oder?«

»Ja, das stimmt. Doch ich bin mit einem anderen Flugzeug gekommen, weil ein Kollege von mir wegen Krankheit diesen Flug storniert hatte. Die Gelegenheit ergab sich, warum nicht.«

»Da kommst du ja gerade rechtzeitig; denn ich wollte gerade zum Altersheim fahren, um dort nachzusehen, ob das wegen der Räumlichkeit für die Feier auch klargeht. Das Mittagessen und den Kaffeetisch habe ich gemeinsam mit den Kindern bei einem Cateringservice schon geregelt. Um zwölf Uhr das Mittagessen, das sich bis höchstens halb zwei hinziehen könnte. Dann würde eine Mittagsschlafpause für Großvater folgen, in der die anderen sich auch entspannen oder etwas im nahe gelegenen Park spazieren gehen können, und um drei Uhr wäre die Zeit für Kaffee und Kuchen. Danach kann sich jeder mit jedem unterhalten und amüsieren, Erinnerungen von früher austauschen oder Fotos betrachten – Alben dazu haben Großvater und ich schon ausgesucht.«

Henry sah Tillmann zufrieden und mit großen Augen an. »Mensch, das hast du ja alles schon top organisiert, wow, du kannst das!« Er lachte und hob zur Anerkennung den rechten Daumen.

»Sara und Johannes haben aber auch noch mitgeholfen!«

»Natürlich, natürlich! Das dachte ich mir schon.«

Dann schaute er ein wenig nach unten auf die Rasenfläche, überlegte noch kurz, weil er nicht sicher war, ob er hier gleich nach Sonja fragen solle, er zögerte ein wenig, fragte dann aber doch, ob sie auch bei den Feierlichkeiten dabei sei.

»Ich habe es ihr angeboten, vor allem auf Wunsch der Kinder tat ich es, doch sie hat abgelehnt. Nun, das muss sie wissen.«

»Ja, Tillmann, das ist allein ihre Entscheidung. Obwohl Großvater sich bestimmt gefreut hätte.«

Tillmann schaute sichtlich ungehalten über seinen Garten und streifte nervös über einige Blätter des jungen Pfirsichbaumes.

»Vor fast einem Jahr, als Großmutter starb, stand der aber noch nicht hier.«

Wie froh war er, dass sein Bruder das Thema wechselte!

»Nein, den habe ich erst dieses Frühjahr in einer Gartenbaugroßhandlung erworben. Ich hoffe, dass dieser ordentlich Früchte trägt!«

Henry lachte.

»Ich weiß, Tillmann! Wie gerne hast du früher schon dieses Obst gegessen! Immer wenn Mutter ein Kilo Obst holte, war es zwei Tage später schon weg!«

»Manchmal schon nach einem Tag!« Tillmann lächelte ein wenig beschämt. »Im Nachhinein tut es mir heute noch leid, Henry.«

»Hör doch auf damit, ich war doch gar nicht so sehr hinter dem Obst her. Ein paar Naschereien aus der Betthupferldose oder sogar vom Küchenschrank waren mir viel lieber. Das ist heute noch so, das siehst du doch! Schau mich an!«

Er schob seine Arme ein wenig nach vorne, legte sie dann mit gefalteten Händen eine kurze Weile um seinen doch schon voluminösen Bauch, der eine gewisse Korpulenz schon in sich trug, kreiste mit der rechten Handfläche dann mehrmals darüber und klopfte bestätigend einmal darauf.

»Ja, ein wenig eitler als ich warst du schon immer, hast immer sehr beim Essen auf deine Figur geachtet und regelmäßig Sport getrieben. So etwas zahlt sich aus, mein Lieber!«

Er war von durchschnittlicher Größe, aber doch um eine Kopflänge kleiner als Tillmann, stand schmunzelnd vor diesem und klopfte ihm auf die Schulter.

»Aber meine Figur ist auch nicht mehr so, wie sie früher mal war«, meinte der ein wenig verlegen und griff sich an seinen Bauch.

Henry lachte laut.

»Hör auf mit dieser Abtasterei, du findest ja doch nichts!«

Jetzt musste Tillmann über sich selbst lachen.

»Gehen wir lieber etwas Gutes in der Stadt essen, ich lade dich ein!«

Henry schaute ihn dabei auffordernd an, und er war so überrascht, dass ihm die Worte ausblieben.

Dann schmunzelte er und nickte dem Bruder zu.

Sie stellten gerade noch Henrys Koffer in die Diele des Hauses und gingen essen.

KAPITEL 12

Der Geburtstag des Vaters

20. V. (Pfingstmontag)

Hallo Theres,
am Samstag traf mein Bruder Henry aus New York bei mir ein. Der neunzigste Geburtstag meines Vaters war gekommen, und wir, seine beiden Söhne Tillmann und Henry, wollten noch einmal mit dem Vater feiern, wie er es verdient.

Tillmann hielt mit dem Schreiben kurz ein und überlegte. Er saß, obwohl er nach den Feierlichkeiten am gestrigen Sonntag noch sichtlich müde war, am nächsten Morgen gleich gegen zehn Uhr auf der Terrasse hinter seinem Haus und berichtete Theres, die vielleicht zu dieser Zeit schon in einer Vorlesung war, davon. Die ganze Feier war für Tillmann ein gelungener Event, und er sah noch einmal die Freude strahlenden Augen seines Vaters. Jetzt, einen Tag danach, hatte er das Bedürfnis, jemandem davon zu erzählen, und warum nicht Theres, auch wenn er sie, oder gerade weil er sie nur von den Chats und E-Mail-Kontakten her kannte. Er nahm noch einen kleinen Schluck aus seinem Glas von dem Bitter Lemon zu sich, das wohltuend und erfrischend wirkte, und ihn beim Schreiben beflügelte.

Es war ein herrlicher Sonntag, Theres! Noch kein Tag ist vergangen, und es spult sich wieder vor meinen Augen ab wie ein Film …

Er hielt mit dem Schreiben ein, er dachte noch einmal zurück, und wie ein Film lief das Ganze vor seinen Augen noch einmal ab.

Die Tafel war schon gedeckt, als Henry und er kurz vor elf Uhr den kleinen Speisesaal der Seniorenresidenz betraten. Der ganze Raum war von hellen, aber zugleich gedämpften Farbtönen erfüllt, die mit ihrem hellbeigen und chamoisartigen Timbre eine unbeschreibliche Ruhe ausstrahlten. Das mochte der alte Lenz. Das Sälchen trug das Flair einer versunkenen, aber nicht verlorenen Zeit und erinnerte, obwohl hier nur der Esstisch mit den Stühlen, ein kleiner Geschenktisch und eine alte Kommode standen, an die Fünfzigerjahre, die Zeit des Wiederaufbaus nach dem furchtbaren Krieg und letztlich auch an die Kinderjahre von Tillmann und seinem Bruder. An der Nordseite standen schon die Tische für das Büfett, auf die ein Angestellter des Catering-Service gerade die ersten Speisebehälter mit Warmhalteplatten stellte. Ein großer runder Tisch stand in der Mitte, an dem Platz für mehr als fünfzehn Gäste war. Keiner sollte an hervorgehobener Stelle sitzen und alle sollten einander sehen, um damit das Miteinander und die Kommunikation zu fördern. Großvater sollte aber an der Seite sitzen, von wo aus er den herrlichen Blick auf den benachbarten Park hat, der sich gleich an das Grundstück des Altenheimes anschloss. Tillmann sah durch das große Fenster hinaus. Es war eine herrliche Sicht von dem langen Tulpenbeet unter dem Fenster zu dem Flieder und dem Weißdorn, die alle schon in voller Blüte standen. Das Seniorenheim war eigentlich ein Schloss, das in der ersten Hälfte des achtzehnten Jahrhunderts von den Grafen von Nassau-Weilburg errichtet wurde, in der Zeit Napoleons in französische Hände geriet und mehrmals den Besitzer wechselte und letztendlich im Besitz des Dr. Heinrich Ritter von Brunck war. Dieser ließ einen Schlossgarten errichten, der sich direkt an die Seniorenresidenz anschließt, welche man vor genau zehn Jahren im Schloss errichtete. Der Garten erstreckte sich wie ein kleiner Park mit vielen alten Bäumen, einem Teich, dem weichen Rasenteppich und schönen Spazierwegen über ein beträchtliches Areal und wurde bald zur grünen Oase der Stadt Kirchheimbolanden. Die alten Bäume, vor allem die Sommerlinden, die Buchen und die mächtige Platane spendeten schon immer an heißen Tagen mit ihrem dichten Blätterdach reichlich Schatten. Tillmann genoss den Blick zu den Rhododendronsträuchern, dem duftenden Flieder und den Beeten mit blauen Irisblüten und gelbem Ginster bis hin zu dem Teich mit den Wasservögeln. Er freute sich für seinen Vater, der von seinem Zimmer im ersten Stock denselben Ausblick, vielleicht sogar noch etwas weiter, hatte. Das Panorama lud zum Feiern ein. Er ging noch einmal um den Tisch herum, um zu überprüfen, ob die Tischkarten am richtigen Platz standen. In der Mitte des Tisches stand ein großes Blumengesteck von Rosen, Amaryllis, Jasmin und Schleierkraut.

Die Blumen waren das, die einem beim Betreten des Festraumes zuerst ins Auge fiel: das Blumengesteck von Rosen und Jasmin, von Amaryllis und Schleierkraut. Ja, die Rosen liebte Tillmanns Vater über alles! Mit Liebe hatte er sie schon immer im Garten gepflegt und ihre Blüte genossen. Bald werden sie wieder dahinblättern, hatte er einmal an einem Sonntagmorgen im Garten gesagt, und mit ihnen die Zeit.

Kurz vor Beginn seines Ruhestandes sagte er diese Worte einmal, und dabei strich er bedächtig über das Mattrosa der Blütenblätter. Es war die Rosa rosae, die Rose der Rosen, eine Art, die er vor vielen Jahren von einem Urlaub aus Spanien mitgebracht und die sich dem Klima der Rheinebene schnell angepasst hatte und die prächtig gedieh. Die anderen Rosenstöcke, unter denen auch Strandrosen waren, standen an verschiedenen Orten des elterlichen Gartens in Kaiserslautern und verliehen, zusammen mit der Kletterrosenwand, dem Garten ein berauschendes Bild. Die Rosenblüten bargen für ihn immer eine verborgene Sehnsucht. Gerade in dem Aufgehen, dem Erblühen und dem Fallen der Rosenblätter sah Robert Lenz immer das Werden und das Vergehen, und die Blüte vor dem Fall empfand er als das letzte große Zeichen des Lebens. Tillmann erinnerte sich wieder an das Gedicht ein, das er vor einigen Jahren auf dem Sideboard in einer Ecke der elterlichen Küche entdeckt hatte. Er dachte damals, dass dies wohl das einzige Gedicht sei, das der Vater an einem Sonntagmorgen in der Rosenblüte des Gartens geschrieben hatte. Er überlegte, und auf einmal fielen ihm wieder jene Verse zu:

Vergehen und Wiederkehr

Einsam zerfallene Paläste
mit König und Reiter vor Ort.
Die liegen gebliebenen Feste
trägt keiner mehr fort.

Die Mähne der Rosse wehen
vor dem letzten, dem Sternenritt –
es ist wie das große Erleben
kurz vor dem Rosenschnitt.

Er hatte ihn damals erstaunt gefragt, seit wann er Gedichte schreibe. Das habe er nur so dahingeschrieben, hatte er seinem Sohn geantwortet und das Blatt schweigend in irgendeine seiner Mappen zurückgelegt. Er wollte nicht darüber reden. Warum nicht, war Tillmann nie klar. Bei dem Umzug der Eltern ins Altenheim entdeckte dieser es beim Aufräumen wieder und gab es seinem Vater. Er nahm es an sich und hat kein Wort mehr darüber verloren. Für Tillmann selbst blieb es immer ein Rätsel, ob es von ihm war oder ob er es abgeschrieben hatte. In diesem Fall hätte der Vater aber, so exakt wie er immer schon war, den Namen des Autors hinzugefügt. Seit Tillmann diese Verse gelesen hat, dachte er selbst immer daran, wenn er beim Rosenschneiden war.

Um dem Großvater zur Feier seines Geburtstages eine besondere Freude zu machen, hatte man mit der Leitung des Heimes vereinbart, dass für die Kaffeezeit ein Tisch für den Jubilar und die Gäste in der Nähe des Rosenbeetes aufzustellen. Denn keiner wusste, ob der alte Herr das in dieser Art noch einmal erleben würde! Es sollte ein Erlebnis werden, welches zu dem wenigen gehörte, was er von den Alltäglichkeiten sich überhaupt noch merken und mit Freude in den Bereich seiner unvergesslichen Erinnerungen einreihen konnte. Für die Bediensteten war das natürlich auch kein Problem, diesen Wünschen nachzukommen und ihm ein herzliches Willkommen zu bereiten.

Der Morgen gestern verging so schnell, und ehe man sich versah, war es schon Mittag.

Tillmann hatte den Film, der vor Minuten noch in seinen Gedanken ablief, für eine Weile angehalten und Theres über die Leidenschaft seines Vaters zu den Rosen geschrieben. Er machte eine kurze Pause und sah zu den eignen Rosen in seinem Garten, wo schon zahlreich die Knospen trieben. Dann sah er wieder den Großvater, wie der mit seinem Bruder und den Enkeln da stand. Der Film der Erinnerung lief wieder weiter.

Punkt zwölf stand der Großvater mit Henry und seinen beiden Enkeln Sara und Johannes in dem geöffneten Eingang zum Speisesaal. Sie hatten ihn auf seinem Zimmer abgeholt. Inzwischen waren die meisten seiner Gäste eingetroffen: Wolfgang, ein Cousin seiner Frau, der auch sein Patenonkel war, mit Familie. Dann waren da noch Gerd, ein Großcousin seiner Mutter, der wenige Jahre älter als Tillmann war, mit Frau. Es kamen auch Familie Schönthaler aus der früheren Nachbarschaft, mit denen die Familie immer den besten Kontakt hatte und natürlich auch Götz mit Frau aus der Nähe von Trippstadt, der ein enger dienstlicher Freund von ihm war. Zuletzt waren da aber auch noch Paul und Ernst, zwei ebenso schon sehr betagte Bewohner des Altenheimes, die er hier kennengelernt hatte und mit denen er auch schnell Freundschaft schloss. Außer dem Jubilar zählte man fünfzehn Gäste, die eingeladen und auch alle zur Feier gekommen waren. Sie standen alle neben der gedeckten Tafel.

Die Schiebetür zum zweiten Raum, die sonst immer geschlossen war, hatte man heute geöffnet, und vom Tafelraum aus konnte man schon den Flügel erkennen, der dort stand. Weil die Tür immer verschlossen war, war dieses Klavier nie zu sehen; sie wurde nur zu besonderen Anlässen geöffnet. Der heutige Tag war ein solcher. Kaum hatte der Großvater mit seinen Gästen diesen neuen Eindruck in sich aufgenommen, da ertönte auch schon die erste Melodie, die der Mann im Frack am Flügel spielte. Es war die Träumerei von Schumann und klang in wohligen Tönen, fast wellengetragen zu den Zuhörern herüber. Sie gehörte zu den Lieblingsmelodien des Großvaters, und wie gerührt stand der da und hatte kleine Tränen in den Augen. Tillmann war auch sehr angetan, als er sah, wie spielerisch sanft und sicher die schlanken Hände seines Freundes Leo über die Tasten glitten. Der hatte sein Versprechen gehalten und schon vor einer Woche mit ihm Kontakt aufgenommen, um rechtzeitig zu erfahren, welche Stücke er zum neunzigsten Geburtstag seines Vaters spielen sollte. Der Klang der Melodie floss zu den Gästen herüber, und Tillmann fühlte auf einmal, wie diese sich mit der grazilen Figur Leos und seinem Spiel zu einem Ganzen, zu einer unbeschreiblich schönen Impression vereinte. Das Tageslicht fiel durch das geöffnete weite Fenster herein, umsäumte den weißen Kragen des Pianospielers, strich durch sein lichtes, schon ein wenig ergrautes Haar, das einen würdevollen Kontrast zur leicht gebräunten Haut seines Kopfes bildete, und es ließ die weißen Lilien auf dem Flügel leuchtend erstrahlen. Der Großvater schaute ergriffen nach draußen, keiner wusste, an was er dachte, aber es schien, als wäre er noch einmal in einer anderen Zeit. Irgendwann ließ er seinen Blick über jeden der Gäste gleiten, und es schien so, als wolle er noch einmal alles zurückholen, was er mit jedem erlebt hatte. Die Träumerei ließ ihn für Augenblicke noch tiefer fallen in eine Zeit, die längst nicht mehr war. Es folgte eine kleine Pause, und der Pianist verneigte sich im Applaus der Zuhörer. Der Großvater, ging zu ihm und begrüßte ihn freundlich. Er kannte Leo noch aus früheren Zeiten, als dieser und sein Sohn Tillmann noch das Gymnasium besuchten. Wie lange hatte er Leo nicht mehr gesehen! Er sah ihn an, drückte ihm mehrmals die Hand und begrüßte ihn herzlich.

»Ach, wie lange ist das her, seit wir uns das letzte Mal gesehen haben! Was ist seither alles passiert.« Er nickte mehrmals kurz mit seinem Kopf, und Leo lächelte.

»Ja, Herr Lenz, es ist schon viel geschehen in dieser Zeit.«

Der Großvater bedankte sich ganz herzlich für sein Kommen, und Leo nickte, blickte ihn kurz an und presste leicht seine Lippen auf einander, wie er das immer schon tat und was so viel bedeutete, als dass dies für ihn doch eine Selbstverständlichkeit sei.

Der Großvater und die Gäste nahmen an der runden Tafel Platz.

Als alle saßen, trat Tillmann noch einmal vor, um noch einige Worte an den Vater und Großvater zu richten. Diese beiden Anredeformen betonte er am Anfang, nahm aber noch als dritte Form die des Freundes dazu.

»Dieses dritte Wort«, so fuhr er fort, »ist mir besonders wichtig; nicht deshalb, weil außer deinen Kindern und Enkeln auch andere Vertraute von dir hier sind, sondern, weil du für uns in der Familie auch der Freund bist, der deine Rolle als Vater und Großvater noch treffend ergänzt.«

Ein Schmunzeln erhellte das Gesicht des Jubilars, das aber schnell wieder verflog, als der Sohn an die Mutter erinnerte.

»Sie fehlt jetzt in unseren Reihen. Aber sie hat dich über sechzig Jahre in deinem Leben begleitet.«

Er machte eine kurze Pause und schluckte. Bei seinem Sohn Johannes verteilten sich Runzeln über die Stirn.

»Es war für uns alle schwer, Abschied zu nehmen, am meisten für dich. Doch sie weilt in Gedanken unter uns.

Was bleibt sind die Sterne, die ihr beide, Mutter und du, an warmen Sommerabenden von der Terrasse aus gezählt habt. Immer wieder hattet ihr von neuem angefangen, und ihr seid nie zu einem Ende gekommen, weil es kein Ende gab. Hätte die Zeit euch keinen Einhalt geboten, hätte sie euch keine Grenzen gesetzt, dann würdet ihr immer noch zählen. Aber das Zählen war schön, es hat euch gefallen. Einfach irgendwann mittendrin anfangen und irgendwann wieder inmitten des Zeitenstromes aufhören. So ist es in unserem Leben. Irgendwann beginnt man die Jahre zu zählen, und sehr viel später auch die Monde und nicht zuletzt die Tage. Wir werden auf einmal der Begrenztheit unseres Daseins bewusst und spüren, wie die Zeit uns immer mehr aus den Händen gleitet. Das, was ich mir am Tag davor noch vornahm, ist am nächsten schon wieder Vergangenheit. Nur die Erinnerung daran bleibt und trägt uns über die letzten Jahre unseres Lebens. Das Zählen war schön: Im Zeichen der Venus hattet ihr immer begonnen und wart nie über Sirius hinausgekommen, ihr habt euch mit euren Blicken im Kreise gedreht, um das Himmelszelt von allen Richtungen her zu erkunden, und am Ende habt ihr nur das Pochen eurer Herzen vernommen. Ihr habt das lange für euch behalten, aber eines schönen Tages habt ihr es Henry und mir erzählt. Vielleicht war die Zeit reif – – –«

Er hielt kurz ein und schaute zum Vater. Der saß regungslos und von den Worten seines Sohnes wie gebannt da und schaute ihn mit fragenden, vielleicht sogar mit suchenden Augen an. So als suche er die Zeit, die verloren war. Er dachte an Henriette, die er in Momenten großen Gefühls auch Lili nannte, an die Abende und Nächte, als man mit jeder Sternschnuppe irgendeine Hoffnung verband. Ach, wie schön der Gedanke an diese Zeit! Die Kinder schliefen schon längst, und wir beide saßen draußen und zählten die Sterne. Im Alter, als die

Kinder längst aus dem Haus waren, fingen wir wieder damit an. Nur zählten wir langsamer, Lili, viel langsamer; oft saßen wir nur da und schauten zu dem Meer der Sterne, ich sehe es noch immer, dieses Glitzern, ach Lili, jetzt bist du einer von ihnen.

Der Vater fuhr sich mit seiner blassen Hand, an der mehrfach die blauen Adern hervortraten, über die Stirn und lehnte sich etwas zurück. Er ließ Tillmanns Worte über sich fließen.

»Ja, sie war reif, die Zeit, uns von diesen kleinen, aber für euch so großen Augenblicken zu erzählen. Es wurde eine der reifen Früchte eures Lebens, die ihr uns Kindern geschenkt habt.«

Er sah zu seinem Bruder, so als erwarte er eine Bestätigung. Sie kam. Henry nickte.

»Wir haben die Früchte aus eurem Leben in einen Korb gelegt, in dem wir sie immer wieder betrachten.

Vater, ich rede heute an deinem Geburtstag so, als sei die Mutter dabei. Ist sie das etwa nicht? Der Platz, wo sie an der letzten Feier vor etwas über einem Jahr noch neben dir gesessen hatte, ist zwar leer. Aber ist sie nicht unter uns?! Sie war ein Teil von uns und wird es immer bleiben.

Wir zählen die Sterne noch immer, vielleicht ist sie darunter – bestimmt ist sie das.«

Tillmann griff kurz zum Wasserglas, das man neben ihn auf den Rand des Buffettisches gestellt hatte, und trank einen Schluck.

»Lieber Vater und Großvater, lieber Freund, wir sind alle so froh, dass wir in diesen Stunden deinen Geburtstag hier feiern dürfen. Das Leben gab uns diese Chance, und wir sind dankbar dafür. Auf ein langes Leben kannst du zurückblicken, auf ein Leben, das auch durch tiefe Täler ging, aber auch auf ein Leben der Freude. Wo immer du auch warst, hat dich die Hoffnung begleitet. Wir haben von deiner und Mutters Erfahrung gelernt und haben einen Teil davon an die Kinder weitergegeben.

Hole dir die Erinnerungen zurück in dein Leben. Wir haben dir als Geschenk noch einmal in drei großen Fotobüchern die wichtigsten Bilder und Dokumente deines Lebens mit Mutter und uns zusammengestellt. Henry hat mir dazu aus den USA ein neues Programm zukommen lassen, das viel mehr hergibt als unsere derzeitigen Programme in Deutschland.

Jetzt wollen wir aber alle unsere Gläser erheben und auf dich anstoßen! Herzlichen Glückwunsch!«

Fast alle Gäste erhoben sich und griffen zu ihren Gläsern. Robert Lenz schweifte mit seinem Blick kurz über die Runde. Zu Paul sah er schmunzelnd hin und blinzelte ihm spitzbübisch zu. Dieses schelmisch verschmitzte Wesen hatte er auch im Alter nicht verloren. Die anderen am Tisch sahen es und lächelten.

Leo ging zurück zum Klavier und spielte weiter. Es folgten die Morgenstimmung von Grieg, der Frühling von Vivaldi und einige Mazurkas und Walzer von Chopin.

Beim Essen gab es von allem etwas. Der Catering-Service hatte ein Büfett aufgestellt, an dem sich jeder überall frei nach Wunsch bedienen konnte. Nur die Suppen, bei denen man zwischen der Grießnockerlsuppe und der Ochsenschwanzsuppe wählen konnte, wurden von einem Serviermädchen des Hauses aufgetragen. Sie brachte, räumte ab, fragte, ob es geschmeckt habe und lächelte, und ihre Mimik, die Gestik und der ganze Gang war so jugendlich leicht, gerade so, als passe er sich den Variationen der Musik von Johann Sebastian Bach an, die dieser für seinen früh verstorbenen Schüler Johann Gottlieb Goldberg geschrieben hatte. Sie stand auch nach der Vorspeise in der Nähe des Büfetts, und wenn ein Gast nicht immer aufstehen wollte, dann musste er ihr nur seinen Wunsch äußern, und sie brachte das sofort an den Tisch. Tillmann, der gerne von ihr bedient worden wäre, verboten es sein Alter, seine Gesundheit und seine sportliche Statur, davon Gebrauch zu machen. Sie stand ja in seinem Blickfeld, und er genoss es, seine Augen folgten ihrem tänzerischen Gang. Wie eine Ballerina, dachte er, sie geht gar nicht schnell, sie geht so langsam, aber wie auf Federn, und er sah immer wieder, wenn sich ihre feinen Hände bei Nachbargästen zum Servieren und Abservieren öffneten und wieder schlossen. Er sah die weiche Blässe ihrer Haut, die kleinen und noch unlackierten Fingernägel, durch welche die zarte, nahezu unscheinbare Pinkfarbe ihrer Haut schimmerte. Die weißen Halbmonde der Finger lagen still am unteren Rand des Nagelbettes und verdeckten fast keusch den zarten Ton ihrer Hautfarbe. Ein makelloser Teint umsäumte jeden einzelnen Nagel. Als ihr beim Verrücken des Kerzenleuchters ein Tropfen Wachs über ihren Zeigefinger lief, reagierte sie nicht; nur Tillmann sah erschrocken von seinem Sitzplatz am Tisch zu ihr hoch. Sie blickte ihn an, lächelte still, zog das Wachs, das schon in feinem Knetzustand war, von ihrem Finger und legte es zusammen mit dem gebrauchten Geschirr auf das Tablett, das neben ihr stand. Er sah ein zweites Mal zu ihr hin; sie lachte. Dann verschwand sie hinter der Tür zum Gang.

Während des Essens redete man nicht viel miteinander, höchstens einige Worte mit dem Tischnachbarn. Meist war nur das Klappern der Bestecke am Porzellan zu hören.

Es war schon kurz vor zwei Uhr nachmittags, als man mit dem Mittagessen einschließlich dem Dessert, das aus einer ausgezeichneten Pfirsich Melba mit Vanilleeis und einem sehr aromatischen Püree aus frischen Himbeeren bestand, fertig war. Dann standen alle auf; denn sie kannten ja alle den Ablauf der Feier. Auf das übliche Kaffeegetränk verzichtete man jetzt nach dem Mittagessen, weil es Kaffee mit Kuchen ja um drei an dem großen Kaffeetisch draußen auf der Terrasse hinter der Seniorenresidenz gab. Robert Lenz freute sich, dass er sich wenigstens noch eine Stunde hinlegen konnte. Seine Freunde Ernst und Paul, die auch wie er im Erdgeschoss wohnten und ebenfalls schon Mitte achtzig waren, folgten ihm. Ein kurzer Schlaf oder eine Entspannung nach dem Essen tat ihnen immer gut.

Tillmanns Gedanken schweiften in Ereignissen und Gefühlen, die noch so jung waren, so jung und vor allem so familiär, und er überlegte, ob er das alles Theres schreiben solle. Er war sich nicht sicher, stand von dem Stuhl auf und ging auf den Rasen. Die Japanische Zierkirsche war schon längst verblüht. Er wusste nicht, was er tun sollte. Eigentlich wollte er weiter schreiben. Doch würde das alles Theres interessieren? Er zweifelte sehr. Da kam ihm der Gedanke! Fragen, einfach fragen!

Meine Liebe, sag mir, willst du eigentlich davon überhaupt hören? Von dieser Senioren-Geburtstagsfeier?! Was interessiert sich eine Studentin wie du für Berichte über Feierlichkeiten aus dem Seniorenheim?

Ach, hier im Garten auf der Parkinsel ist es so schön! Der Jasminstrauch duftet schon so herrlich. In diesem Jahr ist er besonders früh mit den Blüten. Ich muss diesen Duft tief einatmen! Er strahlt eine Ruhe aus, die du dir vielleicht gar nicht vorstellen kannst. Ich schreibe dir später wieder. Ciao, ciao!

Tillmann

Er schickte die Mail ab, klappte den Laptop zu und genoss noch eine ganze Weile diesen Duft des Frühlings. Dann ging er nach drinnen, legte sich auf die Couch und schlief bis in den frühen Abend. Nach dem Erwachen war er immer noch müde. Er ging ins Bad, wusch sich den Kopf, machte sich frisch, setzte sich auf die Couch im

Wohnzimmer und starrte minutenlang ohne Gedanken vor sich hin. Da dachte er sofort wieder an Theres! Ja, Theres! Hatte sie seine Zeilen gelesen? Er ging nach draußen auf die Terrasse. Der Laptop stand noch immer da. Er hatte vergessen, das Gerät mit nach drinnen zu nehmen. Es stand noch immer unter dem Sonnenschirm, doch die Sonne war längst am Abendhorizont. Er klappte ihn auf und öffnete *Windows Live Mail*. Da! Sie hatte die Nachricht gelesen und ihm geantwortet!

Pfingstmontag, 20. Mai

Hi, Till!
Was ist los mit dir? Warum schreibst du nicht mehr? Ich denke mir: Endlich, warum schreibt dieser Mensch nicht mal etwas mehr? Sei mir nicht böse, aber ich bin ein bisschen enttäuscht. Warum soll ich mich nicht auch für das interessieren, was alte Menschen mögen? Hältst du mich für so engstirnig? Irgendwann werden wir alle auf das Ende unseres Lebens zugehen. Auch ich. Mich interessieren die Menschen, einfach die Menschen, und warum soll ich die Alten ausschließen?

Also los, tu mir den Gefallen, schreib mir! Beschreibe mir diesen Tillmann und alles, was zu ihm gehört, dann lerne ich ihn mit immer mehr Worten noch besser kennen! Wäre super!

Küsschen, ciao, ciao!
Theres

So war das also! Tillmann hatte es die Sprache verschlagen, doch gerade das war es, dieses liebevoll Rotzig-Freche dieser Studentin, was ihn anmachte. Er kam ihren Wünschen nach.

Um drei Uhr standen die Gedecke schon längst auf der Kaffeetafel. Zwei lange Tischdecken in einem hellen Lichtgelb erstreckten sich über zwei längliche Tische, die man auf die Terrasse gestellt hatte. Ein großes Blumengesteck einzig mit roten, pinkfarbenen und auch einigen weißen Rosen hatte Tillmann bewusst für den Kaffeetisch auf der Terrasse ausgewählt. Es waren Vaters Rosen, und auch die Mutter liebte sie immer sehr.

Die Tür zum Speiseraum war weit geöffnet, damit man Leos Klavierspiel im Hintergrund hören konnte. Dieser hatte schon auf dem alten Klavierho-

cker Platz genommen, als die ersten Gäste eintrafen. Die meisten kamen vom Park her, hatten kleine Gruppen gebildet, von denen sich einige schon bald auf Bänken niederließen, um sich an der frischen Luft unter den herrlichen Bäumen etwas Entspannung zu gönnen oder sich zu unterhalten. Die Gruppen fanden sich von selbst. Nach einiger Zeit wechselten manche wieder; vor allem Tillmann war es, der bei allen dabei sein wollte. Denn auch wenn es die Feier des Vaters war, so war er doch der maßgebende Organisator. Er mischte sich in die Gespräche ein, redete einige Takte mit, doch am längsten blieb er bei den Familien von Wolfgang und Gerd. Man redete mehr über die Welt als über Gott, über die Zeit und unseren Umgang mit ihr. Man plauderte und hörte zu. Wolfgang erzählte von früher, als der Zeitbegriff noch ein anderer war. »Da gab es noch keine Kaffeepads, die man in die Kaffeemaschine legen konnte und nur noch auf den Knopf drucken musste. Seine Frau Wiltraud nickte. Er blieb stehen und überlegte. Immer wenn er das tat, wusste man, dass bald ein neuer Gedanken folgen würde. Tillmann, Gerd und vor allem Peter und Jochen, die Söhne von Wolfgang und Wiltraud, kannten das allzu gut. Man blieb an dem Ententeich des Schlossgartens stehen und wartete gespannt auf seine Worte.

Ein Schwan glitt diagonal über das Wasser auf die schnatternde Entenschar zu, und als er in ihre Nähe kam, verstummte plötzlich dieses unterhaltsame Geschnatter, ihre Schar stieb auseinander und einige noch jüngere Enten, die schon längst keine Küken mehr waren, flatterten unsicher verstört zum Ufer. Der Schwan verharrte und sah ihnen schweigend nach.

Wolfgang hatte für Sekunden die Augen geschlossen und strich sich mit der rechten Hand über die Stirn.

»Es ist doch so«, meinte er, und seine Worte kamen langsam und bedacht, »die Zeit ist das Erste, was wir gleich nach der Geburt erfahren, und sie ist das Letzte, was man uns mit dem Eintreten des Todes nimmt. Sie trägt uns durchs Leben, auf kleinen und großen, auf ruhigen und stürmischen Wellen, und wir müssen als Menschen versuchen, uns dem Wellenschlag wenigstens entsprechend anzupassen.«

»Muss dabei alles mittelmäßig sein?«, entgegnete Tillmann seinem Paten, den er schon seit seiner Kindheit so sehr schätzte und auf den er große Stücke hielt.

Der Onkel zog seine Augenbrauen hoch, sah ihn eindringlich an und lachte kurz auf.

»Nein, mein Lieber, nichts muss mittelmäßig sein. Wie man sein Leben einrichtet, bleibt jedem selbst überlassen. Wenn wir uns aber in den Grenzbereichen bewegen, setzt man sich einem höheren Risiko aus.«

Er sah Tillmann fragend an.

Der Schwan verharrte noch immer an derselben Stelle auf dem Wasser und reckte den Kopf ein wenig.

»Eigentlich«, warf Gerd ein, »ist dieser Gedanke sehr alt. Ich erinnere mich noch genau, als wir in der Schule die Geschichte von Dädalus und Ikarus übersetzten, unser Lateinlehrer uns die Sonne und das Meer auf die Wandtafel skizzierte und dazwischen Dädalus und seinen Sohn Ikarus mit dem Flügelgestänge aus Federn und Wachs. Dädalus war klar, dass man den Mittelweg einhalten musste. Flog man zu hoch, dann würde das Wachs von den Strahlen der Sonne schmelzen, kam man zu nahe dem Meer, dann würden die Wellen die Flügel benetzen und in die Tiefe reißen. Ikarus hielt sich nicht an die Regel, flog in seinem jugendlichen Übermut zu hoch hinauf und stürzte dann ab.«

»Ich kenne diese Geschichte«, entgegnete Tillmann, aber es ist ein Mythos, der doch in den physikalischen Fakten gar nicht stimmt. Je höher man innerhalb unserer Atmosphäre fliegt, umso kälter wird es.«

Wolfgang schüttelte den Kopf. »Darum geht es doch gar nicht! Nicht um die physikalische Bedingung geht es, sondern um das Prinzip des Maßhaltens und der Ausgewogenheit.«

Das letzte Wort klang für Tillmann schon viel besser. Die Mittelmäßigkeit hatte schon immer ein Unbehagen in ihm ausgelöst. Mittelmäßigkeit war für ihn in seinen Gefühlen gleichbedeutend mit Regel, Norm und Anpassung, und dem widersetzte er sich heute noch.

»Sagen wir es anders«, fuhr sein Onkel fort, »ein Seiltänzer, der bei dem Drahtseilakt mit dem Balancefächer oder seinen eignen Armen nicht versucht, das Gleichgewicht zu halten, der –«

»Ja, ja –« Tillmann nickte.

»... der wird jäh abstürzen.«

Die Mittelmäßigkeit schmeckte Tillmann trotzdem nicht. Er versuchte das Thema zu jenem Wort, das für ihn schon immer eine Provokation war, zu vertiefen.

»Der Barockdichter Friedrich von Logau«, so fuhr er fort, »hat während des Dreißigjährigen Krieges in einem seiner zahlreichen Sinngedichte geschrieben: ›In Gefahr und großer Not bringt der Mittelweg den Tod.‹ Damit will er doch nichts anderes sagen, als dass derjenige, der in der Wahl des Ausweges zu lange zögert, nicht schnell, ja vielleicht auch nicht radikal genug ist, einer möglichen Gefahr zu entgehen, scheitert.«

Tillmann schürzte kritisch die Lippen. Er stand da und sah in einer ruhigen, aber bestimmenden Mimik nach vorne, so als wolle er nur kurz die Landschaft des Parks überblicken. Er selbst fühlte sich auf einmal über dreißig Jahre zurückversetzt, als er in Seminaren Referate hielt oder auf Kundgebungen gegen den NATO-Doppelbeschluss zündende Reden von sich gab.

»Versetzen wir uns doch einmal in die Lage«, so fuhr er fort, » wir wären aufgrund einer Bedrohung in einer Notlage. Was müssen wir tun?«

Er schaute die um ihn im Halbkreis Stehenden alle mehrmals eindringlich an. Doch er erwartete und wollte auch keine Antwort. Er wollte nur die Brisanz dieser Frage vertiefen.

»Was müssen wir tun? Uns bleibt nur die Wahl zwischen flüchten und verstecken. Wenn wir unschlüssig sind, zu lange warten und uns nicht entscheiden, können wir sehr schnell zum Opfer werden.«

Seine Stimme wurde bestimmender und eindringlicher, behielt aber ihren ruhigen und gedämpften Charakter bei. In Lautsprechern und Megafonen hätte sie lauter geklungen.

»Ich möchte weder ein Biedermann sein noch einer, der das Feuer legt. Der Biedermann trägt in sich das Denken der Masse und lässt seine Fahne in ihrem Wind wehen. Mittelmäßige Menschen haben oft Recht. Aber erreichen und verändern sie etwas? Nein! Denn sie lehnen doch alles ab, was über die Grenzen ihres Horizontes hinausgeht.«

»Aber war es nicht Aristoteles, der von der Goldenen Mitte sprach?«, warf Wolfgang ein und lächelte erwartungsvoll auf die Antwort seines Neffen.

»Lassen wir einmal diesen Gedanken beiseite«, erwiderte Tillmann.

Wolfgang nickte und hob kurz, wie das Lehrer manchmal so an sich haben, wenn sie eine Bestätigung ihrer Thesen in der Argumentation des Schülers entdecken, den rechten Zeigefinger.

»Aber die Mittelmäßigkeit trägt es nicht in sich, das höchste Glück oder das tiefste Unglück zu erleben.« Tillmann sah erwartungsvoll in die Runde.

Wolfgang lachte kurz freundlich und zog mit einer gewissen versteckten Süffisanz seine Schultern ein wenig nach oben:

»Muss man das, Tillmann?«

»Wolfgang, das ist jedem selbst überlassen ---«

»Aha, jetzt sagst du es. Jeder kann es doch ausrichten, wie er es muss.

›Eines schickt sich nicht für alle;
Sehe jeder, wie er's treibe,
Sehe jeder, wo er bleibe,
Und, wer steht, dass er nicht falle.‹«

»Das ist doch die Beherzigung von Goethe!«, meinte Tillmann.

Wolfgang nickte. »Genau! Und genau daraus geht hervor, dass jeder für sich selbst verantwortlich ist und allein Entscheidungen treffen muss. Wenn diese Entscheidung falsch war, soll er dafür geradestehen.

Tillmann überlegte. »Es ist alles das Gleiche: Die Mittelmäßigkeit ist eine Gefangene ihrer selbst. Sie schottet sich und vielleicht auch andere ab und überblickt nicht die Weite, die uns Menschen das Leben bietet. Sie ist vielleicht das Leiden, nach dem der Mittelmäßige strebt, um dann im Selbstmitleid zu versinken.«

»Vielleicht hast du Recht«, erwiderte Wolfgang.

»Klar, Tillmann, bei dir als Künstler und Deutschlehrer!«, warf Gerd in die Runde.

»Für mich gibt es mindestens zwei Dinge, bei denen die Mittelmäßigkeit unerträglich ist: die Kunst und die Literatur«, ergänzte dieser.

Wolfgang sah ihn ernst an und nickte. »Da stimme ich dir zu!«

Tillmann atmete leise auf, als er diese Worte aus dem Mund seines Paten und Freundes vernahm.

Wolfgangs ältester Sohn Peter, der fast so alt wie Tillmann war, hatte die ganze Zeit aufmerksam zugehört und lächelte etwas. Er hatte gleich am Anfang dieses Gesprächsthemas schon verstanden, was Tillmann nicht schmeckte.

»Vielleicht«, so fügte er ergänzend hinzu, sollte man den Begriff der Mittelmäßigkeit nicht so wörtlich sehen. Sehen wir es doch einmal relativ.«

Der Schwan reckte den Hals, und man sah, wie sein Federwerk im Licht der Sonne leuchtete. Einige Enten waren schon wieder ins Wasser gegangen.

»Man kann alles relativieren«, meinte Tillmann.

»Warum machen wir es nicht?«, warf Peter auffordernd in den Raum.

»Wenn wir relativieren, müssen wir aber die Perspektive ändern!«

Tillmann dachte an die Memoiren eines mittelmäßigen Schülers von Alexander Spoerl; sie hatten den Roman in der Oberstufe gelesen. Er hielt ein. Er sah auf einmal Jakob van Tast vor sich, ein Schüler im Dritten Reich, der nie Widerständler war, aber doch Sand im Getriebe. Doch er wollte diesen Gedanken jetzt nicht weiter ausführen.

»Wir müssen so oft die Perspektive ändern, doch wir sehen immer mit denselben Augen und nehmen das, was wir sehen auf mit demselben Geist«, fügte er noch hinzu, und sein Onkel bestärkte ihn in dieser Aussage.

Wiltraud und Kim, Gerds Frau, saßen seit einer ganzen Weile schon auf einer Bank, unterhielten sich und ließen die Männer miteinander diskutieren. Sie standen langsam wieder auf.

»Ich glaube, wir sollten bald wieder zurückgehen, es ist zehn vor drei, meinte Wiltraud, und sah auf die Uhr; Kim nickte.

»Seht ihr«, rief Gerd schmunzelnd, »wenn wir unsere Frauen nicht hätten, kämen wir schon wieder zu spät.«

Seine Frau, die aus Südkorea stammte und die er in jungen Jahren als Ersatzdienstler in einem Krankenhaus kennenlernte, strahlte über das ganze Gesicht. Sie hatte ein besonders liebes und freundliches Lächeln, das allen guttat.

Die beiden Freunde des Jubilars aus der Seniorenresidenz, hatten schon Platz genommen, als Robert Lenz eintraf. Sie waren wohl die Ersten. Die große Mehrheit kam ein wenig später. Man hatte sich viel zu erzählen, hier unter den Bäumen.

Henry, Johannes und Sara waren mit den Schönthalers die ganze Zeit durch den kleinen Schlosspark spaziert und hatten die Zeit genossen, sich nach so langer Zeit endlich einmal wiederzusehen, Erlebtes zu berichten und Erinnerungen und Erfahrungen des Lebens miteinander auszutauschen. Wie lange hatten sie sich nicht mehr gesehen, dachten Johannes und Sara. Über fünf Jahre waren das schon her! Von Henry ganz zu schweigen! Dadurch, dass er seit Anfang der Achtziger Deutschland verlassen und in den Staaten ein neues Leben begonnen hatte, waren es schon fast zwei Jahrzehnte, die dazwischen lagen, seit man sich zum letzten Mal sah. Aber die Nachbarn erkannten ihn gleich wieder; außer den Haaren, von denen er im Laufe der Jahre viele verloren hatte, war er immer noch derselbe: er mit seinem dunklen Teint, der wohl von seiner Mutter Henriette herrührte und bei dem er vor allem in den lichtarmen Wintermonaten auch immer wieder in Bräunungsstudios nachgeholfen hatte, um diesen Ton zu erhalten. Henry war schon in seinen jungen Jahren sehr auf sein Äußeres bedacht; doch es war ein gewisses Maß von Eitelkeit, die durchaus tolerierbar war. Er wollte nie besonders auf diese Weise hervortreten, doch wenn er einmal auftrat und sich einer Öffentlichkeit präsentierte, da wollte er etwas gelten. Er war nicht klein, was seine Statur betrifft, aber er war doch nicht so groß wie Tillmann. Auch hatte er nicht das sportliche Aussehen, auf das Tillmann spätestens seit der Oberstufe immer großen Wert legte. Aber er war ein hübscher Kerl, und er konnte es selbst nicht mehr aufzählen, mit wie viel Frauen er schon auf der Welt ins Bett gestiegen war. Er reiste viel und lernte immer wieder neue Menschen kennen. Aber die Freundschaften und Beziehungen waren meist nur von kurzer Dauer. Er war ein Vagabund und wollte immer Neues sehen und Fremdes kennenlernen. Er war neugierig und konnte anfangs nie eine Grenze ziehen. Doch die, die ihn kannten und sich noch an ihn erinnerten, taten dies gern. Die Welt liegt vor mir, dachte er immer, und ich muss sie nur in mich aufnehmen. Dadurch, dass er, lange alleinstehend und kinderlos, als führende Persönlichkeit in der IT-Branche tätig war, war ihm finanziell ein großer Spielraum gegeben, den er nicht nur für sich selbst nutzte sondern auch als Kurator und Förderer verschiedener Organisationen und Projekte. Mit seiner Lebensgefährtin Liza hatte das Ungebundensein ein Ende gefunden, und man bedauerte es, dass sie bei dieser Feier nicht dabei war.

Aber gerade die Nachbarn freuten sich, dass sie den Henry nach dieser langen Zeit endlich einmal wiedersahen! Ein wenig korpulenter war er schon geworden, doch das übersah man. Vielleicht waren es auch nur wenige Kilo, die bei seinem etwas kleineren Körper schneller in das Blickfeld fielen als bei dem großen Bruder. Dass er die meisten seiner schwarzen Locken verloren hatte, bedauerte man aber sehr.

»Die haben dir immer so gut gestanden, und sie sind mir immer gleich aufgefallen, als ich dich früher im Garten oder auf der Straße spielen sah.« Frau Schönthaler schmunzelte und sah ihn an. Sie stellte sich vor, wie das früher aussah, und am liebsten wäre sie ihm noch einmal mit ihrer Hand über die Haare gefahren. Henry spürte das. Er lächelte. Es war ein Lächeln wie in Kindertagen, als sie einen Spankorb mit Süßkirschen bei ihnen vorbeibrachte oder ihm über den Zaun reichte, dass er es seiner Mutter selbst bringen durfte. Dass Nachbarehepaar, das zu dem Freundeskreis seiner Eltern gehörte, sah ihn freudestrahlend an.

»Ja, und mit unseren Kindern hast du immer bis in den Abend im Wald herumgetobt! Einmal hatten deine Eltern und wir sogar Angst, dass ihr nicht heimkommt!«

Henry erinnerte sich noch gut an diese Jahre. Es war eine schöne Zeit, die auch er nicht vergessen konnte.

Sara und Johannes hörten gerne zu, wenn ihr Onkel und die Nachbarn der Großeltern sich unterhielten. Tillmann und Sonja besuchten, bis die Kinder in die Pubertät kamen, regelmäßig sein Elternhaus, und Henriette und Robert freuten sich immer sehr. Die Enkel durften sich auf der großen Rasenfläche des Gartens austoben, während sich die Älteren unterhielten.

Henry blieb kurz stehen. Er war in den Rand eines schon leicht verwitterten Hundekothaufens getreten und rieb mit seiner rechten Schuhsohle mehrmals über den frisch geschnittenen Rasen. Es dauerte nicht lange und Henrys Cheyenne Boots aus sepiafarbenem Leder glänzten wieder. Er drehte sich noch einmal intuitiv um und schaute über den Rasen und die alten Bäume. Die dunkelgrünen

Matten schluckten die Strahlen der Sonne, deren Nachmittagslicht sich wie eine Glocke über den Park legte. Sie gingen zurück; denn es war nun wirklich an der Zeit. Von einem Seitenweg her kam dann auch Tillmann mit seiner Gruppe. Götz hatte keiner gesehen. Er saß schon am Kaffeetisch, als sie eintrafen. Wie man später erfuhr, hatte er das Angebot seines langjährigen Freundes nicht ausgeschlagen, mit ihm zur Kurzmittagsruhe auf dessen Zimmer zu gehen und sich auf der Couch auszuruhen; schließlich war er noch drei Jahre älter als Robert. Seitdem seine Frau vor fünf Jahren gestorben war, lebte er bei seiner Tochter.

Es war eine lange Kaffeetafel, die das Haus für den alten Lenz aufgebaut hatte. Zwei Rosenbuketts und eine Vase mit violettem und weißem Flieder, welche die Lieblingsblumen seiner Frau Henriette waren, zierten als Erinnerung an sie den Tisch. Die Gäste hatten schon Platz genommen, und der Jubilar sah sie zufrieden ausgeruht und mit Genugtuung an. Es standen keine Namensschilder mehr auf dem Tisch, sodass jeder seinen Sitzplatz frei wählen und mit jedem hier am Tisch ins Gespräch kommen konnte.

Das Mädchen vom Mittag stand wieder am Tisch. Ihre kleine Schürze sah frisch gebügelt aus, und die weißen Rüschen am Rand hoben deutlich ab von dem Dunkelblau ihres kurzen Rockes. Sie goss den Kaffee ein, und wer Tee wollte, dem besorgte sie diesen. Tee- und Kaffeekannen standen in Isolierkannen über den weiten Tisch verteilt. Tillmann sah wieder ihre Hände. Er erinnerte sich an die Tänzerin Malena auf dem Jahrmarkt. Ihr graziler Körper erinnerte ihn an sie. Ihr dunkelblaues Oberteil schmiegte sich eng an ihren Körper, und immer, wenn sie sich nur ein wenig nach vorn beugte, traten die Wirbel wie eine fein nuancierte Struktur, wie der Korpus einer unschlüssigen Schlange durch das feine dunkle, doch durchaus schon transparente Textilgewebe hervor. Tillmann genoss die Augenblicke, und merkte gar nicht, als über einen Verstärker das Klavierspiel Leos ganz dezent und leise nach draußen auf die Terrasse drang. Es waren Chopin-Walzer, welche die Gäste in den Nachmittag führten. Dann beendete Leo den Musikauftakt am Flügel, schloss ein von Tillmanns Vater ausgewähltes Musikprogramm an, das auf die Terrasse übertragen wurde und zog sich unbemerkt an den Kaffeetisch zurück. Es begann mit Gustave Charpentiers Impressions d'Italie, einem Werk, das er immer wieder gerne hörte. Er saß da mit einem leichten Lächeln auf den Lippen, und man sah ihm an, wie er genussvoll den Klängen lauschte. Als nach einigen Minuten das Walzersolo der Geigen einsetzte, schloss er für Augenblicke die Augen. Die Zeit blieb auf einmal stehen. Auch die Gäste spürten das und gaben sich der Wirkung dieser Musik hin. Man schloss sich seinen Bedürfnissen an und erlebte mit ihm. Der Schall der Posaunen und Hörner tönte bis zu den Platanen und verlor sich im Park. Götz Ehrenfeld war als ehemaliger Forstmeister besonders ergriffen; es erinnerte ihn an die Natur des Waldes und manchmal auch an die Jagd. Er strahlte und sah seinen Freund Robert an, der seinen Blick mit einem kurzen Nicken erwiderte. Dann wieder die Geigen! Tillmann spürte, wie die Musik ihn mit einer Zeitlosigkeit beseelte, was er in der letzten Zeit immer öfters bemerkte. Erst als die junge Bedienung die ersten Kuchenstücke von der Himbeertorte servierte, holte ihn die Realität wieder ein. Oder ergriff ihn ein neuer Traum? Er sah eindringlich in ihre Augen, als sie ihn anblickte.

»Möchten Sie auch ein Stück von dieser leckeren Torte?« Als das Wort ›lecker‹ über ihre Lippen glitt, lief ihm ein heißes Gefühl von der Stirn über die Ohren bis in den Rücken. Die Geigen klangen wieder, obwohl das Stück schon zu Ende war, ein ganzes Geigenorchester tönte in seinen Gedanken. Das Mädchen sah ihn an und wartete auf eine Antwort. Dann nickte er fast schüchtern; er kannte sich in diesem Augenblick selbst nicht wieder. Sie lächelte und schob ihm mit dem Tortenheber ein Stück Himbeertorte auf den Teller.

»Bitteschön, der Herr.«

Tillmann sah wieder ihre Hand mit den Halbkreisen am unteren Rand ihrer Fingernägel. Sie leuchteten wie kleine Monde in weiter Ferne, die es vielleicht gar nicht mehr gibt. Er dachte an die Sonnen, die längst verglüht sind und deren Licht noch immer auf dem Weg zu uns ist.

Sie setzte den Kuchen auf seinen Teller und zog die Tortenschaufel langsam unter dem Kuchen weg.

Er sah zu ihr auf. »Danke.« Sie schmunzelte und ging weiter. Die anderen am Tisch hatten mit dem Essen schon begonnen.

Man genoss den Kaffeetisch im Freien in der Nähe des Parks.

»Es ist sehr schön hier«, meinte Kim.

»Ja, uns gefällt es auch sehr, nicht wahr, Wolfgang?«

Genießerisch blickte dieser zu seiner Frau, zerkaute noch taktvoll dezent die kleinen Reste der Himbeeren zwischen den beiden Kieferhälften und sah sie für einen Moment fragend an.

»Natürlich, natürlich! Ich kenne die Gegend aus Kindertagen, als ich bei den Großeltern in Ferien war und ich mit ihnen immer wieder in diese Gegend kam. Das ist lange her.«

»Ja so lange ist das her«, sagte auf einmal der Vater. »Das war und ist alles vorbei. Wir haben viel erlebt, Schönes und Schlimmes. Die Zeit hat uns sanft überrollt, ohne dass wir es es merkten.«

»Ja, Robert. Du sagst es.« Wolfgang sah ihn an.

»Über jeden und über alles geht die Zeit hinweg. Warum soll sie vor dem Menschen haltmachen? Wir müssen mit ihr gehen, uns den Zeiten unseres Lebens anpassen. Wir sollten das Leben er-leben, solange wir noch dazu imstande sind.«

Tillmann sah zu seinem Onkel hinüber. Dessen Worte waren für ihn eine stille Mahnung und wühlten ihn innerlich auf. Wolfgang wollte keine Rede halten, sondern nur einen kleinen Dialog mit Tillmanns Vater; doch immer mehr Gäste des Tisches hörten ihm zu. Die Musik erklang ganz leise von den Lautsprechern zu ihnen herüber. Es war das Souvenir de Paganini von Chopin und passte zu diesen Augenblicken.

»Wer zählt unsere Tage, unsere Monate und Jahre?«, fuhr Wolfgang fort. »Keiner zählt sie, und wir selbst beginnen erst im Alter damit, oft dann, wenn es fast schon zu spät ist.«

Sara und Johannes sahen sich an. Sie waren noch jung. Sie wussten selbst nicht, ob sie die Worte jetzt schon verstanden. Aber sie hörten interessiert zu.

»Und wenn wir sie zählen, beginnt das Erinnern.«

»Das Leben lässt die Erinnerung zurück«, ergänzte Frau Schönthaler, »und am Ende bleiben von uns nur noch Geschichten.« Sie sah wieder zu Henry, dann zu dem Jubilar und zu Tillmann. Ihr Mann nickte gerührt.

»Aber wie oft geht das Leben an uns vorbei?« Wolfgang stellte allen die Frage und sah sie an. »Wie oft versäumen wir das, was Leben ist, weil wir uns der Schnelligkeit unserer heutigen Zeit anpassen! Wir sehen nur das Große, das sich uns fast in die Augen drückt, wir leben in den Oberflächlichkeiten und versäumen zu verstehen, was das Leben ist und was es will.«

»Als Erwachsener möchte man die Welt kennenlernen«, meinte Gerd. »Das verstehe ich, und das geht mir heute noch so. Aber sehen wir überhaupt die Welt um uns herum im Kleinen?«

Henry wurde nachdenklich. Solche Gedanken waren ihm noch nie zu Hause in den Staaten durch den Kopf gegangen. Arbeiten, Fast Food, arbeiten, chillen und schlafen. Mehr hatte er nicht. Mehr suchte er nicht.

Wolfgang sah zu Gerd hinüber.

»Nein, das tun wir nicht Gerd! Es ist gut, dass du diese Frage hier stellst!«

Er erhob wieder seinen rechten Zeigefinger und überlegte.

»Wir müssen das Tempo aus unserem Leben nehmen.«

»Wir sind zu Perfektionisten des Lebens geworden, um dem Zeitgeist gerecht zu werden.«, warf Peter ein.

»Da hast du Recht, mein Sohn, wir haben zu funktionieren, wo nur noch die Ergebnisse stimmen müssen, die Produkte in einem bestimmten Zeitrahmen. Dazu brauchen wir Motivation.«

»Sagt man«, ergänzte Peter.

»Ja das sagt man, und das ist auch so. Doch woher sollen wir uns die Motivation nehmen, wenn uns die Zeit dazu fehlt? Wir müssen nach außen ein Lächeln zur Schau stellen, zu dem wir gar nicht stehen.«

Wolfgang sah über Tafel.

»Ich selbst und viele von euch sind schon im Ruhestand. Aber an die arbeitenden Menschen in unserer heutigen Zeit wird herangetragen, jederzeit abrufbar zu sein, anderen zu helfen, ohne zu bemerken, wie sehr man selbst Hilfe bräuchte.«

Er sah zu seinem Sohn, der noch im Arbeitsleben stand, vor allem aber zu Sara und Johannes. Und natürlich zu Henry! Ihn hätte er fast vergessen. Der stand noch voll im Arbeitsleben fühlte sich dort wohl. Er lebte sein Leben in einer anderen Art. Es hatte keine Bezeichnung, weil es aus Oberflächlichkeiten bestand. Die gefielen ihm. Doch jetzt dachte Henry auf einmal darüber nach und hörte Wolfgang zu.

»Wir brauchen als Menschen wenigstens eine kleine, eine ganz kleine Wertschätzung, damit wir wissen, wer wir sind, und unseren individuellen Wert nicht verlieren.«

»Das stimmt«, ergänzte Robert, »wir sind alle bedürftig und wollen geschätzt werden. Das darf euch doch keiner verwehren, Johannes.« Er schaute Johannes und Sara an, gerade so, als ob er sich Gedanken um den weiteren Lebensweg seiner Enkel mache. Die Worte des Großvaters und des Onkels trafen beide sehr.

Das Serviermädchen brachte noch Erdbeerkuchen und Linzer Torte und goss, wo Bedarf war, nach. Man konnte von der Terrasse aus gut zum Teich sehen. Ein Schwan glitt über das Wasser und verharrte an einem Ort in seiner Zeit. Tillmann sah es, wie Kinder mit den Eltern auf der Brücke standen und Brotkrumen auf das Wasser warfen. Aber der Schwan reagierte nicht.

»Was machen die Tiere?«, warf Tillmann plötzlich in die Runde.

Er sah noch immer zu dem Schwan.

»Von denen können wir lernen«, sagte Herr Schönthaler leise. »Meine Eltern hatten früher einen Esel auf dem Hof, bei dem man Entschleunigung lernte. Wenn wir etwas von der Ernte wegbringen wollten, mussten wir uns immer nach dem Esel richten. Er bestimmte die Zeit, nicht wir. Und wenn er mal frisches Gras sah, mussten wir für ihn eine Pause machen, weil er fressen wollte.

Er nahm uns oft unsere Zeit, aber bei ihm erfuhren wir, was unserer Zeit heute fehlt: die Ruhe und die Gelassenheit.«

Henry dachte wieder an den Korb mit den Süßkirschen, die mit Liebe gepflückt waren. Er sah zu den Nachbarn von einst und lächelte. Sie schauten ihn herzlich an.

Wo lebe ich eigentlich, dachte er sich, was tat ich die ganzen Jahre? Seine gestylten Schuhe glänzten in der Nachmittagssonne, deren Strahlen noch immer durch das Blattwerk der Bäume fielen. Eine erste Wolke zog langsam vorbei.

»Ja, die Tiere haben den Rhythmus, der uns heutzutage verloren geht.«, bemerkte Wolfgang mit einer Miene, in der zugleich die Aufforderung an alle lag, das vielleicht einmal zu hinterfragen. »Sie haben ihr eigenes Maß.«

»Aber ist nicht der Mensch angeblich das Maß aller Dinge«, fragte Tillmann plötzlich. Sein Ton klang etwas provozierend, aber immer noch mäßig, wie es Wolfgang bei ihm gewohnt war. Er selbst war auch ein Zyniker und wusste was es hieß, gewisse Unklarheiten aus dem Dunkel zu holen und zu hinterfragen.

»Ja, ich weiß, was du meinst, Tillmann. Wie oft habe ich schon darüber nachgedacht und bin zu dem Schluss gekommen, dass es falsch ist. Schlichtweg falsch und überheblich dazu!«

Man sah Tillmann die Freude an, dass Wolfgang mit ihm einer Meinung war.

Robert Lenz blickte mit einer unglaublich stoischen Ruhe über den Tisch zu seinen Gästen.

»Dass der Mensch das Maß aller Dinge sei, hat man uns Schülern schon in der Jugend beigebracht. Wir nahmen es an, weil wir es mussten und weil die Zeit es von uns abverlangte. Ich nahm es mit bis ins Alter. Als mir das Leben dann wieder mehr Zeit ließ über Gott und die Welt nachzudenken, kam ich zu der Erkenntnis, dass all dies nur Selbstherrlichkeit und Egoismus ist.«

Er hielt kurz ein und strich ruhig mit seinem rechten Zeigefinger über den linken Handrücken und drückte die bläulichen Adern, die von seiner blassen Hand mit einigen Sommersprossen abhoben, leicht an.

»Wir brauchen alle Maße, nach denen wir unser Leben und unser Dasein in unserem näheren Umfeld und auf diesem Planeten ausrichten, weil wir sonst im Chaos enden würden. Wir haben uns an diese Maße zu halten. Das Maß dient uns als Hilfe. Denn wir als Menschen, als kleine und unbedeutende Wesen in diesem großen und grenzenlosen Kosmos, wir sind doch nur nichtige Wesen. Wir sollten uns nicht so wichtig nehmen.«

Ein bejahendes Raunen ging von den Gästen aus. Henry saß wie versteinert da und schwieg. Er war zutiefst in Gedanken versunken. Das hatte er noch nie *von seinem Vater gehört, obwohl es einfache Worte waren. Über so etwas hatte der früher niemals gesprochen, und wenn sein Bruder eine solche Frage einmal in den Raum stellte, hatten sein Vater und er sie als unwesentlich abgetan und überhört. Vielleicht erinnerte er sich jetzt.*

»Wir sind doch nichts anderes als Ameisen«, meinte Kim, »nur in einer anderen Welt.«

Frau Schönthaler nickte eindringlich, so als ob sie noch etwas dazu sagen wollte, und als sie das kleine Stückchen Streuselkuchen gegessen hatte, tupfte sie mit der kleinen Kuchenserviette dezent ihre Lippen ab und sagte das, was ihr schon seit Minuten auf dem Herzen lag.

»In meiner Kindheit und Jugend war ich auf dem Bauernhof meiner Eltern immer wieder mitten in der Natur. Ich wuchs mit ihr auf, mit den Blumen und dem Gemüse im Garten, mit den Obstbäumen auf der Wiese, mit dem Getreide auf dem Feld, mit den Kühen und Pferden auf den Weiden und mit den Hühnern auf unserem Hof. Ich erlebte die Fülle der Natur von den Vögeln auf dem Baum bis zu den Ameisen die gerade am Boden krabbelten und erkannte schon damals, dass jedes Lebewesen auf dieser Welt seine Funktion und Zuordnung hat – nicht nur der Mensch.«

»Das meinte ich«, ergänzte Kim. Gerd sah seine Frau an und lächelte.

Tillman schaute kurz auf und dachte nach, bevor er seine Zeilen an Theres weiterschrieb.

So war das, Theres. Die Unterhaltung der Gäste ging noch eine ganze Weile weiter, und es gefiel meinem Vater und allen anderen.

Es waren für ihn schöne Stunden gewesen. Man sah es ihm an. Aber man erkannte auch, dass ihm jemand fehlte, die fast ein Leben lang an seiner Seite stand. Meine Mutter.

Theres, ich bin glücklich, wenn dich meine Gedanken ansprechen. Hätte ich nicht gedacht. Mein Vater könnte dein Großvater sein. Aber es freut mich einfach, Theres, es freut mich.

Aber jetzt bin ich müde, und ich sehe, wie sich die Farben des Tages mit dem Dunkel der Nacht vermischen.

Liebe Grüße mit dem Lied des Abends, das die Amsel leise singt.
Tillmann

KAPITEL 13

Was waren das für Zeiten!

In Tillmanns Leben hatte es zahlreiche Frauen gegeben, doch viele Bekanntschaften waren nur von kurzer Dauer. Er konnte sich aber noch immer an alle erinnern. Manchmal blätterte in seinen Gedanken, und da kamen auch einige langsam aus der Versenkung hervor.

Sie erinnerten ihn an Sommerabende in den Gartenlokalen der Altstadt und an die lauen Nächte am Ufer des Rheins, an die Eskapaden inmitten hoher Wiesengräser oder auf dem weichen, fast erdigen Laub des Waldes.

Oder aber an die Zeit des Winters.

An den Wintermorgen, als die Kerze neben dem Teegeschirr irgendwann in der Nacht heruntergebrannt war und man es nicht gemerkt hatte, *weil der Schlaf sich über uns ausbreitete und wir dann irgendwann einschliefen, du mit deinen Händen in meinen Achselhöhlen und ich mit meinem Kopf an deiner Schulter.*

Und gerade an jene Winternacht, als der erste Schnee fiel, und er eine Kommilitonin aus England kennenlernt hatte, die ihn noch am selben Nachmittag zu sich aufs Zimmer einlud. Er sah wieder, wie die dicken Flocken vor den Fenstern des Studentenwohnheimes tanzten und sich im Dunkel der Nacht verloren. Er spürte wieder, wie Brigid auf einmal barfuß im Morgenmantel vor ihm stand und lächelnd den Earl-Grey-Tee in seine Tasse fließen ließ. Der ganze Raum war auf einmal erfüllt vom Duft des Bergamotteöles. Jene Winternacht schien kein Ende zu nehmen, und erst als der Morgen dämmerte, schliefen sie beide ein.

Tags darauf hatte sie ihm vor der Bibliothek des Deutschen Institutes einen Briefumschlag mit einem kleinen Zettel in die Hand gedrückt, auf dem ein Gedicht zu lesen war, das sie am Morgen nach jener Nacht für ihn geschrieben hatte.

Ich traf Dich
Auf dem Venusberg.
Wir flogen hinauf

Durch süßen Rauch des Schweigens
Und walzten durch Dschungel
Von Haaren der Zärtlichkeit.

Wir suchten uns einen Moment aus,
Geheimnisvoll und außerhalb der Zeit
Und legten uns hin
Glücklich ineinander,
Bis wir einschliefen.

Die Zeit flog vorbei
Und holte uns wieder ab.
Schnee fiel leise auf Schnee.
Ein Schauspieler kam zur Macht,
Und wir mussten nüchtern zurück,
Wieder in unsere Welten.

Er hatte es kurz darauf mehrmals in der Cafeteria der Universität gelesen. *Ein Schauspieler kam zur Macht,* hatte sie geschrieben. Es war die Nacht, als Ronald Reagan Präsident der Vereinigten Staaten wurde. Nach dem Lesen steckte er das Papier wieder zurück in den Briefumschlag und fügte diesem noch ein kleines rundes Scheibchen seines Pfeifentabaks bei, den er zu dieser Zeit rauchte. Der war schon hart und trocken, aber den Geruch trug er immer noch. Derzeit war es noch gang und gäbe, in den Räumlichkeiten zu rauchen. Auch in den Zimmern der Studenten in Wohnheimen. Wenn man das Zimmer nicht für sich allein gemietet hatte, musste man sich mit dem Zimmernachbarn oder der Zimmernachbarin darüber absprechen. Für die Engländerin traf das nicht zu. Sie lebte allein auf dem Zimmer, und sie liebte ihn, sie liebte ihn leidenschaftlich in jener Nacht. Sie rauchte nicht, doch sie genoss den Duft des Tabaks, die Flakes des Caledonian Superior Mixture, die in seiner Pfeife glühten. Er roch ihn auf einmal wieder, genoss es, wie er sich in ihrem Zimmer verteilte und sich mit dem zarten Duft ihres Parfüms an den Rändern ihres Halses fein und dezent vermischte. Er roch auf einmal wie damals ihr Haar, und er sah, wie es sich über das frische Leinen ihres Kopfkissens verteilte. Er spürte von Neuem, wie er sich zeitweise mit seinem eigenen Kopf in das Kissen eingegraben hatte, und er fühlte das Pochen ihrer Schläfen in immer heftigerem Rhythmus. Er roch noch einmal die ganze Nacht mit den ungestümen Schneeflocken, die immer dichter mit den Scheiben und Fensterrahmen verklebten. Ihr Atem hatte sich zart über seine Wimpern verteilt.

So war das, wie lange ist das her! Er wollte nach den vielen Jahren, die nun vergangen waren, nicht noch einmal das Gewesene weiter vor sich ausbreiten. Aber manchmal kam ihm ein Gedanke, eine Erinnerung, und dann dachte er für kurze Momente daran.

Er saß an einer Böschung des Rheins und sah vom Ufer hinunter, wo die MS *Helvetia* über das Wasser in den Abend glitt. Sie kam vom Heimathafen Basel mit dem Ziel Amsterdam. Er selbst war eine ähnliche Route schon einmal mit Sara gefahren; Johannes blieb, weil er zu dieser Zeit krank war, bei der Mutter zu Hause. Aber das lag schon über zwanzig Jahre zurück, und es waren damals andere und kleinere Schiffe. Vor allem waren viel weniger Passagiere an Bord. Er sah zum Schiff. Am Heck drängten sich die Menschen; der Weg zum Bug war mit einer Kette abgesperrt. Aus dem Restaurant des Schiffes, das ein gelb-orangefarbenes Licht ausstrahlte, drangen Jazztöne einer Kapelle nach draußen. Tillmann hörte sie deutlich, und er empfand auf einmal ganz unvorhergesehen und unbewusst mit diesen Lichtfarben und Klängen den Duft des Essens in dem Lokal. Er schloss die Augen für eine kurze Weile, und als er sie wieder öffnete, war kein Schiff mehr da.

Der Tag hatte sich in dem Abend verloren, und die letzten Farben des Abends wurden ganz langsam dem Dunkel einverleibt. Tillmann saß da und sah die Farben schwinden. Das dauerte nicht lange, und da war auch schon alles fast dunkel. Nur fast deshalb, weil sich das Licht des Chemieriesen über weite Flächen der Rheinebene verteilte und sich wie ein Mantel über das Land legte. Ein leises Plätschern der Wellen drang mit seinem einsamen Laut zu ihm hoch ans Ufer. Rücklings lag er da auf der mit Gras bewachsenen Böschung und hatte die Augen geschlossen. Er hörte das leise Wogen der Wellen. Seine Gedanken schwammen mit. Sie wurden getrieben und ließen sich treiben, irgendwohin in die Weite der Nacht. Er sah zum Himmel, der an diesem Abend klar war. Venus strahlte schon längst wieder, und auch die anderen Sterne traten immer mehr in Erscheinung. Er dachte wieder an das Sterneanschauen seiner Eltern vor langer, langer Zeit. *Lilli zwischen Sirius und Wassermann. Irgendwo fliegt sie. Ihr Stern ist die Erinnerung.*

Die Wellen des Flusses und das Sternenmeer. Was konnte für Tillmann in diesen Augenblicken schöner sein? Er sehnte sich auf einmal wieder nach dem Meer.

Er liebte es schon immer. Sein Rauschen mit den poseidonschen Klängen. Seine Farbe, diese Bläue, die es auch in der Nacht nicht ganz verliert. Er sah wieder die Wellen, wie sie zur Gischt aufschäumten und sich brachen, die Wogenkämme, die Schaumkronen, wie sie gegen die Klippen peitschten und sich langsam wieder über das Wasser verteilten. Er spürte, wie der Katamaran ins Wellental fiel und die Insel auf einmal vor seinen Augen verschwand. Tillmann lag an der Böschung des Rheins und hielt schützend seine Hand auf die Magengegend; er spürte ein Kribbeln, er fühlte, wie das Meer wieder nach ihm griff. Er kannte das von früher, als er mehrmals auf kleinen Schiffen oder Katamaranen mit den Fischern hinaus auf die offene See fuhr. Es war inmitten des Studiums, als er und sein Freund Dirk viele Wochen auf den Inseln des Ägäischen Meeres verbrachten und das Leben der griechischen Fischer kennenlernten. Es war der Sommer des Jahres 1978.

Ja, Deutschland stand Kopf wegen des Terrors und der Hysterie, die damals schon ansteckend war. Regierung und Presse sprangen im Dreieck und er machte sich mit seinem Freund einen herrlichen Sommer. Er sah auf einmal wieder, wie die Fischer vom Nordwind getrieben unter stahlblauem Himmel mit Booten und Einmastern hinaus aufs Meer glitten. Sie nahmen sie beide mit aufs Meer hinaus. Es waren rauschende Fahrten.

Tillmann lag da und träumte. Da hörte er ein Nebelhorn. Er schaute auf und sah in der Ferne das Blinken eines Schiffes. Es kam näher und das Licht wurde größer. Es erleuchtete den Rhein mit seinem Ufer in einem weiten Radius und war ein großes Frachtschiff, das mehrere Container geladen hatte. Es strömte ruhig über den Rhein, und das Kräuseln der Wellen vermischte sich mit dem Klatschen des Wassers gegen den Kiel des Schiffes. Dann wieder der Klang des Nebelhornes, obwohl es keinen Dunst oder Nebel gab; aber es war dunkel, und da diente es der Sicherheit. Tillmann hörte gern dieses Dröhnen. Er verstand diese Sprache, aber für ihn hatte sie eine andere Bedeutung. Sie hatte eine Macht auf ihn, weil sie ein Teil seiner Sehnsucht war – seiner Sehnsucht nach so vielem. Nach dem Meer und den Booten am Pier, nach den Wellen und den Schiffen, nach dem Strand und den Dünen, nach dem Gekreische der Möwen, nach dem Tang und dem Salz, nach dem Himmel mit seinen Wolken, die in kleinen Scharen landwärts treiben. Er hatte Sehnsucht nach Fischern, nach Menschen am Meer.

Das Frachtschiff war schon vorbei; er sah nur die rot leuchtenden Rücklichter.

Es wurde kühler. Tillmann stand auf. Noch auf dem Weg nach Hause, traf er den festen Entschluss bald an die Nordsee zu fahren. Er dachte an seine Freunde aus dem Norden, die zwar nicht mehr in dieser Gegend wohnen, wohl aber durch ihre Verwandten und Bekannten und ihre jährlichen Ferienaufenthalte doch noch eine starke Verbindung zu dieser Gegend haben. Wenn es so weit war, wollte er sich von Britta Tipps holen, ein Zimmer buchen und für einige Wochen an die See fahren. Eine richtige Freude kam in ihm auf, als er in seinem Auto saß und auf dem Weg nach Hause war. Er summte leise vor sich hin. Welche Melodien das waren, kam nicht aus den Klängen heraus, die stakkatohaft über seine Lippen glitten und ihn mit seinen Zeigefingern auf dem Lenkrad den Takt schlagen ließen.

Das musste er noch heute Theres schreiben! Sie sollte es wissen, sich vielleicht mit ihm freuen. Wenn sie sich einmal kennengelernt hätten, würden sie beide ans Meer fahren. Ach, wie schön das sein würde: Theres und er am Meer, am Strand und irgendwo zwischen dem Strandhafer in den Dünen! Theres und er barfuß durchs Watt! *Wie schön wird es sein, wenn uns die Wellen die Beine umspülen!*

Er schloss die Tür seines Hauses auf.

Die Nachbarn hatten schon den Müll für den kommenden Tag vor das Haus gestellt. Ach ja, morgen, Montag! Er tat es schnell noch. Bio- und Papiermüll waren an der Reihe. Er holte die Eimer von ihrem Abstellplatz hinter der Garage und rollte sie auf das Trottoir. Es war schon still in der Straße. Er sah auf die Uhr: Oh, doch schon gleich dreiundzwanzig Uhr. Die *Tagesthemen* brauchte er gar nicht mehr einzuschalten; die waren fast schon vorüber. Er ging in die Küche, belegte sich noch schnell das übrig gebliebene Brötchen vom Morgen mit Salami und Käse, nahm sich noch eine kalte Dose Radler aus dem Kühlschrank, und als er die dann mit einem knackigen Zischen öffnete, dauerte es nicht mehr lange, und da rann auch schon das erfrischend sprudelnde Nass seine Kehle hinunter. Tillmann genoss auch diesen Augenblick, wie er es in der letzten Zeit immer öfter tat, wenn er sich wohlfühlte und er den gegebenen Moment voll auskosten wollte. Er hatte sich noch einmal auf die Terrasse gesetzt, auch wenn es schon ziemlich frisch war. Zuerst dachte er an eine Jacke zum Überziehen, doch dann ließ er es. *So kühl ist es auch wieder nicht*, murmelte er selbstredend vor sich hin, *es ist Frühsommer.*

Noch zwei Bisse in sein Brötchen, dann fuhr er den Laptop hoch. Im Forum war nur noch »Rosenblüte«, eine Frau Anfang vierzig, die von der Form her schöne Gedichte schrieb, aber in ihrer Thematik ihm selbst zu religiös und zu christlich-dogmatisch war. Sie war sehr nett in den Chats und wohlgesonnen in ihren Kommentaren zu Texten, die sie von anderen las und rezensierte. Nicht selten langweilten aber ihre Worte Tillmann, manchmal klangen sie für ihn sogar so wie aus den Mündern der Zeugen Jehovas, und er beendete dann schnell und freundlich den Dialog.

Heute langweilt sich die Arme über sich selbst, dachte er und verließ wieder das Forum.

Theres hatte auf dem Privatkanal keine Nachricht für ihn hinterlassen.

Auf seiner Window-Datei blinkte es bei den Mails: *Sie haben eine neue Mail erhalten.*

Das war bestimmt Theres! Wer sollte ihm auch sonst noch um diese Zeit schreiben. Die Mails vom Tage hatte er am frühen Abend vor seinem Spaziergang am Rhein schon alle geöffnet und die meisten davon in den Papierkorb geworfen. Aber eine Spannung machte sich trotzdem in ihm breit. Diese Spannung, die hier mit einer Hoffnung und Vorfreude verbunden war, erinnerte ihn an seine Kindheit, an die Tage vor dem Geburtstag, vor Weihnachten und manchmal auch an das, was in diesem Jahr wohl der Osterhase ins Nest legte oder welche Eier er im Garten versteckte.

Er trank noch einen Schluck aus der Dose. Das Getränk hatte nicht mehr diese Kühle und Frische wie vorhin; er spürte das. Er stellte es zur Seite. Da! Theres hatte geschrieben. Tillmann schaute gebannt auf den Bildschirm und las:

Sonntag, 2. Juni

Hi, Tillmann, wo bist du heute so lange? Nichts rührt sich hier. Ich habe dich schon im Forum gesucht – tote Hose! Na ja, ist auch egal, ich schreibe dir hier ein paar Zeilen, und so wie ich dich schon kenne, wirst du sie bestimmt noch vor dem Zubettgehen lesen.

In diesem Spätsommer werde ich für etwa drei Wochen in die Ägäis fahren! Der Gedanke kam mir heute in den Sinn. Ich war noch nie dort, aber ich habe gehört, im Spätsommer solle es besonders schön sein. Außerdem liebe ich die griechische Kultur von ihren Anfängen in der Antike bis in unsere Tage. Im Oktober muss ich wieder zurück sein, weil da bald schon das Wintersemester an der Uni beginnt. Warst du schon in Griechenland? Wie schön muss es sein, unter den Olivenbäumen zu liegen! Kannst du dir das vorstellen, Till? Ich träume davon.

Manchmal falle ich beim Träumen in deine Arme. Ohne dass ich es merke. Einfach so. Einfach so. Ich träume von uns.

Theres

Tillmann sah auf und schaute lange nachdenklich vor sich hin. Seine Gedanken wirbelten auf und vermischten sich mit alten Erinnerungen, als er vor langer Zeit mit seinem Freund Dirk in diesen Breiten war. Es war die Zeit, in der man meist mit dem Traggestell oder einem Rucksack unterwegs war und, wenn man in Griechenland den Urlaub verbrachte, bei freundlichen alten Ehepaaren für einige Nächte eine Unterkunft fand oder nachts unter den Olivenbäumen verbrachte, um dann in morgendlicher Frühe von den Hähnen oder dem Gebimmel einer Schafherde wieder geweckt zu werden.

Er wollte Theres davon erzählen, einfach schreiben.

Er trank noch einen kleinen Schluck Rotwein aus dem Glas, die Tropfen benetzten wohlwollend Zunge und Gaumen, und seine Gedanken glitten auf einmal in vielen Worten und Sätzen über die Tastatur.

2. VI.

Hallo Theres,
wie schön, wie schön, diese Zeilen von dir zu lesen! Irgendetwas führt uns immer mehr zusammen.

Weißt du, dass ich das, was du in diesem Sommer noch vorhast, als Student schon erlebt habe?! Wochenlang trampten mein Freund Dirk und ich an einem Spätsommer Ende der Siebzigerjahre durch Griechenland. Zuerst waren wir auf der Halbinsel Peloponnes, und dann haben wir in dem Ägäischen Meer so manche Insel erkundet. Von den Einheimischen wurden wir immer sehr freundlich aufgenommen.

Wir lernten auch viele junge Menschen aus Deutschland kennen, die wir aber, so wie das meistens ist, nach einem kurzen Briefkontakt bald wieder aus den Augen verloren.

Mit den beiden Abiturientinnen Patte und Bärbel wanderten wir am zweiten Abend unseres Urlaubs spätnachmittags noch auf den Berg Akrokorinth, um das nachzuempfinden, was Walter Faber in Max Frischs Roman *Homo Faber* mit Sabeth erlebte. Armumschlungen lagen wir still da und sahen bedächtig zum nächtlichen Sternhimmel. Nur die Geräusche der Zikaden erfüllten ganz leise die Luft, bis auf einmal ein plötzliches Lachen aus den beiden Mädchen hervorprustete, dass Dirk und ich uns groß ansahen. Wir schmunzelten und schwiegen. Währenddessen lag das Hühnerdorf Akrokorinth schon längst in tiefem Schlaf. –

Ich glaube, der Schlaf liegt auch mir schon auf den Augen. Ich trinke mein Glas Wein noch leer und gehe zu Bett. Ja, übrigens, das, was ich dir soeben erzählte war nur der Anfang jener Reise, die über fünf Wochen dauerte. –

Schläfst du schon?

Einen zarten Nachtgruß,
Tillmann

Tillmann goss sich noch einmal nach und trank. Damals waren es Retsina und Samos, dachte er. Es fiel ihm schwer, das Aroma seines Bordeaux, den er gerade trank, in das jener griechischen Weine zu verwandeln, doch er verfiel trotzdem dem Flair jener Tage.

Dass Theres ihm noch nach Mitternacht geschrieben hatte, sah er erst am darauffolgenden Tag, als er die Mails öffnete:

Montag, 3. Juni

Hi, Till,
jetzt habe ich also erfahren, dass auch du schon als Student in Griechenland warst. Deine Zeilen von heute Nacht haben mir prima gefallen! Kannst du mir noch mehr von jenem Urlaub berichten, das würde mich sehr interessieren!

Küsschen,
Theres

3. VI.

Hallo Theres,
du möchtest noch mehr von mir darüber hören. Wo soll ich da beginnen? Lass mich mal überlegen – ach ja, natürlich, die Tage mit Christa!

Dirk und ich lernten diese Frau auf einem kleinen Schiff bei der Überfahrt zur Insel Paros kennen. Christa studierte Medizin, war aber zehn Jahre älter als wir. Sie hatte ein sehr hübsches, natürliches Wesen.

Ihre schulterlangen, gekräuselten Haare leuchteten herrlich in dem Kastanienbraun, als wir sie vor der untergehenden Abendsonne an der Reling kennenlernten. Wir fanden schnell zusammen, und sie beschloss die letzten zehn Tage ihres Urlaubs, die ihr noch ausstanden, mit uns zu verbringen. Sie selbst hatte zu dieser Zeit einen Lebensgefährten, der Architekt war und wegen der vielen Aufträge Christa allein auf Reisen gehen ließ. Doch sie fühlte sich wohl bei uns, und wir lebten mit ihr auf einem Zimmer. Ja, damals, Theres, hatte ich die Freiheit zum ersten Mal in ihrer Tiefe erlebt, die Freiheit und Unbeschwertheit, so als wäre man zu dritt allein auf der Welt. Nur die Wellen und der Strand waren immer bei uns, das Meer und die Klippen, die Bläue des Himmels, die auf dem Wasser glitzernden Strahlen der Sonne und manchmal auch ein paar Fischer, die am Abend hinausfuhren, um ihre Netze auszuwerfen.

Bis in die Nacht saßen wir am Hafen von Parikia, lauschten den Klängen der Bouzouki, unterhielten uns mit Einheimischen auf Englisch oder mit einigen Brocken Griechisch. Dabei gab es manche, welche schon als Gastarbeiter in Deutschland gearbeitet hatten, und uns sogar auf Deutsch verstanden.

An einem Abend war es, da stand ein Grieche plötzlich auf, streckte die Arme über seinem Kopf aus und begann rhythmisch in die Hände zu klatschen. Alle, die da saßen, schwiegen und schauten gebannt auf den Tänzer. Da stand noch ein zweiter auf, hob seine Arme, klatschte und tanzte im Takt mit. Wir dann merkten, dass dies ein Sirtaki war, und da klang auch schon eine Melodie von der Kaimauer zu uns herüber. Mehrere von den Einheimischen, die fast alle Fischer waren, standen von ihren Plätzen auf und mischten sich unter die Tänzer. Wir saßen immer noch auf unseren Stühlen aus grobem Korbgeflecht und klatschten mit. Christa schwenkte schon ihren Kopf hin und her, und als das Tempo schneller wurde, schloss sie die Augen, und manchmal – da erinnerte sie mich in ihrem Aussehen und den Gebärden an Janis Joplin, die Ikone der Pop-Musik, die zu dieser Zeit schon längst tot war. Wenn Christa die Augen öffnete, sah man in ihnen ein Leuchten und Schwärmen. Die Tänzer sahen das auch, nickten und forderten mit Handzeichen uns alle auf mitzutanzen. Sie war die einzige Frau unter den Tanzenden.

Stell dir vor, Theres, ich war damals so Mitte zwanzig und sie schon gut zehn Jahre älter! Wie begeistert waren wir beide von ihr, von dieser Frau in der Blüte ihres Lebens, die zu dieser Zeit schon die Lebenserfahrung hatte, welche uns noch fehlte. Neun Tage verbrachten wir mit ihr zusammen, und wieviel Schmerz überkam uns, als sie uns dann verließ, wie schwer fiel uns der Abschied, als sie wieder zurück zu Ihrem Lebensgefährten nach Dortmund reiste. Zu dritt lagen wir uns stehend in den Armen, hatten diese wie beim Sirtaki ineinander verschränkt und hätten am liebsten noch einmal getanzt. Noch ein einziges Mal. Doch die Zeit drängte zum ersten Mal wieder. Die Sonne stand noch am Mittagshimmel, als ihr Schiff vom Hafen in Parikia ablegte. Christa winkte uns noch von der Reling am Heck aus zu, so als käme sie bald wieder zurück. Dann hob sie ihre Arme über den Kopf, schnalzte mit den Fingern, steppte mit den Füßen und drehte sich, während sich das Schiff immer weiter entfernte und irgendwann hinter dem Horizont verschwand. Die Sonne stach. Kein Mensch war am Kai, und die Fischerboote lagen verlassen im Hafen.

Zuerst waren wir still und ein wenig traurig. Doch schon nach zwei Tagen redeten wir wieder über unsere Tage mit Christa, über das, was wir erlebt hatten. Wir begannen wieder zu lachen, und wir freuten uns sichtlich, dass wir sie kennenlernen durften. Jeder Tag, der dann verging, war wie eine lange Zeit, die seit ihrem Abschied von uns lag.

Sie rückte immer weiter in die Ferne, blieb aber fest in unserer Erinnerung.

Doch eines Tages geschah es dann, Theres! Da wurden wir aus dem, was wir früher geträumt hatten, wachgerüttelt. Es war im Frühjahr des darauffolgenden Jahres, als uns eine Nachricht von ihr erreichte.

Es war die Geburtsanzeige zur Geburt ihres Sohnes, ich holte die Karte heraus, und ich erschrak, als ich den Namen des Kindes las:

Tillmann Oliver
*16.07.1979

Der Junge hatte meinen Vornamen, und dieser war sogar als Rufname unterstrichen!

Da lag ein kleiner Wicht in weißer Babywäsche auf einem mit rosa Röschen verzierten Wickeltisch, der Tillmann hieß! Warum nannte sie ihn so? Hatte das eine Bedeutung? Oder gefiel ihr damals einfach der Name? Die Antwort war offen. Sie stellte Dirk und mir den Kleinen vor, bedankte sich noch für unsere Fotos und die Tagebuchaufzeichnungen. Was dann folgte, war Funkstille für immer. Dieser Brief war das Erste, aber auch zugleich das Letzte, was wir von ihr hörten. –

Ja, Theres, so war das damals vor langer Zeit. Ich hoffe, meine Zeilen haben dich nicht gelangweilt.

Lieben Gruß,
Tillmann

Theres antwortete ihm sofort.

Nein, mein Lieber, ganz und gar nicht. Ich fand das so beeindruckend, wie du es mir beschrieben hast. Das war eine schöne Zeit für euch beide in den Semesterferien! Aber heute ist bestimmt vieles anders, oder?

Die Antwort Tillmanns lag auf der Hand:

Das war wirklich eine schöne Zeit! Ich weiß nicht, wie es heute ist. Bestimmt nicht mehr so wie einst. Viel, viel mehr Touristen werden es heute sein, obwohl damals in den Jahren nach dem Sturz des Diktators Papadopulos die Menschen allerorten von einem Griechenland-Reisefieber erfasst wurden, wie man es vorher noch nicht kannte. Du wirst das alles kennenzulernen, und ich kann deine Pläne nur bestätigen. Tue es, Theres, bevor das Wintersemester wieder beginnt. Reise dorthin! Du wirst es nicht bereuen!

Wenn du wieder zurück bist, kannst du mir davon lange erzählen.

Erzählen, Theres, richtig erzählen! Nicht schreiben, und schon gar nicht so viel, wie ich dir jetzt mal wieder geschrieben habe. Eigentlich zu viel für eine Mail.

Wenn wir uns treffen, werden wir viel miteinander reden. Ich freue mich jetzt schon, manchmal wie ein Kind! Bleiben wir im Innern nicht immer Kinder? Du kannst darauf erst in einigen Jahrzehnten Antwort geben, dann wenn du so alt bist wie ich. Vielleicht auch schon früher.

Morgen schreibe ich dir wieder, meine Liebe. Und in ein paar Tagen werde auch ich für einige Wochen verreisen.

Ich umarme dich und spüre deine Wärme,
ich liebe dich ...!
Tillmann

KAPITEL 14

Marianas traurige Erinnerung – Vorausschau und Traum Tillmanns

Der Dunst über der Rheinebene löste sich am Morgen schnell auf, und als die Sonne den Schleier mit ihren Strahlen durchbrochen hatte, sah Tillmann, wie die Tautropfen auf den noch geschlossenen Blüten der Mittagsblumen im Licht glitzerten.

Er saß auf der Treppe, die von der Terrasse aus hinunter zum Garten führt, hatte neben sich eine Tasse Cappuccino stehen, die er sich nach dem Frühstück noch an der Kaffeemaschine gemacht hatte, und las in einem Buch über Nordfriesland.

Hoch wölbt sich der Himmel in tiefem Blau, und die Spiele der mannigfaltigen Wolkenformationen sind für den Betrachter ein grandioses Schauspiel der Natur.

Es war eine Gegend, die ihn schon immer reizte, wo er aber über zehn Jahre nicht mehr gewesen war.

Eigentlich eine Schande, ich als Künstler sollte mir für ein solch weites Land, über das sich der Himmel wie eine große Glocke legt und uns ein Schauspiel von mannigfaltigen Farben bietet, viel mehr Zeit nehmen. Entschuldigend räumte er sich selbst gleich ein, dass er als Lehrer allerdings für derartige Unternehmungen nur in der Hochsaison, wenn die Ferien gekommen waren, Zeit hatte; und da waren ihm die Strände und Dünen in dieser Gegend zu überlaufen. Im Frühling und Spätsommer hätte es aber bestimmt Möglichkeiten gegeben, auch wenn es zu diesen Zeiten wesentlich kühler in diesen Breiten war. Aber sein Schuldienst war nun vorbei, er war ungebunden und hatte die freie Wahl.

Für ein paar Wochen im Land Emil Noldes zu sein, dessen künstlerische Werke er schon immer sehr schätzte, war für ihn ein spontanes, aber durchaus machbares Unterfangen. Er liebte diese Weite, den hohen Himmel, der sich über die ganze Landschaft erstreckt. Er erinnerte sich an Zeiten, in denen er die Nordsee und dieses herrliche Land der Friesen bereiste: Es war immer eine Magie der Farben, und dabei sah er vor allem in den letzten Stunden des Tages, wie das

Kolorit des Abends mit dem der Nacht und das des Himmels mit dem der Erde wie in einem Aquarell verschmolz. Seine Gedanken wanderten. Er dachte wieder an die Ausstellung *Immer unterwegs*. Er als Reisender in der frühsommerlichen Landschaft im friesischen Watt und an der Nordseeküste, er mit der Staffelei irgendwo am Strand von Amrum! Dann die sanften Farben des Morgens, wie er sie in seinen Gedanken aus dem Himmel und den Gestaden herauslöste und auf die Leinwand bannte. Schon die Vorstellung faszinierte ihn. Er erinnerte sich noch einmal und sah schon jetzt das Gewölk am Horizont wie mit einer breiten Hand nach Land und Wasser greifen.

Er blätterte im Nordfriesland-Buch und fand bald eine Bleibe, die seinen Wünschen gerecht werden könnte: *Zimmer im »Hotel Meeresblick« in Norddorf auf Amrum! Wunderbare Lage meerwärts.* Er stand von der Treppe auf und ging ins Haus, um dieses Hotel im Internet aufzurufen. Da stand es! Das »Hotel Meeresblick« bestand aus sechs Zimmern für jeweils zwei Personen. Er war allein, aber das machte nichts. Zimmer zwei und drei waren noch frei, das zweite mit direktem Blick in Richtung Dünen und Meer. Für die nächsten drei Wochen war das zweite noch frei. Er klickte auf die Karte und schaute sich über *Google Maps* die Satellitenaufnahme an. Fast an der Nordspitze und nur noch einige hundert Meter bis zum Meer. Dazwischen Dünen. Tillmann schmunzelte. Eine erste kleine Freude kam in ihm auf. Mit dem Blick zur Nordsee, zum Atlantik! Ab Ende dieser Woche, ab Samstag! Er buchte! Er freute sich! Drei Wochen am Meer, zwischen den Dünen unter dem weiten Himmel. Er versuchte sich zu erinnern und neu vorzustellen. Er hörte das Rauschen des Meeres.

Er las, dass der *Blanke Hans*, wie man die Nordsee auch gerne nennt, der Insel Sylt manchmal untreu werde und sich immer wieder der kleinen Schwester Amrum zuwende und ihr große Massen des Kniepsandes anspüle. Er kannte diesen *Kniep*, der zu den größten Stränden Europas zählt und dessen Sand ein kostbarer Schutzwall gegen die Brandung der Sturmfluten ist.

Für Tillmann gab es nichts mehr zu überlegen. Er hatte sich entschieden. Von Samstag dieser Woche bis zum Ende des Monats, genau drei Wochen. Für die Zugfahrt wählte er einen Fensterplatz mit Tisch im Großraumwagen des ICE 674, in den er schon kurz nach sieben Uhr in Mannheim zusteigen konnte und der bis zum Hamburger Hauptbahnhof durchfuhr. Die weitere Fahrt mit dem mehrfachen Umsteigen zu den Regionalbahnen nach Elmshorn, Niebüll bis zur Mole in Dagebüll würde nach dem Reiseplan noch gut drei Stunden dauern, und um fünfzehn Uhr würde er dann auf dem Schiff sein, das bis zum Amrumer Hafen Wittdün fuhr. *Der Rest ist Sache des Busses, der vom Fähranleger Wittdün bis nach Norddorf fährt.* Er buchte Wohnung und Zugfahrt.

Auf in die Dünen, rief er, stand auf und fuhr mit dem Auto in die Stadt, um sich in seiner Stammbuchhandlung noch ein Reisetaschenbuch vom aktuellsten Stand über die Nordseeinseln zu kaufen.

Es war schon Mittag, und an diesem Tag verbrachte er die restliche Zeit bis zum frühen Abend mit dem Lesen des neuen Buches auf einer Bank in der Nähe des Mannheimer Rosengartens.

Das Naturalismus-Seminar war seit einer halben Stunde beendet, und Theres saß auf der Grünfläche am Haupteingang des Philosophicums, wo der Rasen schon so hoch war, dass man schon von einer Wiese sprechen konnte. Sie hatte die Schuhe ausgezogen und ihre Beine über einen zweiten Stuhl gelegt. Das Sonnenlicht verwandelte das Kastanienbraun ihrer Pagenschnittfrisur zu einem rötlichen Leuchten. Sie blätterte noch einmal in ihren Skripten, verglich diese mit dem, was in dem Reclamband ihres Professors stand. Manches musste man noch ergänzen. Sie legte die Ringbuchmappe mit den Skripten neben sich auf den Rasen und schloss die Augen.

Sie versuchte, zuerst an nichts zu denken, aber als irgendwelche Gedanken kamen, ließ sie diese tanzen. Zaghaft entstanden Bilder, immer mehr. Es waren Früchte, die an abgebrochenen Zweigen hingen. Dann sah sie, wie die Früchte sich in Köpfe verwandelten, von denen einige unablässig redeten, manche schliefen, und einer schrie. Sie erschrak. Sie erblickte immer mehr Früchte: Äpfel, die im Zeitlupentempo auf eine Wiese fielen, um von den hohen Gräsern schützend aufgenommen zu werden. Sie besah sich eine Frucht aus der Nähe. Sie war ausgereift und hatte gelbgrüne Grundfarbe, die an vielen Orten von einem flammenden Rot überzogen war. Theres hatte ihre Augen noch immer geschlossen und spürte die Wärme. Ein leichter Wind wehte die Halme des Wiesengrases beiseite.

Da sah sie auf einmal das Gesicht eines Mannes, der sie eindringlich mit einem verborgenen Lächeln ansah. Er lag inmitten der Wiese zwischen dem hohen Gras, drehte sich ein wenig zur Seite und griff nach dem Apfel mit dem flammenden Rot. Zuerst hielt er ihn im Abstand von einem halben Meter vor sein Gesicht und betrachtete ihn, indem er ihn mehrmals in seiner Hand drehte. Kurz darauf schloss er die Augen, öffnete langsam den Mund, und ließ den Apfel los, der sich von selbst ganz langsam auf seinen Mund zubewegte. Und als der Apfel dann zart Oberlippe und Bart berührte, da hob sich der Kopf des Mannes leicht nach oben, der Mund öffnete sich noch weiter, und er biss zu. Es war ein lautes Knacken, und Theres hörte noch, wie es in der Mundhöhle des Mannes verhallte. Das Verhallen dauerte lange. In dieser Zeit sah sie, wie sich der Körper dieses Mannes immer mehr auflöste und in viele Teile zerfiel, die sich in weiße Blüten verwandelten und langsam gen Himmel flogen.

Da öffnete Theres wieder ihre Augen, und wie vom Schlaf erwacht schaute sie nach vorne, um sich wieder zu orientieren. Sie hatte geträumt. Ganz kurz, aber sie erinnerte sich an den Apfel und den Mann auf der Wiese. Sie dachte an Tillmann, obwohl sie ihn noch nie gesehen hatte. Doch ihre Vorstellungen wuchsen. Von Tag zu Tag mehr. Dass sie schon auf der Reise zu ihm war, spürte sie. Der zeitliche Abstand verringerte sich schon etwas.

Spätestens, wenn der Sommer zu Ende geht, müssen wir uns sehen. Ich denke immer wieder daran. Wie liebe ich ihn, wenn ich ihn seh!

Sie zog die Beine an, schob den Rest ihres Rockes wieder nach unten, bewegte den zweiten Stuhl, der zur Auflage diente, ein wenig vorne und setzte sich wieder gerade hin.

Dass Mariana irgendwann, als sie da träumte, neben ihr Platz genommen hatte, merkte sie nicht. Erst als Theres von ihr angesprochen wurde, fuhr sie erschreckt auf.

»Aber, aber, Theres, nicht so schreckhaft, ich bin es doch nur! Oder warst du in Gedanken noch ganz versunken?«

»Hi, Mariana! Ob ich versunken war? Wenn du meinst, so kann man es auch nennen, oder ist ein Traum etwas anderes als ein Versinken?«

Mariana lachte. »Vielleicht. – Er ist eine Fortsetzung des Erlebten mit anderen Mitteln.«

»Du hast Recht. Oder *eine Vorstellung, eine Fantasie dessen, was kommen kann.*«

»Ja, auch das stimmt. – Hast du derzeit so viele Vorstellungen, die sich in deinen Träumen niederschlagen?«

»Vielleicht, Mariana, vielleicht. Mehr als früher bestimmt.«

»Hat das Gründe?« Mariana sah sie mit großen Augen fragend an.

»Ich weiß nicht, kann sein.« Theres wurde etwas ungehalten, nahm ihre Sachen, die neben dem Stuhl lagen und stand auf. »Komm, lass uns in Richtung Kolonnaden gehen, oder hast du noch eine Vorlesung oder ein Seminar?«

»Eigentlich hätte ich am späten Nachmittag noch dieses Seminar über den Existenzialismus bei Kierkegaard und Camus; doch das fällt wegen Krankheit des Dozenten aus.«

»Ich muss noch bei der Kolonnadenbuchhandlung vorbeischauen und ein vor Tagen schon bestelltes Buch abholen. Willst du mitkommen?«

»Gerne«, erwiderte Mariana, ich schaue mir immer wieder gerne in Buchhandlungen die Bücher an, ältere und neue.«

»Stöbern! Stöbern nennt man das bei uns in Deutschland.«

»Stöb...? Wie heißt das Wort? Ich kenne das nicht.«

Theres lächelte. »Stöbern! S-t-ö-b-e-r-n!«

Mariana sprach es noch einmal nach. Sie lachte. »Das merke ich mir. Wieder ein neues Wort dazugelernt. Ich glaube, wenn ich die ganze deutsche Sprache genau kennen will, muss ich immer in Deutschland bleiben.«

»Ach was, Mariana! Was glaubst du, wie viele Deutsche es gibt, die können nicht mal einen Bruchteil dessen, was du kannst. Und das reicht denen zum Leben. Für die Einen ist das traurig und erbärmlich, für die anderen stinknormal. Die meisten merken das gar nicht einmal oder nehmen das mit einer Gleichgültigkeit hin.«

Mariana hörte interessiert zu. Sie überquerten das Forum mit dem Springbrunnen, passierten das Gutenbergdenkmal und standen wenig später schon vor der Kolonnadenbuchhandlung. Obwohl noch kein Bücherherbst war, lagen hinter dem Schaufenster viele neue Bücher aus. Sie schaute beide neugierig auf die Auslage.

»Kommst du mit in die Buchhandlung, oder willst du dir hier diese Bücher ansehen, während ich mein Buch abhole?«

»Nein, nein«, antwortete Mariana, »ich komme mit. – Was holst du dir eigentlich ab, wenn ich fragen darf?« Sie machte die Tür zur Buchhandlung zu. Theres war ihr vorausgegangen und drehte sich um. »*Meister Timpe*. Es ist ein sozialer Roman von Max Kretzer, den dieser 1888 verfasst hat und der bis ins Detail auf die sozialen Missstände dieser Zeit aufmerksam macht. Ich muss ihn selbst noch lesen. Bin gespannt!« Sie ging zur Kasse, während sich Mariana die neuen Bücher, welche auf den Tischen auslagen, anschaute.

Dass sie fast eine Stunde bei den Büchern blieben, ahnte vorher keiner von ihnen. Aber viele Bücher hatten für beide eine gewisse Magie, die sie immer wieder fesselte.

»Fährst du gleich nach Hause, Theres?«

»Unter Umständen.« Sie überlegte und dachte an Tillmann, dem sie heute noch eine Mail senden wollte. »Unter Umständen, aber wir können auch hier auf dem Unigelände beim Italiener noch eine Kleinigkeit zu uns nehmen. Was meinst du?«

»Gute Idee! Gehen wir!«

Sie setzten sich an einen Tisch vor der Pizzeria. Theres bestellte sich einen Salat mit einem Glas Limo, Mariana genügte ein Latte Macchiato.

Sie saßen eine Weile da und sprachen kein Wort. Mariana rührte lange in ihrem Glas. Die Milch vermischte sich schnell mit dem Kaffee in der unteren Hälfte.

»Du bist auf einmal so still, Mariana. An was denkst du?«

»Ich denke wieder an José. Heute hat er Geburtstag und morgen wird es zwei Jahre her sein, seit wir ihn vermissen.«

Sie schaute auf einmal sehr traurig aus. Theres verstand Marianas Gefühle. Sie streckte den Arm aus und legte die Hand auf ihren Arm. Mariana spürte ihr Streicheln.

»Manchmal denke ich: Wäre er zu dieser Stunde an einem anderen Ort gewesen, es wäre alles anders gelaufen. Heute ist sein achtzehnter Geburtstag. Er hatte so viel vor. Oft denke ich an ihn, wenn ich auf meinem Bett liege.«

Theres sagte kein einziges Wort, aber sie konnte den Kummer ihrer Studienfreundin nachempfinden. Sie drückte fest ihre Hand und bewegte streichelnd ihren Daumen. Mariana tat das gut. Sie fasste sich und sah zu Theres.

»Ich muss heute Abend in Buenos Aires anrufen. Damit meine Eltern und meine Geschwister wissen, dass ich an sie alle denke.«

»Wie viel Geschwister hast du noch?«

»Mit José insgesamt fünf. Der Jüngste ist noch nicht in der Schule, und der älteste, schon über dreißig, ist schon längst aus dem Haus. Er arbeitet bei einer Ölraffinerie in Houston, Texas.«

»Bist du die ...«

»Die Drittälteste. Es gibt noch eine Schwester, die ist zwei Jahre älter als ich. Sie lebt mit ihrer Familie in der Nähe meiner Eltern.«

Sie machte eine kurze Pause.

»Hast du auch Geschwister, Theres?«

»Nein, ich bin das einzige Kind.«

Mariana nickte.

Die Mittagsstunden auf der Wiese glichen einer Siesta. Mariana hatte sich hingelegt und sah mit ihren großen dunklen Augen ihre Freundin an. Drei Studenten fuhren mit ihren Fahrrädern über das Forum in Richtung Ausgang stadtwärts. Das Wasser des Springbrunnens schoss in einem langen Strahl himmelwärts und verteilte sich in einem Brausen, das in der Nachmittagssonne glitzerte, bis über den Rand.

Beide sahen sie den Wasserspielen zu.

»Theres, du sagtest vorhin, der Traum sei auch *eine Fantasie dessen, was kommen kann*. Was hast du damit gemeint?«

»Das, was ich sagte.«

»Was kann bei dir noch kommen?«

»Das weiß ich nicht. Das weiß keiner von uns. So vieles oder gar nichts. Das sind zwei Extremitäten, Mariana. Vielleicht wird die Antwort auf deine Frage irgendwo dazwischen liegen.«

Sie lächelte und zuckte mit den Achseln.

»Ist bei dir in der letzten Zeit etwas Entscheidendes passiert?«

Theres erschrak, als sie die Worte ihrer Studienfreundin hörte und stutzte. Sie schaute sie an.

»Wieso fragst du?«

»Nur so, einfach nur so. Mir ist aufgefallen, dass du nicht mehr so bist, wie du im letzten Semester noch warst.«

»Und inwiefern bin ich anders als früher, Mariana?«

»Du bist mit deinen Gedanken oft unkonzentriert, hinterfragst Dinge, die ich gerade ausgesprochen habe, ein zweites Mal, und wenn ich dir etwas erzähle, kommt es mir vor, als wärst du mit deinen Gedanken ganz woanders.«

Mariana hielt ein und sah sie fragend an.

»Aber vorhin, als du von deinem Bruder geredet hast, habe ich dir aufmerksam zugehört.«

»Ja, das stimmt, bin dir auch dankbar dafür. – Doch sonst ...«

Theres wusste nicht recht, was sie sagen sollte.

Sie wusste, was sie meinte; aber sie wusste noch nicht, ob sie es ihr sagen sollte. Das mit Tillmann. Eigentlich wollte sie nicht schon von etwas reden, was noch in den Sternen stand. Mariana lächelte sie still an. Doch ihr Lächeln begleitet von einer großen, einer tiefen Melancholie. Und sie wartete, bis Theres das kurze Schweigen brach.

Ja, sie sagte es Mariana. Sie erzählte ihr von Tillmann, wie und wo sie ihn kennenlernte und was für ein Mensch das sei. Vor allem aber tat sie Mariana ihr Vorhaben kund, dass sie sich mit Tillmann noch in diesem Jahr, womöglich im Spätsommer, endlich treffen wollte. Sie war leicht erregt, als sie davon berichtete. Nur dass sie noch keine Bilder, keine Fotos voneinander gesehen hatten, davon erzählte sie nichts.

Als sie wieder aufgestanden waren, gingen sie noch ein kleines Stück miteinander bis vor das Universitätsgelände. An der Bushaltestelle trennten sie sich. Mariana wohnte in der Innenstadt, Theres in Wiesbaden.

Tillmann hatte Theres schon vor zwei Tagen geschrieben. Sie sah es beim Öffnen der Mail. Es war in der Nacht von Samstag auf Sonntag. Sie sah auf den Kalender: Es war am ersten Juni. Das Mineralwasser, das sie sich vorhin aus dem Kühlschrank geholt hatte, erfrischte sie wohltuend. Sie trank direkt aus der Flasche und las, was Tillmann ihr geschrieben hatte: von dem großen Urlaub mit seinem Freund Ende der Siebzigerjahre in Griechenland und von der Nacht in den Olivenhainen bei Akrokorinth. Von dieser Frau, die noch zum Abschied auf dem Schiff Sirtaki tanzte. Von den Fischerbooten, die in der Mittagshitze einsam im Hafen lagen, von ihrem einzigen Brief an sich und seinen Freund. Theres war in großer Anspannung und auch innerlich ein klein wenig ergriffen, als sie seine Worte über die Bedeutung der abendländischen Kultur vernahm.

Sie stand von ihrem Schreibtisch auf und blickte hinunter über die Treppen zur Straße. Das letzte Dämmerlicht fiel zwischen den Stämmen der hohen Bäume zu ihr durch das Fenster. Sie war sichtlich angespannt, lief einige Male im Zimmer auf und ab. Dabei war sie so in Gedanken versunken, dass sie das durch ihre Schritte erzeugte Knarrens der alten, matt glänzenden Holzdiele nicht vernahm.

Dann nahm sie wieder an ihrem Schreibtisch Platz und schrieb Tillmann zurück. Dabei fiel ihr auf, wie sich ihre Finger auf einmal in genau koordinierter Absprache mit ihren Gedanken so schnell wie noch nie über die Tastatur ihres Laptops bewegten. Sie kam sich vor wie ein fremder Geist, der seine Hände und seinen ganzen Körper von außen betrachtet. Die Finger jagten immer schneller über die Tasten, sie sah, wie die Worte auf dem Bildschirm erschienen, sich aneinanderreihten und Sätze bildeten, die sie dann als Wörterschlangen über den Bildschirm jagte. In unbeschreiblichem Tempo ging das anfänglich so sanfte Gleiten ihrer zarten Finger in ein fast schon ekstatisches Hacken über, vor dem sie schon selbst Angst bekam. Es dauerte nicht lange, dann war plötzlich alles wieder still und ruhig. Sie trank noch einen Schluck aus der Flasche. Dann beugte sie ihren Kopf nach hinten und goss sich einen Teil des Wassers aus der Flasche über den Kopf. Sie blickte zur Decke, was war das für ein herrliches Gefühl, und dann schüttete sie den Rest nach. Ach, wie angenehm das Quirlen der Kohlensäure an ihren Ohrmuscheln prickelte! Sie hob den Kopf ein wenig an, streckte die Arme in die Weite und lachte mehrmals laut auf. Es war so ein lautes Lachen, dass ein Hund auf der Straße zu bellen begann, und die Frau, die ihn ausführte, verwirrt in die Richtung schaute, aus der sie das Lachen vernahm.

Als Theres wieder zur Ruhe gekommen war, überflog sie noch einmal, was ihre Hände gerade geschrieben hatten.

Dienstag, 4. Juni

Hi Till,
das ist ja super, was du mir da geschrieben hast, einfach klasse, mein Lieber! Als ich es gerade las, glaubte ich, deine Worte eigens in

meinem Ohr zu hören. Du hast eine schöne Stimme, Till, die jedem deiner Worte einen besonderen Klang verleiht, und wenn eines mir ganz nahe kommt, klingt es wie ein zarter Kuss an meinem Ohr, der in der Muschel unendlich widerhallt. Erst wenn ich einschlafe, verklingt sein Rauschen.

Manchmal rauscht die Nacht, auch wenn es gar nicht regnet und windstill ist. Dann kann ich nicht schlafen, weil ich an dich denke. Ich liege auf dem Bett und wache im Dunkel. Ich versuche, mir vorzustellen, du wärst bei mir. Irgendwann schlafe ich dann wieder ein. Das blaue Licht der alten Laternen strahlt eine Ruhe aus, die sich in meinem wachen Zustand mit Sehnsucht vermischt.

Ja, lieber Till, wie ich jetzt von dir erfahren habe, hast du hast viel erlebt, warst lange Zeit auf den Ägäischen Inseln, wovon ich bisher nur träumen konnte. Doch im September werde ich zum ersten Mal dorthin reisen und dieses schöne Land mit dem Meer, der ganzen Natur und seinen Menschen kennenlernen. Irgendwann wird es so weit sein, dann werden wir beide das alles erleben. –

Du, Till –: Vielleicht ist das schon im nächsten Jahr? Ich weiß, ich bin manchmal so voreilig – würdest du überhaupt mit mir dorthin wollen? Sei mir nicht böse, wenn ich heute so stürmisch bin. Ich denke so oft an dicht, vielleicht zu oft. So oft, dass ich mit meinen Gedanken nicht mehr bei der Sache bin. Meine Studienfreundin Mariana hat mir das vor ein paar Stunden schon dezent vorgeworfen.

Ach, Till! – Was machst du gerade? Bist du noch wach? Ich wäre jetzt so gern in deiner Nähe. Gib mir ein Lebenszeichen von dir, hast du gehört, nur ein kleines. Zum Beispiel ein Smilie!

Sie spürte noch immer, wie die letzten Tropfen Mineralwasser von ihrem Kopf rannen. Das kühle Nass tat Theres in der Wärme gut.

Sie duschte sich und ging zu Bett.

Eine Antwort von Tillmann blieb an diesem Abend aus.

Es regnete die ganze Nacht. Schon als Tillmann am späten Abend nach Hause gekommen war, hatte sich eine Wolkenschicht über den Himmel ausgebreitet, dass am Firmament kein Stern mehr zu sehen war. Er stand auf dem Balkon an seinem Schlafzimmer und sah hinaus. Das tat er oft, und dieser Brauch stammte noch aus der Zeit, als er Raucher war und sich vor dem Zubettgehen eine letzte Zigarette anzündete. Wie lange hatte er schon damit aufgehört, doch der Schritt vor die Balkontür war das Einzige, was davon noch geblieben war.

In der Nacht gegen drei Uhr hörte er dann auf der Toilette, wie starker Regen gegen die Scheibe des Badfensters prasselte.

Am Morgen hatte es nachgelassen. Der Himmel war von dunkelgrauen Wolken verhangen, und die Schauer der Nacht waren in einen warmen Landregen übergegangen. Das Regenwasser zog das Blattwerk der Stauden fast bis zur Erde und hatte seinen alten und mit Moos verfilzten Rasen in einen aufsaugenden Schwamm verwandelt. Kein Vogel war zu hören, nur das leise drippelnde Niedergehen des feinen Regens, sein Tröpfeln und Herabrinnen von Blättern und Dach und der gluckernde Abfluss des Wassers in der Rinne. Das alles klang für Tillmann wie ein Geflüster des Morgens.

Es war Mittwoch. Erste Bedenken wegen seiner in drei Tagen geplanten Reise kamen in ihm auf. Das Tief »Xaver« war angekündigt. Es komme von Nordwesten her, dehne sich über ganz Deutschland aus und erstrecke sich bis in die östliche Alpenregion. Ihm blieb keine andere Wahl als zu warten. *Einfach abwarten*, ohne dabei in irgendeine Unruhe zu verfallen. Was brächte ihm das auch, ändern könnte er ohnehin nichts.

Er stand auf, ging ins Bad. Dann zog er die Läden hoch und machte sich in der Küche einen ersten Kaffee. Hunger hatte er an diesem Morgen keinen, und so fiel es ihm auch nicht schwer, den Tag auch einmal ohne Frühstück zu beginnen. Der Kaffee schmeckte umso besser. Die erste Tasse hatte er, obwohl sie ziemlich heiß war, bald geleert, sodass er dieser gleich eine zweite folgen lassen konnte und wollte. Er fuhr seinen Computer hoch und begann gleich damit, die restlichen Nachrichten vom Tag davor, die er noch nicht gelesen hatte, durchzuschauen, auszumisten, und das, was noch an Interessantem übrig blieb, letztlich dann auch zu lesen.

Weitere Buchungsangebote für Süderlügum und Flensburg, neue Events, die Mahnung zu einer noch nicht gezahlten Rechnung, Gartenmöbelangebote ... *Vielleicht, vielleicht*, dachte er. Neue Angebote und Präsentationen verschiedener Galerien. Er scrollte immer weiter, bis er eine Nachricht seines Freundes Dirk vom Kap in Südafrika erhielt. *Da schau her, wo der überall rummacht!* Er las die Zeilen und freute sich.

Und dann die Mail, die er am vorigen Tag nicht mehr zu Gesicht bekommen hatte, jetzt sah er sie. Sie hatte ihm geschrieben! In der Nacht auf Mittwoch! Theres! Ihr Name glitt ihm leise und voller Hoffnung über die Lippen.

Er las alles von ihr langsam und genau. Dass sie so in Ekstase geraten konnte und sich Mineralwasser über den Kopf gießen würde, hätte er nicht gedacht. Aber er verstand es. Als er in diesem Alter war und an der Uni zum ersten Mal erfahren durfte, was es bedeutet, spontane Aktionen zu veranstalten, was den Bürger auf der Straße natürlich schockte! Wenn er daran zurückdachte, erinnerte er sich an ganz andere Erlebnisse, an Sessions und Demos, die er aus der damaligen Zeit heraus zwar immer noch verstand, aber trotzdem von seiner gegenwärtigen Sicht der Dinge nicht mehr ganz nachvollziehen konnte.

Der Regen hatte aufgehört. Tillmann zögerte nicht lange und schrieb ihr zurück.

5. VI.

Hallo Theres,
gestern Abend war ich noch mit ehemaligen Kollegen ein wenig in der Stadt. Es wurde immer später, und als ich zu Hause war, war ich so müde, dass ich nur noch auf mein Bett fiel und schlief. In der Nacht hatte ich einen Traum. Obwohl ich dich noch nie sah, hab ich geträumt von dir:

Da war ein alter Brunnen mit einem lauten Plätschern. Vor dem Brunnen habe ich dich gesehen. Ich sah, wie du dich über den Brunnen gebeugt und von seinem Wasser getrunken hast.

Ich sah, wie vereinzelte Tropfen von deinen Lippen über das Kinn und den Hals in deine weit geöffnete Seidenbluse rannen. Die schimmerte im Licht der Sonne in einem leichten und stillen Blassblau, das den Raum weitete und dich auf einmal so fern erscheinen ließ.

Ich sah, wie du mit deinen Händen das Wasser gesammelt hast. Laut hast du es dann in die Luft geworfen und die Tropfen wieder aufgefangen mit den Lippen deines Mundes, die waren schneeweiß.

Ich sah, wie du deine Lippen vor mir im Kreise gedreht und sie kräuselnd gewunden hast, und zarte Küsse von dir fluteten unaufhörlich zu meinem Mund.

Heute Morgen habe ich lange über diesen Traum nachgedacht, Theres. Er lässt mich nicht mehr los.

Es muss in der tiefen Nacht gewesen sein, als ich den Traum hatte. Ich bin kurz aufgewacht und sah hinaus: alles stockdunkel. Was ist das nur für eine Zeit zwischen Abenddämmerung und Morgengrauen, wenn sich die Nacht als Schatten über uns gelegt hat, dachte ich mir. Dann bin ich wieder eingeschlafen. Weitere Träume blieben aus. Doch manchmal träume ich inmitten des Tages von dir. Kann man von jemandem träumen, den man gar nicht kennt? Der Traum kreiert die Vorstellung und nimmt mich mit auf eine, wenn auch nur kleine Reise. Er trägt zur Schaffung meines Bildes von dir ein wenig bei.

In drei Tagen, also am 8. 6., werde ich wirklich für einige Wochen auf eine kleine Reise gehen. Dorthin, wo sich vor mir ein flaches Land ausbreitet, wo sich die Horizonte öffnen und diese meinen Blick in die Weite unermesslich steigern, wo die Wasser sich mit der Erde verbinden und die Fluten immer wieder kleine Geheimnisse an den Strand spülen. Es ist die Insel Amrum mit einer der schönsten Dünenlandschaften der nordfriesischen Inseln und einem der breitesten Strände Europas. Der bis zu ein Kilometer breite Dünengürtel erstreckt sich vom Seekurbad Norddorf über zwölf Kilometer bis zu dem Städtchen Wittdün, wohin mich eine Fähre von der Mole in Dagebüll aus bringen wird. Dort werde ich an Land gehen und mit dem Bus weiter nach Norddorf zum dem »Hotel Meeresblick« gefahren, wo ich ein Zimmer bis Julianfang gebucht habe.

Ja, Theres, mich zieht es mal wieder ans Meer und zu den Orten, die ein Geschenk des Meeres sind, den Dünen. Der Wind trägt immer wieder Seesand von Dünen ab und lässt ihn an anderer Stelle nieder, und die Dünen wandern. Über einen größeren Zeitraum gesehen äußert die Landschaft eine Unruhe, aber für die Stunden eines Tages ist sie das Erlebnis der Ruhe und Entspannung schlechthin. Natürlich nicht in Zeiten der Hochsaison, und deshalb fahre ich dieser Tage dorthin.

Was braucht der an Entspannung, wirst du sicher denken, wenn der im Ruhestand ist und keinen beruflichen Stress mehr hat, sich auf keine Prüfungen mehr vorbereiten muss – du weißt, was ich meine. Das stimmt auch alles. Aber ich brauche etwas anderes.

Ich muss raus aus der Zeit. Raus aus der Alltäglichkeit des immer wieder Gelebten, aus den Schablonen der ständigen Wiederholungen und hin zu neuen Pfaden, die der Wind legt in das mir bis jetzt Verborgene. Dieses wird für mich zum Reizvollen, auch wenn ich es gar nicht kenne. Es hebt meine Sehnsucht.

Ohne Sehnsucht können wir nicht leben, Theres. Ohne Sehnsucht werden wir ziellos dahinleben bis an den letzten Rand unserer Tage, und unser Geist wird zerfallen, noch ehe wir tot sind.

Ich habe Sehnsucht, Theres. –

Morgen werde ich mir in der Stadt noch das Wichtigste für die Reise besorgen, bevor ich einen Tag später, samstagmorgens, von Mannheim aus über Frankfurt – Kassel – Hannover mit dem ICE nach Hamburg fahre. Alles ist schon gebucht.

Aber Ende Juli wirst du nach Griechenland fliegen, wo du, wie du mir sagtest, noch nie warst. Wie groß ist dann erst die Spannung vor der Reise! Wie war das damals bei mir, als ich mit meinem Freund diese Reise antrat. Du fliegst mit deinen jungen Jahren in die Zukunft. Bei mir ist es da schon wieder ein wenig anders. Bei manchen Reisen kommt es mir mit zunehmendem Alter manchmal so vor, als würde ich in die Vergangenheit reisen, weil ich vieles schon so oder in ähnlicher Weise einmal gesehen habe. So sah es auch der von mir so geliebte Gottfried Benn. Doch geben mir Meer, Wolken und Dünensand immer wieder ein neues Bild.

Draußen regnet es wieder. Es ist alles so wolkenverhangen, so dunkel am Himmel, dass ich das Licht heute Morgen noch nicht ausschalten konnte. Halte mir die Daumen, dass es die kommenden Tage besser wird.

In großer Sehnsucht nach dem, was kommen wird,
Tillmann

Es war ein Abend, an dem er nicht gleich einschlafen konnte. Er ging auch sonst nie früh zu Bett, doch in dieser Nacht wurde es noch später. Vieles ging ihm noch durch den Kopf.

Es waren natürlich wie so oft, wenn er gerade eine E-Mail an Theres geschrieben hatte, seine Gedanken an sie.

Was macht sie gerade, ist sie mit Kommilitoninnen und Kommilitonen noch im Augustinerkeller in der Altstadt oder ist sie schon in ihrer Wohnung, erledigt sie noch Arbeiten fürs Studium oder sitzt sie, genauso wie ich, einfach da und hat ähnliche Gedanken? Vielleicht schläft sie schon.

Er dachte an seine bevorstehende Reise in den Norden und hoffte, dass es mit dem Regenwetter in den nächsten Tagen besser würde.

Doch da kam ihm auf einmal eine Idee, an die er vorher nicht im Geringsten gedacht hatte: *Tagebucheintragungen! Warum nicht?!*

Er sah er noch einmal zum Fenster hinaus. Draußen dämmerte der Morgen schon. Alles wolkenverhangen. Sichtlich müde legte er sich schlafen.

KAPITEL 15

Die Anreise zur Insel

Samstagmorgen. Der Intercity-Express hatte eine halbe Stunde Verspätung. Die Bahnhofdurchsage gab die Verzögerung wegen eines vom Sturm umgestürzten Baumes durch die Lautsprecher bekannt. Tillmann sah, wie sich in diesem Augenblick plötzlich alle Blicke der Wartenden auf den Lautsprecher richteten, aus dem die Mitteilung kam. Er sah nur sehr kurz hin, und es war mehr ein Reflex, der schon sofort nach dem lauten Knacken des Lautsprechers kam, und als der dann die ersten Worte aus seinem Gehäuse stieß, hatte Tillmann längst wieder eine andere Blickrichtung eingenommen, um nicht nur eine Sekunde länger dieses alte, verdreckte Ding anzuschauen. Er blickte zu den durchsichtigen Partien des großen Dachgewölbes. Er beobachtete, wie der Regen immer stärker wurde und bald mit einem gleichmäßigen Prasseln niederging. Schnell fand er Gefallen daran, weil er sich auf einmal vorzustellen versuchte, wie das wohl im Zeitlupentempo aussehen würde. Und je mehr er die Geschwindigkeit der Tropfen in seiner Vorstellung verlangsamte, umso näher sah er sich auf einmal als Betrachter diesem kleinen Schauspiel, bis er schließlich soweit war, dass er ganz deutlich wahrnahm, wie die Tropfen nach der Berührung der Glasoberfläche wie eine Krone auseinandergingen. Er sah, wie Hunderte gläserner Krönchen entstanden, wuchsen und wenig später auseinanderstieben.

Tillmann nahm die Verspätung des Zuges gelassen hin. Gut, er hatte keine Termine, bei denen es auf jede Stunde oder noch weniger ankam. Doch er hatte Verständnis mit denjenigen, die in zeitlicher Bedrängnis waren und nun immer unruhiger wurden. Der Mann im dunkelblauen Anzug, der in weißem Hemd mit grauer Krawatte und einem kleinen bordeauxfarbenen Aktenkoffer neben ihm stand, sah immer wieder ungehalten auf seine Uhr.

Er selbst kannte keine Hektik mehr. Seit der Beendigung seines Schuldienstes hatte er dem Begriff des Ruhestandes, diesem *Zustand der Ruhe*, eine größere Bedeutung, wenn nicht gar die höchste für sein weiteres alltägliches Leben eingeräumt.

Er hörte, wie am Gleis gegenüber die Türen zugingen. Der Schaffner hob die Hand, was ein erstes Abfahrtszeichen für den Zugführer war. Dann der Pfiff. Er stieg ein, es schloss sich die Zugtür. Der Zug fuhr ab.

Tillmann hatte das schon oft in seinem Leben gesehen, aber er sah es immer wieder gern. Überhaupt waren Bahnhöfe für ihn schon von Kindesbeinen an etwas Besonderes. Sie waren Orte des freudigen Wiedersehens, des traurigen Abschieds und einer unstillbaren Sehnsucht. Wie freute er sich schon als Kind, wenn er mit den Eltern am Bahnhof die Großeltern oder einen anderen lieben Verwandten abholen durfte. Wie traurig war er aber auch, als man den Besuch dann wieder zum Bahnhof brachte, wartend am Gleis stand und vor lauter Aufregung, der Zug könne in diesem Augenblick eintreffen, kein Wort mehr über die Lippen brachte. Die Erwachsenen griffen wie immer zu Floskeln, um die restliche Zeit noch irgendwie in angemessener Form zu überbrücken, und man selbst hatte als Kind nur Angst vor diesem kurzen, aber großen Moment des Abschieds. Am schlimmsten war es für ihn immer dann, wenn die betreffende Person schon im Zug war, das Fenster noch einmal bis zur Hälfte herunterzog, den Kopf hinausstreckte und winkte.

»Ich komme bald wieder« oder *»Bald kommt ihr auch mal zu mir, ich freue mich schon jetzt«* waren die letzten Worte, welche die Abreisenden den Zurückbleibenden noch zuriefen, als der Zug schon anfuhr.

Wir standen da und winkten und winkten, manchmal sogar mit dem frisch gebügelten Taschentuch, der Zug fuhr langsam los, und die aus dem Fenster winkende Person entfernte sich von uns immer mehr, wurde kleiner, dass man, bevor die Lok um die Kurve bog, nur noch eine Bewegung erkannte. Da sich in dieser Zeit aber viele Menschen noch lange zuwinkten, konnte ich am Ende gar nicht erkennen, welches die Hand unseres abreisenden Besuches war. Zuerst war ich immer traurig, als habe uns jemand für immer verlassen. Die Mutter tröstete mich dann, dass wir die Abgereisten bald wiedersehen würden. Einmal schaute ich meine Mutter lange fragend an. Als sie mich fragte, was denn los sei, da meinte ich, sie wisse doch gar nicht, ob wir den abgereisten Menschen wiedersehen. Sie schaute mich erstaunt und mit großen Augen an. Ich schwieg. Meine Mutter machte ein ratloses Gesicht, und sie tat so, als verstünde sie mich nicht. Dabei wusste sie, dass ich an den Tod dachte. Ich war damals noch in der Grundschule. Man redete viel über Gott. Aber über den Tod redete man nie. Man vermied es, über Derartiges zu reden, und wenn es einmal nicht zu umgehen war, weil der Tod ins Haus stand, weil er sich aufdrängte, dann ersetzte man das Wort Tod durch das Wort Himmel.

Ja, das waren meine Erlebnisse von Wiedersehen und Abschied am Bahnhof.

Tillmann war in Gedanken versunken. An diesem Morgen, kurz vor seiner Reise zur Nordsee, war der Bahnhof für ihn ein Ort, mit dem er die Sehnsucht verband. Verträumte Hoffnung und stilles Warten.

Tauben pickten an längst plattgetretenen Kaugummiresten. Er sah ihnen zu. Aus der Ferne von irgendwoher ertönte die Schiwago-Melodie. Er horchte auf, lauschte den Klängen, die aber nur bruchstückhaft und in Schüben zu ihm herüberkamen.

Um den Bahnhof pfiff der Wind. Doch das Heulen wurde bald von dem Intercity-Express nach Hamburg übertönt, der nun endlich einfuhr.

Als Tillmann wenig später an seinem Platz in einem Großraumwagen saß, waren die anderen drei Plätze an seinem Tisch noch leer; einer war reserviert ab Frankfurt. Als er durch das Fenster nach draußen blickte, sah er das Biegen der Weiden im Wind. Es war für ihn fast schon etwas, das er mit dramatischen Szenen auf Bühnen oder bei Dreharbeiten verglich. Die Böen bliesen durch das Geäst, in dem sich an mehreren Stellen die Weißbeerige Mistel als Wirtspflanze angesiedelt hatte. *Diese Schmarotzer!*, dachte er im ersten Augenblick. Doch als die Weiden wenige Sekunden später wieder aus seinem Blickfeld verschwunden waren, kam ihm erst sein in Schulzeiten abgelegtes Wissen wieder in den Sinn, dass die Mistel eine Heilpflanze ist, deren Mythologie vom Altertum bis zu den Kelten und Germanen zurückreicht und die schon damals ein Symbol der Fruchtbarkeit war und als ein Geschenk der Götter angesehen wurde. In der Vorweihnachtszeit, wenn die Blätter von den Bäumen gefallen waren und das kahle Geäst schon einsam, manchmal auch fast bedrohlich in den Himmel ragte, sah er es noch deutlicher. Da waren es keine Schmarotzer für ihn, sondern stille Begleiter des Baumes in einer kalten und lichtarmen Zeit. Als Kind verstand er die Mistel sogar manchmal als Vorboten des Frühlings und als Zeichen der Hoffnung. Er überlegte. Im nächsten Winter wollte er Theres eine Mistel schenken als Zeichen großer Erwartung. *Theres würde sich bestimmt darüber sehr freuen!*

Der ICE fuhr unter Brücken hindurch und passierte schon die Randgebiete der Vorstadt. Die Schrebergärten mit den Rosen und Blumenstauden trieften durch die Nässe des Regens, und es kam ihm so vor, als würden die Farben der Natur zerfließen und ineinander verlaufen, womöglich sich sogar miteinander vermischen. Wilde Brombeerhecken säumten das Niemandsland zwischen den Gärten hinter den Häusern und der Bahnlinie. Ihre Blüten wirkten auf ihn wie verlassene weiße Flecken inmitten eines Tiefdunkelgrüns. Er schaute hinaus auf Wohnblöcke mit Balkonen, auf Hauswände mit zugemauerten Fenstern, auf alte Steinhäuser, an deren Fensterläden schon die ganze Farbe abgeblättert und das Holz schon längst verblichen und brüchig war. Hinter der Stadt waren Vermessungsingenieure am Werk. In Regenkleidung standen sie da mit ihren Vermessungsgeräten und Fluchtstäben und kartierten die Gegend. Der Zug wurde schneller. Wiesen- und Weideflächen, Äcker mit jungem Getreide, von Schlehdornhecken umrahmt. Inmitten der Äcker immer wieder die Hage mit einer Baumgruppe, einem Unterstand oder einem abgestellten Jauchewagen, der erst wieder nach Ernte und Umpflügen zum Einsatz kommen würde. Tillmann schien es, als fliege die Landschaft an ihm vorbei. Hochspannungsleitungen durchzogen sie wie feine, scharfe Linien, und bei den Leitungen über den Schienen kam es ihm manchmal so vor, als würden sie den Himmel mit seinem dunklen Wolkengebräu zerschneiden. Dächer und Giebel von kleinen Dörfern mit dem Kirchturm wie ein Wächter in der Mitte, Obstbaumplantagen und Koppeln mit Pferden, die bei einer kleinen Birkenkolonie standen. Alles, was weiter entfernt lag, konnte er besser und länger sehen. Die Beifußgewächse an Stützwänden entlang der Gleise und die abgestorbenen Bäume mit olivgrünen Flechten, die nahe dem Bahndamm lagen, huschten in einer Unschärfe an seinen Augen vorbei, dass er ihrer gerade noch gewahr wurde. Doch die Flechten auf den Stämmen und Ästen erkannte er gar nicht mehr richtig.

In der Weite konnte er nichts mehr erkennen. Alles war vom Regen und dem Dunst der Wolken zu einem unscharfen Grau vermischt. Ein kleiner Bach floss, von einigen Pappeln umsäumt, durch das Tal.

Der Schaffner kam erst kurz vor Frankfurt. Es war ein freundlicher und ruhiger Mann mit weißen Haaren und einem kurz geschnittenen, weißen Vollbart.

Gegen halb neun Uhr lief der Intercity aufgrund seiner Verspätung erst im Frankfurter Hauptbahnhof ein. Er hörte das Öffnen der Zugtüren, sah die Menschen im Gewühl der Masse auf den Zug zuströmen. Er nahm sein Laptop und eine Flasche Cola light, die er noch am Bahnhof gekauft hatte, aus der Tasche, und wollte gerade mit seinem neu geplanten Tagebuch beginnen, als er eine etwas leiser klingende, weibliche Stimme hinter sich vernahm, bei der er den Eindruck hatte, als habe sie ihn direkt angesprochen. Er drehte seinen Kopf ein wenig nach rechts in Richtung Innengang und schaute nach oben.

»Guten Tag, ich habe hier gegenüber von Ihnen diesen Fensterplatz reserviert.«

»Guten Tag«, erwiderte Tillmann.

Sie stand da und sah ihn wartend an, was er anfangs nicht ganz verstand. Erst als er auf ihren Platz sah und erkannte, dass er bei seinem Kommen das Gepäck darauf gestellt hatte, reagierte er.

»Ja, natürlich, entschuldigen Sie bitte!« Er stand sofort auf, hob seinen Koffer und das Handgepäck hoch in die Gepäckablage.

Die junge Frau, die er höchstens Anfang zwanzig schätzte und die mittelgroß war, aber einen sehr hager wirkenden Körperbau hatte, stand still da. Ihr kurzer Rock bildete trotz seines zarten apricotfarbenen Farbtones noch einen starken Kontrast zu der Blässe ihrer Haut. Beim Platznehmen sah Tillmann ganz deutlich die Umrandungen ihrer Kniescheiben und den Ansatz der Gelenke. Zunächst war er vom ersten Anblick etwas geschockt, aber als er dann ein weiteres Mal hinschaute, konnte er diesem Eindruck doch ein gewisses Maß an Ästhetik abgewinnen, was ihn dazu verleitete, mit versteckten Blicken ein drittes und viertes Mal hinzusehen. Sie merkte es und lächelte still. Er erschrak und schaute verlegen hinaus. Die letzten Fahrgäste stiegen zu. Als er den Kopf wieder etwas nach rechts drehte, sah sie ihn noch immer an. Daraufhin bückte sie sich ein wenig nach unten und zog aus ihrer Tasche eine *Vogue*-Zeitschrift hervor, und Tillmann sah, wie ihr dunkles, fast schulterlanges, durch Mittelscheitel geteiltes Haar nach vorne fiel und die alabasterfarbene Haut ihres Gesichtes vollends bedeckte. Dann hob sie wieder den Kopf an. Es war ein wundersamer Anblick für ihn, als er sah, wie zuerst die helle Spitze ihrer Nase unter den dunkelbraunen Haaren hervorschaute, wie die Nasenflügel wieder hervortraten, sich das Haupthaar in beide Hälften teilte und wie sie es reflexartig mit beiden Händen von der Mitte ausgehend, so weit es ging, hinter die Ohren schob. Sie blickte kurz zu ihm rüber und blätterte in der Zeitschrift. Manchmal schaute sie überrascht auf, zog die Augenbrauen nach oben und schmunzelte leicht.

Tillmann wandte sich seinem Laptop zu und begann mit dem Tagebuch. Vorläufiger Titel:

Nordsee 2013 – Skizze einer Reise.

Samstag, 8. Juni:
Am Morgen bin ich schon kurz nach fünf Uhr aufgestanden, um noch in Ruhe zu frühstücken. Wenn ich gewusst hätte, dass mein Zug eine halbe Stunde Verspätung hat, hätte ich sogar kurz vor sechs Uhr aufstehen können. Aber das weiß man nie, und die Zufälle sollte man nicht in sein Denken mit einbeziehen. Oder doch?

Gibt es sie überhaupt, diese Zufälle? Wie oft ging mir diese Frage schon durch den Kopf! Wenn der Zufall etwas ist, was einem zufällt, dann ist es nichts Besonderes. Das Blatt vom Baum fällt mir auch zu. Das ist nichts Außergewöhnliches. Erst wenn es etwas Überraschendes, etwas Unerwartetes darstellt, wird das Zugefallene zum Zufall und gewinnt an Wert und Bedeutung. Es ist ähnlich wie bei einer Novelle, deren Inhalt ein unvorhergesehenes Ereignis, oder wie Paul Heyse es nennt, eine »unerhörte Begebenheit« in sich trägt.

Zufall ist aber nicht einzig etwas Schicksalhaftes oder Gottgewolltes, sondern wird auch durch einen selbst mitgeschaffen. Wenn mir in den Alpen beim Bergsteigen ein Stein auf den Kopf fällt, gibt es zweierlei Gründe: Der Stein, der sich aus irgendwelchen Gegebenheiten aus dem Felsen löste, und ich selbst. Denn wäre ich zu genau diesem Zeitpunkt an einem anderen Ort gewesen, hätte sich der Stein zwar im gleichen Moment gelöst, hätte mich aber nicht getroffen. Die Tatsache, dass er mich treffen würde, hätte also seinen zureichenden Grund.

Der Zug kam am Hauptbahnhof mit etwa einer halben Stunde Verspätung an. Abfahrt bei strömendem Regen. Es war so trüb und düster wie an einem Herbsttag, nur die Gärten waren in sommerlichen Farben. In Frankfurt ist eine junge Frau an dem Sitzplatz gegenüber von mir zugestiegen mit einem sehr schmächtigen, grazilen Korpus und einer alabasterweißen Haut. Ein wunderbarer Kontrast zu ihren dunkelbraunen schulterlangen Haaren! Sie liest in *Vogue* und schaut zum Fenster hinaus. In Frankfurt hat sie mich ganz lange angestarrt. Hat sie mich schon einmal gesehen oder habe ich einen Doppelgänger?

Kurz nach Fulda hat der Regen schon aufgehört, und es ist etwas heller am Himmel geworden. Die junge Frau ist zum Restaurantwagen gegangen und hat mich gebeten, auf ihr Gepäck aufzupassen. Wenn ich nicht da gewesen wäre, hätte sie dasselbe getan, denke ich mir. Warum hat sie mich gefragt. Einfach nur so?

Fahrt durch die Wetterau. Der Zug durchquert Marburg. Nächster Halt: Kassel-Wilhelmshöhe. Hinter den Lahnbergen klart es immer mehr auf. Das erste Blau schaut fleckenhaft am Horizont hervor, ich kann es kaum fassen!

Sie kommt zurück! Wie geschmeidig und graziös ihr Gang und diese ausgewogen feingliedrige Motorik ihrer Hüften! Sie bietet mir an, mich auch einmal zu bewegen. Ich nehme ihr Angebot an. Auf dem Rückweg über das Restaurant hole ich mir noch einen Cappuccino im Plastikbecher und bringe ihr auch einen mit. Ich unterhalte mich ein wenig mit ihr und erfahre, dass sie im Frühjahr das Abitur gemacht hat und auf dem Weg nach Hamburg ist, um dort die Schwester ihres Vaters zu besuchen. Im Herbst wolle sie mit dem Studium der Volkswirtschaft in Mannheim beginnen. Als ich ihr mitteile, dass wir aus derselben Gegend kommen, lacht sie kurz auf, sagt aber nichts mehr. Verstehe das Lachen nicht ganz. Aus Verlegenheit, weil sie nicht wusste, was sie sagen sollte, oder hatte sie einen anderen Grund?

»Als Kind wäre ich fast von der Rheinbrücke gefallen«, wirft sie plötzlich in den Raum, lacht schnippisch, und als ich sie entsetzt anschaue, lacht sie noch einmal und winkt mit der Hand ab.

»Alles Schnee von gestern, wissen Sie, Schnee von gestern. Dann dreht sie ihren Kopf zum Fenster zu, so als wolle sie dazu nichts mehr sagen. Ich bin noch immer erschrocken, konsterniert, aber ich schweige.

Wir beide schweigen. Sie schaut noch immer zum Fenster hinaus, dann lehnt sie ihren Kopf zurück an das Polster und schließt die Augen. Ich schreibe weiter in diesem Tagebuch.

Es ist kurz nach zehn Uhr. Bis Hannoversch-Münden das windungsreiche Fuldatal durchquert und ich sehe in der Ferne schon die alte, bekannte Brücke über die Werra. Die Bahn fährt durch ein landschaftlich herrliches Werratal, es treten immer mehr Sonnenstrahlen hinter den Wolken hervor und rücken die grauen Tage in ein neues Licht.

Tillmann schloss seine Eintragungen fürs Erste ab, trank den Rest seines Cappuccinos aus dem Becher und nahm dieselbe Position ein wie seine Nachbarin gegenüber. Er schaute sie an. Sie hatte die Augen noch immer geschlossen. Dadurch, dass es viel heller geworden war, trat noch deutlicher ihre zarte helle Haut hervor, die sich jetzt noch mehr von ihren braunen Augen und dem dunklen Haar abhob. Zwischen Kassel und Göttingen durchquerte der Zug viele Tunnels, und immer wenn er in einen fuhr, schien es Tillmann, als sähe er in der Spiegelung des Fensters, wie sie ihre Augen kurz öffnete und ihn anschaute.

Zuerst dachte er, es wären die Augen von Theres, die ihn aus dem Dunkeln beobachteten. Er erschrak zuerst bei diesem Gedanken, lachte dann jedoch im Stillen über sich selbst. Die hatte bestimmt schon eine Vorlesung hinter sich. Ihm war auf einmal klar, dass er sich geografisch immer weiter von ihr wegbewegte. Aber wie würde es erst sein, wenn sie im Spätsommer nach Griechenland fliegen würde. *Sei's drum*, dachte er, *was ist schon die Entfernung in einer Zeit, in der man zu jeder Stunde mit dem anderen global kommunizieren kann!* Er wollte Theres am Ende des Tages noch schreiben.

Die Nachbarin schlug die Augen auf und lächelte ihm zu.

»Ausgeruht?«, fragte Tillmann neugierig und so, als hätte er die vorhin gehörte Geschichte von der Rheinbrücke schon wieder vergessen.

»Ja, doch. – Wo sind wir?«

»Wir erreichen bald Göttingen.«

»Ah, ja. Danke.«

Sie nickte kurz mit ihrem Kopf und trank von ihrem Cappuccino. Als sie merkte, dass er bereits kalt war, stellte sie ihn zurück.

Nach Göttingen durchfuhren sie das Weserbergland, und Tillmann fand, dass die Bergrücken und die sanften Täler in einem harmonischen Verhältnis zueinanderstanden, was dem gesamten Anblick einen idyllischen Eindruck verlieh. Bei Northeim überquerten sie dann die Rhume, und man hatte vom Zug aus einen weiten Rundblick über die Seen, denen die weniger schönen Kiesabbauhalden folgten. Er las in einem Reiseführer über die nordfriesischen Inseln, und die junge Frau tat dasselbe in ihrer *Vogue*-Ausgabe. Beim Durchqueren des einige Kilometer langen Eschbergtunnels trafen sich ihre Blicke wieder einmal im Spiegel der Fensterscheibe. Jetzt merkten es beide und zeigten keine Scheu. Sie lachten.

»Wie heißen Sie eigentlich?« Sie blickte ihn mit einem spitzbübischen Lächeln an.

Er war sehr überrascht, denn er hatte mit dieser Frage nicht gerechnet. Noch ein bis zwei Stunden bis Hamburg, dann würde man aussteigen und sich kurz verabschieden auf Nimmerwiedersehen. Oder hatte sie etwas anderes im Sinn?

»Sie sind neugierig!« Tillmann lachte ein wenig verlegen.

»Das bin ich immer! Warum soll ich schweigen? Man sollte alles in seinem Leben erfragen und hinterfragen. Das habe ich mir schon in den letzten Jahren auf der Schule vorgenommen. Eine Antwort kommt nie von selbst, weil ihr stets eine Frage vorausgehen muss.«

Sie presste ihre Lippen etwas kritisch aufeinander, fuhr mit den zarten, schlanken Fingern über ihr Kinn und sah ihn wartend an.

»Ja, natürlich, man soll immer alles hinterfragen.« Er überlegte.

»Und? Wollen Sie mir ihren Namen nicht verraten?«

Er lächelte. »Warum möchten Sie ihn wissen?«

»Damit ich weiß, wer das war, mit dem ich am Samstagmorgen des elften Juni nach Hamburg fuhr. Oder soll ich für Sie einen solchen erfinden, Sie womöglich Person x nennen? Ich heiße übrigens Marlène Brinkmann. Sie können mich mit dem Vornamen anreden.«

»Marlène – der Name gefällt mir.« Er schmunzelte und nickte. »Ich bin ... Tillmann Lenz!«

»Darf ich Tillmann sagen?«

»Ja, natürlich.«

Er schaute etwas überrascht drein und überlegte, wie oft man sich in der kurzen Zeit, die man gemeinsam im Zug bis Hamburg verbringt, überhaupt noch mit dem Vornamen anreden würde.

Sie schien merkbar zufrieden und sah hinaus. Es tauchten Baggerseen auf, wo sich das Licht der Mittagssonne spiegelte. Dann das saftige Grün der Auen, denen der lange Regen gutgetan hatte. Tillmann merkte, dass ihr die Auelandschaften zusagten. Das gefiel ihm, und er fühlte sich sichtlich wohl.

Dass man während der Fahrt auf dieser Strecke nur einen kleinen Teil der Heidelandschaft wahrnahm, wusste er. Doch er hatte bereits mehrmals die Lüneburger Heide besucht, und was er jetzt im Vorbeifahren nicht sah, entnahm er der Vorstellung der Erinnerung. Vor Hamburg-Harburg hatte der ICE die Geschwindigkeit inzwischen von 200 Stundenkilometern um die Hälfte verringert. Er sah die Gegend langsamer und intensiver: mattgrüne Getreidefelder, die das helle Mittagslicht reflektierten, und Windräder, die nach seinem Geschmack noch nie in irgendeine Landschaft passten und nur einem praktischen Zweck dienten. Das Licht glitt über die Felder und schimmerte in dem Laub der Bäume, die immer wieder Teile der Bahnstrecke flanierten.

Es war Mittag, als der Intercity im Hamburger Hauptbahnhof auf Gleis 11b einfuhr.

Er hatte sich noch mit Marlène unterhalten, und spätestens hinter Soltau fiel dieser ein, die Adressen auszutauschen.

»Für den Fall der Fälle«, meinte sie mit einem süffisanten Lächeln, »man weiß ja nie!« Sie schob seine Visitenkarte in eine kleine Öffnung zwischen Knöpfen ihrer kurzärmeligen, sienafarbenen Seidenbluse. »Da geht sie bis heute Abend auf keineswegs verloren.«

»Und dann?«

»Dann sehen wir weiter.«

Tillmann schwieg dezent, aber es tat ihm gut, dass sie nach der Adresse gefragt hatte. Er empfand es als Bestätigung seiner selbst.

An den Gleisen sahen sie Züge ein- und abfahren: nach Flensburg, Rostock, zum Timmendorfer Strand. Sie gingen beide noch zusammen bis zur Eingangshalle. Kurz vor dem Ausgang blieb sie stehen und holte tief Luft.

»So, Tillmann, ich muss jetzt zur S 1.«

Er nickte.

»Die fährt von hier aus den Weg über die Landungsbrücken, Altona und Blankenese direkt nach Wedel, wo die Verwandten wohnen. Zuerst wollte mich der Onkel mit dem Auto hier an den Gleisen abholen. Doch sagte ich ihm, dass es mir lieber sei, mit der S-Bahn weiterzufahren, um mich ganz langsam wieder an meine Lieblingsstadt zu gewöhnen: den Bahnhof, die Menschen, die Landungsbrücken. Das begeistert mich jedes Mal aufs Neue, und wenn ich abgeholt werde, bin ich viel zu abgelenkt, um in Ruhe diese Eindrücke zu genießen.«

Sie schaute kurz durch das Hauptportal nach draußen, dann wieder zu ihm.

»Wann geht dein Anschlusszug ab?«

»In etwa einer halben Stunde.«

»Das ist ja nicht mehr so lange.«

Er nickte und sah zu ihr.

Es folgte eine kurze Umarmung.

»Tschüss, Tillmann!«

»Mach's gut, Marlène!«

»Vielleicht sieht man sich wieder!«

»Vielleicht!«

Sie winkte ihm noch einmal kurz zu, dann drehte sie sich um und verschwand mit ihrem Rolli nach draußen. Ein letzter Blick zu ihr, doch bestimmt dreimal so lang wie der erste, als sie am Morgen in Frankfurt zustieg. Noch einmal diese grazile Figur, ihr schmaler Körper mit den dünnen Beinen, die ihr ein solides Aussehen verliehen und gerade beim Gehen ihrem Wesen einen sportlichen Ausdruck gaben. Er sah, wie sie sich immer weiter entfernte, und als er gerade schon zu den Gleisen umkehren wollte, um mit dem Regionalexpress nach Elmshorn weiterzufahren und dann von dort mit der Nord-Ostsee-Bahn nach Niebüll weiterzureisen, sah er, wie sie sich plötzlich umdrehte und winkte. Er winkte zurück. Es ging jeder von beiden seinen Weg, und sie verschwand wie ein Punkt in der Landschaft.

Tillmann holte sich am Bahnhof noch ein Käsebrötchen und eine Limo, fuhr dann weiter über Hamburg-Elmshorn, von dort mit der Nord-Ostsee-Bahn bis Niebüll und dann bis Dagebüll. Was ihm nicht so behagte, war, dass jede dieser Fahrten mit etwa einer halben Stunde Wartezeit verbunden war. Warten machte ihm prinzipiell nichts aus. Doch wenn man eine lange Zugfahrt hinter sich hat und endlich sein Ziel erreichen möchte, wird man durchaus schon etwas ungehalten. Tillmann ging es ähnlich.

Als er schließlich in Dagebüll ankam, hatte er fast schon sein Ziel erreicht. Der Kurswagen Niebüll-Dagebüll, der zwei Wägen angehängt hatte, fuhr bequem durch das flache Land: Wiesen und Getreidefelder, große Flächen von Baumhainen. Am Himmel hatten sich die Wolken zu einer weißgrauen Dunstfläche zusammengezogen, und das Licht verlieh den Farben in der Natur ein mattes Ambiente, welches Tillmann sofort ins Auge fiel. Solche Stimmungen kannte er. Immer wenn sie auftraten, verspürte er Gefühle, die ihn an Mollklänge erinnerten, an die Melancholie und Beklommenheit von h-Moll-Tönen, in denen ein stilles Warten lag. Er dachte an die Sonate h-Moll von Chopin.

Der Wind war stärker geworden und wehte durch das Geäst und Blattwerk der Bäume. Schwalben umkreisten in ständigen Auf- und Abflügen die Bahn. Unruhiges Zwitschern aus den Bäumen. Die Dagebüllkirche. Der Glockenklang ihrer Turmuhr durchbrach mit seinem hellen Stundenschlag die Mittagsstille. Schafe neben einem Wärterhäuschen. Ein Mann mit seinem Hund an der Leine. Der Zug fuhr in *Dagebüll Mole* ein, die direkt am Hafen liegt.

Die Fähre der Wyker Dampfschiffsreederei (W. D. R.), die nach Wittdün auf Amrum fährt, lag schon im Hafen. Es war kurz vor drei. In einer Viertelstunde sollte das Schiff ablegen. Tillmann sah durch das Fenster hinüber. Eine kleine Schlange von Autos wurde noch eingewiesen. Einige Menschen kamen aus dem *Hafen-Bistro*. Tillmann stand auf und nahm sein Gepäck. Draußen wehten noch immer kräftige Böen, die westwärts vom Meer her kamen.

Die »Schleswig Holstein« legte in den Nachmittagsstunden an Dock drei im Hafen von Dagebüll ab. Einige Möwen umkreisten wie immer das Heck. Von da aus konnte man noch eine kleine dunkle Häusergruppe sehen, und rechts davon, vielleicht schon ein wenig abseitig, stand ein großes, quaderförmiges Haus, das aufgrund seines weiß leuchtenden Außenanstriches Tillmann sofort in Auge fiel, als er an der Reling stand und beobachtete, wie die Fähre sich immer mehr vom Land entfernte.

Als wir die Mole verlassen hatten, flogen die Möwen immer höher, bis keine mehr zu sehen war, schrieb er später auf Deck in sein Tagebuch.

Der Himmel gibt ein diesig hell verwaschenes Blaugrau von sich, das sich fast mit dem Graublau des Wassers vermischt, wenn nicht diese moosgrüne Linie des Horizontes wäre, die eine klare Trennung vollzieht. Der helle Schaum in der Fahrrinne wirkt wie eine Fährte, die dem Schiff folgt. Das Meer wird immer größer, der Himmel kleiner, und das Ufer mit dem dahinterliegenden Land ist fast nur noch ein Strich.

Er skizzierte die drei Ebenen in seiner Kladde.

Auf einer der weißen Bänke hatte er Platz genommen, das Laptop auf seine angewinkelten Beine gelegt und notierte:

Der Wind hat wieder nachgelassen und der Wellengang ist relativ ruhig. Ich sitze an Deck nahe dem Heck und sehe durch das Geländer die See. Es liegt ein beruhigendes Gefühl in mir, wenn ich auf dem Wasser treibe, und ich fühle mich, obwohl das gar nicht stimmt, direkt mit dem Meer der Erde verbunden. Es fühlt sich an, wie auf Händen getragen, und wenn das Schiff von einer leicht erhöhten Kuppe in das Wellental gleitet, kommt es mir vor wie in Kindheitstagen, als der Vater mich auf dem Arm hielt. Ich spüre es, wie seine kräftigen Arme und weiten Hände meinen kleinen Körper tragen, wie sie ihn heben und wieder senken, wie sie mich wiegen von der Höhe in die Tiefe, immer wieder, ich lache. Und wenn er mich ganz weit hoch hält, verstummt plötzlich meine Stimme, weil die Spannung steigt, weil ich weiß, es wird etwas kommen. Ich blicke ihn von oben an und schmunzele voller Erwartung. Dann lässt er plötzlich seine Arme, die mit den Händen meinen Körper immer noch fest umschließen, nach unten fallen. Ich erschrecke, schreie, wie ein Kind schreit, wenn es sich freut, und ehe ich mich versehe, hält er mich schon wieder auf Brusthöhe hoch, drückt mich leicht an sich, wir lachen. Wenn ich die Wellen hier spüre, wie das Schiff niedergleitet, kommt es mir vor wie damals, als ich lachte und schrie: »Nochmal, nochmal!«

Die See ist mäßig, doch ich spüre die Wellentäler, ich fühle, wie ich falle, und manchmal, da scheint es mir, als würde dieses Fallen kein Ende nehmen. Es fühlt sich nicht mehr so an wie in den Armen des Vaters. Denn es ist keiner mehr da, der mich hält. Das Schiff trägt mich, ich höre, wie die Wellen gegen den Kiel schlagen. Sie nehmen mich mit auf einen kleinen Teil ihrer großen Reise, die begrenzt ist, aber niemals ein Ende findet. Ich werde getragen wie Jona einstmals vom Wal. Es ist so schön, wenn man empfindet, wie man mit der Zeit gleitet, mit ihr und irgendwann aus ihr hinaus. Erst wenn man sie verlässt, ist man gänzlich frei. Ob das glücklich macht, weiß ich nicht, manchmal wage ich es sogar zu bezweifeln. Denn wir sind die Akteure eines Stückes, das sich Leben nennt, und die Zeit führt uns durch unser Dasein von den Jahren des Frühlings über die der Erkenntnis und Reife, der Stille und Einkehr bis an den Rand unserer Tage.

Tillmann saß allein auf der langen, weißen Bank an Deck. Die meisten Passagiere waren schon in die Innenräume der Fähre gegangen. Nur hier und da sah man noch Leute stehen: Pärchen, die noch einen abgelegenen Ort suchten, um ungestört Zärtlichkeiten auszutauschen, oder ältere Menschen, die das alles so in sich aufnahmen, als ob sie so sehr wie noch nie am Leben hingen und jeden Augenblick so tief in sich aufnehmen wollten, als wenn er zu ihren letzten gehören würde. Ein schon sehr betagter Mann stand über eine halbe Stunde an eine Wand angelehnt hinter der Reling und schaute über die See. Tillmann hatte es die ganze Zeit schon unbewusst wahrgenommen, aber richtig aufgefallen war es ihm erst vor Kurzem.

Der Kapitän gab durch den Lautsprecher zu verstehen, dass man bei klarem Wetter schon längst Amrum deutlich sehen könne, dass aber heute aufgrund der Witterung nur grobe Konturen der Insel zu erkennen seien. Tillmann sah die Umrisse. Die Fähre hatte gerade die Hälfte der Fahrzeit hinter sich. Er stand auf und machte mehrere Rundgänge an Deck. Dabei dachte er an Theres, an sie und seine Zukunft mit ihr.

Wie schön können die Tage werden, wenn wir uns richtig kennengelernt haben, wie herrlich die Wochen und Monate, die darauf folgen, wie schön die Zeit, die danach kommt und uns mit der Liebe trägt!

Eine Möwe kreiste achtern weit über die Höhe der Fahne hinaus, flog auf Backbordseite bis vor den Bug, stieg plötzlich auf, verschwand und glitt dann unvermutet und fast jählings an Steuerbord wieder in die Tiefe.

Vielleicht ist sie ein Bote mit einer verborgenen Nachricht von Theres.

Eigentlich wusste er, dass ein solcher Gedanke nicht mit der Realität zu vereinbaren war. Er dachte wieder an den Zufall. Sicher, es war möglich, dass Theres in demselben Augenblick an ihn dachte, als die Möwe soeben erschien und ihre Schau präsentierte. Hat das Eine etwas mit dem anderen zu tun? Er glaubte es nicht. Er sah auf seine Armbanduhr. Halb fünf. In einer halben Stunde würde das Schiff anlegen.

Er ging an seinen Platz zurück und wollte noch einige Worte an Theres schreiben. Nicht viele, aber es sollten die ersten von seiner Reise sein, die ersten, die er hier an Bord schrieb.

Er überlegte, sah über die Reling auf das Meer.

8. VI.

Hallo Theres,
wie schön ist es, zwischen Himmel und Wasser zu treiben, und zeitweise rundherum nur das Meer. Wo ich auch über die Reling schaue, sehe ich als Horizont nur noch eine dünne feine Linie, die sogar fast schon mit dem Firmament in der oberen und mit dem Ozean in der unteren Hälfte verschmilzt. Der Horizont zeigt mir die Weite, derer ich sonst kaum gewahr werde und lässt mich einen Teil dessen erkennen, was Perspektive im weiten Winkel ist. Ich strecke meine Arme nach beiden Seiten aus und möchte sie fassen, doch es geht nicht. Ich müsste zur Säule werden mit Augen rundum. Ich strecke meine Arme trotzdem aus, und ich spüre, wie der Wind dich zu mir trägt und unsere Fingerspitzen sich berühren. Gegen halb

fünf zog eine vereinsamte Möwe Kreise um die Fähre, und ich dachte auf einmal an dich.

Ich bin schon seit dem Morgen unterwegs, zuerst mit dem Intercity bis Hamburg und dann mit Nahverkehrsbahn und Schiff weiter zu meinem Ziel: Amrum.

Regnet es bei dir immer noch? Bei mir zu Hause regnete es in Strömen, und erst hinter Kassel klarte es dann auf, und ich fuhr in schönes Wetter. Am Nachmittag zog sich der Himmel über der Nordsee dann ziemlich zusammen, und ich befürchtete ein Unwetter. Doch seit ich auf See bin, haben sich die dunklen Kontraste der Wolken mit den hellen zu einem diesigen Grau vermischt, das man schon gar nicht mehr recht zuordnen kann. Das käme öfters hier vor, hörte ich, und am anderen Morgen kann es schon wieder vorbei sein. Ich kenne das schon von früheren Aufenthalten an der Nordsee.

Amrum, das man vor einiger Zeit in dem Dunst kaum erkennen konnte, liegt schon nahe vor mir.

Wir werden bald am Fähranleger des Wittdüner Hafens anlegen. Ich muss dann mit einem Bus weiter nach Norddorf, der nördlichsten Ortschaft der Insel, wo ich in einem Landgasthof ein Zimmer habe mit dem Blick über Dünen und Strand bis zum Meer.

Heute Abend schreibe ich dir wieder, Theres. Wir legen gleich an. Vorhin dröhnte schon das Nebelhorn.

Bis bald,
Tillmann

Ein Poltern und Rumpeln ging durch die Fähre. Das Tau wurde geworfen und von Hafenleuten am Kai befestigt.

Am Hafen stand bereits ein Bus, der vom Fähranleger Wittdün bis nach Norddorf Mitte fuhr. Tillmann konnte gerade noch einsteigen, als der Fahrer schon losfuhr. Der Bus hatte nicht viele Fahrgäste, sodass er wie im Intercity auch hier wieder sein Gepäck auf zwei leere Plätze vor sich hinstellte. Er schaute nach draußen westwärts und merkte, dass es am Horizont ein wenig aufgehellt hatte. Obwohl der Dunst der Wolken noch immer den Himmel bedeckte, schien es ihm so, als wäre er an manchen Stellen schon etwas lichter geworden, und die Spätnachmittagsstimmung ließ einen leicht bronzenen Farbton durch das Gewölk schimmern. Das Fahrzeug fuhr die Inselstraße entlang, und von seinem Platz aus konnte er auch den Leuchtturm sehen. Die Strecke verlief des Öfteren durch eine Waldgegend, die vor allem aus Kiefern und Fichten, manchmal auch aus Birken bestand. Dazwischen immer wieder Besenheide und Krähenbeere, die mit ihrem dunklen Grün eine gewisse Melancholie verbreiteten, was durch die trübe Stimmung des Tages noch eine Intensivierung erfuhr. Wie er wusste, war das Ganze früher fast ausschließlich eine Heidelandschaft. Erst seit den Vierzigerjahren des letzten Jahrhunderts hatte man mit der Aufforstung begonnen.

Tillmann sah die ganze Zeit hinaus. Es kamen die Felder, auf denen der Raps noch in voller Blüte stand. Obgleich es kein sonniger Tag war, ging von den Blüten immer noch ein gedämpftes Leuchten aus, ein eindringliches Gelb, das auf ihn schon bildhaft wirkte, wenn er über die Landschaft sah. *Wie wird das faszinieren in sonnigem Licht!* Er blickte noch eindringlicher hin und vernahm so etwas wie den Atem der Wolken.

Wildkaninchen saßen auf den Weideflächen, und als der Bus in ihre Nähe kam, wurden sie durch das ratternde Geräusch aufgeschreckt und hoppelten davon.

Von der letzten Haltestelle bis zu seinem Zimmer im Landhaus »Meeresblick« war es nicht mehr so weit, und er konnte seinen Koffer mit dem Handgepäck angemessen tragen. Er ging den Fleegamwai (»Weg nach Fleegam«) runter bis an die Ecke, wo die Anliegerstraße Dünemwai (»Weg in die Dünen«) endete. Von hier aus hörte er ganz deutlich das Rauschen des Meeres und vereinzelte Möwenschreie. In seinem Innern stieg die Erwartung noch höher an, als sie die letzten Stunden oder Tage schon war.

Der Gang zum Balkon war das Erste, was er tat, nachdem der Wirt ihn sehr freundlich willkommen geheißen und Dominik, der Angestellte, sein Gepäck nach oben gebracht hatte.

Welch ein herrliches Gefühl das ist! In dieser Luft mit ihrer Frische mit dem Blick über die Dünen zum Meer. Er atmete tief ein. Dann schloss er kurz die Augen, um einzig die Geräusche der See, den leichten Wind und das Schreien der Möwen zu hören. Dabei war Letzteres bestimmt nicht aufdringlich, sondern es hallte für ihn wie ein Echo aus der Ferne. Sanft und beruhigend. Er setzte sich auf einen der beiden Stühle, die an dem Tisch hier draußen standen. Der ganze Balkon war einige Meter lang, aber durch eine Trennwand in zwei Hälften unterteilt, wobei die andere zu dem Nachbargästezimmer gehörte. Ob derzeit sich jemand dort aufhielt, wusste er nicht. Draußen sah er jedenfalls niemanden. Der Balkon wirkte ziemlich neu und war an den Wänden und der Brüstung mit hellblauem Holz eingefasst. Es war ein großer vorspringender Erker, der, wie das ganze Haus, mit Reet bedeckt war. Schon als Tillmann bei seiner Ankunft das Haus sah, machte es auf ihn den Eindruck als wäre es neueren Datums oder zumindest vor nicht allzu langer Zeit restauriert worden. Letzteres hielt er nach seinem Gefühl für am wahrscheinlichsten. Schon die Ähnlichkeit zu den Nachbarhäusern ließ ihm diesen Schluß zu.

Er saß da und dachte schon an den nächsten Tag. Und an Theres. Vor dem Zubettgehen wollte er ihr noch kurz schreiben. Er packte aus, setzte alles geordnet in den Schrank und machte sich im Bad frisch. Dann ging er hinunter ins Restaurant zum Abendessen.

Ein älteres Ehepaar saß an einem Tisch an der Fensterfront und trank noch den letzten Rest aus den Gläsern. Sie standen auf und grüßten. Tillmann grüßte zurück. Er nahm an einem der beiden anderen Fenstertische Platz und schaute nach draußen. Über den kleinen Biergarten, über den Weg und die mit Seegras bewachsenen Dünen bis zum Strand und den auslaufenden Wellen. Es war viel heller geworden als in der Mittagszeit, doch er sah an der goldgelben Tönung am Horizont, dass es Abend wurde. Der Himmel über dem Horizont lichtete sich. Anfangs nur zögerlich, es war nur ein Strich, der sich aber bald zu einer Fläche nach oben ausweitete und die Wolken immer weiter wegschob.

Der Chef kam, hieß ihn noch einmal herzlich willkommen, während Dominik lächelnd am Tresen stand.

Tillmann ließ sich die Karte geben, und er bestellte sofort eine Amrumer Fischplatte und ein Jever Pilsener. Es kamen immer vereinzelt neue Gäste hinzu, die einen direkt aus Norddorf, die anderen, um ihre Strand- und Wattwanderungen mit einem genussreichen Abendessen abzuschließen. Vom Wasser kam niemand; denn zum Baden war es noch ein wenig zu kühl nach diesen Regentagen. Tillmann sah wieder hinaus. Er spürte die Abendsonne im Westen, aber die Wand der Wolken war noch zu dick, um ihre Strahlen durchzulassen. Er hoffte auf morgen und verzehrte in Ruhe seine Mahlzeit.

Nach dem Essen hielt er sich nicht mehr länger in dem Lokal auf, sondern ging gleich nach draußen, um noch einen Abendspaziergang zu machen, die frische Seeluft zu genießen und die neue Atmosphäre mit Entspannung und Muße in sich aufzunehmen. Er schlug einen kleinen Bohlenweg bis zum Risamwai ein und ging diesen in Richtung Nordspitze weiter. Der Mensch hatte sich mit diesen Bohlen einen bequemen Weg durch die Natur geschaffen. Von anderen Wanderungen her war Tillmann das nicht gewohnt. Er fand es bequem, und er spürte: *Man geht in die Landschaft hinein.*

Die Dünen, über die und zwischen denen der Weg führte, waren an vielen Orten bewachsen mit Heidekraut und Kiefern. Die zierlichen Birken, von denen er auch mal die eine oder die andere sah, erinnerten ihn an Gemälde der Worpsweder Künstler. Obwohl es in der Nacht noch geregnet hatte, strömte von den Stämmen der Kiefern wieder ein zarter Harzduft aus. Tillmann roch den Sommer. Irgendwann lichtete sich der bewaldete Weg wieder und gab dem Betrachter einen Blick frei in die Weite über Land und Meer, ein Blick in die Ferne, den diese mit Tiefe füllte. Die Einfachheit und vielleicht sogar auch ein wenig die Strenge der Landschaft barg in sich für ihn etwas Ursprüngliches, und diese Ursprünglichkeit war es auch, die ihn ein wenig der Gegenwart, dem Jetzt entzog. Das Hier spürte er, aber die Zeit war Tillmann entschwunden. Er stand da und lebte nicht mit der Zeit. Er stand über ihr, und eine neue Welt lag vor ihm. Nicht weil er diese Gegend noch nicht gesehen hätte, sondern weil er sie mit anderen Sinnen sah, als er dies bisher getan hatte. Er schaute über die dunkelgrünen Dünen, aus denen hin und wieder helle Stellen des Sandes hervorschimmerten. Das Rauschen des Meeres konnte er von dem Ort, wo er gerade stand noch nicht hören. Nur die Geräuschkulisse der Seevögel durchbrach die Stille. Doch sie war es auch, die ein Teil dieser Natur ist und diese Stimmung mit trägt. Er fühlte sich allein auf der Welt, nicht einsam, sondern inmitten des Lebens, aber ohne die Menschen.

Kann man ohne die anderen Menschen leben?

In dem Gedanken vermischten sich Sehnsucht und Angst. Es war das Sehnen nach Ruhe und die Befürchtung, irgendwann ganz allein gelassen zu werden. Ein Fasan überquerte vor ihm die Bohlen. Tillmann war erstaunt darüber, dass dieser keine Angst hatte. Kannte der die Menschen, war er das gewohnt oder war Tillmann für ihn einfach ein Stück der Natur?

Der Weg war bald zu Ende und führte direkt zum Strand, der dort aber schmal war. Er sah das Restaurant am Strand, das nördlichste von Amrum. Zu der Odde, dem Naturparadies und Vogelschutzgebiet der Insel, wollte er in den nächsten Tagen gehen. Er ging zum Strand und sah, wie die Wellen im Sand verliefen, er sah den Saum der Flut, und er roch das Meer, das Salz und den Tang. Eine Silbermöwe zog vom Wasser her und drehte spähend ihre Kreise. Muscheln wurden angespült. Er hob eine auf, betrachtete sie und steckte sie in die Hosentasche. Vielleicht für den Schreibtisch. Oder ein Mitbringsel für Theres.

Er dachte wieder an sie. Er lebte in der Zeit. Womöglich würde er mit ihr eines Tages über der Zeit leben. Er ging in zügigerem Schritt durch den Kniepsand in Richtung Hotel. Die ersten Eindrücke hatte er für Theres mitgenommen. Er wollte ihr gleich, wenn er auf seinem Zimmer sein würde, schreiben. An der Kaffeebar ließ er sich noch einen Cappuccino machen und nahm ihn mit nach oben.

Vom Balkon aus konnte er richtig sehen, wie der Abend ins Meer fiel. Er nahm sein Laptop und seine Tasse, setzte sich damit nach draußen und machte das Licht an.

Es wurde dunkel, als er schrieb, seine Worte lösten sich von ihm und glitten dahin.

8. VI.

Hallo Theres,
wie schön ist es am Meer, hier auf der Insel, weg von der Welt.

Die Sonne ist gerade ins Meer gefallen, ich habe sie schon gesehen, auch wenn das Firmament noch ein wenig verhangen ist. Ich sitze hier im Freien vor meinem Zimmer und schnuppere die Seeluft, ich rieche die Freiheit.

Tillmann wollte weiter schreiben, als er plötzlich sah, dass Theres ihm schon vor einer Stunde geschrieben hatte. Er hielt plötzlich ein, holte tief Luft, speicherte seine begonnene Mail schnell als Entwurf ab und öffnete ihre Zeilen:

Samstag, 8. Juni

Hi Tillmann, mein Süßer,
so darf ich dich doch bestimmt nennen, auch wenn deine Lippen von den Brisen der Nordsee bestimmt schon ein wenig versalzt sind!

Deine Mail vom Schiff ist schon längst bei mir angekommen. *Thanks for all!* Jede Zeile von dir freut mich, Till, wirklich jede Zeile. Wenn ich sie lese, meine ich immer, du würdest gerade zu mir reden, und wenn ich dich noch ein zweites und drittes Mal hören will, lese ich sie wieder und wieder. Wie eine Tonaufnahme, die man abspielt. Jedes Mal spüre ich mehr deine Nähe. Immer mehr, verstehst du. Es ist egal, wo du jetzt bist, du bist einfach bei mir, hier neben mir. Am Tisch, auf der Couch, im Garten, bei mir auf der Fahrt im Auto oder hier neben mir auf dem Bett, wo ich gerade liege – manchmal spüre ich dich ganz nah. Und dann kann ich manchmal nicht schlafen.

Ich denke an dich und höre das Meer dabei rauschen. Du, Till, das ist wirklich so! Ich nehme einfach das Gehäuse der großen Meeresschnecke, die hier auf meinem Schreibtisch liegt und halte sie an eines meiner Ohren, und ich höre sofort das Rauschen. Aber das kennst du bestimmt, das ist bekannt. Woher dieses Rauschen kommt, weiß ich trotzdem nicht. Vielleicht kannst du es mir sagen.

Heute war ich fast den ganzen Tag in der Seminarbibliothek und habe über den Sekundenstil von Arno Holz' Stück *Papa Hamlet* recherchiert. Sehr interessant, kann ich dir sagen! Wie dieser Autor es versteht, die Geräusche eines Augenblicks als Momentaufnahme in Worte zu übertragen. Da hörst du jeden Tropfen beim Aufklatschen, und der Augenblick bleibt plötzlich stehen und kann so lang werden. Vieles überhören und übersehen wir, wir lassen es einfach passieren. Wir nehmen uns viel zu wenig Zeit, weil man uns nicht lässt.

Ich nehme sie mir jetzt und denke an dich – irgendwo am rauschenden Meer.

Betört vom Rauschen,
Theres

Tillmann war sichtlich beeindruckt von ihren Zeilen und wusste anfangs nicht, was er schreiben sollte. Er stand auf, ging zur Balkonbrüstung und blickte in Richtung Strand. Er sah, wie die Nacht dem Tag das Licht entzog. Nur ein Schimmer war noch am Horizont zu sehen. Eine seltsame Stille legte sich über ihn und ließ den Augenblick zum Erlebnis werden.

Später schrieb er Theres von dieser Stille und ihrer Macht. Von dem Augenblick, der in kurzer Zeit einen kleinen Ausschnitt des Tages zu einem großen Ganzen werden lässt. Er schrieb ihr von der *Zeit*, und wie kostbar sie für ihn sei, von der *Begrenztheit des Lebens* und von den Tagen und Jahren, die noch kommen werden, und dann, wenn sie da sind, so schnell an uns vorbeifließen.

»Eigentlich«, so schrieb er Theres,

verändert die Zeit niemals ihre Geschwindigkeit. Wir sind diejenigen, welche die Zeit nicht mehr wahrnehmen, weil wir sie mit Alltäglichkeiten füllen, von denen die meisten für das Leben bedeutungslos sind. *Das Wesentliche vom Unwesentlichen zu trennen ist dabei die Aufgabe, die sich uns jeden Tag aufs Neue stellt.*

Dass du die Meeresschnecke an dein Ohr hältst, das Rauschen dir anhörst und dieses mit meinem Aufenthalt hier verbindest, ist ein Teil deiner Lebenszeit. Du hörst das Rauschen, und dieses Rauschen verbindest du sinnierend mit mir hier am Meer. Mit diesem Akt der Freiheit erhebst du dich über das alltägliche Getriebe, das uns zu verschlingen droht. Die Gedanken deiner Eigenständigkeit sind es, die dich immer wieder mit auf die Reise nehmen.

Der Tag war lange heute, Theres, und mir fallen schon bald die Augen zu. Ich atme die Seeluft, die von drüben her kommt, tief ein. Ich denke an dich.

Zu später Stunde,
Tillmann

KAPITEL 16

Dieses irrsinnige, weite Land!

Der zweite Tag auf der Insel.

Tillmann notierte in seinem Tagebuch:

9. VI. (Sonntag)

Ich weiß nicht, wie es dazu kam, dass ich Koffer und Handgepäck seit meiner Ankunft die ganze Zeit unangerührt in meinem Zimmer stehen ließ. So etwas ist mir noch nie passiert. Eigentlich erledige ich das immer ziemlich bald nach meinem Eintreffen in dem Hotel. Das ist einer der vielen alltäglichen Riten, die man von Kind auf beigebracht bekommt oder die man sich mit der Zeit selbst aneignet. Sie sind Teil der Regelmäßigkeit, die uns das Leben auferlegt und in die wir, wenn wir nicht bewusst dagegen angehen, unwillkürlich mit hineingezogen werden. In meiner Zeit als Lehrer ging alles nahtlos ineinander über. Erst seit einigen Wochen, ja vielleicht auch schon Monaten, verspüre ich etwas in mir, was sich diesem Richtmaß entgegensetzt.

Gewiss brauchen wir ein Ordnungsprinzip, mit dem wir in der Öffentlichkeit kooperieren müssen, aber muss diese Planmäßigkeit bis in das Innerste meines privaten Lebens dringen? Bis in den Winkel eines Zimmers, bis auf das Bett, bis in das Tagebuch? Nur für den, der es möchte! Möchte ich es? Eigentlich schon – ich weiß es nicht.

Ich habe es eben vergessen, und alles noch heute Morgen erledigt, als ich aus dem Bad kam. Der Koffer steht in einer Ecke neben dem Schrank; dann hat es das Zimmermädchen leichter.

Beim Frühstück fragt mich der Besitzer des Hotels, ob ich die Sonne mitgebracht habe. Ich weiß nicht, wie er sich das vorstellt, und lache. Fünf Tage habe es hier im Norden fast ununterbrochen geregnet und die Wasserpegel am Hafen und einigen anderen Stellen seien schon in kritische Höhen gerückt, und nun dieses Wetter: blauer Himmel und ein klarer Blick bis zum Horizont. Er zeigt bis zum Meer. Ich schaue hin und nicke. Es ist wirklich eine vollkommen klare Sicht an diesem Morgen.

Nach dem Frühstück bin ich auf mein Zimmer gegangen und habe den Fernseher angemacht, um mich abzulenken. Für kurze Zeit gelingt mir das. Ich scrolle mich mit der Fernbedienung durch sämtliche Kanäle, die man hier auf der Insel erreichen kann, und immer wenn ich wieder an dem Ausgangspunkt angekommen bin, und das Ganze von vorne beginnt, sträube ich mich, das Ganze von vorne zu beginnen.

Als ich zu dem Schluss komme, dass die Regel das Unvollkommenste ist, was der Mensch geschaffen hat, weil sie auf nichts weiter als einem subjektiven Dafürhalten aufbaut, erst dann kommen diese Gedanken zur Ruhe.

Das Meer schafft in mir den Ausgleich zu diesem Gemenge unnötiger Gedanken im Kopf. Mein erster Morgenspaziergang am Strand ist ein Fließen. Ein Fließen meiner Gedanken in der Strömung des Wassers. Ich habe meine Sandalen ausgezogen und neben einen großen Kiesel gelegt. Auf dem Rückweg kann ich sie wieder anziehen, denke ich mir, und genieße es, wie das Wasser meine Füße beim Gang umspült und die ihre Spuren im Schlick des Kniepsandes hinterlassen.

Heute Mittag, während ich diese Aufzeichnungen schreibe, fühle ich noch immer diesen Augenblick: Mein Fuß geht mit dem Schritt nach vorne, berührt auf einmal die auslaufenden Wellen, dieses kühl erfrischende Nass des Meeres, und dringt mit den Zehen so weit ein, dass diese vom Sand schon bedeckt werden. Am liebsten würde ich so bleiben oder noch tiefer sinken, noch tiefer und kühler. Aber mein Schritt hat seinen Rhythmus, seine Norm, die tief in ihm steckt. Die gibt den Befehl. Der Fuß hebt sich wieder hoch aus dem Sand, bevor dann Wasser und Wellen das neu geschaffene Bild des Abdruckes wegspülen.

Die einzige Beständigkeit sei der Wandel, hatte Horaz schon gesagt.

Tillmann stand von seinem Platz am Schreibtisch auf und überlegte. Er ging im Zimmer auf und ab.

Er stellte sich vor, wie er am Heck eines Schiffes steht und die Vergangenheit wie kleine Kiesel ins Meer wirft. Nur die über Theres und wenige andere würde er aufheben und in die Zukunft werfen. Von Theres? Die hatte er doch noch nie gesehen! Lediglich seine Vorstellung war es, wie er sie sich vorstellte.

Die Bilder kamen und gingen, kamen wieder und verschwammen immer mehr vor seinen Augen.

Am Nachmittag holte er sich ein Fahrrad. Der Hotelbesitzer hatte auf seinen kleinen Fahrradverleih, der gerade mal aus sechs Fahrrädern bestand, aufmerksam gemacht, und Tillmann konnte dabei natürlich nicht Nein sagen. Er mietete es sofort für drei Wochen. In der Hauptsaison seien sie immer verliehen. Jetzt aber standen noch vier zum Verleih frei. Das eine Fahrrad, so ergänzte der Hotelier, habe eine Frau Anfang dreißig sich geliehen, sie stamme aus Köln und sei erst seit vier Tagen hier. Alleinstehend, fügte der Hotelier hinzu, sie sei alleinstehend, und er schmunzelte derart neckisch, wie Tillmann dies von Norddeutschen im Grunde nicht gewohnt war. Er selbst hatte sie jedenfalls noch nicht gesehen. Sie sei viel mit dem Fahrrad unterwegs, fuhr der Hotelier fort, und einmal, da habe er sie am frühen Morgen, als er gerade im Bad beim Rasieren war, auf dem Weg zu den Dünen gehen sehen. Außer dieser jungen Frau, die ihn sehr an *Effi Briest* erinnerte, seien nur noch zwei ältere Ehepaare da; ein junges Ehepaar mit Kleinkind sei am Wochenende schon abgereist.

»In den großen Ferien wird wieder alles voll sein!«

Tillmann nickte, doch er hatte letzteren Satz gar nicht richtig vernommen. Er dachte vielmehr an das, was der Besitzer davor gesagt hatte: Dieser verglich den weiblichen Gast mit *Effi Briest*. Der muss wohl literarisch etwas bewandert sein, war sein erster Gedanke, oder er hat sie im Film gesehen. Doch dann räumte er zu seinem eigenen Verständnis selbst ein, dass vielleicht Theodor Fontanes Roman *Effi Briest* den Menschen hier in der nördlichen Gegend Deutschlands eher geläufig ist, zumal Effis Mann, der Baron Geert von Innstetten, wahrscheinlich aus Ostfriesland stammte. Tillmann bedachte dies, auch wenn die Handlung jener Geschichte im früheren Hinterpommern und in der Mark Brandenburg spielte.

Mit dem Fahrrad fuhr er an seinem ersten Tag nach der Ankunft auf Amrum auf dem alten Wirtschaftsweg, der an der Ostseite der Insel von Norddorf über Nebel und Süddorf bis nach Wittdün führte. Er durchquerte die noch grünen Weizenfelder, passierte die Pferdeweiden und fuhr auf einem herrlichen Radweg vor allem durch den Wald der Insel, die von allen Nordseeinseln am reichsten bewaldet ist. Er fuhr langsam und entspannt auf dem Weg. Rechts von ihm waren die Bäume, hier vor allem Kiefern, und links eine große Heidefläche, die erst im Spätsommer zur Blüte kam und die immer wieder, vor allem am Wegrand, von kleinen Gruppen junger Weiden, Hundsrosen und Brombeerhecken unterbrochen wurde. Irgendwann wurde der Fahrweg ein wenig enger, und nun flanierten auf beiden Seiten die Bäume den Weg: Es waren Buchen, dann in unregelmäßigem Wechsel vor allem größere Kiefern, die besonders in ihrer Breite auf Tillmann wirkten, in der Spannweite ihrer Äste und Zweige, welche immer ein wenig in dem leichten Wind wiegten, der vom Meer her kam. Er fuhr mit großer Muße, um dieses Lichtspiel der Blautöne am Mittag zu erleben. Mit dem Wogen der Nadeln an den Zweigen gerieten diese in eine Unschärfe, welche die verschiedenen Nuancen der mattblauen Farbtöne ineinander verschmelzen ließen und sich immer wieder mit dem dunklen Grün der Heide verboanden. Die Holundersträucher standen in voller Blüte und verströmten einen besonderen Duft, den Tillmann schon aus Kindertagen kannte. Immer, wenn er danach gefragt wurde, konnte er ihn nicht beschreiben; auch heute nicht. Er atmete ihn ein und genoss es. Von den Kiefern her roch man das Harz. Kurz vor dem Ende einer Lichtung sah er eine Gruppe von Birken, deren Laub für ihn – fast schon so wie bei der Espe – ein beherztes Schillern von sich gab und die ihn an Gemälde der Paula Modersohn-Becker aus Worpswede erinnerten. Er sah jene *Drei Birken* und dachte an das Mädchen mit der Katze und die Kinder mit der Ziege im Birkenwald. Die Bäume waren noch jung. Er sah es an den schlanken Stämmen. Sie waren glatt, hatten noch keine Risse, und die ungeschälten Borken standen wie kleine, halb geöffnete Leserollen, die etwas Verborgenes nun offenbaren wollten, vom Stamm ab. Noch als Jugendlicher hatte er sie manchmal abgemacht und mit Bleistift beschrieben. Seine Kinder hatten nie gefragt, und er hatte es ihnen auch nicht gezeigt.

Hatte er noch etwas Versäumtes nachzuholen? Sie würden ihn auslachen und fragen, was das solle. In ihrem Alter!

Es war ein warmer Tag, und obwohl der leichte Wind vom Meer her etwas Erfrischendes an sich hatte, schwitzte er. Er hielt an und wischte sich mit der linken Hand den leichten Schweißansatz von der Stirn. Deshalb fasste er ganz spontan den Entschluss, zum Strand von Wittdün zu fahren und im Meer zu baden. Kurz vor Wittdün bog er von der Inselstraße ab und fuhr über einen Weg, der sich »Köhn's Übergang« nannte, hinunter zum Meer.

Die Sonne stand hoch am Himmel und spiegelte sich im Meer, und am Horizont sah er zwei Schiffe auf dem Weg zu den Halligen und nach Sylt vorbeiziehen. Er setzte sich an den Rand einer Düne und legte sein Fahrrad neben sich in das Seegras, welches schon so hoch war, dass sein altes Eisengestell in diesem Dunkelgrün fast gänzlich verschwand. Ja, es war alt, hatte schon einige Jährchen hinter sich und bestimmt schon viele Menschen auf seinem Sattel getragen. Aber man konnte noch vorzüglich damit fahren, dass es Tillmann vollends zufriedenstellte. Er ließ seinen ganzen Oberkörper entspannt nach hinten fallen. Da lag er nun zwischen inmitten von Strandhafer und Seegras, schaute zum Himmel, zählte die kleinen, weißen Wolken, die wie Wattebäusche über eine blau eingefärbte Leinwand zogen und die Tiefe des Himmels noch plastischer werden ließen. Die Leute, die in diesen späten Mittagsstunden hier an den Dünen saßen oder spazieren gingen, waren nicht viele. Wenn man die am Strand und im Wasser dazuzählte, waren es auch nicht viel mehr. Das war ihm auch gleichgültig. Er lag ohnehin in der Schräge mit dem Blick zum Himmel, und die Stimmen der Menschen wurden von dem Geschrei der Lachmöwen überdeckt. Tillmann hatte seinen Rucksack ausgezogen und ihn zwischen Kopf und Nacken gelegt, was ihm sehr angenehm war. Er schloss die Augen, hob seine beiden Arme kurz hoch und ließ sie dann wieder ins Gras fallen. Seine Finger gruben sich bis unter die Nägel in den Sand ein, und er fühlte sich endlich ganz nahe mit der Erde verbunden. Das Gefühl stieg in ihm auf, machte sich über seinen ganzen Körper breit und gab ihm ein Gefühl tiefer Ruhe.

Den Traum, den er irgendwann träumte, hatte er, als er nach einer Stunde wieder erwachte, längst vergessen. Er wusste nur, dass es ihn gab.

Er stand auf und schaute über den weiten Strand mit dem hellen Kniepsand meerwärts. Der Anblick faszinierte ihn. Da war es: Dieser fast schon weiß-rosa wirkende Sand, der große Himmel, der wie eine unendlich wirkende Glocke alles umschloss, und dazwischen der schmale, glitzernde Streifen, die See!

Dieses irrsinnige weite Land! Er hob die Arme wieder hoch, als ob er nach allem greifen wolle, was in seinem Sichtfeld lag, und rannte und rannte, immer weiter, bis zum Wasser schreiend vor Glück. *»Dieses Freiheitsgefühl, dieses Freiheitsgefühl!«* Es vereinnahmte ihn. Es war für ihn wie ein Rausch.

Am Abend machte er noch einen Tagebucheintrag zum Sonntag, 9. VI. (Biergarten):

Heute habe ich erlebt, was »Freiheit« ist. Das Meer mit seinen ewigen Wellen und der Horizont, der in die Unendlichkeit weist, der keine klare Grenze hat: sie sind etwas Immerwährendes, das mich in keine Schranken mehr weist. Das Leben öffnet endlich die Tore, die mir so viele Jahre verschlossen waren. »Du warst doch ein freier Mensch«, werden andere sagen. Aber was ist frei? Wenn ich mich frei im Raum bewege? Frei sein ist mehr! Es ist der Augenblick, indem ich die Freiheit in ihrer Tiefe erkenne und in ihrem Wert schätzen lerne. Es ist das Gefühl wie bei einem Menschen, dessen Tage aufgrund einer unheilbaren Krankheit gezählt sind und der in diesem Augenblick erkennt, dass es etwas gibt, was ihn über dieses Ende hinausholt. Dann merkt er zum ersten Mal, was diese Freiheit war, die ihm das Leben durch seine Existenz schenkte. Freiheit ist ein Teil des Lebens, und manchmal – da muss man auch um diese Freiheit kämpfen.

Ich kenne viele Menschen, zu denen auch ich bis vor Kurzem gehörte, die diese Freiheit, die ich meine, missverstanden haben. Freiheit ist mehr als Willkür.

Tillmann war auf einmal sichtlich zufrieden mit dem, was er soeben in sein Tagebuch auf dem Laptop geschrieben hatte. Er saß draußen an einem Tisch des Biergartens neben seinem Hotel und erlebte den Abend. Es war gerade zwanzig Uhr, er hatte sein Essen schon vor einer halben Stunde verzehrt und ließ nun die Stunden auf sich wirken. Die Sonne war noch nicht am Horizont, doch man sah, wie sie diesem immer näherkam, und ihr Licht hatte den grellen Schein des Tages schon längst in milde abendliche Farbtöne verwandelt. Er erkannte, wie die Zwischentöne der Farben, die am Mittag noch von der Intensität der Lichtstrahlung verdrängt wurden, immer mehr zum Vorschein kamen und der Landschaft ein neues Bild gaben.

Er schaute über die Dünen zu den Wolken, die wie aufgerissene Daunen vereinzelt über das Blau verteilt waren und mit ihren vielfältigen Formen zum Fantasieren einluden. Der Kellner brachte ihm noch ein großes Alster, er setzte gleich zu einem großen Zug an und ließ es erfrischend genussvoll die Kehle hinunterfließen. Ein feiner Schaumrand blieb auf seiner Oberlippe zurück und verlieh seinen kurzen Barthaaren ein einheitliches Weiß. Er stellte das Glas wieder hin und sah nachdenklich in die Weite.

Später notierte er auf dem Zimmer in sein Tagebuch:

Ich frage mich, was Theres jetzt macht. Ich sehe sie vor mir. Ich sehe sie, wie sie mit dem Badetuch ihren nassen Haarschopf frottiert, den Kopf kurz schüttelt und dabei ihr langes, dunkles Haar kurz auffliegen lässt, um diesem eine gewisse Lockerung zu geben. Sie breitet das Handtuch über ihr Kopfkissen aus und dehnt sich entspannt darauf aus. Die Wassertropfen rinnen von ihren jungen Brüsten herunter bis zum Bauch. Ich sehe, wie sich einige im Bauchnabel sammeln und einen kleinen See entstehen lassen. Der wird gleich überlaufen, doch mein Mund ist schneller, und meine Lippen saugen das Wasser langsam, ganz langsam auf. Dann wandert mein Mund über ihren ganzen Körper und ich ziehe jeden Tropfen sinnlich in mich hinein. Ich trinke die Tropfen, ich trinke das Glück. Dann höre ich, wie ein starker Windstoß das halb offene Fenster des Zimmers aufstößt. Ich sehe, wie einige Skripte von ihrem Schreibtisch in die Luft gewirbelt werden und vor unseren Augen niederfallen. Eines bleibt auf ihren Schenkeln liegen. Ich beuge mich vor und puste es weg. Wir lachen laut.

Eigentlich hatte er an die Côte d'Azur fahren wollen, an den Strand von Cassis, was südöstlich von Marseille liegt und wo er vor sehr langer Zeit einmal war. Er liebte die Klippen, die durch das Weiß des Kalksteines in der Reflexion des Sonnenlichts wie strahlende Felsformationen leuchteten und mit dem einzigartigen Pinienbaum auf dem Felsen bei Calanques der ganzen Landschaft in manchen Augenblicken einen zauberhaften und mythischen Eindruck verliehen. Vom Strand aus hatte er damals die Pinienbäume gesehen, die wie von Künstlerhand geschaffene Werke jene Felsklippen zierten und dem ganzen Anblick einen monumentalen Eindruck verliehen. Die Macchia und Buschvegetation säumte die Bäume und war über das Hochland verbreitet. Der Rosmarinduft aus jener Zeit zog noch immer an ihm vorbei, wenn er daran dachte, er zog vorbei in der Wärme der Spätsommersonne und im Gesang der Zikaden. Das alles hätte er wieder sehen können. Auch den Blick von den Klippen über die Bucht von Cassis, auf den Hafen mit den Fischerbooten, auf den Strand und das Meer.

Vor allem das Meer! Tillmann wusste es: Für ihn war das Meer, ebenso wie der Himmel, von der sinnlichen Wahrnehmung her das menschliche Urbild des unendlichen Raumes. Es war für ihn schon immer eine Verkörperung einer Wirklichkeit, die offen ist und die die Freiheit in sich trägt. Das Meer war für ihn ein greifbares Teil des offenen Raumes, ein Symbol von menschlicher Freiheit und die Fahrt auf dem Meer ein Wesen menschlicher Entfaltung und Selbstverwirklichung. Das Meer war für ihn noch mehr. Es war für ihn mit seinen Wellen das ewige Pulsieren, die Wiederkehr des Gewesenen in einer anderen, aber ähnlichen Form. Die Wellen zogen ihn an wie die Gezeitenkräfte von Mond und Sonne die Flut, nur in unregelmäßigem Rhythmus.

In diesem Sommer zog es ihn an die Nordsee, zu ihren Fluten und ihren Tiden, zu ihren Stränden und ihrem Schlick, zu dem Kniepsand am Strand von Amrum, zu dem Wolkengebräu am Gewölbe des Himmels und den hellen Lichtstrahlen an den Horizonten.

Es war noch früher Morgen. Er hatte seine Wasserschuhe ausgezogen, barfuß stand er an der Amrumer Odde, dem nördlichsten Teil der Insel und schaute über das Meer. Es war kurz vor fünf Uhr, und er sah, wie erste Strahlen der Sonne im Osten aufleuchteten. Es war ein faszinierendes Schauspiel und ging ganz langsam und doch so schnell. Die Zeit hier am Strand blieb für ihn stehen, und er sah, wie sie langsam und zaghaft hinter dem Horizont hervorkroch. Es war Ebbe, und Tillmann suchte das Meer. Es hatte sich in diesen Morgenstunden zurückgezogen und lag irgendwo da draußen. Er konnte es mit bloßen Augen noch sehen, doch es schien ihm mit einem Male so weit, viel zu weit in der Ferne. Auf dem Priel zwischen Amrum und Föhr glänzte das Wasser. Die Morgenröte breitete sich immer weiter aus, sie strömte über die ganze Gegend, die jetzt keine See mehr war, ließ das Wasser glitzern und gab dem ockerfarbenen Sandwatt einen rosigen Anstrich.

In sein Tagebuch schrieb er am Nachmittag in einem Café von Norddorf aus:

10. VI. (Montag)

Es ist ein sonderbares Rosa, das nur ein klein wenig mit Orangetönen vermischt ist und dadurch dem Ganzen noch ein gewisses Maß an Wärme verleiht. Es ist ein seltsamer Eindruck, den ich nicht beschreiben kann, weil die Art der Farben, die diese Lichtwellen hervorrufen, sich nicht mit Worten ausdrücken lassen. Ich schaue über die letzten Reste des zurückweichenden Wassers, über die weiten trocken gefallenen Flächen. Links vor mir liegen zwei angetriebene Algen und etwas weiter noch einige leere Muschelschalen. Dann immer wieder die geringelten Kotsandhaufen des Wattwurmes. Sonst sehe ich nichts auf der nassen Sandfläche, die im Morgenlicht schimmert, und manchmal scheint es mir sogar, als würde sie blenden. Wenn das Wasser weicht, enteilen die Tiere. Sie räumen das Feld. Diese weite Fläche ohne das Meer erscheint mir fast leer, doch die vom Meerwasser zerfurchten Priele treten nie so sehr in Erscheinung wie bei Ebbe, wenn das Wasser abfließt und dann erst die Schönheit dieser Sandkonturen hervortreten lässt. Ich habe an diesem Morgen meine ersten Fotos gemacht. In den nächsten Tagen werde ich noch einmal bei Ebbe mit Aquarellblock und Pinsel an diesen Ort gehen und das morgendliche Schauspiel festhalten.

»Darf ich Ihnen noch etwas bringen?« Tillmann schaute die Servierdame an, als hätte er die Frage nicht verstanden. Doch an der fragenden Miene ihres Blickes las er schon ihre Frage ab und antwortete ganz spontan: »Ja, gerne! Noch einen Darjeeling mit Milch bitte!« Von dem Kandiszucker war noch genug in der kleinen Schale bei ihm auf dem Tisch.

Er schaute das Serviermädchen noch immer ein wenig entgeistert an, dass die Frau am Nachbartisch lächelte, ja sogar ein wenig lachte. Sie hatte ihren Blick schon eine ganze Weile in gewissen Abständen auf Tillmann gerichtet und ihm beim Schreiben auf dem Laptop beobachtet. Sein etwas unsicheres Fingerspiel auf den Tasten schien ihr zu gefallen. Sie war höchstens dreißig, schlank und von durchschnittlicher Körpergröße. Ihre kurze, blonde Frisur machte einen sportlichen, ja vielleicht sogar schon frechen Eindruck, der sich vor allem darin äußerte, dass ihre Ohren frei waren und das Haupthaar hingegen in hellblonden Strähnen Partien der Augenhöhlen bedeckte.

Tillmann blickte zu ihr rüber. Jetzt hatte er sie registriert. Er lächelte, wenn auch ein wenig verlegen, zurück. Das tat er oft, wenn er in Blickkontakt mit Frauen trat. Er wusste aus Erfahrung, dass, wenn er eine gewisse Scheu an den Tag legt, dies niemals schaden würde. Im Gegenteil! Dieses versteckte Gefühl der Unsicherheit und vielleicht auch der Schwäche, lockte die Frauen aus der Reserve, weil sie sich selbst in diesem Augenblick als die Stärkeren empfanden. Weil sie die waren, welche mit ihren Blicken, mit ihrer Mimik und Gestik diesem scheuen Wesen schon symbolisch die Hand entgegenstreckten und nicht mehr die waren, die im Schattendasein als graue Maus irgendwo in der Ecke saßen und sehnlichst auf die Stunde der Erfüllung warteten, in denen ein Mann sie ansprechen würde. Diese Zeiten, in denen die Petticoats noch unter den Röcken hervorschauten oder die Miniröcke nicht zu weit über dem Knie abschließen durften, waren vorbei.

Er klappte sein Laptop zu. Dann hob noch einmal den Blick und sah zu ihr hinüber. Sie trug weiße Damenshorts mit einem braunen Ledergürtel und ein dunkelbraunes Kurzarmshirt.

Die Frau, ein älteres Ehepaar und er selbst waren die Einzigen, die an diesem Nachmittag auf der Terrasse des Cafés Schulte saßen. Die Terrasse lag leicht erhöht und war von einem Geländer umgeben, an dem Blumentöpfe mit Lavendel hingen. Wenn man über die

Lavendelstöcke hinweg sah, konnte man von manchen Stellen aus auf der linken Seite der Terrasse direkt bis zum Meer sehen. Von der Mitte bis nach rechts sah man einen alten Ahornbaum, der zu einem alten Haus gehörte, von dem man nur noch das Reetdach erblicken konnte. Diese Perspektive, die sich Tillmann von seinem Tisch aus glücklicherweise bot, war von einer gewissen Harmonie bestimmt. Sie zeigte sich darin, dass der Blick zum Meer auf der einen Seite und der Baum mit dem Haus auf der anderen einen gegenseitigen Ausgleich schufen, den er sich nicht schöner hätte vorstellen können. Das Meer strahlte von der Ferne her eine Ruhe aus, und das Reetdach mit dem angrenzenden Ahorn und den hohen Töpfen mit Lavendel, der kurz vor dem Aufblühen war – sie hatten etwas Verträumt-Romantisches an sich, was in Tillmann eine Idylle entstehen ließ, die nicht mehr den alltäglichen Gegebenheiten entsprach. Er wusste das, und immer, wenn er mit seinen Sinnen in dieses innere Umfeld zu gleiten drohte, holte ihn sein Alter Ego wieder zurück.

Man hatte ihm den Tee gebracht. Das Ehepaar hatte gerade gezahlt und war schon aufgestanden. Er saß da, rührte in seinem Glas und sah nach vorne: zwischen Meer und Baum direkt auf jene Frau, zwei Tische entfernt vor ihm. Ihr war eine solche Perspektive nicht vergönnt. Sie sah Tillmann und ließ ihr Eis ganz langsam auf der Zunge zergehen.

Die Sonne verschwand hinter den Wolken.

Es gab Tage, da zog es Tillmann vor, nach seinem Frühstück fast bis in die Mittagsstunden auf dem Balkon seines Zimmers zu sitzen und zu lesen, einige Notizen sich auf seinem Laptop zu machen oder einfach über die Sanddünen Richtung Osten zum Meer zu sehen und den Weg der aufgehenden Sonne zu verfolgen. Er wusste selbst nicht, was ihn hielt, eigentlich gab es nichts, aber vielleicht war es einfach der Wunsch, sich der Zeit zu entziehen, seine Gedanken bis auf das kleinste Maß herunterzufahren, sie auf Sparflamme zu drehen oder für Momente ganz abzuschalten. Er hinterfragte es nie, sondern ließ seinen Willen im Unbewussten gewähren. Zu Hause hatte er das oft schon versucht, doch dann läutete es, und der Postbote stand vor der Tür, übergab ihm ein Päckchen, dessen Erhalt er auf dem Touchscreen von dessen Handlesegerät abzeichnen musste, ehe dieser den Hauseingang wieder mit einem freundlichen Gruß verließ. Oder es klingelte das Haustelefon, bei dem er aber, wenn dieses zu weit von ihm entfernt war, das Gespräch gar nicht entgegennahm. Und wenn einmal eine für ihn unerwartete, fast schon absonderliche Ruhe um ihn herum eingekehrt war, dann war dies für ihn so ungewöhnlich, dass er fast schon auf irgendeinen Ton, auf irgendein Signal oder Zeichen wartete, das ihn aus seiner Ruhe reißen würde.

Nun war er schon fast eine Woche hier. An diesem Freitagmorgen entzog sich Tillmann wieder einmal der Zeit. Das tat er, seitdem er hier war, immer wieder. Er war noch keine Woche auf der Insel und auf der Suche nach einem neuen Lebensweg, nach einem anderen, vielleicht einem bedingungsloseren, als er es bisher führte. Er wollte endlich die Welt, wie sie vor ihm ablief, erleben. Jeden verborgenen Winkel an schönen und an schlechten Tagen. Er wollte versuchen, das Leben und das Universale, welches dieses umgibt, zu verstehen. Da saß er nun, wie jeden Morgen nach dem Frühstück, auf einem Korbsessel an dem kleinen Holztisch auf dem Balkon und schaute hinaus. Die Wolken hatten sich zu einer einheitlichen, grauen Masse zusammengezogen, und es fiel ein feiner Regen vom Himmel. Es war in der Nacht ein etwas kühler geworden, doch er empfand die Temperatur noch immer so mild und angenehm, um entspannt hier zu sitzen. Der Nieselregen und der lichtlos verhangene Tag konnten seine Stimmung nicht trüben. Er nahm es sogar als sehr entgegenkommend hin, dass die grellen Sonnenstrahlen, die gerade im Frühling und Frühsommer eine starke UV-Intensität in sich tragen, sich einmal hinter dem Gewölk des Himmels verborgen hatten.

Eine Frau mit rotem Anorak und über den Kopf gestülpter Kapuze verließ das Hotel und lief in Trainingshosen den Fleegamwai hinunter in Richtung Dünen und Ozean. Als sie um die Ecke bog, sah er sie nicht mehr, doch wenige Minuten später, entdeckte er weit in der Ferne am Strand einen winzigen, roten Punkt, der sich auf das Meer hinbewegte. Es beeindruckte ihn. Das Ganze wirkte auf ihn wie ein Gemälde von einer einsamen Strandlandschaft, auf der sich ein kleiner, roter Fleck, ein Farbtupfer, der dem Maler unwissentlich oder mit Absicht dem Pinsel entglitten war, eigenmächtig bewegte. Irgendwann stand der rote Fleck still. Auf einmal spürte er wieder, wie sich alles, was vor ihm war, vergrößerte, so als würde er durch ein Fernglas schauen, es war wie kürzlich am Bahnhof, als er die Regentropfen auf dem Dach der Bahnhofhalle sah. Das Rot wurde größer und nahm Gestalt an, er sah einen Menschen. Er dachte an den *Mönch am Meer*, dieses Gemälde von Caspar David Friedrich, das zwischen den düsteren Wolken und der tosenden Macht des Meeres einen Mönch zeigt, der inmitten dieser Szene verharrt. Der einzige Unterschied war nur der, dass jener eine dunkelbraune Kutte trug. Beide Bilder faszinierten ihn, und er spürte, wie sie mit der Zeit langsam ineinander übergingen: Die Nebelschwaden verschwanden und wurden zu weißgrauen Wolken, die immer heller wurden, und über beiden Gestalten öffnete sich der bläuliche Himmel so hell und so leuchtend, als breche bald die Sonne durch.

Er sah eindringlich in die Ferne, so, als wolle er etwas, was längst schon vergangen war, zurückholen. Die rote Gestalt, dieser kleine, rote Punkt war, verschwunden.

Er öffnete seinen Laptop, der auf dem Tisch stand, und notierte:

14. VI. (Freitag)

Heute ist der ganze Himmel bedeckt, es regnet sogar ein wenig. Doch es ist nur ein Nieseln, ein paar Tröpfchen, weiter nichts. Ich mache mir nichts daraus. Ich nehme alles so, wie es kommt. Weil es so kommen muss und weil ich so kommen muss, wenn es da ist.

Aber bin ich auf alles vorbereitet? Ich weiß jetzt nicht, was mich nachher erwartet. Die Tage eines jeden von uns sind von der Stunde unserer Geburt an gezählt, doch keiner kennt die Summe der Tage und Jahre, die ihn erwarten.

Was wird sein, wenn du jetzt stirbst, Tillmann, wenn du von nun an aufhörst zu sein? Wenn das Zimmermädchen dich gegen Mittag auf deinem Zimmer findet? Auf dem Bett, irgendwo auf dem Boden? Vielleicht auch hier auf dem Balkon mit einem letzten Blick auf das Meer in der Ferne. Es wäre ein schöner Tod. Doch du kannst ihn dir nicht aussuchen. Oder man wird dich zwischen den Dünen finden. In deinem Haar, deinen Bartstoppeln und zwischen deinen Wimpern wird sich der trockene Seesand verfangen haben. Die Dünengräser werden im Wind noch lebendige Schatten auf dich werfen, so als wollten die Dünen dich zu sich nehmen. Vielleicht werden die Lachmöwen ihre Kreise über dir in den Lüften ziehen. Lachmöwen können auch weinen, wenn ihr Rä-grä-krääääen ganz leise wird.

So hättest du es wohl gerne, mein Lieber! Aber den Tod, den kann man sich nicht aussuchen. Es wird anders ablaufen, Tillmann, als du es dir wünscht. Hör auf mit deinem Selbstmitleid!

Man wird dich finden, und ein Arzt von der DRK-Sozialstation in Nebel wird kommen und nur noch den Tod feststellen. Die Hotelleitung wird unter kurzem Schock stehen, man wird versuchen, dich möglichst schnell und unter tiefster Diskretion loszuwerden. Das Beerdigungsinstitut wird sofort vor Ort sein. Sie werden mit dem Überführungssarg kommen und dich in diese Zinkwanne legen, die deinem Gesicht die letzte Blässe nimmt und es völlig ergrauen lässt. Aus deinen Haaren wird der letzte Sand fallen, den Wind und Strand dir noch ließen. Sie werden den Zinksarg schließen, es wird dunkel werden, und du wirst so einsam sein, einsamer wie jemals zuvor. Aber du wirst es nicht mehr spüren. Oder doch? Tillmann, ich weiß es nicht, kann es dir nicht sagen. Ich weiß es genauso wenig wie du.

Von da an wird alles ganz schnell gehen. Die postmortalen Details der hygienischen Totenversorgung möchte ich dir jetzt ersparen.

Sagte ich soeben, es würde schnell gehen? So schnell doch wieder nicht, mein Lieber! Denn man wird mehrmals vergeblich bei dir zu Hause anrufen. Aber Polizei und Einwohnermeldeamt werden die Adressen deiner Kinder ermitteln und ihnen sachlich dein Ableben mitteilen. Die werden beide bestürzt sein, aber Sara wird die Vorbereitungen für die Bestattung in die Wege leiten. Johannes wird deine Ex-Frau, seine und Saras Mutter, davon in Kenntnis setzen.

Sie werden sich auf ihren Abschied von dir vorbereiten. Sara wird wieder das Kleid anziehen, das sie anhatte, als sie vor ein paar Jahren mit dir auf dem Ball der Nationen in der Rheingoldhalle tanzte. Und was wird Sonja denken? Vielleicht wird sie noch einmal alles erleben.

Du wirst das nicht mehr können, Tillmann, weil du schon tot bist. Nicht einmal auf *den* kannst du dich vorbereiten. Nicht einmal das vergönnt man dir! Wo ist er, der Gott, Tillmann, gibt es ihn überhaupt?!

Hör auf, hör auf! Klar gibt es ihn!

Wer hat es dir gesagt, sag mir, wer!

ER! ER selbst.

Du bist ein Lügner und ein Selbstbetrüger! Du Armer, nicht einmal dich kennst du! Und woher willst du ihn dann kennen?

Hör auf, ich bitte dich, hör auf!

Das werde ich nicht, weil du es bist. Du bist mein Freund.

Kennst du den Tod? – – –

Du schweigst. Willst du es mir nicht sagen?

Ich weiß es nicht. Nur eines weiß ich, Tillmann.

Was? Ich glaube, ich ahne es.

Du ahnst es nicht, du weißt es! Die Behörden werden dich aus ihren Dateien streichen, und die Gesellschaft wird weiterleben ohne dich. Sie wird dich vergessen, so schnell vergessen. Deine Kinder und Freunde werden immer an dich denken, und dein Vater, der alte Lenz wird, wenn er noch lebt, in Trauer vergrämen.

Was wird mit Theres sein?

Sie lebt ihr Leben weiter – mit dir in der Erinnerung. Wenn ihr euch bis dahin nicht gesehen habt, so wirst du ihre Vorstellung bleiben.

Und Marie?

Es reicht Tillmann, es reicht! Lass die Beweihräucherung! Wer bläst den Trauermarsch, haha! Die Frage fehlt! Dass ich nicht lache!

Lachst du mich aus?

Ich? Mitnichten! Ich lache nur mit dir, mein Freund.

Wer bist du wirklich?

Ich bin dein Freund – – – dein – – – Alter Ego – – –

… und wenn ich sterbe, stirbst du auch.

Tillmann hielt mit dem Schreiben ein. Seine rechte Hand zitterte leicht.

Der Himmel war ein wenig aufgehellt. Der Nieselregen hatte aufgehört. Er schaute zur Küste, und er sah auf einmal wieder den kleinen Punkt, den roten Fleck, er sah, wie er immer näher kam.

Irgendwann hörte er, wie jemand die Eingangstür des Landhaus-Hotels aufstieß und diese Sekunden später wieder zufiel.

Haben wir Menschen, schrieb er wenige Minuten später,

eigentlich ein klares Selbstbildnis, ein Bild von dem, wie wir uns sehen, oder können wir uns außer im Spiegel und auf Fotografien gar nicht sehen, nicht einmal vorstellen? Wer bin ich? Der, der ich bin, oder nur der, welcher ich einmal war und immer bleiben möchte? Unser Selbstbildnis ist ein Wunschbildnis, das erst dann zu bröckeln beginnt, wenn wir uns bewusst werden, wie die Gesellschaft, wie die Menschen um uns herum, wie sie alle auf uns reagieren: ob sie uns uns noch Beachtung schenken oder links liegen lassen. Selbst wenn es bröckelt und von dem alten Glanz verliert, wenn wir dessen gewahr werden, wollen wir es aber noch lange nicht wahrhaben und einfach so hinnehmen. Wir treiben Fitness, selbst die, die es früher nie taten. Wir greifen zu Anti-Age-Creme und lassen uns vielleicht noch etwas dezent unsere Haare färben und werden von uns selbst belogen, wenn wir in den Spiegel schauen. Erst die, denen wir zehn Jahre nicht unter die Augen kamen, sagen uns dann die Wahrheit.

Mein Alter Ego, mein anderes Ich hat Recht: Wenn ich sterbe, stirbt es auch!

Wenn wir uns nicht einmal ein richtiges Selbstbildnis von uns machen können, wie wollen wir es dann von der Welt können? Unser Weltbild ist ein einseitig verzerrtes, das durch den Egoismus von uns bestimmt wird. Wir wollen die Natur verändern und lassen die Technik und die Digitalisierung unser Leben bestimmen. Dieses unterwerfen wir einem Schema und einer Planung und bewegen uns als Individuen mehr und mehr in die Richtung von Objekten, die nur auf die Ausführung von Aktivitäten ausgerichtet sind. Alles wird vorausschaubar und berechenbar sein, werden wir denken, bis uns der Zufall trifft.

Tillmann sah auf, weil dieses Wort ihm wieder zugefallen war und ihn noch mehr zum Nachdenken brachte, vielleicht auch, weil er gerade Schritte im Nachbarzimmer hörte, nachdem die Zimmertür von dort ziemlich heftig ins Schloss gefallen war. Er dachte sofort an Madame Chauchat aus dem Roman *Der Zauberberg* von Thomas Mann, die meistens die Glastüren hinter sich zuschlug, nachdem sie den Frühstücksraum des Sanatoriums betreten hatte. Er hörte Schritte, die nach Damenhalbschuhen klangen. Sollte das Wirklichkeit sein? Das Zimmer von nebenan, das er aus Gründen, die er nicht kannte und die ihn auch gar nicht interessierten, schon fest für unbewohnt eingestuft hatte, hatte einen Gast. Kaum hatte er vom seinem kleinen Balkontisch aus aufgesehen, hörte er, wie sich die Tür öffnete.

Die Wolken hingen noch immer ziemlich tief, und das dunkle Grau wirkte erdrückend auf ihn.

KAPITEL 17

Lea und die Metamorphosen des Lebens

Er schaute zu Lea, die lächelnd neben ihm auf dem Fahrrad fuhr und die frische Luft genoss. Sie fuhren an der Wattseite von Norddorf Richtung Nebel. Die Tage waren immer noch trübe, wolkenverhangen und sahen nach Regen aus, doch das schmälerte in keiner Weise den Unternehmungsgeist der beiden. Tillmann genoss es sichtlich, wenn Lea lächelte. Die Fahrräder, die beide im Landhaus geliehen hatten, waren schon älteren Datums, was man auch immer wieder an dem Klappern des Schutzblechs hörte, wenn die Räder über kleine Löcher oder andere Unebenheiten fuhren. Als es einmal ganz laut schepperte, musste Tillmann laut lachen, Lea sah ihn an und lachte mit. Ihre Stimme hatte einen sehr weiblichen, aber durchaus bestimmenden Ton, was Tillmann schon erkannt hatte, als er sie am gestrigen Abend auf dem Balkon kennenlernte. *Wie soll man eine solche Frau beschreiben?*, dachte er vor dem Zubettgehen noch. Doch ihr Unternehmungsgeist war das, was ihn faszinierte. Ihre Ruhe und Ausgeglichenheit auf der einen Seite, aber ihre Zielsetzung und Erwartung auf der anderen, bildeten für ihn schon bei dem Gespräch am Abend zuvor eine Geschlossenheit, vielleicht auch eine Ganzheit, der er nicht widerstehen konnte, weshalb er ihren Vorschlag, am nächsten Tag eine kleine Radtour zu machen, fraglos begrüßte.

Am Morgen hatten sie sich schon im Frühstücksraum getroffen; er war schon fast mit dem Essen fertig, als sie zehn Minuten vor neun kam und an dem ihr zugewiesenen Tisch einige Cornflakes mit Früchten, viel Milch, etwas Quark und einer kleinen Portion Honig zu sich nahm. Dass sie Milch liebte, erfuhr er durch seine Beobachtung an diesem Morgen zum ersten Mal.

Sie fuhren beide gemütlich und ausgeruht nebeneinander her, und jeder von ihnen hatte noch einen Anorak angezogen; zum einen, weil es noch sehr frisch und kühl war, und zum anderen konnte man jederzeit noch mit einem Regenguss rechnen und sollte auf derartige Überraschungen vorbereitet sein. Sie trug wieder jenen roten, den sie schon am Abend zuvor anhatte, als Tillmann sie vom Balkon aus entdeckt und beobachtet hatte, bis er sie nur noch als winzigen Punkt sah.

Die Wolken glichen an diesem Morgen einem einzigen großen Gebräu, dass an einigen Stellen noch sehr dunkel, ja fast schon schwarz war, während anderenorts am Himmel das Gewölk heller wurde oder sich schon derart aufhellte, dass dem Betrachter durchaus lichte Partien dargeboten wurden, die eine leise Hoffnung auf Wetterbesserung nicht ausschlossen.

»Hier müsste man im Spätsommer sein, wenn die Heide blüht!«, rief sie ihm zu.

»Hast du es schon einmal gesehen?«

»Ja, und ich kann dir nur sagen: Es ist wunderbar! Vor allem am Nachmittag bei tiefstehender Septembersonne – da ist es am schönsten.«

»Das glaube ich dir.«

»Warst du auch schon mal hier?«

»Gewesen schon, aber nicht in dieser Zeit. Es war in den Sommerferien, als meine Kinder Sara und Johannes noch auf die Schule gingen. Doch das ist lange her.« Er seufzte.

»Wie alt sind sie jetzt?«

»Sara ist dreiunddreißig, Johannes einunddreißig.«

Lea hielt ein. Mehr wollte sie nicht fragen, um nicht aufdringlich zu erscheinen, was auch besser war. Aber nur wer Tillmann kannte, wusste das. Sie hatte für solche Angelegenheiten ein besonderes Fingerspitzengefühl.

Sie fuhren über den Weg, der den kleinen Kiefernwald auf der rechten Seite von der Heide auf der linken trennte. Lea fuhr auf der linken Seite. Irgendwann bog sie mit dem Fahrrad auf einen kleinen Pfad ab, der aber parallel zu dem Hauptweg verlief, von diesem höchstens durch eine zwei Meter breite Grasinsel getrennt war und nach dreißig Metern sich wieder mit dem Hauptweg vereinte. Tillmann lächelte.

Sie sah durch die Lichtung des Kiefergeästes zum Himmel. Die Wolken schienen sich aufzulösen, und erste zaghafte Blautöne schimmerten zwischen dem Gewölk hervor. Lea war so verträumt, dass sie beim Abbiegen auf den Weg den vermoosten Baumstumpf nicht rechtzeitig bemerkte, als das Lenkrad zwar in letzter Minute nach links abdrehte, doch das feuchte Moos noch streifte. Geistesgegenwärtig trat sie noch schnell auf die Bremse, doch das Vorderrad rutschte über das nasse Moos, drehte sich nach links, und plötzlich kippte das Fahrrad. Tillmann hörte noch kurz ein lautes Scheppern des alten Schutzbleches, und als er hinsah, da lag Lea schon auf dem Boden, und das Fahrgestell lag diagonal über ihr. Er war sichtlich erschrocken, sprang von seinem Fahrrad runter und lief zu ihr hin. Sie rührte sich nicht. Eine verständliche Angst befiel ihn, als sie nach dem Rufen ihres Namens immer noch nicht reagierte. Der hintere Teil des Fahrgestelles hatte sich über die rechte Hälfte ihres Rumpfes gelegt, und der Kopf war mit dem Gesicht zum Boden gerichtet und rührte sich nicht.

»Mein Gott, Lea!«, rief Tillmann. »Was ist mit dir?«

Keine Antwort. Eine betretene Stille umgab ihn. Nicht einmal das Geschrei der Krähen aus der Heide konnte er hören.

»Hallo, Lea, hörst du mich?«

Er hatte ihr altes, ausgeliehenes Fahrrad vorsichtig von ihrem Körper gehoben und legte es neben sie. Dann berührte er mit seiner Hand leicht ihre Schulter.

»Lea, hallo …!«

»Ja. – – –«

Tillmann atmete tief durch, als er ihre Stimme hörte. Sie öffnete langsam die Augen.

»Was ist mit dir? Kannst du deinen Kopf drehen? – – – Versuche es.«

»Ja, ich versuche es.«

Langsam drehte sie ihren Kopf vom Boden weg mit dem Blick nach oben. Sie sah, wie sich die Wolken immer mehr zurückzogen und die blaue Insel des Himmels immer größer werden ließen. Sie schaute einige Sekunden still hoch.

»Ist das nicht Kobalt?«, fragte sie plötzlich.

»Was ist Kobalt?«, entgegnete Tillmann überrascht.

»Der Himmel, Tillmann!«

»Was interessiert mich der Himmel! Wie es dir geht, ist doch momentan wichtiger.«

»Der Himmel hat viele Farben. Im Augenblick vor allem dieses Kobaltblau.«

Tillmann sah verdutzt nach oben. Die Bläue des Himmels, die sich immer mehr ausweitete, war tatsächlich kobaltfarben.

»Ja, da hast du Recht. Du kennst dich gut aus mit den Farben.«

»Ich liebe sie, Tillmann. Manchmal, da lasse ich sie auf dem Aquarellblock in der Feuchtigkeit und dem Wasser zerfließen.«

Sie schmunzelte. Dass er Künstler ist, hatte er ihr am Abend zuvor schon erzählt. Vielleicht kam es ihr aus diesem Grund gerade in den Sinn, um eine erste Brücke zwischen ihm und ihr zu errichten.

»Wie es dir geht, ist momentan wichtiger als alle Farben.«

»Sag das nicht, Tillmann!«

Sie versuchte den Kopf leicht anzuheben, was ihr schwerfiel.

»Die Farben sind immer bei mir, sie begleiten mich ein Leben lang, und selbst in der Stunde des Todes werden sie mich nicht verlassen.«

Selbst als Künstler war Tillmann durch ihre Worte sichtlich verwirrt. Was redete sie da! Wie der Himmel aussieht, wie viele Farben er hat und ob die Farben uns immer begleiten, war selbst für ihn in diesen Augenblicken uninteressant. Er hoffte nur, dass Lea sich bald wieder erholen würde und sie ihre Radtour fortsetzen könnten.

Doch dem war nicht so.

Sie legte ihren Kopf zurück auf den Kieferwaldboden und schloss die Augen. Sie klagte über starke Kopfschmerzen. Tillmann streifte ihr mit seiner Hand vorsichtig ihre rötlich-bronzefarbenen Haare beiseite. Jetzt sah er erst, dass eine Stelle an ihrer Schläfe vom Sturz ein wenig aufgeschürft war, aber nur leicht blutete. Er nahm ein frisches Papiertaschentuch und tupfte vorsichtig ab.

»Lea, ich werde den Arzt holen.«

»Ja, aber kein Krankenauto.« Er seufzte tief auf.

»Ich werde sehen, was sich machen lässt. – Verspürst du Übelkeit oder Brechreiz?«

Er sah die junge Enddreißigerin väterlich an.

»Nein. Nur starke Kopfschmerzen.«

Tillmann bestellte über sein Mobilphon sofort den Arzt, der zehn Minuten später mit einem Krankenauto und zwei Sanitätern eintraf.

Er begrüßte Lea, fragte sie nach ihrem Namen und dem heutigen Wochentag. Lea antwortete, wenn auch nur langsam und unter Schmerzen. Er schaltete eine kleine Taschenlampe an und leuchtete damit ihr in die Augen. Mehrmals. Dann schaute er wieder auf und sah zu Tillmann.

»Ist das ihre Frau?«

»Nein«, entgegnete dieser, »wir sind beide Gäste desselben Hotels und haben uns gestern zufällig kennengelernt.«

Bei dem Wort *zufällig* musste Tillmann selbst innerlich aufhorchen. *Was ist schon zufällig!*

Der Arzt registrierte Tillmanns Aussage kommentarlos. Dann sagte er zu seinen beiden Helfern: »Zur vorübergehenden Beobachtung zur Klinik nach Nebel!«

Er wandte sich Tillmann zu.

»Es besteht der Verdacht einer leichten Gehirnerschütterung.«

Tillmann erschrak.

»Keine Sorge, muss nichts Größeres sein. Vielleicht gehört das Ganze in zwei Tagen schon wieder zur Vergangenheit.«

Er sah zu Lea hin. »Wir werden Sie sofort an den Tropf hängen und ihnen Mittel gegen die Schmerzen verabreichen. Haben Sie eine Krankenkarte?«

Sie nickte und zeigte auf ihre Handtasche. »In der Brieftasche ...«

Der Arzt öffnete sie und sah sich die Karte an.

»Frau Feldmann, heute müssen Sie auf jeden Fall mit der Klinik in Nebel vorliebnehmen, was morgen geschieht, wird von Ihrem gesundheitlichen Zustand abhängen.«

Lea nickte nur andeutungsweise mit dem Kopf.

Die Sanitäter hoben sie auf die Bahre und schoben sie in das Krankenauto.

»Ich kümmere mich um das Fahrrad und komme heute Abend bei dir vorbei.«

Er hörte noch, wie sie ein leises »Ja« flüsterte, dann war die Heckklappe auch schon zu, das Auto fuhr los, und es verlor sich mit dem Arzt, den Sanitätern und der Patientin darin wie ein Punkt in der Landschaft.

Tillmann setzte sich noch einmal hin und dachte über alles nach. Es war früher Nachmittag geworden. *Wie schön hatte doch dieser Morgen begonnen, und jetzt das*, dachte er. Er blieb nicht lange sitzen, sondern stand schon bald auf und sah noch einmal verächtlich auf den vermoosten Stumpf, der die Ursache dieses Unfalls war. *War es der Stumpf wirklich oder war Lea es selbst, deren Unachtsamkeit das alles herbeiführte? Oder war es einfach Fügung? Aber zur Fügung greift man immer dann, wenn man sich der Urheberschaft entziehen und keine Verantwortung annehmen will.*

Er nahm Leas Fahrrad, bog die Lenkstange wieder gerade und legte die Kette über die Zahnräder. Das Vorderrad war ein klein wenig verbogen, aber das sah man erst, wenn man ein zweites oder gar ein drittes Mal näher hinschaute.

Dann schob er beide Fahrräder zurück zum Hotel.

Auf dem Hotelzimmer sah Tillmann, dass Theres ihm geschrieben hatte. Er öffnete die Mail und las ihre Zeilen:

Samstag, 15.6.

Hi, Till!

Ich habe schon so lange nichts mehr von dir gehört. Am Samstag, den 8. 6. hast du mir zuletzt geschrieben, dass die Zeit niemals ihre Geschwindigkeit verändert, sondern dass wir diejenigen sind, welche die Zeit nicht mehr wahrnehmen, weil wir sie mit Alltäglichkeiten füllen würden, von denen die meisten für uns bedeutungslos wären.

Nimmst du die Zeit noch war, lieber Till? Sag nichts! Ich hoffe, dass du sie in deinen Tagen und Wochen auf der Insel am Meer nicht mehr wahrnimmst. Erst dann bist du losgelöst von den Alltäglichkeiten. Ich selbst war auch schon am Meer und weiß, wie das ist, wenn einen das Rauschen der Wellen mit ihren auslaufenden Schaumkronen am Strand vereinnahmt. Es entsteht eine Hingabe, fast schon ein Rausch, der jedes Zeitgefühl aufhebt.

Das Sommersemester hier an der Uni Mainz ist bald schon zu Ende. Die Seminare sind fast schon beendet, nur noch ein paar Vorlesungen über die Stilmittel in Gottfried Benns Lyrik, über Goethes *Werther* und über das frühe Werk Shakespeares, und dann beginnen auch bald schon die Semesterferien bis Anfang Oktober. In dieser Zeit könnten wir uns doch endlich einmal sehen, was meinst du? Ich sitze, wie man so schön sagt, auf glühenden Kohlen. Geht es dir auch so?

Ich denke an dich und schwimme in Gedanken mit dir auf den Wellen.

Schöne Stunden und Tage!
Theres

Tillmann schmunzelte. Er hatte Theres nicht vergessen, aber geschrieben hatte er ihr auch seit Tagen nicht mehr. Warum auch, dachte er sich, als sein Gewissen ihn im Stillen hinterfragte. Früher schrieb man, kurz bevor der Urlaub vorbei war, an seine Angehörigen und Freunde einige Tage vor der Rückreise noch schnell ein paar Grüße, damit man sich keine Vorwürfe machen musste. Man kaufte in einem Souvenirladen Karten und Briefmarken, setzte sich in irgendein Café und schrieb. Meist waren es immer dieselben Texte; nur wenige waren stark abgewandelt. So unterschied sich der Gruß an die Freundin doch merklich von dem an die Eltern oder den Onkel. Heute ist der postalische Kartenverkehr stark zurückgegangen; nur die älteren Menschen schreiben sich noch, weil sie noch in der Tradition ihrer Zeit standen und mit den alten Werten nicht brechen wollten.

Tillmann gehörte zwar nicht mehr zu den Jüngsten, doch er hatte sich der Entwicklung seiner Zeit angepasst und war mit ihr gezogen. Nur manchmal, wenn es irgendwelche Unklarheiten gab, fragte er bei Jüngeren nach, und bekam dann auch sofort die passende Antwort. *Theres wird es bestimmt viel besser wissen als ich*, dachte er sich, *sie ist als junge Studentin mit dieser Technik aufgewachsen.* Doch ein Smartphone hatte sie noch nicht, sondern ein einfaches Mobilphon, das wusste er. Oft war es auch eine finanzielle Frage, und als Student hat man auch nicht das Geld, um das alles zu bezahlen. Er selbst hatte sein Smartphone auch erst vor einem Vierteljahr erworben.

Warum sollte er Theres nicht sofort zurückschreiben? Es war Mittag, und er hatte an diesem Tag nichts mehr vor. Nur bei Lea wollte er am Abend im Krankenhaus vorbeischauen.

Er setzte sich an den Schreibtisch und schrieb. Die Sonne war mittlerweile hinter den Wolken hervorgekommen, und ihre Strahlen fielen direkt durch das Fenster in sein Zimmer, sodass er sofort die Vorhänge vorzog. So konnte er sich beim Schreiben besser konzentrieren.

Er saß da und überlegte. Er wusste nicht so recht, womit er anfangen sollte. Mit dem Wetter? Oder mit ihren Zeilen? Von dem Fahrradunfall Leas wollte er nichts schreiben. Schließlich ist man nicht jedem im Leben Rechenschaft schuldig. Er fühlte sich frei, und er schrieb so, wie er sich fühlte.

15.VI. *(Samstag)*

Hallo Theres,
hier auf der Insel schenkt die Natur einem die Freiheit, vor allem das Meer, der Strand und die Weiten des Himmels, die manchmal ins Unermessliche gehen. Ich bin nun schon fast eine Woche hier, und ich kann sagen, dass ich schnell die Zeitlosigkeit, welche die Insel mir bietet, angenommen habe.

Man muss vor allem das Kleine genießen, Theres. Die Wellen, die Muscheln, Krabben und Tang an Land spülen und in den Sand ihre eignen Worte schreiben. Der Strandhafer bei den Dünen, der sich vor den Brisen des Windes immer wieder verneigt. Die Uferpromenade mit dem weißen Kniepsand, der in seiner Feuchtigkeit so herrlich die Füße umschließt. Hier draußen inmitten des Meeres wartet das Leben. Es ist mehr, als es die Alltäglichkeiten sind, die uns immer und immer begegnen. Jeder Tag hat seinen eignen Sinn, und hier erkenne nach ach so langer Zeit endlich mal wieder die wunderbaren Momente des Lebens. Leben ist nicht Haben, sondern Loslassen und Neues entdecken, zu mir selbst finden und verstehen, was das Leben mir gibt und was es von mir verlangt, um ein besserer Mensch zu werden.

Tillmann hielt ein. Sein Alter Ego hatte sich mal wieder zu Wort gemeldet.

Das glaubst du doch selbst nicht, mein Freund! Wenn ich das schon höre: um ein besserer Mensch zu werden! Belügst du dich selbst oder willst du deiner fernen Freundin etwas vorgaukeln? Oder beides? Ich glaube, Letzteres wird zutreffen. Willst du überhaupt wissen, was das Leben von dir verlangt?

Ja, doch! Ich möchte seinen Sinn erfahren.

Ha, ha, ha, dass ich nicht lache! Was bist du doch für ein einfältiger Mensch! Den Sinn erfahren! Was bringt dir das?

Ich weiß es nicht. Ich werde es ja sehen.

Siehst du: Du weißt es nicht einmal. Es bringt dir nichts, rein gar nichts! Du musst das Leben leben, sonst nichts! Ha, ha, ha! Das Leben verstehen, das Leben verstehen, ha, ha, ha!

Das Lachen hallte unangenehm in Tillmanns Gedanken. Er überdachte seine Worte, löschte den letzten Teil des Satzes. Er las den korrigierten Satz noch einmal: »Leben ist nicht haben, sondern loslassen und Neues entdecken, zu mir selbst finden und verstehen, was das Leben mir gibt und was es von mir verlangt.«

Ja, so konnte er es sagen. Er blickte noch einmal selbstkritisch auf seine Worte. Dann schrieb er weiter:

Die Schönheit des Meeres, Theres, die des Strandes und der Dünenlandschaft kann ich jeden Tag hier aufs Neue erleben, doch jedes Mal anders. Es sind die Augenblicke, in denen ich die Momente des Schönen erst begreife und dabei lerne, die Wunder des Lebens zu bestaunen. Die Krabbe, die fast erstarrt in die Gegend schaut, und dann, wenn sie meine Schritte im Sand vernimmt, sich hurtig darin vergräbt.

Wenn ich mich auf dem Rücken von den Wellen des Meeres tragen lasse, ist das ein unbeschreiblich herrliches Gefühl, Theres. Ich fühle mich eins mit dem Ozean und mit dem Himmel, der wie eine blau-weiße Glocke über mir liegt, lasse mich dahintreiben wie ein Kind des Meeres. Manchmal denke ich mir, die Natur wolle mich in sich einverleiben und sich wieder zu sich nehmen. Doch sie will mehr. Sie lässt mich einfach wieder Kind werden, so wie in den ersten Jahren meines Lebens. Wenn ich nach all diesen Jahren der Alltäglichkeiten und Hast wieder lerne, das Leben mit den Augen eines Kindes zu sehen und wenn ich in jeden Tag voller Neugier und Erwartungen blicke, habe ich das wieder, was mir über die vielen Jahre verlorenging: das Leben in seiner Tiefe und Einzigartigkeit.

Ich gehe gleich wieder ans Meer, Theres. Morgen wird es bestimmt wieder wärmer, dass man baden gehen kann. Vielleicht miete ich mir ein Surfbrett am Strand für ein paar Tage. Das wäre mal etwas anderes.

Ich denke immer wieder an dich, Theres, und ich freue mich schon heute auf den Tag unseres richtigen Kennenlernens. Geht es Dir ähnlich?

Liebe Grüße von der Insel,
Tillmann

Es war früher Samstagnachmittag, er schickte die Mail an Theres ab und legte sich noch etwas hin. Er war zu müde, um noch ans Meer zu gehen, schlief sofort ein und erwachte erst am frühen Abend, als die ersten Gäste seines Landhaus-Hotels schon zum Abendessen gingen. Auf das Essen im Landhaus verzichtete er an diesem Abend. Er wollte schon zur Bushaltestelle gehen, um nach Nebel zu fahren und Lea im Krankenhaus zu besuchen, als gerade in dem Augenblick, während er die Tür des Hotels öffnete und hinaus ins Freie trat, ein Taxi vorfuhr, direkt vor ihm hielt, sich nach kurzen Augenblicken die Beifahrertür öffnete und keine andere Person heraustrat als Lea selbst. Sie schaute ihn an und lachte.

»Du, Lea?«

»Ja, wie du siehst, ich stehe wieder hier vor dir.«

»Ich dachte, du wärst noch diese Nacht im Krankenhaus. Ich wollte dich gerade besuchen.«

Er sah sie sehr erstaunt an.

»Das freut mich, Tillmann! Aber die Sache mit meiner anfänglichen Gehirnerschütterung ist wieder vorüber, und als die Ärzte sahen, dass ich wieder mit Appetit meine Mahlzeit verzehrte, kamen sie zu der Entscheidung, mich noch heute zu entlassen, baten mich aber, mich in den nächsten Tagen noch ein wenig zu schonen.«

Tillmann schmunzelte.

»An was denkst du gerade?«

»An nichts, Lea, ich höre dir nur zu.«

Sie sah ihn an und streifte ihr rötliches mit hellen Strähnen durchsetztes Haar hinter die Ohren. Sie wirkte auf ihn ausgeglichen und erholt, und die Aufregung des Morgens hatte außer dem kleinen Pflaster an ihrer Schläfe keinerlei Spuren hinterlassen.

»Ich habe Hunger, Tillmann. Wollen wir gleich hier im Landhauslokal essen gehen und anschließend noch etwas an den Strand?«

»Essen, natürlich! Doch nach dem Essen an den Strand? Haben dir die Ärzte keine Ruhe verordnet?«

»Ich soll das tun, wonach ich Bedürfnis hätte.«

Tillmann schmunzelte zunächst wieder, doch dann lachte er.

»Und nach was hast du Bedürfnis, wenn wir gegessen haben?«

Er schaute sie fragend und mit großen Augen erwartungsvoll an.

»Nach dem Strand und dem Meer!«

Tillmanns Blick wurde wieder ernster, und man sah, wie sich sein frohes Mienenspiel von vorhin sofort verzog.

»Gut, dann gehen wir nach dem Essen zum Meer.«

Seine Worte klangen ein wenig zurückhaltend und reserviert.

Lea strahlte ihn an, und es hatte den Anschein, als würde ihr Blick irgendetwas verbergen, das sie still für sich behielt. Sie nickte ihm zu, wies mit ihrem Kopf auf die Tür zum, öffnete diese und ging vor. Tillmann folgte ihr.

Sie aßen beide nicht viel. Jeder begnügte sich mit einem Salat. Dazu tranken sie gemeinsam eine Flasche Ruländer Spätlese, die ihnen der Wirt anbot. Dass diese Sorte ein zartes Bukett hatte, spürte Tillmann schon beim Eingießen und Vorkosten. Er nickte genussvoll und sah zu Lea, die ihm gegenüber saß. Sie schaute ihn freudig lächelnd an, und man erkannte, dass sie es kaum erwarten konnte, von diesem Wein den ersten Schluck zu kosten. Er goss ein, und das Eingießen war so langsam und bedächtig, dass man sah, wie sich die Flüssigkeit im Glas leicht zirkulierend füllte. Als er letztendlich bei sich selbst eingoss und Lea es kaum erwarten konnte, ihr Weinglas anzuheben, sah er noch einmal, wie der Wein die Bodenwölbung des Glases links unten berührte, wie er dann zum tiefsten Punkt lief, um von dort wieder wie eine Riesenwelle am rechten Rand hochzulaufen, sich kurz vor dem Trinkansatz zu überschlagen und langsam in die Mitte des Glases zu fallen. Es sah aus wie ein hoher Wellengang auf dem Meer. Doch je mehr er in das Glas goss, umso mehr beruhigte sich die Flüssigkeit in seinem Glas, und alles sah wenige Sekunden später wie ein See aus, der in der Windstille ruhte. Sie hoben die Gläser, sogen kurz das duftende Bukett über die Nase ein, stießen an und tranken.

Tillmann ließ den Wein auf seiner Zunge zergehen. Bevor er sein Glas wieder hinstellte, hatte Lea schon einen zweiten Schluck zu sich genommen.

»Er schmeckt dir, wie ich sehe!«

»Ja, sehr! Woher kennst du den?«

»Schon einige Jahre. Ich trinke ihn aber selten. Nur zu besonderen Anlässen.«

»Ist heute ein solcher Anlass?« Lea schaute ihn ein wenig fragend und neugierig an.

»Dass du wieder gesund aus dem Krankenhaus zurückgekehrt bist, dass wir uns am Haupteingang unseres Hotels trafen, als ich dich in Nebel auf der Station besuchen wollte, du aber gerade in jenem Augenblick vor dieser Tür standest.«

»Ist das ein besonderer Anlass, Tillmann?«

Die Bedienung hatte für beide den Salat schon gebracht und zusammen mit dem Körbchen Baguette auf den Tisch gestellt. Er hatte gerade seinen Salat mit Essig und Öl beträufelt und zerschnitt ein großes Salatblatt. Er führte das Blatt mit der Gabel zum Mund, zerkaute es langsam und sah nachdenkend an ihr vorbei durch das Fenster nach draußen. Er sah, wie es Abend wurde.

»Was ist überhaupt ein besonderer Anlass?«

Er sah sie ernst an, und sie schien auf seine Antwort zu warten.

»Eigentlich kann alles ein besonderer Anlass sein.«

Er saß da und überlegte, gerade so, als wolle er noch einmal seine Aussage hinterfragen.

»Aber wenn alles ein besonderer Anlass ist, dann ist es ja nichts Besonderes mehr!«

»Das sagte ich auch nicht, Lea. Nicht alles ist für einen Menschen ein besonderer Anlass, aber für jeden von uns kann das eine oder das andere von dem, was es gibt, zum besonderen Anlass werden. Was für den Ersten ein besonderer Anlass, ein außergewöhnliches Erlebnis ist, kann für den Zweiten nichts weiter als irgendeine Alltäglichkeit sein.«

Sie verstand, was er meinte.

»Das stimmt, Tillmann, doch darauf bin ich noch nie gekommen.«

»Als ich so jung war wie du, habe ich über solche Dinge auch noch nicht nachgedacht.«

»Hör auf, ich bin auch nicht mehr die Jüngste!«

Sie lachte verlegen und sah auf ihren Salatteller, der noch nicht zur Hälfte aufgegessen war, nahm mit ihren Fingern eine Olive und schob sie sich in den Mund.

»Was du bist, ist nicht von Relevanz, sondern wie du aussiehst.«

Sie fühlte sich geschmeichelt, presste leicht ihre Lippen aufeinander und sah ihn an.

»Doch ich wollte dir etwas anderes sagen.«

»Und was ist das?«

»Weißt du, wir leben viele Jahre unseres Lebens viel zu schnell und oberflächlich, lassen die Tage und Jahre an uns vorbeifliegen und nehmen den Augenblick gar nicht mehr wahr, weil wir mit Terminen und Anforderungen, die wir zu erfüllen haben, überfüllt und zugeschüttet werden.«

Sie nickte.

»Stimmt, da liegst du gar nicht so falsch! Oft merken wir es nicht.«

»So ist es. Vor allem die frühe Kindheit ist das, was uns für unser inneres Erlebnis noch Freiraum gewährt. Man lässt uns die Zeit, mit ihr so umzugehen, wie wir es wollen. Doch schon mit der Schule kommen die ersten Forderungen, die wir als Kinder zu erfüllen haben. Und dann wird es immer mehr. In der Jugend nehmen wir uns noch einmal etwas von dieser Freiheit, um sie auszukosten, bevor das Berufsleben kommt und unser Leben zu einem globalen und gewinnbringenden Existieren macht.«

»Aber das ist doch nicht überall so.«

Sie schob den Rest ihres Salates beiseite. Tillmann war schon fertig mit dem Essen. Die Bedienung räumte ab.

»Jedem von uns«, so fuhr Tillmann fort, »wird von der Zeit genommen, die das Leben einem schenkt. Die Stunden entgleiten dem Tag, so als würde er sie verlieren, und die Tage versanden als Unzulänglichkeiten, die man schnell vergisst. Unser Kurzzeitgedächtnis wirft so vieles zum Abfall und macht es vergessen. Es könnte vieles so schön und auch so schockierend sein, wenn wir es nur wahrnehmen würden.«

»Müssen wir das Schockierende wahrnehmen?«

»Ja. – Ja, auch das, wenn wir das Leben verstehen wollen. Wer das Unglück nicht sieht, wird das Glück nicht begreifen.«

Sie hatten gezahlt, waren aufgestanden und gingen nach draußen. Es war kühler geworden, und Lea zog ihre langärmelige Shirtjacke an, die in ihrem hellen Rotbraun eine angenehme Wärme ausstrahlte. Tillmann hätte fast schon mit seiner Hand ihre Schulter berührt, gerade so wie der amerikanische Präsident, wenn er und die deutsche Bundeskanzlerin nach ihren Stellungsnahmen vor der Presse das Podium verlassen. Doch er sah davon ab, machte nur noch halbverlegen Anstalten, als wollte er ihr helfen, und ließ den Arm langsam sinken. Sie gingen über den Dünenweg zum Meer.

Die Sonne verteilte ihre letzten Strahlen des Tages über die Wellen und ließ sie an einer Stelle wie glühendes Magma erscheinen. Lea stand wie gebannt da und sah, wie vom Eindruck dieses Momentes gefangen, bis zum Horizont. Sie hatte ihre Sandalen ausgezogen, ging bis zu den Ausläufern der Wellen und ließ ihre Füße mit dem Wasser spielen. Sie trug hellgraue Krempelshorts, die einen lässigen Eindruck machten und ihr sehr gut standen. Ein leichter Wind kam auf und weht durch ihr schulterlanges rostfarbenes Haar. Tillmann stand ein wenig hinter ihr. Als sie sich plötzlich zur Seite drehte, sah er, wie die rötlichen Strahlen der Abendsonne ihren kleinen Nasenrücken mit den Sommersprossen beleuchteten. Wie kleine Inseln waren diese bis zu dem Ansatz der Backen über ihre Haut verteilt und boten ihm ein Bild, das er niemals mehr vergessen sollte. Es wurde für ihn eine Zeit der tiefen Empfindung, die er nicht mehr verstehen konnte. Wie das Licht mit dem Ausdruck ihres Gesichtes spielte, so etwas hatte er noch niemals gesehen. Er hörte das Rauschen des Meeres, wie sich die Wellen brachen und spürte, wie sie auslaufend gegen seine Füße spülten. Lea empfand wohl dasselbe. Sie sah ihn lange an und lächelte. Ihre Augen sahen fragend aus. Er legte seinen Arm um ihre Schulter, und sie neigte den Kopf an seine Seite.

Die Sonne war schon zur Hälfte im Meer verschwunden.

»Manchmal geht alles ganz schnell«, flüsterte er vor sich hin.

»Du meinst den Sonnenuntergang?«, fragte sie lächelnd.

»Auch den«, erwiderte Tillmann.

Sie legte auch ihren Arm um ihn. Sie standen noch lange da und sahen sich an, wie die Nacht sich über Meer und Strand legte.

Irgendwann gingen sie weiter. Entlang am Strand in die Nacht.

Das Sonntagmorgenlicht drang schon so stark durch die zugezogenen Leinenvorhänge, dass es der Räumlichkeit, in der Tillmann schlief, eine zwar gedämpfte, aber dennoch ausgewogene Helligkeit verlieh. Sein Körper lag quer über das Bett, und das Kissen war ein wenig eingeklemmt zwischen dem Kopfende des Bettes und Wand. Eine leichte Sommerdecke, welche, ebenso wie das Kopfkissen, ein regenbogenfarbener Baumwollbezug umhüllte, lag neben dem Bett. Das matte, leicht schummrige Licht verlieh seinem nackten Körper mit dem schon leicht bräunlichen Teint seiner Hautfarbe noch einen samtenen, pastellfarbenen Eindruck. Dieser vereinte sich in seinem Wesen mit der Ruhe, die im Zimmer lag.

Tillmann hatte einen Arm über seinem Kopf liegen, der andere hing an der Bettkante herunter und berührte mit dem Mittelfinger schon den Kieferholzboden. Sein Kopf bewegte sich auf einmal leicht. Er hob seinen nach unten hängenden Arm ein wenig an, und es war so, als schien seine Hand etwas zu suchen. Sie griff mehrmals ins Leere, dann nach dem Rand des Bettes. Seine Augen waren noch immer geschlossen. Sein Mund öffnete sich auf einmal leicht, die Lippen bewegten sich unsicher zögerlich, gleichsam als würden sie etwas suchen, was vorher noch da war. Sie bewegten sich stärker, unrhythmisch, sie öffneten sich weiter, und ihre Mimik verbarg in der Stille eine tiefe Sehnsucht.

Tillmann öffnete die Augen und sah zur Decke. Er hatte keine Lust aufzustehen, aber einfach so liegen bleiben wollte er auch nicht. Er setzte sich urplötzlich auf und schaute verwirrt in alle Richtungen. Nachdenklich streifte er über seinen kurz geschnittenen Bart und die Ausläufer seiner Brusthaare. Er überlegte lange. Dann sah er auf die Uhr: neun! Hatte er den Wecker überhört? Er stand auf und ging ins Bad unter die Dusche.

Dass es leicht nach Parfüm roch, merkte er sofort. Dafür hatte er schon immer eine gute Nase, und er konnte bisher immer den feinsten Geruch erkennen, ihn beschreiben und diesen sogar in den meisten Fällen seinem Urheber zuordnen. Er dachte an Lea. Doch wie dieser Duft in sein Zimmer kam, wusste er anfangs noch nicht. Dann dämmerte es langsam in seinen Gedanken, und er verstand das, was ihm soeben noch unklar war.

Ob Lea schon wach war? Vielleicht war sie längst aufgestanden, hatte gefrühstückt und war mit dem Fahrrad unterwegs. Er hatte es ihr ja gestern wieder zum Hotel zurückgeschoben und an den Platz, wo die Gästefahrräder stehen, zurückgestellt. Er ließ den Abend noch einmal in seinen Gedanken Revue passieren, doch es kamen nur Bruchstücke zum Vorschein, und es gab einige Erinnerungslücken in der Chronologie des späten Abends und der Nacht.

Sie waren nach dem Spaziergang am Meer noch einmal in einer kleinen Bar eingekehrt, hatten fröhlich geplaudert, einiges getrunken, gelacht und sich amüsiert. Irgendwann fühlten sie sich beide im Rausch. Er erinnerte sich an den mehrfachen Whisky, den beide mit dem Wirt tranken und der sie fast unter den Tisch soff. Hier brach die Erinnerung Tillmanns ab, und es flogen höchstens noch Fetzen davon durch seinen Kopf.

Er sah ihre Augen, wie das Blau im Halbdunkel leuchtete, die Sommersprossen auf ihrer Nase, die schulterlangen rotbraunen Haare, die sich nach hinten über sein Kopfkissen verteilten, und er sah ihren Mund, diese Lippen, die so wunderbar im Einklang mit den Proportionen des Gesichtes standen. Er spürte sie wieder an seinem Hals, fuhr mit seiner Hand noch einmal über diese Stellen, und er roch ihre zart duftende Haut, ihr Haar. Dann sah er, wie ihre weit geöffneten Augen ihn umwarben und ihn hingebungsvoll anstarrten, er spürte, wie ihre Arme ihn voller Hingabe umschlossen, wie ihre Hände über das Rückenmark nach unten glitten und mit den Fingerkuppen zart in ihn eindrangen.

Er gefiel sich darin, das Geschehen der Nacht, soweit er sich daran erinnern konnte, noch einmal vor seinen Augen ablaufen zu lassen, sich zu sehen, wie er da lag und begehrt wurde.

Bist ja noch ein guter Lover – in deinen Jahren! Hut ab! Du begehrst, was dir unter die Finger kommt, ha-ha!

Das hat sich nur so ergeben. –

Hör auf! Ergeben – wenn ich das höre! Das klingt nach Zufall, habe ich Recht? Den gibt es aber nicht! Es war dein Wille!

Sie – sie wollte es …

Sie wollte es auch!

Wir wollten es, wir …

So klingt's schon besser! Wie richtig war's, was du gemacht! Hast einfach dir genommen, was dir die Zeit da gab, was dir das Leben bot! – Hast du noch irgendwelche Zweifel?

Ich weiß es nicht.

Weshalb, du Narr?! Bist du ein Mönch, ein Eremit? Versagst dir Freud und Lust? Nein, Tillmann, nein! Das hast du gut gemacht, verlass dich drauf! Nur weiter so in deiner Reife, das Leben wartet!

Wie versteinert saß Tillmann noch eine Weile auf der Bettkannte und besah seine Zehenspitzen. Dann stand er auf und ging zur Dusche. Das Wasser spülte die Spuren der Liebesnacht von seinem Körper.

Lea hatte er an diesem Morgen nicht mehr gesehen. Die Vorhänge ihrer Balkontür waren zwar beiseitegeschoben, doch die Tür war zu. Auch im Parterre traf er sie nicht. Wie schon öfters, wenn er in Hotels oder Pensionen übernachtete, war er der Letzte, der den Frühstücksraum betrat. Nur der ältere Herr aus Köln saß noch an einem Tisch, strich sich Marmelade auf seine letzte Brötchenhälfte und trank den Rest seines Kaffees. Alle anderen Gedecke standen noch auf den Tischen, der Rand der Tassen war an Stellen, wo der Mund zum Trinken angesetzt hatte, bräunlich verschmiert, und der Milchschaum an den Innenwänden schon längst angetrocknet. Er stellte sich vor, wie er den erstarrten und vertrockneten Schaum mit seinen Fingernägeln abkratzen würde, um dann das Pulver von seiner Hand aus einfach wegzupusten. Die Krümel der frischen Brötchen und Croissants lagen über die hellblauen Decken der Tische verteilt und darüber hinaus auch auf dem Fußboden.

Eine Taube flatterte durch die geöffnete Nebentür herein, lief unter die Tische und pickte weg, was ihr unter den Schnabel kam.

Der alte Herr erschrak. »Muss dat sinn?! Wat mache de Viecher do herinne?!«

Er klatschte verstört in die Hände, murmelte noch weiter im Kölner Dialekt vor sich hin und stand dann so schnell auf, dass er dabei fast zu Boden fiel; er konnte sich gerade noch an der Tischkante halten. Dann suchte er das Weite. Tillmann lachte, trank in Ruhe seinen Tee und genoss das Frühstück.

Den Rest dieses Sonntags war er bis zum Abend am Strand, schwamm immer wieder im Meer oder setzte sich in das seichte Wasser und ließ die auslaufenden Wellen seinen Körper umspülen. So wie er gestern gern die Nähe einer Frau in sich aufgenommen hatte, so genoss er jetzt das Alleinsein, es beglückte ihn. Er fand Gefallen an der Ruhe im Rauschen des Meeres, am Schaum und den salzigen Tropfen auf seinen Barthaaren und den Lippen.

Es waren etliche Wolken am Himmel. Doch meist waren sie in kleinen Häufchen, und er sah wie sie tanzten zum Rhythmus des Windes. Die Sonne kam immer wieder mal für kurze Augenblicke hinter ihnen hervor. Eine leichte Böe blies vom Meer her und war für ihn angenehm.

Tillmann hatte zwar einen Strandkorb gemietet, aber dort hatte er vor allem sein Handtuch, das Poloshirt und einige andere Utensilien abgelegt, die er hier nicht missen wollte. Meist saß oder lag er in der Nähe des Strandkorbes, den er bis weit ans Wasser vorgeschoben hatte, so weit, dass schon fremde Blicke pikiert auf ihn schauten. Jetzt saß er wieder auf dem nassen Kniepsand unweit des Korbes, beugte seinen Kopf immer wieder zurück und ließ den Seewind um seinen Hals wehen.

In diesen Stunden dachte er an nichts. Nicht an das, was war und nicht an das, was kommen könnte. Er dachte an niemanden. Nicht einmal an Theres. Er ließ sich gehen. Er sah nur den Strand, das weite Wasser und den Himmel. Der Himmel fiel langsam in Zeitlupentempo auf die Erde. Er fühlte sich wie ein Stück von alldem, er spürte, wie seine Sinne mit dem Horizont in der Ferne verschmolzen.

Noch am selben Abend notierte er in sein Tagebuch:

Samstag, 15. VI.
Habe Lea kennengelernt. Eine junge Frau in den besten Jahren. Auf unserer Radtour am Morgen stürzte sie und musste wegen einer leichten Gehirnerschütterung ins Krankenhaus von Nebel. Doch sie kam abends wieder unerwartet zurück. Alles sei wieder in Ordnung, meinte sie. Es folgte ein erstes Essen mit anschließendem Spaziergang am Meer. Danach: Besuch in einer Bar, deren Name ich wieder

vergessen habe. Wir waren beide im Vollrausch. Nur bruchstückhafte Erinnerung an die Nacht mit ihr ---. Doch ich rieche den Duft ihrer Haut noch immer, sehe immer wieder die Sommersprossen auf Nase und Backen. Dieses Bild und der Duft vereinen sich zu einem unbeschreiblich schönen Gefühl.
(Eintrag gemacht am 16. VI.)

Sonntag, 16. VI.

Erwachen nach der berauschten Nacht. Lea war nicht mehr da, als ich erwachte. Nur den zarten Duft ihres Parfüms hat sie hinterlassen. Ich habe sie den ganzen Tag nicht mehr gesehen. War das alles nur ein Traum?

Obwohl ich Theres noch nicht in natura kennengelernt habe, plagt mich manchmal mein Gewissen. Komisch. Ich verstehe mich selbst nicht. Bin ich kein freier Mensch?

Fast den ganzen Tag war ich am Strand mit dem Strandkorb nahe am Wasser. Eigentlich sollte man das nicht. Doch keiner hat etwas gesagt. Nur ein paar Kinder haben mich komisch angeschaut. Ich habe gelächelt. Sie lachten auch und zogen weiter.

Manchmal ist es schön, wenn man allein ist. Man findet den Weg zu sich selbst, und die Gedanken wachsen ganz plötzlich wie aus dem Nichts. In solchen Augenblicken ist man nicht einsam. Man ist nur allein. Einsam ist man dann, wenn einem Menschen fehlen, wenn man sie vermisst. Allein ist ein Zustand der Ruhe. Hier am Wasser bin ich allein mit dem Meer, mit den Möwen, den Krabben und Muscheln. Ich saß immer wieder im nassen Kniepsand, und ich spüre noch immer, wie die auslaufenden Wellen meine Beine und mein Becken umspülen. Jede Welle war für mich ein großer Augenblick, ein Erlebnis! Ich erkannte wieder eines der vielen Wunder der Natur, an denen viele von uns Menschen oft vorbeileben, sie nicht mehr wahrnehmen. Ich saß da, sah das Treiben der Wolken am Himmel, beobachtete die Kämme der Wellen, wie sie sich dem Strand immer mehr näherten und im Sand verliefen. Ich empfand plötzlich das, was ich vor langer Zeit verloren hatte: Ich freute mich wie ein Kind! Immer wenn die Wellen meine Füße umspülten, fühlte ich mich zurückversetzt in die Kindheit, in die Zeit, als ich die kleine

Welt um mich herum entdeckte, die Natur mit den Geheimnissen des Lebens.

Ich saß da vorhin am Meer, spielte mit meinen Händen im Sand und warf kleine Muscheln ins Wasser. Das Kind erwachte in mir und tat wieder das wie am Anfang des Lebens: Ich spielte und freute mich an den kleinen Dingen, von denen jedes für mich ein Wunder ist. In diesen Tagen lerne ich wieder, das Leben zu würdigen. Fast sechs Jahrzehnte bot es sich mir an, doch ließ ich es unbeachtet an mir vorbeiziehen. Ich muss das Kind wiedergewinnen, das einst in mir war und in Harmonie mit ihm leben. Vielleicht bleibt dann meine innere Uhr stehen.

Was ist schon die Zeit? Ein Begriff, über den sich Naturwissenschaftler und Philosophen streiten. Ich lebe meine eigne Zeit.

Die nächsten Tage der folgenden Woche waren so schön, wie man es an der Nordsee nur selten hintereinander erlebt.

Tillmann traf wieder Lea, sie gingen zum Strand, badeten, schwammen um die Wette und genossen die See. Dann lagen sie wieder am Strand und unterhielten sich oder lasen. Sie rieben sich gegenseitig mit Sonnenmilch ein und machten dabei Scherze. Sie malte mit der Milch Figuren auf seinen leicht angebräunten Rücken, fotografierte diese mit ihrem neuen Smartphone, das sie sich erst im Frühjahr gekauft hatte, und zeigte sie ihm. Er lachte und freute sich. Über die gemeinsame Nacht vor ein paar Tagen sprach keiner mehr.

Sie waren wirklich freundlich zueinander, unterhielten sich gerne und machten noch einige Radtouren, die ohne Zwischenfälle verliefen – einmal sogar fast um die ganze Insel. Eine Wattwanderung hatten sie noch für das kommende Wochenende um den 22. VI. herum geplant, wenn das Wetter mitspielte und ihnen keinen Strich durch die Rechnung machte.

An Theres dachte Tillmann immer wieder und immer öfter. Sein Bild von ihr formte sich oftmals neu oder mit kleinen Abwandlungen. Es fiel ihm auf, und er nannte dies *Metamorphosen*. Er korrigierte es immer wieder, und fast stellte er sich dabei Lea vor. Doch Theres war ja noch jünger, etwa in der Mitte ihres Studiums. Bei diesem Gedanken schmunzelte er erwartungsvoll.

Am Freitagabend des 21. Juni ging er nach dem Essen, das er an diesem Tag schon um achtzehn Uhr zu sich nahm, mit seinem Laptop ans Meer, setzte sich in seinen Strandkorb und schrieb ihr.

Hallo Theres,
fast eine Woche habe ich nichts mehr von mir hören lassen. Mir ist die Zeit entwichen, und ich merke das immer mehr. Aber ich habe nichts dagegen. Wenn ich hier am Meer sitze und die Wellen beobachte, bricht manchmal für Augenblicke das Kind aus mir aus – oder nein, es bricht gar nicht aus, es gleitet ganz still in mich hinein, in meine Gedanken, und ich fange an mit den Kieseln und Muscheln zu spielen wie einst auf dem Hof und im Garten der Großeltern mit den Murmeln.

Wir Menschen haben uns im Lauf unserer Jahre viel zu sehr an das Leben gewöhnt und empfinden es als eine Selbstverständlichkeit, die eben so ist, wie sie ist. Wir vergessen zu oft, dass es etwas Einmaliges ist, im Leben zu stehen und es zu erleben. Ich glaube, das geht dir als Studentin doch ähnlich. Ich war als Student zu meiner Zeit nicht anders: Wir stellten Theorien auf, diskutierten in Hörsälen, auf dem Podium und auf den Rasenflächen der Studentenwohnheime bis in die tiefe Nacht, planten Aktionen, immer wieder Aktionen und Settings für die nächsten Tage, bevor unsere Grundsätze und Theoreme im Rausch der frühen Morgenstunden versanken.

Es ist still um mich geworden, Theres. Still, aber nicht einsam. Ich sitze hier in meinem Strandkorb, ganz nahe am Meer und schaue mir das Panoptikum an, das mir Wellen, Wolken und Möwen bieten. Es ist wie ein Gemälde mit unaufhaltsamen Metamorphosen. Ist unser Leben nicht auch so? –

Ach, entschuldige, Theres, ich mache immer denselben Fehler: Ich rede mit dir, als wärst du schon so alt wie ich. Aber vielleicht sind auch dir schon diese Metamorphosen aufgefallen?! Ja klar, eigentlich schon, denn es ist schon ein Gesetz der Physik, dass nichts für immer statisch ist. Schon Heraklit von Ephesus erkannte, dass die einzige Konstante des Universums die Veränderung ist.

Tillmann stand von seinem Strandkorb auf, es war ein warmer Tag, und er spürte eine relativ hohe Luftfeuchtigkeit. Er stellte den

Laptop kurz beiseite, um eine Weile aufzustehen und näher ans Wasser zu gehen, von wo auch ein leichter Wind wehte. Es tat ihm gut, und er schaute auf das Meer, sah, wie die Wellen immer näher kamen, irgendwo brachen und wenig später im Sand verliefen.

Ihm fiel sofort auf, dass die Wellen stärker wurden. Sie hoben an, er sah es deutlich, und es schien ihm, als seien die Wogen Linien: am Horizont noch ganz fein, dann wurden sie immer breiter, bis sie sich etwa zehn Meter vor dem Strand zum letzten Mal brachen und in weißer Gischt sich verteilten. Er empfand es immer wieder prickelnd, wenn sie bis zu seinen Zehen kamen oder sogar seine Füße bis zu den Knöcheln umspülten. Der Wellengang wurde höher, und manchmal wurde Tang ans Ufer gespült. Er griff mit seinen Füßen danach und spielte mit den Zehen in dem glitschigen Grün. Er sog den Geruch der Seeluft ein, dieses Gemisch aus Meerwasser, Blasentang und Miesmuscheln, die ans Land gespült wurden und hier auf dem Kniepsand ihre letzte Ruhe fanden.

Der Strand als Ort zum Sterben! Welche Gedanken kamen ihm da auf einmal in den Sinn! Er erinnerte sich an das Gerippe der Möwe, das er vor ein paar Tagen zwischen den Dünen gesehen hatte: Da lag sie, vergessen, und die Zeit hatte nur noch die Knochen und Teile des Gefieders zurückgelassen, und auch das würde irgendwann dort zwischen den Dünen zerfallen.

Er setzte sich in seinen Strandkorb und schrieb die Mail an Theres weiter.

So wie die einzige Konstante des Universums die Veränderung ist, so besteht auch das Leben nur aus Veränderungen. Nichts bleibt so, wie es ist, Theres, und je mehr du in deinen Jahren, die noch vor dir liegen, erleben wirst, desto mehr wirst du zu dieser Erkenntnis gelangen.

Doch gerade die Veränderung ist es, wovor so viele Menschen Angst haben. Der Dichter Friedrich Hebbel hatte einmal gesagt: »Der ich bin, grüßt traurig den, der ich sein könnte.« Das stimmt. Wie oft verharren wir auf ein und derselben Stelle anstatt neue Wege zu suchen.

Er schaute kurz auf, um seine derzeitige Perspektive zum Himmel und Meer neu zu erfassen. Ein Segelboot Richtung Strand, ein plötzlich hinter diesem vorbeirasendes Motorboot und ein zweites Segelboot, das man kaum noch erkennen konnte, in weiter Ferne. Der Himmel war diesig mattblau, doch man konnte schon sehen, wie von Westen dunkles Gewölk an den Ausläufern des Gewölbes aufkam. Zwei weitere Segelboote passierten sein Blickfeld, das eine hatte orangefarbene Segel, das zweite war in einem zarten Altrosa. Eigentlich standen diese beiden Farben in keinem Harmonieverhältnis zueinander, doch es passte jede Farbe zu dem immer dunkler werdenden Himmel.

Es dauerte nicht mehr lange, da drängte sich schon die blauschwarze Wolkenmasse vom linken oberen Rand seines Blickfeldes geradezu Richtung Mitte vor und fiel wie eine Diagonale von hier aus in die rechte Richtung nach unten. Es wirkte wie eine Wolkenmauer, welche in diagonalem Verlauf Tillmanns Sichtfeld in zwei Bereiche teilte: den rötlichen, teilweise auch blassgrau wirkenden Bereich von der linken unteren und den bläulichen partienweise sogar noch wolkenfrei aufgehellten rechten von oberen Seite seines Blickfeldes. Erstes Leuchten aus der Ferne hellte die gedämpften Rottöne des Himmels auf und gab ihnen für Bruchteile einer Sekunde ein orange-gelbes Aussehen, das grell aufleuchtete und den Farben erst jetzt Wirkungskraft verlieh. Ein leichtes Grollen folgte Sekunden später.

Tillmann widmete sich noch schnell seiner Mail an Theres. Er wollte, weil der Wind auch stärker wurde, mit seinen Zeilen für heute zu einem Ende kommen.

Mein Blick zum Meer hat seit Minuten eine neue Facette: Ein Gewitter zieht von der Nordsee her, und der Himmel hat neue Farben, die fast schon bedrohlich wirken. Kein Wunder auch! Die Temperatur ist derzeit zwar angenehm warm, doch von der Luftfeuchtigkeit her ist es seit den Mittagsstunden sehr schwül. Der Wind wird stärker, Theres, die Blitze heller, und das Donnern aus der Ferne rückt immer näher. Ich hoffe, dass es nur ein Gewitter ist und kein Tiefdruckgebiet folgt. Am Sonntag, also bereits übermorgen, habe ich eine Wattwanderung geplant.

Es wird stürmisch, Theres. Ich muss gehen. Erste Tropfen fallen. Meine Liebe, meine Liebe zu dir wächst. Unaufhaltsam.

Ich umarme dich,
Tillmann

KAPITEL 18

Die Wattwanderung – Und noch 'ne Insel! – Küsse vom Neroberg

Das Gewitter der Nacht war kurz, aber heftig.

Am nächsten Morgen, als Tillmann sich mit dem Fahrrad aufmachte, war der Himmel noch immer bedeckt, und es war auch etwas kühler, dass er die nach oben gewickelten Ärmel seines Hemdes wieder herunterließ und zuknöpfte. Unterwegs traf er noch einmal die beiden Frauen aus Kiel, die heute wieder ihre Heimreise antraten. Es waren zwei Bekannte, die sich einmal beim Canasta-Spiel kennengelernt hatten und von denen die Jüngere, schätzungsweise Ende dreißig, suizidgefährdet sei. Die Ältere hatte Tillmann davon berichtet, als die andere gerade auf ihrem Zimmer war, um das Letzte in ihre Koffer zu packen. Tillmann erstaunte das, als er es hörte. Sie war doch eine hübsche und attraktive Frau, aus der er Derartiges nicht ersehen konnte. *Aber das ist oft so bei Menschen,* dachte er sich, *man sieht nicht in sie hinein, und das äußere Bild ist ein ganz anderes als das innere, als die Gedanken und Gefühle, in denen die Wahrheit liegt.*

Gegen elf Uhr war er in Nebel und hörte, wie die Turmuhr der Kirche St. Clemens schlug. Er hatte diese Kirche sie schon einmal vor vielen Jahren besucht, als er mit der Familie hier war, doch sie beeindruckte ihn damals so sehr, dass er sich vorgenommen hatte, sie bestimmt noch einmal zu besuchen. Es ist oft so: Man nimmt sich etwas vor, schiebt es immer wieder hinaus, aber einmal ist die Zeit da, wo es kein Zurück mehr gibt, weil der Wunsch, vielleicht auch die Sehnsucht die innere Trägheit besiegt.

Er stand vor dem Portal der Kirche, die dem Schutzheiligen der Seefahrer geweiht war und sah hoch bis zur Kirchturmspitze. Das grauschwarze Wolkengebräu, das sich um den Turm angesammelt hatte, schuf eine seltsame Atmosphäre, denn das äußere Bild der Kirche strahlte für ihn eine Kraft und Ruhe aus, was ihm ein Vertrauen gab und im Widerstreit zu den dunklen, durchaus schon bedrohlich wirkenden Wolken am Himmel stand.

Dieses Gefühl der Ruhe und inneren Stärke zugleich wurde noch größer, als er vor der vor der geschnitzten Apostelreihe aus dem vierzehnten Jahrhundert stand. Dabei spielte die Religion in diesem Moment für Tillmann keine Rolle. Es war einfach die Wärme und Güte, die dieser Anblick für ihn von sich gab. Das könnte er genauso in einer Synagoge oder Moschee erleben. Einige Menschen saßen auf den hinteren Bänken, besahen sich das Innere der Kirche: den Flügelaltar mit der Abendmahldarstellung und den vier Evangelisten. Tillmann beeindruckten die Bilder sehr. Er hatte sich in die letzte Bankreihe der linken Hälfte gesetzt, schon fast unter der Empore. Der Organist übte schon für den morgigen Gottesdienst. Die Töne aus der Orgel auf der Empore hinter dem Altar klangen so klar im Raum, und es schien ihm, als würden sie sich mit dem schwachen Licht, das von draußen durch die Farben der Kirchenfenster fiel, vermischen. Die Melodie von Paul Gerhardts Lied *Du meine Seele, singe* erschallte in mächtigen, aber wohltuenden Klängen vom Altar durch das ganze Kirchenschiff bis zu ihm und den anderen Besuchern in den hinteren Reihen. Er saß noch eine ganze Weile da und nahm die Eindrücke in sich auf. Ein Mann stand auf, ging nach vorn bis vor den Altar und fotografierte. Er vernahm noch das Blitzen, als er nach draußen ging.

An dem kleinen Friedhof der neunzig »sprechenden Grabsteine« spürte er deutlich den kühlen Wind, der ihm jetzt um die Ohren blies, und zog den Reißverschluss seines Anoraks bis ganz nach oben. Er las auf den Grabsteinen die Geschichten über die Seefahrer und deren Angehörigen, die hier begraben lagen, über Kapitäne, Steuermänner oder einfache Matrosen, die sich in Zeiten des blühenden Walfangs hier zur Ruhe setzten und ihren Lebensabend verbrachten. An einige erinnerte er sich noch. Er hatte sie irgendwann schon einmal gesehen und fotografiert. Er fotografierte wieder. Es war so eine Angewohnheit von ihm, alles zu beobachten und immer wieder fotografisch festzuhalten, einfach nur darum, weil er Angst hatte, er könnte einmal alles vergessen.

Vor dem Vergessen fürchtete er sich. Dieses Gefühl kam in ihm erst vor ein bis zwei Jahren auf. Eigentlich gab es noch keinen Grund. Gut, manche Namen hatte er sich noch nie sofort richtig merken, obwohl er in der Schule beim Lernen von Vokabeln keine Probleme hatte. Aber vielleicht war der Grund für seine Angst einfach die Tatsache, weil dieses Thema in Presse, Fernsehen und in der Öffentlichkeit immer mehr zur Sprache kam. Er besah sich die Grabsteine. Den eines »Capitains«, den des Schiffers Willem Claasen, den eines Schiffkochs und viele andere mehr. Bei manchen konnte er die in den Sandstein eingehauene Schrift nicht mehr lesen oder nur Teile davon erkennen. Er ging an den Grabsteinen vorbei, die in der Erde eingelassen waren oder an einer etwa ein Meter hohen Mauer aus Betonplatten befestigt waren. Anfangs noch langsam, dann wurde sein Schritt schneller. Der Wind kam vom Meer und weht noch immer. Auf dem Friedhof der Gemeinde, der auf der anderen Seite der Kirche lag, fielen ihm auf vielen Gräbern die Hortensien auf, die das ganze Grab überdeckten. Sie blühten ab Mai bis in den späten Herbst.

Im Ort Nebel, wo er später hinkam, lagen sie oft versteckt hinter hohen Buchsbaumhecken, hinter Hundsrosen oder ganz einfach inmitten von Blumenmeeren, welche viele dieser reizvollen Häuser umsäumten. Die großen Rasengärten hatten auf ihn eine andere, aber eine besondere Wirkung. Es waren große saftig grüne Flächen, die von Kiefern und Sträuchern ergänzt wurden, von großen Geranientöpfen in der Mitte der Rasenfläche und von Strandkörben, die neben den mächtigen Hortensiensträuchern im Halbschatten standen. Die Strandkörbe fielen Tillmann besonders auf und begeisterten ihn so, dass ihm der Gedanken kam, sich vielleicht auch einen für den eignen Garten zu erwerben. Vor den Häusern, deren Dächer meist mit Reet bedeckt waren, gehörten die Rosen wohl zu den Blumen, die nirgendwo fehlten.

Noch am selben Abend schrieb Tillmann in sein Tagebuch:

Samstag, 22. VI.

Ein besonders schöner Tag in diesem malerischen Ort Nebel! Ich gehe durch die Straßen, und ich meine, ich wäre auf der Bühne eines Theaters, in dem auch ich einen Part eines großen Stückes spiele, das »Leben« heißt.

Ich saß im Café »Dönrnsk an Köögem«, das sich auch »Das andere Café« nennt, und genoss die Ruhe, nicht die Stille. Denn davon konnte aufgrund der Betriebsamkeit hier in der Mitte des Ortes nicht die Rede sein. Nein, es war eine innere Ruhe, die sich in mir breit gemacht hatte, die ich spürte und die sich von Äußerlichkeiten nicht stören ließ. Ich saß da auf einem dieser Korbstühle an einem sehr kleinen runden Tisch und schaute schräg über die Straße zum »Hotel Restaurant Friedrichs«. Ein Kellner putzte die Fenster. In seinem schwarzen Servieranzug stand er da und fuhr mit einem langen Stab, an dessen oberem Ende ein Putzschwamm befestigt war, über die Scheiben. Ich genoss diesen Anblick. Das Bild erinnerte mich Thomas Mann. Erst die kleine Amrumer Inselbahn, nichts weiter als ein Automobil, das man äußerlich zu einer Lokomotive mit Anhänger umgebaut hatte, die den Namen »Insel Paul« trug und die klingelnd an mir vorbeifuhr, brachte mich wieder auf andere Gedanken.

Die Sonne kam am Mittag immer mehr hinter den Wolken hervor und strahlte in voller Kraft. Ich fuhr über die Waldstraße zur »Vogelkoje Meeram«. Ich stellte mein Fahrrad auf dem Parkplatz ab und nahm den Rundweg, der über abgesicherte Bohlen durch das Naturschutzgebiet führte. Die Bäume verloren sich im Heidebereich immer mehr, nur noch wenige Birken standen an wenigen Plätzen. Die Sonne brannte heiß auf die Heide und auf die Bruchlandschaft. Der Bohlenweg führte an einem kleinen Teich vorbei, wo das Wasser schwarz glänzte und die weißen Wolken am Himmel spiegelte. In der Nähe von Birkengruppen, die bizarre Schatten auf Weg und Landschaft warfen, hielt ich kurz an. An dem Heidekraut waren schon Ansätze von Blütenknospen zu erkennen. Für Augenblicke genoss ich trotz Hitze die Landschaft, die mich an Worpswede und die Gemälde von Otto Modersohn, Paula Modersohn-Becker und die anderen Künstler jener Kolonie erinnerte.

Später machte der Weg eine Biegung und führte wieder zurück zum Teich, wo auf einmal Enten schwammen und eine Mutter mit ihrem kleinen Jungen davor stand und die Vögel betrachtete. Es war so schön mitanzusehen, als die Mutter im Begriff war aufzubrechen und der Kleine noch bleiben wollte. Er setzte sich durch, und die Mutter blieb noch ein Weilchen.

Ich brach erst auf, als sie schon weg waren, ging den Rundweg weiter, bis ich schließlich wieder auf dem Parkplatz ankam und fuhr auf dem Fahrrad dann wieder über den Waldweg Richtung Norddorf.

Am Sonntagmorgen traf Tillmann wieder Lea beim Frühstück. Sie kamen fast zeitgleich in den Raum. Er war einige Sekunden früher, sah sie von draußen kommen und hielt ihr die Türe auf. Als sie ihn fragte, ob sie beide an einem Tisch frühstücken sollten, konnte er nicht Nein sagen. Sie sah an diesem Tag noch schöner aus, als sie es vor ein paar Tagen war. Ihre helle Haut hatte eine zarte, rotbraune Farbe angenommen, ließ aber ihre Sommersprossen im Bereich der Nase noch immer klar hervortreten. Diese faszinierten ihn immer wieder. Nicht nur bei Lea, sondern bei jeder Frau, die ihm begegnete und solche Sommersprossen hatte. Er sah sie lange und intensiv an, dass ihn sie ihn schon fragte, weshalb er auf ihre Nase schaute. Tillmann lachte verlegen, schaute kurz nach unten, dann aber wieder blitzschnell hoch und zu Lea hinüber, er sah ihr direkt in die blauen Augen und fand trotz allem oder gerade wegen allem, was zwischen ihnen sich bisher abgespielt hatte, den Mut, ihr mit seinem Zeigefinger ihr über die Nase zu streicheln. Mehrmals. Sie nahm es wohlwollend an und lächelte.

Nach dem Frühstück gingen sie, nachdem sie ihre Rucksäcke geholt hatten, gleich Richtung Dünen und Meer. Sie gingen wie immer über die Straße Dünemwai noch ein Stück hoch und bogen dann links ab. Auf dem Bohlenweg wählten sie den Weg zur Ansichtsdüne, von wo aus sie dann einen weiten Blick über die Landschaft bis zum Meer hatten. Von diesem sahen sie zu dieser Zeit allerdings wenig, weil gerade Ebbe war. Erst in den frühen Nachmittagsstunden sollte die Flut wieder kommen. Sie wählten den Weg, der direkt zum Strand und Meer führte.

Sie kamen dem Strand immer näher. Das Meer lag in der Ferne, aber die Flut, die am Morgen noch da war, hatte wie immer ihre Spuren hinterlassen. Eigentlich könnte man denken, das sei tagtäglich dasselbe; aber dieser Gedanke ist falsch. Das wusste Tillmann. Jeden Tag war es für ihn etwas Neues.

Er hob die erste Schale einer Muschel auf, ein zweite und dritte folgten dann bald. Lea schaute ihm zu. Die meisten fand man auf dem Gebiet, das jetzt durch die Ebbe und den Rückgang des Meeres frei lag und noch ganz feucht und nass war. Daneben lag überall der grasgrüne Tang. Er hob ihn auf und betrachtete ihn näher; seine dünne Struktur faszinierte ihn. Er stellte fest: Die größten Muscheln, die er fand, waren meist die, welche nur mit einer kleinen Fläche aus dem Kniepsand ragten. Er zog sie heraus, und jedes Mal, wenn er eine besonders große in der Hand hielt, war er stolz über diesen Fund, wusch sie im Meerwasser und reichte sie Lea, die sie in eine Tüte legte.

»Das ist die Pazifische Auster«, erklärte er ihr. »Sie wurde von Menschen aus Japan eingeschleppt, weil man sie hier im Wattenmeer züchten wollte. Ihr Platz ist aber nicht hier, weil sie diesen und darüber hinaus auch die Nahrung den Miesmuschen wegnimmt. Sie lebt am Boden und wächst auf Steinen oder anderen Muscheln.«

»Du bist aber gut informiert.«

»Ach, das weiß ich noch von früher, als ich mit der Familie hier war und ich den Kindern alles erklärte, was sie über das Leben rund um das Meer wissen wollten.«

Lea lächelte, sah Tillmann an und sagte nichts. Was sie dachte, wusste er nicht. Er wollte es aber auch nicht wissen. Ihr Lächeln genügte ihm.

Als Lea den Priel durchquerte, blieb er zurück und suchte nach einer wasserfreien Stelle. Sie lachte.

»Mein Gott, warum ziehst du denn nicht Schuhe und Strümpfe aus und ziehst deine Jeans nach oben! Es ist so schön hier im Wasser, komm her!«

Er schaute Lea an und erwiderte nichts. Das Wasser war schon ein wenig wieder nach vorne gekommen. Die Flut kam langsam zurück. Er wollte jetzt einen neuen Weg finden, um wieder zum trockenen Strand zurückzukommen, ohne die Schuhe nass zu machen.

Ein fast schon malerisches Gewölk zierte den Himmel, und der war so groß, so weit, er spannte sich wie ein großes hellblaues Tuch über Meer und Land. In diesen Mittagsstunden war es ziemlich still hier am Meer.

Ich spüre die Windbrisen, sehe die Wolken treiben und suche die Wogen, die noch fern sind. Neben mir steht Lea mit ihren blauen Augen und den rötlichen Haaren, die im Wind wehen. Sie hat ihren Kopf ein wenig angehoben, die Augen leicht geschlossen, und ich sehe, wie der Wind mit dem Zopf ihres zusammengebundenen Haares spielt. Sie selbst schaut zum Himmel, so als spiele sie in ihren Gedanken mit den Wolken mit den Wolken, und meine Gedanken – spielen mit. Ich sehe ihre engen, roten Hosen, knielang, bemerke, wie die Bräune ihrer Waden mit dem Rot ihrer Hosen zerfließt. Sie steht da und schaut hinaus, meerwärts, und die Zehen ihrer Füße spielen ganz sacht mit dem nassen Kniepsand des Strandes.

Sie standen durch die Breite des Priels höchstens drei Meter auseinander und redeten über das Meer, über die Ruhe und das Ausspannen, über das Verweilen im Augenblick. Sie redeten über sich und über das Leben.

Als sie beschlossen, in Richtung bis zur Kurve des Strandes zu gehen, bat sie Tillmann, doch endlich die Schuhe auszuziehen und die Jeans nach oben zu krempeln, er lachte, doch dieses Mal schaffte sie es. Er sah sie lächelnd an, und sein leicht verlegenes Lächeln wurde mit einem froh triumphierenden Lächeln erwidert. Das kühle Nass des Sandes umschloss seine Füße. Sie liefen weiter, nordostwärts, weil dort der Abstand zwischen den Dünen und dem Meer immer kleiner wird und sie dann irgendwann an den Dünen neben dem Strandhafer einen Platz finden würden, um die Atmosphäre von Strand und Meer zu genießen. Es war noch Ebbe, und es würde noch über eine Stunde dauern, bis die Flut wieder den Strand erreichte. Manchmal gingen sie in einen kleinen Priel und spielten mit dem Wasser.

Die Flut kam ganz leicht wieder näher, und sie sahen es, wie das Wasser wie in kleinen Bächen in die Priele lief. Tillmann stellte fest, dass sie wegen der aufkommenden Flut die andere Seite der Insel wohl nicht mehr erreichen würden. Sie gingen zurück auf die Höhe vom »Strandlokal 33«, wo der Strandkorb stand, den Tillmann gemietet hatte.

Dort stellte Tillmann als Erstes noch die Rückenlehne ein, leicht gebeugt, dass man schon fast liegen konnte.

Und da lagen sie wieder nebeneinander, sie spürten die Wärme vom Körper des anderen, fühlten die Nähe und schauten in die Ferne. Die Flut rückte näher. Eine ganze Weile blieben sie noch mit sich und für sich. Nur für sich und nicht für die Welt. Das war das, was geblieben war von jener Nacht.

Am Abend, kurz vor dem Schlafengehen, notierte Tillmann noch in sein Tagebuch:

Sonntag, 23. VI.

Heute war ich mit Lea wieder am Strand. Es war Ebbe, und wir konnten weit hinauslaufen. Ich gebe zu: Es dauerte lange, bis ich meine Sportschuhe endlich auszog. Ich verstehe mich selbst nicht. War es Trägheit oder Trotz? Vielleicht beides.

Es war so schön mit Lea durch den Priel zu waten. Mal gespannt, wie es morgen bei der Wattwanderung ist. Schade, dass Lea gerade an diesem Tag zur Hallig Hooge fährt.

Vorhin war ich am Meer und fotografierte den Sonnenuntergang. Aus verschiedenen Perspektiven und zu verschiedenen Zeiten! Dabei ist es doch immer die gleiche Sonne, könnte man denken. Sicher, das stimmt. Aber das Licht verändert sich in jeder Sekunde, und die Sonne sinkt, sie fällt ganz langsam immer mehr dem Horizont entgegen, bis sie irgendwann ganz verschwindet.

Manchmal schiebt sich beim Fotografieren während des Sonnenunterganges der Ausläufer einer Wolke davor, der durch den Wind aber bald wieder verschwindet.

Als die Sonne schon längst verschwunden war, machte ich heute immer noch Aufnahmen: vom Meer, den Wellen, von den Wolken und dem Strand. Es ist immer so schön kurz nach dem Sonnenuntergang in diesem Dämmerlicht! Das ist so fahl, aber dieses Fahle, diese Glanzlosigkeit verhüllt in der Blässe etwas Schönes. Es sind Momente, in denen die Wellen auf einmal plastischer erscheinen, fast wie von Ton geformt. Der Glanz des Lichtes überlagert und verdrängt dabei die Tiefe der Form.

Jetzt ist es Nacht. Ich sitze auf dem Balkon meines Zimmers, habe die Balkonlampe angemacht und schreibe diese Zeilen. Es ist dunkel und still. Sogar windstill. Ich lausche minutenlang und höre ganz leise aus der nahen Ferne das Rauschen des Meeres. Die Nachtfalter tanzen um die Lampe. Ich trinke mein Jever Pils und höre die Wellen. Ich lasse mich von ihnen treiben.

Die Wattwanderung war für Montag zwölf Uhr geplant. Der Treffpunkt sollte in Norddorf »am Nordende des Teerdeiches beim WC-Häuschen« sein. So stand es im Prospekt. Tillmann fragte noch einmal bei Dominik, dem einen der beiden Hoteliers vom »Meeresblick« nach, wo dieser Teerdeich sei, wohin man mit dem Fahrrad da fahren müsse, und der zeigte ihm mit seiner friesischen Freundlichkeit dann die Richtung.

Tillmann machte sich sofort auf. Es war so still auf dem Wirtschaftsweg, der dorthin führte. Pferde standen und rührten sich nicht, fast starr, und sie hoben ihre Köpfe und schauten ihn groß an, als er kurz anhielt. Es sah aus wie auf einem Gemälde. Er hielt diesen Augenblick fotografisch fest. Die Kühe und Ochsen hundert Meter weiter waren regsamer. Die meisten standen da oder bewegten sich nur in kleinem Areal, andere lagen auf der Wiese und schüttelten die Köpfe hin und her, um die Mücken abzuwehren. Eine Kuh, die gerade noch da gestanden hatte, legte sich hin, und das fette Euter klatschte auf den Boden und verteilte sich auf dem Gras. Sie lag da und schaute in den hellen Tag.

Am Treffpunkt stellte Tillmann sein Fahrrad ab. Es war noch viel Zeit, und er war der Erste. Etwas weiter weg von ihm sammelten sich immer mehr Menschen. Das war aber eine andere, eine große Gruppe, und er erfuhr, dass die zur Insel Föhr wollten. Die Gruppe Tillmanns sammelte sich allmählich. Punkt zwölf Uhr kam dann der Wattführer Steffen. Er war Anfang dreißig, hatte rotblondes Haar und machte mit seiner spiegelnden Sonnenbrille und dem forschen Blick nicht gerade einen sympathischen Eindruck.

Einen jüngeren Mann, der ein wenig sehbehindert war und einen Taststock bei sich trug, und dessen Mutter wies er sofort ab mit der Begründung, dass man in glitschigem Schlick gehen und an manchen Stellen sogar bis unter das Knie einsinken würde. Das waren klare Worte.

»Auf geht's«, brüllte er, und seine Stimme war gewiss nicht zu überhören. Die Gruppe marschierte noch fast einen Kilometer bis sie endlich da waren, wo die Wattwanderung begann. Dort zogen alle auf strikte Anweisung Steffens ihre Schuhe aus, krempelten die Hosen hoch, und los ging es.

Der Schlick war glitschig, und es dauerte nicht lange, da wurde er auch schon tiefer, und manchmal sank man bis an die Knie ein. Tillmann brauchte nur wenig Zeit, um sich wieder daran zu gewöhnen, und im Nu hatte er die Kniffe und Tricks bei der Fußhaltung raus. Es war nicht seine erste Wattwanderung.

Gerade hatte er wieder die Füße aus dem Schlick gezogen, als er auf einmal hinter sich in der Ferne eine Stimme hörte. Er drehte sich um, schaute und sah sehr weit weg einen Mann seiner Gruppe, der aufgeregt winkte und »hallo« rief. Einige andere von der Gruppe hörten es ebenfalls, drehten sich auch um, nur der Gruppenführer, der die Rufe sicherlich auch schon längst vernommen hatte, reagierte nicht und ging stur weiter.

»Jetzt halten Sie doch bitte endlich einmal an!«, rief Tillmann. »Da hinten steht ein Mann aus unserer Gruppe, der nicht mehr weiterkommt! Hören Sie das nicht?!«

Der Gruppenführer blieb endlich stehen und schaute verdutzt auf.

Er schüttelte nur verständnislos mit dem Kopf, steckte seine Grabgabel wütend in den Schlick und lief mindestens dreihundert Meter zurück zu dem Mann, um ihn zu holen.

Die Gruppe stand da und wartete. Der Schlick war hier nicht mehr so tief, höchstens einen Fuß tief konnte man sinken, aber das war für diesen Mann schon genug, um nicht mehr weiterzukommen.

Als die beiden wieder da waren, sah Tillmann diesen älteren Mann fragend an.

»Kann ich Ihnen helfen?«

»Oh, das wäre sehr nett«, erwiderte dieser.

»Gerne«, antwortete Tillmann und nickte.

»Das ist wirklich sehr nett von Ihnen«, wiederholte der Mann und hakte sich erleichtert bei Tillmann ein.

Sie gingen ein Stück, dann wurde der Boden auch schon wieder fester.

»Machen wir es immer so, wenn der Schlick ein wenig tiefer wird und Sie meine Hilfe brauchen.«

»Vielen Dank«, erwiderte der Mann.

Es kam nur noch zweimal vor, dass es wirklich tiefer wurde. Steffen ging jetzt dort, wo der Schlick nur noch flach war. Er zeigte der Gruppe die Kothaufen des rotbraunen Wattwurmes, die wie Spaghetti aussahen, und er erklärte, dass diese Tiere sozusagen im Handstand sich ihrer Notdurft entledigen würden. Die Wattwurmhaufen waren überall zu sehen. Dabei stach mit der Grabgabel mehrmals in den Schlick, und zwar so lange, bis er endlich den bunten

Seeringelwurm erwischte, ihn hochhielt, damit es alle sehen konnten, und ihn herumreichte.

Der Boden wurde allmählich fester, und Tillmann sah, wie der Mann neben ihm aufatmete.

Bald kam ein langer Priel mit vielen kleinen Fischen, Krabben und sogar Krebsen. Die tummelten sich alle in diesem Gewässer. Die Leute gingen am Priel entlang, einige blieben ab und zu stehen und schauten angetan über die Wattfläche.

»Ich weiß«, erklärte Steffen, »dass diese Wattlandschaft einmalig ist auf der Welt und es sie nur an der Nordseeküste gibt. Sie ist so groß wie 630 000 Fußballfelder, sagt man, ob es stimmt, weiß ich nicht. Das Wattenmeer gehört zum Weltnaturerbe, und das Besondere daran ist, dass es sich ständig verändert. Wo heute noch fester Wattboden ist, kann sich morgen schon ein Priel entlang schlängeln, und die Pflanzen und Tiere müssen sich an immer wieder neue Lebensbedingungen anpassen.«

»Das stimmt«, sagte auf einmal der Mann, der sich bei Tillmann anfangs noch unterhakte. »Ich weiß sehr wohl, dass diese Küste einmalig ist. Was glauben Sie, weshalb ich hier bin?« Der rothaarige Steffen sah ihn wieder mürrisch an. Tillmann lachte, und der Alte lachte mit. Die beiden verstanden sich gut. Der Wattführer drehte sich wortlos um.

Allmählich ging es wieder zurück.

»So eine ähnliche Strecke hätte man auch gleich nehmen können«, sagte einer in der Gruppe zu seiner Frau.

»Vielleicht wollte der Wattführer uns die Schwierigkeiten und Gefahren zeigen«, erwiderte sie.

»Das hätte er auch mit Worten tun können!«

»Mit den Füßen ist es manchmal schwieriger als mit Worten.« Sie reichte ihrem Mann die Hand.

Tillmann unterhielt sich noch eine Weile mit dem alten Mann, dem er geholfen hatte und der, wie er dabei erfuhr, aus Hannover kam. Beim Verabschieden bedankte der sich bei Tillmann noch einmal ganz herzlich für seine Hilfe.

Der rote Steffen selbst war längst verschwunden und hatte sich nicht einmal von allen verabschiedet. Vielleicht hing an seiner Grabgabel noch ein Wattwurm; dann bräuchte er bei der nächsten

Exkursion nicht mehr so lange im Schlick nach einem solchen zu suchen.

Am nächsten Morgen blieb Tillmann nach dem Frühstück auf dem Balkon seines Zimmers und schrieb an Theres. Er berichtete ihr von der Wattwanderung und drückte seinen Ärger über den Wattführer aus.

In seinem Tagebuch dagegen schrieb er an diesem Morgen nur:

Montag, 24. VI.

Eine schöne Wattwanderung stand bevor. Die Sonne strahlte an diesem Morgen über den blauen Himmel, an dem fast keine Wolke zu sehen war. Ich war so guter Stimmung und freute mich auf das Watt.

Doch dieser Wattführer, dieser Steffen, hatte kein Gefühl dafür, wenn Menschen in einer Notlage sind und verweigerte einem älteren Mann, als dieser im tiefen Schlick nicht mehr weiter kam zunächst die Hilfeleistung. Erst nach Aufforderung von mir und der Gruppe tat er das.

In den späten Mittagsstunden ging er noch über den Dünenweg zum Strandlokal »Strand 33«, wo er schon öfters gesessen und eine Kleinigkeit zu sich genommen hatte. Es war angenehm warm. Er setzte sich auf die Terrasse und bestellte eine Krabbensuppe mit Alsterwasser. Am Nachbartisch saß ein älteres Ehepaar mit einem kleinen Hund. Weil dieser Hund immer wieder zu Tillmann wollte, kam er mit den beiden Leuten schnell ins Gespräch Sie sagten, sie kämen aus dem Raum Frankfurt, was man schon am Klang der Sprache hören konnte und was Tillmann wiederum sehr beglückte, ganz einfach, weil er die Menschen aus dem Hessischen und dem Rheinhessischen mochte und schätzte. Das hing natürlich auch mit den Jahren zusammen, die er als Student in den Siebzigern an der Uni Mainz studierte.

Er blieb noch über eine Stunde sitzen, nachdem die Frankfurter längst weggegangen waren. Er genoss den Darjeeling und schaute zum Strand. Außer ihm saß nur noch ein junger Mann hier draußen und las in einem Buch. Er sah auf den Buchrücken und sah, dass es *Narziss und Goldmund* von Hermann Hesse war.

Goldmund wollte immer unterwegs sein, dachte er. Wie lange war es schon her, seit er dieses Buch gelesen hatte.

Damals verschlangen es die Schüler und Studenten, weil sich ihnen mit solchen Büchern neue Welten öffneten. Wir standen an der Wegkreuzung und hatten die Wahl zwischen der inneren Askese, vielleicht auch dem Weg zu Gott, der Hinwendung zum Karma des Hinduismus und der Abkehr von jeder Göttlichkeit, der Steigerung der Lust und der Bewusstseinserweiterung. Ja, es waren die östlichen Weisheitslehren, die Wege der Selbstwerdung und Selbstfindung, wie wir es damals nannten.

Er wusste, dass für ihn und andere seiner Freunde und Bekannten die Texte von *Siddhartha* und *Steppenwolf* ohne Weiteres mit dem Gebrauch von Meskalin in Verbindung zu bringen waren. Zwei Krähen flogen über die Dünen, und ihr Kreischen durchbrach für Sekunden die Stille. Er mochte die Krähen. Warum, wusste er selbst nicht. Vielleicht wegen ihrer Intelligenz. Oder weil sie dem griechischen Gott Apollon heilig waren. Ein Galgenvogel war die Krähe für Tillmann nicht. So nannte man sie im Mittelalter, weil sie sich des Fleisches der im Freien Erhängten bemächtigte. Die Menschen waren die Henker, nicht die Vögel. Sie fraßen nur, was die Umstände dieser Zeit ihnen feilboten.

Er schloss die Augen und dachte an nichts. Alles war still und schwarz. Der Wind streifte über sein Haar und verwehte jeden Gedanken, der im Entstehen war. Irgendwann kam es ihm vor, als würde er in ein Loch fallen, ganz langsam, und das Fallen würde nie aufhören. Er spürte, wie ihm die Zeit entglitt. Er genoss es. Es war wie im Rausch.

Als der Wind erneut über seinen Kopf streifte, spürte er, dass dieser stärker war. Es pustete von hinten ganz schön und zerzauste sein grauschwarz meliertes Haar. Die Sonne kam hinter dem Gewölk hervor und brannte auf sein Gesicht. Dann wieder dieses Pusten des Windes, noch stärker als eben. Es erschien ihm irgendwie seltsam. Er öffnete die Augen und spürte, wie das Sonnenlicht blendete. Er hielt seine linke Hand vor sein Gesicht und drehte sich um.

Da stand sie, Lea, direkt hinter ihm und pustete ihm wieder und wieder über den Kopf und lachte. Er schmunzelte nur und nahm sie auf den Schoß, fast so wie damals, vor über zehn Tagen, als der sie kennenlernte. Das Eis der Tage nach jener Nacht war geschmolzen, und beide spürten, wie ihre Herzen schlugen.

Am folgenden Freitag schrieb Tillmann nach dem Nachtspaziergang am Meer in sein Tagebuch:

Freitag, 28. VI.

Ich weiß nicht, was ich die letzten Tage getan habe. Ich weiß nur das Eine: Ich habe wieder mit Lea geschlafen. Die letzten drei Nächte. Es war so schön.

Seit sie in dem Strandcafé auf meinem Schoß saß, bin ich wie verzaubert. Vielleicht verhext? Ich weiß es nicht. Mitte nächster Woche werde wieder nach Hause fahren. Lea bleibt noch bis zum Ende der nächsten Woche hier.

Ich muss wieder umdenken. Das mit Lea war ein Abenteuer in Nordseenächten. Ein Begehren und ein Ausflug der Lüste eines Menschen in andere Weiten. Wie groß ist doch die Welt!

Aber Theres, was ist mit Theres?

Tillmann stand plötzlich auf und schaute durch das Fenster auf den Balkon zum Abendrot da vorne am Meer.

Da hörte er plötzlich eine Stimme in sich. Es war sein *Alter Ego*. Was konnte es auch anders sein!

Theres! Was denkst du an Theres, mein Freund! Sie ist nicht hier, sie ist weit weg von dir. Sie lebt ihr Leben und du deines. Sie tanzt im Kreise ihrer Freuden!

Wieso? Sie wartet doch auf mich!

Ach Warten, dieses Warten! Was ist das schon! Verlorene Zeit, sonst nichts. Füll all die Jahre, die du hast, und koste jede Stunde.

Wir Menschen müssen alle warten, wenn es der Umstand fordert, weißt du das nicht?

Ja, diese Psalmen, hör doch auf! Sie lügen und sie heucheln doch. Spürst du das nicht?

Das stimmt doch nicht.

Und ob das stimmt. Lieb, wen du willst und tob dich aus, genieße jedes Weib, das sich dir öffnet. Hör immer, wie die Stunde schlägt, gezählt sind deine Tage!

Tillmann erschrak. *Gezählt sind meine Tage! Ja. Das stimmt. Ein jeder soll sein Leben leben, wie er es mag.*

Er legte sich auf sein Bett. Einschlafen konnte er nicht. Vieles ging ihm durch den Kopf.

Draußen war es schon Nacht.

Am späten Samstagmorgen fuhr er noch einmal mit dem Bus nach Wittdün, um noch einige kleine Einkäufe zu machen.

Der Bus, mit dem er fuhr, war wieder mal total überfüllt, sodass man kaum noch stehen konnte.

In dem Ort kaufte er kurz vor Geschäftsschluss noch einige Gläser mit Marmelade und eine Flasche Köm. Nur die Inselbäckerei und die Cafés hatten noch bis zum frühen Abend geöffnet.

Er ging den Wittdüner Strandweg entlang bis zum Hafen, machte immer wieder halt, und fotografierte aus neuer Perspektive. Er stellte fest: Aus jeder neuen Perspektive entsteht ein neues Bild. Später hatte er sich an einer Aussichtsfläche auf einer Bank gesetzt und dachte darüber nach. *Wenn mit jeder Perspektive ein neues Bild entsteht, dann gäbe es unendlich viele Bilder. Ich versuche das auf den Menschen und das Leben zu übertragen. Wenn uns die Blickrichtung nicht gefällt, müssen wir sie einfach wechseln. Das Leben hat viele Perspektiven.*

Am Nachmittag fuhr er mit dem Bus zum Leuchtturm, und er war so enttäuscht, als er auf einem Schild las, dass dieser nur an Werktagen montags geöffnet hat. Tillmann lächelte. *Macht nichts, ich fotografiere ihn von außen. In vielen Perspektiven. Am besten gefällt mir die mit dem Strandhafer am unteren Rand. Am Abend stelle ich das Bild in Facebook.*

Am Abend ging er zusammen mit Lea im Restaurant des Hotels Hüttmann in Norddorf essen.

Es war ein sehr vornehmes Hotel. Der Kellner kam, begrüßte die beiden freundlich, verneigte sich und steckte eine Kerze an. Dann reichte er jedem die Karte.

»Darf ich Ihnen schon etwas zum Trinken bringen?« Seine Worte klangen sehr dezent und höflich. Er bestellte Alsterwasser, Lea einen Rosé-Wein. Sie blätterten lange durch und suchten. Dann erhoben sie die Gläser und stießen an.

»Auf dich und mich«, flüsterte Lea leise.

»Auf uns beide«, erwiderte Tillmann.

Zur Vorspeise wählten beide die Pfifferlingsrahmsuppe, und als Hauptgericht entschied sich Lea für den Rehrücken mit Preiselbeeren, Kartoffeln und Salat, während Tillmann sich die geschmorte Lammhaxe mit Weckknödeln und Gemüse aussuchte.

Nach acht Uhr kamen immer mehr Gäste, und gegen halb neun waren fast alle Plätze außer einem direkt an der Tür belegt. Die meisten Gäste kamen in Abendgarderobe. Tillmann und Lea gehörten zu denen, die im Touristenlook da saßen. Aber es störte sie nicht. Sie genossen ihr Essen, unterhielten sich dabei und lachten viel, und man merkte, dass von jedem an diesem Abend eine Freude ausging.

Erst zu fortgeschrittener Stunde, als man auf die Abfahrt Tillmanns Mitte nächster Woche zu sprechen kam, schwenkte die Stimmung, und Lea wurde sogar noch trauriger als Tillmann. Sie streckte ihre beiden Hände über den Tisch zu ihm hin und streichelte seine. Er ließ sie walten, genoss ihre zarten hellen Hände und schaute ihr so auf ihre Sommersprossen, als wäre er in jeden einzelne Sommersprosse verliebt. Dann hob er die Hand und strich ihr mit dem Finger über die Nase. Sie schlug ihre Wimpern weit hoch und lächelte ihn an. Die Kerze war schon fast bis zur Hälfte heruntergebrannt, und Tillman sah das Licht der Kerzenflamme auf ihrem Gesicht.

»Was machst du eigentlich beruflich? Wir kennen uns nun schon viele Tage, und ich habe kein einziges Mal danach gefragt«, fragte Tillmann plötzlich. Sie sah ihn mit großen Augen an und lachte.

»Das andere, lieber Tillmann, war dir wohl wichtiger. – Aber zu deiner Frage, was ich mache.«

Er nickte.

»Ich bin, kurz gesagt, Vertreterin von Hautcremes und reise immer durch die Lande. Jetzt habe ich gerade Urlaub und kann mich hier am Meer so richtig entspannen.«

»Wozu die Cremes?«, fragte Tillmann neugierig wie ein kleiner Junge.

»Die sind zum Auftragen auf die Haut und für Massagezwecke. Aber jetzt habe ich Urlaub und möchte diesen genießen.«

»Dann bist du ja oft unterwegs?«

»Ja, so ist es. Ich bin immer auf Reisen.«

Tillmann stutzte. *Immer unterwegs*, dachte er.

»Und dein Mann, deine Kinder?«

»Von meinem Mann bin ich schon seit über zehn Jahren geschieden. Kinder habe ich keine.«

»Bist du ganz alleine?«

»Nein, Tillmann, nicht ganz. Ich habe einen Lover. Aber wir leben getrennt und besuchen uns nur unregelmäßig.«

»Nimmst du ihn nicht mit in den Urlaub?«

»Warum sollte ich? Zum Entspannen?« Sie lachte und streichelte ihm die Hand. Dann erhob sie sich ein wenig, schob ihren Oberkörper ein wenig nach vorne und küsste ihn auf den Mund.

»Man nimmt sich immer das, was man will, wenn es sich einem anbietet. Das ist ein uraltes Spiel, Tillmann, das es seit Menschengedenken schon gibt.«

»Aber die Gesellschaft gibt uns doch Regeln. Auch im Zwischenmenschlichen.«

»Das gibt sie uns, und ich halte mich daran. Klar, ich darf keine Ehe mit mehreren Männern führen, so wie es die Männer im Orient tun. Aber ich darf lieben. So viele, wie ich will. Dich, meinen Lover, vielleicht auch noch einen anderen. Verstehst du, was ich meine?«

Tillmann schaute sie fragend an.

»Ja, ich verstehe dich. Aber kannst du damit leben?«

»Du siehst es doch, wie ich das kann. Hier bin ich! Ich lebe es dir vor.«

Tillmann sah sie immer noch an, fast schon entgeistert war sein Blick.

»Jetzt schau nicht so, komm! Vielleicht bin ich ein unruhiges Wesen: Ich liebe nicht nur einen und bin oft unterwegs. Geht es dir nicht manchmal auch so? Immer unterwegs zu sein«

»Ja«, antwortete Tillmann, ja ich bin in der letzten Zeit auch oft unterwegs, komme viel rum und genieße es.«

»Siehst du, und wie ist es mit dem Lieben?«

»Bist du verheiratet oder hast du eine Geliebte?«

»Ich bin geschieden.«

»Nichts weiter?«

»Doch. Eine Geliebte. Sie ist weit weg von mir.«

Mehr sagte er nicht.

»In Deutschland?«

»Ja.«

»Deutschland ist klein!«

Sie lachte. »Sei doch kein Frosch.«

Tillmann sah zum Kellner, der seinen Blick als Aufforderung verstand.

»Ich zahle, Lea.«

»Ach, Tillmann, vielen Dank!«

»Ist doch klar.«

Der Kellner kam und rechnete ab. Es war eine Stunde vor Mitternacht, und draußen auf den Straßen brannten nur wenige Laternen. Man musste aufpassen, dass man nicht hinfiel.

Tillmann schloss die Tür zum Hotel auf. Lea stand da und hatte den Kopf an seine Schulter gelehnt.

Im ersten Stock vor ihren beiden Türen, hatte sie den Schlüssel zuerst gezogen, öffnete die Tür und sah ihn an.

»Kommst du mit?«

Tillmann überlegte für wenige Sekunden. Dann nickte er.

»Ja. – Vielleicht das letzte Mal.«

Sie traten beide still in den Raum. Lea knipste den Lichtschalter an, und Tillmann schloss leise die Tür. Die Nacht wurde ein Spiel bis in den frühen Morgen. Sie kosteten die Zeit, die sie noch gemeinsam hatten. Als das erste Morgendämmerlicht durch den nicht zugezogenen Spalt der Vorhänge fiel, waren sie kurz davor eingeschlafen. Der Lichtsaum legte sich in einer schmalen, aber langen Bahn über ihre Körper.

Sonntags fuhr Tillmann mit dem Bus am Morgen zum Leuchtturm, der leider, wie er auf einem Schild sehen musste, nur an Werktagen morgens geöffnet hat. *Macht nichts, ich fotografiere ihn von außen. In vielen Perspektiven. Am besten gefällt mir die mit dem Strandhafer am unteren Rand. Am Abend stelle ich das Bild in Facebook.*

Theres gefiel das Foto vom Leuchtturm, und sie schrieb ihm noch am selben Abend:

Hi Till,
was ist denn in dich gefahren? Seit wann stellst du Bilder in Facebook ein? Gut, ich gebe ja zu, dass ich auch zwei Bilder reingestellt

habe. Es sind zwei Rosen, sonst nichts. Ich halte mich zurück auf solchen Kanälen, und du, wie ich mir denken kann, bestimmt. Dein Bild von der Rheinbrücke, die man in ihrer schrägen Form auf dem Bild zunächst gar nicht erkennt, finde ich sehr ansprechend, und das andere, das du diese Tage reingestellt hast, gefällt mir auch gut. Aber kein einziges Bild von dir!

Hast du schon mit dem Block oder der Staffelei in den Dünen gesessen?

Es ist ein warmer Juniabend. Vor zwei Stunden saß ich noch auf der sonnigen Glasveranda des Restaurants auf dem Neroberg und hatte einen tollen Blick auf den Riesling-Anbau unterhalb des Opelbades und auf das Nerotal, auf die Russisch-orthodoxe »Kirche der Heiligen Elisabeth«, wie sie sich nennt, und auf die vielen antiken Bauhausstil-Häuser des Nerotals.

Ich genieße die Semesterferien, träume in den Tag, was sich so träumen lässt. Von sonnigen Stränden und Fischerbooten, von Bergen und weiten Höhen, von manchem, das vorüber ist und von der Liebe, die noch kommt, von den Wassern der Meere und den Sternfluten der Nacht, von dir und mir, von uns. In zwei Monaten werde ich in der Ägäis sein und die griechische Sonne erleben – wie ich mich darauf freue! Und wenn ich dann Ende September wieder zurückkomme, werde ich dich zum ersten Mal sehen, mein Süßer! Dann wird der vor der Türe stehen, den die Zeit mir gab. Ich kann es kaum erwarten.

Lass mich an diesem Sommerabend dich aus der Ferne küssen und umarmen, in deinen Armen versinken, ach versinke du in mir.

Nackt lieg ich hier in meinem Bett und schaue in die Nacht. Ich fühle, wie dein Atem kommt, er öffnet meine Glieder. Komm her zu mir, mein Till ...!

Theres

Tillmann las diese Zeilen von Theres noch vor dem Zubettgehen, und er war innerlich sehr erregt. Es war ihm, als höre er den Widerhall ihrer Worte hier im Raum, als spüre er ihren Atem über seine Haut gleiten, und es war ihm so, als fühle er ihre Hände auf seinem ganzen Körper.

Tags darauf war der Himmel schon in den Morgenstunden erfüllt von einer mächtigen Bläue. Die »MS Adler-Express« fuhr mit etwa dreißig Knoten, was einer Geschwindigkeit von nicht ganz fünfzig Kilometern entspricht, über das Meer. Die See war ruhig.

Sie standen achtern an der Reling auf dem Oberdeck und schauten zum Horizont. Die Sonne blendete mit ihren Strahlen, die auf dem Wasser glänzten. Lea legte ganz sacht ihren rechten Arm um seine Taille. Er dagegen hatte seine Arme über die Reling gelegt und genoss das Meer und den Tanz des Lichtes darauf, er spürte, wie das Schiff über das Wasser glitt, und sein Körper ging mit den Wellen. Sie waren an diesem Morgen niedrig, aber er konnte sie unter sich fühlen. Sie standen lange da. Er sogar noch länger als Lea. Er hatte es nicht einmal gemerkt, als sie sich von ihm löste und Richtung Bug ging. Er stand da und erlebte, und er ließ die vielen kleinen Augenblicke, die ihm die Spiele der Wellen zeigten, zu einem großen verschmelzen.

Irgendwann war es so weit. Da lag die Insel! Lea freute sich wie ein Kind.

Sie winkte Tillmann zu, und er ging vor zu ihr.

Noch war sie nur ein kleiner, rötlicher Fleck im Meer, doch von fern sah er sie schon in seinen Gedanken, so wie er sie von früheren Besuchen her kannte: die »Lange Anna«, diese sechsundvierzig Meter hohe und alleinstehende Felsnadel, das Wahrzeichen von Helgoland. Tillmann war enttäuscht, als die »MS Adler-Express« von der Seite kam, wo man von ihr und den ganzen Felsen so gut wie nichts sehen konnte. Der Südhafen, wo das Schiff einlief, lag auf der anderen Seite.

Das, was er sah, waren die Imbiss- und Hummerhütten, wo einstmals die Fischer wohnten und wo heute vor allem Schleckereien angeboten wurden.

»Wie kleine Häuschen aus Kinderbaukästen!«, fand Lea.

»Eher wie eine genau abgestimmte Farbimpression!«, meinte Tillmann.

Sie lachte, wie sie es oft tat, wenn er eine andere Meinung hatte. Vielleicht war das ein Weg von ihr, ihm näherzukommen.

Auf dem Fußweg nach oben meinte sie, dass seien doch über hundert Meter. »Siebenundsiebzig«, entgegnete Tillmann kurz.

»Und woher weißt du das so genau?«

»Weil ich es auf dem Schiff im Reiseführer gelesen habe!«

Er sah sie an und lächelte.

»Ach so!« Sie lachte kurz, und dieses Lachen barg eher den Anschein einer Verlegenheit.

Sie nahmen den Klippenrandweg, der auf dem abgesicherten Plateau der Sandsteinfelsen rund um die Insel führte.

Die Sonne schien stark, und Tillmann setzte seinen Sonnenhut auf, den er die ganze Zeit schon an seinem Fotokoffer hängen hatte. Lea hatte schon auf dem Schiff ihre Sportkappe aufgesetzt.

»Hast du dich schon eingecremt?« Er schüttelte den Kopf.

»Mensch, tu das! Weißt du, wie hoch die Sonneneinstrahlung hier ist?!«

»Nein, wie hoch?«

»Ich weiß es nicht genau, aber sehr hoch! Ich habe mich schon auf meinem Hotelzimmer eingecremt.«

Er schaute hinunter zum Meer.

»Ach, komm, mein Lieber! Darf ich es tun?«

Sie hatte schon ein kleines Häufchen Salbe aus der Tube auf ihren rechten Mittelfinger gedrückt und verteilte diese Substanz vorsichtig und liebevoll über sein Gesicht. Zuerst tupfte sie die Creme wie klitzekleine Häufchen über seine Gesichtsfläche.

»Hebe bitte den Kopf ein wenig an.«

Er tat es. Als sie alles aufgetragen hatte, sah sie ihn kurz an.

»Schön schaust du aus, die weiße Farbe steht dir. Fast wie ein Clown!«

Sie lachte lauthals und merkte, dass sie ihn soeben in ihren Händen hatte. Er schaute immer noch nach oben und hatte die Augen geschlossen.

»Bist du fertig?«

»Fertig? Nein. Der Hauptteil kommt jetzt erst.«

Er öffnete die Augen, senkte seinen Kopf ein wenig und schaute zu ihr. In diesem Augenblick merkte er, dass er einen Kopf größer war als sie. Aber mit ihren Armen kam sie bis über die Kopfoberfläche.

»Den Kopf wieder hoch, Tillmann! Ich sagte doch gerade: Der Hauptteil kommt noch.

Er gehorchte, hob den Kopf wieder leicht an und schloss wieder seine Augen.

Vom Hals her massierte sie mit ihren schlanken Händen die Creme in seine Haut ein.

»Und jetzt den Kopf etwas nach unten bitte!«

Er beugte seinen Kopf.

»Darf ich die Augen öffnen?«

»Natürlich! Habe ich dir gesagt, dass du sie schließen sollst?«

Er schlug seine Lider auf, und das, was er sah, waren ihre blauen Augen, die in ihrer hellen Bläue einen guten Kontrast zu dem dunklen Ultramarin des Meeres unter ihnen bildeten. Er schaute sie an, und sie lächelte, massierte die Restcreme ein und küsste ihm auf den Mund, noch ehe sie die Tube zuschraubte.

»Es ist eine Emulsion, die wenig Fett enthält.«

»Danke, Lea.« Er schaute sie an, presste seine Lippen leicht an und nickte.

Sie gingen weiter auf dem Klippenrandweg, blieben manchmal stehen und schauten aufs Meer. Zwei Ehepaare von ihrem Schiff, die anfangs hinter ihnen waren, hatten sie längst überholt.

Tillmann fotografierte wieder auf seiner Canon. Die »Lange Anna« und die anderen Felsen, auch hier immer wieder aus anderen Perspektiven. Den Lummenfelsen mit den Möwen holte er mit seinem Tele noch näher ran.

»Hey, Tillmann, schau mal zu mir her!«

Er drehte sich um und sah zu ihr. Sie hatte ihr Smartphone auf ihn gerichtet.

»Ja, so ist gut! Toll wirkst du hier auf dem Felsen.«

Er fühlte sich geschmeichelt und wollte weitergehen, als sie ihm zurief: »Moment, einen Augenblick noch, noch zwei Bilder bitte!«

Tillmann hielt still und sah mit leicht zugekniffenen Augen in die Sonne.

»Der Hut steht dir gut! Irgendwie erinnerst du mich an Walter Faber aus dem Roman von Max Frisch.«

Er lachte. Denn er liebte diesen Roman. »Du meinst *Homo Faber*!«

»Genau den! In der Oberstufe haben wir ihn damals behandelt. In den Neunzigern wurde er von Volker Schlöndorff verfilmt.«

»Einundneunzig!«, ergänzte er.

»Ja, wegen mir einundneunzig! Hast du nicht ein wenig Ähnlichkeit mit diesem Hauptdarsteller?«

Sie lachte und freute sich sichtlich.

»Du meinst mit Sam Shepard?«

»Ich weiß nicht. Ist der nicht fast eine halbe Generation älter als ich?«

»Mag sein. Aber irgendwie bist du sein Typ!«

»So, bin ich das?«

Er schaute nachdenklich zu der kleinen Gruppe von Schafen, die auf der Wiese lagen. Der Bock mit seinen weit geschwungenen Hörnern war fast schwarz.

»Ich denke schon.«

Sie blickte ihn ein wenig unsicher an.

»Mir wurde das noch nie bewusst, aber wenn du meinst.«

Sie ließ ihren Blick nicht ab von ihm, zog ihm kurz den Hut von seinem Kopf und fuhr ihm mit ihrer Hand durch das Haar. Dann setzte sie ihm den Hut wieder auf.

»Hier im Gegenlicht der Sonne sieht du aus wie ein Desperado.«

Er lachte laut. Der Vergleich gefiel ihm.

»Das wusste ich bisher noch nicht«, erwiderte er und lachte wieder. Er freute sich.

Sie gingen weiter bis zur Spitze der Insel, dort machte der Klippenrandweg einen Bogen und führte zurück. Unten am Hafen tranken sie noch einen Friesentee mit Kandis und Milch. Sie fotografierten sich beide noch einmal.

»Eine schöne Erinnerung, Tillmann!«

»Ja, Lea.«

Um 15 Uhr 45 legte die »MS Adler« wieder ab.

Die Sonne bewegte sich wieder dem entgegengesetzten Horizont entgegen, von wo sie am Morgen aufgestiegen war.

»Der Himmel ist immer noch hell, und man kann nicht die geringsten Anzeichen einer Abendstimmung erkennen.« Tillmann war ein wenig enttäuscht. Er hätte so gerne den Sonnenuntergang an Bord erlebt. Lea schmunzelte.

»Das können wir später, wenn wir wieder am Norddorfer Strand sind«, erwiderte sie.

Tillmann schwieg. Er suchte noch immer, und schließlich fand er auch schon in diesem Sonnengelb des frühen Abends die ersten bronzefarbenen Farbtöne. Doch er sagte nichts.

Dienstag, 2. VII.

Letzter Tag vor meiner Abreise. Ich gehe am Mittag noch einmal ans Meer. Ich spüre den Wind, die laue Brise. Nichts mehr vom Meer, es ruft mich aus der Ferne. In Zeiten der Ebbe ist es der Wunsch, der vorgelebte Traum, und im Spülsaum über dem nassen Sand: die Herzmuschelsuche. Ich greife nach dem grasgrünen Meersalat und ziehe seine Frische in mich hinein. Ich gehe nordwärts, wate durch Priele, und an meinen Füßen spüre ich das Kitzeln kleiner Garnelen. Die Sonne scheint mir beim Gehen in den Nacken, und ich ziehe meinen Hut tiefer.

Nachmittags noch einmal am »Strand 33«, wo ich Lea treffe.

»War das kein Zufall«, fragt sie mich.

Ich zögere, wie schon so oft bei dieser Frage. »Ich weiß es nicht«.

Sie lacht, sie freut sich. Dann ist sie still. Es riecht nach Strand und Meer und Abschied, und als sie mich küsst, rieche ich den zarten Duft der Creme auf ihrer Haut, der überkommt mich wie ein kleiner Wahn, ein Abschiedsrausch befällt uns beide, wir gehen Richtung Meer und legen uns zwischen den Strandhafer am Rand der Dünen. Meine Hände gleiten über Leas Haut und zählen die Sommersprossen. Lea lacht und schaut zum Himmel, sie atmet immer schneller.

Der letzte Abend dann bei Tisch im Hause. Wir essen Fisch, und Dominik serviert so freundlich wie immer die Gänge. Wir stoßen an auf das Lokal und das ganze Hotel: Zum Meeresblick!

Mein ausgeliehenes Fahrrad habe ich vor dem Essen wieder zurückgebracht. Meine Koffer sind schon fast gepackt.

Bis zur Dunkelheit sitzen Lea und ich noch im Vorgarten unseres Hotels im Strandkorb und reden fast nichts. Vereinzelte Schreie von Lachmöwen, das Zirpen der Grillen und das Geräusch eines vorüberfahrenden Autos begleiten uns in die Nacht. Für mich: Melodien des Abschieds.

KAPITEL 19

Die Heimreise – Sommertage

Mittwoch, 3. VII.

Abreisetag! Herrliches Wetter!

Mein Schiff wird um 11 Uhr in Wittdün ablegen. Ziel: Dagebüll.

Dann geht es mit dem ICE weiter nach Hamburg und von dort gegen 17 Uhr weiter Richtung Mannheim.

Um 21:30 Uhr wird der Zug Mannheim erreichen.

Ich wäre so gerne geblieben. Es war so schön, so unbeschreiblich schön! Doch ich fahre in eine neue, in eine andere Zeit, die immer näher rückt.

Lea hat mich noch nach dem Frühstück zur Bushaltestelle von Norddorf begleitet. Der Bus kam dann, und da ging alles so schnell, weil alle Schulkinder sich in den Bus drängten. Ich umarmte sie kurz, dann drängten die Schüler mich von hinten in den Bus Richtung Fahrer, der mir die Karte gab. Ich sah, wie Lea mir noch nachwinkte, als der Bus schon um die Ecke bog.

Jetzt sitze ich am Hafen von Wittdün und warte auf das Schiff.

Das Schiff erreichte rechtzeitig den Hafen und legte pünktlich ab.

Noch einmal über das Meer! Tillmann stand die meiste Zeit am Heck an der Reling und schaute zurück. Er sah, wie er das, was gewesen, immer mehr hinter sich ließ. Sogar den Hut! Er hatte ihn nur oberflächlich auf den Kopf gesetzt, und als er sich ein wenig über die Reling beugte und im selben Augenblick eine kurze Windbrise kam, flog ihm der Hut vom Kopf, und er konnte ihm nur noch nachblicken und zusehen, wie die Wellen ihr Spiel mit ihm trieben.

Er ließ alles hinter sich und fuhr bis Dagebüll, wo schon der Anschlusszug nach Hamburg wartete, und ab Hamburg dann die letzte, die große Strecke bis nach Hause.

Tillmann fuhr in den Sommer. Er kannte diese Strecke schon. Es war dieselbe wie auf der Hinfahrt, nur in anderer Richtung. Ein

Monat war seitdem vergangen. Verändert hatte sich auf den ersten Blick fast nichts, und einen zweiten konnte er aufgrund der hohen Geschwindigkeit des ICE nicht mehr in Gang setzen.

Doch das Weizenfeld! Es fiel ihm auf. Das Ähren-grün war schon in ein leichtes Beige-gelb übergegangen. Wie ein pastellfarbener Hauch lag diese Farbe über dem Feld. Er konnte es nur wenige Sekunden sehen, und wenn es keine so große Fläche gewesen wäre, hätte er es vielleicht gar nicht wahrgenommen. Aber er hatte es gesehen, und dieser Augenblick hatte sich in seinen Gedanken eingeprägt! Er sah diesen Farbton noch eine ganze Weile. Dieser wechselte langsam in ein helles Ockergelb. Das liebte er. Es war für ihn ein Zeichen des Weges zur *Reife*.

Schon oft hatte Tillmann in den letzten beiden Jahren über die Reife nachgedacht. Als er noch jung war, hatte er derartige Gedanken, die in ihm damals aus vorangegangener erster, aber nur kurzer Erfahrung gewisse Anzeichen einer Endzeitstimmung auslösten, bewusst gemieden. Er wusste nur, dass die Reife das ist, was der Blüte folgt und noch kommt, bevor der Herbst beginnt. Dass der Herbst des Lebens bei ihm ins Haus stand, ja schon im Haus war, wusste er, und er wollte das auch nicht vor sich selbst verleugnen. Er sah in den schmalen und kleinen waagrechten Spiegel des Abteils, der ihm gegenüber oberhalb der Sitze angebracht war. Beim Sehen störte ihn keiner, er war allein im Raum. Die Geschäftsleute saßen meist in den offenen Abteilen, und die Urlauber aus dem Süden, wenn die Ersten von ihnen schon auf dem Weg zu Ferienorten an der Nordsee waren, fuhren in die andere Richtung.

Nachdem er zweimal in den Spiegel geschaut hatte, setzte er sich wieder.

Habe ich mich sehr verändert? Nicht sehr, aber ein wenig. Er überlegte, ob der Grund dafür das Alter oder die Reife war. *Es ist die Reife! – Was soll es auch anderes sein, wenn ich eines Tages, vielleicht schon bald, dieser jungen Studentin Theres gegenüberstehen werde! Sollte ich diesen Oberlippenbart wegrasieren?* Er wusste es nicht. Freunde rieten ihm immer sehr davon ab, das würde ihn auch charakterisieren, er solle nichts verändern, auch Sonja liebte seinen leicht gezwirbelten Bart. *Vielleicht ist es das Einzige, was von ihrer Liebe geblieben war. Der Schnurrbart!* Er lachte laut auf und fuhr mit seinen Händen über die Rundungen des aufgezwirbelten

Bartes. *Vielleicht wird er die Jahre meiner Reife überdauern, und ich nehme ihn mit in den Tod.* Die Gedanken daran befremdeten ihn, und er versuchte sie zu vergessen. *Die Reife hat nichts mit dem Tod zu tun. Die Reife ist das Leben in seiner Fülle, welches man auskosten muss. Sie ist das, auf was unsere Entwicklung zusteuert, sie ist das Ziel, das wir nach langem Weg mit vielen Hindernissen erreichen, sie ist gleichsam das Geschenk dafür, dass wir von Geburt an bereit waren zu leben.*

Tillmann wollte leben, weil er das Leben liebte und schätzte. Sein Aufenthalt auf der Insel hatte dieses Gefühl erfüllt und vertieft.

Was hatte er diese Augenblicke am Meer in sich aufgesogen! Wie hatte er da endlich gelernt, das zu erkennen, inmitten dessen wir sind, von der Physis bis zu den Bausteinen des Lebens! Eine tiefe Dankbarkeit überkam ihn, bei der er nicht wusste, an wen sie gerichtet war. Sie machte sich ganz langsam in ihm breit, bewegte ihn so, dass er verträumt den Film der Landschaft, den er sich durch das Zugfenster direkt ansehen konnte, wohltuend an sich vorüber gleiten ließ. Erst an den Höhenzügen des Harzes merkte er, dass er kurz vor Kassel war. Er sah die Laub- und Nadelbäume, die immer wieder in ihrem vollendeten Grün die Strecke des Zuges flankierten. Er dachte an die ersten Buchenknospen, die er zur Osterzeit schon an den Zweigen sah, er dachte daran, wie sie sich Wochen später öffneten und die ersten Blätter in einem hellen Maigrün zum Vorschein brachten, und nun sah er schon dieses ausgereifte, dieses dunkle Blattgrün, das längst schon vom Staub der Tage überzogen war. Er erkannte, dass es hier schon einige Zeit nicht mehr geregnet hatte.

Urplötzlich, wie aus heiterem Himmel, dachte er an Theres, sah sich mit ihr auf einer Sommerwiese liegen inmitten der Blumen, und er sah das Weiß der Margeriten schon leuchten, obwohl das alles noch ein Wunsch war.

Ja, er sah zu manchen Zeiten Theres immer wieder, grub sich mit seinen Gedanken in ihre jugendliche Schönheit ein, konnte manchmal nicht davon ablassen, sich in seinen Sinnen Bilder von ihr zu malen, einfach so, wie er sie sah.

Sollte er seine Gedanken notieren? Sollte er alles niederschreiben, so wie er sie sah, so wie er sie empfand, sollte er das alles notieren und ihr bei der ersten Begegnung zeigen? Er überlegte. Ja, warum nicht! In das Tagebuch!

Ich male uns Bilder, viele Bilder. Von ihr und von uns. Von den Tagen, die kommen, vielleicht auch von der Zukunft, die in der Ferne liegt.

Er zögerte. Erst hinter Frankfurt, als zwei Männer seinem Abteil zugestiegen waren, nahm er sein Laptop aus der Tasche und begann mit seinen Aufzeichnungen.

Mittwoch, 3. VII.

Heute bin ich wieder mit dem Zug auf dem Heimweg. Ich sehe oft hinaus aus dem Fenster und spüre, wie ich mit den Farben der Landschaft verschmelze: mit dem Wachsen und Reifen der Natur auf Wiesen und Feldern.

Irgendwann bin ich in meinen Gedanken nur bei Theres.

Es ist so: Ich sehe dich fast jeden Tag, Theres! Du stehst da und siehst mich an, dann lachst du, gibst mir die Hand und fährst mit ihr über meinen Kopf. Ich spüre, wie dein Kopf sich in die Mulde zwischen Hals und Schulter schmiegt, ich spüre deine zarte Hand. Ich fühle deine Haare. Sie liegen so nah an meiner Haut. Ich beginne sie schon mit meinem Gefühl am Hals zu zählen. Es sind so viele. Aber ich spüre sie, wie sie in gekräuselten, frisch gewaschenen Strähnen sich über Hals und Schulter bei mir verteilen. Nur ihre Farbe spüre ich nicht. Ich stelle mir vor: Blond! Oder Dunkel? Vielleicht Dunkelblond. Oder Rot? Ja, Rot! Eine Frisur mit rötlichem Farbton, warum nicht! Das gibt es nicht so oft. Wenn du dann vor mir stehst, zum ersten Mal vor mir stehst, dann bin ich vielleicht enttäuscht. Ich nehme Blond! Blond gibt es oft. Ich sehe deine Haare in der Sonne glänzen. Ich greife sie mit meiner linken Hand auf meiner rechten Schulter und lasse sie durch meine Finger rieseln.

Der Zug raste durch die Landschaft. Tillmann starrte vor sich hin und versuchte, sich alles vorzustellen. Ihr Mädchengesicht, ihre schlanken Arme, ihre Brüste, die er sich etwas größer vorstellte, als er es eigentlich wollte.

Ich verspüre an meiner Taille deine schlanken Arme, und ich fühle, wie deine feingliedrigen Hände sich um meinen Hüftansatz legen und meinen Körper näher an dich heranziehen. Ich sehe in deine

Augen und vernehme in ihnen ein leichtes Leuchten. Du neigst dich mit deinem Kopf über meine Schulter. Deine Brüste schieben sich in den Zwischenraum unserer beiden Körper. Ich spüre sie: Sie sind so jung und fest.

Tillmanns Körper bebte jetzt in seinem Innersten, er zitterte und starrte auf die gegenüberliegenden Plätze in seinem Abteil. Keiner war mehr da. Die Männer waren irgendwann aufgestanden, ohne dass er es bemerkte.

Er verspürte plötzlich das Bedürfnis und einen inneren Drang, Theres sofort zu schreiben. Er öffnete seine Mailseite und sah, dass sie ihm geschrieben hatte.

Hi, Till, habe seit einigen Tagen nichts mehr von dir gehört. Bist du in der Nordsee ertrunken oder haben dich die Haie verschlungen? Ach, nein, entschuldige, Haie gibt es ja dort gar nicht. Es müssen nicht immer Haie sein! Vielleicht bist du in einen anderen Schlund geraten, der dich aufgesogen, der dich für immer vereinnahmt hat!

Tillmann erschrak. Was meinte sie, an was dachte sie? In einen Schlund geraten? Er dachte nach, und sein Gewissen schien ihn im Hintergrund ein wenig zu plagen.

Ich habe oft an dich gedacht, Till, und deine Worte, die in deinem Urlaub weniger wurden, habe ich vermisst. Gib doch bitte mal ein Lebenszeichen von dir. In einigen Wochen werde ich nach Athen fliegen, von wo aus es dann weiter zur Peloponnes und auf die Ägäischen Inseln geht. Du erinnerst dich doch, ich hatte es dir bereits geschrieben.

Irgendwie vermisse ich deine Worte.

Theres

Tillmann holte tief Luft. Er wollte ihr sofort zurückschreiben, doch da sah er, dass der Zug bald in Mannheim einfahren würde. Er sah hinaus. Ein total blauer Himmel lag über den Spargelfeldern der Rheinebene, und weil es sehr warm war, hatten die Bauern überall auf ihren Feldern die Wassersprenger aufgestellt, um die Ackerflächen zu beregnen.

Der ICE hatte kurz vor sechzehn Uhr den Mannheimer Hauptbahnhof erreicht. Tillmann schob sich mit seinem Gepäck durch die Passagiermenge in der Unterführung bis zur Vorhalle des Gebäudes, wo Menschen allein oder in Gruppen herumstanden oder sich tummelten. Ein Taxi kam mit höherer Geschwindigkeit herangefahren, und er sah vom Bahnhofportal noch, wie der Taxifahrer, wahrscheinlich ein Inder, schnell die Fahrertür öffnete, aus dem Taxi sprang, um dem Fahrgast, der es wohl sehr eilig hatte, sein Gepäck aus dem Kofferraum zu holen. Kaum hatte er seinem Fahrgast die Koffer übergeben, drückte dieser ihm einen Geldschein in die Hand und war schon verschwunden, noch bevor der Taxifahrer auf seinen Fahrersitz zurückgekehrt war.

Tillmann sah, wie die Menschen sich abhetzten, sich keine Zeit ließen, vielleicht weil sie der Züge wegen keine Zeit mehr hatten, oder weil sie ihren Alltag schon so verplant hatten, dass ihnen keine Zeit für langsamere Schritte und Ruhe mehr blieb.

Eine junge Mutter drückte ihrem Kleinkind eine Käsebrezel schnell in die Hand, bevor sie mit ihm zum Gleis ging. Das Mädchen freute sich, doch als es des schnellen Schrittes wegen nach ein paar Metern die Brezel verlor, fing es an zu weinen. Sein rechtes Ärmchen zeigte dorthin, wo die Brezel auf dem grauschwarzen Boden lag, doch die Mutter fand kein Mitgefühl, weil ihr die Zeit fehlte. Tillmann hörte noch, wie sie »Komm!« schrie und ihre Kleine, die ein wenig blockte, in dem sie ihre Beinchen hochzog und damit versuchte, sich etwas schwerer zu machen, durch die Halle bis zog. Dabei war das Schleifen der Kinderschuhsohlen nicht zu überhören.

»Im Zug kriegst du eine Brezel, jetzt komm!« Das waren die letzten Worte, die Tillmann noch vernahm, bevor die beiden auf der Rolltreppe verschwanden.

Vor dem Bahnhofsgebäude setzte er seine beiden Gepäckstücke ab und schaute über den Vorplatz zur Stadt. Er besah sich den Tag. Das Wetter war noch heiter, auch wenn am Himmel schon einige dunkle Wolken hingen. Es war windstill und angenehm warm. In diesem Augenblick merkte er sofort, dass ihm etwas fehlte. Es war die Frische der Nordsee, die frische Brise vom Meer. Der Kniepsand! Er konnte sich ihn nur in Gedanken erträumen. Er schloss die Augen für wenige Sekunden. Dann sah er über den verdreckten Boden des Vorplatzes. Er spürte immer mehr, dass ihm etwas fehlte, und er merkte, dass ihm immer mehr fehlte. Nur eines fehlte ihm nicht, und das würde er sich auch niemals nehmen lassen: die Zeit.

Die vielen Menschen, wie er sie hier vorfand, hatte er am Hamburger Hauptbahnhof gar nicht wahrgenommen. Dabei waren es dort, das wusste er, um ein Vielfaches mehr als hier. Doch jener Bahnhof wirkte auf ihn in seiner alten Bauweise so bombastisch und weltoffen, dass ihn gerade dies faszinierte und er die Menschen gar nicht richtig wahrnahm. Er empfand sie wie Ameisen, die unterwegs waren. »Immer unterwegs« – Er dachte wieder an die Ausstellung in Kaiserslautern. Sie hatte ihn damals beeindruckt.

Ein Taxi brachte ihn wenig später dann wieder nach Hause zu seinem Wohnsitz auf der Parkinsel. Als sie über die Rheinbrücke fuhren, konnte er es schon aus der Ferne sehen: Der weiße Kubus mit dem Staffelgeschoss am Anfang der langen Straße zwischen Hafen und Park, der das Sonnenlicht reflektierte. Schon von hier aus erkannte man die klare geometrische Form von Haus und Außenanlage. Letzteres setzte den strengen Linien der Architektur fließende Linien und pastellgrüne Flächen entgegen. Der große Magnolienbaum hinter dem Haus wirkte wie ein großer hellgrüner Tupfer auf der Gartenseite der weißen Hausfläche. Er und Sonja hatten ihn vor fast zwanzig Jahren, als sie ihre Penthouse-Wohnung verließen und dort einzogen, pflanzen lassen. Es war eine Idee des Gartenbauarchitekten. Er wurde relativ groß gesetzt, spendete derzeit schon viel Schatten und gewährleistete ihnen somit vor allem in den Mittagsstunden einen Schutz gegen die Sonne.

Als er mit den Koffern vor seinem Haus stand, war alles noch so, wie damals, als er auf Reise ging. Vier Wochen waren inzwischen vergangen, und es schien ihm, als sei die Zeit stehengeblieben. Die kleinen und schlanken Koniferen zierten noch immer die rechte Seite der Terrasseneinfahrt. Er schaute nach links auf den Vorgarten, der aus einer schmalen Rasenfläche und kleinen niedrigen Sträuchern bestand. Das Gras war frisch geschnitten. Er roch es. Vielleicht hatte Sascha, ein junger Nachbar, der sich auf Tillmanns

Bitten hin wie immer, wenn er in Urlaub ist, um den Garten und die Zimmerpflanzen kümmert, die gesamte Rasenfläche vor und hinter dem Haus noch am Morgen gemäht.

Tillmann liebte den Rasen, und das Erste, was er nach dem Abstellen seines Gepäcks in der Garderobe tat, war sein Gang hinaus auf die Terrasse und sein Blick über den Garten. Auf die nicht gerade kleine Fläche des dunkelgrünen Rollrasens mit dem schönen Magnolienbaum, auf die Bunges-Kiefer sofort hinter dem Haus vor Beginn der linken Rabatte, die an Sonnentagen manchmal bis in den Abend noch einen Harzduft verströmte und auf die übrigen Rabatten an der West- und Ostseite, die mit Wacholdersträuchern und einigen wenigen Blumenstauden versehen waren. Er stand da und sah. Er erlebte etwas in dem Ausmaß, wie er es vor seiner Reise noch nicht getan hatte. Er fiel mit seinen Gefühlen in diesen Augenblick, den er gerade erlebte. Er genoss es sichtlich, und sein Körper wirkte trotz der langen Fahrt auf einmal entspannt. Langsam schritt er die Rabatten ab, so langsam und respektvoll, dass es schon fast den Eindruck zu erwecken schien, es sei der Bundespräsident beim Abschreiten einer Ehrenformation. Er hatte nicht viele Pflanzen in seinem Garten und einen wilden Garten schon gar nicht; doch das Wenige, was er hatte, reichte ihm, und er liebte es. Er liebte seine Pflanzen und er kannte sie alle, jeden Zweig, das Blattwerk und die Blüten. Dass die Bienen und Hummeln sich besonders gerne bei Sempervivum-Steingarten-Gewächsen direkt vor der Terrasse herumtummelten, wusste er schon aus Kindertagen, und es gefiel ihm immer wieder, das emsige Bienenvolk dabei zu beobachten. *Die Bienen sind immer unterwegs*, dachte er, und die rosa-violetten Blüten gaben ihnen ein reichhaltiges Angebot.

Später schloss Tillmann die Hintertür der Garage auf und holte wieder den Gartentisch mit den vier Stühlen, die er wegen seiner Abwesenheit in die Garage gestellt hatte, auf die Terrasse und ließ sich auf einem Stuhl nieder. Einen weiteren zog er dann noch heran, um seine Beine darauf auszubreiten. Aus der Tasche seines Hemdes zog er seine Sonnenbrille hervor und schob sie vor seine Augen. Als sie anfangs auf seinem Nasenbein verrutschte, schob er sie mit dem rechten Zeigefinger wieder hoch an die Stelle, die er ihr zugewiesen hatte. Es nervte ihn überhaupt nicht. Nein, es gehörte dazu, und er sah es gelassen. Wenn er noch seinen alten Strohhut mit den breiten Krempen sich auf den Kopf gesetzt hätte, hätte er vielleicht ausgesehen wie ein Fremder, wie ein Desperado, der sich einfach mal so im Garten eines fremden Grundstückes niedergelassen hat, um sich auszuruhen und vor sich hinzuchillen. Er versuchte es, sich vorzustellen, wie er aussehen würde und schmunzelte. Er dachte an den Film *Paris-Texas* von Wim Wenders, den er sich sofort anschaute, als dieser 1984 in die Kinos kam. Der Soundtrack von *I knew these people* kam wieder auf. Er hörte die Melodie in seinen Gedanken und schaute über den Zaun seines Gartens zum alten Luitpoldhafen.

Sein Gepäck ließ er noch bis zum nächsten Morgen im Erdgeschoss stehen und kramte nur das Notwendigste heraus: seinen Kulturbeutel, wo sich seine Zahnbürste befand, und seinen Laptop. Letzteres nahm er mit, nachdem er nach einer erfrischenden Dusche zum Biergarten der Insel-Gaststätte ging, die fast schon vor seiner Haustüre lag. Seit der Trennung von Sonja hatte er keine Verpflichtungen mehr ihr gegenüber. Seit sie vor einem knappen Jahr ausgezogen war und sich als Mieterin in einer Altbauwohnung der Mannheimer Neckarstadt niedergelassen hatte, seit dieser Zeit hatte er mehr Freiraum. Er genoss denselben in den ersten Monaten sehr.

Doch als die Tage kürzer wurden, die Bäume des Stadtparks auf der anderen Seite der Straße ihre Blätter fallen ließen, als vom Rhein her der erste Herbstnebel bis vor die Haustüren zog und sich danach über alle Gärten des Wohngebietes legte, als man wegen des nasskalten Wetters nicht mehr draußen im Biergarten des Lokales sitzen konnte und mit den Skatbrüdern und lautstarken Schreiern unter einer Decke vorlieb nehmen musste, machte sich auf einmal eine Einsamkeit in ihm breit und belastete ihn. Gegen Ende dieses Jahres der Trennung wurde es so schlimm, dass er seinen Freund Alfred in Kaiserslautern öfters besuchte und dieser ihm dann riet, als Museumsführer in Galerien oder Kunstmuseen tätig zu werden. Dort wäre man auch an dunklen Winterstunden immer unter freundlichen Menschen, die sich gerade für das interessierten, was zu seinem Metier gehöre. Für Tillmann war das ein guter Vorschlag seines Freundes, den er dankbar annahm und schon einen Monat später, an dem Dreikönigstag in die Tat umsetzte. Es half ihm, und es fiel genau in die Zeit, als er wenig später Theres in dem Internetforum kennenlernte.

Jetzt stand der Sommer schon vor der Tür, er war zufrieden und glücklich mit dem, was er in den letzten Wochen und Monaten erleben durfte. Er lebte in den Tag hinein und wollte sich gar nicht ausmalen, was Herbst und Winter bringen würden. Das lag in der Ferne, und er lebte im Jetzt.

Im Restaurant und Biergarten Insel-Bastei, was ganz in der Nähe seines Hauses lag, bestellte er sich ein großes Glas Radler, den er versehentlich zuerst *Alsterwasser* nannte. Erst als der Wirt stutzte, fragend die Stirn runzelte, merkte er es und korrigierte.

»Waren Sie gerade im Norden?« Der Wirt sah ihn fragend an und lachte.

»Ja, dort nennt man das Alsterwasser.«

Der Wirt lachte noch einmal kurz auf. »Dachte es mir schon!«

Er legte Tillmann die Speisekarte hin und ging zum Tresen.

Tillmann wählte sich an diesem Abend etwas aus, das zu den Alltäglichkeiten der Deutschen gehörte, das er aber schon sehr lange nicht mehr gegessen hatte. Und gerade weil er in den letzten Wochen den leckeren Fisch, die Krabben und Krebse der Nordsee zu Genüge ausgekostet hatte, bestellte er an diesem Abend die Spezialität des Hauses, ein großes Wiener Schnitzel mit Pommes und Salat.

Es schmeckte ihm, und der Wirt freute sich sehr, als er ihm und seiner Küche beim Zahlen ein großes Lob zukommen ließ.

Es war noch hell, doch er wusste, dass die Sonne bald hinter dem Hafen versinken würde. Er machte sich auf und ging zum Stadtpark, der direkt vor ihm lag.

Anfangs durchquerte er diesen in allen Richtungen. Die Rasenfläche unter den Bäumen sah noch frisch aus, und Tillmann wusste, dass Gärtner den Park tagtäglich pflegten. Dies war auch vonnöten, um zumindest dem Anspruch des alljährlichen *Festivals des deutschen Films,* aber auch dem der Bürger, die hier, teilweise sogar in alten erworbenen Villen aus dem Zeitraum vom Fin de Siecle bis zu den Dreißiger Jahren lebten, gerecht zu werden.

Spaziergänger führten ihre Hunde aus: Ein Mann seine beiden Golden-Retriever-Hunde, denen er freien Auslauf ließ, und später, als er wieder unter der Platanenallee war, fuhr eine junge Radfahrerin an ihm vorbei, die ihren Schäferhund an der Leine neben sich herlaufen ließ.

Die Zeit war für Tillmann nicht stehengeblieben, sie hatte ihn längst überholt, und ehe er sich versah, war die Sonne untergegangen, das letzte Licht des Tages wurde der Nacht preisgegeben. Die Parklaternen waren gerade angegangen, und er hatte auf einer Holzbank Platz genommen, welche direkt neben einer Laterne stand, um von hier aus Theres noch einige Zeilen auf dem Laptop zu schreiben und damit endlich auf ihre Mail, die er bereits während der Zugfahrt gelesen hatte, zu antworten.

Es wurde immer dunkler und stiller, und auch die letzten Vögel, die vorhin noch sangen, hatten sich zur Ruhe begeben. Gerade als er mit dem Schreiben auf seinem Laptop beginnen wollte, raschelte plötzlich vertrocknetes Laub unter der Parkbank. Er erschrak, und gerade, als er in seiner Unsicherheit aufstehen wollte, um nach dem Rechten zu sehen, entdeckte er, wie eine Maus zwischen seinen Füßen hindurch über Weg und Uferböschung hinunter Richtung Rheinufer flitzte. Er atmete auf und setzte sich wieder, obwohl ihm der Schreck noch immer in seinen Gliedern steckte.

Von da an war wieder alles um ihn herum ruhig. Nur das Wasser des Rheins hörte man, wenn lange und schwer beladene Schlepperkähne flussabwärts fuhren und die Wellen nach einiger Zeit dann gegen das Ufer schlugen.

Er dachte an Theres und schickte seine Gedanken auf die Reise. Er stellte sich vor, sie säße neben ihm, armumschlungen. Sie säßen da und schwiegen oder sie redeten ganz leise, sie flüsterten über Gott und die Welt. Er wollte ihr schreiben und schrieb.

Liebe Theres, sei bitte nicht traurig, wenn ich dir erst jetzt schreibe. Ich bin erst am Nachmittag zuhause angekommen und brauchte einige Zeit, um mich wieder in der alten Umgebung einzugewöhnen. Mein Gepäck steht noch immer in der Garderobe und wartet darauf, von mir ausgepackt zu werden. Dazu hatte ich einfach keine Lust, als ich ankam. Jetzt sitze ich hier im nächtlichen Laternenlicht auf einer Bank der Parkallee und beschaue den Rhein. Manchmal fahren

Schiffe. Meist sind es Schlepperkähne oder Containerschiffe. Vorhin sah ich aber auch ein hell beleuchtetes Schiff mit vielen Passagieren an Bord, die zur Tango-Musik einer Kapelle tanzten und sich dabei köstlich amüsierten. Obwohl ich diese Menschen nicht aus der nächsten Nähe sah, spürte ich, wie sie sich freuten und amüsierten. Vielleicht sollte so etwas oder etwas anderes, aber Ähnliches jeder Mensch tun, ehe es zu spät ist.

Er hielt ein und sah auf. Es war alles so still. Kein Mensch war mehr da, keine Stimme zu hören. Er legte sein Laptop auf die Parkbank und ging hinunter zum Fluss. Winzige Treppenstufen führten die hohe gemauerte Böschung von der Alleestraße hinunter zum Ufer. Links von ihm stand eine Gruppe alter Korbweiden, die mit ihren dicken Stämmen, den längsrissig gefurchten Rinden und ihren rutenartig zum Himmel aufstrebenden Zweigen auf Tillmann unheimlich wirkten. Das Mondlicht erhellte ein wenig die Stämme, die ihm wie Fratzen erschienen, und die Ruten, welche wie lange Finger nach oben ragten, vervollständigten diesen schaurig wirkenden Anblick, der für ihn etwas Dämonisches in sich trug. Am helllichten Tag wäre ihm das nie aufgefallen, wie oft war er hier schon spazieren gegangen, aber jetzt, in diesen Nachtstunden schon. Von der Böschung aus ging er langsam zum Ufer. Das Mondlicht gab dem Rheinkies, der vom Fluss her über das ganze Ufer verteilt war, einen silberfarbenen Schimmer und spiegelte sich in den Wellen. Es sah seltsam aus, wirkte auf ihn fast wie im Märchen. Was vorhin noch vom Weg aus beängstigend und beklemmend auf ihn wirkte, hatte auf einmal einen außergewöhnlichen, einen eigenartigen, nahezu wunderlichen Charakter. Er setzte sich ganz in Flussnähe unter eine Korbweide in den Sand und lehnte sich mit dem Rücken an ihren Stamm, dessen rissige Rinde er auf einmal gar nicht zu spüren schien. Die Schuhe hatte er ausgezogen und ordentlich neben sich hingestellt, die Jeans rollte er bis zum Knie hoch und spielte solange mit den Zehen im Kiessand, bis diese sich bis zum Fußknöchel eingegraben hatten. Er kannte das noch immer von Amrum, und er liebte es. Es war für ihn eine Verbindung zum freien Wasser in der Natur, wie er es vor allem am Meer schätzen gelernt hatte.

Der Fluss rollte gemächlich an ihm vorbei. Er glaubte, seinen Lauf, sein Strömen und Wälzen, sein Treiben zu spüren. Sein Rauschen hörte er ganz leise, wenn die Wellen sich einmal brachen.

Der Fluss fließt immer dahin und hat im Fließen seine Beständigkeit. Er hat ein Anfang und ein Ende. Er entspringt als Quelle der Erde und fließt irgendwann in die Unendlichkeit des Meeres. Was er braucht, holt er sich selbst: das Bett, den Raum, den er braucht, aber nicht immer findet. Dann reißt er gewaltvoll alles mit sich, was ihm in die Quere kommt. Er kann brutal sein.

Tillmann sah halblinks zum Rhein flussabwärts. Im Hintergrund das nächtliche Leuchten, das Abfackeln des Chemieriesen. Es gefiel ihm.

Das wäre ein geeignetes Motiv für die Leinwand! Warum habe ich es noch nie mit dem Pinsel festgehalten? Der dunkle Fluss bei Nacht im Mondschein, seine unendlichen Wellen, dieser ewige Strom mit den Schiffen, die in die Ferne fahren und denen, die heimkehren. Der Fluss fließt durch mein Leben, er fließt in meiner Zeit. Ich würde so gerne meine Gedanken mit ihm fließen lassen.

Ich sehe hinüber auf das Wasser, eigentlich sind es viele Wasser, die kommen, die in mein Blickfeld fließen und es wieder verlassen. Begrüßung und Abschied in einem. Alles, was vergangen ist, fängt wieder von vorne an. Jedem Ende folgt ein Anfang. Bei dem Fluss wird es ein anderes Wasser sein, aber es ist derselbe Fluss.

Tillmann dachte an die Worte Heraklits, dass man niemals in denselben Fluss steigt.

In denselben Fluss schon aber in ein anderes Wasser.

Mein Leben fließt dahin wie ein Strom, und dieser Strom ist die Zeit. Sie führt uns durchs Leben, zuweilen reißt sie uns mit, durch alles Irdische, was sie uns zugesteht, durch alles Irdische bis in den Tod. Ist sie ein Stück von Gott?

Der Fluss murmelte sein immerwährendes Lied in unendlichen Variationen. Tillmann stand auf, sah noch einmal zur Strömung.

Dann ging er zurück zur Parkbank und schrieb seine Mail an Theres weiter:

Ja, Theres, wir Menschen sollten vieles tun, ehe es zu spät ist und die schwere Reue erst in der Stunde der Erkenntnis kommt.

Vorhin saß ich eine halbe Stunde am Ufer des Rheins und schaute auf den Fluss, auf die Wellen und ich sah, wie alles vorbeifließt. Es ist zwar Nacht, doch wir haben heute Vollmond, und dieser reflektiert das Licht der Sonne auch auf das Wasser des Rheines. So ist es hell genug, um zu sehen, wie ein Treibholz aus der Ferne immer näher kommt, dann direkt an mir vorbeischwimmt und wieder stromabwärts verschwindet. Dieses Treibholz, Theres, war für mich ein Stück Zeit, die kam, mich in einem kurzen Augenblick passierte, und wieder verschwand. Der Augenblick war so kurz, Theres, viel zu kurz! Warum wird alles so schnell zur Vergangenheit? Wenn wir uns einmal sehen, wird dann auch alles so kurz sein, oder werden dann die Augenblicke zur Ewigkeit werden?

Gerade sehe ich dich wieder vor mir, du sitzt hier auf dieser Bank frontseitig auf meinem Schoß. Deine Schenkel hast du in meine Knie gepresst, deine zierlichen Arme um meine Schulterblätter geschlungen, und deine Lippen wandern so wild von meinen Hals über die Ohren und meine Augen die Nasenflügel hinunter bis zu meinem Mund, wo sie sich im Rausch der Ekstase verlieren. Mit meinen Händen ziehe ich dich ganz nah an mich heran. Du hast nicht viel an, und bei den Reißverschlüssen und Knöpfen von Jeans kennst du die Griffe. Du öffnest deinen Mund noch weiter, deine zarten Lippen. Ich dringe in dich ein. Wie schön, Theres! Jetzt schweben wir in einer irdischen Ewigkeit.

Tillmann sah auf einmal entrückt und traumverloren aus. Er merkte es selbst und las noch einmal, was er Theres geschrieben hatte. Es waren seine Hoffnungen und Wünsche. Sollte er sie löschen, sollte er seine Gefühle gegenüber Theres zunichte machen? Er zögerte ein wenig und überlegte. Nein, es war an der Zeit, das noch einmal zu sagen, was sie beide schon längst wussten. Warum sollte er es nicht aufgreifen und vorantreiben?

Er blieb bei dem, was er geschrieben hatte. Dann schrieb er ihr viel über den Urlaub, über den Strand und das Meer. Manchmal, da verlor er sich in seinen eigenen Sätzen. Es war schon weit nach Mitternacht, als er seine Mail an Theres abschickte. Als er dies tat, da freute er sich wie ein Kind, das Liebe erfährt und seinen Eltern die eigne Liebe kundtut.

Er nahm sein Laptop, klappte es zusammen und ging zurück zu seinem Haus. Der Mond stand längst nicht mehr an derselben Stelle, wo er vor einigen Stunden noch stand.

Tillmann sah zum Himmel. Er fand ihn wieder, sah, dass eine kleine Wolke ihn berührte. Der Dunst der Wolke wurde durch das Licht des Mondes an ihren Rändern sehr hell, er sah minutenlang hin, und er erspähte, wie an ihren Rändern beide miteinander verschmolzen. Es war ein schönes Gefühl für ihn, ganz tief in der Nacht.

In Tillmanns Bungalow waren das Wohnzimmer, die Garderobe und die Essecke in einem großen offenen Raum und nur durch Edelstahl-Pflanzentrog-Raumteiler mit verschiedenen Hydrokulturen darin, die wenig Arbeit machten, voneinander getrennt. Die Küche war nichts weiter als eine kleine Anrichte mit Herd und Spülmaschine dabei und lag in einem kleinen Raum direkt neben der Essecke, die aus nichts weiter als einem Tisch für sechs Personen und einem kleinen Raumteiler-Regal für Kochbücher, Zeitungen beziehungsweise Zeitschriften bestand.

Das, was sofort ins Auge fiel, wenn man das Haus betrat, waren die Garderobe und das dahinter liegende Wohnzimmer mit den drei großen Fenstern. Neben dem Areal des Wohnzimmers führte eine Tür im Anschluss an die Garderobe gleich hinaus auf die Terrasse, die zu zwei Dritteln überdacht war. Wie die Küche waren auch das Arbeits- und das Schlafzimmer in getrennten Räumen. Ganz am Ende folgte das Bad. Die Gästetoilette lag direkt in der Nähe der Eingangstür. Seit Sara und Johannes aus dem Haus waren, hatte Tillmann damals noch gemeinsam mit Sonja aus diesen Räumen Gästezimmer gemacht.

Er fühlte sich wohl in dem Haus, auch wenn es eine andere Welt war als die frühere. Aber mit der Vergangenheit hatte er abgeschlossen. Die Kinder kamen immer wieder zu Besuch, wenn sie mal in der Nähe waren oder wenn festliche Ereignisse oder andere Gründe dafür Anlass boten, und Sonja hatte ihn seit ihrer Trennung vor einem Jahr auch schon mal besucht.

Es war dieses Jahr im Frühjahr, so kurz nach Ostern, man saß auf der Terrasse, und Sonja fragte, wie lange es wohl noch dauern würde, bis die Tulpen, die fast im Spalier auf der linken Rabatte standen, in Blüte stünden. Tillmann überlegte, und es sah fast so aus, als würde er kalkulieren oder irgendwelche Berechnungen anstellen. Dann sah er zu seiner Ex-Frau.

»Noch zehn Tage!«

»Nicht länger?«

Er überlegte, als hätte er die Blütezeit der Tulpen vorprogrammiert.

»Maximal vierzehn. Eher dreizehn. Mehr nicht.«

Sonja nickte. Was sie sich dabei dachte, war ihren fragenden Blicken nicht zu entnehmen.

Sie zeigte fragend auf ihre Menthol-Zigaretten, die sie gerade aus ihrer Handtasche geholt hatte. Tillmann nickte nichtssagend, stand auf und holte ihr den verstaubten Ascher, der in einer Ecke der Terrasse stand. Sie dankte ihm in einem lautlosen Wort, das man ihr gerade noch von ihren blassen Lippen ablesen konnte. Es folgten zwei tiefe Lungenzüge, von denen einer zumindest die halbe Erfüllung sein musste. Tillmann sah gar nicht hin; er kannte das ja von früher. Jede Mimik und Gestik von ihr hatte sich vor langer Zeit schon in sein Gedächtnis eingebrannt, und sein Cortex wollte es bis jetzt noch nicht dem Vergessen freigeben.

Sie saßen noch eine Stunde, in der sie noch zwei weitere Zigaretten rauchte. Außer über die Tulpen redeten sie fast nichts miteinander an jenem Vormittag.

Am gestrigen Dienstag, dem Tag nach seiner Rückkehr, hatte Tillmann am Morgen gleich die schmutzige Wäsche in die Waschmaschine gesteckt und am Nachmittag draußen auf der Spindel in der hinteren Ecke des Rasens aufgehängt. Sie war an diesem Morgen längst trocken, doch er vergaß, sie wieder abzuhängen, und als er es später erst in den späten Morgenstunden beim Herunterlassen der Wohnzimmerläden bemerkte, war er viel zu träge, sich jetzt noch einmal von der Couch zu erheben. Tillmann ließ an derartigen heißen Tagen die Läden des Hauses, nachdem er bis nach zehn Uhr noch einmal alle Türen und Fenster weit geöffnet und auf Durchzug gestellt hatte, überall fast ganz herunter, schloss Fenster und Türen und verbarrikadierte sich sichtlich vor der Hitze.

Nach dem Frühstück war er an diesem Morgen gleich in die Stadt gefahren, um das Nötigste für die nächsten Tage zu besorgen, vor allem Getränke. Er wusste, dass mehrere Hochdruckgebiete sich von der Iberischen Halbinsel, Italien und Griechenland über Europa breit gemacht hatten und dem Tief Poseidon, das über dem Atlantik lag, keine Chance gaben. Im Radio kündigte der deutsche Wetterdienst im Südwesten Temperaturen bis vierunddreißig Grad Celsius an.

Als er zurückkam, war er so geschwitzt, dass er sich noch einmal im Bad eine kalte Dusche nahm, und in den Augenblicken, als das kühle Wasser an seinem Körper herunterperlte, dachte er daran, wie das wohl sei, wenn Theres jetzt bei ihm stünde. Er schäumte seine Haare und träumte dabei. Er stellte sich vor, sie würde da vor ihm stehen, ihre Arme um seinen Hals gelegt. Sie zog ihn an sich heran. Er verspürte eine Erektion seines Gliedes, auf dem sich Schaum angesammelt hatte und langsam heruntertropfte. Ein köstliches Schauspiel! Er zählte die Tropfen.

Nach der Dusche begnügte er sich mit einem Paar Boxershorts und setzte sich in das noch relativ angenehm kühle Arbeitszimmer und begann an seinem Computer mit seinen Tagebuchaufzeichnungen. Alles, was ihm über seinen Aufenthalt auf Amrum fehlte, versuchte er, zumindest im Groben, aus seiner Erinnerung nachzutragen.

Gegen Abend besuchte ihn Alfred, als dieser gerade aus Heidelberg kam, wo er auf einem Vortrag *Über die Zeit nach der Zeit* war.

Nach zwanzig Uhr war es immer noch sehr warm, aber die Hitze der Mittagsglut war doch schon zurückgegangen, und die Luft hier auf der Parkinsel war erträglich. Sie gingen in den Biergarten, der ja gerade um die Ecke lag. Da konnte man sich erfrischen, eine Kleinigkeit essen, sich angenehm miteinander unterhalten und hatte eine schöne Aussicht durch den Stadtpark bis zum Rhein.

Tillmann war überrascht, als er sah, dass alle Tische besetzt waren. Nur einen Vierertisch gab es noch, an dem nur eine Person saß. Es war eine junge Frau, die einen Cola-Schoppen vor sich stehen hatte. Tillmann fragte, die junge Frau lächelte und nickte. Er sah auf ihr Glas, das schon halb geleert war.

»Bei dieser Hitze braucht man das!«

»Das stimmt.« Sie lächelte, und ihre zarte Stimme klang noch ein wenig schüchtern.

Die beiden Männer nahmen Platz, nickten noch einmal dezent und lächelten zu ihr hinüber. Die Kleine band ihre langen blonden Haare am Kopf zusammen. Ihre Sonnenbrille schob sie über die Stirn. Ihre Haut war ziemlich hell, und ihre kleine Stupsnase war übersät mit vielen Sommersprossen, was Tillmann sofort auffiel. Er dachte an Pipi Langstrumpf als erwachsene Frau. Ihre Lippen traten stärker hervor und hatten eine klare Linie. Wenn sie lachte, lachten ihre hellblauen Augen mit. Und sie hatte gelacht, zumindest gelächelt, gleich am Anfang. Tillmann beobachtete das später noch öfter bei ihr. Manchmal tat sie das das auch, wenn sie anfangs nur still neben ihnen saß. Vielleicht dachte sie da an etwas Bestimmtes, oder sie lauschte still dem Gespräch von Tillmann und Alfred und musste zuweilen lächeln. Irgendwann fiel es Tillmann auf, er sah sie mit direktem Blick an, Alfred tat unaufgefordert dasselbe, und im Nu war diese junge Frau in das Gespräch der beiden doch schon etwas älteren Herren involviert. Man verstand sich prächtig, und von Hemmungen konnte auf keiner Seite mehr die Rede sein.

Die Salatplatte, die Tillmann und sein Freund bestellt hatten, schmeckte ihnen nach den heißen Stunden dieses Tages. An Flüssigkeit konnte keiner an diesem Abend genug kriegen. Bei Tillmann waren es Radler, Alfred dagegen musste, da er am selben Abend noch nach Hause fahren wollte, auf Alkoholisches verzichten.

Kurz vor Mitternacht trennte man sich. Sie waren die Letzten, die zahlten. Tillmann verstand, dass der Wirt müde war und auch zu einem Ende kommen wollte, ja es war ihm sogar schon fast peinlich. Die junge Frau, welche die ganze Zeit bei ihnen gesessen hatte, stand als Erste vom Tisch auf, verabschiedete sich und ging.

»Vielleicht sieht man sich mal wieder«, rief Tillmann ihr nach. »Wohnen Sie auch in dieser Gegend?«

Sie lachte. »Fast. Ich wohne nur drüben, auf der anderen Seite des großen Flusses!« Sie lachte noch einmal winkte ihnen kurz zu und ging.

»Das klingt ja fast wie bei den Indianern!« Tillmann sah Alfred fragend an.

»Wer weiß, vielleicht, ist es eine junge Squaw?«

Beide standen lachend auf und verließen den Biergarten.

Der Sonntag hatte sich ganz leise über die Straßen, die Dächer, die Hinterhöfe und Gärten der Stadt gelegt. Gegen vier Uhr morgens dämmerte es schon. Tillmann wachte kurz auf, ging zur Toilette, und als er wieder zurück war, sah er von seinem Schlafzimmer aus, wo der Rollladen nur zur Hälfte heruntergelassen war, hinaus in den Garten und über die Straße zu den anderen Häusern. Eine Schwarzamsel hüpfte über den Rasen und suchte vergeblich nach Würmern; die Erde war viel zu trocken. Das Dunkel verzog sich erst langsam, dann mehr und mehr, und das Licht des Morgens rief die versunkenen Farben aus ihrem Schatten wieder hervor. Dass sich das anfängliche Blauschwarz des Himmels immer mehr mit den schüchternen zartrosa Tönen vermischte, ehe das klare Blau und das warme Morgenrot in eine Beziehung traten, kannte er. Es war ein Schauspiel, dass er zeitlebens schon so oft gesehen hatte, doch immer wieder gerne aufs Neue erlebte. Er stand da vor seinem Bett und sah die ganze Zeit hinaus.

Es ist das Werden des Tages, das Erwachen nach dem Schlaf, die Wiedergeburt nach der Nacht. Das Aufflammen der Hoffnung an den Horizonten, aber zugleich die Aufforderung, den Tag, der gerade beginnt, in seiner Gänze, Fülle und Vielseitigkeit zu erleben.

Tillmann wusste das, und er hatte soeben schon damit begonnen.

Er überlegte nicht lange, machte sofort seine Morgentoilette, zog ein Paar Shorts und ein Polohemd an und ging hinaus in den jungen Tag.

Es war ein leichter Morgen. Die Temperatur lag zwar, so schätzte er, bei vierundzwanzig Grad Celsius, aber die Luft erschien ihm trotzdem frisch. Er ging an der Insel-Gaststätte vorbei und sah, dass noch ein Licht im Vorderraum brannte; wahrscheinlich hatte man es vergessen auszumachen. An der Spitze der Parkinsel blieb er stehen und hielt kurz inne. Er schaute über den Rhein bis zu den Parkanlagen des Stephanienufers von Mannheim und besah sich das stille morgendliche Schauspiel der langsam aufgehenden Sonne. Von einem bis zwei Autos, die über die Brücke fuhren, abgesehen, spürte Tillmann den Schlaf der Stadt. Er konnte zwar außer den hohen Bäumen nur eine barocke Kirchturmspitze und das MVV-Hochhaus sehen, doch er stellte es sich vor. Ja, und dort die Rheinterrassen! Er sah sie deutlich. Aber es war noch keiner dort, alles war so still. Er fühlte die Ruhe des Morgens, die über der ganzen Gegend lag. Ein leichter Morgenwind ging durch das Blattwerk des großen Lindenbaumes, unter dem er stand und dessen Zweige bis zur Höhe seines Kopfes reichten. Die Blätter raschelten so leise, aber er hörte es noch. Als er wenig später die Promenade entlang ging, sah er wieder den Biergarten, wo er noch vor ein paar Stunden mit Alfred und der jungen Frau zusammengesessen hatte. Er blickte noch einmal zu jenem Tisch hin. Nicht einmal ihren Namen wusste er, obwohl sie einige Stunden zusammen gesessen hatten. *Auch das soll es geben,* dachte er sich. Bei Theres war es umgekehrt! Ihren Namen kannte er und hatte schon so viel mit ihr schriftlich kommuniziert. Doch er hatte sie noch niemals gesehen. Kein Bild von ihr, nichts. Nur den Namen und wenige Fakten aus ihrem Leben. Einzig die verbalen Monologe eines jeden waren es, aus denen der andere sich ein Bild machen musste. Das war ihre Abmachung, fast schon ein Spiel. Jeder hatte sich an das Fairplay zu halten.

Ist es schöner, wenn man einen Menschen kennenlernt, mit dem man sich bei Tisch lange unterhält, aber nicht einmal dessen Namen weiß? Er überlegte. Es sei zwar eine Überraschung, so dachte er sich, doch diese Überraschung war einzig das optische Erlebnis, begleitet von einigen Plaudereien. Nein, für Tillmann war es viel schöner, einen Menschen, eine Frau ohne optische Bilder kennenzulernen und sich das Bild von ihr zu machen. Eine Vorstellung selbst zu formen aus dem, was sie ihm mitteilt und schreibt. Das schriftliche Bild gab ihm die Gelegenheit sich eine eigne Welt zu schaffen. Manchmal dachte er dabei an Werthers Lotte. Einmal sogar an Rousseaus Julie, die als Schülerin zusammen mit ihrem bürgerlichen Lehrer Saint-Preux der Leidenschaft erliegt.

Die Platanenallee erstreckte sich um ein Beträchtliches über die kleine Insel. Ihre im Vergleich zur Höhe des Baumes relativ kurzen

Stämme wirkten fast schon klotzig auf ihn; doch wenn er sich dann die wuchtigen Äste ansah, die wie die Arme eines Riesen bombastisch zum Himmel ragten und manche sogar schon in einem fünfzig-Grad-Winkel zur Erde standen, ließ in ihm ein seltsames Gefühl aufkommen. Es war ein Gemisch von Respekt, Ehrfurcht und vielleicht auch von etwas Bedrohlichem, wenn er sich vorstellte, irgendein Ast würde abbrechen und zu Boden stürzen. Die Äste und Zweige der Allee dehnten sich oft über den ganzen Weg und ließen diesen mit ihrem Blattwerk perspektivisch wie ein grünes Loch erscheinen. Die Sonne stand mittlerweile schon über den Bäumen des Stephanienufers auf der anderen Rheinseite und beleuchtete das Laubgrün über der Platanenallee mit einem leuchtenden Lichtgrün.

Er stellte sich vor, wie es wohl sei, wenn Theres jetzt bei ihm wäre. *Auf diese Bank hätten wir uns nicht gleich gesetzt, Liebes, vielleicht später, auf dem Rückweg. Weißt du was, wir wären hinunter zum Ufer des Rheins gegangen und hätten uns in den Kiessand gesetzt. Ich sehe dich jetzt schon, wie du mit deinen Füßen im Sand spielst, während ich hinter dir sitze, deinen Körper zwischen meine Schenkel bette, Dir mit meinen Fingern durch das Haar streife und mit meinem Blick auf das erste Schiff warte, das uns stromabwärts passiert.*

Tillmann setzte sich an den Rand der Allee, von wo aus ein schmaler Pfad sich durch schillerndes Wiesengrün bis zum Ufer vorschlängelte. Es wirkte auf ihn wie ein Bühnenbild, bei dem große und weit bis in Bodennähe reichende Ahornzweige den Rahmen boten. Auf der anderen Seite des Flusses sah man immer mehr Wohnblöcke.

Nach fast zwei Stunden kehrte er wieder um, besorgte sich beim Bäcker noch ein paar Brötchen, von denen er sich zwei gleich schmierte, um sich dann mit einer Tasse Kaffee an den Schreibtisch zu setzen und Theres wieder zu schreiben. Die Musik von Gustave Charpentier ließ er dabei leise aus dem Lautsprecher seines CD-Players klingen: *Impressions d'Italie.*

Er sah, dass Theres hatte ihm gestern geschrieben hatte.

Hi, Till! Mir geht es ähnlich wie dir, schließlich hat eine Frau auch Gefühle. Warum sollte sie die verbergen!

Wir haben uns schon oft geschrieben, und du löst in mir immer eine Lawine von Gedanken und Gefühlen aus, die sich irgendwie nicht so einfach in eine Struktur bringen lassen, die lesbar und verständlich ist, zunächst für mich selbst.

Aber genau deshalb schreibe ich ja Gedichte, um mein inneres Chaos zu ordnen, um meine Gefühle in eine Form zu bringen. Manchmal ist es eine Form, die mich dann selbst überrascht und mir letztlich viel mehr über mich selbst erklärt. Das Gedicht entwickelt bei mir ein Eigenleben, und plötzlich, da spricht etwas ganz anderes zu mir als ich vorher ausdrücken wollte. Das hat mit meinen Germanistikstudien ganz und gar nichts zu tun!

Wir beide führen hier einen Dialog. Und dieser Dialog wird zum bewussten Erleben, wenn du dabei noch deine Gedanken und Gefühle einbringst. Das ist in der Form im Vergleich zu früher für mich etwas völlig Neues, etwas absolut Faszinierendes. Ich hab noch keine Worte dafür. Ich werde sie suchen.

In deinen letzten Zeilen, die du mir vom Flussufer aus geschrieben hast, verspürte ich eine starke Sehnsucht nach Zärtlichkeit. Auch ich kann das alles fühlen, du kannst dir vielleicht gar nicht vorstellen wie sehr. Da ist eine Frau, die dir von irgendwoher schreibt über ihre innere Glut, welche dir fehlt.

Tillmann stand kurz auf, brachte Teller und Tasse zurück zur Küche und holte sich ein großes Glas Mineralwasser von der Flasche, die er gestern Abend in den Eisschrank gestellt hatte. Da dieser Sonntagmorgen schon fortgeschritten war und die Hitze sich wieder über das Land und die Stadt legte, ließ er alle Läden herunter und verschloss die Fenster. In seinem Arbeitsraum war dies schon so. Er setzte sich wieder hin, nahm sich einen kräftigen Zug von dem kühlen Nass und las weiter, was Theres ihm geschrieben hatte.

Was ist überhaupt die Liebe? – Sie ist eine Blume, die ihren Duft verströmt ganz ohne Absicht. Liebe ist keine Verliebtheit. Liebe muss über die Jahre erst ihre Beweise erbringen: Zum Beispiel bei der Erziehung der Kinder und anderen gemeinsamen Aufgaben. Wenn die Liebe zur Gewohnheit wird, ist es keine Liebe mehr.

Du sitzt am Fluss, Till, und du schreibst mir, aber manchmal kommst du mir auch vor wie so ein ruhiger Fluss, der sich irgendwann wieder nach Stromschnellen sehnt.

Ich bin so froh, dass ich deine Brieffreundin bin, und ich fühle mich dir von Tag zu Tag näher. Deine Worte fesseln mich, und das tut gut. Ich spüre meine Leidenschaft.

Leidenschaft – ist sie nicht nur ein vorübergehender Begleiter der Liebe, gehört sie überhaupt zur Liebe? Sicher! Und die Zärtlichkeit! Ohne sie kann man nicht wirklich leben. Wir brauchen sie für unser sinnliches Überleben. In den Arm genommen werden, berührt werden, warme Haut spüren und die Lippen berühren...! In der Liebe bin ich zurzeit allein, und die Zärtlichkeit fehlt mir. Man kann keine Liebe besitzen, man kann sie nicht festhalten. Sie ist ein Kind der Freiheit.

Sei zärtlich umarmt!
Theres

Tillmann spürte auf einmal die Leidenschaft von Theres.

Doch ihre Worte über das Verliebt-sein und die Liebe als solche, über die Erziehung der Kinder und die Liebe als Gewohnheit – all das klang eher wie aus dem Mund eines betagten und lebenserfahrenen Menschen als aus dem einer Studentin im fünften Semester, der noch so manche Erfahrung fehlt.

Vielleicht hat sie es aus irgendeiner Vorlesung und wollte es mir nur weitergeben, dachte er und schmunzelte still vor sich hin.

Aber die Leidenschaft!

Er zögerte nicht mit seiner Antwort.

Liebe Theres,

ich stelle mir vor:

Du sitzt rechts neben mir, unsere Knie berühren uns, deine Lippen verbergen ein süßes Schmunzeln und deine Hand fährt streichelnd über mein rechtes Bein. Auf einmal merke ich, wie mir das Blut in den Kopf steigt, dann zirkuliert es in allen Körperteilen, und mein Herz schlägt kräftig mit.

Meine Gedanken fliegen wild durch die Gegend:

Du sitzt frontal zu mir auf meinem Schoß, die Beine weg gestreckt wie ein lieb-freches Mädchen, schickst mir viele Luftküsse

zu und umarmst mich. Ich vergrabe meinen Kopf bei dir zwischen Schulter und Brustanfang. Mit meinen beiden Händen fahre ich sanft von deinen Achselhöhlen über die Taille bis zur Hüfte, und sie graben sich heftig und zart in dein noch leicht kühles Gesäß. Ich schließe die Augen und fühle, wie wir verschmelzen ...!
Deine Lotosblüte! Ich sehe sie! Sie hat ihre äußeren Blütenblätter schon geöffnet, und ihre inneren sind schon benetzt mit dem ersten Tau. Wie fein der auf diesen zarten Blüten liegt. Ich zittere, und meine Zungenspitze tastet behutsam die kleinen Tropfen ab und nimmt sie tief in sich auf. Die inneren Blütenblätter öffnen sich, zeigen mir die Schönheit, und mit deinem rechten Mittelfinger öffnest du die Blüten noch weiter, und du lässt mich mit dieser Schönheit verschmelzen.

Du bist für mich ein Erlebnis – geistig und körperlich –, das über der Zeit liegt.

Manchmal
da sehe ich dich
vor dem Einschlafen neben mir,
und deine Haare
hängen mir ins Gesicht.

Links und rechts von meinem Kopf
hast Du dann deine Hände abgestützt,
und Deine Zunge streicht
mir zart über meine müden Lider.

Mit deinem Speichel
hast du meine Lippen benetzt.
Ein lauer Nachtwind
weht durch das offene Fenster
über unsere Körper.

Solche Kraft
hast du
aus der Ferne.

In stiller Umarmung,
Tillmann

KAPITEL 20

Heiße Tage – Auf dem Wasser und unter Bäumen – Begegnung mit »Helle«

Das letzte Juliwochenende stand vor der Tür. Ein Tiefdruckgebiet hatte sich vor einer Woche über ganz Deutschland ausgebreitet, es hatte fast tagelang geregnet, auch wenn der Regen nicht gerade in großen Mengen, sondern oft in feinen Tropfen vom Himmel fiel. Es tat Tillmanns Rasen, seinen Sträuchern im Garten und überhaupt der ganzen Natur gut, nach jenen heißen Tagen bis in den Juli hinein wieder eine Erfrischung und eine Abkühlung zu bekommen.

Der Regen ging nun langsam zurück. Bereits am Samstagmorgen sah er, wie der Himmel ein wenig aufklarte und die ersten Sonnenstrahlen schon den Versuch machten, sich den Weg durch die Wolkendecke zu bahnen. Nur wenige schafften es. Fast der ganze Himmel war noch grauschwarz verhangen. Aber die Wolken trieben mit einem leichten lauen Wind nach Osten ab, und vom Westen her wurde es über dem Horizont schon lichter. Es kommen hellere Tage, dachte Tillmann, als er von seinem Bett aus zum Fenster hinaus sah. Mannheim lag noch in einem grauen Loch.

An diesem Tag stand er für seine Begriffe zu spät auf. Der Zeiger der Uhr über der Anrichte stand schon auf kurz vor Neun. Er frühstückte, las die Zeitung, wie er es immer tat.

Dann kam auf einmal vieles zusammen. Sein Bruder Henry schrieb ihm in einer Mail aus New York, dass er ihn und den Vater nun doch nicht, wie ursprünglich geplant, Anfang August besuchen könne, weil seine Freundin Liza wegen Entfernung der Gallenblase zu dieser Zeit ins Krankenhaus müsse und er sie nicht allein lassen wolle. *Also eine Absage Henrys. Schade!* Doch er verstand dessen Entscheidung.

Aus dem Briefkasten holte er gegen Elf dann einen Verkehrsverweis wegen zu schnellen Fahrens (er konnte sich gar nicht erinnern, dass es die letzten Tage geblitzt hatte!), des weiteren eine wiederholte Zahlungsaufforderung für ein Bügeleisen, das er weder bestellt noch erhalten hatte und eine Karte Saras von Korsika.

Er legte die Post auf den Tisch, wollte sich noch einen Cappuccino machen, als es an der Haustür läutete. *Wer ist das*, dachte er. *Noch ein Päckchen, das ich nicht bestellt habe?*

Nachdenklich ging er zur Tür und öffnete diese. Frau Eden, die Nachbarin von schräg gegenüber, stand da, begrüßte ihn und sah ihn mit großen Augen an. Sie fragte, wie es ihm gehe nach der langen Reise, ob er sich gut erholt habe. Er nickte und sah sie fragend an, um den eigentlichen Sinn ihres Vorbeikommens zu erfahren. Sie fragte ihn, ob er sich um die Pflanzen im Garten kümmern könne, wenn sie in den Sommerferien mit ihrer Tochter bis Anfang August nach Südfrankreich fahre. Er schmunzelte, nickte, ohne groß nachzudenken, und lud sie ein, doch noch ein wenig mit ihm auf die Terrasse zu kommen. Alles verlief in diesem Augenblick so still, und die Sprache Tillmanns bestand aus nichts anderem als aus Zeichen, mit denen er sie, so höflich der konnte, hereinbat.

Die Nachbarin nahm die stille Aufforderung gern entgegen und trat ein. Eigentlich hatte sie noch auf den Markt gehen wollen, doch dazu kam es an diesem späten Morgen nicht mehr. Sie nahmen am Couchtisch im Wohnzimmer Platz und unterhielten sich über Gott und die Welt. Er berichtete über seine Wochen der Erholung auf Amrum, über den Strand und das Meer, über die Dünen und das Watt.

Sie saß da in ihrem hyazinthenfarbenen, kurzen Sommerkleid, das oben rechts und unten links jeweils mit einer Gruppe von roten Farbtupfern bedeckt war, die fast schon aussahen wie Hibiskusblüten, und keine Schulterträger hatte, aber dafür von einem schmalen, rund um den Hals gehenden Kragen getragen wurde. Die Haut war von der Sonne gebräunt, und dieses Braun leuchtete in einem zarten pastellfarbenen Ton. Die Schuhe hatte sie ausgezogen und in der Diele neben der Haustüre abgestellt. Das tat sie, seit sie sich kannten schon immer so, wenn sie mal allein oder mit der Familie vorbeikam. Oft war das nicht, doch seit ihr Mann als Physiker für ein Jahr einen Lehrauftrag an der Universität in Princeton, New Jersey, hatte, war es stiller geworden in ihrem Haus, und manchmal unterhielt sie sich dann mit Tillmann am Gartenzaun oder er lud sie ein, doch kurz mal rüberzukommen. Weil es ihr zu umständlich war, um das halbe Karree zu laufen, hatte sie einmal gefragt, ob sie über den Zaun steigen dürfe. In jenem Moment hatte sie etwas Mädchenhaftes an sich, etwas, das nach Abenteuer roch; ob nach dem Mundraub von Kirschen aus dem Nachbargarten oder nach etwas anderem, sei dahingestellt. Tillmann hatte dies bemerkt. Weil der Zaun für ihre Beine noch ein wenig zu hoch war, hatte sie ihn gebeten, ihr zu helfen. Er tat dies, griff ihr dann mit dem rechten Arm unter ihre Kniekehlen und legte den anderen um ihre Taille. Den linken Arm hatte sie um seinen Hals gelegt, und wie ein junges Mädchen hob er sie dann über den Zaun.

Das war zwar nichts Besonderes, aber eine Alltäglichkeit war es auch nicht. Was hätte wohl ihr Mann gesagt, wenn er dies gesehen hätte? Doch der dozierte für zwei Gastsemester an der Uni Princeton in New Jersey. In einem Jahr wollte er wieder zurückkommen zu seinem Lehrstuhl der Astrophysik an der Universität von Heidelberg, wo der Schwerpunkt seiner Forschung im Bereich der Elementarteilchenphysik, der Struktur und Entstehung des Universums und den Eigenschaften von klassischen und quantenmechanischen komplexen Systemen liegt.

Ihre Tochter Sabine war jetzt in der Oberstufe und wollte im nächsten Jahr ihr Abitur machen. Sie war unter den Klassenbesten, und ihre Mutter brauchte sich nicht allzu oft um sie zu kümmern. Frau Eden war Lehrerin an einer Hauptschule für die Fächer Sport und Mathematik und kam meistens gegen zwei Uhr nachmittags nach Hause. Sabine war dann manchmal schon da, meistens hielt sie sich aber noch bei Freundinnen auf. Die Nachmittage vergingen für Frau Eden schnell, aber die Abende wurden für sie dadurch, dass ihr Mann Paul fehlte, immer länger. Jetzt, im Sommer, saß sie noch im Garten, las bis in den späten Abend in einem Buch oder lauschte einfach so vom Strandkorb aus den Abendstimmen der Vögel.

Beide saßen sie an diesem Morgen da, unterhielten sich, und als sie zum wiederholten Male ihn mit *Herr Lenz* ansprach, bot er ihr endlich das Du an.

»Ich bin der Tillmann«, sagte er kurz und lächelte.

»Und ich die Julienne«, erwiderte sie, reichte ihm die Hand über den Couchtisch und lachte. Sie freute sich. Vielleicht hatte sie es schon lange erwartet.

»Bei Sabine ist es anders herum: Sie bringt hin und wieder ein paar Freunde mit zu uns ins Haus, und ich weiß nicht einmal, wer die sind, geschweige denn, wie sie heißen.«

Tillmann, runzelte die Stirn und sah sie an. Ihr schwarzes Haar fiel bis über ihre Schultern und glänzten im Licht. Immer, wenn sie ihm zuhörte, setzte sie ihre Zehen in Bewegung, und diese Motorik kam einem so vor, als wollten die Zehen beider Füße miteinander kommunizieren.

»Du bringst das Licht in den Raum«, meinte er, als sie schon aufgestanden war und im Begriff war zu gehen.

»Wieso das, Tillmann?«

»Schau mal durch das Fenster nach draußen!«

»Es ist heller geworden. Meinst du das?«

»Es ist, wie es ist, Julienne.«

Sie sah ihn an und schwieg. Sie war siebenunddreißig, und ihre Augen und Mimik bargen schon die Erfahrung der Jahre, aber sie versteckten auch eine Erwartung wie bei einer Jugendlichen, die sich meistens nicht zeigte oder zumindest nicht für den anderen erkennbar war. Für Tillmann war sie es heute, diese Erwartung in ihrem Inneren, er nahm sie wahr.

Als sie beide wieder an der Türschwelle standen und sich verabschiedeten, hätte sie fast vergessen, ihm den Gartenschlüssel zu geben.

»Was ist nur mit meinen Gedanken los? Sind sie zerstreut heute morgen?«

Sie sah ihn fragend an.

»Deine Gedanken sind da, aber woanders. Nicht dort, wo du es willst.«

»Dort, wo ich sie haben möchte schon, Tillmann, aber nicht jetzt.«

Er schmunzelte und nickte leicht, und es schien, als habe er den Inhalt ihrer Worte verstanden. Sie war überrascht, als sie das sah, was wiederum ein Beweis dafür war, wie wenig sie ihn kannte.

Als sie ihm die Hand reichte, hatte es den Anschein, als wollte sie ihn bald näher kennenlernen, und ein strahlendes Lächeln lag in ihrem Gesicht.

Eigentlich wollte Tillmann in der Mittagszeit auf der Terrasse endlich mit dem Lesen des Werkes *Auf der Suche nach der verlorenen Zeit* von Marcel Proust beginnen, was er Monat für Monat immer wieder aufgeschoben hatte, als auf einmal ein Anruf kam, mit dem er nicht gerechnet hätte. Es war Lars Carstensen, den er als Schüler so schätzte. Und der wollte seinen Lehrer endlich einmal wiedersehen. Tillmann überlegte nicht lange, er freute sich so über diese Überraschung, und bereits zwei Stunden später traf man sich im Luisenpark von Mannheim.

»Was für ein schöner Tag!«, rief Lars aus, als er sich mit Tillmann auf den Rasen unter die alte Platane gesetzt hatte. »So richtig schön! Wie gut, dass meine Mutter noch nicht weiß, dass ich hier bin, die hätte bestimmt Protest angemeldet. Wenn der Sohn wieder zuhause oder im Umkreis seines Heimatortes ist, hat er sich zuerst bei seinen Eltern zu melden!«

»Ist das heute immer noch so? Bei mir gehörte das zur Regel der Zeit.«

»Vielleicht nicht mehr so akribisch genau, nicht mehr so streng wie früher. Weniger aus Disziplin, mehr, viel mehr aus Liebe denke ich.«

»Also meinen Kindern ließ ich nach der Schulzeit freie Wahl. Sie konnten kommen, wann sie wollten.«

»Ist auch egal«, meinte Lars, »es ist einfach so schön, nach über einem Jahr Sie wieder zu treffen, mit Ihnen zusammen zu sein hier in diesem herrlichen Park.«

Sie beobachteten die Krähen, die etwa zwanzig Meter vor ihnen Regenwürmer aus der Rasenfläche zogen.

»Gestern hat es noch geregnet!«

»Ja, gestern hat es noch geregnet. Tagelang dauerte dieser Regen«, ergänzte Tillmann, »und die Sonne«, so fuhr er fort, »steht schon wieder am Himmel.«

Da saßen sie nun beide angelehnt am Stamm der Platane, der ehemalige Lehrer mit seinem Schüler von einst, sie genossen die mittägliche Ruhe, die über dem Park lag, und eine Freude des Wiedersehens lag in ihren Augen.

»Ja, Lars, auch ich freue mich, dich heute hier zu sehen. Deine Leistungen in Deutsch und Kunst, aber auch deine menschliche

Kommunikation, die immer das friedliche Miteinander im Auge hatte und oft auch dabei half, Streitereien zwischen Mitschülern beizulegen, sind für mich heute noch etwas ganz Besonderes, das ich nie vergessen werde.«

»Ach ja«, meinte Lars verlegen.

»Nein, es war so, glaube es mir.«

Jeder erzählte, was er erlebt hatte. Lars, der im Herbst ins dritte Semester kam, erzählte von seinem Studium in Theaterwissenschaft, Germanistik und Kunst, von seinem bühnenbildnerischen Mitarbeit am Nationaltheater von Mannheim und von seiner Freundin Mariza, die er in der Fachbibliothek des Deutschen Institutes an der Uni kennengelernt hatte.

Tillmann erzählte vor allem von der Insel Amrum, über Theres verlor er kein Wort.

»Wollen wir nicht am Seerosenteich etwas essen und trinken? Komm, ich lade dich ein!«

Lars nickte und stand auf.

Sie fanden einen gemütlichen Platz in einer Ecke der Caféterrasse, von wo aus jeder von beiden eine schöne Perspektive über den Teich hatte.

Mittagsstille lag über dem Teich. Sie war so intensiv, dass man sie hören konnte. Es war ein unbeschreibliches Flirren, das in der Luft lag. Zwei Enten glitten über das Wasser. Sie glitten dahin zwischen dem Schilf und den Seerosen, die in dem Licht in ihren elfenbeinfarbenen, rosafarbenen und dunkelroten Farbtönen leuchteten, und es hatte den Anschein, als sei man in einem Stummfilm.

»Die Natur malt mit so vielen Farben.« Tillmann schaute zu Lars.

»... und sie wechselt die Farben laufend!«

»Da hast du Recht«, erwiderte Tillmann, »es bleibt nie etwas so, wie es war, es verändert sich alles.«

»Kann man das Leben vielleicht eine Metamorphose nennen?«

Lars sah seinen früheren Lehrer fragend aber doch selbstsicher und überzeugt an, so als würde er das Ja gleichsam erwarten, was sich dann auch bestätigte.

»Aber sicher, mein Lieber, und zwar eine ganz große! Wir können nur existieren durch die Veränderungen. Wenn alles immer so bliebe, wie es ist, würden wir jämmerlich zugrunde gehen.«

»Wieso?«

»Wieso? Was glaubst du, wieso, Lars? Wir würden vor Langeweile sterben, alles würde so bleiben und nichts würde kommen. Das wäre ein Stillstand der Zeit, und wir alle würden in dieser Einsamkeit erstarren und erfrieren. Wenn es immer hell wäre, würde uns das Dunkel fehlen, das uns die Ruhe gibt, und wenn es immer Dunkel wäre, würden wir uns schon nach einem kleinen Schimmer des Lichtes sehnen.«

Lars verstand ihn und nickte.

Kaffee und Kuchen schmeckten. Sie unterhielten sich über alles Mögliche: Lars über sein Studium und seine noch in diesen Semesterferien geplante Reise mit seiner Freundin in die Gegend von Cassis an der südfranzösischen Küste, und Tillmann kam dann doch entgegen seiner ursprünglichen Absicht zu schweigen, auf sein Verhältnis mit Theres zu sprechen. Lars überraschte dies weniger, als Tillmann zunächst dachte: Vielleicht weil gerade diese digitale Bekanntschaft heutzutage nichts Seltenes mehr war. Er dachte dabei an Facebook, wo man wildfremden Menschen, von denen man außer ein paar Bildern und einigen Angaben zur Person nichts kennt. Und selbst dies – der Name, die Fotos und die Angaben – konnten alle falsch, erstunken und erlogen sein. Er wusste nicht, wie tief diese Freundschaft zwischen Tillmann und Theres ist und schon gar nicht, dass es schon eine tiefe Liebe war. Nur eines verstand Lars nicht.

»Wenn diese Fernbeziehung nun schon seit einigen Monaten besteht, warum habt ihr euch dann nicht schon getroffen, irgendwo zu irgendeiner Zeit verabredet, um euch näher kennenzulernen?« Lars merkte nicht, dass er seinen ehemaligen Lehrer auf einmal duzte. Vielleicht merkte es Tillmann, doch sein Schweigen war eine stumme Bestätigung.

»Hattet ihr bisher nicht die Gelegenheit, euch zu treffen, oder hatte dies andere Gründe?«

Lars sah Tillmann mit fragenden und erwartungsvollen Augen an.

Dieser reagierte sofort, nickte kaum sichtbar mit dem Kopf und meinte: »Du hast doch schon einmal etwas von der Vorfreude gehört? Erinnerst du dich noch an deine Kindertage, an denen du vor Weihnachten es kaum erwarten konntest, bis der Tag der Bescherung kam, der Heilige Abend, der für jedes Kind der Abend sein sollte, wo zumindest einige Wünsche in Erfüllung gehen sollten. Es waren die Stunden der Erwartung, in denen man mit den Wünschen lebte, in denen schon das Haus von dem Duft der Weihnachtsstollen und des Gebäcks erfüllt war, und es waren die Minuten, die letzten Augenblicke vor dem Klingeln des Glöckchens, als schon das Geruchsgemisch aus brennenden Schwefelhölzchen und Kerzenwachs durch den Spalt der leicht geöffneten Tür drang. Das war sie, die kindliche Vorfreude. Dieses Wünschen lag still in uns. Auch die Eltern hatten stille Wünsche, wenn auch von anderer Art. Das Wünschen half uns.«

»Ja«, sagte Lars, »ich verstehe.«

»Und warum, so frage ich dich, soll es heute anders sein? Weil wir keine Geduld haben und nicht warten können? Weil wir alles sofort erfüllt haben wollen. Wo bleibt da der Reiz, wenn jeder Wunsch gleich erfüllt wird? Ist der Reiche glücklich, der im Geld und Gold schwimmt und alles sofort erfüllt bekommt, was er will?«

»Mitnichten!«

»Du sagst es! So sehe ich das, und Theres ebenso.«

»Wie alt ist Theres?«

»Genau weiß ich es nicht, ich schätze so ein bis zwei Jahre älter als du. Sie ist im fünften Semester.«

»Dann dürfte sie noch nicht ganz Mitte zwanzig sein. Wir beide kamen kurz nach der Wiedervereinigung auf die Welt. Bekam man, zumindest im Westen, da nicht oft alles was man wollte? Wenn meine Eltern mir so hin und wieder mal ein kleines Geschenk machten, war dies meistens mit der Bemerkung versehen, dass sie so etwas von ihren Eltern nie bekommen hätten.«

»Den Satz kenne ich, das habe ich auch bei meinen Kindern oft gesagt. Weil es so war.«

Sie saßen beide für einen Moment da, sahen sich an und schwiegen.

»Fast hätte ich gefragt, ob das glücklicher macht. Doch die Frage erübrigt sich, weil ich es weiß. Es war bestimmt ein Glücklichsein der meisten Menschen auf eigne Weise, auf ihre Weise, die ich verstehe und nach der ich eigentlich auch gerne leben möchte.«

Tillmann lächelte leicht erstaunt und hörte ihm gespannt zu.

»Alles zu haben und noch mehr zu bekommen, immer wieder: Das kann sogar traurig machen vor Langeweile. Man erhält alles, die anderen leben einem das Leben vor und lassen keine Wünsche mehr aufkommen. Ich muss gestehen, dass ich in eine Zeit geboren wurde, in der das Wünschen seinen Sinn verloren hat. Doch ich versuche, mich von dieser Lebenseinstellung zu befreien. Erst in dem Verzicht und der Entsagung erkennt man das, was das Leben ist, das, was das Leben ausmacht und was es bedeutet.«

»So denkt auch Theres«, erwiderte Tillmann.

»Verstehe, vielleicht spielt dann, wenn auf dieser Ebene eine gedankliche Übereinstimmung vorliegt, das Alter, der Altersunterschied zwischen euch beiden keine Rolle mehr.«

Jetzt erhob Tillmann seinen Zeigefinger, schaute Lars kurz eindringlich an und erwiderte: »Genau das meine ich, genau das!«

Tillmann rief die Bedienung und zahlte.

Sie gingen auf dem Plattenweg weiter. Vorbei an dem Pinguinbecken, an den Flamingos, wo diese starr wie rosafarbene Wachsfiguren da standen und in den Tag sahen, vorbei an der Schildkrötenbank, den anderen Volieren und Gehegen und durch das Pflanzenschauhaus bis hin zu den Freilandpalmen. Von fern sahen sie schon den Gondoletta-Anleger in der Nähe des Fernmeldeturmes. Die meisten Gondoletta-Boote, die sich durch elektrischen Antrieb bewegten, waren leer.

»Die kenne ich schon seit meiner Kindheit«, sagte Lars. »Doch es ist schon lange her, seit ich zum letzten Mal darauf gefahren bin.«

»Dann eben jetzt!«, rief Tillmann auffordernd, holte die Karten, und sie stiegen ein und setzten sich.

Stelzenläufer hüpften am Ufer über das Gras, das Boot fuhr vorbei, und das Gebüsch verdeckte sie. Die Gondoletta glitt sanft und leise über das Wasser, und immer, wenn sie um eine Kurve bog, hatte dies den Anschein, als würde sie von fremder, von unsichtbarer Hand gezogen. Die Zeit zog sie über das Wasser auf dem Parksee. Sie fuhren bis in die hintersten Winkel, das Boot drehte dann wieder, fuhr manchmal so nahe dem Ufer, dass die Weiden, die über dem Wasser hingen, ihre Köpfe streiften. Die Blätter flüsterten leise in einer Sprache, die Tillmann und Lars verstanden. Jeder auf seine Weise. Da saß er mit seinem ehemaligen Schüler Lars in der Gondoletta, die über das Wasser glitt und die beiden so viele Bilder bot. Ein Reiher flog auf in die Lüfte, er zog seine Kreise unter den Wolken, die wie ein Inselmeer im Ultramarin des Himmels schwammen. Sie erlebten sie, und sie träumten in den Tag, Tillmann und Lars, deren Freundschaft an diesem Nachmittag so richtig begann.

Am diesem Abend saß Tillmann auf der Terrasse, aß eine Pizza »Quadro stagioni«, die er sich vorher beim Service bestellt hatte, trank sein Bier dazu und schaute noch einmal in die Zeitungen der letzten Tage.

Mohamed Mursi vom Militär gestürzt – diese Nachricht ging ja durch alle Kanäle.

Frankreich, Portugal, Italien und Spanien verweigern einer aus Moskau kommenden Maschine die Überflugrechte, weil man vermutet hatte, dass mit dem Flugzeug der von den USA gesuchte ehemalige Geheimdienstmitarbeiter Edward Snowdon aus Russland ausgeflogen werden sollte. So musste auch das Flugzeug mit dem bolivianischen Staatspräsidenten Evo Morales an Bord in Österreich für dreizehn Stunden am Boden bleiben.

Tillmann blätterte weiter, meist rückwärts.

Bruchlandung. Zugentgleisung. Schon wieder.

Tennisturnier in Wimbledon.

Kroatien wird in die Europäische Union aufgenommen. Warum nicht, war an der Zeit.

Ein Hund bellte von der anderen Seite der Straße. Zweimal. Dann die kurze Pause und das Nachbellen. Einmal. Der Ton verlor sich im Dunkel. Ob Julienne ihren Dackel ausführte? Vielleicht tat es auch ihre Tochter, und Julienne saß auf der Terrasse und las oder saß drinnen und schaute Fernsehen. Ein Wagen fuhr die Straße hoch Richtung Innenstadt. Es war angenehm warm. Er zündete die Kerze an und machte sich drinnen noch schnell einen Tee. *Darjeeling. First Flush.* Die Sterne leuchteten am Himmel. Als das Glitzern stärker wurde, verspürte er ein Prickeln in seinen Fingerspitzen. Er dachte an Theres.

Hallo Theres,

wie schnell vergeht doch die Zeit! Jetzt haben wir schon Ende Juli! Ich erinnere mich, wie ich im Spätfrühling noch am Rheinufer saß und mir die Idee eines Urlaubs auf Amrum in den Sinn kam. Die

Blüten waren damals schon längst von den Bäumen gefallen, lagen braun vertrocknet am Boden, und die ersten sollten bald schon zerbröseln. Aber es roch nach Sommer. Ich kann dir dieses Gefühl nicht beschreiben. Man sitzt da und sieht in die Zukunft, von der man eigentlich nicht weiß, wie sie aussieht und was kommen wird. Aber den Jahresablauf, das Kommen und Gehen der Jahreszeiten ist etwas, das sich immer wiederholt. Es kommt immer wieder in ähnlicher Form, und es beschreibt für mich immer das Werden, das Entstehen im Frühling, das Sein in den Sommermonaten und das Vergehen im Herbst und Winter.

Ich saß da und roch den Sommer, ich ahnte ihn in der Ferne, irgendwo hinter dem Horizont. Es ist der Horizont der Erwartung, hinter dem sich das pulsierende Leben des Sommers verbirgt. Ich saß da, Theres, und ich freute mich. Meine Gedanken bargen diese Freude und mein Körper zitterte fast. Ich dachte an die Insel Amrum, die ich schon kannte, an den Strand und das Meer, an die Wolken am Himmel über dem weiten Land. Als ich damals das Plätschern der Rheinwellen hörte, stellte ich mir vor, es wäre das Meer, und ich schwamm in Gedanken solange mit, bis diese sich irgendwann in der Strömung auflösten. Es war eine schöne Zeit, die Zeit der Hoffnung und Erwartung. Und dann war es soweit! Ich war am Strand, war im Meer, war zwischen den Dünen und sah wie die Wolken am Himmel trieben. Ich war endlich dort, wo ich sein wollte, und ich wollte eigentlich nie mehr fort. Aber was man will ist oft etwas anderes als das, was man macht.

Jetzt sind schon drei Wochen seit meiner Rückkehr vergangen, und ich sitze wieder wie so oft in der Sommerzeit am späten Abend auf der Terrasse hinter meinem Haus, habe gerade eine Flasche Spätburgunder geöffnet. Nächste Woche wird der August beginnen, und der Hochsommer wird sich noch einmal aufbäumen. Die Gräser werden vertrocknen und die Blätter an den Bäumen werden wie jedes Jahr ihre braun verdorrten Blattränder bekommen, und die Zugvögel werden bald wieder nach Süden ziehen. Aber die Äpfel hängen noch am Baum, sind kurz vor der Reife.

Die Reife ist schön Theres. Das Leben schenkt sie uns, und sie währt eine lange Zeit. Aber einmal kommt der Tag, da geht sie zu

Ende, da ist alles vorbei, nur der Abschied wartet, der Abschied und der Tod.

Aber was rede ich da! Was sollen diese Gedanken! Melancholie in den Hochsommertagen! Denken wir lieber an uns, Theres, an uns beide, an unser erstes Treffen, das ich mit Sehnsucht erwarte. Geht es Dir ähnlich?

Warum warten wir so lange? Ja, ich weiß, du möchtest noch einige Wochen nach Griechenland. Kann ich verstehen. In den Semesterferien nach dem Sommersemester war ich einmal viele Wochen mit meinem Freund dort. Diese Zeit werde ich nie vergessen. Ach ja, Theres, damals, da war ich etwa genauso alt wie du, es war nach dem sechsten Semester, ich war Mitte Zwanzig, im Frühling des Lebens!

Ich muss jetzt noch einmal die Rabatte gießen. Dann gehe ich zu Bett. Ich bin müde. Vielleicht träume ich von dir, von uns.

Ich denke an dich und gebe dir einen zarten Gute-Nacht-Kuss,
Tillmann

Tillmann wollte wirklich nach dem Gießen der Stauden und Gladiolen schlafen gehen, wenn er nicht gerade, als er seinen Laptop herunterfahren und zuklappen wollte, eine Antwort von Theres noch entdeckt hätte. Sie hatte ihm gleich geschrieben, als er im Garten war.

Hi Till,
so spät noch die Blumen gießen? Es doch schon Nacht, und du weckst sie!

Nein, Spaß beiseite! Ich bin so froh, dass du mir geschrieben hast.

Du erzählst mir über das Vergehen der Zeit, über die Reife und das Dahinschwinden des Sommers und der hellen Tage.

Ich denke an den Frühling mit dir, der zu jeder Jahreszeit sein wird, und ich freue mich auf ihn.

Vergiss den Herbst und Winter, wenn du an einem warmen Sommerabend, in einer stillen Nacht in deinem Garten sitzt, dann spricht auch der zu dir, er spricht wortlos über die Liebe, nicht nur im Mai.

Ich habe mich seit dem frühen Abend in die Wohnung zurückgezogen. Ich war kurz mit einer Freundin im Parkhaus, das ist mitten im Stadtpark, nette Stimmung. Es war sehr ruhig dort. An diesem langen Wochenende sind viele weggefahren oder eben in Schwimmbädern. Die Hitze sorgt für eine angenehme Langsamkeit im Stadtgetriebe.

Es ist so prickelnd wie kühles Mineralwasser, wenn ich da im Zimmer sitze über die alten Häuser mit den Gärten schaue, die vom Licht der Straßenlaternen ein klein wenig erleuchtet werden, und dabei von deiner Sehnsucht lese. Du schreibst so schön. Manchmal ein wenig traurig, aber trotzdem schön. Das liebe ich.

Das liebe ich so an dir, Till. Ich hätte dich jetzt auch gerne bei mir. Doch wir wollen uns an die Vereinbarung halten: Ende September, wenn ich wieder von Griechenland zurück bin. Aber freuen können wir uns schon jetzt.

Mir ist ein wenig zu heiß. Die Sonne hat heute den ganzen Tag Wiesbaden erhitzt, und die Schwüle spüre ich im Haus nicht so, da die Altbauwohnung ein angenehmes Klima hat. Manchmal liege ich auf dem Bett und träume mit offenen Augen in den Tag. Jetzt träume ich davon, mich in das kühle Schlafzimmer zurückzuziehen, ganz nackt und träge dazuliegen und zu spüren, wie deine Hände mich streicheln ... deine Zunge meine Brustwarzen umspielt und du zart daran knabberst, wie deine Hände meine Schenkel erreichen und sie sanft streicheln. Ich liege dann da und spüre deine Seele. Lass uns von einander träumen, was wir wollen, solange, bis der Tag kommt.

Einen zarten Nachtkuss,
Theres

Tillmann ging nicht gleich zu Bett. Er saß noch da und dachte über das nach, was Theres ihm geschrieben hatte. Er stellte sich vor, wie es werden könnte, wie es einmal sein würde. Seine Gedanken schrieben Geschichten in die tiefe Nacht. Die Sterne blinkten.

Zwei Parallelen schnitten sich in der Unendlichkeit.

»Lass uns von einander träumen, was wir wollen, solange, bis der Tag kommt.« Das hatte Theres ihm geschrieben. Tillmann träumte in der

Nacht. Es war ein seltsamer Traum, der ihm noch durch den Kopf ging, als er schon längst aufgewacht war.

Er schrieb ihr:

Guten Morgen Theres,
heute Nacht bin ich deiner Aufforderung nachgekommen und habe geträumt. Von dir, von uns.

Da war ein Apfelbaum, ein alter Apfelbaum, unter dem eine sehr hübsche Frau saß. Sie war schon etwas älter, so etwa Mitte Vierzig, aber sie war sehr hübsch, und sie hatte Ähnlichkeit mit dir. Ja, mit dir, Theres. Sie saß da und sang vor sich hin; keine Lieder, irgendwelche Melodien waren es, die sie vor sich hin summte. Ich ging auf sie zu, und als ich ihr näher kam, sah ich auf einmal, dass du es wirklich warst, ja du warst es, Theres. Du hast mich nicht gesehen. Denn ich stand auf einmal hinter einer Hecke wilder Rosen, die in ihren rosaroten Farben in den Tag leuchteten. Ich schob vorsichtig das Dorngestrüpp beiseite um dich besser zu sehen und verletzte mich mit einem Zeigefinger an einem großen Dorn, und ich blutete. Die Tropfen fielen auf ein Blatt dieses Gestrüpps, rannen über die Mittelachse des Blattes bis zu seiner Spitze, fielen von da aus nach unten auf eine rosa Blüte und verfärbten diese mit einem Male zu einem Dunkelrot. Ich sah nur noch dieses Rot, das auf einmal heller wurde, vermischt mit zartem Gelb und an einer Stelle sogar mit Grüntönen. Die Farben bewegten sich, tanzten, es war ein lustiges Farbenspiel. Dann sah ich eine Hand, die mir einen Apfel in denselben Farben anbot, ich sah in zwei Augen, und ich erkannte, dass es deine waren. Dein Mund lächelte, und als du mit dem Apfel in deiner Hand meine Lippen berührtest, schloss ich die Augen und biss hinein. Kurz darauf öffnete ich meine Augen wieder und sah, dass du nackt warst. Du beugtest dich über mich, über meinen nackten Oberkörper, wir küssten uns. Wir wälzten uns plötzlich unter hohen Parkbäumen auf der Erde. Da war nur schütteres Gras, wir umschlangen uns, unsere Körper drängten sich aneinander, und unsere Hände erkundeten gierig den Körper des anderen, und ich spürte dein Zittern, das Beben deines ganzen Körpers, wenn ich mein Becken gegen deinen zarten Bauch drückte. Du warst außer Atem, und ich hörte das

Pochen deines Herzens. Es war so leidenschaftlich, und inmitten dieser Leidenschaft, sah ich, wie auf einmal dein dunkelbraunes Haar grau wurde, doch dein Gesicht war unverändert. Ich wollte dich noch etwas fragen, doch da war der Traum schon zuende, plötzlich brach alles ab, ich erwachte, und ich war mir für Momente nicht sicher, ob es ein Traum war.

Verträumte Grüße,
Tillmann

Hi Till, du Verträumter!
Wenn man mit dir von etwas spricht, hat das seine Wirkung.

Aber tröste dich, auch ich hatte einen Traum: Es war der Traum von den Sternschnuppen vor dem Morgengrauen. Es ist ein schöner Sternenfluss gewesen, der mit dem ersten Licht des Tages verschmolz. Es war so sinnlich. Doch ich habe alles wieder vergessen.

Ich werde von deinem Traum leben, von deinen Träumen zehren. Bis zu dem Tag, der immer näher rückt.

Ich spiele in deinem schütteren Haar und knabbere an deinen Ohrläppchen. Spürst du das Rauschen in der Ohrmuschel, wenn ich mit meiner Zunge darin kreise – dann rauscht es doch wie das Meer!

Ich lasse deiner Traumphantasie freien Lauf und kann sie körperlich spüren.

Auch stelle mir dich vor. So, wie du sein könntest. Zum Beispiel dein Lächeln. Dein Mund hat für mich wiederum etwas Erotisches, da ist so ein besonderer Zug, eine gewisse Schwermut, aber auch so etwas, wofür mir im Moment die Worte fehlen. Irgendwo zwischen sinnlich und wollüstig angesiedelt ... und ich stelle mir manchmal vor, wie dieser große Mund meine Blütenblätter in sich aufnimmt. Ich stelle mir alles nur vor. So wie du bei mir. Leben wir nicht oft von der Vorstellung? Oder ist vielleicht das ganze Leben nur eine Vorstellung? Jenseits dessen, was sich Wahrheit nennt?

Lass mich in den Tag träumen. Der hat gerade begonnen, liegt noch vor mir, und ich habe Semesterferien ...

Helle Morgengrüße,
Theres

28. VII.

Leben wir von der Vorstellung? Oder ist vielleicht das ganze Leben nur eine Vorstellung? Jenseits dessen, was sich Wahrheit nennt?

Diese Worte von Theres gingen ihm noch Tage später im Kopf herum, auch an dem Samstagnachmittag, als er wieder einmal einen Spaziergang um die Parkinsel machte. Draußen in der warmen Sommerluft: Erst zum Hafen und dann auf der Promenade hinunter zum anderen Ende der Insel.

Bilden wir uns alles nur ein, solange, bis wir uns fragen, wo unsere Zeit geblieben ist, unsere Tage und Jahre? Bilden wir uns das alles nur ein bis zur Stunde der Bewusstwerdung, wenn alles vorbei ist?

Die Äste der Platanen hingen in ihrer Weite wieder bis über den Weg hinaus, und ihre Blätter, an den Rändern schon leicht vertrocknet, waren in diesen Augenblicken von einem bronzefarbenen Schimmer umgeben.

Ist das Leben nur eine Vorstellung, die Welt nur eine Simulation, die uns von der Realität träumen lässt? Und wenn es so ist, dann sind wir Menschen ein Teil dieser Simulation, und wir wissen nicht, wie die wirkliche Welt aussieht.

Tillmann blieb plötzlich stehen, griff nach dem Zweig einer jungen Buche, die am Weg stand, machte ein Blatt ab, betrachtete es eine Weile, betastete Oberfläche und Unterseite und roch daran. Dann zerrieb er es zwischen seinen Fingern und ließ die Reste, die da noch waren, wieder zur Erde fallen.

Ist die Welt nur eine Idee, ein Scherz, ein Schabernack jenes Allmächtigen, den man Gott nennt? Sind wir nur Schattenbilder wie auf der Höhlenwand von Platons Gleichnis, die nie erfahren, wie die wahre Welt aussieht?

Aber als ihm diese Fragen durch den Kopf gingen, wurde ihm auf einmal bewusst, dass er dachte, und er wusste, dass er ist.

Er atmete auf.

Die Welt ein Scherz, eine Komödie, und wir sind die Akteure! Wir müssen das sehen, was ist und wie es ist. Dabei ist es gleichgültig, ob wir zur Realität gehören oder nur Teil einer Simulation sind.

Er sah nach vorne über die Promenade, über diesen herrlichen Uferweg bis hin zum anderen Ende der Parkinsel. Die hohen Stieleichen, die im Parkwäldchen standen, warfen lange Schatten über den Weg. Ein großes Frachtschiff fuhr vorbei rheinabwärts. Es war so lang, dass es fast das gesamte, in seinem Blickfeld liegende Ufer auf der anderen Rheinseite bedeckte. Tillmann schaute bis zur Stelle gegenüber, wo der zum Hafen führende Seitenarm des Flusses eine Biegung machte und in den Hauptstrom mündete; danach folgte an der rechten Uferseite des Rheines der Containerhafen. Direkt unter ihm saßen ein paar Enten auf der Holzsteganlage. Er wollte sofort auf dem kleinen steilen Treppenweg hinuntergehen, aber da sah er die Drahtseilsperre und las auf einem Schild: *Betreten der Steganlage für Unbefugte verboten!* Ein fast ein Meter hoher runder Sandsteinpfeiler, der wohl schon ein Jahrhundert hinter sich hatte und auf der Oberfläche mit olivgrünen vertrockneten Flechten bedeckt war, bot ihm Gelegenheit, sich wie auf einen Barhocker zu setzen und in die Gegend zu schauen. Auf der anderen Seite des Ufers, direkt über den Schottersteinen, stand eine Salweide, deren Geäst fast kugelrund war. Tillmann staunte. *War das die Natur oder war hier der Mensch am Werk?* Direkt rechts vor ihm an der ehemaligen Kammerschleuse der alte Turm mit Pegeluhr, der zu Beginn des zwanzigsten Jahrhunderts gebaut wurde. Er kannte den würfelförmigen Kopf des Turmes, der nach allen vier Seiten mit goldenen Zifferblättern und Zeigern versehen war, die ihn faszinierten. Es war keine Uhr, sondern eine Messeinrichtung, welche große Ähnlichkeit mit einer solchen hatte, aber nur zehn Ziffern trug. Der Zeiger des Pegels lag genau zwischen Zwei und Drei. Ein ADAC-Hubschrauber flog am Himmel in nordwestliche Richtung. Er schaute ihm nach, wie er sich über der Silhouette des Industriearchipels verlor.

Plötzlich hörte er eine Stimme.

»Wollen Sie sich nicht setzen?«

Tillmann drehte seinen Kopf zur Seite und sah einen Mann auf der Bank hinter ihm.

»Hier ist noch genug Platz, ich bin nicht breit.«

Er schaute genauer hin und sah einen Mann, so Mitte vierzig, der wirklich schlank war, aber heruntergekommen aussah. Er trug ein Paar abgetragene Leggings an, ein ärmelloses, olivgrünes Shirt, das zu groß war und das jetzt wie eine vergilbte Gardine aussah, die man über Jahre vergessen hatte, und jetzt an seinem Oberkörper herunterhing. Sein brauner Schnurrbart glänzte in der Sonne, und das dunkle Haupthaar schaute zusammengebunden als Zopfbüschel unter dem alten grauen Filzhut hervor, den er auf dem Kopf trug.

Sie blickten sich beide kurz an, es folgte ein unverzügliches Nicken, dann erhob sich Tillmann von dem Sandsteinpfeiler und nahm neben dem Fremden Platz. Die Bank stand am Fuß einer hohen Böschung. Junge Birkentriebe, welche frisch aus der Erde gewachsen waren, ein Ginster und viele Efeutriebe wuchsen an den Rändern und hingen an einer Seite sogar über die Bank.

»Lästig, die Dinger hier!«

Der Fremde riss die beiden längsten Triebe ab und warf sie auf den Weg vor der Bank. Dann schob seine Hutkrempe ein wenig nach oben und sah zu seinem neuen Nachbarn rüber. Tillmann wusste nicht so recht, was er sagen sollte, und der andere saß auch einfach so da und sagte nichts.

»Kommen Sie öfters hierher ---?«, fragte ihn Tillmann dann doch. Er hielt kurz ein, und als er überlegte, was er noch sagen sollte, gab ihm der Mann auch schon eine Antwort, wenn auch nur eine kurze.

»Nee. – Sie?«

»Ich wohne hier.«

Kurzes Schweigen.

»Am anderen Ende dieser Parkinsel.«

»So gut möcht ich's auch haben.«

Der Fremde sah Tillmann wieder an, wie er da saß in seinen halblangen, hellbeigen Shorts und seinem weißen Polohemd.

»Was meinen Sie damit?«

»Ach nichts, lassen wir das!«

Der Fremde schaute zum Boden und scharrte mit seinen Füßen hin und her.

Minutenlang saßen sie da und redeten kein Wort. Tillmann schaute zum Rhein und zu dem kleinen Chemiebetrieb auf der rechten Seite, und der Fremde scharrte gelangweilt mit seinen Schuhsohlen auf dem Boden. Die Erde war richtig ausgetrocknet und staubte. Tillmann wurde ein wenig ungehalten, leicht nervös.

»Ich glaube – ich glaube, ich gehe wieder, ich möchte Sie hier nicht weiter stören.«

»Ach, machen Sie doch, was Sie wollen! Aber kommen Sie nachher nicht und sagen, ich hätte Sie vertrieben!«

Er brummelte irgendetwas vor sich hin, spuckte aus und verrieb mit seinem rechten Schuh den Speichel mit dem staubigen Sand. Tillmann stand doch noch nicht auf, sondern schaute ihm zu.

»In diesen heißen Tagen trocknet alles aus«, meinte er.

»Ja – ja. Aber Spucke hab ich noch!« Er spuckte ein zweites Mal.

»Wo leben sie eigentlich?«

Der Fremde hob den Kopf und sah sein Gegenüber mit halb geöffneten Mund an.

»Wo ich lebe? – Das sehn Sie doch! Nirgends und überall. Unter freiem Himmel! Diese Tage bin ich da hinten im Unterholz des Randgestrüppes zwischen Efeugeflecht und Brombeerranken.«

Er zeigte mit seiner Hand über die Böschung hinaus.

Tillmann schwieg.

Der Fremde nickte mehrmals kurz und sah hinüber zu der chemischen Fabrik.

Er hatte einen robusten Trolley mit viel Stauraum dabei, an dem noch eine Menge anderer Tüten hingen. Er hatte ihn hinter die Bank platziert, und Tillmann hatte ihn noch nicht gleich gesehen.

»Sind Sie auf Reisen?« Tillmanns Frage kam etwas zögerlich.

»Auf Reisen nennen Sie das? Wollen Sie mich verarschen?!« Er lachte hämisch. »Auf Reisen nennt er das!«

Tillmann wollte gerade aufstehen, als der Fremde ihn am Handgelenk packte und langsam wieder nach unten drückte.

»Sie können gerne gleich gehen! – Entschuldigen Sie, wenn ich soeben ein wenig handgreiflich wurde, war nicht so gemeint. Ich wollte Ihnen nur sagen, was mein Reisen bedeutet: Ich bin immer unterwegs! Ja, immer unterwegs!«

Tillmann horchte auf. Die letzten beiden Worte kamen ihm doch bekannt vor. Er dachte an die Ausstellung in Kaiserslautern.

»Wo kommen Sie her?«

Der Fremde legte den kleinen Stock hin, mit dem er die ganze Zeit vor sich in der Luft Kreise gezogen hatte und sah ihn mit seinen großen, braunen Augen an. Seine dichten dunklen Augenbrauen zog er dabei in die Höhe, und man konnte bei dieser mimischen Bewegung sehen, wie in der Stirn sich seine Falte vertiefte und wie sich noch zwei weitere kleine, die man sonst nicht sah, dazugesellten.

»Ich stamme aus Berlin. Doch seit Jahren ziehe ich umher, und mein Zuhause ist mein Zelt.«

»Ihr Zelt? –«

Tillmann stockte.

»Ja, mein Zelt ist mein Zuhause. Es ist mein Freund, mein Schutz und Begleiter, wenn ich über Land ziehe. Früher nannte man diese Leute Landstreicher, heute Penner oder in der gehobenen Sprache Obdachlose. So ist das!« Er hob den Zeigefinger hoch und lachte.

»Und Angehörige? – Haben Sie keine Angehörigen?« Eigentlich wollte Tillmann nicht so eindringlich fragen, doch es entsprang so schnell seinen Gedanken.

»Meine Frau hat mich vor zehn Jahren verlassen, damals, als die Kinder gerade aus dem Haus waren. Hat sich auf und davon gemacht.«

»Und Ihre Kinder?«

»Wollen Sie mich interviewen? Sind sie so ’n Pressefritze? Lassen Sie mich.«

»Entschuldigung, ich wollte Ihnen nicht zu nahetreten.«

»Nee, ist schon gut! Manchmal hab ich’s über!«

Sie saßen da und schauten still über die Böschung hinunter zum Rhein.

»Ja, die Clara! Künstlerin in Charlottenburg, und der Jonas treibt sich bei Time Warner in New York rum!«

»Sind das Ihre Kinder?«

»Ja. –«

»Haben Sie noch Kontakt zu Ihnen?«

»Manchmal über mein kleines Handy. Clara paar Mal im Jahr. Jonas aber nur dann, wenn er Zeit hat und aus den Staaten rüberkommt. Manchmal meine ich, der Junge hätte mich vergessen.«

Er nahm den kleinen Stock, den er bei sich neben der Bank liegen hatte, malte damit Kreise in die Luft.

»Warum malen Sie Kreise?«

»Ja, warum nur?«

Tillmann sah ihn an und wartete, und dem Fremden schien diese Frage auf einmal zu gefallen. Er malte noch mehr Kreise, und man sah, wie in der Fluktuation der Bewegung aus zwei Kreisen eine Acht entstand.

»Ich liebe den Kreis. Da findet das Ende immer wieder zu seinem Anfang zurück. Jeder Tag ist ein Kreis und zeigt uns die Stunden am Zifferblatt der Uhr. Auch die Jahre sind Kreise, manchmal Scheißkreise, aber nach jedem Winter kommt wieder der Frühling. Das ganze Leben ist ein Kreis, in dem alles wieder zu seinem Anfang zurückkehrt.«

»Der Kreis ist etwas Geometrisches. Sie meinen aber, alles kehre wieder?«

»So kann man es nennen. Irgendwann, irgendwo.«

»Leben Ihre Eltern noch?«

»Doch von der Presse! Ha, ha, ha!«

»Nein, sagte ich doch, nein!«

»Und warum dann diese dämlichen Fragen?!«

»Weil es mich interessiert hat.«

»Also Neugierde!«

»Gut, wenn Sie es so nennen wollen. – Ich nenne es Interesse.«

»Wortklauberei, alles nur Wortklauberei! Die ganzen intellektuellen Scheißer sind sich zu fein, die Dinge beim Namen zu nennen! Ha, ha, ha! Das ist zum Lachen und zum Heulen!« –

Sie schwiegen eine Weile. Ein großes Containerschiff glitt langsam über den Rhein. Der Fremde überlegte.

»Ach, meine Eltern, wissen Sie, die sind bei einem Verkehrsunfall vor langer Zeit ums Leben gekommen. Es war ein Tag, nachdem Clara und Jonas als Zwillinge zur Welt kamen. Sie besuchten uns nach der Geburt, um das Zwillingspärchen zu sehen, und sie hatten sich so über die beiden Kinder gefreut. – Und als sie am nächsten Tag wieder nach Hause fuhren, ist es passiert. Frontal! Beide auf der Stelle – «

»Nein!« Tillmann erschrak.

»Doch! So war es!« Der Fremde starrte eine kurze Weile vor sich hin.

»Aber lassen wir das, so etwas ist Schnee von gestern. Brauchen wir den heute noch? Der würde uns an diesem hochsommerlichen Tag wegschmelzen!« Er lachte auf einmal und legte den Stock beiseite. Dann lehnte er sich zurück, streckte seine Beine mit den abgelaufenen Halbschuhen aus, legte sie übereinander und nahm einen Schluck Wasser aus der Flasche, die er unter der Bank stehen hatte.

»Wollen Sie auch einen Schluck? Es ist so heiß!«

»Nein, danke. Ich habe zu Hause genügend.«

»Ach was, zieren Sie sich nicht. Ich habe noch 'ne ganze Pulle hier in meinem Trolley. Und heute Abend kann ich wieder nachfüllen, habe schließlich hier meine geheimen Quellen.«

»Wirklich?«

»Klar!« Er lachte und zwinkerte mit dem Auge.

Tillmann griff nach der Flasche und nahm einen kräftigen Schluck.

»Prost! – Übrigens: Ich heiße Hellmuth! Meine Freunde vom Kiez nannten mich immer Helle.«

Tillmann war ein wenig überrascht und schaute ihn groß an.

»Und du – wie heißt du, wenn ich fragen darf?«

»Jaja. Natürlich. Ich – ich heiße Tillmann.«

Sie reichten sich die Hände.

»Noch 'n Schluck, Tillmann, komm!«

»Nee, danke, Helle!« Helle hob die Flasche an und trank.

»Wovon lebst du eigentlich?«

»Von Tagesstätten mit Tafel, kostenloser Kleidung und Bademarken. Das gibt es in vielen Städten. Am Abend sammle ich dann die leeren Pfandflaschen auf. Da kommen schon einige Euro zusammen, dass ich mir dann an einer Tagesstätte für einige Cent die Kleidung waschen und trocknen kann. Ist schon der reine Luxus!« Er grinste.

»Was machst du bei Kälte in Winternächten?«

»Dann, aber nur dann werde ich in einer Tagesstätte Unterschlupf für die Nacht finden. Doch manchmal, da geht mir die Muffe dabei. – So mancher ist dabei auch schon abgenibbelt! – So ist das bei mir.«

»Ist das schon lange so?«

»Ziemlich.«

Er überlegte. Eigentlich hatte er sich damals vorgenommen, mit keinem mehr darüber zu reden. Nun tat er es doch.

»Weißt du, als meine Frau mich damals verließ, war es bei mir schnell zappenduster. Ich fing an zu trinken, schlief bis in den Tag, blieb der Arbeit fern und verlor bald meine Stellung als Monteur. Als ich die Miete nicht mehr zahlen konnte, saß ich irgendwann auf der Straße, bin meine eignen Wege gegangen und dadurch, dass ich Kontakte in Kreisen rund um die Platte mied, bin ich auch eines Tages wieder vom Alkohol weggekommen.«

»Geht das überhaupt?«

»Nur wenige schaffen es, aber bei mir hat es irgendwie hingehauen. Kann ich mir heute gar nicht mehr vorstellen, aber es war so. Und seitdem rühr ich keinen Tropfen Alkohol mehr an. Das kam durch Clara, meine Tochter. Ich lebte damals wochenlang bei ihr in Charlottenburg, und die unterstützte mich dabei, wo und wie sie nur konnte. Das werde ich ihr niemals vergessen!«

»Und warum suchst du dir jetzt nicht wieder eine neue Stelle, um dir eine neue, kleine Existenz aufzubauen?«

»Habe ich doch getan, denkste, die wollen so 'nen Penner? Bei denen biste nichts als Dreck. Der letzte Rest, der Abschaum! Da wollte ich lieber unter dem freiem Himmel leben, aber nicht mehr in Berlin auf der Platte. Ich wollte für mich sein, verstehste, für mich! Einfach durch die Lande ziehen und die stillen Winkel des Landes groß erleben. Natürlich mit Isomatte, Schlafsack und Zelt und mit ein paar warmen Sachen für den Winter. Der Schnee isoliert übrigens das Zeltdach in den kalten Nächten.«

»Kommst du klar?«

»Anfangs, das gebe ich zu, da dauerte es etwas, bis ich mich mit meiner neuen Lage anfreunden konnte, mit der Situation, in die ich mich nun begeben hatte. Aber so mit der Zeit klappte es. Ich gab alles oder fast alles her. Alles ließ ich zurück außer ein paar Habseligkeiten, die dieser Trolley birgt. Wie konstruiert und vorgeplant erscheint mir jetzt dieses andere, dieses alltägliche Leben, wo das Leben zur Schablone wird, die den Menschen in Bahnen zwängt.«

Er zog seinen Filzhut ab und legte ihn neben sich auf die Bank. Mit seiner Hand strich er sich über die Stirn. Tillmann reichte ihm mehrere Papiertaschentücher, die er gern entgegennahm. Die Nachmittagssonne war Richtung Westen gezogen und stand über dem Hafen. Ihre Strahlen waren noch sehr warm, aber doch etwas milder geworden.

Es dämmerte schon. Das Dunkel vermischte sich mit den letzten Farben des Tages. Die Laternen am Promenadenweg, über dem Hafen und dem chemischen Werk waren schon an. Es wurde immer stiller. Nur die Grillen hörte man noch.

»Ich höre so gerne die Grillen, wenn ich auf den Wiesen oder am Waldrand liege und kurz vor dem Einschlafen bin.«

Tillmann saß da und hörte ihm interessiert zu.

»So etwas kann sehr schön seine, Helle. Wie lange ist es her, dass ich so etwas erlebt habe. Lass mich mal überlegen. Ja, es war in einem Spätsommer Ende der Siebzigerjahre während einer Griechenlandreise, als wir unter Olivenbäumen schliefen. Ich höre die Geräusche der Zikaden noch immer. Wir schliefen in jener Nacht so tief, bis wir am Morgen von den Schreien der Hähne auf dieser Wiese geweckt wurden. Aber das ist lange her.«

»Bei mir gehört so etwas zur Alltäglichkeit. Im Sommer ist das schön, aber wenn die ersten Herbststürme über das Land ziehen und gegen Winter die Tage und Nächte kälter werden, muss man als Obdachloser umdenken. Viele dudeln sich vor dem Schlaf noch einen an, damit sie eine innere Wärme haben und legen sich dann in ihren dicken Klamotten in den Schlafsack, rollen sich noch in irgendeinen Stofffetzen ein und schlafen in der Kälte unter irgendeiner Brücke, in verlassenen Hinterhöfen, am Rand eines Schuppens im Garten eines Laubenpiepers oder irgendwo am Rand des Waldes unter den Bäumen und Sträuchern. Ich selbst tue das nicht. Wenn es zu kalt wird, versuche ich irgendwo eine Unterkunft für die Nacht zu finden. Mir ist es schnurz, wo das ist. Ich brauche nur die Wärme und ein Dach überm Kopf. Und wenn der da oben meint, er könne mich holen, da werde ich dem was husten, sage ich dir.«

»Hast du keine Angst?«

»Was ist schon Angst, Tillmann? Es gibt so viele Ängste auf dieser Welt. Die meisten ziehen an uns vorbei. Aber bei einigen, sage ich dir, bei einigen, da kriegt man manchmal die Muffe. Dann kloppt dir einer übern Kopp, und du bist weg. Habe es schon gesehen. Geht ganz schnell. Lassen wir das mit der Angst. Sie steckt zum Schutz in unsrer Birne, in unseren Genen, wie man sagt.«

Er reichte Tillmann die Flasche.

»Nee, danke, trink du selbst.« Helle nahm einen kräftigen Zug zu sich.

»Haste noch?« –

»Sagte doch schon: Ist genug da! Für die Nacht und den nächsten Tag reicht's noch. Und dann hab ich meine Quellen!« Er zwinkerte. »Im Übrigen lebe ich jede Stunde und jeden Tag, ohne daran zu denken, was morgen ist.«

»Kann man das, Helle?«

»Warum sollte man das nicht können? Man muss es nur versuchen. Ich kann es. – Meistens.«

»Wie machst du das?«

»Wie ich das mache? Ich weiß es selber nicht! Manchmal, da sitzt man nur noch da und flennt – mit leeren Flossen, alten Klamotten ohne Knöpfe und Tretern mit Löchern in der Sohle. Dann sitz ich da und warte auf den nächsten Tag. Solange, bis es zappenduster ist, bis ich den Abgang mache, bis der mich ruft da droben!«

Er schaute Tillmann nachdenklich an und zeigte mit seiner Hand zum Nachthimmel.

»Die vielen Sterne, du! Mit denen gibt der Herr da an wie mit 'ner Tüte Mücken! Na ja, hat Grund dazu, bestimmt!«

Tillmann lachte.

»Doch manches Mal, da fürchte ich mich vorm Tod - nein, nicht vorm Tod, vorm Sterben!«

Tillmann nickte und verstand ihn. Ihn berührten auch immer wieder diese Fragen. Dass jeder sterben muss, war ihm verständlich, aber vor der Art des Sterbens hatte auch er Angst.

Es dämmerte, und das letzte Licht war hinter dem Horizont verschwunden.

»So mein Lieber, ich bin so hundemüde und leg mich in mein Nest!«

Helle zeigte hinter der Bank hoch zu den Büschen.

Tillmann überlegte kurz.

»Willst du bei mir zu Hause übernachten?«

»Ach nee, du, vielen Dank! Ich bleibe hier, und schlafe unter freiem Himmel bis in den nächsten Tag.«

Tillmann stand auf und reichte Helle die Hand. Dabei steckte er ihm noch einen kleinen Geldschein zu.

»Ach komm', was machst du da? – Oh, du, ich danke dir!«

Tillmann nickte und klopfte ihm auf die Schulter.

»Vielleicht sieht man sich wieder, Helle, viel Glück!«

»Wünsch ich dir auch, für jeden Tag! Schlaf gut! Ich hau mich jetzt gleich in die Falle und wünsch dir eene jute Nacht!«

Tillmann hatte sich noch nicht richtig umgedreht, da war Helle auch schon in seinem Unterschlupf im Gebüsch verschwunden. Es war nur noch ein Rascheln des Laubes zu hören.

Am kommenden Abend ging er noch einmal zu jener Bank, wo er gestern Helle getroffen hatte. Doch die Bank war leer, keiner war mehr da. Er war weitergezogen. Nur dort, wo er geschlafen hatte, schaute unter einem handgroßen Stein ein helles Stückchen Papier hervor, worauf geschrieben stand:

Lieber Tillmann, wie schön, dass ich dich kennenlernen durfte. Unser Geplauder hat mir gefallen. Aber ich will weiter, weeste: Ich bin immer unterwegs. Ich nehme dich in Gedanken als stillen Freund mit. Vielleicht kommt der Tag, an dem man sich wieder sieht.

Helle

KAPITEL 21

Brache Tage und griechische Wochen

Donnerstag, 15. 8.

Hi Till,

was machen deine Träume?

Die Augusttage sind so heiß, und man kann gar nicht mehr richtig schlafen, geschweige denn träumen. Deshalb war ich noch heute drüben in Mainz, um in der Bibliothek mir noch verschiedene Bücher auszuleihen oder, wenn sie hier an der Uni nicht vorrätig waren, über Fernleihe zu bestellen. *Theorie des Romans*, *Theorie des Naturalismus* und noch zwei andere, du kannst dir ja vorstellen, was ich meine. In der Bibliothek des Deutschen Institutes saß gerade einer, im Lesesaal der Universitätsbibliothek waren es schon sieben. Ich blieb nur kurz an beiden Orten, schaute noch verschiedenes in Zeitschriften nach und ging dann wieder. Die Fakultät war fast leer, das Café unten im Erdgeschoss geschlossen, und ich hatte noch Glück, dass der Botanische Garten geöffnet war und ich dort ein wenig spazieren gehen und auf einer Bank neben den Rosenstöcken, wo durch die Sträucher noch ein wenig Schatten war, mich ausruhen konnte. Ich blieb nicht lange.

Jetzt liege ich hinterm Haus auf einem Liegestuhl und träume vom Tanz der Eichenblätter über mir und von uns beiden.

Tanz mit mir, komm!
Theres

16. VIII.

Hallo Theres,
ja, es ist eine heiße Zeit, aber Anfang August war es noch heißer, da hatten wir hier in der Rheinebene fast siebenunddreißig Grad Celsius. Vor gut vierzehn Tagen. Erinnerst du dich noch?

Da war die Nachbarin von gegenüber gerade mit ihrer Tochter in Urlaub gefahren und hatte darum gebeten, mich um das Wässern der Pflanzen zu kümmern. Seit gestern sind die beiden wieder zurück – braun gebrannt am ganzen Körper.

Den August müssen wir ertragen, so, wie er ist. Es ist die Zeit, in der alles brach liegt, nicht nur die Pflanzen, auch unsere Sinne. Alles streckt sich, legt sich oder fällt, wenn es schon zu spät ist. Die Bodenkrumen zerbröseln zu Staub, wenn man darauf tritt. Was Flügel hat entflieht in andere Breiten, um dem Tod zu entrinnen.

Im Spätsommer kommen die milden Tage, und wir werden uns erst gegen Ende dieser Tage sehen. Vielleicht ein Kennenlernen zum Ausklang des Sommers, der schönen Tage, die meist schon Anfang August, wenn diese Brache kommt, enden.

Ach, Theres, im nächsten Jahr müssen wir unbedingt mal an einem Junitag zum Kloster von Maulbronn fahren. Kennst du dieses Kloster, warst du schon dort?

Schon als Kind war ich mit meinen Eltern dort, aber noch mehr erinnere ich mich an meinen Besuch dort vor gut einem Jahr. Damals kam ich von einem Freund, war mit dem Auto schon auf dem Weg nach Hause, hielt aber gerade dort noch einmal an. Ich erinnere mich sehr gut. Der Kreuzgang, in dem ich minutenlang stand und mich der Stille hingab, zog mich in seinen Bann. Die Stille war wie ein Rausch. Ich war allein mit mir, Gott und der Welt. Nur ein paar Vogelstimmen auf dem Kirschbaum im Innenhof. Die Kirschen waren schon reif, genauso wie mein Leben. Aber die Reife der Kirschen war noch nicht ganz zuende. Und meine? Ich glaube auch noch nicht. Sie muss größer werden, und sie wird größer werden.

Ich stelle mir jetzt vor, wie du im Kreuzgang stehst, ich sehe dich, wie du deine Arme nach oben ausstreckst und mit geschlossenen Augen zum Himmel schaust. Du stehst ganz ruhig, aber ich sehe deinen Atem, obwohl es warm ist, sehe ich ihn. Ich sehe sein Strömen. Es ist Frühsommer, und du genießt die warmen Strahlen der Sonne, die Wärme des Lichts, das in den Sommer scheint. Und ich stehe bei dir, Theres, wir schauen uns an, sagen kein Wort, kein einziges Wort, es ist ein langes Schweigen, aber gerade in diesem Schweigen liegt deine Stimme, ich spiele mit deinen schweigenden

Worten, die du mir schenkst. Die Zeit zieht an uns vorbei, die alten Gemäuer des Kreuzganges liegen über uns, das Vergangene schützt uns und lässt uns die Freiheit, unsere Freiheit. Wir gleiten dahin, ganz langsam, und keiner sieht uns, wir schweben über der Zeit und sehen, wie alles vergeht, stirbt und neu entsteht. Es ist wie ein Traum, Theres. Unsere Körper schmiegen sich so dicht aneinander, und die Zeit trägt uns. Sie trägt uns! Wie schön, Theres!

Irgendwann wird es so weit sein. Lange wird es nicht mehr dauern, bis dieser Tag kommt? Nicht mehr lange! Er wird bald kommen. Einmal ist alles so, wie wir es uns vorstellen. Wir werden einander in den Armen liegen und all das vergessen, was war. In diesem Augenblick wird die Welt uns gehören, und wir werden in ihr aufgehen und alles, was war, hinter uns lassen. Ich spüre es, wie der Tag, wie die Stunde naht. Dann ist uns alles um uns herum egal, nur den Vogel auf dem Kirschbaum hören wir, er singt uns sein Lied vom Tag in die Nacht. Alles wird vorbeigehen und wieder kommen, wir lassen uns treiben Theres. Verstehst du mich, treiben!

Es ist so still ...

Bin in Gedanken bei Dir.
Till

Der August war wirklich wieder einmal der Monat, in dem alles brachlag. Viele waren schon längst in Urlaub gefahren, die Abteilungen der Büros waren höchstens zu zwei Drittel besetzt, Arztpraxen hatten sogar für vierzehn Tage geschlossen, die Fußball-, Handball- und Rudervereine hatten ihre Sommerpause, und sogar der Zeitungskiosk, an dem sich Tillmann manchmal eine Wochenzeitung holte, war vorübergehend nicht geöffnet.

Alles verlief langsamer, schleppender. Man erledigte nur noch das Nötigste, und die heißen Tage waren es, die durch die Schwüle der Luft den ganzen Tag zu einer großen Siesta machten. Viele feierten im Rahmen der gleitenden Arbeitszeit in den Betrieben einen Teil ihrer hohen Überstunden ab, indem sie schon zu mittäglicher Zeit ihren Arbeitsplatz verließen und sich für den Rest des Tages in Schwimmbädern erfrischten oder unter großen Schatten gebenden Bäumen in Parkanlagen chillten.

Es war die Zeit, in der kaum etwas beschlossen wurde, alles war entweder schon erledigt oder hatte Sommerpause oder war erst für die Zeit ab dem Nachsommer und Herbst angesetzt. Nur in den Medien mit ihren Nachrichten und der Berichterstattung sah man die Räder der Weltpolitik laufen, doch selbst in Berlin hatten die Abgeordneten ihre Ferien. Gerade in diesen Wochen hatten Tillmann und Theres eine Menge Zeit und Muße, über die Dinge nachzudenken, die man sonst schnell übergeht.

Obwohl er am Morgen kalt geduscht hatte, stand er am Mittag wieder vor dem Spiegel und erfrischte Kopf und Hals nochmals mit kaltem Wasser. Sein dunkles Haupthaar, das er ja erst kürzlich hatte schneiden lassen, hatte schon einen leicht gräulichen Schimmer, und die Kontraste zwischen dem schwarzbraun und dem hellen Grau, merkte man auch schon, wenn die Haare feucht waren. Er schaute in den Spiegel, sah sich an und fuhr mit seiner Hand von der Stirn nach hinten schnell über seinen Kopf, dass die angefeuchteten Haare fast wie vor Schrecken nach oben standen und ihn in diesem Moment mit seinem Aussehen in die Nähe eines Igels rückten. Er lachte, griff zur kleinen Bartschere und schnitt sich die Haare des Schnurrbartes, die über die Oberlippe hinaus wuchsen. Er fragte sich auch, was Theres wohl denken wird, wenn sie ihn eines Tages sieht.

Ja, er und Theres! Sie dachten natürlich vor allem an ihre Beziehung, an den Tag ihres richtigen Kennenlernens.

Es gab Tage, da philosophierte man schon in den Texten der Mails: Man redete über das Streben nach Unbefangenheit und Freiheit und zeichnete immer wieder ein Bild der Gesellschaft von morgen, die auf mehr Gleichheit und Hilfsbereitschaft ausgerichtet sein sollte. Und Stunden später, irgendwann am Abend oder in der tiefen Nacht wurde man derart von Sehnsüchten und Wunschträumen befallen, die mit einer so starken Sinnlichkeit verwoben waren, dass man seiner Begierde durch einen schon überschäumenden Schwall von Wörtern, ganzen oder nur bruchstückhaften Sentenzen Luft machte und diese Botschaften mit den Fingern in einem ebensolchen Drang auf die Tastatur einhacken ließ.

Am Abend desselben Tages erreichte ihn dann wieder eine Nachricht von Theres, die ausgeglichen wirkte, aber die Liebe ernst zu nehmen schien.

Sonntag, 18. 8.

Hi Till,
heute liegt so ein schönes Abendblau über Wiesbaden. Fast sonntäglich, könnte man denken. Es ist ein Blau mit einem warmen, oder sagen wir besser mit einem milden Ton. Ich war bis vor einer Stunde den ganzen Tag hier im Kurpark, habe mich ausgeruht, gelesen oder die Menschen beobachtet. Es waren herumspringende Kinder und Liebespaare, die auch auf ihre eigne Art herumtollten. Es waren Ehepaare, die kinderlos waren oder solche, bei denen vielleicht das letzte Kind das Elternhaus gerade für immer verlassen hatte, um mit der Gestaltung des eignen Lebens zu beginnen. Es waren einzelne Menschen, die vielleicht einsam waren, weil sie ihren nächsten Menschen wie auch immer verloren hatten oder schon immer allein waren. Ob Letztere das wollen oder vergeblich gegen diese Einsamkeit ankämpfen, weiß keiner von uns. Ich habe sie nur gesehen.

Könnten wir ohne Menschen leben? Was meinst du? So wie Robinson auf einer einsamen Insel und ganz allein auf der Welt. Vielleicht würde man sich am Anfang über die Ruhe freuen, wenn keiner mehr dazwischen redet oder einen irgendwie stört. Aber später....? Weißt du, Till, eigentlich können wir Menschen als subjektive Wesen mit eignen Gedanken und Gefühlen alles als störend empfinden. Aber nur dann, wenn man das, was einem nicht liegt, was man nicht mag, als störend abtut. Muss das sein? Nein, bestimmt nicht. Dann wäre die Menschen unsoziale Wesen. Sind sie das? Auf gewisse Weise führt mancher Weg von heute in diese Richtung.

Weißt du, was ich meine? Das betrifft schon uns beide. Während man vor Jahren und Jahrzehnten, als es noch keine Computer im alltäglichen Leben gab, sich direkt mit seinen Freunden und Bekannten unterhielt, geschieht das heute meist auf digitalem Wege im Computer und auf dem Smartphone. Ja, mein Lieber, auch wir müssen uns dabei an unsere Nase greifen! Aber sollen wir dagegen angehen, indem wir aus den Umständen der Zeit ausscheren und uns auf eine Robinson-Insel begeben? Nein, natürlich auch nicht.

Wir schreiben uns und schreiben uns. Immer wieder. Aber wir steuern auf den Tag zu, an dem wir zum ersten Mal uns sehen, an dem wir vor einander stehen. Wir werden dastehen und uns anschauen, wir werden uns berühren und umarmen. Und heute hoffen wir beide schon, dass unsere Gefühle ineinanderfließen, sich miteinander vermischen. Wir wünschen uns die Liebe, und wir hoffen auf sie.

Was ist die Liebe denn anders als dieses Sich-Fallen-Lassen, ein Zulassen der eignen Liebe und Liebesfähigkeit. Man bekommt keine Liebe, sondern man spürt die Liebe nur in sich selbst, wenn die eignen Tiefen auf einmal schwingen und in die Höhen steigen. Du findest die Liebe in dir, sie schwingt in dir, und vielleicht wird es eines Tages so geschehen, wie du es dir vorstellst. Dieses Schwingen ist ansteckend, Till.

Wir werden uns gegenseitig anstecken, mein Lieber.

Die Sommerabendstimmung ist heute so schön. Ich liege im Hängeliegestuhl, schaue hoch zu den Dächern bis zum Neroberg. Ich ziehe die Bläue des Himmels in mich hinein. Und dich, lieber Till, auch dich.

In zärtlicher Umarmung küsse ich dich aus der Ferne.
Theres

18. VIII.

Hallo Theres,
ich bin schon angesteckt von dir, und ich kann dir gar nicht alles schreiben, was mir immer mehr passiert, wenn ich deine Worte lese. Deine Gefühle fließen in meinen Körper und erhitzen ihn und meine Sinne.

Draußen die warme Sommernacht mit tausend Sternen am Himmel. Sie senden Botschaften. Ich spüre sie. Jetzt streicheln sie mich. Ich liege auf meinem Bett, nackt, und ich spüre, wie sie über die feinen Schweißtropfen meines Körpers strömen.

Ach, ach, Theres. ---

Jetzt träume ich weiter von dir ...
Tillmann

Montag, 26. 8.

Hi Till,
übermorgen ist es so weit! Dann geht's mit dem Flugzeug nach Athen, von dort weiter auf die Halbinsel Peleponnes und dann auf einige Inseln der Ägäis. Das Nötigste ist schon gepackt: Ein Koffer und ein Rucksack. Meine Gedanken sind schon unterwegs, fliegen mir voraus und stellen sich alles vor, wie es sein könnte. Ich war noch nie dort. Umso größer ist meine Sehnsucht. Soll ich dich in meinen Gedanken mit auf Reisen nehmen?

Aber vielleicht ist es auch gut, wenn man gerade auf einer Reise auch einmal allein ist. Da sieht man vieles tiefer, und ist mit sich auch mal ganz allein.

Heute Nachmittag treffe ich mich noch einmal mit meiner Studienfreundin Mariana aus Argentinien. Sie fliegt erst Anfang September für einen Monat zurück in ihre Heimat und wird zu Semesterbeginn Mitte Oktober wieder hier sein.

Wir wissen noch nicht, wo wir heute Nachmittag hingehen. Vielleicht in Mainz auf die Uferpromenade am Rhein, vielleicht auch zum Wiesbadener Kurpark oder direkt hier in meiner Nähe auf den Neroberg. Letzteres glaube ich eher nicht, denn dort kann es an Tagen wie heute sehr heiß sein. Ich brauche eine schattige Stelle, wo man in Ruhe einen Kaffee trinken und zur Erfrischung ein Eis essen kann.

Ich werde das gleich mit ihr am Telefon noch bereden.

Vor meinem Abflug melde ich mich nochmal bei dir, mein lieber Till.

Lass dich umarmen von mir – ganz fest!
Theres

27. VIII.

Hallo Theres,
ich wünsche dir viele schöne Tage und Nächte auf der Peleponnes und den Ägäischen Inseln. Aus Erfahrung weiß ich, dass dieser Urlaub für dich unvergesslich bleiben wird.

Schreibst du mir mal? Ich sehne den Tag herbei, an dem wir uns sehen werden.

Bin in Gedanken bei dir,
Tillmann

Mittwoch, 28. 8.

Hi Till,
es ist so weit! Heute geht die Reise los, bin schon am Terminal im Frankfurter Flughafen. Der Himmel ist heute bedeckt, aber es soll mich eine starke Hitze erwarten. Aber ich habe einen Sonnenhut dabei und werde mich oft eincremen. Meinen Laptop werde ich gleich in mein Handgepäck stecken. Ich werde dir von diesem Griechenland-Trip per Mail auch berichten. So wie du es von Amrum aus bei mir getan hast, mein Süßer.

In einigen Stunden bin ich weit weg von dir. Doch bald werden wir uns auch sehen und noch mehr kennenlernen. Meine Zeit in Griechenland wird auch die Erwartung und das Hoffen auf das in sich tragen, was danach kommen wird. Du nennst so etwas Vorfreude.

Ich werde gleich eingecheckt.

Bussi zum Abschied, Bye-bye!
Theres

Der Lufthansaflug 1282 mit dem Airbus A 321 startete pünktlich um 13 Uhr 20 und sollte nach zwei Stunden und vierzig Minuten um 17 Uhr in Athen landen. Die maximale Reisegeschwindigkeit war mit 840 Kilometer in der Stunde angegeben, die maximale Flughöhe mit 11 900 Meter.

Obwohl noch Menschenandrang und Hektik in der Flughalle waren, ging es zügig voran. Theres wurde eingecheckt und fand schnell zu ihrem Fensterplatz im vorderen Teil des Flugzeuges.

Nachdem die Maschine nach dem Start die dicke Wolkendecke durchbrochen hatte, erblickte Theres durch das Bordfenster einen

Himmel in vollem Blau ohne die kleinste Wolke. Denn das Wolkenmeer lag wie große Wattedecke unter ihnen, faszinierte sie auf eigne Weise und erinnerte sie an Bilder aus Märchenbüchern.

Ihr Nachbar sah auch neugierig zu ihrem Fenster rüber, um noch einige Blicke von dieser schönen Perspektive einzufangen. Er war mittleren Alters, wenig später sagte er, dass er Dae-U Kim heiße, Südkoreaner sei, und schon seit über zehn Jahren in der IT-Branche von Frankfurt arbeite. Nun besuche er wieder einmal Griechenland, um seine Kenntnisse in der abendländischen Kultur zu erweitern. Er las in einer Zeitschrift über die Philosophie der Antike, über die Vorsokratiker und die griechische Klassik. Schon als sie über die Alpen flogen und Theres diesen herrlichen Ausblick bestaunte, meinte er, das Staunen sei nach den Worten des Aristoteles der Anfang des Philosophierens. Theres nickte. Sie wusste das, aber sie hatte trotzdem mit einem solchen Gedanken während des Fluges nicht gerechnet. Den Roman *Der Schaum der Tage* von Boris Vian, den sie auf dieser Reise bei sich hatte, hatte sie kurz auf die Mittelkonsole zwischen Dae-U Kim und sich gelegt und sah über die Berge, auf deren Gipfel kein Schnee mehr war.

Gegen 14 Uhr servierte man sehr gutes Fleisch mit Erbsen, kleinen Kartoffeln und einer Schale Salat. Danach gab es einen kleinen Käsecocktail mit frischem Baguette. Theres bestellte zu ihrem Obstsaft, den es kostenlos gab, noch eine Flasche Cola. Nach dem Essen dann das, was immer bei einem Flug der Mahlzeit folgte: Kaffee oder Tee. Die Stewardessen verteilten dabei auch Zeitschriften und die *Frankfurter Rundschau*. Theres trank von ihrem Kaffee und überflog die Seiten:

Letzte Nacht ist der Schriftsteller Wolfgang Herrndorf im Alter von 48 Jahren nach schwerer Krankheit gestorben. Er litt an einem bösartigen Hirntumor und nahm sich das Leben.

Theres war erschüttert. Sie mochte Herrndorf und seine Texte.

Dann las sie weiter:

Als der Himmel brannte. 25 Jahre Flugschaukatastrophe in Ramstein.

Wird der Frauen-Doppel-Vierer bei der Ruder-Weltmeisterschaft in Südkorea das Gold holen?

Danach legte sie die Zeitung wieder weg, las in ihrem Buch oder fotografierte die Gebirgszüge Kroatiens, die sie als direkt mit dem

Meer verwurzelt fand. Sie sah, wie das Land in das Meer floss. Fast wie bei einem Vulkan, wenn die Lava sich direkt in das Meer ergießt.

Herr Kim filmte mit seiner Samsung-HMX.

Vor dem Anflug auf Athen gab der Flugkapitän noch die Temperaturwerte durch, die man erwartet hatte: 35 Grad Celsius. In der Nacht würden die Temperaturen um etwa sieben Grad fallen, fügte er hinzu.

Die Landung erfolgte wenige Minuten nach 17 Uhr. Abfertigung und Gepäckabgabe dauerten lange. Theres stand mit den anderen Fluggästen an dem Kofferfließband und wartete, bis endlich ihr Koffer kam. Dae-U Kim stand in der Nähe und wartete auch. Er winkte ihr zu, als er sah, dass sie ging. Sie winkte zurück und wünschte ihm viel Glück. Er dankte es ihr mit einem dreifachen kurzen Nicken.

Draußen nahm sie sich einen Bus bis in die Nähe des Syntagma-Platzes, wo ihr Hotel war.

In ihrem Hotelzimmer liefen die Ventilatoren. Am Abend war es noch immer sehr heiß. Aber der Wind von der Decke half ihr ein wenig über die Nacht.

Sie konnte nicht tief schlafen und wachte immer wieder auf.

Erst das Frühstück am nächsten Morgen mit starkem griechischem Kaffee brachte sie wieder in Schwung, dass sie sich am Morgen noch die wichtigsten Sehenswürdigkeiten Athens betrachten konnte.

Die nächsten Tage verbrachte sie ausschließlich auf der Halbinsel Peloponnes, wo sie sich zunächst Patras im Norden und dann gleich anschließend Korinth im Nordwesten ansah.

Dieser Ort reizte sie auf besondere Weise, und am zweiten September schrieb sie in ihr Tagebuch:

Sonntag, 1. 9.

Diese Gegend um den Berg Akrokorinth birgt Gegensätze und hat, wie schon Tillmann mir schrieb, einen ganz besonderen Reiz.

Da ist die Stadt Korinth in ihrem Straßenstaub und mit den geschlossenen Fensterläden. Trotz der fahrenden Autos und der

Menschen, die wie vergessene Wesen vor ihren Türen hocken. Nur das Hupen der Autos, manchmal sogar mit langweiligem Klang, zeugt von Leben. Ich nehme mir ein Taxi, das zufällig vorbeifährt und hält. Der Fahrer ist sehr freundlich und lädt mir meinen Koffer in den Gepäckraum. Er fährt mich bis vor eine Taverne in Altkorinth. »You can get rooms here!«, sagt er freundlich. Ich nehme das Angebot an, zahle meine Fahrt und steige aus. Das alte Taxi mit dem Dieselmotor fährt weiter und verliert sich vor der Staubfahne, die es hinterlässt.

Da ist das Hühnerdorf Altkorinth, wo ich mich in den Olivenhainen hinter dem Ort unter den Bäumen niederlasse, um die Nacht dort zu verbringen, wo ich mir in der Nacht den weiten Sternhimmel betrachte: Venus, Großer Wagen, Großer Bär, Sirius und Wassermann und in ganz weiter Ferne der Andromedanebel. Das Hühnerdorf, wo ich in den Olivenhainen dem Zirpen der Grillen lausche, dem Gesang der Zikaden und dem letzten Hundebellen aus dem Dorf vor meinem Schlaf. Und es ist auch das Hühnerdorf, wo mich am Morgen die Hühner wecken und der Hahn an mir vorbei stolziert und ich dann in einem Kafenion mein Frühstück mit Joghurt und Honig zu mir nehme.

Da ist der Berg Akrokorinth, der in der Nacht wie ein Vater über mir wacht und zu dem ich am folgenden Morgen hochgehe, um die Festung zu besichtigen und den Blick über das Tal auf mich wirken zu lassen.

Da ist der Tempel des Apollon, von dem es nur noch die letzten Überreste gibt, die aber in faszinierender Perspektive zu dem Berg Akrokorinth stehen, der wiederum richtig väterlich wirkt.

Diese Ansicht hatte sie am Morgen so beeindruckt, dass sie sich gleich neben das Macchia-Gestrüpp setzte und lange dorthin schaute. Im Hintergrund der Berg, der Koloss, der Beständige, der irgendwann einmal auch vergeht, auch wenn es bis dahin noch lange sein wird. Und im Vordergrund der 550 v. Chr. errichtete Tempel des Apollo an dessen Verfall die Zeit schon gearbeitet hat. Die Unbeständigkeit des Seins. Theres hatte diese Perspektive schon auf alten Radierungen gesehen.

Theres saß da und schaute mit eindringlichem Blick, fast so, als ob sie den Berg beschwören wollte, als sie auf einmal Schritte hinter sich hörte, die durch das vertrocknete Gras streiften.

Ein schon etwas älteres Ehepaar stand neben ihr, sie trugen beide einen Strohhut, und der Mann wirkte eher kleiner und ein wenig untersetzt. Beide waren in ein Gespräch vertieft, in dem es anscheinend um die Berge ging. Mit dem Blick, halb auch zu Theres gewandt, sagte der Mann:

»Da könnte man stundenlang hinsehen, nicht wahr? Ich kenne das. Wir kommen aus dem Wallis, da sind die Berge wieder ganz anders, aber jeder Berg birgt in sich eine Macht, er hat Kräfte, die wir als Menschen gar nicht bemessen können. Aber wir können trotzdem diese Kraft finden und auch Kraft aufnehmen in der Natur der Berge.«

»Ja, das können wir, wenn wir es wollen«, fügte seine Frau hinzu.

Theres hörte interessiert zu wie ein junges Mädchen. Sie hatte davon schon gehört, aber sich noch nie damit näher beschäftigt.

»Und wie bekommen sie diese Kräfte? Der Berg hat auf mich zwar eine Ausstrahlung, aber ...«

»Genau das ist es! Sehen Sie, Sie nennen es beim Namen: Ausstrahlung! Nichts anderes meine ich!«

Der Schweizer machte eine kurze Pause, zog seine dunkelbraune Hornbrille ab, wischte sich mit einem Papiertaschentuch den Schweiß von den Schläfen und Augenbrauen und sah sie eindringlich an.

»Ja, liebe Frau, das ist es! Die Ausstrahlung! Sie kommt von den Geistern der Berge, die wir schon ein wenig kennengelernt haben.«

»Durch was?«, wollte Theres wissen.

»Durch schamanische Übungen und Zeremonien.« Dieses Mal war es die Frau, die Antwort gab. Sie hatte graubraun meliertes Haar, das nach hinten zusammengebunden war und in Strähnen ziemlich weit in die Stirn hing. Sie strich sich mit der schmalen Hand über das Haar und schob es beiseite.

»Davon habe ich schon gehört, habe es aber selbst noch nie gemacht.«

»Alles ist mit allem verbunden«, fuhr der Schweizer fort, »und was man aussendet, ist wie ein Magnet, der alles anzieht, was zu einem passt.«

Theres dachte in dieser Sekunde sofort an Tillmann. Hatte sie einen solchen Magneten in sich, der Tillmann anzog? Sie sah das Ehepaar an und nickte.

»Das ist die Kraft der Anziehung, die auch dieser Berg in sich hat«, ergänzte die Frau.

»Und wenn man in Not ist, kann man in einem kleinen stillen Ritual die betreffende Angelegenheit dem Kosmos übergeben und um Wandlung bitten, zum Beispiel diesen Berg oder einen Fluss.«

Der Schweizer zeigte mit dem Arm zu dem Berg rüber.

»Und dann, was geschieht dann?«, fragte Theres.

»Man kann Krankheiten und andere unangenehme Dinge nicht loswerden, aber man kann sie in kleinen Schritten wandeln. Die Seele strebt immer nach Heilung. Im Schamanischen geht es immer darum, das, was zu viel ist, zu nehmen und das, was zu wenig ist, zu geben ...«

Theres war noch immer erstaunt.

»Von ihnen kann man viel lernen!«

»Ja«, sagte der Walliser, »besuchen Sie uns doch mal in der Schweiz, wir geben zweimal im Jahr Kurse!«

»Muss ich mir überlegen«, entgegnete sie, »ich bin noch beim Studium und habe gerade Semesterferien.«

Der Schweizer sah sie mit großen Augen an. »Sie sind beim Studium, ah so! Was studieren Sie denn, wenn ich fragen darf?«

»Germanistik, Anglistik und Kunstgeschichte.«

»Das ist eine gute Kombination!«

»Ja, eine sehr gute, das denke ich auch«, ergänzte seine Frau und goss sich einen Schluck kalten Tee aus der Thermosflasche ein. Ihr Mann tat dasselbe. Es wurde immer heißer.

»Wollen Sie auch einen Schluck? Kalter Schwarzer Tee löscht sehr den Durst und hält den Körper auch noch ein wenig fit dabei!«

»Gerne«, sagte Theres und genoss den Becher mit dem kühlen Tee, den ihr der Schweizer anbot.

»Noch einen Schluck, kommen Sie, zieren Sie sich nicht, wenn ein Walliser Ihnen ein Angebot macht!«

»Nein, danke!«, antwortete Theres. »Das genügt wirklich, danke!«

»Gut, ich wollte es Ihnen ja nur anbieten.«

Seine Frau hatte ihren Kopf über einen Oleanderstrauch gebeugt und roch an einer Blüte.

»Die blühen fast das ganze Jahr, vom Frühjahr bis in den Oktober hinein«, sagte er und schaute zu Theres. »Mögen Sie auch diese Pflanze?

»Ja, sehr! Bei meinen Eltern hatten wir einmal zwei zu Hause, die auch den ganzen Sommer über blühten.«

Die Schweizer sahen Theres an, und es hatte den Anschein, als wollten sie noch etwas fragen, aber sie schwiegen.

Der Mann räusperte sich und wischte sich wieder den Schweiß von der Stirn.

»Sind Sie allein unterwegs?« Die Frau sah Theres neugierig an.

»Ja, es ist so ein Ferientrip.«

»Ein Ferientrip«, wiederholte die Frau, »so etwas würde ich in meinen alten Tagen auch noch gerne machen ...«

»Dann tun Sie es doch!« Theres lachte.

»Ich weiß nicht, ich bin doch älter als Sie!«

»Ist das ein Grund? Na?«

Die Schweizerin schwieg.

Alle drei standen sie da und ließen den Tempel des Apollo und den Berg Akrokorinth auf sich wirken. Die Grillen zirpten in der Mittagshitze.

»Wollen Sie uns noch ein paar Tage auf der Halbinsel begleiten? Wir haben einen Jeep gemietet, haben ein Zelt dabei, in das auch drei Personen hineinpassen und nehmen Sie gerne mit!«

»Wohin fahren Sie?«

»Heute wollen wir noch nach Mystras und Sparta und dann weiter bis nach Nauplia am Argoloischen Golf, morgen dann nach Epidaurus, mal sehen!«

Theres überlegte noch kurz, willigte dann aber ein.

Das Schweizer Ehepaar freute sich.

Sie gingen zu ihrem Jeep, den sie auf einem Parkplatz abgestellt hatten. Er lud das Gepäck hinten auf das Auto und öffnete die Hintertüre des Jeeps.

»Steigen Sie ein, liebes Fräulein!«. Theres lachte und setzte sich in den Geländewagen.

Sie fuhren zu der arkadischen Hochebene. In engen Serpentinen zog sich die Straße immer höher ins Gebirge und gab schließlich einen prächtigen Blick auf den Golf von Nauplia frei. Die Hochfläche war kahl und öde. Außer Fels, Stein, Geröll und hin und wieder einer Macchia sah man nichts. Der Schweizer saß am Steuer. Er fuhr über Tripoli in Richtung Sparta, das sie am frühen Abend erreichen.

Theres lud die Schweizer zu einem kleinen Snack im Stehen ein, was diese gern annahmen, dann ging es weiter zu den mittelalterlichen Ruinen von Mystras.

Die byzantinische Ruinenstadt westlich von Sparta.

Sie fuhren mit dem Auto hoch und parkten.

»Mystras war früher einmal die wichtigste Stadt im oströmischen Reich nach Konstantinopel«, sagte der Schweizer beim Besteigen der Anhöhe. »Nur Ruinen erinnern heute daran. Anfang des dreizehnten Jahrhunderts wurde Griechenland unter den fränkischen Herrschern verteilt. Man baute 1249 auf dem Vorgipfel des Taygetos eine feste Burg und nannte sie Mystras. Die Menschen aus den Tälern zogen in den Schutz der Burg. Das waren die Anfänge der Stadt Mystras. Die ältesten Häuser befinden sich in der Oberstadt. Meist waren es Diener und Handwerker der fränkischen Herren.«

»Die Architektur kommt mir sehr fränkisch vor. Fast wie bei uns zu Hause«, meinte Theres, und zeigte über das ganze Areal.

»Wo kommen Sie eigentlich her? Dass Sie aus Deutschland sind, merkt man, aber woher genau?«

Der Alte schmunzelte und sah Theres wieder eindringlich und einem halb zwinkernden Auge an.

»Aus Wiesbaden, der Landeshauptstadt von Hessen. Ich studiere in Mainz.«

»Also eine Rheinländerin, habe ich Recht?«

»In etwa, ja.«

»Ja, am Rhein, der ja bei uns in der Schweiz entspringt, gibt es viele schöne Burgen und Schlösser. Wir waren auch schon bei einigen. Sehr interessant und schön!«

Er lachte kurz, und seine Frau lächelte ihm bestätigend zu.

»Der Baustil hier hat Ähnlichkeit mit dem dieser Bauten in Deutschland.«

Die Metropolis, eine byzantinische Kreuzkuppelkirche mit dem fränkischen Glockenturm beeindruckte Theres sehr, besonders der Thron des Jüngsten Gerichtes mit den Chören der Engel, wo das Gelb zum Beispiel, eine neue, für Byzanz bisher unbedeutende

Farbe der Kunststudentin sofort ins Auge fiel. Hier die Qualen der Hölle und dort ein Engel mit dem Buch des Lebens, daneben eine Heilung durch Christus. Theres wusste bereits, dass die besten Künstler aus Konstantinopel hierher kamen, um da zu arbeiten. In einer Vorlesung wurde dies neben anderen Aspekten im vorletzten Semester erwähnt.

Sie war noch immer in dieser Kirche, als die Schweizer längst draußen waren. Sie hatten sich neben einen Maulbeerbaum gesetzt und verzehrten gerade eine Frucht.

»Wollen Sie auch eine haben?«, rief ihr die Schweizerin zu, »da oben am Ast hängen noch viele, der ganze Baum ist noch voll!«

»Eigentlich ist das Mundraub«, antwortete Theres.

»Mundraub, Mundraub, was ist das schon! Was ist schon dabei, wenn sie sich ein Früchtchen vom Baum da nehmen, wir sind hier nicht im Paradies! Außerdem ist diese Gegend hier voll von Maulbeerbäumen.« Der Schweizer lachte und forderte sie auf.

Warum nicht, dachte sie, und in dem Augenblick, als sie zugriff und die Frucht vom Zweig brach, dachte sie an Tillmanns Traum, den dieser ihr kürzlich erzählt hatte; nur war dort er es, der den Apfel vom Baum pflückte.

Die drei bleiben noch eine ganze Weile und betrachteten sich die Ruinen der gefallenen Stadt.

Als sie wieder unten auf dem Parkplatz waren, schaute Theres mit einem sehnsuchtsvollen Blick noch einmal hoch.

»Die ganze Stadt kommt mir vor wie eine Erinnerung an ein untergegangenes Gemälde einer bunten Stadt, einer Welt von Geist und Kunst, die nur noch in den Kirchen hier weiterlebt.«

»Da haben Sie Recht. Resi, du siehst das doch sicher genauso?«

»Klar, Max, da stimme ich euch zu! Die Bilder und die Worte aus jenen Tagen lassen diese Zeit für uns weiterleben.«

Auf dem Campingplatz Paleologio bekamen sie unter lauter Holländern noch einen Platz im Schatten. Eigentlich waren am Nachmittag nur noch Halbschattenplätze zu bekommen, doch als sie mit dem Geländewagen ankamen, hatten gerade andere Camper aufgebrochen. Theres ging als erstes zur Toilette, und als sie zurückkam, war das Zelt schon aufgebaut.

»So schnell?« Theres staunte.

»Ach was«, erwiderte Max, »es gab schon Tage, da ging es noch schneller! Erinnerst du dich noch, Resi?«

»Ja, ja, ich weiß – damals am St. Gotthard, als ein Gewitter heranzog und wir es gerade noch schafften unter die Planen zu kommen! Oje, wenn ich daran denke!«

»Da waren wir noch schnell! Ob das heute noch so klappen würde?«

Sie sah ihn an und lachte. »Warten wir einfach ab, bis es wieder so weit ist!«

Theres stand herum und kam sich etwas nutzlos vor.

»Kann ich euch irgendwie helfen?«

Max überlegte. »Könnten wir mal deinen Vornamen erfahren. Unsere sind dir ja schon zu Ohr gekommen!«

»Aber natürlich, ich heiße Theres!«

Resi schaute groß auf. »Das gibt es doch nicht! Dann sind wir ja Namenscousinen! Darauf müssen wir gleich einen trinken!«

»Aber zuerst gehen wir da vorne eine Runde schwimmen!« Max zeigte auf den Pool, der zum Campingplatz gehörte.

»Jaa«, entgegneten die beiden Frauen fast einstimmig. Sie zogen in den Umkleidekabinen noch schnell ihre Badesachen an, und dann ging es ab in das kühle Nass!

Sie blieben fast eine Stunde drinnen. Die Erfrischung tat allen gut. Triefend kamen sie aus dem Wasser: Die beiden Frauen in ihrem Bikini und Max in seinen Badeshorts, die wohl eine Nummer zu groß waren. Nach dem Abtrocknen gingen sie gleich zu dem Restaurant nahmen an einem Tisch im Freien Platz.

In diesen Abendstunden genoss man Souflaki mit Hirtenkäse, Krautsalat und einer Stange frischem Baguette, man trank Retsina, stieß auf das Kennenlernen an und unterhielt sich noch viel.

Kurz vor Mitternacht wurden die Schweizer dann sichtlich müde und zogen sich in das Zelt zurück. Den Platz für Theres hatten sie schon zurechtgemacht und diesen ihr noch gezeigt, bevor sie schlafen gingen.

In dem Restaurant gab es noch einen Wi-Fi-Punkt, wo man Internetanschluss hatte. Als Theres dies rein zufällig von dem Wirt beim Zahlen erfahren hatte, holte sie sofort ihr Laptop aus dem Rucksack, ging an den Platz, der um diese Zeit wieder frei war und nutzte die Gelegenheit, Tillmann ihre ersten Zeilen zu schreiben.

Montag, 2.9.

Hi Till,
jetzt bin ich wirklich in der Ferne ganz weit weg von dir, hier in Mystras auf der Peloponnes, wo du ja auch schon warst. In den späten Morgenstunden habe ich Max und Resi kennengelernt, ein älteres Schweizer Ehepaar, das so nett war und mir sogar noch anbot, bei Ihnen im Zelt zu übernachten. Vorhin saßen wir noch gemütlich beisammen und unterhielten uns über Gott und die Welt, aßen Souflaki und tranken Retsina solange, bis wir müde wurden. Sie sind schon schlafen gegangen, aber ich sitze als letzter noch in diesem Lokal, wo man Internetanschluss hat und schreibe dir diese Zeilen.

Es waren bisher sehr heiße Tage. Am Tag meiner Ankunft übernachtete ich in einem Hotel in der Nähe des Syntagma-Platzes in Athen, das ich schon zuhause gebucht hatte. Die folgenden Tage war es immer unterschiedlich. Eine Nacht verbrachte ich in einem Guesthouse, wie es sich nannte, dann schlief ich unter freiem Himmel am Fuß des Berges Akrokorinth- so wie du damals, und ich zählte die Sterne. Sie standen noch alle da wie bei dir damals: Sirius und Wassermann, Großer Wagen und Großer Bär und zuallererst, als die Nacht sich über den Berg und die Ebene senkte, natürlich die Venus ...! Da glaubte ich dich in der Ferne zu sehen, da zwischen den Sternen in dieser leuchtenden Nacht.

Die Sterne sind immer da und verbinden uns. Vielleicht sitzt du noch im Garten auf der Terrasse und schaust wie ich zum Himmel. Vielleicht treffen sich unsere Blicke, ohne dass wir es merken.

In den nächsten Tagen werde ich dir wieder schreiben, vielleicht dann, wenn ich auf den Inseln bin. Du brauchst mir nicht zurückzuschreiben; ich weiß, dass du an mich denkst. Betrachte diese E-Mail als einen Brief aus der Ferne. So, wie man sie früher schrieb.

Ich freue mich immer mehr auf unser Treffen gegen Ende dieses Monats.

So viele Sternengrüße aus der Ferne,
Theres

Es war ein herrlicher Morgen, als sie im Zelt erwachten. Alle drei lagen sie da auf den Isomatten, und sie wussten nicht, wer zuerst die Augen öffnen sollte. Es war noch früh, höchstens sechs Uhr, doch die Sonne schien schon auf die Zeltwand, auf der teilweise die Schatten der ungemähten Gräser zu sehen waren.

Max war der Erste, der aufstand. Er ging zur Toilette und zum Duschraum. Die beiden Frauen waren auch schon aufgewacht, lagen aber noch im Zelt und unterhielten sich. Theres erzählte von ihrem Studium und Resi von ihrem Enkel, der jetzt im Herbst an der Eidgenössischen Technischen Hochschule Zürich mit dem Architekturstudium beginnen würde. Ihr Sohn sei an derselben Universität Professor im selben Fachbereich.

»Dann wird er den gleichen Weg gehen wie sein Vater?«

»Das glaube ich nicht, Theres. Ich kann mir vorstellen, dass er ein eignes Architekturbüro aufmachen wird, um immer wieder neue Ideen zu entwickeln, um neue Einfälle zu kreieren. Ja, wenn man beim Studium ist, da öffnen sich einem ganz neue Welten, ist es nicht so? Da hat man auf einmal Perspektiven, mit denen man vorher nicht rechnete.«

Theres nickte. »Das stimmt. Die Wissenschaft öffnet einem alle Wege. Man muss sie nur zu gehen wissen und Ziele vor Augen haben. Denn ohne Ziel verlaufen wir uns. Wie wollen wir etwas finden, was wir nicht suchen? Wie wollen wir die Antwort finden, wenn wir die Frage vergessen oder aus irgendeiner Trägheit heraus beiseite schieben?«

Resi taten die Worte von Theres gut. Sie saßen beide da, stützten sich mit ihren Händen am Boden ab und hatten ihre Köpfe leicht gegen die hellgrüne Leinenwand des Zeltes gelehnt.

»Ja, so ist das, Theres. Mir ging es so. Ich war mittendrin in meinem Physikstudium und wollte so viele Antworten finden. Aber dann kam der Lexi, und bald hatte ich alle Fragen vergessen.«

»Ist Lexi euer Sohn?«

»Ja, eigentlich heißt er Alexander. Doch Max und ich nannten ihn schon immer Lexi.«

Resi machte eine kurze Pause und sah zum geöffneten Zeltausgang nach draußen in die Richtung, wo der Olivenhain stand.

»Der Lexi war ein liebes, aber kein leichtes Kind. Es dauerte lange, bis er sprechen konnte. Erst mit drei Jahren kamen Worte aus seinem Mund. Wir konnten ihn damals in keinen Kindergarten geben. Ich blieb zuhause bei ihm und hängte meinen Beruf an den Nagel. Es fiel mir so schwer, aber ich tat es für Lexi.«

»Und Max?«

»Max studierte weiter und wurde später Physik- und Chemielehrer an einem Gymnasium in Luzern. Ich kümmerte mich um Lexi, und es dauerte noch eine ganze Weile, bis der richtig sprechen konnte. Aber dann klappte es mit einem Mal. Es kam fast über Nacht. Uns schien es so. Denn er machte auf einmal Fortschritte, und die Wörter glitten ihm über die Lippen. Er lernte immer mehr, ja er erfand mit einem Mal sogar neue, die wir noch gar nicht kannten und die zu seinen Phantasiegebilden gehörten. Jedes neue Wort war für Max und mich eine Schöpfung und ein Geschenk zugleich.«

Theres staunte und holte einmal tief Luft.

»Und heute?«

»Heute ist er Professor, vielleicht noch zwei Jahre, dann wird er emeritiert sein.«

Von innen sah man, wie sich ein Schatten an der Wand des Zeltes bewegte, und ehe man es glaubte, stand Max vor der Tür.

»So ihr Lieben, da bin ich wieder! Darf ich euer Schwatzen stören? Ihr könnt duschen gehen. Ich baue derweil das Zelt ab. Danach gehen wir noch einmal da vorne gut frühstücken, bevor es weiter nach Epidaurus geht. Einverstanden?«

»Okay, Max!«, rief Resi und Theres nickte lächelnd. Sie standen beide schnell auf zum Duschen.

An diesem Morgen aßen sie alle nicht übermäßig viel. Aber die geschmierten Fladen mit Aprikosenmarmelade und der Ziegenjoghurt mit der dicken, faltigen Haut und dem Honig darüber schmeckte allen sehr. Der griechische Kaffee verströmte seinen Duft in den Morgen und ließ den Wirt, der sehr freundlich war, mehrmals nachgießen.

Irgendwann saßen sie gesättigt und zufrieden da an diesem Tisch und sahen sich an, als Max auf einmal sagte: »Das ist so ein schöner Augenblick! Ich spüre es tief in mir. Spürt ihr es auch?«

Die Frauen stimmten ihm zu.

»Dann lasst uns doch hier im Kreis die Hände reichen, dass wir alle die glückliche Botschaft des anderen spüren.«

Theres hob überrascht, aber innerlich angenehm erregt ihre zarten Arme hoch und öffnete jedem der beiden eine ihrer schlanken jugendlichen Hände. Ihr rotbraunes Haar hatte sie auf dem Kopf zu einem Dutt zusammengebunden, und das Licht, das durch das Geäst der Pinien fiel, erhellte ihr Antlitz und ließ das kleine Sommersprossenmeer auf Nase und Backen leuchten. Bei Resi spürte sie die gegerbte Bräune der Haut und bei Max das Blut in den Adern.

»Du hast so zarte Hände«, sagte er auf einmal. Dann schwieg er wieder, aber er hatte Recht. Seine Botschaft kam an.

Theres zahlte das Frühstück.

Max stand schon mit dem Wagen da; er war vorausgegangen und holte die Frauen ab.

Dann ging es durch die herrliche Berglandschaft über Tripolis und Argos bis nach Nauplia. Es folgte Mittagspause, und im Anschluss daran fuhren sie zu den heiligen Stätten und zum Theater von Epidaurus.

Die Lage der heiligen Stätten und des Theaters von Epidaurus sind für uns faszinierend, schrieb sie noch am selben Abend in ihr Tagebuch.

Die Touristen, die massenweise und meist in Rudeln kommen und die antiken Steine besetzen, begeistern uns weniger. Ich muss immer warten, bis sich die Menschen erhoben haben, bevor ich die Schönheit des Theaters fotografieren kann.

Resi und Theres hatten irgendwann, als sich der Menschenstrom wieder aufgelöst hatte, in den obersten Rängen Platz genommen und sahen hinunter zu Max, der genau in der Mitte der Arena stand, zu den beiden Frauen nach oben schaute und in normaler Zimmerlautstärke sagte: »Hört ihr mich?« Sie nickten und winkten ihm aus den oberen Regionen zu.

»Passt auf«, fuhr er fort und pulte in seinem Geldbeutel herum, den er gerade aus seiner Hosentasche gezogen hatte, »ich habe hier einen Franken, den ich gleich auf den Boden fallen lasse. Wenn ihr ihn hört, hebt die Arme!«

Die Entfernung zwischen dem Platz, wo die Frauen saßen und dem, wo Max stand, war so groß, dass man mit dem bloßen Auge das Geldstück nicht mehr erkennen konnte. Außerdem lag durch die Mittagshitze ein Flimmern in der Luft, was das optische Erkennen noch mehr erschwerte.

Es war still. Ein Schlangenadler glitt langsam über die Arena und verschwand irgendwo über den Bäumen im Tal. Die Menschen waren kurz weg, nur ein Pärchen saß ganz unten in der Nähe des Ausgangs; doch Max wusste, dass dieser Moment der Stille nur von kurzer Dauer sein würde, und er beeilte sich. Er ließ die Münze auf den kleinen, runden Steinboden in der Mitte der Arena fallen, hörte den feinen, metallischen Klang und sah auch schon noch einmal eine Sekunde später, wie die Armen der Frauen nach oben schnellten.

»Prima! Stimmt genau!«

Jeder sah noch einmal auf dieses Theater mit den 55 Reihen und 14 000 Sitzplätzen. Theres und Resi von oben, Max von unten. Von überall her: das feine Zirpen der Grillen.

Am frühen Abend aßen sie noch einmal gemeinsam in Nauplia, einer Hafenstadt, die man auch die Perle der Peleponnes nennt. Es war das Aiolos, ein gut besuchtes Restaurant in einer der blumengeschmückten Altstadtgassen. Sie genossen das Lamm vom Grill mit Fava Bohnen oder frischem Salat. Dazu einen Retsina und Wasser. Sie hatten sich immer wieder Neues zu erzählen und wollten auch in Zukunft weiter in Kontakt miteinander bleiben. Deshalb tauschte man die Adressen aus. Theres zeigte noch immer Interesse, an einem der Kurse bei ihnen im Wallis teilzunehmen. »Vielleicht im nächsten Jahr«, meinte sie.

»Das würde uns aber sehr freuen«, erwiderten die beiden Schweizer fast einstimmig. »Wirklich, sehr!«

Das Restaurant füllte sich immer mehr, und irgendwann meinten die Schweizer, es wäre nun die Zeit gekommen, Abschied zu nehmen, auch wenn es vielleicht etwas schwerfalle. Sie wollten noch am Abend zurück nach Athen, um dort noch einmal zu übernachten und dann mit ihrem Auto so langsam den Heimweg anzutreten.

Theres hatte sich vor zwei Stunden schon in einem Hotel der Altstadt von Nauplia ein Zimmer reserviert. Für diese Nacht. Dann wollte sie weiter zu den Inseln der Ägäis.

Sie saßen da, und nachdem sie das Essen genossen hatten, hoben sie noch einmal die Weingläser und stießen aufeinander an. Dann zahlte man bald, stand auf und lag sich noch kurz in den Armen.

»Ein Abschied darf niemals zu lang sein«, sagte Max leise, »dann fällt er immer schwerer.« Er lachte kurz auf, aber jeder von ihnen hatte gespürt, dass eine gewisse Wehmut in seinen Worten lag.

»Wir sehen uns spätestens, wenn ich zu euch komme! Versprochen!« Theres sah sie an, als wüsste sie schon, wann sie zu ihnen in das Wallis fahren würde.

Sie lachten und freuten sich. Dann trennten sie sich, drehten sich nach zehn Metern noch einmal um und winkten sich kurz zu. Darauf ging Theres zu ihrem Hotel und schaute vom Balkon aus noch eine ganze Weile über die Gassen dieser schönen Altstadt.

KAPITEL 22

Letzte Tage und Abschied vom Vater

Keiner hatte es kommen sehen, auch Tillmann nicht, zumindest nicht jetzt, in diesen Tagen; doch er war seit dem Tod der Mutter darauf eingestellt, dass es mit seinem Vater auch irgendwann zu Ende gehen würde.

Er stand auf der Terrasse und schaute in den Garten, sah auf die Gartenrabatte mit den Astern und Zinnien, die in voller Blüte standen. Ihre Farben vom Dottergelb, Orangerot und Karmin bis hin zu den zart violetten Farbtönen vermischten sich mit dem milden Licht der spätsommerlichen Morgensonne.

Vor zehn Minuten hatten sie bei ihm angerufen. Er wollte eigentlich gerade aus dem Haus gehen, zum Fitness-Training, wie er es immer zweimal wöchentlich tat, als das Telefon läutete und Schwester Steffi ihm mitteilte, dass es seinem Vater seit gestern gar nicht so gut gehe. Tillmann wollte natürlich sofort wissen, was mit seinem Vater nicht in Ordnung sei. Die Diagnose des Arztes laufe auf eine Herzinsuffizienz hinaus, auf ein starkes Nachlassen der Herzkraft. Das könne ihm aber am besten einer der Ärzte erklären. Der zuständige Arzt seines Vaters, Dr. Rauber, sei heute noch bis sechzehn Uhr hier und morgen früh wieder ab neun.

Tillmann wusste, dass die Tage des Losgelöstseins von allem irgendwann ein Ende hätten. Doch er konnte nicht glauben, dass es so schnell ging. Als er vor etwa zehn Tagen seinen Vater besuchte, hatte er noch nichts Auffälliges an ihm bemerkt. Er war wie immer in den letzten Monaten, und auch das Altersheim hatte keine Veränderungen festgestellt. Er machte morgens gleich nach dem Frühstück im nebenan liegenden Schlosspark seine morgendlichen Spaziergänge, die er selbst »kleine Wanderungen« nannte. Mittags legte er sich nach der Mahlzeit eine Stunde hin, dann stand er auf, nahm ein Buch und setzte sich draußen auf irgendeine Bank oder, wenn es regnete oder im Winter, wenn es zu kalt war, nahm er in den in dem kleinen Café des Altersheims Platz, trank eine Tasse Cappuccino und las ein Buch. Oft waren es Biografien, Bücher aus dem historischen

Bereich wie das Buch *Wallenstein* von Golo Mann oder andere Texte und Briefe der Familie Mann. Die *Buddenbrooks* habe er im Frühling zum dritten Mal schon gelesen, und im Winter, wenn draußen der erste Schnee falle, werde er auch wieder den *Zauberberg* lesen, ließ er seinen Sohn wissen, als dieser ihn kürzlich besuchte. Es sei so schön, sagte er da, wenn er dann an einem Fenster sitze und die ersten Flocken fallen, wenn er sehe, wie diese sich wie ein weißer Samtteppich über die Stadt und das Land legen. Da habe er sich während des Lesens sogar einmal vorgestellt, wie das Lungensanatorium des Zauberbergs fernab vom Geschehen der Welt inmitten des Schnees ruht. Manchmal sei man nahe bei der Ewigkeit, meinte er, und wenn kein Krieg hereinbreche, könne man an solchen Orten für immer schlummern. »Vorausgesetzt, dass da keine Madame Chauchat kommt und die Glastüren zuschlägt«, erwiderte ihm Tillmann lächelnd. Der Vater stützte sich auf den Knauf seines Spazierstocks, sah zu seinem Sohn auf und lachte auf einmal so, wie man es schon lange nicht mehr bei ihm gesehen hatte: Schelmisch-verschmitzt wie in Kindertagen war sein Lachen da, Tillmann sah es, und er wusste, er würde diesen Augenblick niemals vergessen.

An dem heutigen Morgen dachte er wieder daran. Der Rasen war noch feucht vom Tau der Nacht. Er sah von der Terrasse aus, wie die Tropfen im Licht glitzerten. Es war ein zartes Glitzern, eher ein Schimmern, von dem der ganze Rasen, der bald wieder gemäht werden musste, überzogen war. Es wurde immer heller, und mit einem Mal erschien es ihm, wie wenn der erste Reif sich auf die Gräser gelegt hätte, kleine feine Eispartikel, die sich langsam in kristallinen Formen verwandelten und wie Schnee den Rasen bedeckten. Er sah dann Flocken fallen. Er träumte, wie er das manchmal tat, wenn er aus dem, was gerade war, aus dem, wie es war, flüchten wollte. In eine eigne Welt. In seine Welt. Er liebte seinen Vater. Er sah ihn vor sich auf dem Rasen, dann sah er ihn, wie er in einem Buch las mitten im Schnee.

Ein Hubschrauber des Roten Kreuzes flog am Himmel Richtung Unfallklinik, und das dumpfe Rattern brachte ihn wieder auf andere Gedanken.

Er überlegte nicht lange. Er wollte zu seinem Vater, um zu sehen, wie es ihm ging, um Näheres über die Symptome zu erfahren. Im

Garten pflückte er noch ein paar Astern und band sie mit drei kleinen Farnzweigen zu einem Strauß zusammen, was er dem Vater geben wollte. Dieser liebte Astern so sehr. »Sie gehören zu den letzten Blumen des Sommers«, wie er immer sagte, »und wenn sie blühen, hält die Zeit den Sommer noch einmal an.«

Er fuhr mit seinem Golf wie immer über die A 650 und A 61 bis zur Höhe Gundersheim, dann auf der L 386 Richtung Kirchheimbolanden weiter. Viele Äcker auf den beiden Seiten der Autobahn waren schon wieder umgepflügt, und die rostbraune Erde, die noch mit den Stoppeln des im August geernteten Getreides vermischt war, ersteckte sich in ihrer Brache über weite Flächen und sog das gedämpfte Mittagslicht in sich auf.

Am Anfang des hübschen alten Städtchens ging es dann über die Bischheimer-Straße und die Dr.-Edeltraud-Sießl-Allee weiter direkt bis zur »Seniorenresidenz Schloss Kirchheimbolanden«, wo Tillmann auf dem Parkplatz vor dem Eingang des Schlosses sein Auto abstellen konnte.

Ein lauer Septemberwind ging durch das Blattwerk der noch jungen Bäume. Sie führten wie eine kleine Allee von der Straße zum Hauptportal hin und standen im Spalier zu den Gebäudeteilen der Seniorenresidenz, die sich vom Eingang aus bis zum Bürgersteig und Parkplatz erstreckten. Der hellblaue Mittagshimmel war von zwei langen mächtigen Wolken bedeckt, die vom rechten Dachrand des Schlosses diagonal himmelwärts zogen.

Beim Betreten der Vorhalle spürte er, dass eine seltsame Stille über dem ganzen Raum lag, wie sie ihm bisher an Tagen, wenn er seinen Vater besuchte, nicht begegnet war. Er war das Plaudern der alten Menschen gewohnt, das er immer wie das leise Plätschern eines müden Baches empfand. Es war ein leises Raunen, das ihm wie eine flache Welle beim Eintreten entgegenkam. Ein Raunen, das von geflüsterten Lauten vermischt wurde, hin und wieder sogar von einem beherzten Lachen. Nichts von all dem war jetzt da, als er in diesen Mittagsstunden eintrat, die Stühle an den kleinen runden Tischen waren leer, die Sessel ebenso, und auf den herrlichen alten Chaiselongues saß auch niemand. *Vielleicht ist es die Tageszeit, die diese Leere ausmacht*, dachte er. *Das Mittagessen ist längst vorüber und die Zeit für Kaffee und Kuchen steht noch bevor.* Am Empfang war auch keiner.

Nur die Klingel. Eigentlich wollte er sich zuerst erkundigen, ob sein Vater auf seinem Zimmer sei. Aber wozu! Der Portier würde ihm auch nicht viel sagen können. Er ging sofort den Erdgeschossgang bis zum Ende, wo das Zimmer seines Vaters lag. Der Flur war dämmrig, dass man fast schon das Licht anmachen könnte, aber er unterließ es. Dann stand er auch schon vor der Tür: Zimmer 19! Er klopfte zweimal kurz und leise an. Keine Antwort, oder sie war so leise, dass er sie von draußen nicht mehr vernahm. *Eigentlich hatte Vater bisher immer eine kräftige Stimme, die man sofort hört, auch vor der Tür.* Er drückte die Klinke leise herunter und schob die Tür langsam auf. Ein Flug hellen Lichtes, der durch das große Fenster und die Balkontür kam, schlug ihm entgegen und erhellte mit einem Mal einen Teil des dunklen Flurs. Das Licht fiel zum Zimmer herein oder es sammelte sich in den beiden weißen Gardinen, die zusammengezogen am rechten Rand des großen Fensters und direkt in der Mitte über der geöffneten Glasschiebetür hingen. Es strahlte eine milde Spätsommerwärme aus, die man bis in den Raum hinein spürte. Es barg die Wärme, die Tillmann an die letzte Sommerwärme in seiner Jugend erinnerte, als er nach der Schule und dem Mittagessen zuhause immer eine gute Stunde auf der Terrasse saß. Er erinnerte sich wieder an die milde Luft, die er immer ganz langsam in sich aufsog. Wenig später, bei seinem Gang durch den Garten roch es von überall her nach Abschied: Über den Astern und Zinnien, über dem Storchschnabel, den Hortensien und letztlich über den Rosen, die in einem Rundbeet nicht nur für ihn der Blickfang des elterlichen Gartens waren.

Tillmann trat ein. Er war ganz leise, und sein Vater, der mit geschlossenen Augen in dem großen, alten Ohrensessel der Urgroßeltern saß, hörte ihn anfangs nicht. Er blieb stehen und sah den wohl schlafenden Vater still an. Lange hatte er ihn nicht mehr schlafend gesehen. Und damals war er noch jünger als er jetzt. So lange war das schon her. Wie die Zeit doch vergeht, viel zu schnell, und irgendwann, da wird sie jedem von uns das Licht für immer ausschalten. Die Sonnenstrahlen streiften den oberen olivgrünen Saum des Sesselpolsters und berührten gerade noch den oberen Rand vom Kopf des Vaters, und sein weiß gewelltes Haar reflektierte den Schein in einem unbeschreiblich hellen Schimmer. Es war ein seltsamer Augenblick für ihn, der ihn in seinem Inneren fast lähmte, so eindringlich wirkte das alles auf ihn. Er sah den Vater in jungen Tagen, als er selbst noch ein Kind war und sein Bruder Heinrich, den man schon damals Henry nannte, gerade laufen konnte. Er sah ihn, wie er zum ersten Mal seine Enkelin Sara auf den Arm nahm und dem kleinen Johannes ein Abendlied sang.

In einem Trainingsanzug saß der Vater da, hatte die Hausschuhe von den Füßen gestreift, und Tillmann sah sofort, dass die Füße angeschwollen waren und nicht mehr so recht in seine Pantoffeln passten. Tillmann ging in das Nebenzimmer, wo eine kleine Anrichte und ein Esstisch standen, holte aus dem Schrank eine Vase und füllte sie mit Wasser, um endlich den kleinen Asternstrauß aus dem Garten, den er die ganze Zeit schon in seiner Hand hielt, hinein zu stellen. Er brachte die Vase zu dem kleinen runden Biedermeier-Couchtisch, der vor dem Vater stand. Tillmann sah, wie schwer er atmete. Dann konnte er nicht mehr länger warten und streichelte mit der Außenseite seiner linken Hand dem Vater sanft über seinen Kopf. Nach einer Weile drehte er seine Hand und fuhr jetzt mit der Innenseite seiner Finger durch die Wellen der Haare, die wie mattes Silber vor ihm lagen.

Da merkte er auf einmal, dass der Vater den Kopf ein wenig anhob, die Augen öffnete und ihn ansah. Ein zaghaftes Lächeln, das nicht so recht zur Geltung kam, lag auf seinen Lippen.

»Du hier ..., Tillmann --- wie schön, dich zu sehen.«

Der Sohn strich ihm langsam über die Schulter und sah den Vater an.

»Warum kommst heute, so mitten in der Woche?«

»Weil es dir nicht so gut geht, wie man mir hier vom Haus aus telefonisch mitteilte.«

»Man hat dich angerufen?«

»Ja.«

»Warum muss man immer gleich Alarm schlagen? --- Ja, es geht mir seit Anfang der Woche nicht mehr so gut. Aber das kann doch wieder besser werden. Du kennst doch deinen alten Vater.«

»Ja, Vater. Du darfst aber nichts auf die leichte Schulter nehmen.«

»Das weiß ich doch, Tillmann. Aber schau, irgendwann sterben wir alle, und *ich* werde bald an der Reihe sein.«

»Wieso, was hast du? Was sagen die Ärzte? Kann man dir nicht helfen?«

»Wer kann mir in diesem Alter noch helfen? Ich habe die neunzig schon längst überschritten. Habe so vieles erlebt: Schönes und Trauriges, Freudiges und Furchtbares. Mein Korb ist voll von Erinnerungen, von Gedanken, die ich bald nicht mehr tragen kann, weil ich mich nach Ruhe sehne.«

»Willst du dich nicht ein wenig hinlegen?«

»Du verstehst mich nicht, Tillmann. Ich sagte, mein Geist braucht Ruhe. Nicht für eine Stunde oder eine Nacht. Nein, für immer.«

Tillmann erschrak, obwohl ihm so vieles klar war. Er sah ihn schweigend an. Ihm fehlten die Worte.

»Seit über einem Jahr ist deine Mutter schon tot. Sie fehlt mir, Till, und immer wieder überkommt mich ein Heimweh nach ihr. Dann verspüre ich ein Gefühl in mir, bei ihr sein zu wollen, sie im Tod begleiten zu wollen wie im Leben. Vielleicht ist der Raum zwischen ihr und mir zu groß, dass keiner den anderen mehr berührt, doch vielleicht spüren wir sein Dasein. Die Pflanze, die abstirbt, kehrt auch wieder zur Erde zurück, an den Ort, woher sie gekommen ist, und sie wird nicht verloren gehen ---«

Er atmete schwer.

»--- Keiner geht verloren. Keiner.«

»Vater, soll ich den Arzt rufen?«

»Nein, lass das bitte. Der kommt bei mir immer noch einmal vorbei, bevor er am frühen Abend nach Hause fährt.«

Ein Windstoß stob plötzlich durch die geöffnete Balkon-Terrassen-Tür und drückte den Vorhang flatternd nach oben. Sie erschraken beide und hatten nicht gemerkt, dass jemand hereingekommen war und durch das Öffnen der Zimmertür zum Gang ein Zug entstanden war. Eine weiße Gestalt kam aus dem Dunkel des Türeingangs, und man sah auch im selben Moment, dass es Dr. Rauber war.

»Ach, Doktor, gut dass Sie kommen! Mein Vater atmet so mühsam!«

»Guten Tag, die Herren!«

»Guten Tag, Doktor Rauber.« Tillmann gab ihm die Hand.

Der Arzt sah zu Tillmanns Vater.

»Na, Herr Lenz, wie sieht's denn aus bei Ihnen?«

»Eigentlich geht es, Herr Doktor, aber manchmal – da kann ich so schwer atmen.«

»Keine Sorge, für die Nacht wird Ihnen die Schwester wieder die Sauerstoffmaske bringen. Hat doch letzte Nacht gut geklappt! Und nehmen Sie immer die Entwässerungstabletten ein, die Ihnen die Schwester bringt! Nicht vergessen!«

»Keine Sorge, die steht solange dabei, bis ich die Tablette hinuntergeschluckt und nachgetrunken habe.«

»Prima, Herr Lenz! Jetzt müssen wir mal die nächsten Tage abwarten.«

Tillmann sah ihn fragend an, als dieser schon wieder die ersten Anstalten machte, das Zimmer zu verlassen.

»Kann ich Sie noch einmal kurz sprechen?«

»Natürlich«, erwiderte der Arzt, sie gingen durch die Tür nach draußen und blieben davor im dunklen Flur stehen.

»Haben Sie noch Fragen?« Der Arzt sah Tillmann mit großen Augen an.

»Die habe ich, Dr. Rauber. Sagen Sie, was hat mein Vater genau? Am Telefon sprach man von Herzinsuffizienz und koronarer Herzerkrankung. Doch die Schwester legte mir nahe, mit Ihnen persönlich zu sprechen.«

»Also, ihr Vater ist ein Mann in hohem Alter, bei dem wir nach den Befunden der Ultraschalluntersuchung eine Herzvergrößerung feststellten. Das Herz pumpt schlecht, es kommt zum Blutstau, was letztendlich zu einer Herzvergrößerung führt. Diese Herzinsuffizienz, wie man das Ganze auch nennt, ist der Befund, der uns vorliegt. Unsere Diagnose läuft auf eine Koronare Herzerkrankung hinaus.«

»Was werden Sie machen, Doktor?«

»Wir versuchen, durch Entwässerungstabletten und den Gebrauch der Sauerstoffmaske, die Symptome zu lindern.«

Tillmann überlegte.

»Dann ist es also nur eine Frage der Zeit?«

»Wenn Sie es so wollen, ja.«

»Ich danke Ihnen sehr, Doktor Rauber.«

»Ist doch selbstverständlich, Herr Lenz! So, jetzt muss ich aber weiter zu meinen Privatpatienten in der Stadt!«

Er winkte ihm noch kurz zu und verschwand im Dunkel des Flurs.

Tillmann ging zurück ins Zimmer. Sein Vater war wieder eingeschlafen und wachte sofort auf, als der Sohn seine Hand berührte.

»Ach, du bist ja schon wieder hier! Habt ihr lange geredet?«

»Eigentlich nicht.«

»Hat er dich wenigstens aufgeklärt, wie es weitergeht mit deinem Vater?«

Diese Worte hatten schon einen leicht ironischen Beigeschmack. Tillmann erschrak.

»Ach, mein Junge, schau mich nicht so an, als hättest du noch nie etwas vom Tod gehört. Großeltern, Onkels und Tanten sind gestorben, ein guter Freund und Nachbarn, vor einem Jahr deine Mutter, und jetzt bin ich bald an der Reihe. Der Tod vergisst keinen.«

Zum Glück kam die Schwester und brachte das Abendessen. Er konnte die Worte über den Tod und das Ende nicht mehr hören.

Welches Ende? Das Ende des Lebens oder das Ende von allem?

Die Frage fragte quälte ihn noch auf der Heimfahrt. Er fuhr in den Septemberabend, an dem es nicht mehr so warm war wie an richtigen Sommertagen. Es kühlte langsam ab, und irgendwo in der Ferne lag schon der Herbst. Er ließ alle Fenster seines Autos herunter und atmete mehrmals tief ein, und genoss noch einmal die Landluft der Nordpfalz, bevor er auf die Autobahn Richtung Ludwigshafen abbog.

Noch am selben Abend hatte er mit seinem Bruder in New York, wo es gerade früher Nachmittag war, telefoniert und ihm vom Zustand des Vaters berichtet.

»Kann man da gar nichts mehr machen, Tillmann?«

Henrys Frage klang unsicher, aber er kannte sich auf medizinischem Gebiet nur wenig aus.

»Ich bin auch kein Fachmann, aber nach den Worten des Arztes geht es mit Vater dem Ende entgegen.«

Eine plötzliche Stille lag in der Leitung, die den Eindruck vermittelte, als sei die Verbindung abgebrochen.

»Henry, bist du noch da?«

»Ja, Tillmann.«

Die Worte klangen leise und schwach. Dann wieder dieses Schweigen, das diesen Moment nur noch zu verschlimmern schien. Tillmann brach dann die Stille, um seinen Bruder nicht ganz in der Ferne zu verlieren.

»So ist es, Henry. --- Willst du noch einmal mit Vater reden? Es wird bestimmt das letzte ...«

»Ja, du, ich komme. In den Morgenstunden nehme ich mir den nächsten Flug nach Frankfurt. Bei euch wird es dann Mittag sein, und wenn das Flugzeug landet, ist es bei dir schon Abend.«

»Das wäre also Donnerstagabend?«

»Ja, am 12. September, dann werde ich da sein.«

»Wie geht es Liza? Hat sich nach der Operation noch irgendetwas gezeigt?«

»Nein. Bei ihr ist alles in Ordnung. Ich denke, dass sie mitkommt. Ich werde sie gleich fragen.«

Wieder ein Moment der Stille, aber nur kurz. Dann hörte Henry, wie Tillmann kurz tief einatmete.

»Ja, okay. Dann machen wir es so, Henry.«

»Ist doch klar, Bruder. Ich packe gleich das Nötigste zusammen. – Und danke dafür, dass du mich sofort informiert hast.«

»War doch selbstverständlich --«

»Dann bis morgen!«

»Ja, bis morgen.«

Tillmann hörte noch, bis die Verbindung beendet war.

Er ging zum Sideboard ins Wohnzimmer, holte sich ein Longdrink-Glas, goss sich weißen Rum ein aus der Flasche, die Johannes ihm einmal von einem Kubatrip mitgebracht hatte, und mixte das Ganze mit Cola zu einem Cuba Libre.

Nach dem ersten Schluck benachrichtigte er gleich seine Kinder. Sara verstand die Dringlichkeit der Worte ihres Vaters und wollte sich für Freitag freinehmen; schon seit einiger Zeit hatte sie vor, an dem Braunschweiger Krankenhaus, an dem sie als Sozialarbeiterin arbeitete, ein verlängertes Wochenende einzuplanen. Bei Johannes musste er zu dieser Zeit am Abend noch auf Band sprechen. Wahrscheinlich war dieser, der Redakteur im kulturellen Bereich einer renommierten Pfälzer Tageszeitung war, noch auf irgendeiner Veranstaltung an irgendeinem Ort der Pfalz oder Kurpfalz und würde bestimmt erst gegen Mitternacht zurückkehren.

Dann setzte er sich hin und dachte noch einmal über den Besuch bei seinem Vater nach. Er wusste nicht, was er denken sollte. Alles war noch so offen. Er öffnete sein Tagebuch und schrieb:

11. IX.

Ist es das wirklich? Ist die Hoffnung jetzt nur ein Vorwand, um meine Gedanken zu beruhigen? Wenn Vater nicht mehr ist, haben uns beide Eltern verlassen. Eines Tages hat sich die ganze Generation der Eltern von uns Kindern verabschiedet. Werden wir dann noch Kinder sein? Man sagt, in jedem von uns stecke das Kind bis zum Ende des Lebens. Wirklich?! Geht beim dem letzten Abschied von den Eltern und den anderen ihrer Zeit nicht auch der letzte Rest von dem, was wir noch das Kind in uns nennen dürfen, verloren?

Er leerte langsam sein Glas und schaute in den späten Abend.

Draußen macht sich die Dunkelheit immer mehr breit, und die Amsel hat schon längst aufgehört zu singen. Mit dem Licht erstarb ihre Melodie. Der Chemieriese verteilt wieder wie immer sein Leuchten in die Nacht.

12. IX.

War heute schon in den frühen Mittagsstunden beim Vater. Über den morgigen Besuch von Henry und Liza freute er sich sehr, wurde sogar ein wenig aufgeregt.

Er kann nicht mehr gehen, weil ihm das Atmen schwer fällt. Er sitzt jetzt in einem Rollstuhl, den man ihm auf Anordnung des Arztes gebracht hatte.

Doch er sagte mir, wie schön es sei, unter den Menschen der Seniorenresidenz zu sein. Mit seinen Freunden Paulchen und Ernst zusammen zu frühstücken sei für ihn ein Gefühl des Glücks.

Am Mittag haben wir noch einen Spaziergang im Schlosspark gemacht und später in dem Restaurant vor dem Schloss ein kleines Mittagessen zu uns genommen.

Vater freute sich so. Ich habe ihn langsam geschoben, weil ich spürte, wie sehr er diese Augenblicke in ihrer Tiefe erlebte und in sich aufnahm.

»Ach, wie schön, wie unsagbar schön ist doch das Leben! Das ist das Glück, Tillmann«, sagte er zu mir.

Man müsse das Glück nicht suchen, weil es im Leben liege. Jeden Morgen, wenn wir erwachen, die Augen öffnen und in den jungen Tag schauen, dann würden wir in das Glück schauen, dass wir leben und im Leben er-leben dürfen.

Ich ging über eine Stunde mit ihm spazieren: Vorbei an den großen alten Atlaszedern und Mammutbäumen, die der alte Brunck vor langer Zeit anpflanzen ließ bis zum Teich, wo wir eine kleine Pause machten. Die Sonne hatte noch einen spätsommerlich wärmenden, aber müden Schein. Das Laub der Bäume hatte oft braun vertrocknete Ränder, und manche Blätter hatten schon einen mattgrün-gelblichen Schimmer. Die Enten glitten über das Wasser und einige verschwanden hinter den langen Zweigen der Trauerweide, die bis in den Teich hingen.

Vater saß so still da und sah wie gebannt über den Teich. Er lächelte vor sich hin, und ich merkte auf einmal, als er mich ansah, dass seine Augen glänzten. Ich legte meinen Arm auf seine Schulter.

Da drehte er den Kopf zu mir und sah mich aus dem Rollstuhl groß an. Er sprach über das Glück, das uns das Leben schenkt. Wie er schon in jungen Jahren gelernt habe, wie wertvoll unser Leben sei. Er dachte sehr lange nach. Wir schwiegen beide. Dann sprach er plötzlich vom Krieg. Ich hielt mit dem Rollstuhl an und sah zu ihm.

»Das Inferno! Es war damals! »Damals, Anfang September 1943, als die Bomben auf Ludwigshafen und Mannheim fielen, und keiner mehr wusste, ob er den kommenden Abend oder den nächsten Tag noch erleben würde. Es war der Vernichtungsschlag von Luftmarschall Harris. Ich war bei der Flak und hörte, wie um mich herum die Bomben auf die Stadt fielen. Es war ein Inferno! Da spürte ich den Irrsinn, den wir Menschen machten, wenn wir uns bekriegten. Warum machten wir es? Wir mussten es machen. Und wir hatten Angst. Eine Angst, die nur wenige zugeben. Damals, gerade Anfang Zwanzig, wusste ich, wie sehr ich am Leben hing.«

Dann war Vater wieder plötzlich still und sah mich an.

Ich war innerlich sehr gerührt.

Er schloss die Augen. Das Reden hatte ihn angestrengt. Bestimmt auch der Inhalt, um den es ging. Er atmete schwer, umklammerte mit den Fingern die Armlehne des Rollstuhles und atmete mehrmals tief ein.

Eine Frau ging mit ihrem kleinen Jungen, der gerade laufen konnte am Ufer des Teichs entlang. Sie führte ihn an der Hand, und mit der anderen Hand zeigte der Kleine auf die Enten, die durch sein freudiges Kindergeschrei erschraken und auseinander stoben. Da öffnete Vater wieder die Augen, und ich sah, wie sich ein stilles Lächeln über seine Lippen legte.

Tillmann stand auf und machte sich eine Tasse Kaffee. Er braucht ihn; denn er war müde von dem langen Tag. Vater würde bestimmt schon schlafen, dachte er. Doch er müsse seine Gedanken, all das, was ihm vom Tag noch ihm Kopf umherschwirrte, irgendwie ordnen. Er versuchte es. Er dachte an das Tagpfauenauge, das sein Vater so bewunderte. »Schau mal, wie schön«, sagte er, »dieser Schmetterling war zuerst Raupe, wurde dann Puppe und ist nun Schmetterling. Jetzt fliegt er langsam in den Herbst.« Tillmann sprach die Worte leise vor sich hin. Dann trank er einen Schluck Kaffee und schrieb weiter.

Vater fragte mich, ob es ein Leben nach dem Tod gebe. Ich war so überrascht und zuckte nur mit den Achseln.

»Ja, wir wissen es nicht«, sagte er, »lassen wir uns überraschen!«

Diese Worte werde ich niemals vergessen!

Dann lachte er, so als habe er noch ein ganzes Leben vor sich, und ich lachte verlegen mit.

Was für eine seltsame Kombination: Der Tod und das Lachen! Hat mein Vater eine Vorstellung von dem Tod? Vielleicht. Vom Sterben bestimmt. Es beginnt früher, viel früher. Wenn man die Höhe seines Lebens erreicht hat und nicht vorzeitig vom Tod weggenommen wird, beginnt dann schon das Sterben, das man im gesellschaftlichen Sprachgebrauch nur »altern« nennt.

Auf dem Rückweg tranken wir in der Nähe des Schlosses noch einen Kaffee, und jeder aß einen Kuchen, bevor wir am späten Nachmittag wieder umkehrten.

In der Halle dann Ernst und Paulchen, seine Freunde! Ernst stand da, mittelgroß und hager, ja fast schon dürr. Er hatte seine schmalen

Arme nach unten gestreckt, spielte ein wenig mit seinen Fingern, und seine wenigen grauen Haare waren schon etwas zu lang und hingen ihm leicht zerzaust ins Gesicht. Er stand nur da, lächelte, wand seinen Körper vor Freude, doch war er ein wenig gehemmt, als er seinen Freund sah. Paulchen dagegen, schon immer ein kleiner, aber doch etwas kräftigerer Kerl, begrüßte uns herzlich.

Tillmann erinnerte sich an jeden Wortlaut dieser Szene vor wenigen Stunden:

»Na Robert, wie geht's denn?« Er machte eine kurze Pause und schaute ihn mit großen Augen an.

»Wohl nicht so gut, wie ich sehe?«

»Ja, Paulchen, gar nicht gut.«

Der stand da, sah seinen Freund an nahm seine Hand.

»Ich verlass dich nicht, Robert, bin immer da. Ernst auch!« Er schaute zu diesem kurz rüber, und der nickte still und sagte kein Wort.

»Weißte, Robert, wer auch immer von uns dreien geht, der wird nur mal kurz weg sein, so wie auf 'ner kleinen Reise. Wir werden ihn wiedersehen. Das stimmt doch, Ernst?!«

Ernst nickte still und gerührt.

»Robert, wir sind immer bei dir, der Ernst und ich, und du bist immer bei uns. Gib uns die Hand!«

Ergriffen und zugleich dankbar sah dieser seine Freunde an und reichte beiden seine Hand, die leicht zitterte, als er sie anhob. Sie war blass und mit ockerfarbenen Altersflecken bedeckt. Was war ich überwältigt von diesen Worten, von dem Augenblick, als die beiden Vater umarmten. Und bin es immer noch!

Und Paulchen! Mit welch einer Hoffnung rief er: »So, Robert, bis nachher, wenn es Abendessen gibt! Wie immer! Wir warten auf dich!«

Vater sah zu seinen Freunden auf und lächelte.

»Ja, bis nachher!« Seine Stimme klang schwach und leise.

Tillmann schrieb weiter in seinem Tagebuch:

Paulchen und Ernst sind so liebe Menschen, die Vater versprachen, ihn niemals allein zu lassen. Sie gaben ihm die Hand und versprachen ihm, immer bei ihm zu sein. Der Moment war so rührend, dass ich es kaum noch aushielt.

Vor dem Zimmer dann: Das Schimpfen der Schwester, weil der Vater am Mittag keine Entwässerungstabletten genommen hatte. Sie ging mit hinein und reichte sie ihm nach. Wegen seiner schlechten Atmung riet sie Vater dringend, sich auf das Bett zu legen. Wir hoben ihn beide hinein. Dann legte sie die Sauerstoffmaske neben ihn und zeigte darauf.

Kurz darauf erfuhren wir von ihr noch, dass Sara und Johannes angerufen hätten. Sie wollten morgen vorbeikommen, um ihren Opa zu besuchen.

Vater freute sich, als er das hörte. Henry wollte doch auch morgen kommen, Henry und Lisa, und jetzt auch noch Sara und Johannes. Es kommt mir wie ein kleines Familientreffen vor. Vater schwieg und nahm diese Nachricht freudig-still in sich auf.

Tillmann stand auf, trank aus seinem Glas den Rest Wasser, der noch von der Nacht darinnen war, lief in der Wohnung unruhig auf und ab, blieb stehen und sah mit starrem Blick zum Fußboden. Er füllte sich aus der Flasche Wasser nach und setzte sich wieder, um weiter zu schreiben. Die Buchstaben glitten ihm von den Fingern. Er hatte noch nie so viel an einem einzigen Tag in sein Tagebuch eingetragen. Heute tat er es.

Als Vater auf dem Bett lag, hielt ich ihm die Sauerstoffmaske an Nase und Mund. Wir hörten beide, wie das Gas ausströmte, und ich spürte, wie es die Spitzen meiner Finger kühlt, mit denen ich das Gerät festhielt. Es tat ihm gut. In Vaters Blicken lag die Dankbarkeit.

»Diese Stunden mit dir nehme ich mit, mein Sohn«, sagte er auf einmal. »Ich nehme all das mit, was ich noch nicht vergessen habe.« Sein Mund war beim Sprechen sehr nahe an der Öffnung der Maske, und es hallte irgendwie komisch. Wie ein Echo klangen die Töne. Er sagte:

»Ich nehme in meinen Gedanken alles mit. Da sind auch Dinge dabei, die ich immer mit mir trug, so kleine Geheimnisse, über die ich nie sprechen konnte, weil –«

Dann hielt er kurz ein und schwieg.

Ich fragte ihn, ob er nicht darüber reden wolle. Er gab mir eine seltsame Antwort: »Eigentlich ja, aber das hätte ich früher tun sollen, jetzt ist es zu spät.«

Dann seine Atemnot, sein Röcheln! Es trat noch lauter aus dem Rachen hervor als vor ein paar Tagen! Wie bei einem Lungenkranken in den letzten Wochen vor seinem Tod. Erinnerung an den Roman *Der Zauberberg* von Thomas Mann macht sich in mir breit.

Er atmete mehrmals tief ein. Dann beruhigte er sich, sah mich an.

Ich sagte ihm, dass er über alles mit mir reden könne.

»Weißt du, lieber Till«, sagte er plötzlich, »manchmal gibt es im Leben etwas, über das man nie geredet hat und über das man nie reden möchte. Das ist so. Vielleicht erlebst du das auch noch in deinem Leben.«

Ich verstand ihn nicht, und er sah mir meine Sprachlosigkeit an. Sein gezwungenes Lächeln erstarrte bald.

»Ach komm, was schaust du so? ... ich habe nichts verbrochen –« Mit letzter Kraft presste er diese Worte aus seinem Mund, dann sein hektisches Atmen, mehrmals hintereinander. Er griff nach dem Gerät, das ich immer noch hielt und presste es fest auf Naseneingang und Mundöffnung.

Kurz darauf schlief er ein. Ich saß dabei und hielt ihm die Sauerstoffmaske.

Kurz vor dem Abendessen weckte ich ihn und schob ihn, bevor ich ging, noch nach draußen zum Esstisch, wo Paulchen und Ernst schon auf ihn warteten.

Tillmann speicherte den Tagebucheintrag ab. Es war ihm genug für heute.

Er las noch einmal die Nachricht von Theres.

Sie hatte ihm schon am Morgen geschrieben. Sie war nun inmitten der Ägäischen Inseln. Sifnos und Serifos habe sie schon hinter sich und sei derzeit noch auf der Insel Milos.

Später gehe es mit dem Schiff weiter nach Folegandros, vor allem aber nach Santorin. Der Abschluss ihrer ägäischen Rundreise werde dann die Insel Paros sein.

In etwa zwei Wochen ist alles wieder vorbei, dann fliege ich zurück nach Frankfurt und bin ich wieder ganz in deiner Nähe, Till. Ja, in deiner Nähe, und der Tag unseres Treffens rückt immer näher. Bald geht der Spätsommer zuende. Aber nicht bei uns beiden! Vielleicht fängt da der Sommer an! Ich freue mich riesig darauf. Am liebsten würde ich dich jetzt umarmen und mit dir da vorne von der kleinen Klippe ins Meer springen! Ich hoffe, es geht dir gut; aber du brauchst mir nicht zu schreiben. Wir hatten ja vereinbart, dass von Griechenland aus nur ich dir schreibe.

Wie ein Delphin gleite ich an dir hoch!

Ich umarme dich,
Theres

Tillmann setzte sich vor das Fernsehen, schaltete es ein, aber den Ton ab. Er wollte nur etwas Bewegung sehen, aber nichts hören.

Er freute sich, dass Theres ihm geschrieben hatte. Doch alles wurde vom gesundheitlichen Zustand seines Vaters überschattet.

Er saß da auf der Couch, trank noch zwei Pils und spürte, wie eine Welt ihm aus den Händen glitt.

Als es schon dunkel war, kamen Henry und Liza. Sie hatten vom Bahnhof Mannheim aus ein Taxi bis zu seinem Haus hier auf der Parkinsel genommen.

»Ich hätte euch doch am Hauptbahnhof abgeholt!«, sagte er und begrüßte sie umarmend.

»Ach komm, Tillmann, ist doch nicht der Rede wert! Diese kurze Fahrt über den Rhein! Vom Dach des Mannheimer Hauptbahnhofes kann man bestimmt schon dein Haus sehen!«

»Nicht ganz!«, ergänzte Tillmann, »da liegt noch der Park dazwischen! Aber tretet ein und seid herzlich willkommen! Auch wenn der Anlass kein angenehmer ist.

»Legt ab! Wollt ihr noch etwas essen?«

»Nein Bruderherz, das ist lieb von dir. Doch die Stewardessen haben uns während des Fluges schon mit allem möglichen Essen zugestopft, dass wir voll sind, oder hast du noch Hunger, Liza?«

»*Oh, no, thanks!* Ich brauche nichts mehr. Höchstens ein Glas Wasser oder Soda – wie heißt das bei euch hier in Germany?«

»Meinst du Mineralwasser?« Tillmann sah sie freundlich fragend an.

»Oh ja, so heißt das Wort: Mi-ner-al-was- ser! Das meine ich. Ein kleiner Schluck täte jetzt gut!«

»Du bestimmt auch, Henry?«

»Ja, gerne!«

Tillmann holte die Gläser und das Getränk.

»Setzt euch, nehmt Platz!«

Er goss ein, und sie tranken. Sie waren durstig. Er holte eine zweite Flasche.

Sie unterhielten sich noch eine halbe Stunde. Dann war Liza so müde, dass sie mit dem Kopf an Henrys Brust einschlief. Es war schon ein seltsames Bild: Er, der eher kleinere, aber gut durchtrainierte fast noch total schwarzhaarige und leicht dunkelhäutige Typ und Liza, die große schlanke Enddreißigerin mit der hellen Haut, dem blonden, hochtoupierten Haar und den blaugrünen Augen. Wenn der Anlass ihres Besuches ein fröhlicher gewesen wäre, hätte Tillmann bestimmt noch ein Foto gemacht. Aber er ließ es an diesem Abend sein.

Am nächsten Tag, nachdem noch Sara und Johannes im Haus ihres Vaters eingetroffen waren, fuhr man gleich zur »Seniorenresidenz Schloss Kirchheimbolanden«, um vielleicht den Vater noch in das kleine Gartenrestaurant mitzunehmen, in dem Tillmann mit ihm gestern war.

Doch es war anders gekommen, als alle annahmen.

Tillmann sah Paulchen allein im Foyer, so als ob er auf ihn warten würde.

»Hallo Herr Heiser, warten Sie auf jemanden?«

Paulchen nickte. »Ja, auf Sie, Herr Lenz.« Er machte eine kurze Pause. »Ihrem Vater geht es schlechter. Das hat man mir gesagt, als ich zu ihm wollte. Sie ließen mich nicht mehr auf sein Zimmer.«

»Wieso das?« Tillmann stand fassungslos da und sah zu seinem Bruder und der Schwägerin. Die brachten zuerst kein Wort über die Lippen, bis Liza zwei Worte entglitten: *»What's the matter?«*

Tillmann legte die Hände auf Paulchens Schulter. »Kommen Sie mit, Herr Heiser, Sie wollen meinen Vater bestimmt noch einmal sehen!«

Paulchen standen die Tränen in den Augen.

Tillmann klopfte. Die Tür ging sofort auf, und der Arzt kam heraus.

»Ah, guten Tag, Herr Lenz!«

»Guten Tag, Dr. Rauber. – Was ist mit meinem Vater?«

»Darf ich Sie bitten noch eine kurze Weile hier zu warten? Ihr Vater hat sehr oft Schweißausbrüche, und die Schwestern wechseln seit dem frühen Morgen fast stündlich sein Hemd.«

»Was ist geschehen? Doktor, bitte sagen sie es uns. – Das sind meine beiden Kinder, und das ist mein Bruder mit meiner Schwägerin, der extra wegen unserem Vater gestern mit dem nächstbesten Flieger aus den Staaten gekommen ist.«

Paulchen und Ernst standen still hinten und waren sozusagen die Nachhut der Gruppe. Der Arzt kannte sie ja, und er wusste auch, dass sie mit Robert Lenz eng befreundet waren. Deshalb sagte er nichts, er übersah sie, wie man es manchmal so in der Öffentlichkeit nennt.

»Ja, was ist geschehen?« Der Arzt war betont sachlich, zuvorkommend und ruhig.

»Ein Herzinfarkt? Hat Vater einen Herzinfarkt bekommen?«

Tillmann war so aufgeregt, dass seine Hände zitterten. Sara sah dies, nahm die Hand ihres Vaters und legte ihre darüber. So hatte ihn noch nie gesehen.

Der Arzt räusperte kurz.

»Ein Infarkt ist es nicht. Kurz vor Mitternacht nahm der Druck auf seiner Brust zu, die Kurzatmigkeit, und es kam und kommt immer noch zu Schweißausbrüchen. Das sind typische Merkmale einer *Angina pectoris*.«

»Hat er Schmerzen?«

»Er hängt am Tropf, und wir tun unser Bestes, gerade das zu vermeiden.« – Der Arzt öffnete die Türe leicht und sah ins Zimmer.

»So, ich sehe gerade, die Schwester ist so weit. Ja, sie können hinein. Aber bitte leise. Er schläft ganz leicht vor sich hin.«

Dr. Rauber sah Tillmann sehr ernst an. »Ich gehe erst mal. Ich bin im Haus. Wir hören voneinander.«

Fast hätte er gesagt: »Bis nachher!« Aber er hielt sich zurück und wollte nicht so direkt werden.

Sie wussten alle, dass der Vater bald sterben würde, aber keiner wusste, wann. Alle fünf Familienangehörigen saßen an seinem Bett, Paulchen und Ernst hielten sich im Abstand von den Angehörigen. Sie warteten auf die Zeit, bis Robert noch einmal die Augen öffnen würde und sie sich von ihm verabschieden könnten.

Gegen drei Uhr schlug er auf einmal die Augen. Er brauchte ein wenig Zeit, und es dauerte ein paar Sekunden, bis seine Gedanken die Gesichter um ihn herum zuordnen konnten. Ein leises und müdes Lächeln legte sich über sein Gesicht.

»Tillmann, hast du die alle mitgebracht?«

Sein Lächeln wurde größer, als er Henry sah.

»Auch du mein Junge, bist noch einmal mit deinem Bruder bei mir.« Er berührte mit den Fingerspitzen Henrys Hand. Jetzt trat Liza hinter ihrem Mann hervor, nickte ihrem Schwiegervater zu und wäre fast in Tränen ausgebrochen, so gerührt war sie. Aber sie drehte ihren Kopf zu Henry, senkte ihren Kopf ein wenig, weil sie fast eine Kopflänge größer war als er, und verbarg ihr Gesicht auf seiner breiten Schulter. Johannes und Sara, welche bisher am Fußende seines Bettes standen, kamen langsam zu ihm vor und begrüßten ihn.

»Ach! Sara, Johannes! Auch ihr wollt mich noch einmal sehen. Das ist so lieb von euch.«

»Ja, du hast uns immer so viel bedeutet.« Sara schaute in seine Augen und strich ihm zart über sein weißes, lockig gewelltes Haar.

Johannes hielt seinem Großvater die Hand. »Die hast du mir immer gegeben, als ich noch klein war und auf deinem Schoß saß.«

»Ja, Johannes, ich weiß.« Seine Stimme wurde schwächer und klang fast schon flüsternd. Er atmete wieder so schwer, dass Henry ihm die Sauerstoffmaske nahe an Mund und Nase hielt. Es dauerte etwas, dann beruhigte sich der Kranke wieder. Dicke Schweißtropfen rannen von seiner dünnhäutigen Stirn die Schläfen hinunter, die anderen fingen sich vorübergehend in dem dichten Haar seiner

Augenbrauen. Sara griff zu den Papiertüchern auf seinem Nachttische und tupfte den Schweiß ab.

Auf einmal erblickte er seine beiden Freunde. »Mensch, Paulchen, Mensch, Ernst, wie schön, dass ihr gekommen seid! Sie drückten ihm innig die Hände und fielen ihm fast um den Hals; doch die Lungenmaschine und die anderen Schläuche hinderten sie daran. Sie freuten sich auf Robert und er auf sie.

Dann war es eine ganze Weile fast still. Da lag er, der Vater, Großvater und Freund. Er hatte den Mund weit geöffnet, und man hörte das Rasseln seiner Lungen.

Auf einmal hob er den Kopf leicht an und schaute mit bittendem Blick in die Runde.

»Hat jemand von euch vielleicht einen kleinen Fotoapparat dabei?«

Alle schauten sich erstaunt an.

Aber dann nickte Liza sofort und holte ihre kleine Samsung Pocket aus der Handtasche hervor.

»Es wäre doch schön, wenn die Schwester noch einmal ein paar Bilder machen könnte, wo ihr alle mit mir darauf seid.

»Ja, das wäre schön«, sagten Tillmann und Henry und die anderen stimmten dieser letzten Idee Roberts zu.

Johannes war schon draußen und bat den jungen Pfleger, der gerade vorbeiging, darum. Der tat es gerne. Die Älteren stellten sich alle im Halbkreis um das Kopfende des Bettes, von Sara und Johannes nahm jeder auf einem Stuhl links und rechts vom Großvater Platz. Bei Sara war die Anspannung besonders schlimm. Sie brach kurz vor der ersten Aufnahme in Tränen aus, versuchte sich aber schnell zu beherrschen, was ihr dann auch teilweise gelang. Der Pfleger machte schöne Bilder, die er allen gleich zeigte. Auf jedem Bild sah man den Sterbenden mit weit geöffneten Augen und einem ruhigen und zufriedenen Gesichtsausdruck.

Paulchen und Ernst standen noch eine Weile am Bett und schauten zu ihrem Freund. »Seht ihr«, so sagte dieser plötzlich, »jetzt habt auch ihr eine Erinnerung!«

»Danke Robert, danke für alles«, sagten sie beide. »Es war so schön mit dir! Doch jetzt wollen wir dich mit deinen Angehörigen allein lassen.« Er nickte und drückte ihnen noch fest die Hände. »Ihr wart so tolle Freunde. Danke!«

Sie winkten ihm noch kurz zu und verließen dann den Raum.

Dann sah der Vater Tillmann intensiv an und sagte: »Siehst du Till, das, was wir eben erlebten, war das Glück!« Tillmann lächelte. Er verstand ihn.

Die Familie blieb noch bis zum Abend im Zimmer. Gegen neunzehn Uhr gingen die beiden Brüder und Liza etwas essen, während Sara und Johannes noch beim Großvater blieben. Als die drei vom Essen zurückkamen, verabschiedeten sich die Enkelkinder von ihrem Großvater. Jeder wusste, dass dies der letzte Abschied war.

Tillmann, Henry und Liza blieben die ganze Zeit und hielten ihm abwechselnd die Hand. Liza ging ab und zu für eine Viertelstunde nach draußen, um eine Zigarette zu rauchen.

Draußen war es stockdunkel. Das gedämpfte Licht neben dem Bett des Vaters erhellte nur wenig den Raum und spiegelte sich dem weiten Fenster seines Zimmers.

Der Vater schlief nur noch. Der ihm gerade die Hand hielt, spürte manchmal ein leichtes Drücken. Es waren Lebenszeichen, vielleicht auch Signale. Seine letzten.

Zwischen Mitternacht und den frühen Morgenstunden kam kein Zeichen mehr. Da wusste jeder Bescheid.

Tillmann und Henry begannen sofort am darauffolgenden Sonntag und Montag alle Formalitäten für die Beerdigung ihres Vaters in die Wege zu leiten. Tillmann hatte als Einheimischer natürlich mehr Erfahrung als sein Bruder, der ja seit einigen Jahren schon in den Staaten lebte; aber er half ihm dabei. Sara und Johannes unterstützen die Familie auch noch bei den Vorbereitungen. Als Termin wurde Donnerstag, der neunzehnte September um vierzehn Uhr gewählt. Im Hauptfriedhof von Kaiserslautern, wo die Mutter lag.

Die Tage bis dahin, verliefen für Tillmann ziemlich schnell. Er dachte oft an seinen Vater, an seine Eltern und an die gemeinsame Zeit.

Henry und Liza mieteten sich für ein paar Tage ein Auto und fuhren in der Gegend herum. Zunächst an die Weinstraße, dann aber auch in die Nordpfalz nach Gerbach, woher die Mutter stammte und wo er in frühen Kinderjahren auch noch lebte oder später, zusammen mit seinem Bruder, viele Wochen in den Ferien dort verbrachte. Als er Tillmann davon berichtete, meinte der, da müsse er auch mal wieder hinfahren und die letzten Verwandten der Großeltern und die Nachbarn zu besuchen.

Der Tod des Vaters und Großvaters schmerzte sie alle, am meisten Tillmann. Ihm war so zumute, als würde er in ein paar Tagen wieder beim Vater in der Seniorenresidenz mal kurz vorbeischauen. Dabei wusste er ja, dass die beiden Zimmer schon am nächsten Tag ausgeräumt wurden.

Die Beerdigung im Hauptfriedhof von Kaiserslautern fand an einem spätsommerlich warmen Nachmittag statt.

Es war für Tillmann ein Abschied vom Vater und der endgültige Abschied von einer Epoche.

19. IX.

Vater wurde am Donnerstag, den neunzehnten September in den Mittagsstunden auf dem Stadtfriedhof von Kaiserslautern beerdigt, dort wo Mutter liegt.

Er ist am frühen Samstagmorgen des 14. September in der Nacht leise von uns gegangen. Henry, Liza und ich waren bei ihm und hielten die letzte Wache.

Zur Beerdigung kamen von überall her seine Verwandten, Freunde, die Leute aus der Nachbarschaft und die alten Bekannten aus dem Umkreis von Kaiserslautern, die noch lebten. Es war wie an einem runden Geburtstag, nur fehlte er jetzt. Ein schönes Bild von ihm stand auf einem kleinen Tisch neben dem Sarg, daneben noch ein anderes, auf dem er mit Mutter abgebildet war. Die ganze Familie hatte beschlossen, gerade dieses Bild mit den beiden noch zu seinem Bild dazu zu stellen.

19. IX.

Die Trauerhalle füllte sich schnell, dass es am Ende sogar keine Stehplätze mehr gab und viele mit dem Platz vor der Halle Vorlieb nehmen mussten. Aber ein kleiner Lautsprecher war angebracht, dass man die Worte der Pfarrerin, den Gesang und den Klang der kleinen Orgel auch draußen hören konnte. Einige Minuten war ich nochmal kurz draußen vor der kleinen Halle, um die frische Waldluft tief einzuatmen. Der Organist probte leise. Ich hörte es draußen und spürte, wie die Klänge zu den Bäumen aufstiegen und sich mit dem Gezwitscher der Vögel vermischten.

Sie waren alle da, die ihn kannten und liebten, die ihn schätzten und achteten. Ich sah sie, als ich den Innenraum wieder betrat.

Neben uns saßen in der ersten Reihe noch Wolfgang mit seiner Familie, unsere engsten Verwandten. Sonja saß in der zweiten Reihe. Wie ergriffen war ich, als ich Paulchen und Ernst sah, die sich in der letzten Ecke fast versteckt hatten. Da meiner Reihe noch zwei Plätze frei waren, rief ich sie mit eindringlichen Handzeichen nach vorne, und sie kamen und nahmen schüchtern und dankend Platz.

Die Orgelmusik drang in mich ein, die Worte der Pfarrerin, verschiedener Freunde und eines ehemaligen Kollegen wühlten mich auf, und als Vaters Lieblingslied *Ich bete an die Macht der Liebe* auf der Violine erklang, wurde ich von meinen Gefühlen überwältigt.

Später gingen wir hinter dem Sargwagen noch ein weites Stück die Allee hoch. Die Blätter der Kastanien waren von der Hitze des Sommers an den Rändern vertrocknet, und manche hatten schon einen leicht gelblichen Schimmer.

Der Sarg im Grab war mit Rosen und Erde bedeckt. Viele wussten, dass er die Rosen liebte. Am Geräusch der Erde, die auf den Sarg gegeben wurde, hörte man, wie diese hart auf das Holz traf. Der ganze Ort, lag ziemlich im Schatten, und an den Schatten der Blätter, die auf die Grabstätte fielen, konnte man sehen, wenn ein kleiner Windzug mit ihnen spielte.

19. IX.

Ich werde niemals vergessen, wie sich Paulchen und Ernst vor dem Sarg noch ein letztes Mal verneigten. Später, als die Bestattung zuende war, sagten sie uns noch, dass Robert in ihren Gedanken weiterlebe, und sie waren beide überzeugt, ihn irgendwann wieder zusehen. Das waren ihre letzten Worte vor dem Abschied. Zur Trauerfeier in einem Café in der Nähe des Hauptfriedhofes gingen sie nicht mit.

Von den vielen Menschen, die zur Beerdigung gekommen waren, ging nur ein kleiner Teil mit. Wolfgang wusste Bescheid und informierte die Trauergäste, wo es hinging. Tillmann war wieder einmal so froh, dass er ihn hatte, dass er noch da war, dass es ihn gab, seinen Patenonkel, den er schon von Kindesbeinen an in sein Herz geschlossen hatte und der ihm in seinem ganzen Leben auch so oft hilfreich zur Seite stand. Als Cousin seiner Mutter war er für ihn ein besonders wichtiger Mensch in der Verwandtschaft.

Zwei Stunden saß man noch bei Kaffee und Kranzkuchen beieinander tauschte Erinnerungen aus und freute sich über die Erlebnisse mit Robert und Lilli.

Henry sprach wenig. Manchmal schien es, als wolle er das, was in wenigen Tagen geschehen war, nicht wahrhaben. Vielleicht bedauerte er oder warf sich selbst vor, dass er in den letzten Jahren durch seine Übersiedlung in die Staaten, seine Eltern kaum noch gesehen hatte.

Er blieb mit Liza nur noch die folgende Nacht. Am nächsten Mittag sollte sein Flugzeug wieder starten.

KAPITEL 23

Rückbesinnung auf Kindertage – Grüße aus der Ägäis

20. IX.

Manchmal entfernt sich die Zeit vom Leben, plötzlich und schnell.

Manchmal entgleitet das Leben der Zeit, ohne dass man es merkt, ganz langsam.

Der Abschied von dem, was jetzt noch ist, ist der erste Schritt zum Abschied von dem, was war.

Man lässt so vieles hinter sich und begräbt es unter den Zweigen an der Biegung des Flusses.

Die Zeit ist wie die Strömung, die weiter treibt, bis sie sich dann ins Meer ergießt.

Es war schon Abend geworden. Eigentlich wollte Tillmann die Neunzehn-Uhr-Nachrichten sehen, die im ZDF vor ein paar Minuten begonnen hatte, um endlich mal wieder auf andere Gedanken zu kommen, doch ihm gingen immer wieder Überlegungen im Kopf herum, die er noch niederschreiben wollte.

Henry und Liza hatte er am Morgen schon zum Frankfurter Flughafen gefahren. Ihre Lufthansa-Maschine sollte gegen vierzehn Uhr starten und im Direktflug in etwa neun Stunden in New York sein. Jetzt würden sie sich irgendwo über dem Atlantik befinden und zurück in den Tag fliegen, der bei ihm hier schon langsam zu Ende ging.

Er sah vom Wohnzimmertisch aus, wo er auf dem Laptop schrieb, hinüber zu dem alten Spinett, auf dem die Mutter oft an Sonntagnachmittagen Suiten und Präludien von Bach gespielt hatte; manchmal tat dies auch der Vater, aber nur dann, wenn er mit sich allein war. Das Instrument stammte noch aus der Zeit seiner Urgroßeltern, und er hörte auf einmal wieder die Klänge von einst, obwohl die Zeit längst vorbei war. Er hörte Töne, die Melodien, sie vermischten sich, und es entstanden neue Sequenzen, die durch seine Gedanken wirbelten. Er spürte, wie ihn die Erinnerung für Momente einholte. Das letzte Licht des Tages fiel auf das warme Braun des Walnussholzes, auf die Klaviatur, und es vermischte sich mit den fiktiven Klängen.

Was war, vergeht. Vergeht es wirklich?

Seine Gedanken fielen in ein Loch, das immer tiefer wurde, und auf einmal dachte er an nichts mehr.

Ein Signalton seiner E-Mails kündete an, dass eine neue Nachricht gekommen war. Da sah er, dass Theres ihm geschrieben hatte.

Freitag, 20. September

Hi Till,
was war das für ein Anblick! Rechts von mir ein Oleanderstrauch, in der Mitte ganz fern im Hintergrund die Kirche von Apollonia mit ihrer hellblauen Kuppel inmitten des weißen Häusermeeres und links, auf der kleinen Anhöhe, ein einsamer Esel. Er tat mir so Leid! Das war vor einer Woche auf Sifnos. Ich vergesse dieses Bild nicht!

Seit einigen Tagen bin ich nun schon auf Santorin, das wie ein Juwel im Süden der Kykladen liegt. Man bekommt hier alles, was man will, viel mehr noch als auf den vorigen Inseln-, und oft schon viel zu viel. Die Insel hat sich schon so sehr dem Tourismus der heutigen Zeit angepasst, dass sie sich bestimmt noch mehr als früher, wie ich sie von älteren Bildern kenne, dem Wandel der Zeit preisgegeben hat. Aber ist bei uns nicht genauso? Deshalb suche ich immer wieder irgendwelche Fleckchen auf, bei denen ich meine, die Zeit wäre stehengeblieben, wie in Olivenhainen oder bei den Fischern am Meer.

Jetzt sitze ich hier am Strand von Kamari und beobachte sie beim Netze-Flicken, es ist ein warmer Nachmittag, und man spürt langsam auch hier den Spätsommer. Ich gehe gern hierher und stelle mir vor, wie das ist, bei Nacht auf dem Fischerboot da draußen im Meer. In spätestens einer Stunde werden die ersten Kreuzfahrtschiffe hier anlegen, Touristen werden von den Schiffen aus die Insel erstürmen, und aus ist der Traum! Am schönsten ist es am frühen Morgen, wenn fast alles schläft, die Letzten den Weg in ihr Bett gefunden haben und die ersten Fischer vom nächtlichen Fang zurückkehren.

Gestern war ich auf Nea Kaimeni, einer kleinen Insel, die vor etwa dreihundert Jahren infolge von Eruptionen entstand und den heutigen Vulkan von Santorin bildet. Da gibt es kein Leben mehr, Till, nur das Geröll – das Geröll einer schwarz erstarrten Lavamasse. Diese ist an vielen Stellen immer noch heiß, und es treten immer wieder schwefelhaltige Gase an die Oberfläche.

Ich stand da und sah auf die leblose heiße Masse. Wie in der Urzeit, dachte ich. So sah es aus und so wird es irgendwann wieder aussehen. Nicht ganz so, aber ähnlich. Wenn die Sonne die Erde in eine Treibhaushölle verwandelt, auf der alles Leben stirbt und sie sich am Ende zu einem roten Riesen aufbläht, in der unser Planet verglüht. Doch das wird erst in zwei Milliarden Jahren beginnen und in etwa sieben Milliarden Jahren enden. Das habe ich vor noch nicht allzu langer Zeit irgendwo gelesen. Doch dazwischen liegen wir, ganz am Anfang dieser langen Zeit. Du und ich, Till! Hier, mitten im Leben. Hier am Strand der griechischen Insel, zwischen den Felsen und dem Meer. Hier in meinen Träumen von dir und uns. Ein leichter Luftzug streift durch mein Haar. Es ist so schön, es tut so gut. Doch ich weiß: Du kannst es besser!

So viele Grüße und eine zarte Liebkosung in die Ferne: Zu dir.
Theres

Tillmann las diese Zeilen. Einmal, zweimal, mehrmals. Und er wünschte sich in diesen Augenblicken nichts so sehr, als in ihrem Schoß zu liegen und das Streicheln ihrer Hände auf seinem Kopf zu spüren.

Jetzt, gerade einmal eine Woche nach dem Tod des Vaters, dachte er wieder einmal, wie schon so oft, über das Leben nach. Über sein Leben. Über die Zeit, die noch vor ihm lag. Er wusste nicht, wieviel davon ihm das Leben noch schenken würde. Doch er wollte nicht mehr in dem Alleinsein, das auch schön sein kann, versinken.

Ach, Theres, so dachte er, *wie gerne würde ich jetzt in deiner Nähe sein und in dir versinken. Wir werden noch so viele Apfelbäumchen pflanzen!*

In der darauf folgenden Woche schrieb ihm Theres noch einmal von der Insel Paros, der letzten Station ihrer Reise, bevor sie wieder am Donnerstag von Athen aus den Rückflug antreten wollte. Dieses Mal war es aber keine E-Mail, sondern eine ganz normale Ansichtskarte:

Der Strand von Pisso Levadi. Meine letzten Tage in der Ägäis. Der Himmel bleibt blau. Am späten Abend meine Nachtwanderung. Die Sterne ziehen ihre Striche am Himmel. Eine Sternschnuppe leuchtet ganz stark. Dabei hatte ich dich doch gebeten, mir keine Botschaften zu schicken. Ich nehme sie trotzdem dankend entgegen!

Theres

Tillmann schmunzelte. So etwas konnte nur von Theres kommen. Er spürte in diesen Worten ihre jugendliche Frische.

Theres konnte dies nur, weil sie noch nichts vom Tod seines Vaters wusste. Sonst würden diese Worte anders klingen. Oder es wäre ein betretenes Schweigen.

Er selbst dachte immer wieder an den Vater und die Mutter, an die vergangenen Jahre mit ihnen. Seine Gedanken flogen auch durch die Zeiten der Erinnerung bis zurück in die Kindertage, als seine Eltern und er noch bei den Eltern seiner Mutter in dem Örtchen Gerbach in der Nordpfalz lebten.

Was war das für eine schöne Zeit, dachte er. *Dieses kleine, gerade einmal Sechshundert-Seelen-Dorf in dem Tal, durch das der Appelbach fließt, bevor er bei Bretzenheim hinter Kreuznach in die Nahe mündet. Wenn man damals im Frühsommer über das mit der Sense vom Bauern frisch gemähte Gras der Wiesen lief, war die Luft von einem Duft erfüllt, die sich bis in den Ort zog. Alles roch nach Natur, und in den Bauerngärten hinter den alten Häusern vermischte sich diese Frische mit dem Duft von Fliedersträuchern, die hinter den angerosteten Drahtzäunen an den Gartenrändern oberhalb des Bachlaufes standen. Der Frühling war schon längst aus seinen Nähten geplatzt, und wenn wir in den Obstwiesen auf die Kirschbäume stiegen, um uns die roten Früchte in die Münder zu schieben, wusste ich, dass der Sommer da war. Das frisch gemähte Gras trocknete in der Wärme gut, und ich beobachtete immer wieder vom Küchenfenster meiner Großeltern aus immer wieder, wie man das gemähte Gras mit der Heugabel auseinanderwarf. Am Abend hatte man es schon zu Reihen zusammengerecht, um es dann am darauf folgenden Tag zu Haufen zusammengeschoben* auf die Holzgestelle zu legen. Auch wenn die schöne grüne Farbe des Grases bald verblich und vergilbte, duftete es mit seinen Wiesenkräutern noch lange.

Wenn sich dieser Duft dann mit dem Geruch der Kuhfladen auf den Weiden und der Pferdeäpfel auf den Bauernhöfen und in den Gassen des Dorfes vermischte, wusste ich schon als Kind, wo das Leben war und welches Glück ich hatte, in den frühen Kinderjahren in dieser Welt aufzuwachsen auch immer wieder diese Welt in meinen Ferien zu erleben.

In der Mitte des Dorfes war die Schmiede. Ich höre noch heute das metallische Behämmern der Hufeisen, und ich sehe noch immer, wie der Schmied das Bein des Pferdes nach hinten leicht anhob und die Hufe mit einem Hufeisen beschlug.

Vor den drei Gasthäusern hielten die Getränkeautos und belieferten die Wirte mit kühlem Nass. Manchmal bekam ich vom Großvater Geld für eine Flasche Sinalco oder für ein Nährbier zum Abendessen.

Das kleine Lebensmittelgeschäft und die beiden Bäckereien hatten alles, was man zum Essen brauchte. Alles, was außerhalb dieses Bereiches lag, gab es im Kolonialwarengeschäft am Anfang des Dorfes: Von Südfrüchten und Gewürzen über Fensterleder, Putzmittel und Bohnerwachs bis hin zu Seife und Knöpfen. Es war für mich immer ein besonderes Erlebnis, diesen Laden zu betreten. Er hatte etwas Geheimnisvolles an sich. Wenn man die alte Holztür öffnete und eintrat vermischte sich der feine Glockenton der Tür mit dem Duft des Ladens, ein Geruch, den man kaum beschreiben kann. Es roch nach Zitrusfrüchten, nach Kümmel, Nelken und Koriander, nach Kernseife und dem Wachs, das man zum Bohnern der der Holzfußböden verwendete. Es war ein kleiner Raum, der nur schwach beleuchtet war und bei dem ein Teil des Lichtes, wenn die Tür nach drinnen geöffnet war, noch von der Seite des Baches her in den Laden viel.

Das technisch fortschrittlichste Geschäft im Dorf war der Elektrohandel vom Vater meines Patenonkels Wolfgang. Wenn ich in der Wohnung war, zog es mich immer wieder in die Werkstatt, um dem Gesell und den Lehrlingen bei der Arbeit zuzuschauen. Manchmal stand ich auch hinter der Theke im Geschäft und sah meiner Tante beim Verkauf zu. Wenn meinen Großeltern eine Glühbirne kaputt ging, schickten sie mich gleich zum Bruder meiner Großmutter. Man gab sie mir, und meist drückte man mir noch ein paar Bonbons in die Hand.

Es war eine schöne Zeit, und es war für mich immer wieder ein Erlebnis, wenn ich den Hof meiner Großeltern mit den sechs alten Ahornbäumen betrat, wenn die Hühner über die das Kopfsteinpflaster liefen und die die alte Metalltür zum Garten am Ende der Chaise-Remise schon offen stand.

Es war eine Zeit, die es längst nicht mehr gibt und die nur in meinen Gedanken weiterlebt. Ich weiß nicht, wieviele Momente aus jenen Jahren im Hippocampus meines Gehirns noch gespeichert und abrufbar sind. Augenblicke, die fast vergessen sind und darauf warten, wieder geweckt zu werden.

Tillmanns Gedanken wurden auf einmal wieder geweckt. Schneller als er es dachte. Urplötzlich war er wieder in dieser alten Welt, die nur noch in Gedanken, auf vergilbten Fotografien oder auf altem Papier existierte. Er öffnete die Datei seines Tagebuchs, und da spürte er auch schon, wie die Erinnerung an die frühen Jahre seines Lebens auf ihn einströmte und wie morgendliche Tautropfen seine Gedanken berieselten.

24. IX.

Die Gedanken an meine Kindertage überfallen mich, vielleicht gerade deshalb, weil keiner der Älteren aus der Familie mehr lebt. Es sind so viele, so viele Gedanken, die ich nicht mehr ordnen kann. Ich schreibe sie nieder:

Die Fenster waren alt, und der ehemals weiße Lack hatte sich an manchen Stellen schon vom Holz gelöst. Das, was noch war, hatte eine elfenbeinfarbene Tönung angenommen. Ich sah durch das Fenster zum Hof. Dieser war fast zur Hälfte bedeckt vom Geäst der fünf alten Ahornbäume, die als mittlerweile schon betagte Wächter den Part des Hofes neben der seit Ende des Zweiten Weltkrieges nicht mehr benutzten Kegelbahn säumten. Die Kegelbahn war überdacht und zur Seites des Hofes hin offen. In einer Ecke lagen noch immer Kegeln und Kugeln herum, die verstaubt und vergessen waren, aber trotzdem daran erinnerten, dass hier, wo in meiner Kindheit Brennholz und zwei alte Ackergeräte gelagert wurden, einmal das Leben stattfand, dass sich Leute hier trafen und sich beim Kegeln amüsierten und die freien Stunden, die sie noch hatten, genossen.

Die Zweige der Bäume wogten sacht im Wind, und ein leises Rascheln ging durch die Blätter. Als der Wind stärker wurde, hörte ich, wie die alte Eisentür an der Treppe, die hinunter zum Garten führte, gegen den Türrahmen schlug. Ich erinnere mich noch, wie sehr ich doch beim ersten Mal erschrak: Ein Schrecken fuhr mir durch die Glieder. Doch als die Tür wenig später in kurzen Abständen noch zweimal erneut gegen den Türrahmen schlug, hatte ich mich schon daran gewöhnt. Ich wusste auch woher dieses Geräusch kam: Man hatte am Abend vergessen, den Riegel vorzuschieben.

Es war noch früh am Morgen. Sechs mal hatte die Wanduhr im Wohnzimmer geschlagen. Es war der Glockenschlag von Big Ben. Ich wusste, dass es noch früh war. Draußen war es taghell, und das Licht der Morgensonne fiel durch die Blätter der Bäume, und durch die leichte Bewegung des Windes begannen ihre Schatten auf dem Kopfsteinpflaster des alten Hofes zu tanzen. Fasziniert sah ich diesen Lichtschattenspielen zu, und meine kindliche Fantasie ging zum ersten Mal in diesen frühen Morgenstunden mit mir auf Reisen: Die Lichtschatten nahmen auf einmal Formen an, die ich zunächst nicht richtig erkennen konnte, aber als ich dann weiter dorthin sah, erkannte ich plötzlich einige Pferde, die scheu über den Hof jagten. Auf einigen saßen sogar Reiter, die dann plötzlich wieder verschwanden, so als wären sie aus dem Sattel gesprungen und hätten die Tiere allein ihrem Schicksal überlassen. Als es wieder windstill wurde, waren Pferde und Reiter verschwunden.

Im Haus war es still. Meine Großeltern schliefen noch. Ich genoss die Stille. Da kommt man sich vor, als wär man allein auf der Welt, auch damals, und alles, was ich sah, gehörte mir und lag mir zu Füßen.

Bald drangen schon die ersten Geräusche von der Hauptstraße am anderen Ende des Hofes zu mir herüber. Die ersten Bauern hatten schon ihre Pferde oder Ochsen vor die Fuhrwerke gespannt und fuhren hinaus auf die Äcker und Wiesen. Schon aus der Ferne hörte ich das Klappern der Hufe, das immer lauter wurde und sich dann, als die Pferde unseren Hof passiert hatten, wieder ganz langsam verloren. Nur die Stimme unseres Nachbarn Hermann hörte ich noch. Was er sagte, verstand ich nicht. Vielleicht galt sein Ruf nur dem Pferd in seinem Gespann.

Die Geräusche der Frühe nahmen zu, von überall her kamen sie, ich ließ sie an mir vorbeiziehen, und von der Küche her hörte ich schon, wie der Großvater den Herd richtete. Er kam gerade aus dem Schuppen und hatte Holz geholt, das man für das mittägliche Kochen an dem alten Bauernherd brauchte. Es war für mich immer ein Erlebnis, dem Großvater dabei zuzusehen, wie er den Ofen richtete. Zuerst nahm er altes Zeitungspapier, knüllte es zusammen und legte es in den Herd. Darauf folgten dann mehrere kleine Holzspäne, die er zunächst horizontal über das Papier legte, dann folgte die vertikale Anordnung der Späne. Wie man das Holz einlege, sei eigentlich egal; wichtig sei nur, dass genug Luft an das Feuer komme, damit es nicht ausgehe. Ich sah ihm zu, wie er die kleinen Holzscheite aus dem Korb nahm und sie über das Papier legte. Die Kohle käme erst in den Ofen, wenn alles richtig brenne.

Der Großvater schaute hinüber zum Küchenregal, als suche er etwas. Ich wusste, wonach er suchte. Sofort stand ich vom Stuhl auf, nahm diesen von hinten an der Rückenlehne, schob ihn bis an die Küchenwand, und ehe der Großvater es vernahm, stand ich auch schon auf dem Stuhl, langte mit meiner rechten Hand nach dem obersten Regal, ergriff die Streichholzschachtel und warf sie ihm zu. Dieser konnte sie gerade noch fangen und bedankte sich, wohl noch leicht überrascht, bei mir. Dann öffnete er die Schachtel mit den Welthölzchen, nahm ein Streichholz heraus und strich damit kurz, aber mit mehr Druck, als ich erwartet hatte, über die Reibfläche. Das Hölzchen entflammte, er hielt es an das Papier im Ofen, und wie gebannt sah ich zu, wie die Flammen größer wurden und sich über das Innere des Herdes verteilten. Dann fing auch das Holz an zu brennen, und der Großvater schloss die Ofentür. Ich hörte, wie das Holz beim Brennen knisterte. Er legte die Streichhölzer wieder auf das Regal zurück, goss Wasser in den Siedekessel, der im Küchenherd eingebaut war und setzte sich auf den Stuhl.

Die Großmutter war noch im Bad. Wir sahen zum Fenster der Küche hinaus in den Garten und zum darauf angrenzenden Acker der Großeltern. Wir sahen zu dem kleinen Appelbach, der sich wie eine Blindschleiche durch das Tal schlängelte. Wir sahen über die Weiden am Bachrand zu den angrenzenden Gärten, über die Wiesen zum Hügel hinauf bis zu dem Einzelhof, der friedlich und umschlossen von der Bläue des Himmels im Morgenlicht über dem Tal lag.

Was für ein Leben, so denke ich mir noch heute, in dem man einen Tag wie jenen immer wieder wie eine neue Schöpfung erleben kann!

Ich schaute durch das Küchenfenster direkt hinunter zur Obstwiese. Die Apfelbäume waren schon längst verblüht, und ich konnte sogar schon die ersten Fruchtansätze erkennen.

Dann klingelte es an der Haustüre. Es war Lotte, die treue Seele meiner Großeltern, die jeden Tag kam und nach dem Rechten sah, und mir als erstes aus kalten Kochkartoffeln vom Vortag viele Scheiben schnitt und diese auf der Herdplatte anschmoren ließ. Diese duftenden Kartoffelkrüstchen mit Salz und einer dicken Scheibe Butterbrot waren für mich tagtäglich ein großes Erlebnis und werden unvergesslich bleiben. Immer wenn sie die Küche betrat, ging ein Strahlen über mein Gesicht, was von Lotte erwidert wurde. Ich konnte es kaum erwarten.

Tillmann hielt plötzlich ein. Er war in Gedanken in jener Zeit, wollte sich aber nicht in dem Vergangenen vergraben. Was gewesen, ist vorbei, dachte er, und irgendwann stirbt jeder.

Er sah hinaus über Terrasse und Garten zum Himmel, der in seiner spätsommerlich-herbstlichen, fast schon warmen Bläue sich in die Weite zog. Er liebte das Weite, dieses nimmer endende Grenzenlos.

Es war schon früher Nachmittag, und die Woche hatte erst angefangen. Was sollte er tun? Zu Alfred fahren oder mit Lars telefonieren? Bei Wolfgang und Wiltraud, Gerd und Wha-Sook anrufen und mit denen am dem Altstadtbrunnen in Kaiserslautern die letzten Tage des Sommers erleben? Die Schwalben hatten schon ihren Flug in den Süden angetreten, und der Sommer rückte immer mehr in die Ferne als warte er auf die stille Stunde des Abschieds. Vom Rhein das Heulen eines Schiffcontainers. Er nahm seine Jacke vom Haken und ging. Er fuhr mit seinem Auto über die Brücke nach Mannheim zum Luisenpark.

Der Wasserstrahl im Zentrum des Springbrunnens schoss fast zehn Meter zum Himmel. Die anderen Fontänen standen alle wie Diener im Kreis um diesen herum, ihre Strahlen waren kurz, und diese verwandelten sich schnell in große und kleinere Tropfen, die sich über das Becken des Brunnens verteilten.

Das dauerhafte Rauschen des Wassers war so beruhigend, dass Tillmann es in sich aufnahm, ohne es direkt zu wollen. Er merkte es nicht. Er schloss nur die Augen und atmete tief ein. Ein mittägliches Duftgemisch aus Blüten von letzten Dahlien, Zinnien, Astern, und frisch gemähtem Rasen umgab ihn. Herrlich! Er holte noch mehrmals tief Luft, sog alle Düfte, die ihn umgaben, in sich ein und genoss den Augenblick. Er hielt die Lider noch immer geschlossen, und doch war es ihm, als spüre er die Schmetterlinge fliegen. Er fühlte sie. Er flog in Gedanken mit. Als er die Augen öffnete, sah er viele Kohlweißlinge, die auf dem Blumenbeet tanzten. Er sah keinen anderen Schmetterling. Es waren nur Kohlweißlinge, und das Weiß ihrer Flügel wurde von den Sonnenstrahlen stark reflektiert. Wie kleine leuchtende Punkte erschienen sie ihm auf einmal, die von Blüte zu Blüte fliegen so als ob sie Botschaften verbreiten würden.

Eine Langstreckenläuferin mit Sportanzug und Kopfhörer passierte den Weg unterhalb der Böschung von der Café-Terrasse. Er sah sie schon aus der Ferne. Sie kam immer näher, war da und verschwand. Das Ganze kam ihm vor wie die Zeit, die immer näher rückt, und wenn sie einmal da ist, schon längst wieder verschwunden ist. Er dachte wieder an die Jahre, als die Zeit so langsam verging. *Damals, als das Seminar vorüber war, da lagen wir noch lange auf dem Rasen des Unigeländes und philosophierten über Gott und die Welt, über die Zeit, wie sie kommt und vergeht.*

Damals verging die Zeit nur langsam, manchmal blieb sie sogar stehen. Man lebte in der Zeit und nicht mit ihr, und manchmal übersah man sie. Aber die Zeit war nicht böse darüber, dass man sie übersehen hatte. Das wusste Tillmann schon damals, und er genoss die Zeit. Stück für Stück, häppchenweise.

Er sah auf. Ein junges Pärchen mit Kinderwagen kam daher in langsam entspanntem Schritt. Der Vater schob den Wagen, sah zu dem darin liegenden Kind, schmunzelte, nickte mit dem Kopf ein wenig nach links, dann wieder nach rechts und schob seine Lippen wie zum Kuss nach vorne. Die junge Mutter neben ihm lächelte.

Es war ein angenehmer Nachmittag im Luisenpark von Mannheim, und er spürte schon deutlich, wie sich die Natur sich auf eine neue Zeit vorbereitete.

Er wusste, dass dies die Tage waren, in der die sie noch ein letztes Mal ihre Pracht offenbart, bevor das Licht sichtlich zurückgeht, die Tage kürzer werden und die Blüten und Blätter fallen. Er schaute über die Parkanlage, über die Blumenbeete, über die kleinen Palmen bis hinauf zu den alten Platanen. Er dachte an die Blüten des Sommers und an den Abschied von ihm, an die Liebe von einst, an ihren Frühling, dem so viele Jahre des Sommers folgten, an den seelischen Winter, der fast ein Jahr zurücklag und an Theres. Er freute sich auf sie und den Tag, an dem er sie endlich richtig kennenlernen durfte. Er träumte von ihr und einer neuen Zeit.

»Hallo!«, rief eine alte Dame vom Nachbartisch. Tillmann hörte es nicht.

»Hallo, der Herr!« Jetzt hörte er es.

»Könnten Sie bitte ein Foto von uns machen?«

»Aber natürlich!« Er stand auf, nahm den kleinen Fotoapparat entgegen, wies die Damen noch an, wie sie zu stehen hatten, dass der Dame auf der linken Seite zum Beispiel auf dem Bild die Laterne, die im Hintergrund stand, nicht aus dem Kopf wachsen würde.

Er berührte mit dem Finger den Sensor. Es summte.

»Und jetzt noch einmal lächeln bitte! Die Augen weit öffnen, bitte!«

Die Damen, die alle schon sehr betagt waren, rissen wie auf Kommando die Augen auf und zogen die Backen auseinander, so als ob gerade Wesen von einem anderen Planeten gelandet wären. Es war ein herrliches Bild. Tillmann gab den Apparat wieder zurück, man bedankte sich herzlich, und die Damen nahmen wieder nebenan an ihrem Tisch Platz.

Donnerstag, 26. September

Hi, Till,

Gestern war mein letzter Tag in Griechenland. Der Menschenandrang hier an den alten Stätten Athens ist immer noch groß. Ich war gestern noch auf der Akropolis, und es fiel mir schwer, das Ganze als ein schönes Erlebnis zu empfinden. Immer dasselbe: Menschen formieren sich, Fotoapparate klicken, Kameras surren, und hinter dem Parthenon am Abend die sinkende Sonne. Menschenmassen verlassen die antiken Stätten, schieben sich in Rudeln durch die Propyläen. Beim Odeon des Herodes Atticus ist es wesentlich ruhiger. Den Rest des Abends verbrachte ich noch in der Plaka. Es war wie am Anfang. Nur damals lagen noch die Tage und Wochen vor mir. Jetzt liegt alles hinter mir, und die Erinnerungen sollen den Anstoß geben, das, was war nicht zu vergessen.

Ich sitze schon seit zwei Stunden hier am Flughafen und warte. Die Ursache, sagt man, sei der dichte Morgennebel über Frankfurt, woher mein Flugzeug kommt.

Ist es bei euch schon Herbst. Ich lese soeben: Um fünfzehn Uhr dreißig soll der Abflug sein.

Ich sitze da und warte: An der Schwelle zwischen Abschied und Hoffnung.

Komm zu mir, bald, komm zu mir.

Ich umarme dich ...!
Theres

Tillmann las diese Worte, und niemals war die Freude seiner Erwartung so hoch wie in diesen Augenblicken. Er schaute auf den Kalender: Donnerstag, der sechsundzwanzigste September.

»Heute kommt sie zu Hause an!«, rief er vor sich hin, »heute kommt sie, und am Wochenende werde ich sie besuchen!«

Theres kam nach zwanzig Uhr in Wiesbaden an. Der Abend war merklich kühler, als sie es von den letzten Abenden gewohnt war. Der Himmel war nebelgrau und hing so sternlos über der Stadt. Von den Bäumen im Neroviertel fielen die ersten Blätter. Ausgehhunde hoben ihr Bein. Die Busse verkehrten fahrplanmäßig wie immer. Erste Nebelschwaden hatten sich über die Stadt gelegt und zogen am Neroberg hoch. Die russisch-orthodoxe Kirche mit ihren fünf goldenen Zwiebelkuppeln und blitzenden Kreuzen ragte aus dem Nebel heraus in das Dunkel der Nacht.

Am nächsten Morgen klarte der Himmel über Wiesbaden und im Rhein-Neckar-Bereich erst in den Mittagsstunden auf.

Theres holte die erste frisch gewaschene Wäsche, die sie noch am späten Abend in die Waschmaschine im Keller gesteckt hatte, wieder aus der Wäschetrommel und hängte sie im benachbarten Trockenraum auf. Die Putzfrau war schon gestern da gewesen und hatte das ganze Haus auf Hochglanz gebracht. Schon am Abend, als Theres ankam, roch alles nach Frische. Einen frischen Strauß Astern hatte man in einer Vase auf den Flur gestellt. Auf der Treppe lag die Post, ganz oben mehrere Briefe der Johannes-Gutenberg-Universität Mainz. Sie wollte sie erst später einsehen. Sie setzte sich hinter das Haus und las Gedichte von Mascha Kaléko. Warum, wusste sie nicht. Es kam ihr einfach so in den Sinn. Und irgendwo zwischen den Versen schwebten ihre Gedanken zu Tillmann, der ja morgen schon kommen wollte.

In den Nachmittagsstunden schrieb sie ihm. Es waren nur wenige Sätze.

Freitag, 27. September

Hi Till,
komme bald zu mir. Ich bin da – bin da und warte auf dich.

Wann willst du kommen? Morgen? Oder übermorgen?

Ich sitze da im Garten und freue mich so!

Kannst du dir das vorstellen?

Mein Herz schlägt schneller, und es scheint so, als ob dieses Herz und ich es nicht mehr erwarten können.

Die Liebe fließt dahin. Sie ist auf der Suche ...

Tillmann fuhr mit seinem Auto an diesem Freitagnachmittag noch einmal durch die Waschanlage, um sein Auto wieder auf Hochglanz zu bringen; seit Wochen hatte er es vernachlässigt.

Anschließend mähte er noch einmal den Rasen, bevor es in der Nacht wieder anzog und der Nebel das schon viel zu hohe Gras mit Tau bedeckte. Julienne schnitt die verblühten Blumen an den Stauden ab, und als sie hörte, wie er den Mäher auf die Rasenfläche fuhr, drehte sie ihren Kopf und sah zu ihm hin. Sie winkte. *Was für eine reizende Frau*, dachte er wieder und winkte zurück. Ihre schwarzen Haare berührten, als sie den Kopf etwas nach links beugte und zu ihm rüber schaute, ihre Schultern und zerflossen mit der Bräune ihrer Haut. Sie stand wieder barfüßig da, und da sah er in seinen

Gedanken wieder ihre Zehen vor sich. Sie winkte mehrmals. Er winkte zurück. Am liebsten wär er wieder zu ihr an den Zaun gegangen, um sich mit ihr zu unterhalten. Aber das Gras musste noch heute gemäht werden. Sie winkte noch einmal. Vielleicht war auch dieses Winken eine Botschaft. Vom Tod seines Vaters hatte sie vielleicht gar nichts erfahren, obwohl die Anzeige in der Zeitung stand.

Am Abend las er die Nachricht von Theres und schrieb ihr sofort zurück.

27. IX.

Mein Liebes,
auch ich kann es kaum noch erwarten, dich endlich zu sehen!

Monate mussten wir warten, dann waren es Wochen und bald waren es nur noch Tage, die vor unserem Treffen lagen. Und heute, Theres? Heute sind es nur noch Stunden, die wir an unseren beiden Händen abzählen können.

Ich komme morgen! In den frühen Nachmittagsstunden werde ich bei dir sein. Deine Adresse hast du mir ja zugeschickt!

Ich freue mich so, ich kann es kaum erwarten.

Meine Gedanken zehren dich auf.

In großer Erwartung,
Till

KAPITEL 24

Es ist so weit!

Dieses Wochenende fiel auf die letzten Septembertage, es waren Tage, an denen die Sonne sich noch einmal in ihrer vollen spätsommerlichen Wärme zeigte, und in den Tälern und Ebenen kletterte das Thermometer sogar auf fast siebenundzwanzig Grad. Tillmann, der eine Viertelstunde im Wiesbadener Nerotal nach einem Parkplatz gesucht und ihn schließlich auf dem Galileiplatz, zwischen der Galileistraße und der Wilhelminenstraße, wo Theres angeblich wohnte, gefunden hatte, zog nach dem Aussteigen erleichtert seine Jacke aus und legte sie über die kleine Reisetasche. In der einen Hand hielt er einen Korb mit einem blühenden Rosenstock.

Er schloss den Wagen und sah nach oben: Eine unbeschreiblich tiefe Azurbläue lag über der Stadt, und manchmal segelten zwei drei verirrte kleine Wölkchen am Himmel. Die Sonne verlieh der Stadt einen letzten sommerlichen Glanz. Auf den nicht zu hoch liegenden Villendächern konnte man das Schimmern des Lichtes sehen, bei höher gelegenen und vor allem bei weitwinkeligen Dächern war dies nur noch an den Ausläufern erkennbar.

Eigentlich hätte Tillmann eine Abkürzung nehmen können, die direkt zur Wilhelminenstraße führte, wo Theres wohnt; doch er ging die Galileistraße hinunter, bis zu dem Kreisel, von wo aus es in die Zielstraße führte.

Er ging langsam den leichten Anstieg hoch. Es war früher Nachmittag. Das Mittagslicht schillerte durch das Geäst der Bäume, die auf den alten Villengrundstücken standen. Es fiel bis auf das Trottoir, strömte durch die mittägliche Straße, und auf einmal schien es ihm, als würden diese Strahlen ihn bergan führen. Viele Vorgärten der Häuser waren von alten Mauern umgeben, oder von alten handgeschmiedeten Dekoreisengittern eingefriedet, in Abständen sogar mit freiplastisch geschaffenen Lilienblüten versehen. Auf dem Rand eines Gemäuers lag Fallobst; es waren faulende Mirabellen, auf denen ein Distelfalter saß und darüber die Fruchtfliegen tanzten.

Als Tillmann in seine Nähe kam, flog der Falter auf und verschwand hinter einer alten Treppe im Garten. Er ging ganz langsam, manchmal blieb er sogar stehen. Er blieb stehen, verweilte und genoss die tiefe Sehnsucht, die sich in ihm breit gemacht hatte. Er kam sich vor wie ein junger Verliebter inmitten des Meeres von Gefühlen und Impressionen, die sich ihm darboten oder die er im Rausch seiner Gefühle erfand. Er fühlte, dass die Sehnsucht etwas Herrliches sein kann, wenn ihre Erfüllung nicht mehr weit ist. Er wusste aber, dass dieselbe Sehnsucht sich auch in einen Menschen hineinfressen und ihn auszehren kann und manche an ihr innerlich zugrunde gehen. Dann wäre die erhoffte Liebe zu etwas Unerreichbarem geworden. Diesen Gedanken verwarf er sofort, weil dies in seinem Falle nicht sein konnte.

Er stellte sich vor, wie es wohl sei, wenn er in Kürze vor ihrer Haustür stehen und an der Klingel ihrer Studentenwohnung läuten würde. Die Tür würde sich öffnen, und sie, Theres, würde dastehen in ihrem jugendlich sportlichen Körper und ihn empfangen. Ein Bild tat sich wieder in seinen Gedanken auf, das ihn mit Freude erfüllte. Fast bedauerte er es schon, dass er um so viele Jahre älter war als sie, und doch erfüllte ihn auch ein gewisser Stolz, dass er die Beziehung zu einer jungen Studentin wagte. Was würde sie sagen, wenn sie ihn anblicken würde? Seine Falte in der Stirn hatte sie noch nicht wahrgenommen, überhaupt, sie kannte ihn ja noch gar nicht vom Sehen her, und ihm erging es ebenso. Würde sie erschrecken, wenn sie ihn sah? Doch sie wusste es ja von ihm, dass er ein pensionierter Lehrer ist, woraus sie sich schon sein älteres Aussehen vorstellen konnte. Genauso wie ihm auch das Erscheinungsbild und Wesen einer jungen Studentin vor Augen war, oft sogar immer wieder in leicht abgewandelten Vorstellungen. Die Fantasie trieb mit ihm gerne ihr Spiel. Hatte sie dunkle Haare? Er blieb stehen und dachte nach. Und er genoss dabei den Schatten der Bäume, die in den Vorgärten standen.

Die Häuser lichteten sich allmählich. Es wurden weniger; dafür waren es größere Grundstücke mit alten Häusern, von denen viele noch aus der Gründerzeit stammten oder aus der Zeit des *Bauhaus* und *Art Deco* von der damaligen Jahrhundertwende. In Sandstein gehauene Jugendstilornamente und die Treppenaufgänge im Innern der Häuser aus jener anderen Zeit fielen Tillmann sofort ins Auge; von der Straße her konnte er sie durch die hohen länglichen Fenster an der Außenfassade erkennen.

Er lief auf der Wilhelminenstraße weiter, so wie es ihm Theres angegeben hatte, und er hatte auf einmal das Gefühl, als verlören sich seine Schritte in eine andere Zeit, die es längst nicht mehr gab. Mächtige alte Bauten mit kleinen Türmen und Kuppeln taten sich vor ihm auf, Treppenaufgänge zu alten Terrassen, welche wie die Balkone im ersten Stock von schmiedeeisernen Gitterzäunen umgeben waren, in denen er die Szenen einer Jagd künstlerisch verarbeitet sah. Er dachte an die Bauten und Herrenhäuser, wie Thomas Mann sie schon in seinen Werken beschrieben hatte. Ein Windstoß ging durch die Blätter der alten Bäume hinter einem Haus, die alte Buche knarrte, und ein Eichhörnchen, das er soeben noch nicht bemerkt hatte, lief sichtlich erschrocken am Stamm nach oben.

Als er auf der Höhe des Hauses war, schaute er der Sicherheit halber noch einmal genau auf die Adressenangabe, die Theres ihm geschickt hatte, und verglich. Die angegebene Hausnummer stimmte mit dieser überein. Er schaute das Haus an. *Was ist das für eine herrliche Villa, so verwunschen unter den alten Bäumen! Hier wohnt Theres? Was hatte sie ein Glück, als Studentin in einer solchen Villa ein Zimmer zu finden!* Er dachte an seine kleine Studentenunterkunft, bei der die Wohnfläche höchstens zehn Quadratmeter betrug und die außer dem Waschbecken nur aus einem Klappbett, einem Schrank, einem Tisch, einem Sessel, einem Stuhl und einer kleinen Kommode bestand. Fast hätte er sie beneidet; er freute sich für sie. Er sah auf das Gebäude und erkannte als Kunsthistoriker sofort, dass es sich um ein romantisches Landhaus von der Wende des neunzehnten zum zwanzigsten Jahrhundert handelte, das stark jugendstilhafte Formen und Motive an den Tag legte. Das Fachwerk im Bereich der Dachgaube erinnerte ihn die englischen Landhäuser. Der helle Verputz des Erdgeschosses und der beiden folgenden Stockwerke hob sich deutlich von dem hohen Sandsteinsockel ab. Das Tageslicht ließ auch die blassrosafarbenen Fenstersockel und Ornamente auf einmal wieder deutlich hervortreten. Der dunkle Holzbalkon im ersten Stock hob stark von dem Eisengitter des großen Balkons, den man fast schon als Veranda bezeichnen könnte, ab.

Die Stützmauer mit dem dekorativen Zaun und dem aufwendig kunstvoll geschmiedetem Tor verlieh dem ganzen Anwesen schon von der Straße her keinesfalls nur einen romantischen, sondern auch einen majestätischen Anblick. Tillmann sah, wie hinter dem Zaun auf der linken Seite des Anwesens die gelbgrünen Blätter der Himbeeren und die Blüten der Rosen in ihren Farben leuchteten. Er stand noch nicht einmal eine Minute hier, doch es erschien ihm so endlos.

Plötzlich erschrak er. Ein Rüde, der irgendwo in tiefem Schatten an einer Kette lag, sprang auf und bellte. Vom Weiten hörte er Schritte, die immer näher kamen. Ein schon älterer Mann kam am Ende des Gartens aus dem alten Gehölz hervor, schlurfte mit seinen ausgeweiteten und verkratzten Schuhen und einer kleinen Hacke in der Hand über die alten Steinplatten des Weges und pfiff den Hund zurück, der sich sofort wieder auf seinen Platz unter der Buche legte. Der Mann schaute kurz zu Tillmann, nickte ein wenig mit dem Kopf, so als wolle er sich entschuldigen für das bellende Aufbrausen seines Rüden. Tillmann erwiderte diese fast unscheinbare Geste mit einem verlegenen und noch unscheinbareren Schmunzeln. Keiner wusste, was er sagen sollte.

Die Sonne fiel durch die beiden hohen Mammutbäume im hinteren Teil des Gartens und durch das Geäst der alten Tannen, die direkt hinter der Treppe standen, und das Licht schien glitzernd durch die Zwischenräume der Nadeln zu rieseln. Manchmal blinkte es; aber er sah nicht, woher das kam. Obwohl in der Stadt ein sehr warmer Tag war, kam es ihm hier nahe den vielen alten Bäumen, die hinter den Gemäuern standen, eher angenehm kühl vor. Er hatte das Gefühl, als wäre er im Wald. Er roch den erfrischenden Duft, der von dem kleinen Park der Nachbarvilla herüber zog, die Feuchtigkeit des Mooses neben dem Brunnen, aus dem das Wasser rieselte. Diese Frische zog mit dem Plätschern zu ihm herüber.

Der Alte mit dem Rüden an der Kette sah ihn fragend an.

»Suchen Sie etwas Bestimmtes?«

»Ähm, ja.« Er zögerte noch ein wenig. Der Mann, der mittlerweile auf ihn den Eindruck eines Gärtners machte, stand da und wartete.

»Wohnt hier eine Studentin namens Theres Winterfeld?«

»Ja, Frau von Winterfeld wohnt hier.«

Der Alte stutzte und fügte legere hinzu: »Dass sie studiert, wusste ich bisher nicht.«

Tillmann war ein wenig verwirrt.

»Mir hat sie nichts davon erzählt. – Na ja, der Gärtner muss auch nicht alles wissen.«

Er überlegte, schaute vom Vorgarten aus über die Mauer und strich mit seiner rauen Hand über die drei kunstvoll geschmiedeten Lilienblüten des Zaungitters.

»Aber kommen Sie doch herein und läuten Sie. Sie ist bestimmt zu Hause. Die Klingel ist hier rechts neben dem Briefkasten. Steht kein Name dran. Doch bis zur Haustüre müssen Sie noch den Stufenweg hier hochgehen. Das untere Eingangstor war geöffnet. Tillmann drückte auf den Klingelknopf und ging den Treppenweg hoch. An der Tür zum Haus war noch ein weiterer Knopf, den er aber nicht mehr betätigte. Er wartete. Er dachte an nichts mehr. Er spürte nur noch, wie sein Herz pochte. *Ob sie direkt aus dem Zimmer kommt und mir öffnet? Vielleicht kommt der Besitzer und öffnet selbst.* Das waren die einzigen Gedanken, die ihm durch den Kopf schossen. Er stand da und sah durch das dunkelgrüne Glas der alten Eichentür, vor dem ein Gitter mit alten Ornamenten angebracht war. Durch das Licht, das von der anderen Seite her in das Treppenhaus fiel, wurde der Raum erhellt.

Plötzlich hörte er Schritte. Sie kamen von oben. Kurz und schnell. *Das muss Theres sein!* Dann sah er die Umrisse einer Person. Diese kam näher. Eine Frau in blauem Kleid!

Tillmann blieb ruhig, aber er atmete noch einmal tief ein, und als sich die Tür langsam öffnete, stand eine Frau vor ihm. Eine hübsche Dame. Sie war schlank und trug ein kurzärmeliges Shirtkleid in jeansblauer Farbe und langem Faltenwurf. Ein freundliches Lächeln flog über ihr Gesicht, als sie Tillmann ansah. *Bestimmt die Hausbesitzerin,* dachte er.

»Guten Tag!«

»Guten Tag!«, erwiderte Tillmann. *Hoffentlich ist Theres jetzt nicht noch wo anders, sondern im Haus!* Diese Gedanken kamen in Sekundenschnelle bei ihm auf.

»Ich möchte zu Theres, zu Theres Winterfeld. Sie schrieb mir, sie würde hier wohnen.«

Die Dame in Blau neigte den Kopf ein wenig zur Seite und lächelte. Ihr karamellfarbener Pagenschnitt, der hin und wieder in ein honigfarbenes Blond überging und nur an den Schläfen vereinzelt mit einigen leicht grauen Strähnen durchzogen war, nahm die Mittagssonne auf.

»Wie heißen Sie denn?«

»Mein Name ist Lenz. Ich habe mich mit Frau Winterfeld verabredet.«

Die Frau schaute den Ankömmling an, und ein noch stärkeres Lächeln glitt über ihre Lippen, was Tillmann etwas verwirrte.

»Ist sie im Hause?«, wollte er endlich wissen.

»Ja, Herr Lenz, aber ja, sie ist da!«

Tillmann freute sich.

Von den Bäumen her blinkte es wieder kurz auf.

»Ist sie oben?«

»Nein, sie steht hier! – Ich bin Theres!«

Sie stand da und lächelte ihn an. Sie neigte erneut ihren Kopf leicht zur Seite, wie sie das immer bei offenen Fragen oder irgendwelchen Unklarheiten tut.

Tillmann starrte sie mit großen Augen an.

»Sie sind ... du bist ... Theres?«

»Wahrlich, lieber Till, die bin ich!«

Er schluckte noch einmal, bevor er den immer noch leicht geöffneten Mund schloss.

»Du bist so braun«, sagte er auf einmal gerade so, als hätte er sie schon oft gesehen.

»Na ja, so braun auch wieder nicht, aber meine Haut hat im Griechenlandurlaub, von dem ich vor ein paar Tagen zurückkam, ein wenig Farbe angenommen.«

»Ach ja – ja.« Er senkte unsicher seinen Kopf und nickte.

Dann sah er sie an: Ihre Rundgläserbrille mit den leicht orangefarbenen Einfassung, die mit dem Bügel schon ein wenig nach vorne lag, sodass ihre Augen schon über den Brillenrand blickten, und Tillmann spürte sofort, wie ihr Blick sofort in ihn drang. Da kam ihm die Erkenntnis, wer vor ihm stand. Er schloss kurz die Augen und sah noch einmal die vielen Worte, die sie ihm über Monate geschrieben hatte.

Sie streckte ihm ihre beiden Arme entgegen. Er tat dasselbe. Sie lagen sich in den Armen, sie freuten sich beide.

»Tritt ein und lege ab. Deine Reisetasche kannst du ja erst mal in der Garderobe abstellen.«

Tillmann betrat das Haus und stellte seine Tasche auf die alten, aber sehr gepflegten ockergelben Kacheln. Sie schob den großen Benjamini ein wenig zur Seite.

»Danke! – Er zögerte und machte eine kurze Pause.« Hier habe ich noch ein Geschenk für dich.«

Er zeigte auf den Korb mit dem Rosenstock, hob ihn heraus und überreichte ihn ihr.

»Oh, wie schön!«

»Es ist eine *Bourbon-Rose*. So viel ich weiß, liebst du doch Rosen?«

»Aber sehr! In Töpfen auf der Terrasse, im Garten – und ohne die Rosen und auch die Bäume könnte ich gar nicht leben.«

Sie hob den doch schon großen und nicht gerade leichten Rosenstock im Topf hoch und bewunderte ihn von allen Seiten. Die großen, kugelförmigen Blüten mit ihrem herrlichen Mattrosa gefielen ihr so sehr, dass sie den Topf sofort hinstellte und Tillmann um den Hals fiel.

»Mensch, Tillmann, wie schön das alles! Ich kann es gar nicht glauben: *Jetzt* bist du bei mir, hier in meinen Armen und ich bei dir!«

Er war sehr ergriffen von diesen Worten und spürte auf einmal zum ersten Mal ihre Nähe. Er spürte den Medaillon-Anhänger im Ausschnitt ihres dünnen Baumwollkleides, das ihre schlanke, ja fast schon grazile Figur elegant umspielte. Das frühe Nachmittagslicht fiel durch die vier voneinander getrennten Scheiben des alten Treppenhausfensters und verwandelte sich durch die Glasmalerei der blauen Irisblüten, welche die Ränder des Fensters zierten, und dem Laub der Bäume im Hintergrund in ein beeindruckendes Lichtspiel. Durch das farblose Ornamentglas sah man das Grün der Büsche und Bäume und das helle Weiß-blau des Himmels. Eine Harmonie lag auf einmal in dem ganzen Treppenhaus, die Tillmann immer mehr verspürte und die ihm gut tat.

Ist das Theres? , fragte er sich. *In welcher Vorstellung habe ich die ganzen Monate gelebt?*

Verschiedene Bilder von Theres tauchten in ihm auf und verschoben sich.

Als er die Augen während der Umarmung schloss, kam es ihm vor, es wäre die junge Studentin, so wie er sie sich vorgestellt hatte.

Ist das Theres? Die Frage bedrängte ihn.

Sie standen da und sahen sich gegenseitig an.

Sie schien in seinem Blick eine gewisse Verwunderung zu erkennen.

»Was schaust du so – so, als würden wir uns nicht kennen?«

Er nickte. »Wir kennen uns schon, aber ich habe dich noch nicht gesehen.«

»Ach so!« Sie lächelte.

Sie standen beide da und sahen sich noch immer an. Er wohl fragend, sie eher ein wenig verlegen.

Geräusche von draußen. Ein Auto hielt an. Stimmen. Türenschlagen.

Sie sahen hinaus und schmunzelten ein wenig aufgesetzt.

»Es ist sehr ruhig in dieser Gegend.«

Sie nickte. »Sagen wir so: Es hält sich in Grenzen.«

»Ah-ja.« – – –

Er überlegte, und man sah ein unruhiges Spiel seiner Lippen.

»Du studierst noch?«, fragte er plötzlich, und zu spät merkte er, dass er gerade mit der Tür in Haus fiel.

»Ja, wieso? Ich komme jetzt ins fünfte Semester.«

Er schwieg und nickte.

»Das weißt du doch, oder?«

»Ja, klar.«

Sie sah ihn still an.

»Komm rein!«

Er schaute noch einmal unauffällig in den alten Spiegel, der zwischen den Kleiderhaken hing und an einer Stelle schon blind war und betrat mit ihr den Salon.

Es war ein wunderschöner Raum, der an den drei Wänden große mehrteilige Fenster hatte. Die Scheiben waren an den Rändern mit jugendstilartigen Lilien umrandet. Aus dem Olivgrün der Wände erwuchs an den entsprechenden Stellen ein lindgrüner Fenster-und Türsturz, und Tillmann sah sofort, wie die oberen Stürze kunstvoll umrankt wurden. Die beigefarbene Decke und der leicht ins Rötliche gehende polierte Parkettboden waren für den Künstler Tillmann ein klarer passender Kontrast zum Grün. Auf der rechten Seite hing eine Radierung von Max Liebermann, die den malenden Künstler in einer Selbstdarstellung zeigte. Tillmann erkannte das Werk sofort. Und dann an derselben Wand ein zweites Bild von Liebermann: Es war eine Lithografie, auf der ein lesendes Mädchen abgebildet war. Inmitten des Salons stand ein alter Steinway-Konzertflügel. Links und rechts des Raumes standen auf jeder Seite zwei Sessel und ein Polsterbänkchen.

Tillmann blieb stehen und war sehr angetan von diesem Anblick.

»Morgen spiele ich dir darauf etwas vor!?«

Sie sah ihn schmunzelnd an.

»Ja, sehr gerne!«

»Willst du jetzt schon hier kurz Platz nehmen, oder sollen wir lieber auf die Terrasse gehen, weil es so schön draußen ist? Was meinst du?«

»Ja, gehen wir jetzt nach draußen. Man soll die letzten warmen Tage genießen.«

Die Tür zum Garten war schon geöffnet und leicht angelehnt.

»Du warst schon hier draußen heute Morgen?«, fragte er, als sie die alte Glastür mit dem violetten Schwerlilienmuster ein wenig aufstieß.

»Ja, ich habe heute früh schon hier ein kleines Frühstück zu mir genommen. So auf Französisch, wie man es nennt: zwei Croissants mit Butter und Marmelade und natürlich Kaffee. Abends, wenn ich hier draußen sitze, trinke ich gerne Tee.« Sie sah hinaus, und er hatte dabei die Gelegenheit, ihren eleganten Pagenschnitt von hinten zu bewundern. Die honigblonden Haare schimmerten an irgendeiner Stelle plötzlich aus den Karamelltönen hervor.

»Das würde ich auch tun«, erwiderte er und nickte. Interessiert schaute er bis zum Ende des Grundstücks, das von einer Mauer und einem darauf angebrachten kleinen Gitterzaun umgeben war. Obwohl schon längst die mittägliche Sonne den Garten von oben mit ihrem Licht umsäumt hatte, lag alles noch so verschlafen da, vielleicht auch spätsommerlich verträumt und dem Abschied der hellen Tage nah. Kaum hatte Tillmann die Schwelle nach draußen passiert, atmete er tief ein, und seine starke Begeisterung entlockte ihm einen matten Seufzer. Fast überall blühte es noch: Auf den Rabatten vor den Sträuchern, auf dem Rundbeet in der Mitte des Garten, auf den Staudenbeeten im hinteren Teil des Gartens und am Haag der Rosen, der vor der kleinen Laube lag, wo auch Wilder Wein Efeu rankten und wo der alte und längst schon versiegte Brunnen stand. Wie lange der Brunnen kein Wasser mehr führte, wusste Theres nicht. Doch sie selbst hatte, seit sie nach der Heirat ihres Mannes, der vor fünfzehn Jahren verstorben war, niemals einen Tropfen Wasser darin gesehen.

»Ist das schön hier!« Er strahlte über das ganze Gesicht.

»Gefällt es dir?«

»Ja, sehr. Und hier wohnt die Studentin Theres!«, entgegnete er, und es klang fast ein wenig ironisch.

Er schaute sie an.

»Ja«, entglitt es ihrem Mund lächelnd, »hier wohnt sie, ganz allein!«

Tillmann schmunzelte leicht, dann ging dieses Schmunzeln in ein leichtes Lachen über, das ein wenig zögernd und gedämpft aus ihm herauskam, so als wolle er in diesen Augenblicken sich selbst und all das, was geschehen war, noch einmal hinterfragen.

Theres stand da, sie war fast einen Kopf kleiner als er, und sah ihn mit einem teils verliebten, teils aber auch schelmischen Lächeln an. Durch die Gläser ihrer Brille konnte er das Saphirblau ihrer Augen erkennen, und diese Bläue erinnerte ihn an nichts anderes als an das Meer.

Sie standen noch eine ganze Weile da, er genoss die Schönheit der Augen und die des Gartens, und sie erfreute sich sichtlich seiner Blicke.

»Wollen wir uns nicht setzen? Komm! Hier an dem alten Eisentisch können wir doch auf den Stühlen Platz nehmen.«

Er sah auf die kleine Laube mit der Schaukel am anderen Ende des Gartens.

»Ach ja, Till, die Laube! Später können wir uns dorthin setzen. Jetzt nehmen wir aber erst einmal hier Platz. Was darf ich dir anbieten? Kaffee, Tee oder etwas Kaltes?«

»Etwas Kaltes, bitte. Heute ist es noch ziemlich warm, und ich bin durstig.«

»Was möchtest du?«

»Am besten Mineralwasser.«

Sie nickte und stand sofort auf und ging in die Küche. Dabei fiel Tillmann ihre grazile und sportliche Figur auf. Ihre ledernen Sommersandalen hatte sie neben dem Tisch stehen lassen. Er sah, wie ihre sommerlich noch gebräunten Füße gerade noch mit den Ballen und Zehen den Boden berührten und in das Haus eilten.

Er setzte sich an den Tisch. Es dauerte nicht lange, da kam sie auch schon wieder, stellte Flasche und Gläser hin und goss ein. Das matte Blau der großen Hortensienstöcke, die an beiden Seiten der Terrasse standen strahlte eine Ruhe aus, die beide brauchten, weil jeder von ihnen Neuland betreten hatte, und Tillmann noch mehr als Theres.

Sie goss ein und sah ihn von der Seite an. Dann hoben sie beide die Gläser und stießen an.

»Jetzt sind wir zusammen.«, sagte sie. Er schwieg.

»Freust du dich?« Er lächelte.

»Sag nur, du freust dich nicht?! Fast ein Jahr haben wir beide auf diesen Tag gewartet! Stimmt's?«

»Ja.«

»Was ist? Du bist so still?

»Nichts, Theres.«

»Ach so …! Ich ahne es! – «

Sie sah ihn an.

»Du dachtest bestimmt, ich wäre eine Studentin Anfang zwanzig.«

Sie wartete.

»Schon gut, Theres.« Er sah in ihre Augen, sah wie die Haare ihres Pagenschnittes zu ihrem zierlich ovalen Kopf passten und diesem ein durchaus jugendliches Aussehen verliehen.

Dann fand er die Worte: »Ich gebe zu, dass ich das dachte – – –.«

Er stockte kurz und schaute sie an. »Aber ich mag dich, so wie ich dich hier sehe. Du bist eine so hübsche und ansprechende Frau.« Er lächelte.

»Danke, Till!«

»Ich bin noch nicht fertig, Theres. – Ich habe so lange, so oft deine Worte gelesen und mich in dich verliebt. Immer mehr. Nun bin ich dankbar, dich endlich hier erleben zu dürfen.« Er zögerte einen Moment. »Ja, zu erleben!«, wiederholte er und legte seinen Arm um sie. Sie erwiderte sofort diese Geste, so als habe sie darauf gewartet.

»Ich verstehe dich, Till. Mir ginge es bestimmt ähnlich, wenn ich in dieser Lage wäre. Ich selbst war ja genau informiert: Lehrer im Vorruhestand. Dass man da kein Jüngling mehr ist, weiß ich.«

Sie fuhr ihm mit ihrer Hand über sein Haar und streichelte ihn über den Rücken.

»Sei froh, dass du noch nicht so alt bist wie ich, Theres! Im Dezember werde ich sechzig! Als reife Fünfzigerin hast du noch mindestens zehn Jahre vor dir, bis du so alt bist wie ich jetzt.«

Sie lächelte und schwieg. Sie saßen da und erlebten. Zwei Tagpfauenaugen flatterten um den Schmetterlingsstrauch in der Nähe einer Nebentür zum Haus, was früher der Dienstboteneingang war.

»Liebe kennt kein Alter und ist zeitlos.«, sagte er auf einmal.

Theres nahm seine beiden Hände.

»Sie lebt«, so sprach sie, »über den Zeiten. Sie beginnt irgendwann und kann auch irgendwann enden. Ich mag dich, Till!«

Da lagen sie sich in den Armen, bewegten sich zart mit ihren Köpfen aneinander. Sie küssten sich.

»Ach, wie schön, Theres! Ich bin so froh, dass du kein junges Mädchen mehr bist, dem jegliche Erfahrung fehlt. Und du siehst jünger aus, als du bist!«

Er lachte und freute sich.

Sie schaute ihn erwartungsvoll an.

»Wie alt hättest du mich denn geschätzt?«

Er stand auf und sah sie an. Seine Augen glitten mehrmals nervös über ihren Körper.

»Ende vierzig, Anfang fünfzig? Höchstens!«

»Meinst du das im Ernst? Bitte keine falschen Komplimente! Das mag ich nicht«

Sie schaute noch einmal über ihren eignen Körper, soweit sie das konnte.

Er nickte.

»Danke, das freut mich.«

Sie hielt kurz ein und sah ihn still an. »Doch ich bin älter, auch älter als du!«

»Wie bitte?! Nein, Theres, das kann doch nicht sein!«

»Doch, ist es aber. Ich bin zwei Jahre nach dem Krieg geboren und sechsundsechzig Jahre alt!«

»Nein –! Das hätte ich nie gedacht, Theres! ––– Dann könntest du ja meine große Schwester sein.«

Sie lachte. »Sozusagen.«

Es blitzte auf einmal wieder. So ähnlich wie vorhin, als er das Grundstück betrat. War es ein Blinken oder ein Blitzen? Wo kam es her? Vorhin kam es von da, jetzt auf einmal von dort. Tillmann schaute suchend in beide Richtungen. Da, schon wieder! Doch jetzt von den Tannen unter der Treppe! Still saß er da und ließ seinen Blick fast unbemerkt schweifen. Doch Theres, die neben ihm auf der Bank saß, entging dies nicht. Sie, die gut eine Kopflänge kleiner war als er, schaute nachdenklich zu ihm hoch.

»Was schaust du so suchend in der Gegend herum?«

Er sah sie neugierig an. »Was blinkt oder blitzt hier die ganze Zeit in unregelmäßigen Abständen?«

»Siehst du es nicht?«, entgegnete sie.

Tillmann schaute genauer hin.

»Ja, ich glaube, jetzt erkenne ich es! Sind das Spiegel, die an den Bäumen hängen?«

»Du sagst es, mein Lieber!«

»Hast du die aufgehängt?«

»Ja, Till!«

»Wie kamst du auf eine solche Idee?«

Theres schmunzelte.

»Es war nicht meine Idee, sondern die meiner Freundin Rosvita! Die lebt mit ihrem Mann sogar in deiner Nähe!«

»In meiner Nähe? In Ludwigshafen?«

»Dort nicht, aber in Mannheim, direkt am Herzogenriedpark.«

»Wirklich?« Tillmann sah sie erstaunt an und dachte nach. Plötzlich blinkte es wieder. »Da, schon wieder!«

Tillmann lächelte, und Theres sah ihm an, wie er sich freute.

»Gefällt dir das?«

Tillmann nickte, sogar mehrmals. »Aber sicher! Ich finde es fantastisch, es hat sogar etwas Mystisches und verleiht diesem Garten einen besonderen Wert!«

»Das stimmt, Till! Rosvita sagte einmal, wir Menschen müssten uns immer wieder selbst bespiegeln, damit wir den Blick zu unserem wahren Ich nicht verlieren.«

»Ja, da hat sie Recht, Theres.«

Er dachte lange nach, und Theres ließ ihn gewähren. Wie oft hatte er in den Spiegel geschaut, um die Falten zu sehen und das Alter dennoch zu leugnen!

»Irgendwann, wenn ich bei dir auf der Parkinsel bin, können wir zwei diese Beiden ja mal besuchen. Vielleicht sitzen wir dann auf dem großen Balkon und lauschen Rosvitas Versen. Sie schreibt so schön!«

»Ja, Theres, das würde mich freuen.« Sie lächelte und streichelte ihm über die Hand.

Still saßen sie da auf der Bank hinter dem alten langen Metalltisch, der mit den Kopfenden bestimmt Platz für acht Personen bot. Der Garten mit der alten Steinmauer, war eine Augenweide. In der Mitte das Rundbeet mit den Rosen, rundherum lagen die anderen Staudenbeete, wahllos verstreut und von unterschiedlicher Größe. In diesen Beeten blühte gerade ein Gemisch von Dahlienstauden und Zinnien, in dem Steinbeet stand prachtvoll die Fetthenne, umgeben von Akelei, Löwenmäulchen und kleinen Hornveilchen. Hinten auf der linken Seite die Laube mit der Schaukel und dem angrenzenden kleinen Rosenhaag, der schnell von dem angrenzenden Brombeergestrüpp überwuchert war, wenn man es nicht rechtzeitig zurückschnitt. Daneben stand ein Pflaumenbaum, der schon voller Früchte war, die bald gepflückt werden mussten.

»Die beiden Amphoren mit den Hängegeranien hier vorne und die Laube mit dem angrenzenden Rosenhaag lassen deinen Garten wie im Traum erscheinen«, meinte Tillmann.

»Ja, er ist traumhaft schön. Seit meiner Heirat Mitte der Siebzigerjahre lebe ich hier. Mein Mann hat mir kurz vor seinem Tod, als infolge seiner Krebserkrankung schon alles klar war, das gesamte Eigentum überschrieben. Er war zehn Jahre älter als ich und starb Anfang des Jahres zweitausend. Er war etwas älter als du jetzt bist, Tillmann.«

»Habt ihr Kinder?«

»Nein, Kinder haben wir keine. Und du?«

»Ja. Eine Tochter von dreiunddreißig und einen Sohn, der einunddreißig Jahre alt ist. Sie sind aus der Ehe mit meiner geschiedenen Frau Sonja.«

»Schön. – Ich hätte auch gerne Kinder gehabt, doch der Wunsch hat sich nie erfüllt.«

Sie hob das Glas und trank.

»Manchmal vergeht die Zeit so schnell, Tillmann. Ich weiß nicht, vielleicht liegt es an mir. Alles jagt an mir wie im Fluge vorbei.«

Sie fuhr ihm mit ihren zarten und feingliedrigen Fingern über seinen Handrücken.

»Was verbindet uns mit der Zeit, Theres?«

»Die Erinnerung und die Hoffnung.«

»Ja. – «

»Und dazwischen liegen wir!«

Sie schaute ihn an und rieb ihm wieder die Hand. Er lachte.

»So kann man es auch nennen.«

»Du wolltest noch etwas sagen, fahre fort.«

Tillmann überlegte und strich mit seiner Hand über den Schnurrbart.

»Unsere Gedanken werden immer wieder mit Ängsten und Wünschen vermischt. Ein Strom von Gedanken ist es, der aber die Wirklichkeit verzerrt. Und je mehr wir von solchen Gefühlen überlagert werden, desto schneller vergeht die Zeit. – Manchmal müssen wir abschalten.«

Theres überlegte.

»Sind das Denken wir selbst, Tillmann?«

»Es entsteht in uns durch äußere Einflüsse. Aber alles, was wir denken, ist nicht das Sein. Das Denken ist nur unsere eigne Hinterfragung und Beurteilung.«

»Was sind wir dann?«

»Wie soll ich es nennen, Theres? – – – Das, was wir sind, das sind wir, weil alles so gekommen ist.«

Theres schmunzelte noch ein wenig nachdenklich.

»Wann endet unsere Vergangenheit, Tillmann?«

»In diesem Augenblick!«

Er drehte sich um zu ihr hin, nickte einige Male kurz und sagte: »Siehst du, mein Lieber, das weiß ich!«

»Und wann, Theres, wann beginnt unsere Zukunft?«

Sie strahlte mit einem Mal über das ganze Gesicht, streckte ihre Arme weit aus, beugte sich von ihrem Sitz aus über ihn, küsste zart sein linkes Ohr und flüsterte ihm hinein: »Auch in diesem Augenblick!«

Dieser Augenblick wurde für beide fast schon zur Ewigkeit. Aber dann sprang sie auf einmal auf und sagte voller Spontaneität: »Ich hole Kuchen! Frischen Zwetschgenkuchen! Den habe ich heute Morgen beim Bäcker besorgt!«

Er wollte noch fragen, ob er ihr helfen könne, aber da war sie schon im Haus. Von drinnen hörte er noch, wie sie rief: »Cappuccino oder Tee?«

»Cappuccino!«, rief er zurück.

Später saßen sie an dem kleinen runden Metalltisch bei der Laube. Diese war von Farnen umrandet, zwischen denen auch eine Traubenlilie noch in voller Blüte stand. Ihre kleinen kugeligen fliederfarbenen Blüten standen in dichten Ähren über den dunkelgrünen grasähnlichen Blättern. Der kleine weiße Tisch stand mit zwei dazugehörenden weißen Gartenstühlen auf kleinem Ziegelsteinpflaster, zwischen dem das blühende weiße Steinkraut sich breit gemacht hatte. Theres verschob Tisch und Stühle so, dass die kleinen Pflänzchen unbeschadet blieben.

»Darauf lege ich großen Wert«, sagte sie beim Verrücken. »Das weiß auch der Gärtner.«

»Ist es der, den ich vorhin am Eingang gesehen habe?«

»Ja, der alte Konrad! Er ist schon so lange hier. Mein Mann hatte ihn schon eingestellt, bevor ich in dieses Haus kam. Schon immer kommt er zweimal in der Woche vorbei und sieht nach dem Rechten. Im Sommer ist es seltener. Da kommt er meistens nur vierzehntägig vorbei. Das Spritzen und gießen der Pflanzen erledige ich selbst jeden Abend, wenn es nötig ist.«

»Dabei kann man über so vieles nachdenken. Mir geht es jedenfalls so, Theres.«

»Stimmt. Aber es sind keine großen Denkprozesse, die dabei vonstatten gehen, sondern nur Kleinigkeiten. Man sieht eine kleine Spinne oder eine Ameise und denkt über die beiden nach.«

»So ist es.« Tillmann stimmte ihr zu. Er kannte das, er kannte sie: Diese Augenblicke der Nebensächlichkeiten, die bei näherem

Hinsehen und Nachdenken ihre Nebensächlichkeit immer mehr ablegten.

»Was ist nebensächlich?«, fragte er. Theres schob ihm mit der Kuchenkelle ein zweites Kuchenstück auf den Teller.

»Danke dir«, sagte er und sah sie dabei mit einem verliebten Blick an, den sie niemals vergessen würde. Weil in diesem Moment das nebensächliche Gedachte zur Hauptsache wurde.

»Das liegt wohl bei der persönlichen Entscheidung eines jeden Einzelnen. Die größte Nebensächlichkeit des Einen kann für den anderen zur Hauptsache werden.«

Sie saßen noch lange im Garten. Von der Laube aus konnte man die ganze Villa von der Gartenseite aus sehen. Als es gegen halb sieben dämmerte, schalteten sich die Lampe an der Laube und die an der Terrasse von selbst ein und boten eine ganz neue Atmosphäre. Tillmann trug das Geschirr, die drei Salate und die Landbrötchen zur Terrasse, während sich Theres um die Frankfurter Würstchen kümmerte.

»Du hattest mir doch einmal geschrieben, dass du die so magst, das stimmt doch, oder?«

Tillmann lachte und deckte den Tisch.

Das Essen schmeckte beiden, und der Duft der Würstchen verteilte sich über den ganzen Garten. Sie tranken einen Spätsilvaner halbtrocken und hatten sich noch viel zu erzählen: Theres von ihrer schönen Reise in Griechenland, Tillmann von seinem Zuhause, vom Rhein und leider auch vom Tod seines Vaters.

»Mein Beileid, Till.« –

»Danke.«

»Warum hast du mir davon nichts geschrieben?«

»Weil wir ausgemacht hatten, dass nur du mir aus deinem Urlaub schreibst und ich dich außerdem mit dieser traurigen Angelegenheit nicht deine Tage in der Sonne verderben wollte.«

Theres überlegte, aber verstand Tillmann schließlich.

Tillmann sagte zwar, dass er seinen Vater wie auch seine Mutter sehr geliebt habe, dass er aber jetzt und an diesem Abend nicht mehr über dieses Thema sprechen wolle. Sie solle ihm lieber von Griechenland, von der Peleponnes und den Ägäischen Inseln erzählen. Das tat sie dann auch, und manchmal, wenn es um bestimmte

Orte ging, an denen er 1978 schon mit seinem Freund Dirk war, verglichen sie das Erlebte.

Die Flasche war bald leer, und man öffnete eine zweite. Dazu gab es Schafskäse mit Oliven und Baguette. Theres kaute ziemlich hastig, schluckte schnell unter und meinte frech:

»Das war ja lustig damals bei euch beiden! Immer andere Frauen habt ihr auf der Reise kennengelernt und abgeschleppt!«

Tillmann lachte herzhaft. »Ach Theres, das ist schon lange her! Nur die enge Freundschaft zu Dirk ist geblieben. Er wohnt zwar seit Jahrzehnten in München, arbeitet als Diplom Ingenieur bei BMW, und so sieht man sich recht selten. Doch wenn man sich wieder einmal trifft, ist die Wiedersehensfreude umso größer.«

»Das glaube ich dir. Mir geht es ähnlich mit einer Freundin.«

Tillmann knöpfte seine Jacke zu.

»Ist es dir kalt Till?«

»Ach, es geht. – «

»Nein, es ist jetzt ziemlich kalt am Abend, auch wenn es tagsüber noch sehr warm war. Weißt du was, ich hole die große Baumwolldecke von drinnen, und dann wickeln wir uns beide schön ein. Einverstanden?!«

Tillmann war ein wenig verlegen, freute sich aber sichtlich. Theres sah es. Es dauerte keine drei Minuten, und da waren beide in dieser bis unter die Achseln eingewickelt nur seine Arme waren noch frei, und wenn Theres etwas trinken wollte, hob er das Glas ganz langsam an und führte es ihr zum Mund. Wenn er es zurückgestellt hatte, erwiderte sie das Ganze spontan mit einem kleinen Kuss.

Es war dunkel und still geworden. Die Nadelbäume des Nachbarn ragten wie bizarre Gestalten in die Nacht. Vom Tal her waren schon die Nebel hochgezogen. Sie atmeten beide diese kühle Frische und genossen zugleich die gegenseitige Wärme ihrer Körper.

Eine Stunde vor Mitternacht fragte sie ihn, ob es nun doch nicht an der Zeit sei, nach drinnen zu gehen. Für ihn war das keine Frage; es würde später schließlich noch kälter werden. Er half ihr beim Abräumen. Danach nahmen sie noch kurz im Wohnzimmer Platz. Es war wirklich nur kurz, vielleicht nur so eine Art Zwischenstation vor dem Zubettgehen. Warum wusste keiner, und doch schienen beide den Ort der Handlung zu verstehen. Vielleicht war es für jeden von beiden so etwas wie ein Moment, der sich nicht wiederholen würde.

Sie saß da mit angewinkelten Beinen auf dem alten, aber sehr gepflegten, silberfarbenen Chaiselongue, ihre grazilen Arme hatte sie beinwärts nach vorne gestreckt und mit gefalteten Händen ihr rechtes Knie umschlossen. Sie lächelte und sah ihn an. Er saß auf einem der beiden alten Plüschsessel gegenüber, spielte unbewusst mit den Bordverzierungen, die an den oberen Rändern schon ausgebleicht und abgegriffen waren, und schaute sie kurz an. In seinen Blicken lag eine Erwartung, die noch oder auf einmal wieder sehr scheu war. Die Blicke wanderten in alle Richtungen. Von dem großen vernickelten Jugendstil-Kronleuchter mit den sechs aufgerauten hellen Schalen an der Decke des Zimmers zu allen Wänden, die in seinem Blickfeld lagen. Vom Marmorkamin mit den darauf abgestellten Orchideen auf der linken Seite zum langen Sideboard mit der ebenfalls in Marmor eingefassten Kaminuhr auf der rechten bis zu den drei gegenüber liegenden hohen Fenstern mit den langen sandfarbenen Vorhängen, die Theres noch nicht zugezogen hatte. Und vor den Fenstern das große Chaiselongue, auf dem Theres saß. Davor stand noch ein kleiner runder Holztisch, auf dem ein Buch von ihr lag. Er schaute hin und erkannte, dass es ein Buch von Boris Vian war, welches er vor langer Zeit schon gelesen hatte: *Der Schaum der Tage*.

Sie sah auf das Buch und schwieg. Er schaute wieder zu ihr. Direkt ihre smaragdgrünen Augen, die für ihn noch so etwas wie ein Geheimnis waren. Auch er sagte kein Wort. In diesem Schweigen lag eine Spannung, die immer größer wurde, und beiden war so, als würden die Worte auf sie zufliegen, nur könne sie keiner verstehen.

»Es ist so schön bei dir.« Er sagte es, obwohl er es schon einmal gesagt hatte.

»Gefällt es dir?«

»Ja.«

Sie nickte ganz sanft und schaute auf das Parkett, so als warte sie auf Worte Tillmanns.

Sie schwiegen beide. Bald würde es Mitternacht sein. Er blickte zur Uhr.

Da hob sie auf einmal ihren Kopf wieder und sah ihn an.

»Du hast ja noch deine Reisetasche in der Garderobe stehen.«

»Ja. – «

»Komm, wir holen sie. Ich zeige dir dann das Bad. Es ist oben zwischen dem Schlafzimmer und dem Gästezimmer.«

Sie sah, dass er erschrak, als er das Wort »Gästezimmer« hörte. Sie gingen durch das Speisezimmer, das sich direkt dem Wohnzimmer anschloss und nur durch eine Glasschiebetür von diesem getrennt war, zum Flur und dort auf der mit einem Teppichlauf ausgelegten Treppe nach oben. Er stellte seine Tasche ab. Dann sah er sie an. Sie verstand seinen Blick und dachte kurz nach.

»Hier ist das Gästezimmer und da vorne mein Schlafzimmer. Ich lasse dir die Entscheidung, wohin du gehen möchtest.«

In ihren Augen lag eine Sehnsucht, der er nicht widerstehen konnte. Er ging auf sie zu und umarmte sie.

Eigentlich war Theres auf diese Entscheidung Tillmanns vorbereitet, sie hatte es gehofft, sich schon seit Langem gewünscht und damit gerechnet. Deshalb hatte sie frisch gewaschene Vorhänge angebracht, hatte das große Doppelbett neu bezogen und das Messing an Kopf-und Fußende wieder poliert. Die Putzfrau hatte das Zimmer am Morgen seiner Ankunft noch einmal gründlich reinigen müssen, auch die Fenster und das Spiegelglas des hohen Schlafzimmerschrankes.

Nachdem sie das Schlafzimmer betreten hatten, öffnete sie ihm zuerst die Schranktür, damit er seine Sachen in zwei Fächern auf der linken Seite, die noch leer waren, einräumen konnte; Hemd und Jacke könne er über die Bügel hängen. Dann ging sie ins Bad.

Er ging nach ihr dorthin, und als er zurückkam, waren die Vorhänge des Fensters, das an der Ostseite lag, schon zugezogen, das große Licht der Deckenlampe war gelöscht, und es brannte nur noch die alte Bogen-Tischleuchte mit ihrem milchigen Glockenschirm, der das Licht sehr dämpfte.

Sie lag auf dem Bett mit ihrem kurzärmeligen Nachthemd, das mit einem Gänseblümchenmuster bedeckt war, als er das Schlafzimmer betrat. Er stand da in seinen dunkelblauen Jersey-Kurzpyjama und schaute noch einmal über den ganzen Raum.

»Da hast du aber ein großes Schlafzimmer.«

»Ja. Es ist noch aus der Ehe mit meinem Mann. – Aber komm doch!«

Sie streckte ihre Arme aus. Ihr eher kleiner Körper war für ihr Alter noch immer sehr schlank, und ihre zierlichen Brüste erhoben sich wie vom Wind verschonte Dünen aus der Landschaft ihres Körpers. Ihr Bauch war auch schlank, doch hatte er die Spannkraft von einst verloren, und obwohl die Schenkel nicht mehr den Glanz der jungen Tage hatten, verbargen sie durch ihre Form noch immer eine Dynamik und Frische, die Tillmann schon vom Sehen her in seinen Bann zog.

Er ging auf sie zu, sie ergriff seine Hand und zog ihn sanft neben sich auf das weiche Bett. Man sah, wie die Muskeln ihrer Schenkel spielten. Er fuhr mit der linken Hand vom Hals bis zum Kopf hoch und durchwühlte ihr Haar, während die rechte von ihrer Schulter und Achselhöhle aus sanft über den äußeren Rand des Brustkorbes streifte und auf Taillenhöhe sie mit seinem Arm umschloss.

Sie umarmte ihn, zog ihn ganz nahe an sich. In der Umklammerung liebkosten sie sich. Die Zeit blieb auf einmal stehen. Es dauerte lange. Es war der Augenblick, auf den sie so lange gewartet hatten. Nun war er gekommen.

Beider Hände glitten über den Körper des anderen und ertasteten das neue Land.

»Du bist so jugendlich schön«, flüsterte er, als er mit seinen Lippen ihre schmalen Brüste geküsst und sie das dunkle Haar auf seiner eignen Brust beiseite geschoben und seine braunen Warzen zwischen ihre weißen Zähne genommen hatte.

»Ich bin nicht mehr jung«, entgegnete sie plötzlich.

»Du siehst aber noch jung aus. Deine Haut ist noch so schön.«

»Das freut mich, wenn du es so empfindest, Till«. Sie spürte, wie er wieder mit seinen Händen sanft über ihr Gesicht fuhr, über ihre zierlichen Schulterblätter und Arme, über ihren ganzen Leib bis zu den Füßen, und irgendwann genoss sie es, wie er sich zwischen ihren Beinen vergrub. Sie kraulte mit beiden Händen sein schwarzgrau gelocktes Haar und streichelte seine Ohren mit zärtlicher Wollust. Dann drehte er wieder den Kopf um, sah zu ihr hoch und lächelte.

Sie nahm ihn in ihre Arme.

»Es ist die Stunde der Erfüllung«, flüsterte sie leise.

»Noch nicht«, sagte er.«

»Jaaa«, seufzte sie, und ihr Seufzen drang in sein Ohr, wurde auf einmal immer stärker, bis es in ein leises Stöhnen überging, das immer stärker wurde und sich mit dem Tillmanns vermischte.

Den Schrei der Eule in dieser Nacht hörten sie nicht mehr. Theres kannte ihn. Er kam meist sehr spät, aber noch vor Tagesanbruch Doch in dieser Nacht schlief sie mit Tillmann. Sie schliefen beide sehr tief. Der Schlaf hatte sie irgendwann überwältigt.

Der Nebel war in dieser Nacht doch nicht so stark, wie es zunächst den Anschein hatte. Nur bis zum unteren Rand des Neroberg, vielleicht hatte er gerade noch die Anfänge der Wilhelminenstraße gestreift. Man spürte beim Öffnen des Fensters noch die Frische der Nacht.

Theres hatte noch vor dem Frühstück schnell frische Brötchen geholt, während Tillmann den Tisch gedeckt und sich um die Omeletts mit Speck, Paprika und Champignons gekümmert hatte.

Nun saßen sie beide im Esszimmer und nahmen genüsslich ihr Frühstück zu sich. Im Hintergrund spielte gerade das Gitarrenkonzert in D-Dur von Antonio Vivaldi, das sie aufgelegt hatte.

Tillmann goss ihr den Kaffee ein.

»Danke. – «

Sie sah ihn an, nahm Zucker und goss sich Milch nach.

»Möchtest du auch?«

»Nur Milch, bitte!«

»Du bist also süß genug! Gut, das zu wissen. So lernt man sich genauer kennen!«

Er schmunzelte.

»Ob ich dir süß genug bin, musst du noch testen.«

»Muss ich das?«

»Natürlich nur, wenn du es willst.«

»Ich will es, mein Lieber, und ich werde es tun! Darauf kannst du dich verlassen!«

Was war das wieder für ein Ausdruck, was für eine Geste spontaner Leidenschaft, die plötzlich aus ihr heraustrat, was für eine Willensstärke, die man bei Frauen ihres Alters meistens schon misst.

Er streichelte ihre zierliche Hand und fuhr ganz sanft über den Lauf ihrer Finger.

»Iss deine Omeletts weiter, sonst werden sie kalt. Es wäre schade darum. Die hast du toll gemacht, mein Lieber. Ich glaube, in Zukunft musst du öfters zu mir kommen!«

Er lachte kurz auf. Dann aß er weiter.

»Wieso? Hast du keinen Koch?«

Sie sah ihn entrüstet an. »Aber wo denkst du hin! Um meine Bedürfnisse zu decken, bin ich mit mir selbst zufrieden.«

»Aber an der rechten Seite deines Hauses ist doch so etwas wie ein Dienstboteneingang, oder irre ich mich da?«

»Aha! Hat der Herr Lenz schon geschnüffelt, bevor er kam!«

»Nein, aber ...«

»Na komm ...«

Sie fuhr ihm mit der Oberfläche ihrer Hand unter dem Kinn über seinen Dreitagesbart und hörte das leise Knistern.

»Ja, aber Theres, ich wollte nur sagen ...«

»Pst!«

Sie hielt ihm ihren Zeigefinger senkrecht vor seinen Mund.

»Gar nichts, mein Lieber, gar nichts. Mir ist doch klar, dass du nicht blind bist, und schon von deiner Allgemeinbildung her weißt du ja, dass dies früher die Dienstboteneingänge waren.«

Tillmann nickte.

»Vor dem Zweiten Weltkrieg wohnten die letzten Dienstboten im Dachgeschoss dieses Hauses. Ich habe sie niemals erlebt. Nur der Gärtner ist noch der Einzige, der öfters vorbeischaut. Er hat alle Schlüssel und kümmert sich auch um die Hauspflanzen, wenn ich nicht da bin.

»Willst du noch ein Omelett?«, fragte er.

»Ich würde gerne noch, aber mein kleiner Magen schafft das nicht mehr.«

Sie verzog bedauernd-liebevoll den Mund.

»Aber du kannst dir ja noch machen, Till!«

Er stand auf und machte sich noch eines.

»So, jetzt ist aber auch bei mir Schluss!«

Sie ließ ihn ruhig essen und sagte kein Wort. Sie sah ihn nur an, lange und mit einer inneren Freude.

Als er mit dem Essen fertig war und sich mit seiner Serviette den Mund abgeputzt hatte, sagte sie erneut zu ihm: »Du musst öfters kommen!«

»Wegen des Kochens?«

»Nein, Till ..., was glaubst du, warum wohl?

Liebevoll herausfordernd sah sie ihn an und schob ihre Lippen leicht nach vorne.

»Darum!«

Sie küsste ihn.

Dann forderte sie ihn mit der Zeichensprache still auf, ihr zu folgen. In der Umarmung erhoben sie sich, ließen alles so wie es war, und sie gingen diagonal über das Speisezimmer bis zur Ecke, wo der bordeauxfarbene Samtdiwan stand. Er folgte ihren Gesten und legte sich zuerst. Sie ließ sich leise über ihn gleiten.

In den späten Morgenstunden fuhren sie mit der Nerobergbahn auf den grünen Hügel der Stadt, wo sie unter schattigen Baumkronen spazieren gingen. Es war die Zeit, als sich die letzten Morgennebel auflösten, als die Villen am Berghang und im Tal sich wieder in ihrer Fülle und alten Pracht zeigten, die Häuser und Bauten der Stadt sich langsam und wie im Zauber sich vom Schleier des Morgens befreiten, die Bäume an Straßen und in Parkanlagen ihr letztes Blattwerk noch einmal darboten. Arm in Arm standen Theres und Tillmann vor dem kleinen Nerobergtempel aus der Mitte des neunzehnten Jahrhunderts und erlebten diesen schönen Morgen, der für sie irgendwo zwischen Spätsommer und Frühherbst lag.

Theres war für Spätsommer, Tillmann für Frühherbst. Sie lachten und küssten sich. Sie freuten sich wie Kinder, aber ganz leise. Hinter ihnen leuchteten durch die Baumkronen die fünf goldenen Kuppeln der Russischen Kirche und vor ihnen, wo die Stadt aus dem Nebel kroch, ließen sie beide ihre Blicke über den Weinberg und durch das Rheintal schweifen, und der Tag war auf einmal so klar, dass sie am Horizont sogar die Ausläufer des Taunus erkennen konnten.

»Das Geheimnisvolle liegt oft in der Ferne«, meinte Theres. »Zuweilen öffnet es sich, bietet sich uns an, doch nicht jeder erkennt es.«

»Es gibt so viele Geheimnisse des Lebens«, ergänzte Tillmann. »Des Lebens und im Leben.«

Sie nickte. Er sah sie an. Da stand sie in Umarmung neben ihm, endlich, und er spürte mit den Fingerkuppen seiner linken Hand schon ganz sachte die Schläge ihres Herzens.

Vor einem Jahr, dachte er, *als ich mein Lehramt in der Schule schon verlassen hatte, da schlich sich von überall her die Einsamkeit ein. Wer hätte gedacht, dass ...*

Theres trug an diesem Morgen ihren rostbraunen Cordrock, der an der Vorderseite mit in einer Reihe fünf untereinanderliegenden Knöpfen versehen war. Der Rockbund passte sich ihrem zierlichen Körper an und umschloss wohlförmig ihre Hüften.

Auf einmal bat er sie, sich in die Mitte des kleinen Tempels zu stellen.

»Warum?«, fragte sie.

»Weil ich dich fotografieren will! »*Die Göttin im Tempel*, werde ich das Bild nennen.« Er strahlte über das ganze Gesicht.

Sie lachte und folgte seiner Anweisung.

»Hast du öfters solche Ideen?«

»Noch viel bessere! Du kennst mich noch nicht.«

»Ich bin gespannt und lasse mich überraschen!«, erwiderte sie und stellte sich in die Mitte dieses kleinen Monopteros, wie man den Tempel auch nennt.

Ausgelassen lief er um Theres herum, die nun inmitten des Tempels stand, und belichtete sie von allen Seiten. Sie lächelte, versuchte ernster zu sein, dann lachte sie wieder und blickte ihn ganz verträumt an. Ihre saphirblauen Augen schimmerten mit einem Male so seltsam, und das Schimmern ging in ein Glänzen über. Er hielt ein und sah sie an.

»Was ist, Theres?«

Sie schwieg.

»Was ist? Komm her zu mir.«

Sie ging zu ihm.

»Können wir uns setzen, Till?«

»Natürlich! Hier steht doch eine Bank.«

Sie nahmen auf der Parkbank Platz, und sie lehnte ihre Stirn an seinen Hals.

»Was hast du denn, Theres?«

»Was wird schon sein, ach, was wird sein? – Weißt du, was Liebe ist?«

Als Tillmann diese Worte hörte, konnte er zunächst nichts sagen. Er war gerührt, und seine Arme umschlossen sie ganz fest.

»Ich hatte die Liebe verloren«, sagte er dann, »sie war so weit weg.«

Er schaute sie eindringlich an. »Nun ist sie da, sitzt neben mir, und ich weiß wieder, was Liebe ist.«

»Der Spätsommer war es, der uns die Liebe geschenkt hat«, meinte sie.

Zwei gelbe Blätter fielen vom Baum.

»Was ist mit dem Frühherbst?«, erwiderte Tillmann.

Sie lachten und sie liebten sich und erlebten den herrlichen Ausblick auf die ganze Landschaft, die vor ihnen lag.

Bevor sie die Panoramaterrasse verließen, setzte sich Theres noch auf die Mauer neben einen der fast schon lächelnden Steinlöwen und legte ihre Hand auf seine Pranken, die mehr als doppelt so groß waren. Tillmann hatte auf einmal eine Idee: Er bat einen jungen Mann, ein Foto von ihnen zu machen. »Kein Problem«, meinte der, nahm das Smartphone entgegen und wartete, bis Tillmann neben Theres Platz genommen hatte. Theres hatte schon ihren linken Arm ausgestreckt, als er auf sie zukam. Auch er legte auch seinen Arm um ihre Taille und berührte mit seinen kurzen, borstigen Barthaaren das zarte und von der Mittagssonne erwärmte Haar ihrer Schläfe. Der junge Mann machte drei Fotos, überprüfte die Qualität der Bilder noch einmal und meinte: »Ja, doch. Alles top! Es sind drei schöne Bilder von Ihrer Frau und Ihnen, schauen Sie mal!«

Er gab Tillmann sein Smartphone zurück, und der war, als er daraufschaute, sichtlich zufrieden, und beide bedankten sich sehr. Theres freute sich auch, als sie die Fotos sah. Am meisten freute sie sich aber über zwei andere Worte, die der Fremde soeben gesagt hatte.

In den Mittagsstunden wurde es noch einmal sehr warm, dass Theres ihre hellbeige Strickjacke ausziehen musste und froh war, dass ihre helle Bluse darunter kurzärmelig war. Tillmann hatte, weil er diese Wärme erwartet hatte, seine Jacke erst gar nicht mitgenommen.

Der Schatten der großen Bäume des Bergparks taten ihnen gut. Im Gartenlokal am alten Turm nahmen sie noch eine kleine Mittagsspeise zu sich. Theres kannte das Hotel schon sehr gut; zweimal hatte ihr Mann mit anderen Kollegen seines Metiers darin Feierlichkeiten begangen. Tillmann kannte es nur aus seiner Studentenzeit. Damals, gegen Ende der Siebziger, als der Hotelbetrieb schon lange eingestellt war, gab es hier noch den Nero Musikpalast, wo Darbietungen aller musikalischen Stilrichtungen stattfanden. Er hatte, schon als er in den ersten Examensvorbereitungen war, einmal ein solches Open-Air-Konzert besucht.

»Vielleicht waren wir beide zur selben Zeit am selben Ort. Vielleicht saßen wir auf dem Rasen nebeneinander?« Sie schaute ihn schwärmerisch fragend an. »Warst du 1980 dort?«

»Ja, genau! Der Sommer 1980, ein halbes Jahr vor meinem Examen!«

»Damals war ich auch dort! – Wie alt warst du da?«

Tillmann überlegte kurz. »Noch sechsundzwanzig!«

»Ich war dreiunddreißig!« Sie lachte.

»Ach, wie schade, dass wir uns nicht dort schon kennenlernten! Wie schade, Theres!«

»Wieso schade, Till?«

»Du hast Recht«, sagte er. »Es ist, wie es ist.«

»Außerdem war ich damals schon verheiratet.«

Er nickte.

»Und wenn es doch anders gekommen wäre, wenn ich noch alleinstehend gewesen wäre«, so fuhr sie fort, »dann würden wir heute hier mit großer Wahrscheinlichkeit nicht zusammensitzen. Wir würden vielleicht zusammen sein, aber unter anderen Konstellationen. Deine Kinder ... – wie heißen sie?«

»Sara und Johannes«, antwortete er.

»Deine Kinder Sara und Johannes würde es gar nicht geben.«

Tillmann wirkte ein wenig bedrückt, als er diesen Gedanken aufnahm, und versuchte ihn weiterzuspinnen.

»Vielleicht hätten wir andere Kinder«, meinte er dann.

»Ja«, sagte sie und war auf einmal ganz still.

Er sah sie erstaunt an. »Hast du Kinder?«

»Ja, ich hatte eine Tochter, sie hieß Anna. Sie kam 1975 zur Welt und starb einen Tag nach ihrer Geburt.«

Tillmann sah sie fassungslos an. »Wie schlimm!«

»Ja, es war der bisher schlimmste Tag meines Lebens. Es dauerte lange bei Raimund und mir, bis wir uns mit diesem Schicksal abfinden konnten. Weil wir es mussten, nicht weil wir es wollten. Weil die Zeit, weil der Alltag es von uns abverlangt hatte.«

»Ich verstehe dich, Theres.«

»Nehmen wir das Schicksal so, wie es kommt, in diesen Tagen ist es auf unserer Seite.« Sie sah ihn dabei an und streichelte seine Hand, und es schien ihm, als wolle sie nicht mehr über dieses Thema sprechen.

»Was bist du für eine starke Frau«, sagte er und sah ihr tief in ihre saphirblauen Augen.

»Ohne Stärke und Hoffnung wird der Weg durch das Leben immer schwerer.«

Sie gingen, nachdem er gezahlt hatte, noch zu dem benachbarten Platz, den man Erlebnismulde nennt, wo alljährlich der Wiesbadner Improvisations-Theater-Sommer stattfindet. Die Parkbäume gegenüber waren an einigen Wipfeln schon gelb, an manchen sogar rötlich, nur die Tanne inmitten dieser Laubbäume stach aus ihnen hervor mit ihrem beständigen Dunkelgrün.

Weil der Nachmittag so schön war, verschoben sie den Besuch der russisch-orthodoxen St.-Elisabeth-Kirche auf ein anderes Mal. Außerdem war ihnen diese Kirche von einer Besichtigung her nicht unbekannt.

Zu Hause mixte Theres für beide noch zwei eisgekühlte Fruchtsaftgetränke, die mit Lemon und Minze besonders frisch schmeckten.

»Setzen wir uns ein wenig in die Bibliothek. Dort ist es angenehm kühl, und die Bücher werden dich bestimmt interessieren.«

»Ja, gerne, aber dein Klavierspiel, das du mir gestern versprochen hast, dürfen wir nicht vergessen.«

»Keine Sorge, ich vergesse fast nichts.«

Sie gingen nach oben. Das letzte Sommerlicht fiel durch die hohen Fenster und vermischte sich mit den Farben der Ornamente.

Die Bibliothek lag im ersten Obergeschoss. In der Türangel blieben sie stehen und schauten in den Raum. Auf der rechten Südseite war ein schmales, hohes Fenster mit einem Lilienornament, bei dem die Blüte zur Sonne strebte. Es ließ noch genug Licht herein, um den ganzen Raum zu erhellen.

»Nimm Platz, Till!«

»Augenblick, Theres, lass mich bitte zuerst einmal das Ganze im Stehen betrachten.«

»Gerne!«

Er stand da und sah mit neugierigen Blicken und erstaunter Miene über die Regale. »Brecht … Frisch … Goethe … Heine …!« Er ging mit seinen Blicken die Reihen durch. Die Gesamtausgaben fielen Tillmann zuerst ins Auge. Er schaute, als ob er suchen würde. »Mann … Proust … Roth … Schiller … Schnitzler …« Er staunte. »Alle genau alphabetisch geordnet!«

»Ja, die meisten sind von meinem Mann! Er war ein bibliophiler Mensch, ein wenig mehr noch als ich.«

»Wenn ich so darüberschaue, muss ich sagen: Dein Mann hatte ein breites Spektrum an Interessen: Hier die Belletristik. Als Nächstes folgen«, er schaute genauer hin, »die geschichtlichen Bücher, dann die Philosophie und unten rechts die Naturwissenschaft. Wo ist die Theologie?«

»Mein Mann war nicht gläubig, was man in unserem Sinne unter gläubig versteht. Er war zwar nach seinem Taufschein Protestant, doch das war es dann auch. Er glaubte zwar an eine höchste Kraft, die wir Gott nennen. Aber für ihn war es ein passiver Gott, ein Schläfer, der nicht einmal sein Auge auf die Welt richten würde. Deshalb findest du hier keine theologischen Bücher. Bei Fragen und Themen, die in diese Richtung gingen, suchte er die Antwort immer in der Philosophie.«

Tillmann hörte ihr interessiert zu. Dann ging er ein paar Schritte weiter und betrachtete er sich das letzte Drittel des Buchbestandes.

»Kunst … Malerei … Skulpturen … Architektur. Und was steht hier noch?«

Er sah näher hin.

»Sieht aus, als wären dies alles Kataloge. War dein Mann Kunsthistoriker?«

»Ja, von der Ausbildung her. Beruflich war er leidenschaftlicher Galerist. Sein Großvater hatte um die Jahrhundertwende diese *Galerie Winterfeld* gegründet. Sein Vater und später er selbst hatten sie dann weitergeführt.«

»Was ist mit der Galerie heute?«

»Bis 2008 habe ich das Ganze zunächst übernommen. Dann wurde es mir zu viel, und ich habe die Galerie an einen anderen Galeristen vermietet. Den Bestand hat dieser gegen Zahlung mit übernommen. Nur wenige Lieblingsstücke von meinem Mann und mir stehen auf dem Speicher. – Willst du dich nicht setzen?«

»Ja, danke, Theres.«

Sie setzen sich beide an den Tisch. Er schaute nachdenklich in den Raum. Dann sah er plötzlich zu Theres.

»Was hast du eigentlich beruflich gemacht?« Die Frage kam überraschend, doch für Theres war sie nichts Besonderes. Sie bezog sich auf einen Part ihres Lebens, mehr nicht.

»1966 habe ich mit meinem Studium der Kunstgeschichte und der Archäologie begonnen. Im sechsten Semester lernte ich dann bei einem Vortrag im Rahmen des *Studium Generale* Raimund kennen. Ich war damals gerade dreiundzwanzig Jahre alt. Es entwickelte sich eine tiefe Freundschaft. Er nahm mich immer öfter mit in seine Galerie, ich half ihm bei Vorbereitungen für Ausstellungen, war bei den Vernissagen dabei. Ein Jahr später heirateten wir, und Ende des sechsten Semesters brach dann mein Studium ab.«

»Das war doch eine große Umstellung für dich?«

»Ja, sehr. Aus der universitären Welt inmitten der Studentenrevolte und Hippie-Bewegung riss ich mich selbst heraus und schlug, auch auf Wunsch meines Mannes, plötzlich einen anderen Weg ein.«

»War das überhaupt möglich?«

»Ich sagte zwar ja, aber nur sehr schwer! Mein freies und schon ein wenig chaotisches Leben war mit einem Mal zu Ende, und ich musste mich in geordnete Verhältnisse einfügen.«

»Warum hast du das alles gemacht, Theres?«

Sie sah ihn traurig lächelnd an und erwiderte: »Was glaubst du wohl, warum? – Weil ich meinen Mann liebte. Ich tat es nur aus Liebe. Was tut man nicht alles aus Liebe!«

Tillmann verstand ihre Worte sehr gut. Er nickte.

»Aus Liebe tut man fast alles«, betonte sie noch einmal. Dabei streichelte sie sanft über seine Hand, fuhr ihm mit beiden Händen über Stirn und Schläfen und küsste ihn zart auf die Lippen. Er umarmte sie.

»Du bist so eine tolle Frau! Eine Frau, die mich an ihrer Reife teilhaben lässt.«

Sie lachte kurz auf.

»Komm, mein Lieber, ich glaube, allmählich müssen wir gehen! Wir wollen doch noch zum Kurpark, und für den Abend habe ich schon zwei Karten für ein klassisches Gitarrenkonzert mit John Williams im Kurhaus. Wie findest du das?«

»Das ist ja eine grandiose Idee von dir! Ich liebe die klassische Gitarre! Woher wusstest du, dass ich Williams mag?«

»Bauchgefühl, mein Lieber, reines Bauchgefühl!« Sie stand neben dem Tisch und kreiste mit ihrer Handfläche mehrmals über ihren zierlichen Bauch.

Tillmann lächelte, beugte sich ein wenig nach unten und berührte sie an dieser Stelle mit seinen Lippen. Sie kraulte ihm mit den Fingern sein Haar.

»Der Nabel liegt aber ein wenig höher«, sagte sie plötzlich.

Sie lachten beide.

Als sie schon im Gehen waren und gerade die Tür zumachen wollten, da schaute er auf einmal erneut zu den Romanen.

»Ich sehe hier *Auf der Suche nach der verlorenen Zeit* von Marcel Proust. Es scheint die Ausgabe aus den Fünfzigerjahren zu sein. – Könnte ich mir den ersten Band *In Swanns Welt* bei dir ausleihen? Ich lese Proust gerade, doch dieser Band fehlt mir.«

»Klar! Nimm ihn dir aus dem Regal. Irgendwann kannst du ihn mir wieder zurückgeben.«

»Danke!«

Er holte sich das Buch. Sie wollten nun endlich gehen, als Tillmann noch ein Buch entdeckte, das auf dem Lesetisch lag.

»Bei dir scheint die Neugierde kein Ende zu nehmen.«

»Ja, ich mag Bücher sehr!«

»Darf ich?«

»Aber sicher, dafür sind wir beide ja hier.«

Er hob es hoch und schaute näher hin.

»Stefan George ... Wie lange habe ich von dem schon nichts mehr gelesen!«

Er schlug das Buch auf.

»*Das Jahr der Seele* ... *Traurige Tänze* ... ach, da liegt ja ein Buchzeichen! – Hast du darin gelesen?«

»Ja, kürzlich. Es fiel mir bei einem Gang durch die Bibliothek zufällig in die Hände.

Er schlug das Buch an der Stelle auf, wo das Zeichen lag.

»Einen Titel hat das Gedicht nicht ...«

»Lies einfach vor! Es ist ein schönes Gedicht«

»Kennst du es?«

»Ich sagte doch: Es ist mir kürzlich in die die Hände gefallen. Jetzt lies endlich.«

Tillmann hob das Buch ein wenig höher, dass das Licht von draußen die aufgeschlagene Seite noch stärker erhellte und las:

> *»Es lacht in dem steigenden jahr dir*
> *Der duft aus dem garten noch leis.*
> *Flicht in dem flatternden haar dir*
> *Eppich und ehrenpreis.«*

Er schaute kurz auf. »Ehrenpreis kenne ich. Das ist doch die kleine Blume mit den dunkelblauen Blüten! Aber Eppich? Kennst du das?«

»Ich wusste es auch nicht, habe nachgesehen. Es ist nichts anderes als Efeu. – Lies weiter!«

»Danke.« Er nickte und las weiter.

> *»Die wehende saat ist wie gold noch ·*
> *Vielleicht nicht so hoch mehr und reich ·*
> *Rosen begrüssen dich hold noch.*
> *Ward auch ihr glanz etwas bleich.«*

»Schön!« –

> *»Verschweigen wir was uns verwehrt ist ·*
> *Geloben wir glücklich zu sein ·*
> *Wenn auch nicht mehr uns beschert ist*
> *Als noch ein rundgang zu zwein.«*

Tillmann war sichtlich beeindruckt und rezitierte die letzten Verse noch einmal: »... *wenn auch nicht mehr uns beschert ist als noch ein Rundgang zu zwein.* – Das ist umwerfend, Theres!«

»Freut mich, dass es dir gefällt! Als ich es las, habe ich an uns gedacht.«

Er lachte und nahm sie fest in die Arme. Sie küsste ihn kurz. Dann schaute sie ihn und meinte voller Entschlossenheit: »Komm, gehen wir! Machen wir den *Rundgang zu zwein*!«

Sie gingen nach unten.

Was gibt es Schöneres, als an den wahrscheinlich letzten heißen Sonnentagen des Jahres noch einmal zwischen den beiden herrlichen Wasserbassins mit den dreistufigen Kaskadenbrunnen das Plätschern des Wassers zu genießen? Tillman und Theres gingen über das *Bowling Green*, wie man die große Rasenfläche vor dem Kurhaus nennt, Theres zog ihre Schuhe aus, setzte sich an den Rand des Wasserbassins, zog ihren Rock ein wenig nach oben und ließ ihre nackten Füße ins Wasser baumeln.

»Komm, Till, zieh deine Schuhe aus und setz dich zu mir. Das Wasser ist richtig erfrischend!«

Tillmann zog Schuhe und Socken aus und setzte sich neben sie. Erst jetzt sah er so richtig ihre wunderschönen, von der Sonne gebräunten Füße. Sie ließ die Beine hin- und herbaumeln oder hob sie ausgestreckt kurz aus dem Wasser und ließ die Tropfen von ihren Füßen auf das Wasser fallen oder über ihre grazilen Beine nach unten rieseln. Anfangs zählte er die Tropfen, bis keiner mehr fiel. Sie lachte, tauchte ihre Füße wieder ein, und Tillmann begann erneut zu zählen. Er zählte leise, fast stumm.

»Wie viele sind es?«, fragte sie.

»Drei!«, erwiderte er.

»Nur so viel? Dann muss ich sie noch einmal eintauchen!«

Sie tat es, zog sie heraus und hielt die Beine wieder ausgestreckt nach oben. Ihre nasse Haut glitzerte im Nachmittagslicht der letzten Septembertage. Dieses Glitzern erinnerte ihn an den Frühling. Der Frühling war ihm, seit er Theres besuchte, wieder so nah. Sie lachte und spritzte mit ihren Beinen in der Gegend herum, der Rock war ihr schon so weit nach oben gerutscht, dass man die Ansätze ihres Slips sah. Sie freute sich, spritzte immerzu, und Tillmann begann auf einmal dasselbe. Wie Kinder saßen sie am Rand des Bassins und erlebten noch einmal den Sommer und seine Freuden. Als sie ein altes Ehepaar sahen, das an den Kolonnaden stand und ihnen belustigt zuschaute, hörten sie damit auf. Theres zog ihre Beine aus dem Wasser, und er küsste die Wassertropfen von ihren Schenkeln und Füßen. An den Füßen fand er kein Ende, sie waren so schön und reizend, dass er erst davon abließ, als Theres sie ihm langsam und lächelnd wegzog. Sie umarmten sich, vergruben sich ineinander und hatten das Gefühl, sie seien allein auf der Welt. Wie auf Wellen wogte sie der Sommer, und sie glitten dahin mit ihren Gefühlen, ließen sich tragen in eine neue Zeit, in ihre Zeit.

Dass es Herbst wurde, wurde ihnen erst richtig wieder bewusst, als sie auf dem Weg durch den Kurpark gingen und die ersten bunten Blätter an den Wipfeln der Bäume sahen.

»Es wird Herbst«, sagte er, »und die Tage werden kürzer. Die Blätter vermissen das Licht.«

Sie legte beim Gehen ihren Arm um ihn und ihren Kopf an seine Schulter.

»Einmal wird es immer Herbst, Till. Aber heute ist es noch sehr warm, fast schwül.«

»Ja, Theres. Der Sommer bricht noch einmal aus sich heraus. Es ist seine letzte Show.«

»Wir promenieren in den Frühling«, rief sie, »in unseren Frühling! Dann werden die Bäume blühen und an ihren Zweigen werden neue Blätter entspringen.

Sie kamen an einer Bank vorbei, auf der eine junge Frau Ende zwanzig mit langen, herunterhängenden, blonden Haaren in einem kurzen, dunklen Samtkleid und einem Collier um den Hals da saß und zwölf Luftballons in der Hand hielt, die schwarz oder weiß waren. Sie saß da, schaute geradeaus, war ganz still und rührte sich nicht. Sie grüßten beide die junge Frau, doch es kam keine Erwiderung. Nur die Wimpern bewegten sich zweimal kurz, dann wieder langsam. Tillmann verstand sie als Zeichen und wähnte, hinter jedem Wimpernschlag stehe ein Wort. Sie standen beide da, drei Meter entfernt von ihr, hatten keine Erklärung dafür und wollten es endlich wissen.

»Ist alles in Ordnung?«, fragte Tillmann höflich.

Keine Antwort.

»Machen Sie Yoga? Wir wollen Sie nicht stören.«

Sie rührte sich plötzlich.

»Keine Sorge! Ich warte nur auf meinen Freund. Wenn er kommt, lasse ich die sechs schwarzen Ballons zum Himmel fliegen und behalte die weißen, und wenn er mich für immer verlassen hat, dann lasse ich das Glück zum Himmel steigen und behalte das Unglück bei mir.«

»Dann wollen wir sie nicht länger stören.«

Beide grüßten sie noch einmal freundlich und gingen weiter.

»Ist doch seltsam«, meinte Tillmann.

»Ja, schon. Doch solche Menschen gibt es.«

Sie drehten sich nach zehn Metern noch einmal um. Sie saß noch immer da und wartete mit ihren zwölf Luftballons in der Hand.

Plötzlich war ein lauter Knall, ja schon eine Detonation von irgendwoher zu hören. Sie erschraken beide und zuckten vor Schreck zusammen. Da sahen sie im gleichen Moment, wie der jungen Frau dasselbe passierte. Auch sie durchfuhr ein Schrecken, und auf einmal öffnete sich ihre Hand, und alle Luftballons, die weißen und die schwarzen, flogen himmelwärts.

»Jetzt ist ihrer Hand beides entglitten: das Glück und das Unglück. Was hat sie noch?«

»Ich weiß es nicht«, antwortete Theres. »Wissen wir was wir morgen und die Tage danach haben?«

»Ich habe dich, Theres«, antwortete er, und sie drückte ihm fest die Hand.

Auf den Beeten um sie herum wuchsen noch einmal in Scharen Sonnenbraut und Kokarde mit ihren gelben bis tieforangenen Farbtönen.

»Schau mal hier, die vielen Hortensien!«

»Liebst du auch dieses Blassblau, Theres?«

»Und ob ich das liebe, Till! Es trägt in sich etwas Verträumtes und etwas Verklärtes.«

»Verträumt wie der hellblaue Himmel oder verblasst wie die Tinte auf alten Briefen und die blaue Wäsche, die zu lange in der Sonne hängt«, meinte er.

»So kann man es auch beschreiben.«

Sie gingen querfeldein auf der weiten Rasenfläche, und manchmal lief Theres unter die ältesten Bäume und umarmte sie.

»Bitte nicht eifersüchtig werden«, rief sie Tillmann zu, der daraufhin lauthals lachte.

»Theres, ich kenne eine Frau, die heißt Britta, und die liebt Bäume über alles. Und umarmt hat sie sie auch. Immer wieder!«

»Dann hast du ja Erfahrung und wirst nicht eifersüchtig werden, wenn ich das tue!«

Tillmann lachte. Solche Spielereien mochte er.

Sie gingen zum Weiher. Enten schwammen in kleinen Gruppen. Ein Biergarten am Rand bot beiden eine günstige Gelegenheit sich zu erfrischen und eine Kleinigkeit zu essen. Sie saßen noch eine Stunde da und unterhielten sich über all das, was ihnen gerade so einfiel. Sie sogen die letzten Düfte der Blumen und die letzte Wärme des scheidenden Sommers noch einmal tief in sich ein. Sie spürten seinen Atem.

»Ich bin so froh, dass du gestern gekommen bist.«, sagte Theres auf einmal ganz frei aus sich heraus, und man spürte ihre Erleichterung. » Ich konnte es kaum erwarten.«

»Mir geht es genauso, Theres. Die Zeit unseres Kennenlernens bis zum gestrigen Tag kam mir so lang vor und schien kein Ende zu nehmen. Es war so etwas wie die kindliche Ungeduld unseres Herzens, die eine Vorfreude in sich trug. Hinzu kommt, dass das, was zwischen uns bisher ablief – sieht man einmal von der Ähnlichkeit einiger Mails ab – bisher keiner Wiederholung unterlag.«

»Alles wird sich mit kleinen Abweichungen irgendwie wiederholen.«

Theres hob einige Blätter des Baumes, unter dem sie saßen, auf und betrachtete sich jedes Blatt einzeln. Sie legte die fünf Blätter in einer Reihe nebeneinander auf den Tisch. Die meisten hatten einen leicht gelben Farbton, einige nur an den Rändern, bei anderen hatte sich das Gelb schon bis über die Mitte des Blattes verteilt, nur eines war fast ganz grün. Theres zeigte auf Letzteres und fragte, warum es wohl trotz seiner Frische schon abgefallen sei.

»Vielleicht war es der Wind«, meinte sie.

»Ja, Theres, alles kehrt zur Erde zurück.« Er schaute nachdenklich über die Blätter auf dem weißen Gartenholztisch.

»Das stimmt. Aber was sie sich jetzt nimmt, gibt die Erde irgendwann wieder zurück. Es sind immer nur Phasen von für uns unbestimmter Dauer.«

»Uns hat die Erde noch.« Er sah sie lächelnd und erwartungsvoll an.

Sie fuhr ihm mit ihrem Finger über seine schwarzgrau melierten Schnurrbarthaare.

Irgendwann schlug sie ihm liebevoll mit der Hand auf seinen Schenkel.

»Komm, wir müssen nach Hause! Ich möchte mich noch umziehen. Hast du auch noch andere Kleidung dabei?«

Er lachte. »Aber klar, Theres, für den Fall der Fälle hat ein Mann alles dabei. Das war schon früher so!«

Sie schüttelte lächelnd den Kopf. »Ihr Männer seid doch alle gleich. Raimund war auch nicht anders. Aber das müssen wir Frauen hinnehmen!«

Er stand da und schmunzelte und schmunzelte. Sie legte ihren Arm um ihn.

»Ich bin froh, dass es dich gibt, Till!«

Er streichelte ihr sanft über die Taille. Sie gingen.

Es war draußen schon dunkel, als sie das Kurhaus betraten. Das prunkvolle Gebäude, das wie viele Villen der Stadt in den Jahren des Fin de Siècle errichtet wurde, leuchtete in seinen allabendlichen orangeroten Farbtönen. Die hohen Laternen links und rechts von dem fünftürigen Portal, das von dorischen Säulen getragen wurde, erhellten den Eingang, und die von unten angestrahlten Fontänen aus dem Bassin der beiden Kaskadenbrunnen boten dem Betrachter ein glitzerndes und zugleich harmonisches Schauspiel. Der nächtliche Himmel offenbarte eine Schwärze, die noch feine Reste der Tagesbläue in sich trug. Von draußen sah man das Licht, das vom Inneren der hohen Kuppel des Foyers hinaus in die Nacht fiel.

Theres und Tillmann schauten noch einmal kurz zu den Kolonnaden, über den *Bowling Green* und die plätschernden Kaskaden, bevor sie das Kurhaus betraten.

Sie sah trotz ihres fortgeschrittenen Alters sehr schön aus. Die bedachte Pflege ihres grazilen Körpers und die geschmackvolle

Auswahl ihrer Kleidung trugen natürlich ein Wesentliches dazu bei. Das Marineblau ihres körpernahen Etuikleides kam erst richtig im Innenlicht des Foyers zur Geltung. Der Stretch-Stoff umschloss ihren Leib bis oberhalb der Knie und ließ ihre nahezu perfekte Figur erahnen. Sie wusste das, und sie hatte es schon im Freien verspürt, wie Tillmann ihre Silhouette wie ein stiller Genießer in sich aufnahm.

Im Foyer blieben sie noch eine Weile stehen, betrachteten sich die Gäste und die kreisförmig angeordneten kleinen bräunlichen Quadrate auf dem Steinfußboden in der Mitte des Raumes. Theres sah Tillmann mit eindringlich-verliebtem Blick an, und er umarmte sie. Das Signal ertönte wenig später, und da betraten sie auch schon den Saal, in dem der Gitarrenabend mit John Williams gleich beginnen sollte. Sie schauten noch einmal auf die Karten, die Theres schon vor ihrer Griechenlandreise besorgt hatte: Reihe drei, Platz zwölf und dreizehn. Die Besucher der Reihe, die bereits Platz genommen hatten, standen auf und ließen sie bis zu ihren Plätzen in der Mitte durch.

Weil es ihr noch ein wenig zu warm war, hatte Theres ihre helle Seidenjacke schon ausgezogen und legte sie nun zusammen mit ihrer braunen Lederhandtasche auf den Schoß.

Obwohl es nicht der größte Saal war, hatte er doch noch eine gewisse Weite und Tiefe, die sich sehen lassen konnte. Die linke und rechte Seite wurde von Marmorsäulen flankiert, welche die eigentliche Raumfläche von den Außengängen abgrenzte. Das Licht von mehreren Kronleuchtern verteilte sich über die Gäste, die schon alle Platz genommen hatten. Die Glaskuppel in der Decke dürfte bestimmt nur wenigen Besuchern aufgefallen sein; doch als das Licht langsam erlosch und im nächsten Augenblick der leere Stuhl und die daneben stehende Gitarre von einem Scheinwerfer erhellt wurden, konnte man durch das Glasdach den Nachthimmel erkennen.

Die letzten Geräusche verstummten, und John Williams betrat unter starkem Applaus die Bühne. Sie kannten ihn von früheren Konzerten. Er war älter geworden und seine Haare schon ein wenig grau und licht.

Den andalusischen Flamenco, den er zum Auftakt spielte, brachte ihm schon starken Applaus. Dann wurde seine Musik wieder leiser, verspielt und verträumt.

Sie saßen da und lauschten entspannt seinen Klängen. Einmal sah sie Tillmann von der Seite an, und er nickte bestätigend. Sie sah, dass es ihm gefiel. Er fuhr mit den Spitzen seiner Zeigefinger zart über ihre Hände. Sie lächelte und drückte leicht seine Hand.

Es war ein schöner Abend, an dem sich das vehement-stürmische Gitarrenspiel und das verspielt-romantische gegenseitig ergänzten. Das Konzert hatte sie sehr beeindruckt.

Sie gingen noch an den Kolonnaden entlang. Die Sterne waren an diesem Abend an dem klaren Nachthimmel deutlich zu sehen. Für den nächsten Tag hatte die Wettervorhersage starke Schwüle und für die Nachmittagsstunden sogar Gewitter gemeldet.

Sie genossen diesen Abend. Sie waren sich sicher: Es würden weitere folgen.

Man redete über das Leben, seine Einzigartigkeit und über die hohe Wertschätzung der Zeit: Von der Einmaligkeit der *linearen Zeit* einerseits und von der Wiederholung mit kleinen Metamorphosen, wenn man sie im *Zyklus* der wiederkehrenden Jahre sieht, andererseits.

Später, vor dem Einschlafen, sprachen sie von der Sehnsucht.

»Unsere Sehnsucht wurde zur Realität, das Mögliche ist Wirklichkeit geworden«, sagte sie noch zu ihm.

Er sah sie still an und fuhr mit seiner Hand über ihren nackten Körper. »Du bist wie eine Königin«, sagte er plötzlich, »wie eine Königin.«

»Was meinst du?«, entgegnete sie überrascht. »Ich bin doch...«

»Psst!« Er hielt den Finger vor seinen Mund, hob mit seinen beiden Händen ihren Kopf ein wenig an und sprach ganz leise, fast flüsternd zu ihr:

»In den alten Zeiten, wo das Wünschen noch geholfen hat, lebte ein König, dessen Töchter waren alle schön; aber die jüngste war so schön, dass die Sonne selber, die doch so vieles gesehen hat, sich verwunderte, sooft sie ihr ins Gesicht schien.«

»Gebrüder Grimm«, flüsterte sie noch leiser in sein Ohr. »Bist du der *Froschkönig*?«

»Warum nicht? – Du hast mich in diesen Tagen mit einem Mal so verwandelt.«

»Ist nicht alles ein Prozess der Verwandlung?«

»Ja«, erwiderte er, »alles. Auch wir wandeln uns in unserem Leben. Die einen schneller, die anderen langsamer. Aber irgendwie alle. Und wer es nicht will – den überrollt die Zeit.«

Sie lächelte und streifte ihm mit ihrer Hand über den Kopf.

»Aber die Wünsche bleiben, ohne die können wir nicht leben.« Er schaute nachdenklich zu Theres.

»Ja, Till, sie überbrücken den Weg zwischen der Realität und der Sehnsucht. Die Sehnsucht wird andauern und kein Ende finden. Sie ist grenzenlos und wird eine Leidenschaft für das Unmögliche bleiben.«

»Aber unser Wunsch wurde wahr!«

»Ja, Till, ja!«

Sie öffnete den Mund ganz leicht und fuhr mit ihren Lippen immer weiter körperabwärts. Er legte seine Arme über ihren Rücken und zog sie immer fester an sich. Er küsste ihre Schenkel. Sie schloss hingebungsvoll und von der Liebe getragen ihre Augen, atmete tiefer, der Atem wurde schneller und schneller, und sie zog ihn liebevoll-sanft in sich hinein.

Das weiße Leinentuch fiel zu Boden, und das Licht der Straßenlaterne beleuchtete mattblau ihre Körper.

KAPITEL 25

Unvergessliche Stunden und Abschied – Das Glück kommt selten allein

Als sie am Morgen erwachten, fühlten sie die ersten Strahlen der Sonne, die den Nebel durchdrungen hatten und nun durch den Vorhang schimmerten. Dieser war im Spiegel der einen Schranktür sichtbar, die, aus welchen Gründen auch immer, noch offenstand. Vieles leuchtete und glänzte, und die Bilder stürzten aus dem Spiegel wie kleine Wesen in den Raum.

Sie hatten die erste Helle der Frühe wahrgenommen. Es war schon fast neun Uhr, sie lagen da auf dem weiten Bett und schauten einander still an. Sie lächelten, und man sah, dass sie glücklich waren. Das Glück war in sie gekehrt.

»Es ist so schön, dass es dich gibt, Theres«, sagte er plötzlich, und sie hörte, mit welchem Bedacht die Worte über seine Lippen glitten. Er fuhr dabei mit dem Zeigefinger über Nase und Amorbogen bis auf ihre Lippen, die sich langsam dehnten, dann öffneten und die Kuppe seines Fingers umschlossen.

»Wir spielen mit dem Glück, Theres.«

»Dürfen wir das nicht?«

»Aber sicher.«

Sie umschloss seinen Finger noch kräftiger und umkreiste die Spitze massierend mit ihren Zähnen.

Langsam zog er seinen Finger aus der zärtlichen Umklammerung und streichelte mit den Händen über ihr Haar. Sie lagen da, ganz still.

Man hörte die Schreie der Krähen, die in den Bäumen saßen.

»Es wird Herbst«, sagte sie leise, »hast du Angst vor dem Winter?«

»Warum sollte ich das?

»Weil er die Einsamkeit bringt.«

»Aber ich habe doch dich, Theres, wir haben doch uns.«

»Ich meinte ja nur«, erwiderte sie, und er spürte, wie sich ihre Hand bis zu seinem Oberkörper vortastete, die Nabelgegend zart umkreiste. Für sie war es wie ein Dahingleiten über die Wogen eines warmen Wassers. Ach, wie herrlich war doch dieser Augenblick für sie beide! Er zog sie ganz nah an sich heran. Er fuhr mit Nase und Mund hoch durch ihr karamellfarbenes Haares und spürte ihren Atem an seinen Wangen. Ihre Schenkel und ihr ganzer Körper trugen noch immer die Reife in sich.

Draußen hatten sich die leichten Nebel des Morgens aufgelöst. Der Himmel bläute in den Morgen hinein, und Tillmann saugte die verloren gegangene Liebe wieder aus ihren Lippen, ihrem Körper und ihrem Geist. Er fand es und nahm es, und sie empfing alles, was er ihr gab und was sie wollte mit einer unbeschreiblichen Freude und Lust. Sie trieben dahin, wurden getrieben, sie trieben sich und ließen sich treiben.

Zwei Schweißtropfen liefen von seiner Stirn. Die Morgensonne fiel zum Fenster herein und erwärmte das Zimmer schnell.

Sie waren wie verschmolzen und konnten nicht gleich von einander ablassen.

Keiner von ihnen wusste, woher dieser Traum kam. Sie lagen da, nebeneinander, und sie verstanden: Es war kein Traum!

Als Theres im Bad war, kam ihm aber auf einmal der Traum dieser Nacht in den Sinn, und er empfand plötzlich eine Art von innerem Schuldgefühl gegenüber ihr. Es war ein anderer Traum als der erste vor längerer Zeit. Damals hatte er von seinem Vater neben dem Leuchtturm geträumt, wie er da stand, ihm winkte und dann immer weiter in der Ferne verschwand.

Jetzt war der Traum ähnlich, aber anders. Es war Abend, und das Meer glänzte weit hinaus im letzten Schein der gerade hinter dem Horizont verschwindenden Sonne. Die See war ruhig. Der Leuchtturm stand wieder auf der kleinen Felserhöhung im Meer. Er sah seinen Vater, der an der Tür des Leuchtturms stand, so als wäre er gerade heruntergekommen. Dann griff er in seine Manteltasche, holte einen Schlüssel heraus und verschloss die Tür. Der Riegel fiel laut ins Schloss. Er schaute über das Meer und sah auf einmal jemanden dem Meer entsteigen. Es war eine sehr junge Frau, sie kam auf ihn zu, und er reichte ihr die Hand. Es ging alles ganz langsam, und er hatte den Eindruck, ein Bild würde sich an den Platz des vorhergehenden stellen und dieses ins Meer stoßen. Da erschrak er, denn er erkannte Theres als Jugendliche, so wie er sie sich anfangs vorgestellt hatte. Sie tanzte vor seinem Vater, der ihr zusah. Beide sahen Tillmann mit eindringlichen Blicken an, bevor sie sich winkend umdrehten und im Meer verschwanden. Zuerst der Vater, dann die junge Frau. Einfach so. Ganz leise in der See, die an diesem Abend ruhig war. Dann war niemand mehr da. Auch der Leuchtturm war versunken im Meer oder in der Schwärze der Nacht.

Es war es nur ein Traum, der mich an die Theres erinnerte, wie ich sie vor meinem Besuch mir vorgestellt hatte. Wiederholen sich Träume?

Theres stand unter der Dusche, er hörte das Rauschen.

Beim Frühstück auf der Terrasse war die Luft noch immer von den letzten Klängen des dahinscheidenden Sommers erfüllt: von dem Surren der Wespen und Fliegen, von dem melodischen Gebrumme der Bienen und Hummeln und dem Rascheln der müden Blätter, wenn ein Windzug durch das Geäst der Bäume und Sträucher ging.

Es war der letzte Septembertag, und die neue Woche hatte gerade begonnen. Theres wollte mit Tillmann noch »wohin fahren«, wie sie nach dem Frühstück so schön sagte, und Tillmann war durchaus auch noch gewillt zu bleiben. Das Leben hatte ihn über die Jahre in die ersten Jahre des Alters getragen, und die Zeit, sie hatte auf einmal sein ganzes Leben entschleunigt. Sie rauschte nicht mehr wie ein schäumender Strom durch sein Leben, sondern perlte in glitzernden Wassertropfen über seine Hand.

Sie fuhren zwischen Obstwiesen und Wald mit ihrem Auto entlang des Tennelbachtales. Es war so warm, dass Theres das Dach ihres weißen VW-Cabrio geöffnet hatte. Er schaute vom Beifahrersitz aus zu ihr hinüber und sah, wie der Fahrtwind ihre karamellblonden Haare nach oben wehte und über die Hälfte ihrer zierlichen Ohren freilegte. Er lachte und freute sich.

»Was lachst du so, Till?«

»Ich schaue dem Wind dabei zu, wie er immer wieder mit deinen Haaren spielt.«

Sie sah ihn kurz still und zufrieden an.

»... und weil ich dich liebe, Theres ...«

Es fuhr sich angenehm auf der Tennelbachstraße. An ihrem Ende bog Theres ab.

»Wo fahren wir eigentlich hin? Frau von Winterfeld entführt mich, und ich ahne nicht im Geringsten, wohin!«

Sie zuckte schmunzelnd mit den Achseln. »Lass dich überraschen!«

»Schon wieder eine Überraschung?«, fragte er kritisch. Dann schwieg er schnell und sah hinaus zum Tennelbach, der sich romantisch durch das grüne Tal schlängelte. Viele ältere Bäume standen auf der rechten Seite und gingen allmählich in einen Wald über. Sie fuhr weiter, vorbei an Wiesen und Auen, manches Mal auch mitten durch den Wald.

Er wurde stutzig. »Was hast du mit mir vor, Theres? Wohin fährst du?«

Ein lautes Lachen platzte plötzlich aus ihr heraus. »Wieso? Hast du Angst?«

Er fand das gar nicht lustig. »Vor wem sollte ich Angst haben?«

»Vielleicht vor mir.«

»Rede keinen Quatsch!«

Im Fernsehkanal Vox hatte er einmal gesehen, wie eine Frau einen Fremden in eine ihm unbekannte Gegend mitnahm und ermordete.

Sie lächelte und fuhr weiter. Es war sehr warm, doch die Luft roch nach Herbst.

»Ist es noch weit?«

»So fragen doch die kleinen Kinder!«

Er sagte nichts mehr.

Sie streichelte ihm mit der rechten Hand über sein linkes Bein. Vielleicht sollte es der Beruhigung dienen.

»Wir sind bald da!«

»Da bin ich aber gespannt!«

Die Straße bog in einen Weg ein, der nicht beschildert und dessen Ränder mit Gräsern und Hecken verwachsen war. Der Rainfarn blühte in seinen dottergelben Dolden. Es roch nach Spätsommer und Abschied. Sie hielt an.

Eine seltsame Stille lag wie ein Bann über der Gegend.

Tillmann sah Theres an.

»Wo sind wir?«, fragte er noch immer ein wenig unsicher.

»Das wirst du gleich sehen. Komm!«

Sie stiegen beide aus.

Sie sah ihn eindringlich an. Dann umarmte sie ihn, um ihm einen Teil seiner Unsicherheit zu nehmen, welche vielleicht vorhin bei ihm durch ihre unklaren und saloppen Antworten aufgekommen war.

Sie gingen den zugewachsenen Weg noch eine Weile geradeaus und kamen bald auf eine Lichtung, die von einem hohen und total mit den verschiedensten Pflanzen verwachsenen Eisengitterzaun umgeben war. Diese Lichtung war an drei Seiten umringt von Wald, meist waren es Laubbäume, nur an der einen Seite war dichter Nadelwald und zum Weg hin standen keine Bäume, sondern nur Gestrüpp. Hinter der Lichtung, die sich etwa hundert Meter hinzog, schloss sich sofort der Nadelwald an, und man konnte von der Ferne schon die hohen dunklen Bäume sehen.

Theres blieb stehen.

»Hier ist es! Wir sind da!«

Das Eingangstor des Gitterzaunes war von Schlingpflanzen verwachsen. Theres fand das Schlüsselloch, steckte einen langen Eisenschlüssel in das Schloss und öffnete die Tür. Die quietschte ein wenig, und auf ihre Hand fielen kleine rotbraune Rostpartikel. Die Eisentür ließ sich nur ein Drittel öffnen, weil alles so verwachsen war. Es war eng.

»Geht es?« Sie schritt vor, streckte ihm die Hand aus und zog ihn durch den Eingang.

»Danke, geht schon!«

Sie stand da und blickte kurz in diese Runde.

»Ah, die Rosen blühen immer noch!«, rief sie.

Tillmann sah sich um. »Ich sehe keine Rosen!«

»Gleich wirst du sie sehen, gleich sind wir dort, komm!«

Er folgte ihr.

Sie gingen über eine große Obstwiesenfläche, auf der mehrere ältere Obstbäume standen, in Richtung Holzhütte an der Nadelwaldseite des Anwesens. Cox Orange und Berlepsch hingen noch an den Bäumen, andere Äpfel waren schon heruntergefallen und lagen im hohen Gras, nur von den Birnen der Guten Luise war noch keine zu Boden gefallen, sie waren schon in der vollen Reife und glänzten in ihrer grün-rötlichen Farbe.

Theres blieb stehen, brach eine Birne ab, biss kräftig hinein, und Tillmann sah, wie ihr der Saft an Mund und Hand herunterlief.

»Lecker! Probier mal!«

Er nahm die Birne und probierte ebenfalls.

»Ja, schmeckt sehr gut!«

»Du kannst sie fertig essen! – Komm, setzen wir uns doch an den Stamm! Hier ist es so schön, mitten im hohen Gras!«

Tillmann gefiel der Vorschlag, sie setzen sich hin, lehnten sich mit dem Rücken an den Stamm. Sie sahen auf einmal vor ihren Augen und rundherum nur noch Gräser, lange Halme, die mit Stängeln von Schafgarben, anderen Korbblütlern, manchmal auch mit Margeriten vermischt waren. Das Sonnenlicht fiel in das hohe Gras und spielte mit den feinen Linien der Halme, die ihre Schatten warfen, und wenn nur ein leichter Windstoß darüber hinwegging, wurde das Ganze zu einem Schauspiel des Augenblicks, das man nur jetzt und von dieser Warte aus sehen und erleben konnte.

Sie saßen wie in Träumen versunken da und genossen es.

»Wie schön das ist, Theres! Wir sitzen mitten im hohen Gras, angelehnt an den Birnbaum, und über uns der blaue Himmel. Ich sehe einen Käfer am Waldstorchschnabel links neben mir, vor dir fliegt gerade ein Fuchsschwanz auf, hast du ihn gesehen.«

»Ja.« Sie schaute hoch und legte ihren Arm um Tillmann.

»Da droben fliegt er noch, Theres! Jetzt ist er weg! Die letzten Insekten schwirren noch einmal umher, bevor es richtig Herbst wird.«

»Du bist wie ein Kind, Till, auch ich bin es – wir beide sind es! Ist das nicht schön?«

»Ja, unbeschreiblich schön!«

»Wir gehören zur Natur, Till, wir sind ein Stück von ihr!«

Er schwieg und genoss diese Augenblicke, die für ihn fast schon zu einer kleinen Ewigkeit wurden, aus der er sich am liebsten nie mehr lösen würde. Für beide war es noch immer mehr Sommer als Herbst, und man spürte auch hier in der Aue, dass eine starke Schwüle über dem Land lag. Doch der Wald spendete von den Tannengehölzen her noch immer eine gewisse Kühle, die sich mit der aufkommenden Wärme vermischte.

»Gefällt es dir hier, Till?«

»Ja, sehr!«

»Ist das Pacht oder Eigenbesitz?«

»Mein Mann hatte es einem Gutsbesitzer abgekauft und mir zur Hochzeit geschenkt. Weil ich die Natur so liebe, hat er damals gesagt.«

Tillmann hörte ihr zu.

»Das ist schön«, sagte er, »mit diesem Stück Natur hast du etwas Beständiges.«

»Ja, es gehört mir zwar, aber es gehört mir irgendwie doch nicht«, erwiderte sie.

»Warum?«, fragte er.

»Alles, was wir haben, gehört uns nur zu Lebzeiten. Unsere Existenz ist ein Teil vom Ganzen, wir sind ein Teil der Erde, die wir nur bewohnen.«

Sie legte ihren Kopf nah an ihn und strich über die vertrockneten Blüten eines Grashalmes.

»Wir sind die Gäste.«

»Ja«, erwiderte sie. »So wie das ganze Leben hier.«

»Und wer ist der Gastgeber? Denn ohne ihn gibt es keine Gäste!«, wollte Tillmann wissen.

»Ja, ich weiß und weiß es doch nicht. – Weißt du es?«

»Ich kann es auch nicht wissen. Ich kann es nur glauben.«

»Was wissen wir überhaupt?« Sie sah ihn an.

»Fast nichts«, sagte er.

»Ja, so gut wie nichts!«

»Leben wir in einer Welt von Erscheinungen und bilden uns alles nur ein?« Er sah sie fragend und eindringlich an.

»Vielleicht, lieber Till, vielleicht! Wir sehen etwas, unser Auge gibt das Erfasste an unser Gehirn weiter, und das sieht vielleicht etwas ganz anderes, als es in Wirklichkeit ist.«

»Was ist die Wirklichkeit, Theres?«

Sie blickten sich an und überlegten.

»Wir wissen es nicht«, fuhr sie fort. »Goethe hat in seinem Werther geschrieben, die Blüten des Lebens seien nur Erscheinungen. Viele würden an uns vorübergehen, ohne eine Spur zu hinterlassen, und wiederum nur wenige davon würden Früchte hervorbringen. Und doch wären immer genug da.«

Sie sah zu den Birnen. »Gleich holen wir uns mit dem Obstbrecher, der neben dem anderen Birnbaum da vorne steht, einige runter!«

Das taten sie dann auch, bevor sie zur Hütte gingen.

Erste dunkle Wolken trieben am Himmel.

»Komm, gehen wir jetzt nach hinten, dort habe ich einige Getränke in der Kammer!«

Sie durchquerten die Wiese, und kurz vor der Hütte sah Tillmann dann auch die Rosen, die sie vom Eingangstor aus schon erblickt hatte. Sie blühten in hohen Sträuchern in den verschiedensten Farben fast wie im Halbkreis rund um die Hütte.

»Till, sie duften noch immer!«, rief sie begeistert. Sie beugten sich beide über die mattroten Blüten und sogen den zarten Duft in sich hinein.

»Rosen begrüßen dich hold noch. Ward auch ihr Glanz etwas bleich.« Tillmann flüsterte die beiden Verse von George nachdenklich vor sich hin.

Sie betraten die Hütte. Sie war einfach gebaut, und bestand nur aus einem Hauptraum und einer Vorratskammer, in der aber nicht mehr als eine halb gefüllte Kiste mit Mineralwasser stand. In dem größeren Raum befanden sich nur Bett, Tisch und Stühle und ein kleiner Holzschrank, der das nötigste Geschirr enthielt.

Theres holte Wasser und Gläser, sie setzen sich auf zwei Stühle, die auf der überdachten schmalen Holzterrasse vor dem Eingang standen und erfrischten sich.

Sie saßen da und schauten über die Obstwiese bis weit vorne zum Eingang. Eine Gruppe von Vogelbeersträuchern am Rande der Obstwiese leuchtete mit ihren Früchten in einem tiefen Korallenrot, doch die Blätter waren schon mattgrün und manche sogar schon gelb.

Die Hütte selbst war von Efeu und wildem Wein umrankt, und alles war schon über den unteren Dachrand gewachsen.

»Die muss ich im Herbst oder zu Anfang des Frühjahrs noch schneiden, sonst ist ein Jahr später das ganze Haus zugewachsen!«

»Genießen wir es jetzt, Theres, ist doch schön, so richtig wildromantisch! Was wissen wir, was in einem Jahr sein wird?«

Er schaute entspannt an den hängenden Zweigen des Wilden Weines vorbei nach vorne.

»Wissen wir, was kommen wird, was morgen ist?«

Theres sah ihn groß an.

»Es wird ein Regen aufkommen. Wenn ich so zum Himmel schaue.« Dann lachte sie.

»Ja, das wird bestimmt kommen«, meinte er.

»Die Wolken werden dunkler, und es ist sehr schwül.« Sie zeigte nach oben zum Himmel.

Dann schenkte sie noch einmal voll ein und streichelte seine Bartstoppeln. Sie war an diesem Nachmittag nicht so für philosophische Gedanken oder gar irgendwelche Visionen aufgelegt. Tillmann merkte das; doch er ließ nicht ab.

»Ich bin froh, dass ich mit dir hier sitzen darf. Das Jetzt ist viel zu kurz. Vielleicht ist alles zu kurz.«

Da horchte sie auf. »Was meinst du damit Till? Als wir doch vorhin zwischen den hohen Gräsern saßen, da wurde uns die Zeit fast zur Ewigkeit.«

»Ja, schon. Aber auch das fand ein Ende.«

»Ist das schlimm?«, fragte sie. »Es kann nicht alles bleiben. Das weißt du doch. Alles hat einmal ein Ende. Wenn es das nicht hätte, wäre die Endlosigkeit furchtbar für uns alle! – «

Sie hielt kurz inne und überlegte. »Aber«, so fuhr sie fort, »alles kann sich in ähnlicher Weise wiederholen. – « Sie überlegte kurz und sagte: »Vielleicht ist das Leben nur ein vorgegebenes Muster, so eine Art Schablone mit unvorstellbar vielen Variationen – aber jede Variation ist eine andere, und jeder spielt sein eigenes Stück.«

Ein leichtes Stirnrunzeln kam bei Tillmann auf.

»Ein Muster, eine Schablone? Mit Variationen? – Ich denke, das einzige Muster, von dem man überhaupt sprechen kann, ist das Leben als solches. Alles, was daraus bei den Menschen hervorgeht, ist von einer Einzigartigkeit bestimmt. Was einmal war, wird nie wieder genau so sein, wie es war. Es können Ähnlichkeiten auftreten, große und auch viele- doch alles Geschehene trägt in sich die Vortrefflichkeit des Einmaligen. *Du steigst nie zweimal in denselben Fluss.* Das hat schon Heraklit gesagt.«

»Ja, Till, ich verstehe. Aber dieser Fluss – er trägt doch uns beide. Wir werden dahingleiten, und die Wasser werden uns tragen bis hinaus ins Meer. Dieses wird uns immer wieder an neue Strände spülen, und jeder Strand wird die Hoffnung offenbaren, die man beim Treiben auf dem Wasser aus der Ferne erspäht.«

»Wo ist unsere Liebe, wenn wir nicht mehr sind?«, fragte er.

»Wenn es uns nicht mehr gibt?« – Sie überlegte.

»Die Liebe geht nicht verloren. Sie wird bleiben. Vielleicht wird sie getragen von Bewusstsein zu Bewusstsein. Sie trägt uns in unserem Leben und ist für uns die Verbindung zwischen Leben und Tod.«

Tillmann sah sie Sekunden still an.

»Dann ist die Liebe das, was man den Sinn des Lebens nennt?«

Theres überlegte.

»Ja, sicher, das ist sie! Sie ist das Höchste, was uns das Leben bietet. Aber wer liebt, muss auch tragen. Manchmal sogar eine schwere Last. Darin liegt der Sinn der Liebe.«

»Du hast Recht«, erwiderte er.

Er nickte und umarmte sie.

»Deine Worte sagen alles«, sagte er, »sie widerspiegeln meine Gedanken. – Ich liebe dich.«

Sie versank noch einmal in seinen Armen, und er hörte gerade noch die Worte »ich« und »auch«.

Jeder verspürte in der Stille die Gefühle des anderen, doch die waren auf einmal so stark, dass sie nicht mehr zu beschreiben waren. Ihre Macht lag in der Wortlosigkeit, und die Wortlosigkeit barg ihre Einzigartigkeit.

Die Insekten flogen vor ihnen vorbei, ein leises aber fast andauerndes Schwirren und Summen war es, das in der Luft lag, begleitet von dem Flattern der Falter, es war wie ein Tanz zur letzten Ballade des Sommers.

Die Wolken verdichteten sich am Himmel.

»Wir müssen bald wieder aufbrechen«, sagte er plötzlich.

»Ach, Till, wie schade!« Sie sah ihn mit ihren großen saphirblauen Augen an. »Ich werde dich vermissen. Es war so schön!«

»Ja, es war sehr schön mit dir. Ich werde wiederkommen.«

Zuhause erfüllte sie noch ihr Versprechen und spielte ihm auf dem Flügel das *Souvenir des Paganini* von Frédéric Chopin. Tillmann hatte auf einem der alten Sessel im Salon Platz genommen und hörte ihr innerlich bewegt zu. *Wie schön sie aussieht*, dachte er, und er sah mit großer Genugtuung, wie ihre zarten Hände mit so viel Gefühl über die Tasten glitten. Die Akkorde wurden geboren, verklangen ganz leise, und wieder andere folgten nach. Der obere Teil ihres Körpers ging wie der einer Balletttänzerin mit der Musik mit und formte die Klänge und Melodien zu einem lebendigen Bild. Er sah, wie ihr Körper mitschwang, wie er sich mit der Harmonie dieser Musik vereinte, und manchmal schien es ihm, als säße die junge Theres da. Diese Bilder kamen und gingen wieder, doch da sah er immer wieder, wie der eine Körper ganz langsam in die Erscheinung des anderen überging. Diese Übergänge bargen für ihn kein Gefühl der Enttäuschung, sondern eine Zufriedenheit. Sie sah kurz zu ihm auf und lächelte ihn an. Ihre karamellblonden Haare passten sich ihren Kopfbewegungen an. Und dieses Lächeln, das in diesen Minuten auf ihren Lippen lag, das würde er niemals vergessen. Es brannte sich in seine Gedanken ein und würde während der Fahrt nach Hause nicht von ihm lassen.

Er war so berauscht von den Klängen, dass sie es ihm auf seinen ausdrücklichen, seinen bittenden Wunsch hin noch einmal spielte. Sie sah dabei, wie er verträumt dabei saß und leise mitsummte.

Er ging zu ihr hin und umarmte sie. Überwältigt küsste er sie immer wieder, bis endlich ein leises, aber leidenschaftliches Danke sich von seiner Zunge löste.

»Ich liebe dich, Till!«

Er sah sie still an und lächelte.

»Wir lieben uns«, erwiderte er.

»Ja, und das war erst der Anfang«, sagte sie ihm ganz leise und legte ihre ausgestreckten Arme noch einmal um seinen Hals.

»Ich sehne mich immer nach dir, Theres, und man kann es kaum begreifen, wie schön diese Sehnsucht ist. In der Sehnsucht werden wir beieinander sein, auch wenn wir nicht zusammen sind. Ich werde dich sehen und hören, Theres.«

»Ich dich auch, mein Lieber, und ich weiß, es kommen glückliche Zeiten. Wie oft war das Glück schon so nahe bei einem, und man hat es nicht wahrgenommen.«

Tillmann war innerlich sehr aufgewühlt und schwieg. Sie sah es an seinen Augen, an seiner ganzen Mimik. Ihm war es eine Weile so, als würde ihn der Augenblick, als würde er den Boden unter den Füßen verlieren.

Doch als er auf der Uhr in der Garderobe sah, dass es schon später Nachmittag war, holte ihn die Realität wieder ein.

»Theres, schau mal auf die Uhr, es ist Zeit zu gehen!«

»Warum?«

»Ich muss mich noch auf die Nachhilfe für Marie vorbereiten. Sie ist morgen.«

»Wir werden uns aber wiedersehen, Till!«

»Bestimmt und bald«, ergänzte er.

»Komm, soll ich dich begleiten?«

»Nein, das muss nicht sein, den Weg zum Auto kann ich auch allein gehen.«

Sie schaute zum Himmel, an dem sich immer mehr schwarze Wolken zusammenzogen. Es lag eine starke Schwüle in der Luft. Sie ging mit ihm noch die Stufen hinunter bis zum Eingang an der Wilhelminenstraße.

»Pass auf, es wird ein Gewitter geben! Fährst du auf der Autobahn nach Ludwigshafen?«

»Ja, natürlich, das geht am schnellsten, da bin ich bald zu Hause!

»Auf der Parkinsel! Wie gut, dass du mir noch gestern noch deine Angaben zu Adresse, Telefon und E-Mail auf einen Zettel notiert hast; er liegt in der Bibliothek! Wenn wir uns nicht sehen, können wir uns SMS schreiben oder telefonieren. Ach, Till, es ist jetzt ganz anders, wie es vorher war, es ist so schön, und mir wird es dann vorkommen, als seist du gerade nur kurz weg!«

Er lächelte und umarmte sie zum Abschied unten auf dem Trottoir vor ihrem Haus. Dann ergriff er seine Tasche und machte sich auf den Weg.

Sie rief ihm noch nach, er solle nicht so schnell auf der Autobahn fahren, vor allem nicht bei einem Gewitter.

»Ich gebe schon acht«, rief er zurück, und beim Weggehen drehte er sich immer wieder um, sie winkten sich zu, und das ging noch solange, bis die erste leichte Kurve kam und man sich nicht mehr sah.

Wohin hat mich die Sehnsucht getragen?, dachte er, als er sein Auto bestieg.

Vom Tal aus schaute er noch einmal zum Neroberg. Inmitten der dunklen Wolken sah der bedrohlich aus. Wegen der Schwüle öffnete er im Wagen alle Fenster. Er sah den Wald des Berges und erkannte auf einmal, wie sehr sich dieser verfärbt hatte. Gestern war das Theres und ihm noch gar nicht aufgefallen, doch jetzt merkte er es. Der Herbst hatte sich breit gemacht. Ein Krähenschwarm zog seine Kreise. Sie flogen sehr tief.

Er fuhr über die Schwalbacher Straße und das Schiersteiner Kreuz, wo es nur einen kleinen Stau gab über den Rhein, vorbei an Mainz. Bei Nieder-Olm dann der nächste Stau. Tillmann wollte in Ruhe nach Hause fahren ohne diese Unterbrechungen. Auf der Höhe von Alzey entschied er sich dann, auf der Landstraße weiterzufahren und dabei einen kleinen Umweg über den Donnersberg und die Nordpfalz zu machen. *Warum auch nicht*, dachte er. *Das sind relativ ruhige Landstraßen, und wenn man durch den Wald fährt, hat man die totale Ruhe, die ich jetzt brauche!*

Er fuhr an Kirchheimbolanden vorbei über die Michelsäcker, wo sich die dunkelbraune Ackererde und die schwarzgrünen, unheimlich wirkenden Farben der Wolken schon beinahe berührten.

Es fiel ihm schwer, in die Gegenwart zurückzufinden. Seine Gedanken durchdachten alles noch einmal und ließen von dem, was er die letzten Tage erlebt hatte, nicht mehr los.

Es war alles so ruhig, unheimlich ruhig. Da er Musik hören wollte, schaltete er das Radio ein. Die Nachrichten kamen. Es war achtzehn Uhr. Die Nachrichten kamen, in denen man zugleich eine Wetterwarnung für die Pfalz, das Saarland und Teile Baden-Württembergs durchgegeben hatte: Gewitter mit starken Wind- und Sturmböen von teilweise über hundert Kilometer in der Stunde, verbunden mit dem strikten vorsorglichen Hinweis, wenn möglich nicht das Haus zu verlassen. Wütend stellte er das Autoradio ab. *Jetzt fangen die auch schon mit dieser Panikmache an*, dachte er sich und fuhr weiter. Aber er sah doch den dunklen, unheimlich wirkenden Himmel, spürte die Schwüle der Luft, und ganz weit in der Ferne hörte er sogar schon ein erstes leises Donnern.

Eigentlich war er nicht enttäuscht, dass *die* Theres, die er in Wiesbaden angetroffen hatte, nicht *der* entsprach, die er sich erhoffte. Er war es deshalb nicht, weil sie ihm alles noch gab wie eine Jugendliche, ja durch ihre Reife und Erfahrung sogar noch mehr. Doch das Bild, seine Vorstellung von der jungen Theres, ließ nicht ab von ihm und tauchte in unregelmäßigen Abständen immer wieder in seinen Gedanken auf. Mittlerweile nervte es ihn gewaltig, und er konnte es nicht mehr ertragen. Er schaltete den Player ein, auf dem die Soundtrack-Musik zu dem Film *Paris, Texas* lief. Sie gefiel ihm!

Die Donnergeräusche waren jetzt schon deutlicher zu hören. Er überhörte sie und drehte die Musik lauter als sonst. *Ist ja niemand in der Nähe*, dachte er sich. Die Landstraße führte vorbei an den schon umgepflügten Äckern, an den Wiesen mit den Obstplantagen und manchmal auch durch die Ausläufer des Nordpfälzer Waldes. Er fuhr auf den Donnersberg zu. Nicht zum Gipfel, zum Königsstuhl, auch nicht zum Drosselfelsen, diesem kleinen Felsvorsprung, den er von Ausflügen aus seiner Kindheit noch kannte, sondern einfach mitten durch den Wald. Vielleicht war es die Sehnsucht nach Gewesenen. Wer bin ich und wer war ich.

Es war einer dieser Momente, als alles unheimlich still war, die Bäume schweigend in den Himmel ragten, der Himmel immer bedrohlicher wurde als er ohnehin schon war und nur am Horizont über der Rheinebene noch ein schmaler heller Streifen, in dem sich der Rest an Tageslicht sammelte, zu sehen war. Es sah aus wie ein Idyll, das faszinierte und durch das Trügerische, das in ihm steckte, zugleich lähmte.

Tillmann war sichtlich froh, dass er alle Wagenfenster geöffnet hatte, sonst wäre die Luftfeuchtigkeit schon lästig geworden. *Und das kurz vor Oktober*, dachte er. Es schien ihm, als habe sich diese Schwüle bis in die tiefen Gräben und Mulden des Waldes gelegt.

Er hörte die Musik, die Saitenklänge der elektronischen Gitarre, die klagenden und sehnsuchtsvollen Melodien, die plötzlich ganz leise entstanden, dahinflogen und wieder verklangen.

Die Melancholie und Wehmut der Musik vermischte sich mit der Schwüle des frühen Abends, und es gefiel ihm merklich, wie die Farbe des Himmels weit über dem Horizont dunkelviolette Farbtöne annahm. Theres würde das auch gefallen, dachte er und lächelte. Der aufkommende Wind tat gut. Er vermischte sich mit der Schwüle, und gab ihm ein angenehmeres Empfinden. Die Luft roch nach Regen.

Vögel hüpften, flatterten auf und flogen in die Bäume hoch.

Tillmann sah in den Rückspiegel. Der Hintergrund war dunkel. Nur das Weiß seiner Haare trat hervor. Das matte bläuliche Licht des frühen Abends ließ auch die kleinsten Falten auf der Stirn und um die Augen noch stärker als sonst hervortreten. Er erschrak, als er sich sah. Der Wind wurde stärker, und er hatte noch immer alle Fenster seines Wagens geöffnet.

Manchmal passierte er schon die ersten Ausläufer des Waldes. Dann kamen wieder die Felder. Er musste langsamer fahren, weil diese Landstraße immer wieder Schlaglöcher hatte. Das erzeugte im Heckbereich seines Autos ein Klappern und Scheppern, was ihn sehr störte. Gerade jetzt. Während des Fahrens schaute er über ein weites Land unter hohem Himmel, sah dessen Farbenspiele, und es kam ihm vor wie das Malen einer Landschaft. Das Gewitterlicht zuckte zwischen den dunklen Wolkenheeren hervor und erhellte ihre Schwärze zu einem violett-grünen Ton. Er erschrak, als er bemerkte, wie die gelben Blätter dabei hell, fast schon grell aufleuchteten. Die riesigen Wolken kamen von Nordwesten her, und auf einmal kam in ihm das Gefühl auf, sie seien im Begriff sich immer mehr aufzublähen, und sich bald über ihn zu legen.

Die Windböen nahmen zu und wurden stärker. Jetzt befand er sich schon am Anfang des Waldes. Er verschloss alle Fenster. Anfangs übertönte seine Musik noch das Donnern. Doch es war bald von so einem Getöse, dass seine Musik nur eine leise Begleitung war. Ein Unwetter schien sich anzubahnen. Sturmböen fegten von Nordwesten her über die Kronen der Bäume hinweg, und er erblickte, wie sich ihre Stämme leicht bogen. Schon lange hatte er das Abblendlicht eingeschaltet. Er sah, wie die Scheinwerfer die schmale Straße, die unteren Teile der Stämme und das vertrocknete und frisch dazu fallende Laub anstrahlten. Er fuhr wieder schneller. Das Donnern war so laut, dass er das Rütteln beim Überfahren der Schlaglöcher nicht mehr so recht vernahm. Dazu kam noch die Musik seines Players, die noch laut in den Wald schallte.

Die Blitze wurden heftiger, sie zuckten vom Himmel herab, und das sofort darauf eintretende Donnern, ließ ihn wissen, dass das Gewitter jetzt direkt über ihm lag. Dem sanften Gefälle rechts der Straße folgte ein steiler Abhang, und bald führte auch die Straße abwärts.

Der Regen setzte ein! Drei, fünf zehn dicke Tropfen klatschten gegen das Glas, es wurden immer mehr, und dann prasselte es in solchen Mengen herab, dass die Scheibenwischer in ihrem Tempo kaum noch mitkamen, und ihr anfängliches Rattern ging durch den starken Regen in ein unregelmäßiges Glitschen über. Unmengen an Wasser kamen von oben vor allem durch die offenen Stellen zwischen den hohen Bäumen herunter, und das Wasser überschwemmte mit einem Mal die ganze Straße. Von den Hängen floss es herab und schob zeitweise ein Gemisch von Schlamm und Laub vor sich her, bevor es auf der schmalen Straße wie in kleinen Sturzbächen abwärts floss. Vereinzelt waren kleine Felshügel zu sehen, die aus dem Laub ragten.

Eine erste Angst hatte sich längst in ihm breit gemacht. Weil es bergab ging, musste er bremsen. Sein Wagen kam ein wenig ins Rattern, als eine Kurve kam. Das Herbstlaub der Bäume wurde vom Sturm von den Zweigen gerissen, tanzte hektisch durch die Lüfte, bevor es irgendwann auf das Unterholz und die vermoderten Pflanzen der Erde fiel. Auch die Straße war im Wald bedeckt mit glitschigen Laub. Seine Warnlampe blinkte kurz auf. Er schaute hin. Alles okay, dachte er. Er schien nervös und angespannt. Was sollte man in diesen Augenblicken auch anderes erwarten! Vor Minuten wurde ihm noch gewahr, wie die Natur ihm ihr Farbenspiel präsentierte, wie für ihn gleichsam ein episches Landschaftsbild aus der Landschaft erwuchs. Jetzt sah er nur noch das Glänzen der klatschnassen Buchenstämme, die rauen Rinden der Eichen, an denen das Wasser wie in kleinen Kaskaden herabstürzte und die von grünen Flechten überzogenen Steine und Felsen. Ansonsten war alles, was er um sich herum noch sehen konnte, braun, gelb und feucht. Die wenigen klobigen Findlingsblöcke, die es gab, standen mit knorrigen Bäumen wie Fabelwesen in der Landschaft. Er dachte kurz an die Weidenstämme am Ufer des Rheins. Dann erfasste ihn eine Windböe, die seinen Wagen ein wenig anhob und Zweige auf das Dach fallen ließ. Er konnte nicht halten, weil es bergab ging. Er trat die ganze Zeit leicht auf die Bremse, es quietschte und polterte, und er hatte Angst vom herabfließenden Wasser erfasst zu werden und die Kontrolle über das Auto zu verlieren. Seine beiden Hände umklammerten nervös das Lenkrad. Der Regen wurde plötzlich ganz laut, so als ob kleine Steine gegen die Karosserie geworfen würden, und da sah er auch schon, dass sich der Regen mit Hagelkörnern vermischt hatte. Es war eine Szenerie, wie er sie in diesem Ausmaß noch nie erlebt hatte. Die hohen Kiefern bogen sich knarrend im Sturm, und ihre Größe war aufgrund ihres langsamen Wuchses ein Zeugnis dafür, dass sie schon alt waren. Eine Kiefer wurde entwurzelt und stürzte hangabwärts. Er erschrak, war aber erleichtert, dass es ihn selbst nicht getroffen hatte.

Der Hagel ging wenig später wieder zurück, doch die Regenmassen schütteten noch immer herab, dass auch im Licht der Scheinwerfer alles vor seinen Augen verschwamm. Nach dreihundert Metern würde er endlich das Tal erreicht haben, in spätestens ein bis zwei Minuten, dachte er. Doch die Zeit wurde zur Ewigkeit. Seine Hände waren kalt und zitterten. Er vernahm nur noch berstende Himmel und Wassermassen, und die Blitze, die zwischen den Bäumen herniederglitten, waren noch das Einzige, was er sah.

Nein! Da war noch etwas anderes! Irgendetwas Braunes bewegte sich von der linken Seite vom Wald auf die Straße zu. Es ging alles so schnell. Aus zwanzig Meter Entfernung erkannte er zwei glänzende Rehaugen, die ihn anstarrten. Es lief auf das Auto zu. Er erschrak, versuchte zu bremsen, was aber auch nicht mehr viel half. Denn das Reh befand sich schon im Sprung direkt vor die Scheinwerfer, sodass er nur noch das Lenkrad nach rechts herumreißen konnte, um einer Kollision mit dem Tier zu entgehen. Er sah noch einmal die funkelnden Augen, die ihn wie Stiche trafen. Er sah noch den Felsvorsprung. Die hohe, alte Buche, die am rechten Rand der Waldstraße stand, hatte er wahrscheinlich nicht mehr gesehen. Vielleicht hatte er sie auch noch gesehen, konnte ihr aber nicht mehr ausweichen. Es war ein kurzes, lautes Krachen und Bersten. Die Wucht des Aufpralls drückte den Wagen an der linken Vorderseite gegen den Stamm und hob die Hinterachse noch einmal kurz an. Die Vorderlichter erloschen, doch das Rücklicht brannte noch, und die Musik seines Soundtracks *Paris, Texas* spielte weiter. Es war das letzte Stück der CD, das sich *Dark was the night* nannte. In der Bremsspur sah man unter dem glitschig-nassen Herbstlaub den schwarzen Asphalt der Straße.

Vielleicht war es Zufall, vielleicht aber auch Fügung, dass ein Bauer, der in seinem Auto auf dem Heimweg war, ihn fand und umgehend den ärztlichen Notdienst verständigte. Dieser flog ihn sofort mit dem ADAC-Hubschrauber zur Neurochirurgie des Mannheimer Klinikums. Dort stellte man einen Schädelbasisbruch mit starker Schädel-Hirn-Trauma-Fraktur und mehrere Schädelfrakturen mit eingedrückten Schädelknochen fest und operierte ihn sofort.

Die Operation dauerte bis in die frühen Morgenstunden des ersten Oktober.

Tillmann lag in tiefem Koma.

KAPITEL 26

Was kommt, weiß niemand

Am Vormittag darauf saß Theres in Gedanken versunken im Wohnzimmer und schaute hinaus in den trüben und dunstigen Tag. Sehen konnte sie nicht mehr viel, weil große Nebelbänke sich in der Nacht über die ganze Umgebung ausgebreitet hatten. Gestern noch die gewittrigen Regenschauer, und nun der erste richtige Herbsttag.

Sie sah, wie das Wasser von den Blättern, die noch an den hohen Bäumen hingen, heruntertropfte. Es war schon zehn Uhr, doch der Tag schien nicht so recht hell zu werden.

Sie war am Morgen schon in der Frühe aufgestanden. Sie hatte ohnehin in der Nacht nur wenig geschlafen, anfangs fiel ihr das Einschlafen schwer, weil sie nach dem stürmischen Gewitter noch einen Anruf von Tillmann erwartete. Keine großen Dialoge mehr, einfach nur die Bestätigung, dass er wohlbehalten zu Hause angekommen sei. Im Kreise ihrer Eltern, ihres Mannes und auch bei allen ihren Freunden und Bekannten war dies gang und gäbe – sollte es bei Tillmann etwa anders sein? Sie hatte sehr unruhig und meist nur sporadisch geschlafen, und seit den frühen Morgenstunden gar nicht mehr.

In der Küche hatte sie nur einen Kaffee und ein kleines Toastbrot mit Marmelade zu sich genommen, die Zeitung unruhig überflogen und das Radio eingeschaltet. In den Nachrichten hatte man gemeldet, dass das Unwetter des gestrigen Abends in einigen Regionen des Odenwaldes und des Nordpfälzer Waldes Baumschäden angerichtet habe. Näheres sei nicht bekannt. Sie machte sich Sorgen. Eigentlich könnte sie ihn ja auch anrufen. Doch weil es gewöhnlich der Gast war, der sich noch einmal für alles bedankte, wartete sie.

Es war für sie ein versteinerter Morgen. Nur die Musik aus dem Küchenradio hörte sie leise mit, jetzt nahm sie noch Teile des Songs wahr, den sie schon aus den Achtzigern kannte:

> *»doch er kann nichts hörn … er schwebt weiter … völlig losgelöst von der Erde«*

Sie summte mit, um ihr Warten zu überbrücken:

Die Erde schimmert blau...

Sie schaute wieder nach draußen: Alles war grau, und im Unbewussten sehnte sie sich so nach Farben.

Gegen Mittag dann noch immer kein Lebenszeichen von Tillmann, weder Anruf noch Mail. Da konnte sie nicht länger warten und rief bei ihm an. Sie ließ es tuten und wartete. Nach einer Minute dann der Anrufbeantworter. Sie legte auf. Dann rief sie sofort ein zweites Mal. Wieder nichts. Nach einer Stunde dasselbe noch einmal. Es nahm noch immer keiner ab. Sie war ganz aufgeregt, fasste sich ein Herz und sprach kurz auf den Anrufbeantworter: »Hallo Till, hier ist Theres! Bist du gestern vor diesem Unwetter noch gut daheim angekommen? Ich mache mir große Sorgen. Bitte rufe mich zurück. Meine Nummer hast du ja. Doch für den Fall, dass du sie verlegt hast, hier noch einmal: 0611 80545. Ich liebe dich!«

Sofort sandte sie ihm auch eine Mail mit der Bitte, sich doch umgehend bei ihr zu melden.

Stundenlang saß sie herum und wartete auf ein Zeichen von Tillmann. Nichts kam. Am Abend saß sie vor dem Fernsehen und klickte das Programm immer wieder von vorne bis nach hinten durch, um sich abzulenken und vielleicht auch von irgendeinem Kanal eine ihr wichtige Nachricht zu erhalten. Es war immer wieder nur von Unwettern im Südwesten mit zwei Unfällen die Rede. Näheres wurde nicht mitgeteilt.

Sie schlief auf dem Chaiselongue vor dem Fernsehen ein und lag da die ganze Nacht.

Es wird so dunkel. Ich treibe in leeren Räumen. Es wird immer dunkler ... nur Finsternis ... ich habe Angst. Ich friere.

Alles so grau ... nur Beton ... ich bin in einem Verließ ... sehe die Schatten vieler Rehe an den Wänden ... sie äsen in strömendem Regen ... hört ihr mich, könnt ihr mich sehen ... ich fliege doch an euch vorbei ... sie äsen genüsslich und hören mich nicht.

Ich habe Durst, hört ihr mich nicht, ich habe Durst. Da hebt ein Reh den Kopf. Es schaut zu mir ... schaut zu mir ... mit seinen braunen Augen ... sie kommen immer näher ... ich sehe es ... ich sehe dich ... mein Gott, ich sehe dich, Theres!

Ein Licht erscheint im Tunnel, der immer weiter wird. Ich fliege zu dir, Theres ... du wirst immer heller. Dein Körper löst sich auf in Licht ... wie schön, Theres, wie schön, wie schön, wie schön ... ich spüre, wie das Licht mich trägt.

Die sterile Beleuchtung des Raumes auf der Intensivstation, die in den Nachtstunden gedämpft war und einen ausgeglichen warmen Ton von sich gab, würde die Schwester später, wenn es heller wird, abstellen und die heruntergelassenen Jalousien des Fensters ein wenig nach oben drehen, sodass das Tageslicht dann in gedämpftem Maße durch die Öffnungen fällt.

Draußen war es immer noch dunkel. Die Lichter des neulich fertiggestellten Anbaus der Onkologie an den Bau, wo sich Chirurgie und Orthopädie befanden, schimmerten herüber zum Fenster. Auf den höheren Gebäuden waren blinkende Lichtsignale zu sehen, welche zur Markierung für alle Flugobjekte bestimmt waren, um diese vor einem möglichen Anflug auf das Areal zu warnen.

Das Dämmerlicht aus einer Lichtröhre lag über Tillmanns Bett. Die Töne der Überwachungsanlage durchbrachen die Stille. Der Monitor zeigte die Herzfrequenz. Im Falle einer Über- oder Unterschreitung des festgelegten Normbereiches würde eine elektronische Alarmierung nach draußen erfolgen, dass der Arzt sofort erkennt, wenn bei einem Patienten ein Eingreifen vonnöten ist. An eine Herz-Lungen-Maschine angeschlossen, die eine Künstliche Hypothermie, eine Kühlung des Blutes, seinen Körper auf zweiunddreißig bis vierunddreißig Grad herunterkühlt, wurde er sofort nach der Einlieferung angeschlossen. Darüber hinaus wurde er natürlich künstlich beatmet, und eine indirekte Blutdruckmessung erfolgte in bestimmten Zeitrhythmen. Der Hirndruck ist immer noch erhöht, doch schon seit gestern Nachmittag, als man nach der Operation die Drainage legte und den Ventrikelkatheder implantierte, schon gesunken, doch immer noch zu hoch. Die Absplitterung eines kleineren Schädelknochens auf der linken Seite des Kopfes zwischen Stirn und Schläfe in das Schädelinnere hatte zur Blutung der beschädigten Hirnhautgefäße geführt. Das computertomografische Ergebnis sofort nach seiner Einlieferung in das Klinikum ließ den Ärzten keinen anderen Weg, als den Patienten sofort zu operieren, und der Professor entschied sich aufgrund der Blutungen für eine Öffnung des Schädels. Da eine Hirnschwellung vorlag, wurde zur Druckentlastung das linke Scheitelbein des Schädeldaches entfernt. Das Schädeldach war mit einem Helm zum Schutz des Gehirns versehen.

Die Lichter der Kontrolllampen und die leisen Geräusche der Beatmungsmaschinerie waren die einzigen Zeichen, die der Raum von sich gab. Es war eine lähmende Stille. Tillmanns Augen waren geschlossen. Er lag mit erhöhtem Oberkörper und gerader Kopflagerung, um den venösen Abfluss nicht zu behindern.

Drei weitere Patienten befanden sich noch in diesem Raum der Intensivstation. Alle Betten standen auf weitem Raum verteilt und waren durch spanische Wände getrennt.

Er sollte noch den ganzen Tag, der gerade im Anbrechen war, und die folgende Nacht bleiben. Erst am folgenden Tag wollte man ihn auf ein Einzelzimmer der Station legen.

Theres machte sich auch am nächsten Tag große Sorgen, und eine große Angst befiel sie. Sie hatte immer wieder bei ihm zu Hause angerufen, hatte ihm flehend auf den AB gesprochen, er solle doch bitte sich bei ihr melden, sie würde sich so große Sorgen machen. Als sie dabei zuletzt in Tränen ausbrach, legte sie auf. Sie schämte sich, obwohl sie das doch gar nicht brauchte; denn ihre Angst war zu verstehen, und mittlerweile war sie sich sicher, dass mit ihm etwas passiert war.

Zweiter Tag nach der Operation

Sara kam gleich gegen neun Uhr. Das Klinikum hatte ihre Adresse von Julienne Eden, der Nachbarin ihres Vaters, erfahren. Man hatte ihn inzwischen auf die neurochirurgische Station verlegt. Sie erschrak sofort, als sie den Raum betrat und ihren Vater im Zustand des Komas mit einem Helm auf dem Kopf im Bett liegen sah.

Sie nahm vor seinem Bett Platz und sah ihn erschüttert an. Wie konnte das passieren? Er lag ganz still da und atmete ruhig. Es erinnerte sie an die Sonntage, wenn sie ihre Eltern liebevoll weckte. Sie dachte an damals, und das beruhigte sie ein wenig.

Draußen war ein schöner Herbstmorgen. Sie sah von ihrem Platz aus hinaus. Die Blätter der alten Kastanien, die in den Grünanlagen des Klinikums standen, leuchteten noch einmal in ihren letzten sanften Farben, die auf einmal immer mehr auf sie zuströmten, und das ließ sie für kurze Augenblicke alles Geschehene vergessen. Ein zaghaftes Lächeln legte sich über ihre Lippen, sie genoss in der Kürze der Zeit fast schon Bilder, die sich ihr immer mehr öffneten. Sie sah das Lachen ihres Vaters, wie er sie noch vor Kurzem umarmte, wie er sie als kleines Mädchen in die Höhe hielt, sie auf seine Schultern setzte oder kurz durch die Luft wirbelte.

Warum sind die Bilder weg ... alle Bilder sind abgehängt ... warum sind sie weg? Vater, was machst du hier? – Ich schaue mir die Leere an. – Wo sind die Bilder, Vater? – Wo die sind? Ich weiß es nicht. Sie waren zu gut für diese Welt. Oder zu schlecht, nur ein Abklatsch dessen, was ist. – Nein, Vater, nein, was redest du? Alfred steh mir bei! Warum schweigst du, Alfred? Warum schweigt ihr alle? Wolfgang, wo bist du, ich suche dich, mein treuer Freund! Ich höre deine Stimme, und deine Worte klingen ... immerdar! Wie schön das alles war, so schön ... und jetzt ist alles leer. Ich bin gefangen! Wo ist Lars? Wo ist Lars Carstensen? Ich sehe ihn! Du redest, aber ich kann dich nicht hören, ... du warst ein guter Schüler ... bleib bei mir Lars ... wir gehen zum Meer! Mein Gott, du redest, und ich höre dich nicht. Da steht Kandinsky ... vor der leeren Leinwand, dahinter Kirchner ... und viele blaue Blumen ... sie fliegen durch den Raum ... es ist ein Grauen!

Die Tür zum Krankenzimmer ging langsam auf. Von den Gängen der Station drangen Geräusche von Hasten und Scheppern herein, Kranke wurden in ihren Betten über die Flure geschoben, leere Tropfflaschen wurden durch neue ersetzt, das Klicken vor dem Weiterschieben von Betten, wenn die Bremse gelöst wird. Eine Schwester kam, wechselte am Bett von Tillmann Lenz die Infusionsflasche und schaute nach den Werten. Sein Puls war regelmäßig. Die Hämatome in seinen Augenhöhlen waren noch leicht vorhanden, aber schon zurückgegangen. Sie beugte sich über ihn und schaute ihm auf seine geschlossenen Augen. Wann wird er sie öffnen? Wird er sie öffnen?

Schon wieder Kandinsky! Was will er von mir? Was macht er in Christians Galerie? Er redet mit Alfred. Sie stehen da ... sehen mich nicht ... ich rufe ... rufe ... niemand bemerkt mich ... sie reden miteinander, lachen, stoßen mit Sektgläsern an. Da ist Herwig Dietrich, der Künstler! Er zeigt auf seine Bilder. Ich höre seine Stimme. Wir seien immer unterwegs ruft er, immer, selbst wenn wir schlafen und träumen. Immer, immer.

Ich schreie, ... höre ... wie mein Schrei verhallt ... ich fliege ... durch einen dunklen Tunnel ... ich höre die Melodie von The ballad of Lucy Jordan *... die junge Frau mit Tunika steht im Licht vor dem Tunnel ... ich sehe sie, wie sie im Meer versinkt. Leuchttürme wachsen aus dem Wasser, ganz viele Leuchttürme ... ich sehe meinen Vater, wie er mir winkt.*

Die Visite war gegen halb zehn. Der Chefarzt redete mit Sara. Schädelbasisbruch, Schädel-Hirn-Trauma mit Blutungen. Der Arzt wiederholte grob noch einmal das, was er nach der Operation am gestrigen Tag bereits sagte. Er betonte noch einmal, dass durch den schnellen operativen Eingriff weitere Blutungen als auch eine Freisetzung der Gehirn-Rückenmarks-Flüssigkeit verhindert wurden. Die Knochensplitter, welche durch eine Splitterung des Schädels im oberen linken Schläfenbereich ziemlich tief in das Gehirn eingedrungen waren, habe man natürlich als erstes entfernt. Warum ein Teil des Schädels offen war, erklärte ihr der Professor.

Sie hörte zu und starrte den Arzt mit hilflosen Blicken an. Der Professor konnte ihre Ängste verstehen.

»Ich hoffe, dass wir das Gröbste hinter uns haben. Der sofortige Eingriff nach dem Unfall ihres Vaters vor drei Tagen hat ihn vor dem Schlimmsten bewahrt. Sieht man einmal von kleinen Nachblutungen ab, so sind seit der Operation keine interzerebralen Blutungen mehr aufgetreten. Aber es besteht natürlich ein kleines Restrisiko. Das dürfen wir Ärzte meist nicht ausschließen. Der Hirndruck ist immer noch erhöht, wird aber, so hoffe ich, noch heute seinen normalen Wert erreichen. Eine Infektionsgefahr, die immer durch die geringe Freilegung des Gehirns entstehen kann, ist natürlich nie auszuschließen. Doch antibiotische Mittel, die wir ihrem Vater verabreicht haben, werden dem entgegenwirken. Ich denke, dass er es schaffen wird.«

Sara nickte etwas erleichtert dachte aber noch immer nach.

»Haben Sie noch irgendwelche Fragen?«

»Wie sehr war die Hirnhaut verletzt?«

»Sie war durch den Schädelbasisbruch und den Splitter im Gehirn an zwei Stellen eingerissen ...«

»Sehr viel?«

»Es ging. An beiden Stellen wurde sie sofort zugenäht.«

Sara nickte wieder. Sie war noch nie so zurückhaltend wie an diesem Morgen. Der Oberarzt, die beiden Assistenzärzte und die Schwester standen freundlich dabei und hörten ihrem Chef mit einer inneren Bestätigung zu.

»Die innere Halsschlagader«, so fuhr der Chefarzt fort, »welche bei Schädelbasisbrüchen auch verletzt werden kann, blieb unversehrt.«

Sara bedankte sich. Der Professor und sein Team verabschiedeten sich und verließen das Zimmer.

Wo ist das Rehkitz? Um mich herum Dunkelheit. Es regnet in Strömen, es blitzt und donnert. Die Tannen ... blauschwarz ... ich habe Angst. Die Bäume wachsen mit einem Mal, werden höher und breiter. Ich sehe es genau! Wie die Rinden der Kiefern knarren, und die Stämme dehnen sich, werden breiter, die Rinden lösen sich von innen und fliegen mit einem lauten Krachen durch die Luft.

Das Mittagslicht spielte mit den Farben des Herbstes. Sara spürte es. Sie stand am Fenster, sah über den kleinen Park des Klinikums und dachte noch einmal an die Zeit mit ihrem Vater. Sie kramte noch einmal Erinnerungen aus der Kiste des fast Vergessenen hervor und rief sie zu neuem Leben. Sie sah ihn auf einer Bank sitzen Arm in Arm mit ihrer Mutter und verträumt über den Fluss blicken. Dann sah sie ihn allein vor einem Café der Vorstadt, so als ob er kaum noch warten könne, bis endlich der Abend kommt. Sie schlich sich leise von hinten an ihn heran und berührte seinen Kopf, sodass er erschrak und sich blitzartig umdrehte. Als er sie dann sah, wurde der Schreck zur Überraschung, und er freute sich.

Sara drehte sich um und schaute zum Bett. Ihr Vater lag reglos mit geschlossenen Augen auf dem Rücken, und um ihn herum die vielen Kabel und Schläuche, das unaufhörliche Blinken und Piepen, das sie anfangs sehr störte, aber schon bald durch die dadurch entstehende Monotonie zur Gewohnheit wurde.

Ich fahre mit dem Auto auf einer Straße vorbei an den Feldern, die schon lange abgeerntet sind. andere hatte man gerade frisch umgepflügt; es riecht nach Erde. Ich öffne die beiden Vorderfenster, der Duft der Ackererde, ich kenne ihn! Aus den Kindertagen, als ich noch mit meinen Eltern bei den Großeltern auf dem Land lebte. Unser Nachbar hatte einige Äcker. Manchmal saß ich beim Pflügen auf dem Traktor dabei. Ich fahre langsamer und bringe den Wagen fast schon zum Stehen. Dieser Duft der dunklen herbstlichen Erde, dieser Duft! Ich sauge ihn tief in mich ein. Ich schalte die Nebelscheinwerfer an. Kein Auto. Nur ein Reh, da in der Ferne, ein Reh, das mitten auf der Straße stehen bleibt und wie erstarrt in das Licht meiner Autoscheinwerfer starrt. Ein Reh! Warum bleibt es stehen? Ich nähere mich ihm. Immer mehr. Warum läuft es nicht weg? Ich trete auf die Bremse. Ich hupe, hupe. Im Licht der Scheinwerfer leuchten die Augen es jungen Tieres, wahrscheinlich ein Kitz, das von dem Rudel abgekommen war. Das Hupen durchbricht die Stille der Nacht.

Die Bäume zerbersten, wie sich die Rinden lösen, sie fliegen durch die Luft, wie kleine Boote, dieses Krachen vom Spalten der Stämme, was ist das, was ist das, ... da – ich schwebe wieder ... zu dir ... Theres, zu dir ... Wo bist du ... wo ...

Dritter Tag nach der Operation.

Das Überwachungsgerät leuchtete rot auf, und sein Licht glühte wie die Glut einer Zigarette in der Nacht. Es war noch früh am Nachmittag, aber das Licht war heute nicht imstande einen schönen Herbsttag mit allen seinen Farben hervorzubringen, und in dem Raum der Station war es schon so düster, das dieses Rot an den Apparaturen ungewollt in den Mittelpunkt rückte. Dieses kleine Leuchtsignal und dieser aufdringliche Piepton! Aber es war gut so, es diente zur Überwachung des Patienten. Nach wenigen Sekunden ging schon die Tür auf, und ein Arzt kam mit einer Schwester; sie sahen nach dem Rechten. Es war keine Gefahr im Verzug, lediglich die Flasche mit der Lösung, die Tillmann über die Kanüle zugeführt wurde, war leer und musste gegen eine neue ausgewechselt werden. Der Arzt sah noch einmal auf die Pulsfrequenz. »Ein wenig zu hoch«, gab er der Schwester zu verstehen. Sie nickte, öffnete noch ein wenig die kleine Kanüle. Sie schauten beide noch kurz auf die Geräte, dann auf den Patienten. Der Arzt stand eine Weile da und betrachtete sich den Patienten, dann senkte er seinen Kopf, dreht sich um und ging hinaus. Die Schwester folgte ihm. Das Licht leuchtete grün wie frisches Moos auf den Felshängen Islands.

Du schwebst auf den Wolken unter mir, ich sehe dich, dein Körper wird größer, immer größer, kommt näher, nein ich falle ... ich falle auf dich ... deine Arme hast du wie Flügel ausgebreitet, wie schön du bist, ich falle so leicht, so sanft, noch zarter wie eine Feder, und du nimmst mich auf, du nimmst mich auf.

Wir liegen da ... ich sehe uns beide ... ich spüre dich neben mir, es ist so herrlich ... jetzt über mir ... dein großes zufriedenes Lächeln, und deine Haare hängen mir ins Gesicht ... links und rechts von meinem Kopf hast du die Hände abgestützt, und deine Zunge streicht mir zart über die müden Lider. Du streichst mit deinem Finger deinen Speichel über meine Lippen, die noch immer trocken sind ... du berührst mich ... und erhaben kreist über uns der Vogel der Nacht.

Am Abend dann die Kontrolle. Mit dem Verbandswechsel mussten die Ärzte noch ein paar Tage warten, vielleicht sogar eine Woche. Draußen hatte es zu regnen begonnen.

Ich werde wie auf Wellen getragen...

Wo sind die Bäume, wo sind die Pflanzen, das Gras, die Weiden? Wo sind die Tiere? Wo bist du, Mensch? Ich fliege durch die Leere ... es ist so kalt ... ich suche dich.

Es singen die Vögel so schön. Ich höre sie aus der Ferne. Das Haus steht im Licht, Theres, es kommt immer näher, sieht aus mit dem Garten wie im Märchen. Du lachst mich an, setzt mir einen Fingerhut auf die Nase.

Die Woche ging schon langsam dem Ende entgegen, als freitags bei Theres das Telefon läutete. Es meldete sich bei ihr eine gewisse Sara Lenz. Als sie den Nachnamen hörte, ging ein Zittern durch ihren ganzen Körper, und als sie hörte, dass am Ende der anderen Leitung Tillmanns Tochter war, verschlug es ihr fast die Sprache. Nur ein stotterndes »Ja-Jaa« brachte sie noch über die Lippen. Sara erzählte ihr, dass sie die Tochter von Tillmann sei. Sie selbst habe gleich am nächsten Morgen nach der Operation von dem schrecklichen Unfall ihres Vaters erfahren, nachdem die Polizei über eine Nachbarin auf der Parkinsel in Ludwigshafen ihre Telefonnummer ausfindig gemacht hatte und habe ihren Vater daraufhin noch am selben Nachmittag auf der Intensivstation besucht. Er habe einen Verkehrsunfall gehabt und liege derzeit im Koma. Als sie im Haus ihres Vaters war, so berichtete sie Theres, habe sie den Anrufbeantworter abgehört und sei dabei auf ihre Nachricht und die Angabe der Telefonnummer gestoßen, die sie sich gleich notiert habe, um sie sofort zurückzurufen und ihr die Krankenhausadresse ihres Vaters mitzuteilen.

»Das ist ja furchtbar! Er liegt im Koma, sagten Sie?«

»Ja. Wie lange noch, weiß keiner.«

Betretenes Schweigen.

»Darf ich ihn besuchen?«

»Natürlich. Wir werden uns bestimmt sehen.«

»Ja. Ich danke Ihnen.«

Theres geschockt und doch erleichtert, dass sie eine Nachricht erhalten hatte.

Vierter Tag nach der Operation.

Das Kopfdruck-Messgerät war seit den Morgenstunden auf fünfundzwanzig gesunken und bewegte sich wieder im Bereich der normalen Werte.

Sara saß neben dem Bett ihres Vaters und fuhr mit ihrem Mittelfinger sanft über seine Hand. Sein linkes Auge war um einen winzig schmalen Spalt geöffnet und zuckte manchmal. Das sei normal, hatte die Schwester ihr gesagt. Sie saß schon fast eine Stunde da, und sah auf seine Augen.

Früher hatte sie seine Blicke gefangen: Als Kind, wenn sie im Garten auf dem Rasen Rad schlug oder Jahre später, als sie schon in der Oberstufe des Gymnasiums war, beim Balletttanz. Sie verstand es immer, die Blicke ihres Vaters zu fesseln und genoss die Augenblicke, als ein strahlendes Lächeln über dessen Gesicht ging und er nach dem Tanz seiner Tochter mit großer Begeisterung klatschte.

Sie sah unentwegt zu seinen Augen, deren Lider noch eine leicht bläuliche Farbe hatten, sie sah zu dem schmalen Spalt, und immer, wenn das Lid zuckte erschrak sie und wartete in großer Spannung, so als wolle sie mit diesem Warten seinem Auge eine Träne entlocken.

Sie werden dich noch einige Tage im Tiefschlaf halten, dachte sie, streichelte seine Hand und stand auf. Draußen war noch immer stockdunkle Nacht. Sie konnte die Nacht über kaum schlafen, so sehr hatte sie sich Sorgen um den Zustand ihres Vaters gemacht. Sie lag auf ihrem Bett und dachte über so vieles nach: über die Operation und das, was danach kommt. *Wird sein Leben noch einmal so sein, wie es war? Noch kein Jahr ist es her, da war er als Lehrer in Ruhestand gegangen, kein Jahr, und jetzt das!*

Zwei Lieferwagen fuhren am Gebäude vorbei zur Kantine. *Das Essen für den Tag*, dachte sie. Ihr Vater hing am Tropf. Sie wollte ihren Kopf wieder vom Fenster weg zu ihm hindrehen, hielt aber auf halbem Weg inne und richtete ihren Blick wieder hinaus in die Nacht. Der Himmel war klar, und sie sah die Sterne. Sie suchte sich einen aus, dachte an den Vater und wünschte sich etwas. Das hatte er oft mit ihr und Johannes getan, wenn sie als Kinder mit ihm und der Mutter die Sterne betrachteten. Keiner durfte natürlich verraten, was man sich gewünscht hatte. Sie verrieten auch nichts den Eltern, aber sich selbst schon ganz leise hinter vorgehaltener Hand. Johannes flüsterte Sara einmal zu, er wolle mit dem schnellsten Raumschiff zu Alpha Centauri fliegen und erst nach zehn Jahren zurückkommen. »Dann sind aber auf der Erde schon über hundert Jahre vergangen, und Papa und Mama und ich schon tot, »meinte Sara. »Wieso?«, entgegnete er. »Weil es so ist!« Sie sah ihn ein wenig böse an. »Ich bleibe lieber hier!«

Sie dachte daran, wie lange das nun schon her war. Wie viele Jahre waren nun schon vergangen und hatten sich über ihre Kindheit gelegt.

Sie stand keine zwei Minuten am Fenster. Wie schnell raste die Zeit und all das bisher Erlebte mit ihrem Vater an Sara vorbei! Keine zwei Minuten, da drehte sie sich wieder um, ging zurück an sein Bett, nahm auf dem harten Kunststoffstuhl Platz und schaute ihn an. Wenn dieser Helm nicht wäre! *Mit dem sieht er aus wie ein Astronaut, der in eine andere Welt fliegt, in eine neue Zeit.* Der Gedanke erschütterte sie. Wie komme ich auf so etwas, dachte sie. Sie schaute auf seine geschlossenen Augen. Draußen wurde es langsam Tag.

Ein Schiff fährt über das Meer, vorbei an Leuchttürmen, die Spaliere stehen inmitten des Meeres. Glockenläuten, erst ganz leise. Dann wird es lauter. Von den Leuchttürmen klingen die Töne wie zarte Melodien, jede in einer anderen Tonart. Sie werden lauter, verwandeln sich in wilde Dissonanzen. Theres, du winkst mir von einem Leuchtturm aus. Nur du mit Sara und Vater. Viele andere schwimmen, treiben auf dem Wasser und strecken die Arme aus, so als ob sie um Hilfe schrien. Es ist kein Winken mehr. Sie treiben alle auf dem Meer.

Immer lachst du, Theres, da in deinem Garten zwischen den Gräsern, in deinem Garten, du freust dich, du lachst und winkst, du fliegst weg und löst dich am Himmel zwischen den Wolken ganz langsam auf.

Sara stand wieder auf und ging noch einmal zum Fenster, um die Vögel zu hören. Sie wartete auf die Nachtigall, die sie schon lange nicht mehr gehört hatte. Es war aber noch alles still.

Da ... da ist das Meer ... wie weit ... der Horizont!
Ich fliege durch die Zeiten ...

Der fünfte Tag war schon vorbei, seit er operiert wurde, und er verging fast geräuschlos, eigentlich schnell.

In Tillmann selbst, der noch unverändert in tiefem Koma lag, hatte sich eine Zeitlosigkeit ausgebreitet.

Draußen war es schon dunkel. Das Nachtlicht der Neonröhren beleuchtete sanft, aber kalt das Zimmer. In den Fenstern konnte man ganz schwach die Spiegelung seines Bettes mit ihm und den Schläuchen, Kabeln und anderen Apparaturen sehen.

Am Sonntag, fast eine Woche nach dem Unfall, war es dann so weit. Als Tillmanns Kinder mit ihrer Mutter Sonja fast schon im Begriff waren zu gehen, klopfte es leise an der Tür, die dann ganz langsam aufging. Und da stand sie mit einem kleinen Strauß letzter Rosen aus ihrem Garten, die ihr Till vor ein paar Tagen noch so bewundert hatte. Es war Theres, die durch das Telefonat von Sara den Weg hierher in das Zimmer Tillmanns auf der Neurochirurgie Mannheim gefunden hatte. Theres stellte sich kurz vor, und Sara wusste ohnehin schon, wer sie war. Tillmanns Sohn Johannes und seine Mutter Sonja hielten sich im Hintergrund auf und nahmen es einfach entgegen. Da standen sie nun alle vier da: nachdenklich, ratlos und tief betroffen und schauten ihn an, wohl jeder mit einem anderen Gefühl. Die geschiedene Frau Sonja und Johannes blieben aber im Grunde gar nicht mehr stehen, sondern verließen nach einem belanglosen Grußzeichen umgehend das Zimmer. Theres aber wechselte vor dem Bett Tillmanns noch einige Worte mit Sara, berichtete ihr über die Beziehung zu Tillmann. Sara selbst nahm ihre Worte, wie es schien, gerne entgegen und klärte Theres über den gesundheitlichen Zustand ihres Vaters auf.

»Wird er es schaffen? Was sagen die Ärzte?«

»Wissen Sie, Theres, keiner weiß es genau. Doch sie sind, wie mir gestern der Professor sagte, guter Hoffnung. Und der wird es bestimmt mit seiner lebenslangen Erfahrung wissen; denn er ist über die Grenzen hinaus eine Kapazität auf seinem Gebiet.«

Theres hörte still zu und nickte.

»Wie lange das Koma dauern wird, weiß keiner. Es weiß auch niemand, was die Zeit danach bringt.«

Sie sahen sich beide nachdenklich an.

»Ich lasse Sie jetzt mit Papa allein und warte draußen.«

»Das ist lieb von Ihnen, danke.«

Sara verließ leise den Raum, und Theres trat langsam etwas näher an den Kranken heran.

»Lieber Till, endlich habe ich dich wieder gefunden. Ich freue mich so, dass ich wieder bei dir sein darf. Du kannst mich nicht sehen, aber du hörst mich bestimmt, vielleicht riechst du auch den Duft dieser Rosen. Es sind die letzten aus meinem Garten. Ich habe gespürt, dass sie zu dir wollten, denn vor einer Woche habt ihr euch kennengelernt. Da haben wir uns alle kennengelernt. Es war doch kein Traum, oder doch? Vielleicht ist das hier ein Traum. Richtig weiß man das nie.«

Theres stand da und sah ihn fragend an.

»Ja, Till, das war mal wieder typisch Mann. Warum hört ihr Männer so oft nicht auf uns Frauen und schlagt immer wieder eure eignen Wege ein? Ich weiß es nicht. Ich weiß nur, dass ich dich liebe.«

Ein trauriges Schmunzeln lag auf ihrem Gesichtsausdruck. Sie stellte die Rosen in eine Vase mit Wasser, die Sara für sie schon bereitgestellt hatte.

»Ach, siehst du, Sara hat mir schon eine Vase mit frischem Wasser für dich geholt. Das Liebenswerte hat sie bestimmt von dir, Till.«

Sie sah ihn noch länger still an, als sie es gerade getan hatte, und sie streichelte ganz zart seine Hände an den Stellen, wo keine Kanüle waren. Am liebsten fuhr sie ihm über die Spitzen seiner Finger.

»Du spürst mich doch, du hörst meine Worte, du verstehst mich, Till!«

Sie sah zum Fenster hinaus mit dem Blick zum Neckar. Am Himmel trieben dunkle Wolken. Aber manchmal, wenn sie lange hinschaute, sah sie ein wenig Bläue.

»Draußen weht schon ein kalter Wind. Es ist Herbst. Uns beiden war es noch einmal vergönnt, die letzten Tage des Sommers zu erleben. Wir haben diesen noch einmal in uns aufgesogen und tragen ihn bis zum Frühling. Der wird kommen, es ist unser Frühling, und ich glaube daran. Ganz fest.«

Sie streichelte ihm zart über die Wange.

»Ich werde morgen wieder kommen. Jeden Tag werde ich dich besuchen, und ich werde dir den Weg zurück ins Leben weisen. Wir werden ihn gemeinsam gehen. Und die Liebe wird uns führen. Sie wird uns tragen. – Ganz weit. – Ganz weit. – – –

Bis morgen, Till, bis morgen!«

Sie beugte sich über ihn und küsste ihm seine Hand. Sie schaute ihn noch einmal liebevoll an und fuhr ihm mit ihrer Hand über die Stirn. Dann drehte sie sich langsam um und verließ leise das Zimmer.

Wie versprochen stand Sara im Flur und wartete auf sie. Sie gingen über den Hinterausgang in Richtung Neckar.

»Ich bin froh, Sie kennengelernt zu haben«, sagte Theres, als sie das Klinikum verließen und über den Hinterhof gingen.

Sie blieben an der Pforte stehen, schauten kurz quer über die Bäume der Chaussee hinunter zum Neckarufer und sahen sich dann beide sofort wieder an.

»Ich auch«, erwiderte Sara, »ich auch!«

Sie sah Theres noch einmal an, als ob sie noch etwas fragen wolle.

»Sagen wir doch einfach Du zueinander!«

»Ja, Sara, gerne, warum nicht!«

Sara lachte.

»Da wird sich mein Papa bestimmt freuen!«

»Das wird er! Morgen werden wir es ihm sagen!«

Sie umarmten sich mehrmals und gingen dann armumschlungen die Neckarallee hinunter.

Aus der Ferne sahen sie jemanden mit einem großen, roten Blumenstrauß. Es schien eine junge Frau zu sein, ein Mädchen, das immer näher kam.

Weder das Mädchen kannte die beiden Frauen, noch kannten die dieses Mädchen. Nur der große Rosenstrauß des Mädchens fiel den zwei Frauen auf.

Sie dachten beide an Tillmann, der, wie Theres, Rosen über alles liebte.

Sie wussten zu dieser Stunde noch nicht, dass sie diesen Rosenstrauß am nächsten Tag im Zimmer Tillmanns wiederfinden würden.

Und sie würden auch niemals erfahren, dass es Marie war, von der dieser leise Gruß an ihren geliebten Nachhilfelehrer kam.

ENDE